U0016853

臺灣翻譯史

殖民、國族與認同

賴慈芸 —————— 主編

賴慈芸
王梅香
單德興
張綺容
王惠珍
藍適齊
陳宏淑
橫路啟子
柳書琴
許俊雅
楊承淑
黃美娥

目次

導論

翻譯之島

賴慈芸

　　臺灣與翻譯自始就難以分割。臺灣初登世界舞臺，就是在大航海時代，島名「福爾摩沙」即為歐洲語言的音譯。臺灣歷史以移民和殖民為主軸，每一次不同民族的接觸自然都有翻譯活動。但早期與歐洲文化的交流，可供研究的翻譯文本有限；清治時期的翻譯活動以原漢通譯和傳教士的翻譯為主，與清帝國其他邊陲地區差異不大。日治以降，日本既為東亞最早接受歐洲文化的重鎮，臺灣也不能自外於亞洲的現代化浪潮，翻譯局勢大開，因此本論文集的起始點也就是日治初期。

　　臺灣與中國同受日本西化影響，但中、日又自古同文，殖民者與被殖民者的關係格外複雜，也反映在種種的翻譯活動上。二戰後臺灣易主，戰後來臺主政的中華民國反共親美，美國遂成為主導戰後臺灣文化的一大外力，而日文勢力仍在，美、日、中遂成為形塑臺灣文化的三大力量。本論文集所收錄的論文大致按照時序排列，因此前八篇都觸及中、日、臺三方的糾葛；後四篇則聚焦在中、美、臺三方的關係。

　　本文分為五節，第一節先略述臺灣的翻譯史研究進展，第二節描述翻譯研究範式的轉移，第三節介紹本論文集收錄各篇論文，第

四節討論文化系統間的碰撞與協商，包括臺灣與中國、日本、美國、東亞的關係，第五節為小結。

一、臺灣的翻譯史研究

　　雖然不同族群接觸就必然有翻譯活動，但翻譯研究在臺灣卻是新興領域，臺灣翻譯史的研究更是起步未久。1988年臺灣第一個翻譯研究所成立於輔大（現已改名為跨文化研究所翻譯學碩士班），在翻譯學科的建置上意義重大，至今全臺已有九個翻譯所，[1]包括一個博士班。由於大學部和碩士班的課程大多以實務訓練為主，多數學校並未開設翻譯史課程，僅有輔大、師大開設「中國翻譯史」、「西方翻譯史」、「譯史與譯論」、「臺灣日治時期翻譯專題研究」（2013-2015）等課程，但直到2017年師大翻譯所才開設了第一個「臺灣翻譯史」課程。由於臺灣翻譯史與中國翻譯史雖有重疊之處，但並非一脈相承，百年來臺灣獨特的殖民經驗、語言接觸史、社會、歷史、政治背景皆與中國有相當大的差異，因此有獨立開設課程的必要，也因此《臺灣翻譯史：殖民、國族與認同》的出版在教學、研究上都有其重要性與迫切性。尤其是近年中國出版的近現代翻譯史，往往以晚清、五四、30年代文學、抗戰期間、中共建國後17年、文革後分期，最末再另闢一章「臺港翻譯文學」

---

1 目前提供翻譯學士學位的有長榮大學和文藻外語大學，提供翻譯碩士學位的有輔仁跨文化研究所翻譯學碩士班、臺灣師範大學翻譯研究所、彰化師範大學翻譯研究所、長榮大學翻譯系碩士班、臺灣大學文學院翻譯碩士學程、文藻多國語複譯研究所、高雄科技大學應用英文系口筆譯碩士班、東吳大學英文系翻譯碩士班、中原大學應外系碩士班口筆譯組等。另外也有一些學校提供翻譯學程（非學位），大學部的翻譯學程有臺大外文系、中山大學和中原大學等；碩士翻譯學程有輔大的國際醫療翻譯學分學程等。

或「臺港與海外翻譯文學」，形成完全以中國為主體的敘述脈絡。儘管臺灣與中國的關係的確千絲萬縷，但也宜有以臺灣為主體的翻譯史，以正視聽。[2]

由於臺灣的翻譯系所以教授中英翻譯為主，與英文系（外文系）的關係密切，尤其在政治上長期親美的關係，外國文學研究以美國研究最盛；所以翻譯所的譯史研究也以英美翻譯為早。1991年，余玉照的〈美國文學在臺灣：一項書目研究〉開始整理美國文學的翻譯書目；1994年，輔大翻譯所的四位碩士生在康士林教授的指導之下，陸續完成四本與臺灣翻譯史相關的碩士論文，初步觸及臺灣戰後的翻譯史，包括美國詩、美國小說、英國小說及英美戲劇，可說是臺灣翻譯史研究的開端。此後各翻譯所也陸續有論文處理個別作品、個別作者的翻譯史，或其他語言方向、文類的翻譯史等（詳見本書附錄「建議閱讀書單」）。

但也因為翻譯系所與英美文學系關係較為密切，日治時期的翻譯研究者向來多為臺灣文學研究者，如黃美娥、柳書琴、許俊雅、王惠珍等，而較少翻譯學者參與。語言能力的限制也是原因之一：研究日治時期文本勢必需要日文能力，因此能處理日治時期的翻譯研究者較少。

2012年出現了跨領域合作的契機。輔大是少數有日文組的翻譯研究所，該所所長楊承淑正是日語翻譯學者。她在2012年參與

---

2 筆者在2011年曾應政大人文中心邀請撰寫〈百年翻譯文學史〉一文，為因應「中華民國百年史」的架構，在1945年以前分開敘述中國與臺灣的情形，1945年之後則專論臺灣。該文共分十節，一至三節為中國晚清到戰爭其間的分期概述，第四節論日治時期臺灣的翻譯，第五節後則分議題討論，包括文學翻譯依賴舊譯、兒童文學的翻譯、日文翻譯、莎士比亞的翻譯、方言翻譯等，也專節討論解嚴後中國譯本合法進口臺灣的情形。整體比例大約是十分之三為中國翻譯史，十分之七為臺灣翻譯史，當時即深感應有以臺灣為主體的翻譯史書寫。

了香港中文大學王宏志主持的「翻譯與亞洲殖民管治」國際研究計畫，主持「翻譯與臺灣殖民管治」子計畫，翻譯學界開始與臺灣文學研究者、歷史學者對話。從2012年到2015年，楊承淑組織了日治時期譯者研究讀書會（2014-2015年該讀書會獲科技部人文社會科學研究中心補助）。2013年6月，「譯者與譯史研究」工作坊在國家教育研究院舉辦；同年9月，臺灣翻譯學學會主辦了「譯史中的譯者」國際學術研討會，會後並出版專號，十篇與會論文收錄於2014年6月出版的《翻譯學研究集刊》第十七輯；2015年，日治時期譯者研究讀書會的成果以日文結集出版，即《日本統治期臺湾における訳者及び「翻訳」活動：植民地統治と言語文化の錯綜関係》（臺灣日治時期的譯者與譯事活動：殖民統治與語言文化的錯綜交匯現象），由臺大出版中心發行。本論文選集作者中的楊承淑、橫路啟子、陳宏淑、藍適齊均為該讀書會成員，賴慈芸、張綺容也都在讀書會中做過專題報告；臺灣翻譯史研究學群逐漸成形。

　　2017年適逢解嚴三十週年，臺灣翻譯學學會和師大翻譯所合辦了「譯者的正義：解碼、解嚴、解密、解放」國際學術研討會，並製作影片向胡子丹、方振淵兩位身為白色恐怖受難者的譯界前輩致敬，同時舉辦「戒嚴下的翻譯：禁書與偽譯」書展。當天最後一場論壇「翻譯與歷史的對話：建構臺灣翻譯史」由陳宏淑主持，論壇的內容也刊登在《編譯論叢》第十卷第二期（2017年9月）。參與討論的講者包括楊承淑、橫路啟子、王惠珍、藍適齊、王梅香等，六位學者中包括翻譯研究學者、臺灣文學研究者、歷史學者和社會學者，充分展現了臺灣翻譯史的跨領域特性；這六位學者的論文也都收在本論文集中。我們希望這本《臺灣翻譯史：殖民、國族與認同》，能讓更多讀者接觸各領域學者在臺灣翻譯史上的努力。

二、從對等、描述到跨領域：翻譯研究的進展

翻譯雖是古老的行業，但傳統的翻譯論述多為譯者個人的心得，也不脫「對等」（equivalence）範疇，即探討譯文應該如何才能與原文對等。嚴復所提的「信、達、雅」，林語堂的「忠實、通順、美」，思果的「信、達、貼」，也都是以信（忠實）為首。這樣的觀點一方面置譯文地位在原文之下，置譯者在作者之下；亦使得翻譯與外文的學習難以脫勾。1972年，荷蘭學者霍姆斯（James Holmes）發表了著名的〈The Name and Nature of Translation Studies〉（翻譯研究的名與實）一文，[3] 常常被視為翻譯研究的起點。自此之後，百家爭鳴，有針對傳統對等範式的改革，如「動態對等」、「功能論」和「目的論」，強調譯文的效果重於與原文對等；也有完全與對等範式決裂的新範式，主張把已經存在的翻譯視為社會現象加以描述，研究其間的權力關係，而不再以某種標準判定譯文高下，以改進譯文、指導未來譯文為目的（從這點可以看出動態對等、功能論、目的論都還是對等範式的延伸，沒有完全放棄指導原則）。操縱理論、多元系統理論、翻譯規範、贊助者研究紛紛出現。但一直到1995年，「描述翻譯研究」（Descriptive Translation Studies, DTS）這個新的研究範式由以色列翻譯學者圖里（Gideon Toury）命名之後，翻譯研究才能說是正式脫離語言學科的範疇，成為獨立的學門。[4]

---

3 該文是霍姆斯在1972年哥本哈根舉辦的第三屆應用語言學研討會上發表的文章，初次描述了「翻譯研究」應有的分支，廣泛被視為翻譯成為獨立學門的起點。

4 這裡主要依據皮姆《探索翻譯理論》的觀點（賴慈芸譯，2016，臺北：書林）。不過目前臺灣科技部計畫的學門分類中，「翻譯學」仍列於「語言學門」之下。事實上，大部分與翻譯史研究相關的專題計畫都分散在「文學一」（中國文學、臺灣文學、原住民文學）、「文學二」（外國文學、性別研究、文化研究）或甚至「社會學」、「歷史學」學門，而不在「語言學」學門。語言學學門的翻譯研究與翻譯教學、口譯、翻譯共性、語料庫等較為相關。對翻譯史研究者而言，申請研究計畫時不知該填報哪一個學門，仍是常見的困擾。

　　雖然社會大眾及許多不熟悉翻譯研究領域的人，包括許多譯者、編輯、客戶、批評者、讀者在內，至今仍或多或少相信「翻譯即對等」，仍高舉「信達雅」作為譯文追求的目標，或是批評譯文是否「忠實」於原文、風格是否悖離原作等等，但其實歷經上一世紀的結構主義和解構主義風潮洗禮之後，「語言文字無法表達穩定的意義」已成思想界共識。既然原文沒有穩定的意義，甚至在電子時代，文本都不穩定了，追求譯文的「對等」自然也成虛妄。德國學者古特（Ernst-August Gutt）在1991年宣稱「對等是一種假象」，澳洲學者皮姆（Anthony Pym）在1992年宣稱「對等是一種信仰結構」，都與圖里的想法呼應：什麼是（好的）翻譯，由當時當地的使用者決定，沒有恆定而普世的標準。

　　因此，「追求對等」固然仍是語言訓練課程與翻譯客戶的普遍要求，但學術上的翻譯研究已越來越少問「應該如何翻譯」、「如何更像原文」這類指導性的、技術性的問題，轉而問「為什麼在這個時代會出現這種翻譯」、「這個時代／社會共同接受的翻譯規範是什麼」、「哪些力量造成了這些翻譯的出現（或不能出現）」、「譯者如何操縱譯文及原因」等，也因此開啟了贊助者的研究、譯者身分認同研究、操縱研究、翻譯規範與文化系統權力關係的研究等，而這些都是翻譯史要研究的問題。

　　翻譯涉及複雜的權力互動、文化認同、文化模仿及變形等等，所以翻譯從來就是政治問題。中國自古以來輕視翻譯，即因中國是文化中心，周邊文化皆須向中國學習；日本向來重視翻譯，因為日本相對於中國是邊陲。美國現在是世界文化輸出大國，自然也不會太重視翻譯研究，重要的翻譯學者往往出身以色列、荷蘭、印度等多元而較邊陲的地區。中國現代翻譯史也可以用以色列翻譯學者伊文－佐哈爾（Itamar Even-Zohar）提出的多元系統理論解釋：若目

標語系統強勢，則翻譯規範偏向意譯，如晚清的文言翻譯；若目標語系統位於邊陲，或面臨文化斷裂危機，就會奉行直譯，如1930年代魯迅主張的「寧信而不順」。以今日中文和英文的權力位置來看，翻譯批評者對於英文譯中文時要求亦步亦趨，中文譯英文時卻容許大幅刪改，只求能符合英文讀者喜好，語言權力和翻譯規範的關係仍處處可見。而臺灣在戒嚴期間美國文學獨大，幾無俄國文學新譯（坊間十九世紀俄國文學幾乎都是中國戰前舊譯或日譯本轉譯）；反觀中國在改革開放前美國文學翻譯都只能「內部參考」，中國譯協領導都是俄文翻譯；這些趨勢當然無關文學價值品味，而主要是政治的關係。

　　至於翻譯史該怎麼寫？是按照時間順序，羅列在某地或某段時期內出現了哪些譯者和譯作？[5]也就是什麼時候、誰、從什麼語言、翻譯了什麼？然後呢？是否要描述這些譯作的來源文本、並且（依據對等原則）評價譯作？這類的翻譯史隱含的價值觀似乎是越多越好（有些研究者還會嘆惋哪一個重要作家的作品還沒翻譯完全，或呼籲翻譯更多哪一類的作品），以及越準確越好（後出的譯本理應錯誤越來越少，越來越接近原文等等）。但這樣的價值觀又回到對等翻譯的老路，還是以原文為尊。

　　如何與對等範式劃清界線，寫出描述翻譯研究的翻譯史？答案可能是，以譯者為中心的翻譯史書寫。1994年，研究美洲原住民語言的學者卡圖（Frances Karttunen）寫了一本 *Between Worlds: Interpreters, Guides, Survivors*，記錄了十六位歐洲征服美洲原住民過程中的譯者故事，包括墨西哥的瑪琳切（La Malinche）[6]；以及美

---

5 可參考孔慧怡對近期中國翻譯史書寫的批評。孔慧怡（2005），《重寫翻譯史》，香港：香港中文大學翻譯研究中心。

6 她曾為西班牙征服者科爾特斯（Cortes）將軍口譯，並且為他生下一子。

洲原住民薩卡加維亞（Sacagawea）[7]。以口譯員／倖存者的角度來探討這些民族接觸史的問題，相當有啟發性，臺灣清治時期的原漢翻譯，以及日治時期由原住民女性擔任的「藩通」，都與此書案例頗有類似之處。1995年，國際譯聯（FIT: Fédération Internationale des Traducteurs）出版了 *Translators through History* 一書，為該組織內翻譯史委員會執行多年的計畫，英法版本同步發行，以主題的方式敘述歷史上世界各地著名譯者的貢獻，包括中國的玄奘與嚴復。這本 *Translators through History* 的宣示意義大於學術意義，目的在彰顯譯者於世界文明史上的貢獻。

　　學術上的研究方法，則由皮姆第一個提出。他在1998年的 *Method in Translation History* 一書中，提出翻譯史研究的四項原則：

1. 翻譯史研究應解釋為何某些翻譯出現在特定的時間地點，也就是應該要解釋其社會成因。
2. 翻譯史研究的對象不是翻譯文本、情境脈絡或語言特徵，而是唯一能構成社會成因的譯者本人，以及譯者周遭的其他人士（如客戶、贊助者、讀者），才能讓我們了解究竟翻譯為何出現在這個時間地點。
3. 承上，翻譯史研究便應以譯者居住及生活的大環境為中心，也就是目標語文化，而非來源語文化。
4. 我們之所以要寫翻譯史，是為了表達、討論或解決實際的問題。[8]

7　她幼年被俘虜，賣給法裔加拿大丈夫，育有子女。她曾為美國路易斯與克拉克遠征團（The Lewis and Clark Expedition）翻譯，對開發美國西部有功，因此現在美元一元硬幣上刻有她與幼子的頭像。

8　Anthony Pym (1998). *Method in Translation History*. p xxiii-xxv. 中文翻譯採用林俊宏譯文。見林俊宏（2018），《反共大業：由〈天讎〉看翻譯運作》，未出版博士論文，頁11-12。

　　皮姆也提到，翻譯史當然要釐清「什麼時候、誰、從什麼語言、翻譯了什麼、為了誰」這些他所謂的「考古研究」，但更重要的還在於史料的解釋：為什麼在這個時候翻譯（或不翻譯）什麼？為什麼是這些人來翻譯？翻譯（或不翻譯）實際的影響是什麼？是創新還是保守？

　　這本選集就是秉持著這樣的出發點。雖然每位作者的研究領域不同，遵循的研究範式也不盡相同，但每一篇論文都在回答皮姆提出的問題。

三、從日治到美援：收錄論文簡介

　　本論文集共收錄十二篇論文，大致按照論文主題的時序排列。前六篇探討日治時期的翻譯，第七篇探討二戰時的通譯，後五篇探討戰後臺灣的翻譯。以下略敘各篇論文：

（一）黃美娥〈「文體」與「國體」：日本文學在日治時期臺灣漢語文言小說中的跨界行旅、文化翻譯與書寫錯置〉

　　本文討論日治初期的漢語文言小說，包括日本文人直接以漢文書寫的作品，臺、日文人由日文小說翻譯的作品，以及臺灣文人翻譯及模仿歐美小說的作品。中日文化相互模仿、影響已久，日本文人作品中也包含中國題材，如白樂天遊日本和水滸等，透露出日、臺文化的重疊性。明治初期日本作家的漢文小說較多，大正期間受到日本本土漢文風潮消退影響而漸漸減少，但臺灣文人起而繼承，寫出以日本為背景、帶有濃厚日本風味的臺製漢文小說。日本文人模仿漢文體例，臺灣文人再模仿日本漢文小說，形成特殊的混生現象，包括武俠小說與日本技擊小說的混雜呈現。這些漢文小說的題

材包含大量日本歷史故事，亦滲入了具有強烈日本色彩的忠義、復仇觀念，本論文作者認為這些特色有暗渡日本國家精神的意味。

（二）楊承淑〈譯者的角色與知識生產：以臺灣日治時期法院通譯小野西洲為例〉

本文以一位活躍於日治時期達四十餘年的法院通譯——小野西洲（小野真盛，1884-1965）為主體，探討其譯者身分的形成及其譯事生產的系列性與影響性。此外，亦將針對其語文著作探究跨文化活動下，譯者在知識生產中所含蘊的問題意識、目的意識、語文意識及其角色意識。針對小野的知識生產系列，對於載於各刊的漢詩、漢文翻譯、文稿等梳理其主題類別與論述範疇。其次，則以他擔任法院通譯之際，卻又透過言情小說〈羅福星之戀〉、警官教材《臺語訓話要範》，乃至揭示臺人倫理價值觀的《臺語和譯修養講話》（1936）等多元文本的書寫，分析他對臺灣社會多面向的問題意識與觀察視角。

藉由小野西洲年譜的編製，及其在臺期間知識生產的梳理，相當程度地梳理了小野在臺譯事活動的屬性與規模。而小野西洲的知識生產與譯事活動，對於日治時期法院通譯群體的探究，正如一盞指引的明燈。尤其，透過小野的隨筆、《語苑》編輯紀要等，可望進一步探索其他法院通譯的譯事活動，乃至檢驗特定人物與事件的脈絡。

（三）許俊雅〈日治臺灣〈小人國記〉、〈大人國記〉譯本來源辨析：兼論其文學史意義〉

本文指出1930年刊登在《臺灣日日新報》上的〈小人國記〉和〈大人國記〉兩篇白話小說，並非直接譯自英文的 *Gulliver's*

Travels，也非轉譯自日譯本，而是根據中國譯者韋叢蕪1928年的《格里佛遊記》改寫、增刪而成。由於《臺灣日日新報》沒有署名譯者，也未揭露來源，前人研究多以為這兩篇是臺灣文人的譯作，而做出錯誤的推論。這篇論文經過細密的比對考證，得出合理的結論，也討論了臺灣譯者增譯的部分，如布袋戲、道士、燒金紙、瑤池蟠桃、茯苓湯等臺灣文化元素。

韋叢蕪是英文系教授，又是未名社成員，遵循魯迅的嚴謹直譯原則，反觀臺灣譯者對於原作的文化背景及諷喻成分相當生疏，又自行增添不少通俗趣味元素，可以看出兩者遵循的翻譯規範完全不同。這篇論文從個案出發，對日治期間的中臺關係、語言變遷、翻譯規範等都深有啟發。

（四）柳書琴〈〈送報伕〉在中國：《山靈：朝鮮臺灣短篇集》與楊逵小說的接受〉

本文探討臺灣作家楊逵在1932年以日文發表的小說〈新聞配達夫〉。該篇小說描寫臺灣青年在臺灣、東京兩地被壓榨的故事，首先刊登在臺北的《臺灣新民報》日文欄，被總督府禁刊後，1934年改投日本《文學評論》獲獎，1935年由留日的中國左翼文人胡風譯成中文〈送報伕〉，在中國流傳甚廣。但臺灣讀者因總督府禁令之故，反而無法讀到這篇小說。一直到戰後臺灣出版了中日對照版（即胡風譯本），又因左派色彩被國民黨政府查禁。這個例子涉及中、日、臺左翼文人的複雜關係：中國譯者胡風把楊逵小說定位為「世界弱小民族小說」；日本左翼作家把楊逵小說視為日本普羅文學的支脈；中國讀者張秀亞看到落難的同族兄弟；而臺灣讀者卻反而延宕到1975年才得見這篇小說，而且不是胡風的譯本。

由於中國是區域文化中心，臺灣與中國的關係向來是以單向為

主（由中國輸入臺灣），臺灣作品輸入中國的情況相當少見。楊逵
的小說以日文寫作，再以世界弱小民族之姿譯入中文，在中國流
傳，在中國與臺灣的關係中非常特殊。

（五）橫路啟子〈大東亞共榮圈下臺灣知識分子之翻譯行為：以楊逵《三國志物語》為主〉

　　本文研究對象和上篇一樣，也是楊逵，但在這篇論文中，楊逵
不再是作者，而是譯者。本文探討 1943 年中日戰爭期間，楊逵由
中國古典小說《三國演義》翻譯成日語的《三國志物語》。日本在
1940 年代，受到「大東亞共榮圈」的想像所影響，興起閱讀支那
文學的風潮。為了結合東亞文化力量對抗英美勢力，日本政府動員
臺灣的臺、日作家翻譯中國文學。楊逵雖多次入獄，創作被禁，但
他翻譯的《三國志物語》既能符合殖民政府嚴格的檢覈制度，又能
帶給讀者通俗樂趣，或許還能暗中偷渡抵抗的隱喻。本文作者提到
楊逵譯文把劉備「殺豬為業」改為「殺犬為業」，可能是因為殖民
時期的臺灣人把日本人稱為狗；又提到張飛鞭打督軍一節，楊逵以
長篇篇幅誇大處理，也有為臺灣人出一口氣的意味。而加入董卓和
呂布的同志情誼，則是為了增加閱讀趣味。日治時期中國古典文學
的日譯活動一直存在，但在戰爭期間，由楊逵執筆翻譯的《三國志
物語》，有更為複雜的文化角力關係在內。

（六）陳宏淑〈兩個源文之下的混種翻譯：居間游移的無家孤兒〉

　　本文探討 1943 年出現在臺灣《南方》雜誌上的白話翻譯小說
《無家的孤兒》，由臺灣文人簡進發翻譯，但並非譯自法文原作 San
Famille，而是參考了中國譯者包天笑 1912 年的文言譯本《苦兒流

浪記》，而包天笑則轉譯自菊池幽芳的日譯本《家なき兒》。雖然長年注意中、臺間語內翻譯的許俊雅已指出這篇《無家的孤兒》與包天笑譯本的關係，但陳宏淑進一步指出，由於簡進發的日文程度遠優於包天笑，《無家的孤兒》並非單純的文言翻譯成白話，而還參照了菊池幽芳的《家なき兒》；而且小說越往後面，參照日譯本的部分越形明顯。因此，與其說這篇《無家的孤兒》是語內翻譯（文言翻譯為白話文），不如說是混用了兩個來源文本的混種翻譯，並且簡進發的白話文也混用了日語詞和臺語詞。

　　本文和上一篇橫路啟子的論文都探討1943年臺籍作家的翻譯，但楊逵是中譯日，簡進發則是日譯中。戰爭期間，漢文媒體大多遭禁，簡進發在僅存的中文媒體上發表這篇《無家的孤兒》，作者陳宏淑認為簡進發或有把臺灣比喻為孤兒的用意存在。

（七）藍適齊〈口譯之「罪」：成為戰犯的臺灣人二戰通譯〉

　　本文研究二戰期間參與戰事的臺灣譯者，尤其是戰後受到戰犯審判的案例。這些臺灣譯者以日本人身分被徵召入伍，有些沿用原來的漢人姓名，其他人則改用日本姓名，到中國南方戰場或南洋擔任口譯，有些是受過培訓，正式徵召的通譯，也有些是以非戰鬥人員入伍，卻因臨時被指派看管中國戰俘，而不得不擔任了通譯工作。這些臺籍通譯在戰後有多人被當作戰犯審判，甚至判處死刑。他們與南洋華人能以閩南語等方言溝通，反而更易陷入困境、涉入反日分子的偵訊行為，進而在戰後被指控協助日本軍方加害當地居民。另一方面，若被指派看管中華民國戰俘，則因戰俘來自江浙一代，與臺灣人幾乎無法溝通，有時需透過懂得閩南話的中國戰俘轉譯，也有時只能以英語溝通。

　　能通兩國語言的譯者，在雙方交戰時往往淪為犧牲者，自古皆

然。二戰期間，在美國的日裔人士遭到監禁，是近期的著例。日治時期的臺灣人為日軍溝通並非全出於自願，但是卻在戰爭無情的敵意下被同種同語的南洋華人視為「加害者」，戰後又被（語言不通的）英國、澳洲，以及中華民國等多個盟國法庭以戰犯罪審判，淪為戰爭的犧牲品。

（八）王惠珍〈戰後初期（1945-1949）臺灣文學場域中日譯本的出版與知識生產活動〉

　　本文描述戰後四年間在臺出版的日譯本。由於日本殖民政府推行義務教育，臺灣在殖民後期日語人口眾多，反而能閱讀現代中文的讀者有限。中華民國政府雖視日文為「奴化語言」，查禁、焚毀「日文遺毒書籍」，但也不得不借助日文以傳播政策，出版《三民主義》的日譯本與「日文時事解說叢書」等，以便儘快讓臺灣人「再中國化」。

　　除了政府部門，通俗文化及左翼文人也積極把中國作品日譯，以便利臺灣讀者閱讀。楊逵在此篇再度被提及：這位日治時期的作家，在戰後初期繼續扮演譯者角色，積極譯介魯迅、茅盾等人作品，以中日對照方式出版。1950年以後政府對日本書刊、影片的管控更加嚴格，日語在戰後臺灣的文化場域日漸式微，也成為部分臺籍人士抵抗新殖民者的話語。

（九）張綺容〈他們在島嶼翻譯：戒嚴初期在臺譯者研究〉

　　本篇在時間上承接上篇，但描述完全不同的族群：上文以臺籍譯者為主，本文則主要描述流亡來臺的譯者。作者從五種1950年創刊的雜誌中，爬梳近兩千篇譯文，確認81位譯者身分，其中95%為外省籍。外省人約占當時臺灣人口不及20%，卻有95%的譯

者是外省籍,可見由中國譯者主導譯壇的態勢極為顯著。

　　這些譯者絕大多數都是軍公教、國營事業或媒體從業人員,與國民黨關係深厚。這也呼應王惠珍上文的說法:壓抑日文也與族群資源競爭有關。翻譯來源語言以英文為主,尤其是美國雜誌的文章。這些翻譯一方面有讓本省讀者學習中文的功能,一方面也符合國民黨的親美政策,確立美國價值的地位。

(十) 單德興〈冷戰時代的美國文學中譯:今日世界出版社之文學翻譯與文化政治〉

　　本文描述香港今日世界出版社(1952-1980)在推廣美國文學、文化上的角色。今日世界出版社由美國政府出資,隸屬於香港美國新聞處,成立目的就是為了美國文化外交。本文為描述翻譯學的贊助者研究,突破往年翻譯研究的文本對比傳統,而把焦點放在冷戰時期美蘇競爭的文化政治上。作者指出,由於翻譯的目的在於宣揚美國的進步與自由,所以在翻譯書目的選擇上,會避開描寫美國黑暗面、社會不公的作品,如強調階級議題的德萊塞(Dreiser)就從未被選入今日世界譯叢。[9]

　　作者親自訪談十多位今日世界出版社的關鍵人物和譯者,包括鄭樹森、李如桐、洪宏齡、張同、董橋、余光中、劉紹銘、古蒼梧、盧瑋鑾、方梓勳、李歐梵等,留下許多珍貴的一手資料,重建當時的政治及文化氛圍,對於翻譯史研究的研究方法深具啟發性。文末附有今日世界譯叢的文學類書目124種,包括文學史與文學評論、小說、詩與散文、戲劇等,可以一瞥美國文化外交之細膩深入。

---

9 臺灣戒嚴期間的德萊塞作品,如《嘉麗妹妹》、《天才夢》、《人間悲劇》都是魯迅的朋友鍾憲民所譯。鍾憲民流亡來臺,但1957年以後即音訊全無,譯作被抄襲盜版多次。

（十一）王梅香〈冷戰時代的臺灣文學外譯：美國新聞處譯書計畫的運作（1952-1962）〉

　　本文和上文都在探討冷戰時期美新處的文化政治，但方向不同：單文討論美國文學的中譯，此文則討論臺灣文學的英譯。本文利用美國國家檔案局的報告，包括香港美新處的「中國報告計畫」和臺北美新處的「臺灣報告計畫」，明確指出臺灣文學的英譯活動並非繫諸美新處處長個人的文學喜好，而是美國整體政策的一部分：與中共競爭文化的詮釋權。文中詳細描述與美新處合作的香港虹霓出版社和臺北國粹出版社（Heritage Press），包括出版社的創辦經過與出版書籍內容，以及如何選擇符合自由、現代精神，又銜接中國傳統的文學作品，以彰顯「自由中國」的價值。文中並引用吳魯芹的報告，指出本省籍人口在八成以上，外省人卻占有九成的政府職位，恐怕會引發民怨，美新處特別在小說選集的第一篇作品都採用本省籍作家的作品，是一種有意識的調解。

　　本論文的研究方法勢必影響未來的研究方向，如冷戰時代臺灣一些反共作品的翻譯，也可在美國國家檔案局中找到美國介入的證據。

（十二）賴慈芸〈三城記：冷戰時期滬港臺三地的譯本與譯者大遷徙〉

　　本文和前兩篇論文都把香港納入臺灣翻譯史的框架來討論。但前兩篇論文主要是觀察美新處的介入，本論文則從盜印譯本的現象出發，探討冷戰期間，世界文學中譯本與譯者由中國而香港而臺灣的流動情形。由於歷史、政治、語言多重因素，臺灣在戒嚴期間大量依賴中國及香港譯本；但又因長期的禁書政策，匿名盜印成為常態，既可免政治風險，又有利可圖。香港居於中國與臺灣之間，

地位特殊：率先匿名以保護中國譯者的是香港美新處；大量中國譯本是透過香港中介而來到臺灣，也有些是港臺皆有盜印本；甚至於1950年代的中國譯作也因香港的左派出版社先出版，再被臺灣盜印。

　　除了譯作，譯者的遷徙也遵循差不多的路線：由中國而香港而臺灣，但有些人留在香港，有些再陸續轉遷徙到北美、英國等地。這批南來譯者大多受到香港和臺北兩地美新處的照顧，被美新處視為同一個翻譯人才庫。歷史上如此大批的流亡譯者，數十年不得返鄉，絕大多數終老異地，頗為罕見；而這些流亡譯者在港臺播下種子，戰後數十年間為主力譯者，主導翻譯規範、出版及教學，影響深遠。他們因政治而離鄉流亡，翻譯選擇上也深受政治的影響。

四、文化系統的碰撞與協商：從翻譯看臺灣與中國、日本、美國、東亞的關係

　　翻譯涉及兩種以上的語言文化，因此翻譯史可以反映出文化之間錯綜複雜的權力關係。而與臺灣關係最密切的文化系統，就是中國、日本和美國，其次則為東亞。以下分別討論：

（一）臺灣與中國：不只是遺民

　　臺灣清末以前為中國邊陲之地，漢移民多來自閩粵，知識階層與清朝其他地方並無太大差異，使用共通的文言文書寫，以方言交談，誦佛經一樣使用鳩摩羅什、玄奘的翻譯，讀書人也到中國考科舉。就是傳教士翻譯的白話字聖經，也同於廈門話聖經。

　　但從日治以降，兩岸開始有截然不同的發展：日文成為臺灣的官方語言固然影響重大，但文人仍然繼續使用文言文和閩粵方言。

臺灣與中國也並非完全隔絕：臺灣的書店一直都有進口、販賣中國書籍，穿梭兩地的商人、留學日本的中國學生和臺灣學生頗有往來，也有臺灣人到中國求學。而且因為同文之便，日治時期臺灣報刊經常轉載或改寫中國譯者作品，如1904年林紓以文言翻譯莎士比亞故事集中的〈鬼詔〉（*Hamlet*），1906年經觀潮改寫為〈丹麥太子〉，刊登在《臺灣日日新報》上。[10]白話文運動之後也是如此，胡適在1919年翻譯的白話詩〈關不住了〉，1923年即刊登在東京的《臺灣民報》。

本書第三章許俊雅的〈日治臺灣〈小人國記〉、〈大人國記〉譯本來源辨析：兼論其文學史意義〉和第六章陳宏淑的〈兩個源文之下的混種翻譯：居間游移的無家孤兒〉，都是由中國譯本改寫為臺灣譯本的個案研究。但兩者不同之處在於，〈小人國記〉是白話文改寫白話文，《無家的孤兒》卻是從文言文「翻譯」為白話文。可見從中國譯本改寫（或稱語內翻譯）可能是日治臺灣常見的型態。[11]另外，這兩篇語內翻譯都有臺灣譯者的加工，〈小人國記〉有娛樂本地讀者的添寫，《無家的孤兒》則因包天笑是由日譯本轉譯，臺灣譯者有轉而參考日譯本的痕跡。第四篇柳書琴的〈〈送報伕〉在中國：《山靈：朝鮮臺灣短篇集》與楊逵小說的接受〉則探討臺灣作家楊逵的日文小說透過中譯本在中國出版的情形，方向與上述兩篇相反，是相當少見的例子。

第七章藍適齊的〈口譯之「罪」：成為戰犯的臺灣人二戰通譯〉，也涉及臺灣人與中國人的關係，因為二戰中被徵召到南洋參

10　不過《臺灣日日新報》此篇署名「觀潮」，並沒有說明這篇改自林紓譯文。見許俊雅（2011），〈少潮、觀潮、儂、耐儂、拾遺是誰？：《臺灣日日新報》作者考證〉，《臺灣文學學報》第19期，頁1-34。

11　其實「語內翻譯」在1930、1940年代的中國也很盛行，啟明書店就有多本世界名著是根據前譯改寫。

與戰爭的通譯，正是因為語言能力（兼具日文和中文）而被徵召或臨時指派翻譯任務。他們與南洋華人能以閩南語等方言溝通，與江浙的中華民國戰俘卻無法溝通，凸顯臺灣與中國「同種但不同語」的問題。

　　與中國人語言不通的問題一直延伸到戰後。雖然日治臺灣與中國並未完全斷絕往來，如洪炎秋、游彌堅、林海音等戰後重要臺籍譯者／贊助者都曾住在中國多年，臺灣也出現了白話文；但畢竟當時臺灣的官方語言和教育語言是日文，知識分子日文嫻熟者眾，如楊逵的日文就比中文好，因此需要譯者胡風把他的作品翻譯成中文。戰後官方語言變成現代中文，中華民國國語係以北方官話為基礎而制訂的，而閩粵移民之後的臺灣居民本來不會說北方官話，也未正式受白話文教育，造成戰後普遍的語言問題。第八章王惠珍〈戰後初期（1945-1949）臺灣文學場域中日譯本的出版與知識生產活動〉即討論戰後初期，臺灣人與中國人必須依賴日文譯本才能溝通的情況。也就是說，這些日文譯本的目標讀者並非日本人，而是臺灣人，情況非常特殊。也因為臺灣人受限於現代中文能力，戰後初期的中文譯者絕大多數為隨政府來臺的中國人，第九章張綺容的〈他們在島嶼翻譯：戒嚴初期在臺譯者研究〉可見由中國譯者主導譯壇的態勢極為顯著。第十二章筆者的〈三城記：冷戰時期滬港臺的譯本與譯者大遷徙〉則把香港納入臺灣翻譯史的框架，認為戰後從中國南遷的譯者主導了冷戰期間的臺港兩地翻譯界，在臺灣戒嚴期間，也有大量中國譯本透過香港流入臺灣。

（二）臺灣與日本：從「日支提攜」[12]平臺到「奴化語言」

臺灣在文化上與中國走上不同的發展道路，起點當然是日治五十年。但日文並非完全以異文化的姿態出現。[13]本書第一章黃美娥的〈「文體」與「國體」：日本文學在日治時期臺灣漢語文言小說中的跨界行旅、文化翻譯與書寫錯置〉就提到，臺灣出現的第一篇小說，是1899年《臺日報》刊出的日本小說家菊池三溪的《珊瑚枕記》，就是直接以漢語文言寫作的日本故事。更重要的是，本文揭露臺灣與中國翻譯史分歧的起點，就在於日治時期引進的日本文學和透過日譯轉譯的世界文學。

第二章〈譯者的角色與知識生產：以臺灣日治時期法院通譯小野西洲為例〉和第七章〈口譯之「罪」：成為戰犯的臺灣人二戰通譯〉都是口譯者研究，但小野西洲是日本殖民政府的一分子，臺籍通譯則是殖民地人民受徵召所為，立場身分相異。第五章橫路啟子的〈大東亞共榮圈下臺灣知識分子之翻譯行為：以楊逵《三國志物語》為主〉，也是探討中日翻譯：楊逵翻譯的日語版《三國志物語》。1940年代，日本想聯合中國對抗歐美，臺灣遂成為「日支提攜」平臺，出現多種中國文學日譯，黃得時的《水滸傳》、江肖梅的《包公案》、西川滿的《西遊記》等也都在此時的臺灣出版。雖然在戰爭結束之前，國民政府於1945年3月頒布的「臺灣接管計畫綱要」就宣稱接管臺灣後「應增強民族意識，廓清奴化思想」，但

12「日支提攜」的「支」指中國（支那），「提攜」是漢字詞，意思為合作。所以「日支提攜」即中日合作之意，是日本政治家宮島誠一郎在1877年提出的說法，認為日本應與中國合作，對抗歐美列強。日治時期，因為臺灣人會日文和「中文」，被許多日本人視為「日支提攜」的平臺。

13 根據永井江理子的說法，日本人在明治之前，一直視中國文學為自己的文學。接觸西洋文化之後，才發覺中國文學「是以外文寫的外國文學」。參考永井江理子（2000）《現代中國文學翻譯百年史：日本人所讀過的中國文學》，輔大翻譯所碩士論文。

臺灣與日本的關係並未在戰後畫下句點。第八章王惠珍〈戰後初期（1945-1949）臺灣文學場域中日譯本的出版與知識生產活動〉就討論在戰後四年間的多種日譯本，如「日文時事解說叢書」、《中國話題の人物》、《阿Q正傳》等。可見從戰前到戰後，臺灣中譯日人才眾多，也相當活躍。

　　以上這幾篇論文，雖說主要描述日本與臺灣的關係，但也都與中國有關。日本漢文小說有模仿中國之處，也有中國題材；小野西洲的工作語言是日文和中文（臺語），他自己也寫漢文漢詩；《三國志》是中國古典小說；二戰通譯是為中國戰俘翻譯；戰後出版大量符合政策的日譯本也是為了讓臺灣人「再中國化」。殖民時期臺灣作為「日支提攜」的平臺，戰後因語言不通而必須借助日文這種國民黨所謂的「奴化語言」，中日臺的關係從殖民時期到戰後始終糾葛難分。

　　雖然在戒嚴時期，政府刻意打壓日文，例如國立大學都不設日文系，也從1950年開始限制日語書籍、影片進口；但從戰後至今，臺灣出版市場上一直有大量從日文轉譯的各類書籍，尤其是兒童文學，[14]已知從日文翻譯而未注明日譯本來源的童書逾七百冊，[15]若加上漫畫和卡通，更是影響力驚人。至今日文翻譯在臺灣仍是大宗，出版翻譯書籍的前五大出版社都是日文出版社，譯作數量前二十名的譯者全是日文譯者，[16]可見日本文化對臺灣影響深遠，並未隨殖民結束而中止。

---

14 參考賴慈芸（2015），〈被遺忘的功臣：東方出版社背後的日文改寫者〉，《東亞觀念史集刊》8，頁9-50。

15 根據賴慈芸進行中的科技部計畫《潛流：戒嚴期間臺灣翻譯兒童文學的日文中介譯本研究》（MOST-105-2410-H-003-029-MY3）。

16 陳子瑋等（2012），〈臺灣翻譯產業調查報告〉，國家教育研究院編譯發展中心，頁182-184。

（三）臺灣與美國：在民主陣營的羽翼之下

　　二戰時期，中美為戰友關係，美國支持中華民國取得臺灣。冷戰時期，美國更是臺灣最主要的保護者，在軍事、經濟方面提供長期援助，文化上亦以香港美新處和臺北美新處為中心，結交流亡菁英，大量翻譯美國文學、科技新知、反共文學等，同時也將臺灣塑造為「自由中國」，與中共相抗衡。本書最後四章都與美國有關：第九章張綺容的〈他們在島嶼翻譯：戒嚴初期在臺譯者研究〉雖是流亡譯者研究，但他們翻譯的語言主要是英文，題材則是親美抗俄，符合國家政策。第十章單德興的〈冷戰時代的美國文學中譯：今日世界出版社之文學翻譯與文化政治〉與第十一章王梅香的〈冷戰時代的臺灣文學外譯：美國新聞處譯書計畫的運作（1952-1962）〉，皆直接探討美新處的角色，但方向相反：前者探討美國文學中譯，後者探討臺灣文學英譯。單文從贊助者角度描述美國新聞處在推廣美國文學上的角色，王梅香則以社會學角度切入，明確指出臺灣文學的英譯是美國整體政策的一部分：與中共競爭文化的詮釋權。最後一章筆者的〈三城記：冷戰時期滬港臺的譯本與譯者大遷徙〉也與美國有關。香港美新處作為美國在亞洲的指揮中心，透過大量翻譯，塑造美國為民主、自由、進步的世界共主形象，從嚴肅文學到流行文學、電視電影、流行音樂等，皆以美國為模仿對象。學術界以留美為主流，流亡譯者終老於美國者眾，翻譯作品以美國最多，皆可見美國在臺灣的影響力。

（四）臺灣與東亞：帝國的陰影

　　如陳芳明所言，「歷史上的東亞，是屬於帝國主義論述不可分割的一環」。[17]早期臺灣與日、韓、越南等同屬漢字文化圈，位於中國帝國的邊陲；大航海時代，東亞各國紛紛落入歐洲殖民者之

手，如香港、馬來西亞、緬甸為英國殖民地、印尼為荷蘭殖民地、越南為法國殖民地、菲律賓為西班牙殖民地等。日本的大東亞共榮圈論述中，日本的目標就是要從歐洲殖民者手中解放亞洲國家，而臺灣作為日本的殖民地，也成為日本前進東南亞的基地。到了戰後，美國雖無殖民之名，但在冷戰架構之下，東亞國家從日、韓、臺、港、新加坡、菲律賓，無一不在美國的羽翼之下。而臺灣翻譯史，也見證了這幾波帝國勢力的興替。

第一章〈「文體」與「國體」〉中提及臺灣譯者李逸濤曾翻譯韓國名著《春香傳》，並從時間推測李逸濤並非由日譯本轉譯，而是根據漢文《春香傳》改寫，因為當時韓國也在漢字文化圈之內，和日本一樣，文人仍用漢文寫作，不會韓文的李逸濤才能夠「譯」出這個韓國故事。臺灣日治時期的報刊雜誌上，也有出現同在漢字文化圈的越南故事。可見在清朝與日治初期，臺灣與日、韓、越南處境相似，都在漢字文化圈的邊陲，彼此之間雖語言不同，但透過漢文仍能彼此溝通。〈無家的孤兒〉也可看出中日韓的密切關係：包天笑透過日譯本轉譯成中文的法國故事，成為臺灣和韓國轉譯的根據，而臺灣與韓國當時都是日本殖民地。另一方面，日治後期，因應日本的大東亞共榮圈政策，少數漢文媒體如《風月報》，也因為有向東南亞華人宣傳的功用，而得以繼續發行。〈口譯之「罪」〉一文更與大東亞共榮圈的野心直接相關。如其中一位正式通譯安田宗治（賴恩勤），在臺北先經過八個多月的越南語培訓才入伍；謝長錦也在馬來亞柔佛州受過通譯訓練，顯見都是為日本在亞太地區的軍事行動做準備。而且文中所提及的通譯地點都在南洋戰場。到

---

17 陳芳明（2016），〈《臺灣與東亞》叢刊發行旨趣〉，收錄於黃惠禎，《戰後初期楊逵與中國的對話》，頁3。

了戰後，兩篇與美新處相關的論文都明確指出，香港是美國在東南亞布局的中心，香港美新處的譯書計畫，目標讀者不只是香港、臺灣，而是包括東南亞的華人讀者。〈三城記〉也提及香港居於中國與臺灣之間，不但是譯作流通的轉介站，香港譯者也與臺灣譯者形成共同的人才庫。

臺灣與東亞各國，有著類似的帝國邊陲經驗、殖民經驗、戰爭記憶，但又有不同的文化主體。本文前述王宏志主持的「翻譯與亞洲殖民管治」研究計畫，即促使臺灣的翻譯學者開始思考臺灣在東亞的位置。

小結：在歷史中尋找譯者的身影

臺灣翻譯史歷經政權更迭、殖民、戒嚴等種種政治力介入，長期的政治禁忌導致「誰在什麼時候、什麼地方，透過什麼語言、翻譯了什麼」這些基本的考古問題都尚未完全釐清，要能解釋其間錯綜複雜的因果關係更非易事。但最困難的莫過於尋找譯者生平資料：譯者地位向來不及作者，有些譯者連署名是真名或筆名都難以確知。許多譯作沒有署名，也有不少抄襲中國或香港譯作並冠上假名，更是增加研究上的困難。

本書多位作者都努力尋求第一手資料，如楊承淑親到日本尋找小野西洲的墳墓，並且訪問他的兒女，得知這位傑出譯者戰後回到日本鬱鬱寡歡的暮年情景；藍適齊親到澳洲、新加坡、英國各地查訪法庭受審檔案，從當年卷宗中一筆一筆抄錄臺籍戰犯的手寫中文名字；單德興在港臺兩地親訪多位譯者和今日世界編輯，得知許多一手祕辛；王梅香直接向美國政府申請檔案解密，足足等了半年才通過，在浩瀚的國務院資料中拼湊出美國對臺灣文學翻譯的操作證

據；張綺容在訪問《拾穗》譯者時，有幾位高齡八十以上的譯者江浙鄉音甚重，她還必須請聽得懂的人陪同「翻譯」才能進行訪問；筆者為比對臺灣偽譯的來源譯本，也曾在北京清華文學院舊圖書館、上海圖書館、香港藏身工業區倉庫的舊書店等，一本一本找出霉爛缺頁的「民國時期譯本」比對。而這些努力，都是為了在歷史洪流中尋找譯者的身影。

　　本書所收錄的文章始於日治初期，終於冷戰時代。十二位作者來自各領域，除了翻譯學界的楊承淑、橫路啟子、賴慈芸、陳宏淑、張綺容，還有臺文所的黃美娥、王惠珍、柳書琴，國文系的許俊雅，歐美所的單德興，歷史系的藍適齊，社會系的王梅香。所探討的譯者超過百人，包括日籍的中西牛郎、小野西洲；臺籍的謝雪漁、李逸濤、魏清德、陳伯興、李漢如、簡進發、楊逵、江肖梅，（臺籍但是被當作日本戰犯審判而處決的）許祺禪、郭張興、楊樹木、安田宗治（賴恩勤）、林一（林發伊）、木代原武雄（陳銘志），戰後的丁貞婉、施翠峰、林煥星、林曙光、楊牧等；中國的胡風、韋叢蕪、包天笑、李霽野等；自中國流亡的張愛玲、林以亮、湯新湄、姚克、余光中、夏濟安、顏元叔、殷張蘭熙、糜文開、何欣、張秀亞等人；香港譯者劉紹銘、鄭樹森、金聖華等；美籍的高克毅、贊助人麥加錫（Richard M. McCarthy）、鮑威爾（Ralph Powell）。有筆譯，也有口譯；語言方向包括日譯中、中譯日、中譯中（語內翻譯）、日臺對譯、英譯中、中譯英，以及透過日文轉譯的世界文學。雖然未能觸及所有議題，如傳教士翻譯、通譯研究、方言翻譯、兒童文學翻譯、原住民語翻譯等等，但順著時序一篇篇讀來，也大致可以掌握臺灣翻譯史最基本的議題與脈絡。更深入的探討，則可以參考本書所附的延伸閱讀建議。

　　臺灣作為一個海洋國家，本是多民族多文化交匯之地，臺灣歷

史與翻譯相始終，探索翻譯史就是在探索自己的定位。透過歷史上的譯者，讓我們更了解這塊土地上種種文化系統的接觸、碰撞與發展。《臺灣翻譯史：殖民、國族與認同》是一個起步，期待未來有更多跨領域的研究者投入這塊新興領域，在歷史的洪流中尋找譯者的身影，也讓我們更了解今天的自己從何而來。

附記：

　　本書各篇文章皆附「參考文獻」，並於書末提供「建議閱讀書單」，書目格式皆採用《編議論叢》之撰稿體例。

第一章

「文體」與「國體」：日本文學在日治時期臺灣漢語文言小說中的跨界行旅、文化翻譯與書寫錯置*

黃美娥

* 本文曾刊於《漢學研究》第28卷第2期（2010.6），當時受限投稿字數規定，部分內容有所刪裁，今則重新補入，另又參酌學界晚近相關研究成果，進行修改，特此說明。

前言

　　回顧臺灣小說發展史，日治時代是主要的奠基時期，在此一階段，倘就臺灣文人創作而言，漢語文言小說最早出現，[1]其後雖有漢語白話、日文作品，乃至臺灣話文小說的競爭與挑戰，但漢語文言小說卻始終占有一席之地。

　　不過關於漢語文言小說，早在大正時期「新舊文學論戰」乍起，張梗就曾發表〈討論舊小說的改革問題〉一文，對於漢語文言書寫的「舊小說」進行抨擊。他不僅貶抑這些多半刊登在新聞紙上的文言小說的價值，並指摘此類小說的書寫不外乎「妖精鬼怪」、「飛簷走壁」、「才子佳人」、「封王掛帥」，隱含高度「程式化」的通俗情節，或只是不斷重複志怪、武俠、言情、歷史類型的單調創作模式（張梗，1924）；然而，事實是，這些被視為通俗而不入流的「舊小說」，無論在遭逢張梗的強烈指責，或面對1920年代白話嚴肅小說的蔚然興起，在1930、1940年代的《三六九小報》，以及《風月》、《風月報》、《南方》等報刊中，依然還有另一波寫作的高潮在持續著。

　　且，如果吾人進一步重探這些時人眼中屬於「舊派」的漢語文言小說，將會驚訝發現，由於日治時代的臺灣正處於一個全球化下的新興文化場域，故這些以文言文為載體的小說，在寫作上不乏受到世界文學的刺激與影響，從而出現了「從東亞到西方」各式文本、文類、文化的跨界移植進入臺灣小說界的現象，最終甚至有了

1　過去有關臺灣小說書寫，臺語研究學者曾從《臺灣府城教會報》找到刊於1886年的〈日本的怪事〉，認為是臺語小說的第一篇，甚或將之視為臺灣小說創作的起始點，不過林央敏卻持保留態度，他認為「真正屬於創作且直接以文字書寫和發表的臺語白話小說要到1920年代才出現」（林央敏，2012，頁57-58、61）。

形形色色的生產與再製，而別具意義。[2]例如：李逸濤改寫了朝鮮名著〈春香傳〉，[3]魏清德〈還珠記〉針對英國柯南道爾〈綠玉冠探案〉予以改造（王品涵，2017，頁65-83）；而中國《西遊記》、《聊齋誌異》、《封神演義》諸書，在臺灣也有模擬續衍之作，如洪鐵濤〈新西遊記補〉、〈續聊齋〉系列，以及許丙丁〈小封神〉等（阮淑雅，2010）。[4]當然，由於殖民統治之故，日本文學也被大量傳播來臺，卒而成為臺灣漢文小說的重要養分與淵源，箇中情形頗堪玩味。

　　針對上述臺灣漢語文言小說與世界文學的接觸現象，筆者過去曾經從「現代性」（modernity）的視角予以剖析，嘗試說明這些域外經驗的汲取，著實豐富了本地的文學命脈，尤其有利於臺灣小說「文學現代性」的建構與生成。[5]而本文則擬在「跨文化研究」、「翻譯研究」方法論的啟發下，更進一步考察、挖掘臺灣與域外文學互動時所帶來的「關係性」，以及其間引發的抗拒、拉扯情形。

---

2 對此現象，本人曾執行科技部三年研究計畫「文本・文類・文化的旅行：從西方到東亞的視域——以臺灣漢文通俗小說為觀察場域（1895-1945）」予以關注，另又指導林以衡完成博士論文〈東、西文化交錯下的小說生成：日治時期臺灣漢文通俗小說對東亞／西洋小說的接受、移植與再造〉（2012）。

3 關於〈春香傳〉，版本甚多，依許世旭譯著，《春香傳》（臺北：臺灣商務印書館，1967），在韓國可見者便高達六十餘種，而所用文字便有純韓文體、韓漢文混用體、純漢文體與翻譯體數種（頁11-12）。此外，許世旭該書也提到了日文版，如細井肇、島中雄三、張赫宙與許南麒所譯幾種；而這數種版本的發行時間，由於許氏未加注明，經筆者另行查索後，發現細井肇所譯者出刊於1924年、張赫宙所譯者出刊於1938年、許南麒所譯者出刊於1956年，雖然島中雄三所譯者筆者尚未查出確切時間，但依許世旭該書撰寫體例可推知該書出版時間是在1924年至1938年間，則如此可知以上數種日文版之刊行，皆在李氏〈春香傳〉所發表的1906年之後。那麼，李氏所本究竟為何？近期韓國學者朴現圭已考證出李遠濤所據為刊登於1906年6月1日《太陽》雜誌中高橋佛焉〈春香傳梗概〉，參見〈臺灣李逸濤改寫的漢文本《春香傳》攷〉，「第八屆中國文哲之當代詮釋國際學術研討會」會議論文，國立臺北大學中國文學系主辦，2018年11月2-3日，頁21。

4 此碩士學位論文係由本人指導。

5 拙文〈文學現代性的移植與傳播：臺灣傳統文人對世界文學的接受、翻譯與摹寫〉已有初步討論（黃美娥，2004，頁285-342）。

換言之，本文意欲更深入描繪域外文學來到臺灣時，在不同跨文化／跨語際交流情境下，臺灣所衍生的文學／文化的美學／書寫交換政治（politics of exchange），進而凸顯出臺人自我表述與因應蛻變的歷史圖像。而在省思「從東亞到西方」各種不同文學來源的跨界現象中，此處所要特別玩味的是，「日本文學」在臺灣漢語文言小說的跨界行旅歷程，這是有感於一般在討論臺灣漢語文言小說時，極易發現其與中國文學的淵源關係，但往往忽略了日本文學帶來的刺激和影響面向。

細繹這段接觸史，其實早在日治初期便已開始，而除了由日本漢文人擔任日本文學傳播來臺的傳譯角色外，臺灣本地傳統文人亦是重要的仲介者；相關引介的作品，不僅有著名日籍漢文小說家菊池三溪、依田學海的漢文小說，尚有若干透過摘寫、改寫或譯寫方式進行，最終亦以漢語文言小說面目，呈現在臺灣報刊中的四十七義士、塚原左門、塚原卜傳等故事。由於這些日本文學作品，原來使用的文字包括日文與漢文兩種，因此當其跨界進入臺灣漢語文言小說場域時，日文的作品便首先面臨了從「非漢文」到「漢文」的「翻譯」問題；但，即使是同屬漢文的作品，臺、日之間共有的漢文「同文」接觸經驗，也會因為來源出自不同地域而存有交流之外的相互斡旋、磋商現象。以上二者，最後都成為深具「文化性」的跨文化／跨語際的特殊活動方式，甚至引發各式的語言／文化／國族／政治問題，顯現了彼此之間牽纏糾葛的文學／文化流動、位移與激撞狀態。正因為如此，聚焦於日、臺文學的跨文化互動，相較於其他域外文學，還多了一層「臺、日漢文關係」下的同文交混與角力面向，愈加耐人尋思；而這也正是本文題目之所以選擇了「漢語文言」小說，卻不含括「白話小說」的目的，唯其如此，才更能與日本「漢文」小說問題多相連繫、並存思考，進而與晚近深受重

視的「東亞漢字圈」研究有所對話。

　　那麼，環繞在日治時期臺灣漢語文言小說場域所發生的日本文學的跨界行旅，究竟沿途會有何等風景？由於旅行牽涉空間位移，而有著文化接觸的關係性、流動性、交往性，乃至移轉、嫁接或殖民性，而翻譯活動也會縮結著國族認同的建構、意識型態的拉扯，以及語言表達的困境，為便於說明各種可能性與問題性，本文將從「文體」[6]與「國體」[7]的雙軌討論進行交相辯證，藉以闡述日本文學

---

6 由於本文探索了臺灣小說的起源問題，因此自然需要留心臺灣人學習小說書寫的進程與對相關問題的認知，包括去理解「小說」這一「文體」怎樣藉由早期在臺刊載的日本漢文小說而做出示範性的展示，其次也要觀察臺人在遭受日本文學的刺激影響之後，會進行怎樣的作品書寫實踐與變化，為此本文遂特別著眼於「文體」此一面向來加以討論。而有關「文體」一詞，它既是古代中國文學批評理論中的常見話語，但也是近代西方文學研究方法論中的重要一環，因此當本文一旦決定使用了「文體」一詞時，便無法迴避這雙方面的指涉要義。而以中國文學批評史的情形來看，早期如劉勰《文心雕龍》、鍾嶸《詩品》、沈約《宋書·謝靈運傳》便已曾使用此詞，乃兼有體裁、體式、風格之涵義；而在西方，因為受到科學、語言學、哲學研究方法的影響，20世紀文學研究者的研究重心，已由空泛的文學概念轉向文本（text）概念，而「文體」（style）也因成為標誌文本組織特徵的術語獲致重視，其在理論與方法基礎上，則是側重集中研究作品的語言形式，然此語言形式的概括結構，會受到小至作家個性、作品文類，大則時代與民族的制約，因此展現出相異的面貌。正因為如此，筆者在思考臺人小說文體表現的問題時，可能會觸及小說體裁、體式、風格的思考，但也會考量到文本語言形式與結構特徵，乃至連結時代與民族處境的種種問題，而這也正是本文綰合「文體」與「國體」並置探討的原因。

7 關於「國體」一詞，本是漢語，最早乃出自《管子·君臣篇》，意指君臣父子五行之官，基本上有組成國家要素之意味，這可稱為廣義的「國體」意義，而每一國家其實都擁有獨自的「國體」。在江戶時期，「國體」經常出現在日本漢學者的著述中，其用法與《管子·君臣篇》原本大同小異，但明治維新之後，此詞漸衍生出特殊新義，其被用來討論日本的建國原理與國家的型態，所謂「君民同祖」（即以天皇為族父，日人皆為赤子）的家族國家觀，且與「萬世一系」、「忠君愛國」、「萬古不易」的修辭相互連繫，成為支持日本近代政治運作的原動力，到了後來更是透過各種制度使「國體」觀念普及化、法令化、制度化、日常化。大抵，從1894年至1945年間，日本掀起了一股討論國體相關問題或從國體角度討論時勢的風潮，形成了「國體論」的建構；綜此，日本著名政治思想史家丸山真男曾經指出，「國體論」是一種「非宗教的宗教」，其目的是要教化日本民眾去對抗西洋，在此前提下，日本「國體」的優越性與神話性遂被格外強調。以上，有關「國體」與「國體論」二詞之旨義（陳培豐，2006，頁51-54；陳瑋芬，2002，頁77-80）。又，對於此一「國體」觀念或「國體論」的討論，倘

對於臺灣小說文類、文體知識生成形構，與書寫實踐的刺激影響，以及日本民族文化、國民性如何伴隨小說敘事結構進入臺灣，並將臺灣國民收編納入日本帝國的序列之內，顯現出文化翻譯的概念，化身成為帝國馴化政治技術的一環；此外，也將探討臺人面對日本漢文小說美學的接受反應，在迎合與抗拒之間，最終何以會出現「書寫錯置」的特殊創作姿態與心理癥狀？上述諸問題，皆是本文關注焦點。

一、「日本文學」在臺灣的跨界傳播進程

　　關於「日本文學」之移植、傳播來臺，除了學校相關課程的講授、坊間一般書籍的閱讀消費，另一種不容忽視、更為普及的重要管道，莫過於透過報刊媒體的刊登與流傳。而由於報刊具有穿越同質、空洞的時間，形塑「共時性」概念想像共同體的技術手段（Benedict Anderson、吳叡人譯，1999，頁26-28、36），因此對於讀者而言，更能一同快速匯聚、分享某些相關的觀念與知識，其影響性不容小覷，故本文在探討「日本文學」來臺的跨界行旅樣貌時，便以報刊資料為觀察對象。又，由於本文研究目的是在理解日本文學跨界進入臺灣漢文小說的諸多反應與變化，故研究材料也就連帶鎖定日治時期曾經刊載臺灣漢語文言小說的報刊，唯限於精力

若回溯日本當時相關言論內容，可知實際所論攸關了：日本主體性的培養、日本國民性的薰陶，乃至儒教、漢文、國粹等問題，內容可謂十分豐富，本文既然以「國體」命題欲加探究，本當一一詳加闡說，唯受限於篇幅，在此無法細究。大抵，目前本文所述方向有二，首先初步勾勒日本與其他國家不同的「國體」內涵與性格，亦即釐析出原本廣義的日本「國體」面目，然後指出相關文本所顯示出的日本民族文化、國民性的在臺移植、傳播情況；其次，歸納釐析報刊中的日本文學作品，其所承載的狹義家族國家觀的日本「國體」論述，及其作為帝國統治修辭的角色作用，至於其餘有賴未來他文之說明。

與時間，目前尚無法進行所有報刊的全面爬梳與整理，以下將僅就當時最常出現漢語文言小說作品的《臺灣日日新報》、《漢文臺灣日日新報》、《風月報》進行討論。[8]

　　有關「日本文學」在上述報刊漢語文言小說場域之跨界移植與傳播情況，目前可以獲見其中實際存有階段性之變化。大抵，在明治時期，臺灣報刊較多日本漢文小說之發表，但或許是受到日本漢文小說史自身發展因素之制約，[9]相對地到了大正時期，日人的漢文作品亦逐漸消失；而原本明治時期已見刊載的日文小說家本田美禪房，則在大正時期還續有作品，渡邊墨禪、鹿島櫻巷等人之日文小說數量亦不少，進入昭和時期後，則又有吉川英治、菊池寬、橫光利一等人之作，清楚可見這已然是屬於日文小說的時代了。但，儘管在臺灣漢語文言小說場域裡，日本漢文小說漸趨沉寂，唯臺灣傳統文人魏清德、謝雪漁，尤其是後者，卻扮演了接替者的中繼角色，創作出許多具有濃厚「日本」味，乃至高度「日本主義」色彩

---

8 原本由臺南南社與春鶯吟社成員創辦的《三六九小報》（1930年9月9日－1935年9月6日，共計479號），亦是30年代臺灣漢語文言小說刊載的重要園地，但其中的小說多受到中國古典小說之強烈影響，或別具臺灣本地鄉土之色彩，而除了「嘉義古先」所寫滑稽小說〈留東趣史〉外，鮮少出現與日本文學相關之創作書寫，故此處未列入討論。至於《風月》（1935年5月9日－1936年2月8日）亦僅有〈新情史〉言及日本近代名流之戀愛史，〈志士傳〉中對日本志士的言談、風尚、軼聞和遺事之描寫，資料有限，且部分文字亦非「小說」體式，亦加略去；而《南方》（1941年7月1日－1944年1月1日）則因有關日本文學之譯寫，多屬白話漢文之作，自不在本文研究範疇，故亦捨去。綜上原因，本文目前所論，便以《風月報》（1937年7月20日－1941年6月15日）為主要研究材料。另外，在《臺灣日日新報》之外，原本尚有官報《臺灣新聞》、《臺南新報》亦可能出現較多漢語文言小說的刊載，不過此二份在1920年前發行的報紙臺灣早已無存，今日所可見者多以刊登日文小說為主，唯此之故，本文便主要聚焦於明治31年（1898）5月1日發行的《臺灣日日新報》，以及發行期間為因應漢文讀者群而從《臺灣日日新報》漢文欄獨立出來的《漢文臺灣日日新報》〔明治38年（1905）7月1日發行〕兩份新聞媒體。

9 原本自江戶中期興起的漢文小說，於明治14年（1881）至16年（1883）間臻於最高潮，但迄明治30年（1897）以降趨於衰頹，明治末期幾已無人從事漢文小說之寫作，日本文學於此進入完全脫離純漢文的和文創作方式（李進益，1993，頁35-39）。

的漢文小說來，進而開展另一番「臺製」日本漢文小說的光景，箇中情形說明如下：

（一）1905 年《漢文臺灣日日新報》「小說」欄設置之前

考察日本文學在臺灣漢語文言小說界的流動播散軌跡，明顯可見其中牽動了臺人與日人之間主體與異己的對話互動，甚至促使小說觀念或創作美學疆界畛域的更動調整，文化想像與知識建構的衍異、轉化，因此為求能更清楚釐析相關影響、變異的進程，在掌握箇中發展脈動後，以下將分由兩個階段來剖析這段交流、接觸的文學行旅。

所謂階段區分的分水嶺，乃以在明治38年（1905）7月1日《漢文臺灣日日新報》首次出現「小說」欄目為基準；這是報刊中最早出現的臺灣漢文「小說」專欄的關鍵時刻，[10]先行登出的作品是謝雪漁的〈陣中奇緣〉，此同時亦是臺灣本土文人的初試啼聲，報紙上特別標誌為「最新小說」，可見意義非凡。換句話說，1905年《漢文臺灣日日新報》「小說」欄的出現，標舉了臺灣自身的「小說」文類觀念已然形成，與創作實踐的漸趨成熟，故可視為小說發展史的重要里程碑。[11]

回溯過往，在清代的臺灣地方志中，雖然「叢談」或「雜記」等內容，於介紹風土民情時曾經出現殘叢小語的行文體制，但除此之外，有關清代臺灣的小說創作，較為人所熟知者，乃成書於康熙

---

10 但要補充說明的是，倘若就在臺灣發行的報刊而言，則首次出現專屬「小說」的欄位，應是在明治29年（1896）10月29日第48號的《臺灣新報》上，當時刊登作品為署名「黑蛟子」（按：即黑江蛟）所寫的日文小說〈東寧王〉。

11 當然，這並不代表此後臺灣創作者的小說觀念，和對小說類型、敘事成規的認知，乃至於書寫實踐，都已達成共識，實際還有眾聲喧譁、表述紛紜的情形（黃美娥，2004，頁310-314）。

43年（1704）的《臺灣外記》；這本以描寫臺灣鄭氏及明朝故老事蹟而聞名的歷史演義小說，作者江日昇是福建珠浦人氏，並非臺籍作家。正由於目前資料的缺乏，筆者尚未發現清代臺灣在地文人的小說作品存世，因此要尋找屬於臺籍作家小說創作史的真正開端，實際要到日治時期以後。是以，若從有清一代臺灣本土小說書寫的匱乏，到1905年謝雪漁「最新小說」的出現來看，則1895至1905年這十年期間，無寧可被視為臺灣小說的醞釀、催生時期。那麼，日本文學的傳播來臺，尤其是同屬漢文的日本小說，與1905年臺灣「小說」欄之設置有何關係？而在此欄目出現前後，日本漢文小說對於臺灣漢語文言小說的生成，又有何刺激作用？對於本來就使用漢文作為書寫載體的臺人而言，又能夠從中取得怎樣的啟發與引導？

1.《臺灣日日新報》「說苑」欄的出現

要論及日本文學對臺灣漢語文言小說的催化意義，首先需溯及明治32年（1899）《臺灣日日新報》「說苑」欄的開闢，而稍早一年《臺灣日日新報》才剛在臺灣設立。

關於報紙之「說苑」欄，[12] 其名稱並不單純，可能源於西漢劉向之《說苑》。當年，劉氏為了快速傳達政治理念，便利君王理解、吸收，遂放棄嚴整端莊、長篇大論之表述方式，改採故事或寓言陳述以說理；雖然如此，劉向撰著《說苑》時，卻自認符合六經要義，沒有虛構成分，當時目錄學家也未以小說來看待。然而，後人恰恰以為其中仍有荒誕不經、淺薄不中義理之「小說」成分，且

---

12 關於「說苑」欄中的作品，雖然後來來夾雜有非小說性質之雜文，但是若從該欄創設之初，便是刊登菊池三溪的〈珊瑚枕記〉，而其後多數作品也屬小說來看，此「說苑」名稱之設，應該與小說關係匪淺。

其雜記故事的手法，乃至體裁特徵，對於魏晉志人小說或軼事小說也有所影響，故在衡量小說觀念、文體淵源以及小說特徵等後，最終仍將《說苑》納入小說範疇來看待（周雲中，2006，頁37-41）。因此，當《臺灣日日新報》使用了「說苑」一稱，則其在名詞使用的潛意識以及實際所載作品的相關內容上，必有近似「小說」之處。是故，若干率先刊登於「說苑」欄內的日本漢文小說，顯然是以「小說」姿態現身的，又或是作為過渡之產物。也因此，在1905年《漢文臺灣日日新報》真正標舉「小說」欄，以及臺人自撰所謂的「最新小說」之前，《臺灣日日新報》「說苑」欄，不無隱含著展示近似劉向《說苑》一類作品之準小說或類小說的意味，又或者在日人眼中更已是真正的漢文「小說」的作品了。那麼顯然，說苑欄內的各類型態「小說」的刊出，無疑具有提供臺人認識小說與學習摹寫的示範意義。

　　事實上，首度出現在「說苑」欄的作品，便是日本著名漢文小說家菊池三溪的言情之作〈珊瑚枕記〉，[13]可知意義非常。而更值得關注的是，整個「說苑」欄刊載期間，多數具小說性質的作品，大抵均係日人撰寫，或係由日本文學譯寫而來者，由是遂更彰顯了一個事實：在日治初期，這個堪稱臺灣小說初始摸索的階段，報刊中的日人漢文小說，或其他日本文學的漢譯作品，宛然成為一個學習的「起點」與「來源」，甚而化身為臺灣小說史的「起源」之一。

---

13 菊池三溪（1819-1891），紀州人（今之大阪府），名純，字子顯，號三溪、晴雪樓主人、三溪居士。從名儒林檉宇習漢學，曾任江戶赤阪邸學明教館授讀，後轉任幕府將軍侍講，長期擔任儒官，明治維新前夕，有感時局紛亂，乃辭官歸隱。一生善詩能文，對戲曲亦有深入研究，最長於稗官野史，常為《花月新誌》撰稿，著有《東京寫真鏡》、《西京傳新記》、《奇聞觀止本朝虞初新誌》、《譯準綺語》等，是明治時期數一數二的漢文小說家。（李進益，1993，頁236、247；王三慶、莊雅州、陳慶浩、內山知也主編，2003，頁236）

「起源」是如此展開的：第一篇具「小說」示範樣本意義的〈珊瑚枕記〉，該篇描述南北兩朝時期，山鹿玄之丞、花衣、白梅、阿翠四人之間的愛恨糾葛，是典型才子佳人的情愛敘事。在1899年4月1日首刊於「說苑」欄時，文前還登出了如下的說明：

> 稗官野史雖間有附會，而可以資勸懲者不一而足，菊池（按，原文誤作為「地」）三溪翁珊瑚枕記一篇，事奇文雅，不讓微之之筆，蓋近時所罕覯也。茲鈔登報端，以供娛目之資云。（說苑，1899）[14]

這段介紹詞本為菊池三溪作品而來，但片言隻語之間卻也揭示了「說苑」欄上所登者，無非「稗官野史」一類，具有「事奇文雅」特質，內容則有勸懲及娛樂之用。顯然，「小說」之為何物，就其創作本質與目的，於此已有透露。而〈珊瑚枕記〉刊載期間，《臺灣日日新報》還曾插入刊載署名「古情人」所譯寫的〈院本三十三間堂棟柳緣由〉與籾山衣洲的漢文小說〈幽婚〉二文，此二者內容旨趣近似於《聊齋誌異》的鬼怪神異。是以，於此可見，菊池三溪、籾山衣洲或古情人，初步展現於臺人面前的「小說」書寫，容或「可以資勸懲」，但往往是「事奇文雅」的「稗官野史」，而且不脫「以供娛目」的通俗娛樂之用。

然而前後相差不及一個月，新刊作品卻是〈院本忠臣庫〉，[15]連

---

14 此段文字原屬舊式標點斷句，為利今人閱讀，筆者改採新式標點，以下情形相同者，不另說明。

15 此篇作品由清代鴻蒙陳人重譯自日本古劇本《假名手本忠臣藏》而來，該劇乃寫元祿15年（1702）大星由良之助等義士為冤死的鹽治判官報仇的故事，係由竹田出雲、三好松洛、並木千柳合作。陳人重譯時題為《海外奇談》，又名《日本忠臣庫》，而《臺灣日日新報》刊登時記為〈院本忠臣庫〉。相較於明治時期《臺灣日日新報》或

載時間起自1899年8月，至12月止，全文是一高達72稿的長篇。不同於先前言情或志怪的意趣，此篇小說所竭力刻畫者，是日本最為著名的復仇四十七義士的忠貞義膽，其內涵寄寓了高度的嚴肅教化意義。在〈院本忠臣庫〉之後，另一值得注目的是，從1900年1月16日至2月13日止，報紙以幾近逐日刊載的方式，刊出一系列以「記○○○事」為題，寫法上既有《史記》傳記體書寫的承繼，也有六朝志人小說的餘韻，近於史傳文學記事寫人模式的志人筆記，總計有〈紀仙臺二女子事〉、〈紀農夫八郎事〉、〈紀村上兄弟事〉等20篇，內容所述大率屬於忍辱殲滅敵人，為父復仇的孝子、孝女故事。至此，小說已不同於先前的通俗志怪趨向，轉而朝向較重史實，以及更為強烈教化意義的志人書寫，顯然《臺灣日日新報》「說苑」欄中，原先所欲建構以資勸懲、以供娛目之間相互辯證、擺盪的「小說」觀，正在改變中；是故，即連擔任《臺灣日日新報》漢文部主任的籾山衣洲，也著力於具「史傳體」性質的人物傳記書寫，其在1900年3月14日後，連續撰寫了〈成島柳北〉、〈鷺津毅堂〉、〈信夫恕軒〉等作。

2.《臺灣日日新報》「雜錄」、「雜事」欄的承繼

　　但，不知何故，《臺灣日日新報》的「說苑」欄至1900年3月便告停止，不過代之而起的，在「雜錄」、「雜事」、「叢談」等欄目中，仍然可見若干筆記體小說作品的刊登。

　　依據1901年至1903年間相關欄目所載，這時期清楚可知為日本漢文人所寫者，仍以具史實傳記性質的短篇志人作品為多，

《漢文臺灣日日新報》所登日本文學常見的文言筆記體，此由陳人所譯者則是較偏於口語的章回小說體。

如1902年土屋鳳洲從東京寄來〈吉田松陰傳〉、〈西鄉南州傳〉、〈岡本花亭傳〉等作；三島中洲亦有《梅山川北先生傳》；而1903年，在臺的館森鴻也撰有〈杉田信傳〉、〈杉田翼傳〉、〈桂川國瑞傳〉諸篇。以此看來，志人作品已成日人之偏好。

唯，有趣的是，迥異於日本漢文人之寫作趨向，此時報紙所載反而出現更多娛樂通俗之鬼怪敘事，只是多數未列出作者姓氏，諸如〈死鬼借債〉、〈人鬼同途〉、〈梅花之精〉、〈遇魔述異〉、〈水鬼迷人〉等；即連後來成為日治前期臺灣重要漢文通俗小說家的李逸濤，在此時所寫〈感夢篇〉古文，也以夢的幻境作為全篇背景，而頗有幾分志怪小說之氣味（李逸濤，1902）。由此看來，倘若這些出現在「雜錄」、「雜事」欄內的奇聞異事，是出於臺人之手，則顯見臺人對於品味小說的「習性」，顯然還是熱衷於神鬼志怪之流，而與日本漢文小說後來所極欲建構之教化面向有所差異；唯，若是日人所寫，則相對地，仍然指出報刊讀者大眾，依舊沉迷於奇詭聳異之風，部分日人雖欲進行嚴肅創作小說之示範，著重人物書寫以醒世的做法，仍未見其效，故不得不取材鬼精怪妖、夢或災異以從眾。

然而，臺灣小說起源的複雜性還不止於此。1904年，可能是日本漢文人的「松溪散人」，以〈碎玉群載〉為名，發表多篇筆記體小說，內容所記均出自日本之人、事、物，總計包括了〈歸猴以救親〉、〈差池雙燕子〉、〈兔報翁讎〉、〈小童抬鼻〉、〈倉鼠嫁女〉等44則作品。在首篇登載之前，松溪散人特加言及：

> 善戲謔兮不為虐兮，武公所為，割雞牛刀，夫子所戲，然則諧謔，賢亦時所不惡也。余頃閒暇無事，乃使兒童語古今怪談諧說，隨所聞錄之，率皆荒誕無稽之談也，而間又有錄實事

者，有翻案國書成文者，篋中所蓄凡若干篇，遂整錄成此編，
若有讀之者，猶勝於博奕乎！（松溪散人，1904）

編撰者如此的創作觀，其結果非唯認同、持續了「荒誕無稽」
的怪談之風，而且還將「諧謔」的笑話體漢文小說（其實也是筆記
體）一併呈現於世人面前；如此一來，在刊載四十餘篇作品之後，
勢必會更加增益、強化小說的通俗性與娛樂性。

只是，小說所追逐荒誕、諧謔的「通俗」，其邊界究竟何在？
1905年4月18日《臺灣日日新報》出現了「揮麈諧譚」一欄，刊
頭語特別提及：

輓近報界，流行趨勢。競爭改良，文明風氣。研究體材，內
容優美。附錄擴張，普通實例。小說談叢，高尚價值。目的共
同，特色殊異。提倡精神，活潑趣味。貢獻江湖，購讀滿意。
特別問題，諧譚揮麈。（揮麈諧譚，1905）

這份具有表態立場的改良宣言，論及了當時報界改良的風氣，
指出了小說談叢，也被賦予要求進行改革；但要如何在「提倡精
神，活潑趣味」之餘，又兼顧「高尚價值」？從「揮麈諧譚」欄內
首日所刊〈鳥獸鬥〉一文，或可窺見一、二。此篇表面書寫獅、鳥
之相鬥，但其實旨在嘲諷濟陽某士先後鍾情三女，卒引發三女之互
鬥，徒惹風波，是寓言型態的短篇小說；如此可知，所謂報界的
「競爭改良」，當是在求諧謔之餘，也能寄託勗勉、教化的作用，
以求發揮「競爭改良，文明風氣」的高尚價值。

以上，整體看來，從1899年「說苑」，至1901年之後的「雜
錄」、「雜事」，或是1905年之「揮麈諧譚」各欄內的日本作品情

形，初步發現日人所寫小說或類小說之敘事，在文體上係以筆記體為主；而在小說內容表現上，則志怪與志人皆有；至於小說之本質意義，或求通俗趣味，或重勸懲作用，乃至追求「改良文明風氣」的高尚價值。綜言之，設若在報刊中所出現的攸關「小說」的種種實踐或言說面向，因為透過傳播生產與大眾消費想像，會自動形成自我聚集而轉化成為一種穩定性的思維概念的話，那麼要予以承認的是：日本文學，或特別是日本漢文小說，正如前述是處於一種奇聞異事、諧謔、荒誕無稽、通俗娛樂、勸懲教化、高尚文明價值等觀念並存，且相互具有緊張／流動關係的狀態；而如此也顯示了在1905年《漢文臺灣日日新報》「小說」欄出現之前，由日本內部本身所主導形構的小說敘事倫理與美學實踐，似乎是一個不穩定的小說秩序世界。

（二）1905年《漢文臺灣日日新報》「小說」欄設置之後及其他報刊情形

明治38年（1905）年7月1日《漢文臺灣日日新報》發行，這是為了多數還無法閱讀日文的臺灣人而設立的；較特別的是，在此報紙發行之初，便已明確設置了「小說」專欄，首日刊登的便是被冠上「最新小說」的謝雪漁〈陣中奇緣〉，[16]此文也是目前所見臺灣本土文人所寫的第一篇漢文小說。而在《漢文臺灣日日新報》成立

---

16 這是臺人第一篇正式標注為小說的作品，篇中以1793年法國大革命後，共和政府建立不久，局勢未穩，保王黨企圖破壞新政府以恢復權力，而和共和國軍隊奮力對抗的作戰歷程為經，雙方將領松如龍、鐵花、熊大猛的愛情、親情糾葛為緯，在歷史小說的寫史目的下，包裹真摯的通俗愛情話語，兼及金錢、人性的衝突矛盾，確立忠義品德之崇高價值。全文以長篇章回體方式呈現，採簡易文言文書寫，內容共計21回。作者在小說中採用西元「時間」、法國「空間」，加上最新「小說」的新文體的使用，故謝雪漁在標題的擬定上，特別標注了「最新小說」，而有關本篇小說在臺灣小說史之開拓性的意義，可參見黃美娥（2004，頁311-312）。

的1905年至1911年期間，臺灣文人從事小說書寫者漸多，除前述之謝雪漁，尚包括李逸濤、李漢如、黃植亭、白玉簪等，因此《漢文臺灣日日新報》漢文小說的創作主力群已經轉向臺灣文人自身，其中尤以謝雪漁、李逸濤、白玉簪在此時期作品數量最豐，表現耀眼。1905年《漢文臺灣日日新報》中的小說欄，自7月1日發刊至12月30日止，僅刊行謝雪漁〈陣中奇緣〉此一長篇文言章回小說。次年，筆名「霞鑑生」之黃植亭亦開始撰寫，[17] 李逸濤與白玉簪作品則接續其後，後二人更成為謝雪漁之外，在1905年至1911年《漢文臺灣日日新報》上小說創作的主力作者。

　　以李逸濤而言，[18] 其在《漢文臺灣日日新報》發表之作，總共有〈留學奇緣〉、〈兒女英雄〉、〈不幸之女英雄〉、〈劍花傳〉、〈雙鳳朝陽〉、〈雙義俠〉等高達46篇之多，初期作品幾乎都以中國為故事發生背景，其後才擴及臺灣本地與世界各國的異國景觀；其次，作品創作類型多元，如公案、俠義、言情、社會小說等，與晚清通俗小說常見體類並無二致，而作品中最特殊而常見的人物角色為「義俠」，尤其是「女俠」、「女英雄」，此殆因其曾客居中國多年，受到晚清知識界認同古代遊俠特殊心態的薰陶，[19] 以及當時若干俠義公案小說中傳奇女俠、女刺客救民救國，或革命者參與革命

---

17 黃植亭因隔年即亡（1907），故未能持續創作。

18 李書（1876-1921），字逸濤，號亦陶、逸濤山人，臺北人。博覽金石，尤通史、漢，曾任《臺灣新報》、《臺灣日日新報》記者20年。1898年，章太炎來任《臺灣日日新報》記者，與其相處最善。另，亦與日人守屋善兵衛、日下峰蓮、籾山衣洲等人交好，時或出席以日人為社群主體的「玉山吟社」活動。大抵，李氏能詩善文，但畢生以文言通俗小說之寫作而聞名，作品類型除公案、俠義、言情、社會小說外，尚且從事偵探小說的擬寫，乃日治前期臺灣最重要之漢文通俗小說家。

19 晚清因為國政衰頹，內憂外患，因此知識界普遍形成認同遊俠的激進思潮，輕生死，重然諾，高揚尚武精神，對於流血崇拜，歌頌暗殺與復仇，這種現象既存於時人的現實言行中，也再現於文學作品之中，甚至出現互相滲透影響的現象（陳平原，2000，頁275-317）。而上述有關遊俠形象及其心態，在李逸濤的通俗小說中也時時可見。

事蹟的啟發所致，[20]進而形塑出寄託「女體」化災解厄、解民倒懸的期望書寫。而另一位作家白玉簪，[21]其在《漢文臺灣日日新報》共發表〈書齋奇遇〉、〈蕭齋奇緣〉、〈萍水奇蹤〉、〈再生緣〉、〈破鏡重圓〉、〈黃鶴樓奇遇〉、〈靈珠傳〉、〈金魁星〉等14篇小說，小說場景多以中國為主、臺灣為輔，其中除連載291回的〈金魁星〉為長篇講史小說，其餘多數內容不脫才子佳人與娼妓之愛情豔事，書寫則或有仿諸唐人傳奇處，亦頗取徑於《聊齋誌異》。而相較於李逸濤之取法章回小說或更多習自晚清小說之文體型態，白玉簪似乎更向明清以前之中國古典小說進行師法；至於謝雪漁之創作表現，則有不同於李逸濤與白玉簪處，其固有從中國古典小說汲取養分者，但也有模擬日本漢文小說之處，箇中現象更為錯綜複雜，容後再述。

　　至於日人情形，較值得留心的是在1906年，菊池三溪之作多次出現，計有從《本朝虞初新誌》錄出的〈義偷長吉〉、〈臙脂虎傳〉、〈嬌賊〉、〈本所擒龍〉、〈五色蔦〉、〈丸山火災〉、〈離魂病〉、[22]〈紀文大盡〉[23]等；此外還有另一位小說家依田學海，[24]

---

20 有關女俠、女刺客在晚清小說的形象建構與角色意義，參見王德威（2003，頁211-213）。

21 白玉簪（?-1918），字笏臣，又字靜屏，嘉義台斗坑人。清末臺南府庠生，出於將門，為都督白瑛文之孫。博學能詩，但以小說見長。乙未割臺後，在地方教授漢文，頗有聲名。1909年與蘇孝德在嘉義縣組織「羅山吟社」。除羅山吟社，亦常參與玉峰吟社等聚會，文學活動多集中嘉義一帶（薛建蓉，2008，頁2）。

22 此篇作品不是登載在《漢文臺灣日日新報》的小說欄，而是「藝珍隨錄」欄內（菊池三溪，1906）。又，同樣在「藝珍隨錄」欄內，尚可見其他日本漢文文學作品之刊載，如〈浦島子傳〉、〈楠公神鈴記〉等。

23 按，本文刊載時，作者署名「白濤」，且未注明此篇小說實乃菊池三溪之〈紀文傳〉。

24 依田學海（1833-1909），名朝宗，號學海、百川、柳蔭等，幼時受學藩校，長從藤森弘庵受經史，兼修文辭，藩侯崛田正睦舉為中士，補藩學都講，後又為侍讀兼近侍、郡方代官、江戶留守居役廢藩後任修史局三等編修、文部少書記官等職；明治18年（1855）絕意仕途，轉而專事著述，時多流行少年才子稗史小說，因根據西洋之說而語多鄙俚淫靡，依田氏卻更著力於勸善懲惡之作，人譏其腐而不悔。畢生善詩文，好讀小說，也醉心創作，對翻譯自西洋的小說涉獵亦多；此外，亦癖好觀劇，並積極

其《譚海》[25]中的〈轆轤頭〉（1906）、〈伊賀復讎〉（1906），也於
1906年登出。這一年，就《漢文臺灣日日報》小說欄而言，別具
意義，由於前一年「小說」欄設立之後僅刊出謝雪漁長篇〈陣中奇
緣〉，因此要到1906年才是眾多小說家摩拳擦掌的關鍵時刻。就
在謝雪漁、李逸濤、白玉簪等臺人作家作品出現之際，《漢文臺灣
日日報》於本年特別刊載菊池三溪《本朝虞初新誌》多篇小說與依
田學海的〈轆轤頭〉、〈伊賀復讎〉，此舉非唯承繼了1905年以前
《臺灣日日新報》中「說苑」、「雜事」、「雜錄」欄中的日本漢文
志怪、志人筆記，也頗有與日漸紛出的臺人作品一別苗頭之勢。而
除了兩位日本著名漢文小說家之作品，署名「巽軒」的哲學家井上
哲次郎，其〈孝女白菊〉詩也被錄於1906年《漢文臺灣日日新報》
的「小說」欄內（巽軒，1906a、1906b、1906c），雖然此詩屬於
敷衍本事之歌體，但因詩中主角白菊個性鮮活、故事動人、情感纏
綿，加上說部原本也有以歌體為之者，故被譽為「洵為恰到好處之
一短篇小說」（巽軒，1906c）。[26]

　　其次，另一個值得留心的是，在1910年及1911年時，報紙又
再度刊載了菊池三溪與依田學海的小說，即依田氏《譚海》中的
〈法國演戲〉（1910），[27]與菊池氏《繹準綺語》中的〈木屐入浴〉、
〈幡隨院長兵衛傳〉（1911）。其中，先刊登的依田學海〈法國演

從事演劇改良。有《俠美人》、《譚海》、《譚叢》、《學海日錄》等傳世（三浦叶，
1983，頁305-306；李進益，1993，頁285-291）。

25 關於依田學海《譚海》的詳細出版經過，以及該書撰寫題材與結構，有澤晶子有清楚
說明（2005，頁179-185）。

26 參見巽軒〈孝女白菊〉詩末「簣江漁史」的附記：「孝女白菊，豔若桃李，而淡若黃
花，孝貞直追古人，……觀其事蹟，悲壯淋漓，情緒纏綿，洵為恰到好處之一短篇
小說。巽軒此詩，尤筆力勁健，朗朗可吟，……且說部亦有成以歌體者，因採入本
欄。」

27 原篇題為〈佛國演戲〉，臺灣改為〈法國演戲〉。

戲〉，乃翻譯自法國里昂劇場所演的一齣俄國劇，係從其女婿川島忠之處得知此劇內容，然後擇要譯出（法國演戲，1910）；[28]至於後來菊池三溪的〈木屐入浴〉、〈幡隨院長兵衛傳〉，也是譯寫之作，小說出於晚年所著的《繹準綺語》，[29]該書主要是將日本重要名篇由日文改譯為漢文。然而，《漢文臺灣日日新報》之所以會在1910年至1911年間，特別重新選擇兩位小說家的漢文「翻譯」小說，當是相應於1910年以後，臺灣本島逐漸興起小說異國情調書寫，以及西洋文學的翻譯、摹寫。[30]則顯然，在日獲重視的譯寫風氣中，菊池三溪與依田學海之小說仍具有某種程度的典範意義，而得以獲致引介。

　　除了菊池三溪與依田學海的譯作，其實在稍早之前的明治40年（1907），便已刊出由日人中西牛郎[31]所翻譯的〈降任錄〉一文（中西牛郎，1907a、1907b、1907c），本篇小說可能是譯寫荷馬史詩《奧德賽》之片段，內容講述由利士（臺灣一般譯為「尤利西斯」）離開海上女神之後，女神鬱鬱寡歡，一日赴海濱行吟散憂，竟巧遇前來找尋由利士卻發生船難的由利士之子「鐵烈馬克」的故

---

28 另，川島忠之助撰有《佛國演義薄命才子》翻譯小說，依田學海為作書評。

29 關於《繹準綺語》一書，該本漢文小說集原名《譯準稗史》，參照書前自序可知，作者乃有感於中國《水滸傳》、《西遊記》、《金瓶梅》、《三國演義》等書流傳日本，因為藉由翻譯而能膾炙人口；但，日本《草紙》、《物語》、《源語》、《勢語》、《竹取》」諸書，命意雖奇，文字雖妙，卻因係日文書寫，故在中國鮮有人知，為與中國古典小說一爭高下，菊池氏便嘗試將若干日本近古稗史野乘節錄改譯，包括近古院本小說《八犬傳》、《源氏物語》、《弓張月》、《膝栗毛》等，其重要目的便是意在宣揚日本文學的精華，此外也藉此推廣漢文學習之宗旨。此書非長篇章回小說，而是傳奇體式；書末又加附了〈幡隨院長兵衛傳〉一則，即《漢文臺灣日日新報》報上所載者（李進益，1993，頁272-275；王三慶、莊雅州、陳慶浩、內山知也主編，2003，頁403）。

30 此一時間點，乃筆者考察當時報刊創作趨勢之個人所得。

31 日人中西牛郎於1903年來臺，1910年離臺，在臺時曾與小泉盜泉、館森鴻發起創辦「哲學研究會」，並協助總督府編寫臺灣十年財政史，一般最為人所知悉者乃為李春生所撰寫的《泰東哲學家李公小傳》。

事；但全文並未譯完，十分可惜。此外，明治43年（1910），報上還有另一則依據日本流傳的「白樂天遊日本」故事[32]改譯而成的漢文小說〈白樂天泛舟曾遊日本〉（白樂天泛舟曾遊日本，1910a、1910b、1910c），[33]小說除敘及一般日本故事中常見的白居易與白頭漁翁相逢競賽詩藝的主要情節，還有數位中國名人如田橫、徐福、徐庶、箕子與白氏遇合、對話之書寫，並藉由這些中國赴日歷史人物之言談，傳達了大唐當與日本累世親好之意旨，成為這篇翻譯作品耐人尋味的絃外之音。

　　大抵而言，從1898年《臺灣日日新報》「說苑」欄成立以來，至1911年《漢文臺灣日日新報》停刊止，總計十餘年間，日本文學、尤其是漢文小說（包括前述之志怪、志人的筆記體）實是臺灣漢語文言小說發展中不可忽略的一環，或可稱為重要的「起源」之一；但隨著日本內地漢文小說創作的衰頹，日本漢文小說本身或日本漢文翻譯小說，其在臺灣漢語文言小說場域內之身影也趨於模糊而漸告消失。[34]代之而起的，是《漢文臺灣日日新報》「小說」欄設立後所孕育出來的臺灣文人創作群，這些文言小說家，一方面摸索本土小說美學自律性的生成問題，另一方面也有人接續了原日本漢文人寫作日本人、事、物的「日本」小說敘事模式，甚至承繼了

---

32 「白樂天遊日本」的故事，在日本主要是指白居易乘船到日本肥前國松浦烏，遇到由住吉明神裝扮的漁翁，兩人互動較智的情形，由於白居易不曾去過日本，故此情節乃日本作家的想像。早稻田大學學者竹本幹夫指出白居易赴日本之情節，係根據一個流傳的傳說而來，而這一故事可見於《臥雲日件錄拔尤》（張哲俊，2006，頁264-265）。

33 另，有關本文作者，其實並未署名，但小說末尾附有「異史氏曰」，這或許只是仿照《聊齋誌異》文尾作評方式的慣用語，但也有可能是魏清德所用筆名「異史」的自稱，則如此本文有可能出自魏清德之手。

34 即使後來在大正11年（1922）的《臺灣日日新報》上仍可獲見署名「國北」之日人所寫之〈天一和尚〉，或30年代至40年代《風月報》上偶見相關文字（按：多屬傳記而非成熟之小說作品），但整體而言日本漢文小說在臺報刊傳播風氣已告消歇。

菊池三溪譯寫日本文學的重任，開啟了在日本之外由殖民地臺灣人書寫日本漢文小說的另一種風景；倘就日本殖民地文學史而言，這或亦可稱得上是日本漢文小說史的境外繁衍與形變的一章。

至於，箇中扮演最重要角色的，當屬魏清德[35]與謝雪漁[36]。前者在《臺灣日日新報》大正年間以後所發表的〈金龍祠〉、〈伊達正宗之治猿〉、〈雌雄劍〉、〈人面瘡〉、〈鏡中人影〉等，均以日本歷史、社會人情、地理空間為小說背景；而稍早之前更用了異史、雲、雲林生等筆名，於明治後期著手譯寫了以武士、劍客為要角

---

35 魏清德（1886-1964），號潤庵，筆名雲、雲林生、潤菴生、異史、佁儗子，新竹人，後遷居臺北萬華。臺北師範學校畢業後，1907年參加普通文官考試合格，擔任5年中港公學校訓導。1910年辭去教職，應聘臺灣日日新報社記者，自此涉入媒體的生涯，至少長達30年以上。除了報社職務，魏氏曾經出任多項公職，1923年時因漢學出色表現，榮受學者褒章。平日積極參與各類詩社活動，1927年被推舉為臺北最大詩社「瀛社」的副社長；而設於1930年，以日人為主體，由臺北帝大教授久保天隨所創的「南雅吟社」，社員中臺人更僅魏氏一人，足見其漢詩表現頗受當時人所推崇。漢詩之外，書畫金石，亦皆涉染，因此各類相關品評文字亦豐，而通俗小說之創作亦成果亮麗，所作明顯可見中國、日本及西方小說之創作影響，最能彰顯殖民地時期臺灣通俗文學之混雜性。而其中，以取法日本及西方通俗文學者最足以觀，或創作或譯寫，前者有《雌雄劍》、《飛加當》、《赤穗義士菅谷半之丞》、《塚原左門》……；後者有《獅子獄》、《齒痕》、《是誰之過歟》、《還珠記》……；尤其偵探小說之翻譯、摹寫，堪稱臺灣傳統文人之巨擘。生平詩文作品，多載諸報刊，著有《滿鮮吟草》、《潤庵吟草》、《尺寸園瓿稿》等。

36 謝汝銓（1871-1953），字雪漁，號奎府樓主，晚署奎府樓老人，原籍臺南，日治以後，遷居臺北。本習舊學，改隸後力習帝國語言文字，汲汲於當時之學，以秀才而入國語學校者，謝氏為嚆矢。1905年擔任《臺灣日日新報》漢文欄記者，1911年赴馬尼拉擔任《公理報》記者；大正年間擔任臺北州協議會員，1928年轉任《昭和新報》主筆，1935年後出任過《風月》、《風月報》主筆。此外，謝氏亦具商業頭腦，曾任稻江信用組合長，組織同志蓄財團、東瀛藥種貿易公司、保和藥局等營利機構。畢生熱衷寫作，以古典詩歌為主，兼及文言通俗小說；所詠詩作不少，多揭櫱報端，著有《詩海慈航》、《奎府樓詩草》、《蓬萊角樓詩存》，尚有詩話作品刊於報端。1909年與洪以南等倡設「瀛社」，與櫟社、南社並列全臺三大詩社，在洪氏去世後繼任為第二任社長。而在通俗小說之寫作上，其所譯寫自法國小說的〈陣中奇緣〉，是目前所知日治時期臺灣文人小說書寫之先聲；作品中，長篇頗多，如〈健飛啟彊記〉、〈櫻花夢〉、〈新蕩寇志〉、〈十八義傳〉、〈武勇傳〉等，尤好歷史小說，兼及技擊、偵探等類型。常以中國或日本史事為本，時或雜揉西方科技新知，形成傳統與現代交混的特質，作品頗多流露帝國認同之文學政治色彩。

的小說，這些作品可能取材自日本的「講談」。[37]譬如，明治43年（1910）5月登出的〈赤穗義士菅谷半之丞〉長篇，係以發生於元祿15年（1703）在江戶地區的赤穗義士復仇事件為背景，描寫參與起義的47名義士之一的菅谷半之丞的故事，全文共計24回（1910）。而明治44年（1911）1月起，則就日人松林伯痴講談，譯述成小說〈塚原左門〉，全文以章回體呈現，計42回（松林伯痴講演、雲林生譯，1911），所述為日本著名劍客塚原左門清則生平，旨於宣揚其人之忠孝俠骨；到了5月，又有〈寶藏院名鎗〉之刊載，敘述奈良人權兵衛年老無子，求神而得一子名榮濤，並令其為僧，但榮濤無意誦經超渡眾生，而欲練武為天下雪不平，終於苦練鎗術有成，揚名天下之經過。後來《漢文臺灣日日新報》停刊後，魏清德於明治45年（1912）2月的《臺灣日日新報》，又再譯寫〈塚原卜傳〉一文（雲，1912），此篇則係刻畫劍道高手塚原卜傳的精湛技藝，及其為師、為父、為兄復仇殺敵的故事。以上連續多篇的譯寫，魏氏似乎成為日本武士或劍客技擊小說跨界翻譯來臺的主力推手，不過由臺人所開啟的翻譯日本文學的嘗試，在語言文字意涵的掌握，未必能夠如實而貼切，例如魏氏所譯寫的〈塚原左門〉，經比對此漢文小說出現前，已先行刊載於《臺灣日日新報》上的日文原版，便可發現有關相撲或技擊格鬥的術語與動作，如「押し出し」或「小手投げ」，魏氏可能由於對日本相撲、技擊文化的陌生，故在小說中多半未能如實而傳神的翻譯，有時甚至逕以類似於武俠小說「招式」的修辭策略予以帶過（潘俊宏，2008，頁18-19）。

---

37 在日本文學的發展脈絡中，講談與速記的結合，促使文字更口語化，描寫手法更為豐富，是有利現代文學產生的因子（三好行雄編，2002，頁206）。而臺灣在日治初期也常見日人講演各式故事，再經由臺人譯述，這些譯述的作品，內容出現較多對話，雖然文字仍屬文言文，但其生動、細膩地描寫外在事物與人物內在心理，對於新小說的書寫或有催化之益，故值得注意。

當然，若要論及日治時代最能展現日本漢文小說本格意味的，當非謝雪漁莫屬。謝氏初期在明治39年（1906）發表的〈江仙玉〉短篇小說，便頗為近似菊池三溪《本朝虞初新誌》小說寫法，自有模擬之跡。而進入大正、昭和年間，作品更多，如〈三世英雄傳〉、〈奇人健飛啟疆記〉、〈櫻花夢〉、〈新蕩寇志〉、〈怪傑彌兵衛傳〉、〈玉松臺〉、〈十八義傳〉、〈征四國〉、〈武勇傳〉等，皆屬與日本史事、戰爭攸關的歷史章回小說、軍談小說；而在歷史演義作品之外，謝雪漁也曾描述以日本現代都會空間為背景的偵探推理故事，包括：〈假金票案〉、〈妾之怪死〉、〈絞死藝妓〉、〈詐欺賭博〉、〈少女失蹤〉、〈全家被殺〉、〈新式科學的搜查〉等。然而，不僅止於《臺灣日日新報》、《漢文臺灣日日新報》，謝氏亦於1937年至1941年間的《風月報》上，依舊不斷書寫具日本色彩之作品，如〈日華英雌傳〉、〈小學生椿孝一〉、〈水戶光圀公巡行〉、〈侯家棄兒〉等。[38]綜合前述，可知謝氏小說之內容，其以日本時空為背景者甚夥；那麼，由菊池三溪、依田學海至魏清德、謝雪漁，日本文學在臺跨界行旅的進程故事，究竟隱含怎樣的文學／文化／政治意義呢？對此，以下將再進行剖析。

二、臺灣小說文類、文體的再認識與混生實踐

從前述報紙中「說苑」、「雜事」、「雜錄」等欄的作品發表情形來看，設若臺灣對於小說的本質論、創作論或目的論，已有一定程度達成共識的話，則臺灣不需要到1905年《漢文臺灣日日新

---

38 此外還有〈講談篇〉、〈赤穗義士關係逸話〉、〈楠公舉族忠義〉、〈軍夫報國美談〉等，其性質雖與小說不同，但內容也具日本色彩。

報》出刊時才明確設置「小說」欄，且同年方才有謝雪漁所謂「最新小說」的發表。換句話說，從「說苑」欄到「小說」欄的進程軌跡，正指出了臺灣小說敘事成規的確立與實踐，其實歷經萌生、形構與成熟的不同發展階段，而這充分顯露「小說」概念內涵的逐步進化事實。至此，「小說」才由軼聞雜錄、稗官野史，或史傳志人型態的「筆記小說」，漸趨演變成為作家虛構的、以塑造人物性格為主，且包括人物、情節、環境三元素的短篇、中篇或長篇書寫樣式，而開始朝向成熟、茁壯的階段邁進。

　　不容否認的是，此一演變過程頗受日本在臺漢文小說的刺激與催化，尤其是在報刊中，日人相關小說觀念既已隨著印刷媒介傳播，究竟這些印刷文字會怎樣影響臺人的觀念、行為與思想？而日本小說是否會對於臺灣小說文類本質的體會、文體書寫範式的摸索，或美學實踐的建構有所刺激與誘導？特別是在1905年後臺人所寫的作品，能否明顯見到其中的學習斧鑿之痕？由於文學作品是藉由文體而存在的，而文體包括具體作品的體裁、結構、語言與風格等，則臺灣小說在與日本文學相接觸後，其文體之樣貌又會出現何等特色？有趣的是，如同上一單元所述，日本文學在臺灣的傳播、移植所主導形構出的小說敘事倫理與美學實踐，似乎也是一個不穩定的小說秩序狀態，那麼對於小說文類、文體的認識與實踐都還在摸索、適應之中的臺人而言，日、臺之間漢文小說的接觸，會形成一片更為混亂的小說世界？抑或是生機勃勃的漢文小說場域？而臺人對於日本小說，將會進行怎樣的實踐觀摩與仿擬？

（一）向日本小說文類、文體自律性靠攏

　　毫無疑問，在日本文學進入臺灣之後，臺人漢語文言小說的書寫的確有向日人取經的現象。例如日本小說以日本人、事、物為背

景的書寫模式，便被臺人所吸納，謝雪漁於明治39年（1906）4月發表的〈靈龜報恩〉（雪漁逸史，1906a、1906b），所寫便是日本天正朝時，左相菅原公在京都別莊怡園所發生的靈龜報恩異事；而5月刊出的〈蝦蟇怪〉一文，乃記載永錄朝時，結城千駒運用智慧殺死以幼孩為糧食的百斤蝦蟇怪的奇事（雪漁，1906a、1906b）。以上，二篇作品所記皆是日人、日事；而其中之志怪成分，也與1905年以前報刊上之日人志怪作品有幾分近似。不過，如此「大和味」之書寫風格，對於臺灣作家謝雪漁而言，一時之間似乎擔心本地讀者閱讀的陌生與隔閡，其在〈靈龜報恩〉之篇末，特別附記：「逸史氏云：《廣異記》載劉彥回父為潮州刺史，得一龜釋之，洪流相救。《抱朴子》載都儉誤墜空塚，從龜學導引之法。龜能得道長生，又不忘報恩，自古由然，世不知酬恩者，寧非龜之不如乎？」（雪漁逸史，1906b）此處言及了臺灣讀者群較感熟悉的中國《廣異記》和《抱朴子》中亦有靈龜報恩之事，藉此進一步說服並引導讀者，去熟悉仿自日本小說而來的新型態小說文本的內容與詮釋視域，其意義是使讀者在所慣見的中國小說的文類模式與文體實踐之外，能順利接受臺人自製的富有「日本」興味的小說體製及美學風格。

但，不單是日本背景進入臺灣小說，而更新、調整了臺灣讀者原先慣見或已被制約的小說文類、文體的本來存在樣態，甚至連敘事思維結構，也會出現有被日本漢文小說所影響的情形。譬如任職《臺灣日日新報》的記者「溪洲伯興」[39]所撰之〈智擒兇鱷〉（溪

---

39 陳伯興，名履坤，臺北溪洲人，為著名小說家李逸濤之高足，年18即入臺灣日日新報社，在社中任職計有10年，初任檢校工作，後列漢文部記者，多所譯述，以〈蒙古征歐史〉最為有名，1907年病逝，年27（樵樂，1907；逸濤山人，1907）。

洲伯輿，1906），小說寫及奧州[40]海岸之岩山，由於奧王（按：指伊達政宗）常臨幸此地，故有「御殿崎」之稱，而此去海濱數里，魚類繁多，故附近漁人多來此潛入海中獵取鮑魚。一日，有一漁人被附近深海出沒之鮫鰐（按，指鯊魚）咬斷一足，漁夫死力相抗，但在勉力游回岸上之後，猶失血過多致死，而此景恰被搜尋父親不著的兒子親眼目睹，因此誓言殺鰐報仇。於是，往後半年多來，漁人之子經常出海尋鰐，但遲遲未見兇鰐蹤影，後有一僧人教以造一大釣之法，「長約尺許，串爾於鉤端，繫以巨繩，然後浮船海面，投於海中，如釣巨鯨然。」孝子聽其言改以此法抓鰐，但最終竟等待了十三年，才得以殲鰐，為父復仇。小說末尾，附有論讚之詞：「異史氏曰：積誠所感，鬼神避之。況蠢然一鰐耶？漁人之子殺鰐復讎，予故不驚其智，而嘉其孝。藉非處心積慮，垂十數年，亦胡得卒行其志哉？」由此可見本文創作之旨，乃在「孝子復仇」一事。而關於「孝」與「復仇」精神的強調，其實是日本在臺傳播之漢文小說中常見的書寫主題，尤其1900年《臺灣日日新報》「說苑」欄中20篇〈紀○○○事〉系列最為明顯，身為社內記者的陳伯輿，可能對此十分熟稔，故在從事小說寫作時備受感染與激發，卒而轉化為〈智擒兇鰐〉全篇小說之宗旨。

　　上述謝雪漁、陳伯輿在1906年4、5月刊登的這幾篇小說，呈顯了臺人有逐漸向日本小說文類、文體自律性靠攏之勢，而為求更加確立日本漢文小說之正典性，同年5月接續在謝雪漁、陳伯輿的

---

40 指陸奧國，日本古代的令制國之一，屬東山道。陸奧國的領域在歷史上變動過4次，但就一般概念（即為時最久的鎌倉時代至1868年的領域）而言，其領域大約包含今日的福島縣、宮城縣、岩手縣、青森縣、秋田縣東北的鹿角市與小坂町。參見維基百科資訊，網址http://zh.wikipedia.org/wiki/%E9%99%B8%E5%A5%A7%E5%9C%8B，查索日期2018年5月31日。又，文中所謂「奧州」、「奧王」以及「鰐」之指涉對象或意義，乃靜宜大學中研所碩士張明權查索所得，謹此致謝。

「臺製和風」小說之後,則是《臺灣日日新報》刊出了前曾述及的
菊池三溪〈義偷長吉〉、〈臙脂虎傳〉、〈嬌賊〉等8篇小說,以及
依田學海《譚海》中的〈轆轤頭〉。然而問題是,為何不是其他日
本漢文小說家,而恰恰是菊池三溪與依田學海的小說被優先引入臺
灣?而這其中又暗示著什麼?除了因為菊池三溪與依田學海是明治
時期著名文人,時代較為相近,不致令人太隔閡生疏外,可有其他
原因?

　　明治44年(1911)《漢文臺灣日日新報》在引介菊池三溪的小
說〈幡隨院長兵衛傳〉後,文末有編輯者特別附注的一段文字,
內容前半是關於菊池三溪的小傳,其餘則是針對其人相關作品進行
介紹,並言及小說寫作情形:「好誦稗史小說,戲掇拾入文,曾著
《本朝虞初新誌》、《西京傳新記》,文辭巧麗,奇趣橫生,風行于
海內矣。而其《譯準綺語》一書專以古文脈行之,則應作古文傳奇
小說觀也。……今轉錄古俠幡隨院傳者,一欲以紹介譯準一書,一
欲以與讀者諸君同賞先生之奇文,非有他意也。」(三溪,1911c)
可知菊池氏以古文脈書寫小說的筆法,形塑出獨具風格的古文傳奇
意趣,是臺灣報刊登載其人作品的重要因素。

　　唯不單如此,在類似唐傳奇作家所具有的古文筆法之外,倘再
從謝雪漁、陳伯興上述幾篇比菊池三溪作品更早出現的小說來看,
其與菊池、依田作品之共同點,除小說的日本背景外,雙方還共有
著以「異史氏」、「逸史氏」、「三溪氏曰」、「野史氏曰」作為贊
論的小說結束敘事的成規;事實上,「異史氏曰」作為一個小說慣
用套語,是蒲松齡《聊齋誌異》的特色,而臺灣謝、陳二人短篇小
說與日本菊池三溪,甚至依田學海都複製了如此的書寫成規。那
麼,不難想見的,後來報刊多次登載菊池與依田的作品,其實揭露
了跨界傳播背後隱藏的知識狀態,乃因這類作品既具有日本原汁原

味漢文小說書寫典範的身分意義，但又有與中國傳統小說相似之處，因此可以作為臺人學習日本漢文小說的最佳而且正宗的對象。則顯然，菊池三溪漢文小說跨界行旅的意義，其實是在臺灣選擇側重交混而非差異的小說視域中所孕育出的結果。

　　至此，如果從日本漢文小說史的角度來看，小說家菊池與依田之作品本就深受中國小說影響，而日治時期的殖民地臺灣，因緣際會之下竟又受到這些日本漢文小說家的刺激，最終導致了臺、日、中三地小說界間有了一段迂曲的接軌與接觸，卒在臺灣形成極為有趣的小說文體「二度重構」的混生經驗，出現了既「中」又「日」的特殊面貌。

（二）受日人小說觀的啟發

　　其次，菊池三溪或依田學海，對於臺人而言，並不僅是作為小說創作典範而已，二人有關小說文類的本質意義的思考或創作觀，對於臺人也有所啟發。

　　根據研究者指出，原本江戶時期日本漢文小說書寫頗多習自清人小說，但後來日本漢文小說卻能另出機杼，尤其在小說觀上，大抵開展出「架空與據實、外名教與寓勸戒、主諧謔與廣見聞的不同興趣」，中、日雙方對於小說觀點的涇渭分明現象（王三慶、莊雅州、陳慶浩、內山知也主編，2003，頁4）。那麼，菊池二人的小說觀是否充分反映了日本特色，而臺人又會進行怎樣的汲取與消融？

　　以菊池三溪而言，《漢文臺灣日日新報》所錄作品多出於《本朝虞初新誌》一書，此書乃仿自張潮《虞初新誌》，雖體仿前人，但文多自鑄，所記有志怪、忠孝節義、寓言與戲謔諸事跡；此外，在行文體例上，雖說取徑《聊齋誌異》「異史氏曰」的論贊書法，

不過在內容上卻非如《聊齋誌異》之純粹說鬼談狐，反多取材日
本稗官野乘，尤其看重據實結撰，寓勸懲於筆墨，以作為讀者借鑑
（王三慶等主編，2003，頁234）。而此等強調據實結撰的創作精
神，清楚可見於其人作品的字裡行間，如刊登於明治44年（1911）
《漢文臺灣日日新報》的〈幡隨院長兵衛傳〉，小說在故事鋪展之
前，作者先做了如下陳述：

> 三溪氏曰：一諾千金，折強助弱，重氣義，輕生命，解紛救
> 急，抉腸洞腹，水火弗顧，如彼之季布、郭陔者，我關左尤有
> 風習，而其尤顯者，吾先屈指於幡隨院長兵衛云。長兵衛之
> 事，其存於口碑，載於碑史，撰於院本戲劇者，不暇更僕，率
> 皆架空憑虛之語，其可取信者，晨星燐火不啻也。予今就其事
> 實可據者，作任俠傳。（三溪，1911）

菊池三溪自述此篇小說之作，絕非「架空憑虛」，而是「就事
實可據」者而為之，正能顯現其人重視「據實書寫」的創作態度。
而另一位日本漢文小說家依田學海，其所著《譚海》一書，同樣
也受到中國張潮《虞初新誌》的影響，但與菊池氏相同，都採據實
以錄，寄寓勸誡，不尚鬼怪、不求架空的書寫態度，去記述近古文
豪武傑、佳人吉士之傳，以及俳優名伎俠客武夫之事（王三慶等主
編，2003，頁3-4）。由此可知，二人在小說書寫上都甚為看重據
實書寫，以及寄寓勸懲的教化目的。

至於臺人反應，則可以從重要小說家魏清德對「勸善懲惡」觀
念與「紀實」書寫的繼承，略窺一、二，其以為：

> 抑小說之作為紀實也，含勸懲也。紀其實則惡必有惡報，而

善贗善賞，不寓勸懲，而勸懲之意自在。論者謂是蓋古小說之
窠位，千篇一律，可厭孰甚，不知水之為性趨下也，火性燃
也，草木逢春而發生，日月星辰，依一定軌道，一定期間，互
千萬年不變，何嘗有錯行哉？是蓋自然之理也，而非千篇一律
之可咎也。（稻岡奴之助、異史譯，1910）

　　這段文字出自明治43年（1910）魏清德的〈赤穗義士菅谷半
之丞〉小說中，時間是在上引〈幡隨院長兵衛傳〉刊出稍前，可見
魏氏在此之前，應已十分熟悉菊池氏的小說觀點；其次，文中魏氏
論及小說「紀實」筆法的美學問題，他認為紀實的小說，即使不刻
意強調勸懲教訓，但在寫善寫惡之際，也已自然呈顯了一定程度的
勸懲作用，而且紀實美學與小說勸誡作用觀點，二者之間有著共生
關係。不過，更耐人尋思的是，此等訴諸小說紀實與寓含勸懲的想
法，似乎已被當時的臺人認為是舊式小說的書寫窠臼，否則魏清德
不必於文本中，刻意表達其認為舊式小說的書寫方式仍有值得參酌
之處的意見。則如此，一方面可見，菊池、依田作品獲刊臺灣報端
的原因，不定然是因認同其人的小說文類、文體的記實、勸懲教化
觀點，而可能是出於上述所曾剖析過的美學因素。

　　此外，藉由魏氏的這番剖析與澄清，正說明其人所欲標榜的小
說創作觀，是在經過一番思量後，針對常人所謂的「舊小說窠臼」
有所辯證之後的決定，這是「新」與「舊」的小說創作觀衝撞後所
重新定位的「新」結果，而且細究魏氏的小說觀點後，更可明白其
乃從菊池與依田二人甚具日本特色的小說觀而來。因此，透過此一
情況的掌握，吾人更能清晰體認到外來的日本小說概念和書寫實踐
的美學範式，在跨界位移之後，如何促成臺灣在地小說觀的知識秩
序混成、衝撞的動態複雜過程，而魏氏的選擇，也證明了日本漢文

小說觀念已經在臺扎根的事實。

（三）臺灣小說的混生實踐

　　從上列敘述中，可以了解日本漢文小說的傳播移植來臺，促使臺灣小說中出現了「日本風景」。而日本風景的發現，有時是對於相關日人作品的直接刊載，有時則是承襲日人小說的文體書寫範式，又或是對菊池古文脈筆法的學習，甚至是如魏清德對日本小說文類本質論、創作觀的落實體現，然而正如前曾述及的謝雪漁、陳伯輿，與菊池、依田作品之間，還共有著以「異史氏」、「逸史氏」、「三溪氏曰」、「野史氏曰」作贊論的小說結束敘事成規的情形看來，這更說明了臺、日之間雙方小說文體書寫，某種交混而非差異的意義面向。不過，此種交混現象，並不止於此而已，觀諸日治臺灣漢文小說界，其實更引人注目的是，臺、日小說有時會以一種相近而非相斥的文體創作趨勢進行發展，且能共存並生於當時的小說場域中；而此等相近似的混生實踐面貌，其所形構出的較為和諧的小說秩序狀態，實是臺灣歷經日本小說的跨界行旅之後的平衡適應結果與殊異樣態，因此頗堪玩味。

　　例如，臺灣俠義敘事、武俠小說，與日本技擊小說、武士與劍客故事的交流、雜混，便是其中明顯例證之一。在《臺灣日日新報》「說苑」欄刊登的〈院本忠臣庫〉與「記○○○事」系列中，相關人物如武士、家臣、藩士、庶民等重義輕仇的事蹟；或是後來可能取諸松林伯痴講談，而由魏清德譯述的〈塚原左門〉、〈寶藏院名鎗〉、〈塚原卜傳〉諸篇，其中標舉「尚武」精神的日本技擊小說，或相關武士、劍客人物角色之個性刻畫，或重勇尚義的敘事基調，實與李逸濤在《漢文臺灣日日新報》所寫〈兒女英雄〉、〈義俠傳〉、〈鐵血霞〉、〈雙義俠〉……若干俠義小說有可以相互

參看之處，而小說中強調行俠仗義、復仇雪恨之行徑，日、臺雙方
作品顯然有可以相互溝通、參照之處。

　　此外，不只是報刊中可以見到日、臺技擊類與俠義類敘事並存
的發展樣態，若從武俠小說之「招式」書寫出發，則上述由魏清德
譯述的幾篇日本技擊小說，其有關各種形式的技擊格鬥書寫，對於
臺灣由「俠義小說」轉型為「武俠小說」，其實具有刺激、深化之
作用（潘俊宏，2008，頁17-21）。尤其，如同前面已經述及的魏
清德對日本技擊小說之翻譯技術，他曾使用較具武俠小說「招式」
修辭策略的方式，去翻譯〈塚原左門〉中的相撲決技動作，更可以
窺見日本技擊小說與臺灣俠義小說、武俠小說，相互浸潤後的互滲
意義。

　　另，更明顯的例子，亦強烈透顯於謝雪漁的相關創作中，他繼
魏清德譯述日系「尚武」技擊小說之後，在1912年10月於《臺灣
日日新報》發表〈三世英雄傳〉，這篇小說出現了多處日本技擊的
描述，並且進一步顯現了日本由江戶時期到明治時期，柔道取代傳
統劍術的日本「武道」近代化歷程，同時還加入了中國的少林拳法
的描寫；[41]因此，在臺灣作家謝雪漁筆下的這篇小說中，便順利縫
合了日本的技擊敘事，以及中國武俠的書寫元素，充分體現出臺灣
小說的混生特質。再如，謝雪漁發表於1935年7月《風月報》上的
〈日華英雌傳〉，尤其更有意識而自覺地交混了日本技擊如柔道、
劍術、相撲，與中國劍術、拳術的書寫，並讓中、日雙方人物進行
技擊、武術之交流，雖然這篇主要寫於戰爭期間的小說，不無藉此
宣揚日／中、日／臺親善共融的皇民文學用意，但就小說文體書寫

41　潘俊宏較早留意到這篇小說有對於日本技擊與中國武俠招式同時書寫的情況，只是尚
　　未留意到其中可能蘊含的日本技擊小說與臺灣武俠小說之間的混生意義（潘俊宏，
　　2008，頁20）。

之操作實踐而言，其欲使臺灣小說成為中、日技擊、武俠敘事混生實踐的創作意識，卻是有跡可尋的。

綜上，一方面可以得知臺灣漢文小說對於日本風景的發現、挪用與轉化情形，其中更顯現了某些日本小說文本、文體優先被吸收與轉變，以及跨界文化傳播本身雖然夾帶外來概念系譜和暗示體系，但在位移之後，往往也會與在地知識發生混成的複雜現象。而另一方面則是，當我們對臺灣漢文小說文本的文體、敘事或書寫模式進行分析與歸納時，更應正視的是，其產生混生實踐的動力來源為何？混生實踐背後所蘊藏的報刊選擇目的，編輯或創作意識的定奪，才更是令人玩味的；不然俠義、武俠敘事是無法與技擊小說同時被揀擇出來，而同時性地現身於臺灣漢文小說界中，且技擊書寫與武俠修辭也不致在後來謝雪漁的小說中相互為用，終至形成臺、日小說交混共存，乃至混生實踐的面向。則從如此的現象看來，相關重要報刊編輯或主要小說創作者，其採取了接受而非排斥態度的主動性（agency），顯然扮演了關鍵角色，值得再做更深入的考量與判讀。當然，這種混生實踐，除了俠義、武俠與技擊小說之間的交流互動外，《臺灣日日新報》中諸多日本講談作品的刊登，也可能有助於誘發臺灣的歷史長篇小說書寫；而日本對於志怪敘事的喜愛，是否也是形塑臺灣志怪小說在日治時期始終風行的原因之一，則有待後續更多的觀察。

三、日本「國體」敘事的文化翻譯與國族意義

在日本文學進入臺灣漢語文言小說場域中時，其重要者不單只是小說文類、文體相關知識與書寫技藝的在臺展示，若干作品更涉及了日本文化的跨界翻譯與流動，小說敘事結構中引入了日人的歷

史心性和民族文化；而這些文學／文化敘事，由於攸關於日人特有的文化、社會精神、國民性等，充分體現了日本特殊的國體民情，乃至潛藏了「萬世一系」、「忠君愛國」的家族國家觀，因此本文將此類作品視為日本「國體」精神的宣揚載體，並從中剖析文學／文化如何與「政治想像」（political imagination）產生關聯。

（一）忠與孝的體踐和連結

有關日本「國體」敘事的展演，其實早在日治初期《臺灣日日新報》「說苑」欄中的作品便已開始，而起點是刊登於1899年的〈院本忠臣庫〉。此文在登載時特別言及：

> 我國人民一種義勇之心，海外萬國未嘗視，其比古來稱之日本魂，史乘傳贊以至稗官小說，其跡歷歷可徵，而赤穗四十七士最粹中之粹也者。土西土鴻濛陳人所譯院本忠臣庫，乃保四十七士事蹟，其忠魂義膽，百歲之下，凜然有生氣。因茲逐次登錄，庶足以令貪夫廉、懦夫起歟！（院本忠臣庫，1899）

可知這篇攸關赤穗四十七義士的小說，強烈隱含著義勇之心、忠魂義膽的「日本魂」的獨特文化／民族情感結構，隨著報刊傳媒的大眾傳播，勢將有利形成臺灣社會共享、交換的價值，故文中以為能令貪夫廉、懦夫起。

而相近的故事情節，在稍後幾年又出現在魏清德以「異史」之名翻譯的〈赤穗義士菅谷半之丞〉中，魏氏還言及：「當時輿論十中八九，咸謂如斯志士，定邀赦免，不圖竟以旨賜一同割腹自裁，葬冷光院墓前。從此推義俠者，莫不以赤穗義士為模範；講談演劇，每至赤穗義士報復，則座客盈座，咸慷慨涕泣，其於武士道之

教誨不尠鮮矣。」（稻岡奴之助、異史譯，1910）因此，赤穗義士報復的故事，不只是上述的「日本魂」的展現，而且還彰顯了正宗武士道精神，樹立日本武士道的教誨意義。此外，魏清德還將此篇小說視為薰陶臺灣國民，教忠教孝的利器，他以為：

> 日本國以忠訓世，而支那以孝示天下，求忠臣必於孝子之門，未有孝而不忠者也。讀赤穗四十七義士復仇之快舉，益知我國忠義之所由來，然而未嘗有一不孝者。如菅谷半之丞，亦大孝之人也。我臺灣隸版圖未久，忠字之觀念未生，孝字之印象已沒，牛鬼蛇神，汩沈道德，不可慨乎？（稻岡奴之助、異史譯，1910）

文中，一方面在臺人面前將赤穗義士的忠義典範再予確立；另一方面，更將支那之「孝」與日本之「忠」相互連結，使剛成為日本殖民未久的臺灣百姓，能夠知悉盡「孝」、盡「忠」的最終對象，其實正是日本天皇，藉此增益忠孝報國的國族觀念。

再者，關於「孝」道之實踐，在1900年《臺灣日日新報》「說苑」欄中20篇以「紀○○○事」為題的小說中，曾經多所披露，但小說所言並非日常生活噓寒問暖式的孝親行為，更多數時候乃寫及父親被弒身亡，子女多年忍辱含辛、堅毅復仇的經過，亦即以最艱鉅而又充滿生命威脅、挑戰的方式，去完成生命中沉重的「報恩」之舉，這才是人子體現孝道的最佳典型。而此等孝道之實現，與中國《孝經》開宗明義章所言「身體髮膚，受之父母，不敢毀傷，孝之始也；立身行道，揚名於後世，以顯父母，孝之終也。夫孝，始於事親，中於事君，終於立身」頗見異趣，更顯日本文化之特色。

（二）復仇觀的標榜

其次，在上文中，魏氏另又以「復仇快舉」稱許赤穗義士之殲敵，如此實又牽涉了另一項重要的日本國民精神的揄揚，此即「復仇觀」的體踐。

關於日本復仇觀，潘乃德在《菊花與劍》一書中，提到「復仇」與「義理」的關係；而所謂「義理」，包括了從「舊恩」的報答，到「復仇」的義務。大抵，其內容涵蓋了對於雙親之恩的「孝」，對天皇之恩的「忠」，而忠與孝的報恩是強制性而不能免除的；另外，還有對於來自世間所受到的恩惠，也需有所償還，以及名分受損時，也需有報仇的義務與責任等（Ruth Benedict 著、黃道琳譯，1991，頁105-107）。而日人對「復仇」精神的看重與標榜，在1900年《臺灣日日新報》「說苑」欄20篇以「紀○○○事」為題的小說中最為清晰可見，且多數篇章率皆揭露此旨，以下略舉數例加以說明。

譬如最早刊出的〈紀仙臺二女子事〉，敘述陸奧足立村伊達侯老斤倉采地的農夫四郎左衛門，被劍師田邊志摩所殺，時四郎左衛門留有女二人，姊十一歲、妹八歲，二女後至瀧本傳八郎家為婢，瀧本傳八郎善於劍法，因受二女之孝志所感，願助一臂之力協助復仇，並告知於侯以遂二女之志；事成，侯還以二女賜藩士，二女表達以「微賤之身討士人罪莫大焉」，但傳八郎告以「得命復仇，何罪之有！侯命不可背也。」（紀仙臺二女子事，1900）這篇小說對於古代日本社會階級制度之森嚴頗有反映，但為人子女之孝道顯然可以凌駕一切，而由於復仇而殺人致死不僅可被容許，甚至可以獲得美譽；從中可知，「孝」與「復仇」對於日本民族文化之重要意義。

而論及復仇，1900年「說苑」欄中另一篇〈紀曾我兄弟事〉

（紀曾我兄弟事，1900）更是著名，該篇記述1913年曾我十郎祐成和曾我五郎時致兩兄弟討伐工藤祐經的事蹟，此乃係在日本復仇史上和「忠臣藏」並稱的故事；其後，1906年「溪洲牛郎」在《漢文臺灣日日新報》上又發表了〈兄弟復父讎〉，再一次重述了曾我兄弟復仇的經緯（溪洲牛郎，1906）。以上這些小說，強調了封建特質的國民性，展現出日本人是具有復仇傾向的國民，而復仇更可以是光明正大、名揚四海、坦坦蕩蕩的行為特質。於是，在大量日本漢文小說，尤其如「紀〇〇〇事」之作更是連續刊載達20篇之多，則其對於復仇精神頌揚不言可喻，自然影響臺人寫作，因此即使是在「紀〇〇〇事」小說刊出之後相隔多年，前曾引及的1906年「溪洲伯輿」〈智擒兇鰐〉，小說所寫是對漁夫之子花費十三年才能殺鰐以報父仇的感動（溪洲伯輿，1906）；而迄至1910年耐儂[42]〈神女〉一篇，文末也特加說明：「著者曰……神女一介織女，積十餘年復仇之志，無稍疲餒，救善除惡，得助將伯，卒達目的。其堅忍不拔，非尋常所可希及。」（耐儂，1910）足知小說敘事的重要精神結構乃在「復仇」一義，而「復仇」敘事及其文化意涵，已為臺人小說所攝取、涵納了。

（三）尚武精神的強調

此外，上列小說中對於「復仇」之舉的標榜，其實連帶所及也印證了日本「尚武精神」的提倡。在以「紀〇〇〇事」為題的多篇小說中，都述及了主角人物原本不諳刀劍，但為復仇，遂勤加學藝苦練，終能遂願的過程，因此在各篇文脈之中，尚武勵志之書寫不

---

42 李黃海，字漢如，號耐儂，另有筆名少潮，澎湖人，日人據臺十年左右來臺北，後前往中國報社工作。

時可見。況且，此一尚武精神之創作基調，還在後來日治初期松林伯痴之講談，或臺人魏清德譯述之技擊小說〈塚原左門〉、〈寶藏苑名鎗〉、〈塚原卜傳〉，或謝雪漁〈三世英雄傳〉、〈新蕩寇志〉、〈櫻花夢〉、〈武勇傳〉、〈日華英雌傳〉等篇小說中，得到承繼與發揮，並且小說還與時俱進描摹了日本武術現代化的相關現象。

　　因此，在上述諸人的小說敘事中，亦可發現日本早期特別是江戶時代的刀劍文化，到後來1876年因為廢刀令實施，已經轉向現代體育、柔道武術發展，而魏、謝之作，在再現日人尚武精神面貌之餘，也同時昭示了明治時期以後日本武術與技擊的現代轉型顯影。而事實是，日本現代武術不僅成為當時臺灣流行文化的一部分，後來還進一步涉入了救國救世的身體論述，小說成了最佳的詮釋；如發表於昭和時期的謝雪漁〈日華英雌傳〉，便描寫一遇人不淑，獨自扶養寡母、孤兒的才藝雙全南京女子「李麗華」，在再次歷經情愛、婚姻挫敗的情形下，赴日擔任家庭教師，並協助緝賊、偵破重案的故事；文中，屢屢將擅長武術的女性身體，與戰爭期時的國族身體相互連結，藉此傳達振興國力的意涵。是以，倘若綜觀日治時期，從早期到後期相關尚武敘事的小說作品，便可了然於江戶時期到昭和時期之間，日本「尚武精神」的文化意涵與國族意義在臺變化的進程樣態。

　　綜合前述，可知日本文學在移植、傳播來臺時，其中實際隱藏了不容忽視的「國體」敘事，促使日本相關歷史記憶、精神文化或國民性特質，成功化身為模式化情節，成為小說敘事的重要「結構」。其次，小說中的忠、孝、勇、義，尚武或復仇美德的宣揚，更是具有鍛鍊日本「國體」的規訓作用，這些帶有殖民主中心意識型態，或屬於殖民主民族文化特殊精神結構的文本，有助於馴化臺人國族認同的主體建構，以便順利轉換臺人從「中國子民」到「日

本新國民」的身體象徵系統與國族／文化認同狀態，故這類小說，無疑是日本民族文化輸入來臺的最佳仲介與媒介。

再者，依據上述臺灣小說家溪洲伯輿（陳伯輿）、耐儂（李漢如）或魏清德、謝雪漁，最終也複製了日本國體文化的書寫現象來看，就更加證明了上引若干日本相關「國體」敘事的文本，能不著痕跡地引領臺灣新精神想像、新文化記憶的重加形構，而且形塑出一批臺灣小說書寫的認同者，具體展現了日本外來文化如何說服臺灣在地性，進而重新模塑在地文化的過程。當然，其在顯示跨界文化翻譯將本屬「他者」的臺灣，予以馴服的動態收編過程中，更衍生出了殖民身分認同、文化序階想像問題；而隨著更多日本「國體」敘事文本的消費、接受、複製與再生產，就愈加證明臺灣國民被收編進入了日本帝國之內，以及臺灣在地文化漸漸進入帝國民族文化的編輯序列之中的事實。而這一切無疑反映出，文化翻譯的確涉入了帝國民族的配置策略，以及政治手段的運作，而日人統治臺灣之初，便已透過日本文學的傳播、移植，悄悄進行了臺灣殖民「國體」的改造工程。

四、臺灣漢語文言小說的書寫錯置與主體形構

那麼，在歷經日本「文體」與「國體」的強力推介、引入後，臺灣漢語文言小說場域，將會出現何等版圖變化？而重要小說創作者在與之接觸後，又會如何相迎以對，進以確立自我的書寫位置？

本文在此之前已經藉由許多篇幅，闡述了日本文學對於臺灣漢語文言小說書寫，實有諸多刺激與影響，包括：促使臺灣小說文類、文體知識的再認識與交混書寫的產生，以及小說「國體」敘事的文化翻譯與國族意義的形構；因此，日本文學的跨界行旅與傳

播，所導致「日本風景」的發現，對於臺灣漢語文言小說之形式、內容的確立與塑造，其實具有可觀的滲透力與作用力。不過，如同本文一開始之「前言」所述，張梗在提及這些臺灣報刊小說的創作趨勢時，也指出了其中頗有承襲自中國舊小說傳統的現象；而日治前期重要小說家李逸濤在其〈小說蒭言〉（1907）、〈小說閑評〉（1911）二文中，也曾自況《隋唐演義》、《三國演義》對其小說閱讀經驗上的啟蒙性意義，以及說明《聊齋誌異》、《水滸傳》、《西遊記》、《紅樓夢》、《鏡花緣》諸傑作的小說價值，顯見其人對於中國舊小說的高度嫻熟，並深受影響。那麼，在日本與中國小說同樣都可作為臺灣小說的眾多起源之情形下，臺灣小說如何在這多重接觸的情境中，進行自我主體的建構或抉擇？而中、日小說的書寫，最終能否都轉化為臺灣小說的資源與資本？臺灣小說創作者在不同小說來源的交流／交鋒下，又會呈顯出怎樣的書寫姿態與創作位置？

首先，無可迴避的是，日人作品除了直接在臺刊載，臺灣文人如陳伯輿、李漢如、魏清德後來也予以模擬、仿寫，尤其謝雪漁，更堪稱日本漢文小說之最佳承繼者、代理人，畢生從事一系列小說以移植、傳播大和文化、日本國民性、日本歷史記憶等，持續引入、再製了殖民主義文化的「大和味」，此點前面已加敘述。但，迥異於謝氏等人的書寫模式，李逸濤在《漢文臺灣日日新報》「小說」欄出現之後的初始創作，一開始便鎖定取道入徑於中國小說，尤其偏好晚清小說的獨特美學，且洎自大正時期創作結束，除少數仿寫西方文類的偵探小說，其一生小說之書寫方式大抵未變；至於另一位，本來應該可以受到日本小說風格濡染，同樣也選擇以中國古典小說為終身範式的是白玉簪，他的小說經常借鏡於唐傳奇與明清章回小說。是以，如此的情形，顯現了日本漢文小說，或日本風

味之書寫，並非臺灣漢文小說作者的唯一學習來源與創造出路，當時的創作者無疑是在日、中小說範式中擺盪，或甚至如李逸濤有時亦向西方文類尋找新表現方式的靈感。

那麼，此一現象，或足以昭示日治時期的臺灣小說場域，其實在本質上擁有多種型態之文學資本；不過這些資本，因為早在日治初期《臺灣日日新報》「說苑」欄出現之後，若干日本文學或小說便已取得先機，率先透過官方媒體占據了小說知識生產／消費的主導權，所以促發、左右了日後各資本彼此之間的消長與變化；只是，如果資本的占據與詮釋，代表著自我美學位置的顯露，則日本、中國、西方與交混後的臺灣資本，以及此四種不同的「美學位置」（artistic position），則其板塊之互動、挪移，是會表現在文化意義的正當性或政治意義的正當性？抑或美學意義的正當性？這是相當耐人玩味的問題。而此處更直接的疑問是，在與日本文學相遭逢的初期，李逸濤與白玉簪為何所選的書寫範式是中國小說，而非日本小說？

倘若考究李逸濤與白玉簪的傳記生平，則不容否認，也許文人習性（habitus）的不同，正是其人採取不同美學位置的重要關鍵，因為只有快速尋求最為熟悉而能掌握的資本，才能在進行資本競逐與轉換之際，安全地達成累積或獨占資本，以維護自己在小說場域中的地位，這許是李、白二人在面臨日本文學資本挑戰時的肆應方針。但不管怎樣，習性的不同，使得其人對於外來資源、資本有所揀擇、接受與抗拒，進而確立了不同文人間自我據有的美學位置。只是，李、白二人的中國書寫傾向，對於日治初期日本小說創作主體正在強力建構的潮流而言，不免是一種書寫的錯置（displace）；但，對於殖民體制下亟欲保存臺人的主體性來看，則謝雪漁等人的趨近日本書寫，同樣也是一種主體錯置。不過，即使筆者指出了臺

灣漢文小說界內，不同創作位置相互錯置的書寫情形，卻不等同於彼此是處於二元對立狀態，因為從前面單元的剖析中，可以理解日本菊池三溪等人的漢文小說，其與中國小說也有幾分近似之處，這說明了異國／異地文學要進入臺灣之際，也存有協商意味，日本需與臺灣在地歷史與社會力量進行斡旋與溝通；更何況，謝雪漁等人的創作，往往也體現了日本小說資本與中國小說資本多所混雜的現象。

　　茲再以謝雪漁的〈新蕩寇志〉一文，進行更深入的說明。這篇長篇章回小說刊登於昭和11年（1936）1月24日至8月12日的《臺灣日日新報》上，共計150回。[43]從題目來看，名為〈新蕩寇志〉，其名稱與清道光年間俞萬春寫成的《蕩寇志》（又名《結水滸傳》）相似；而在寫作上，他先改述《水滸傳》宋朝梁山泊聚眾之事，接著轉接俞萬春《結水滸傳》新出的忠君論述，[44]然後進以說明幕

43　關於此篇小說，故事背景設定於日本文永年間（1264-1275），此實具有重大歷史意義，因為忽必烈侵日的文永之役，便發生於此時；而對於日本而言，此役是國難當前，並且因此產生的神風觀念，更助長日後日本以神國自居的擴張主義的發展。而通篇內容可以80回為界，區分為前、後兩部分，前半主要介紹鎌倉幕府治下，綠林梟雄晝伏夜出，打家劫舍，如同梁山泊之草寇，乘國家有事四出騷擾，幕府為此特別設立了檢斷所（恰如今警視聽），並且各路也同時設有籌屋（如今警察署）嚴加查辦；此外，與盜匪「梟黨」相對立的，則另有「鯨黨」，此黨以勤王大業為旨，反對北條時宗攬政，故以俠自命，劫掠貪官汙吏、奸詭商家金錢，然取之有節，不濫殺無辜，且必定留下生活費或經營資本，故與「梟黨」作風迥異。大抵，本篇小說在80回之前，殆旨於介紹兩黨之事，並以梟雄、武士、女傑之間的情愛為小說發展主軸。迄至第81回以後，所述便與忽必烈來犯有關，此回題為「蒙古野心，鄰邦謀略」，而此回之後便致力於敘說元使多次來日之情景，忽必烈欲攻日以為藩屬，而當時執權的北條氏迷信宋禪，只顧私門權益，濫殺出海探敵的先驅勇士，故「鯨黨」起而號召，於內欲滅朝敵北條，於外欲奉違大政尊王以揚日本國光，並且實地協防海疆，最後終於成功退敵，使蒙古軍挫敗無功而返。

44　謝氏此文與俞萬春《蕩寇志》在寫作時間上相差約有百年之久，故事背景一在中國、一在日本，一為宋末、一為元初，故謝雪漁加上「新」字以區別之。而關於俞萬春的《蕩寇志》，此書重寫了金聖嘆腰斬70回後的《水滸傳》，他將梁山泊一百零八條好漢視為盜匪，進而廓清「忠義」與「奸惡」之士的區別，故以「蕩寇」二字來貫串通

府將軍私利私心而陷國家於內憂外患中，進而重申尊天皇乃為救國（日本國）振興唯一之道，從中明顯可見小說敘事結構或意旨對於《水滸傳》、《蕩寇志》的師法。再者，文中還融入不少中國傳統小說中常見的鬥武藝（少林武術）、鬥法術（黃石公道法）、鬥神獸（普化天尊坐騎）、石洞修仙等元素；此外，謝雪漁在小說推演中，放入大量和、漢民族及文化之間，早有相承、相交、相容的時空因子，而筆下的男女英雄人物，也都被賦予了深厚的中國文化素養，頗多能吟漢詩、漢文，熟用中國詩詞小說典故，且能理解中國儒家經書，甚至能將漢字說文解字一番；因此整體來看，若非小說故事背景設定在13世紀的日本鎌倉幕府時期，否則讀者儼然是在閱讀一篇充滿中國味的章回故事。是以，顯然地，謝雪漁在〈新蕩寇志〉中巧妙運用了鍛接的手法，他讓熟知中國小說《水滸傳》系列故事的讀者，能運用相似的閱讀經驗去理解日本幕府時期的歷史；然而恰恰是如此充分挪用了中國小說的經典敘事結構與修辭技藝，才更令人感到錯置的作用力，〈新蕩寇志〉究竟該隸屬於中國章回小說？或是更趨近於日本漢文小說？這一篇日、中混生實踐而出的臺灣小說，其美學位置著實難以「歸位」與「定位」。

篇小說主旨的，無寧更是「效忠朝廷」的意念，俞氏強調了綠林人士自以為是的「正義」，其實不可作為「官逼民反」藉口。正因為俞萬春將「忠義」等同於「忠君」，所以只重小我的「綠林正義救贖」，還是不脫「山寇」行徑，因此需要被「蕩除」，如此才能「但明國紀寫天麻」，而此書也因而被清廷視為宣傳太平天國乃是亂事而非起義的「維繫世道人心」之作，遂得以大量刊行。至此，再回溯謝雪漁的〈新蕩寇志〉，其在小說中將日本鎌倉幕府時期的「梟黨」視為綠林盜匪人物，強調山林群匪終被掃蕩的觀念，鼓吹唯有洗心革面歸順，或協助朝廷之人，方能得到善終善果，此一觀點無疑是選擇、吸納了俞萬春的「蕩寇」之意。於是，正如同清中葉刊行的〈蕩寇志〉續寫〈水滸傳〉至140回，而被視為強調君王統治正當性的宣傳利器；日治時期，謝雪漁的〈新蕩寇志〉強調了綠林梟黨盜匪該滅，而標舉「尊王大義」的「鯨黨」當被視為維持天皇政統的愛國志士，這種結合日本史事，重新擁舉天皇，確認百姓忠義的創作企圖，正是〈新蕩寇志〉的微言大義，故斯篇之作在日治時期的臺灣，其實是一篇政治寓言。

　　於是，綜合前述各類書寫混雜情形，可以印證如下的事實：在文化與文學上，殖民者無法全然破壞前近代以來的社會結構與文化結構，而只能促成前近代的蛻皮，或者產生跨文化混和與變形，舊文化機制仍然還有生存發展的縫隙；所以，一方面會有李逸濤與白玉簪在遭逢日本小說範式或正典的承繼、挑戰問題時，二人得以遵從自我過去以來熟悉的書寫習性和傳統文學資本，選擇以中國小說的書寫技藝，迎向正在進行中、新組構的小說創作美學位置的爭逐與角力，而未走向日本漢文小說的書寫範式。另一方面，則是如謝雪漁之作，一旦在自覺要從事具日本主義的小說創作時，究竟還是挪用了諸多中國傳統小說的資源與資本，這對於要以日本文學作為自我認知與實踐媒介的狀態而言，以中國章回小說慣用套語等方法去書寫日本場景故事，可能更是一種對日本小說美學自律性的錯置與錯位。

　　然而，本文之所以勾勒臺灣本土小說家出現書寫錯置的面向，其意義不在於顯豁日治時代臺灣漢文小說界的混亂、雜駁，而是更要見證日本文學跨界行旅的傳播、流動意義，促使了臺灣漢語文言小說在日本與中國小說創作的範式之間，游移、觀摩、抉擇、嫁接，卒而形成獨特面目的角力關係。這中間，雖然因為跨文化的產生，主體的自主性受到挑戰（日本與臺灣皆是），且在書寫錯置中，使得雙方文學主體、美學自律性有所干擾、裂變，竟而導致整個臺灣漢文小說場域的主體，不再是一個穩固整合的單一獨立實體。但，指出主體建構彌散狀態的同時，實則也在說明文學所催生的不僅僅是一種形式，而更是一種思維方式；恰恰是此一思維方式，才更清楚彰顯出跨文化不是一面倒的均質過程，在交流的背後，還有抵抗的存在，於是才更能引發本土文化／文學的重新結構，進而增添了日治時期臺灣漢文小說界的豐富與複雜，乃至小說

樣貌的多樣化、重層化。其後,隨著臺灣文學主體性的覺醒,在與日本、中國等文學資本競逐之後,挾帶臺灣鄉土之姿出現的殊異小說美學,也會漸漸浮出地表,而這將會是臺灣漢語文言小說史上後起變化的另一章了。

結語

　　盱衡發生在臺灣漢語文言小說場域,早在日治初期便已展開的移植、傳播,或譯介、改寫日本文學的歷程,其內涵實際纏繞糾結了多重問題,形構成一個耐人玩味的問題叢,相關層面至少包括了:全球化下,臺灣文學與日本文學關係的探索;伴隨日本文學的輸入,所產生的文化翻譯、殖民主義、意識型態的連結思考;乃至日、臺文學跨界接觸後,臺灣文學的抵抗、滲透、交混、轉化、更新的美學面向,與主體建置的心理表癥;以及從「漢文」視角出發,臺、日之間的同文關係性與日本漢文學域外發展變化的延伸討論等。

　　為求回應上述的叩問,筆者一方面透過報刊資料的匯集整理,歸納出日本文學在臺灣漢文小說場域內的傳播梗概,掌握了從最早期的《臺灣日日新報》「說苑」欄至《漢文臺灣日日新報》「小說」欄,以及後來刊載在《臺灣日日新報》、《風月報》中的日本漢文小說發表,或本屬日文而被譯寫、改作為漢文小說的相關情形,進而鋪陳、勾勒出日本文學跨界來臺的大致輪廓;而由於臺灣小說的書寫其實主要肇端於日治時期,因此這段日本文學在臺灣漢語文言小說跨界行旅的過程,也攸關了臺灣漢文小說史的起源問題,是以本文的探索遂同時為過去以來尚未觸及的臺灣小說形構、生成的最初階段論進行奠基。

其次，在另一方面，筆者更試圖動態化地描繪臺灣與日本文學相碰觸時的各式反應與可能影響。在本文的研究中，吾人發現日本文學的跨界來臺，非唯開啟了臺人對於小說文類觀念、文體書寫範式的新想像與新認知，進而體會、濡染了日式的創作美學風格；又因為相關作品連帶移入日本民族文化、國民性，尤其是「忠」、「孝」與「復仇」觀念、「尚武」精神的強調與宣揚，遂使得這段臺、日文學的接觸互動，不僅是對日本小說「文體」書寫實踐有所借鑑與觀摩，同時也是日本「國體」的展演與滲透，具有強烈文化翻譯與文學政治的意味。於是，在面臨日本文學的跨界來臺時，臺灣漢文小說界，或承繼，或反動，或轉變，最終導引出複雜的美學反應與肆應路徑，形成了不同面目的文學主體性的自我選擇與書寫錯置情形，因而豐富了殖民地時期臺灣漢文通俗小說的創作風貌，呈顯出多元文學資本、多樣美學位置相互辯證、角力的樣態。

而在理解了臺灣漢文小說界面對日本文學來臺的「在地」反應與結果之後，筆者更從中獲得啟發，以為另一個從島內擴展至域外的詮釋框架也有待建構與對話。倘若吾人不從傾斜／抵抗本質式的二元對立關係來進行思考、評價這段臺灣經驗，或者能暫時擱置殖民地與殖民母國之間單向影響與接受關係的唯一研究向度，進而能將此一時期的臺灣漢文小說表現，置放於日、臺雙方相互作用的關係裡重新探索，則有關謝雪漁、魏清德等人極富日本主義色彩的漢文小說書寫，能否被視為是大正時期已經瀕臨衰退的日本漢文小說史的再延續與變化？且臺灣此類作品的存在，對於日本漢文學本身，或是在含括了各個殖民地、占領區下的「日本帝國」整體漢文學系譜中，臺灣作品的存在究竟意味著什麼？又會具有何等書寫位置？

此外，當臺灣面臨日本漢文小說的跨界挑戰與威脅時，本土內

部自身主體建構的複雜性，與美學位置的游移、爭逐，乃至重拾中國小說資本以應變的方法論，又能使其在區域地理實質性、統合性文化範疇或方法上抽象思維的「東亞」漢文的形構問題的思辨上，帶來何種刺激意義與價值？雖然，本文針對臺灣漢文小說與日本文學跨界接觸的剖析，企圖提供豐富而多元的討論視角；但無疑地，更宏觀的關照與探討，其實才正要開始。

參考文獻

中文

中西牛郎譯（1907年10月16日a）。降任錄第一回。**漢文臺灣日日新報**，5版。

中西牛郎譯（1907年10月17日b）。降任錄第一回（前號之續）。**漢文臺灣日日新報**，5版。

中西牛郎譯（1907年10月19日c）。降任錄第一回（前號之續）。**漢文臺灣日日新報**，5版。

王三慶、莊雅州、陳慶浩、內山知也主編（2003）。**日本漢文小說叢刊**。臺北：臺灣學生書局。

王品涵（2017）。綠玉失竊，復得還珠：魏清德〈還珠記〉初探。**竹塹文獻雜誌，65**，65-83。

王德威（2003）。**晚清小說新論：被壓抑的現代性**。臺北：麥田出版社。

佚名（1899年4月1日）。說苑。**漢文臺灣日日新報**，3版。

佚名（1900年1月16日）。紀仙臺二女子事。**漢文臺灣日日新報**，4版。

佚名（1900年2月9日）。紀曾我兄弟事。**漢文臺灣日日新報**，4版。

佚名（1905年4月18日）。揮麈諧譚。**漢文臺灣日日新報**，4版。

佚名（1910年8月21日a）。白樂天泛舟曾遊日本。**漢文臺灣日日新報**，7版。

佚名（1910年8月26日b）。白樂天泛舟曾遊日本。**漢文臺灣日日新報**，7版。

佚名（1910年8月28日c）。白樂天泛舟曾遊日本。**漢文臺灣日日新報**，7版。

完西溪書舖（1967）。**春香傳**（許世旭譯）。臺北：臺灣商務印書館股份有限公司。

李進益（1993）。**明清小說對日本漢文小說影響之研究**（未出版之博士論

文）。中國文化大學，臺北。

李逸濤（1902年1月8日）。感夢篇。**漢文臺灣日日新報**，4版。

阮淑雅（2010）。**中國傳統小說在臺灣的續衍：以日治時期報刊神怪小說為分析場域**（未出版之碩士論文）。國立政治大學，臺北。

依田學海（1906年7月13日）。轆轤頭。**漢文臺灣日日新報**，5版。

依田學海（1906年8月10日）。伊賀復讎。**漢文臺灣日日新報**，5版。

依田學海（1910年4月26-27日）。法國演戲。**漢文臺灣日日新報**，5版。

周雲中（2006）。關於《新序》、《說苑》、《烈女傳》的性質。**廣西大學梧州分校學報**，**16**（2），37-41。

松林伯痴講演、雲林生譯（1911年1月22日－5月27日）。塚原左門。**臺灣日日新報**，3版或5版。

松溪散人誌（1904年1月10日－2月28日）。碎玉群載。**漢文臺灣日日新報**，4版。

林以衡（2012）。**東、西文化交錯下的小說生成：日治時期臺灣漢文通俗小說對東亞／西洋小說的接受、移植與再造**（未出版之博士論文）。國立政治大學，臺北。

林央敏（2012）。**臺語小說史及作品總評**。新北：印刻文學生活雜誌出版有限公司。

納迪克・安德森（Benedict Anderson）（1999）。**想像的共同體：民族主義的起源與散佈**（吳叡人譯）。臺北：時報文化出版企業股份有限公司。（原著出版年：1991）

張哲俊（2006），謠曲《白樂天》：白居易赴日本與敗北的第一智者。載於閻純德（主編），**漢學研究・第九輯**（頁264-273）。北京：中華書局。

張梗（1924）。討論舊小說的改革問題（一）。**臺灣民報**，**2**（17），15-16。

陳人重譯（1899年8月3日－12月2日）。院本忠臣庫。**漢文臺灣日日新報**，4版。

陳平原（2002）。晚清志士的遊俠心態。載於陳平原，**中國現代學術之建立：以章太炎、胡適之為中心**（頁275-317）。臺北：麥田出版社。

陳培豐（2006）。**「同化」の同床異夢：日治時期臺灣的語言政策、近代化與認同**。臺北：麥田出版社。

陳瑋芬（2002）。「天命」與「國體」：近代日本孔教論者的天命說。載於張寶三、楊儒賓（主編），**日本漢學研究初探**（頁77-80）。臺北：喜馬拉雅基金會。

雪漁（1906年5月11日）。蝦蟇怪（上）。**漢文臺灣日日新報**，5版。

雪漁（1906年5月11日）。蝦蟇怪（下）。**漢文臺灣日日新報**，5版。

雪漁逸史（1906年4月28日）。靈龜報恩（上）。**漢文臺灣日日新報**，5版。

雪漁逸史（1906年4月29日）。靈龜報恩（下）。**漢文臺灣日日新報**，5版。

巽軒（1906年5月6日a）。孝女白菊第一。**漢文臺灣日日新報**，5版。

巽軒（1906年5月8日b）。孝女白菊第二。**漢文臺灣日日新報**，5版。

巽軒（1906年5月9日c）。孝女白菊第三。**漢文臺灣日日新報**，5版。

菊池三溪（1899年4月1日－7月9日）。珊瑚枕記。**漢文臺灣日日新報**，6版。

菊池三溪（1906年7月13日）。離魂病。**漢文臺灣日日新報**，5版。

菊池三溪（1911年10月3日a）。幡隨院長兵衛傳。**漢文臺灣日日新報**，3版。

菊池三溪（1911年10月4日b）。幡隨院長兵衛傳（續）。**漢文臺灣日日新報**，3版。

菊池三溪（1911年10月5日c）。幡隨院長兵衛傳（又續）。**漢文臺灣日日新報**，3版。

逸濤山人（1907年5月30日）。祭陳君伯興文。**漢文臺灣日日新報**，3版。

雲（1912年1月7日－12月14日）。塚原卜傳。**漢文臺灣日日新報**，5

版。

黃美娥（2004）。**重層現代性鏡像：日治時代臺灣傳統文人的文化視域與文學想像**。臺北：麥田出版社。

溪洲牛郎（1906年6月6日）。兄弟復父讎。**漢文臺灣日日新報**，5版。

溪洲伯興（1906年5月10日）。智擒兇鰐。**漢文臺灣日日新報**，2版。

潘乃德（Ruth Benedict）（1991）。**菊花與劍：日本的民族文化模式**（黃道琳譯）。臺北：桂冠圖書股份有限公司。

潘俊宏（2008）。**臺灣日治時代漢文「武俠小說」研究：以報刊雜誌為考察對象**（未出版之碩士論文）。國立臺灣大學，臺北。

稻岡奴之助、異史譯（1910年5月22日－9月1日）。赤穗義士菅谷半之丞。**漢文臺灣日日新報**，4版。

樵樂（1907年5月29日）。吊社友陳伯興氏。**漢文臺灣日日新報**，3版。

薛建蓉（2008）。烏托邦續衍：分析佩雁小說暨其作之〈金魁星〉敘事、策略與續衍目的。載於靜宜大學臺灣文學系（主編），**第五屆全國臺灣文學研究生學術論文研討會論文集**（頁13-46）。臺南：國立臺灣文學館。

日文

三好行雄編（2002）。**近代日本文學史**。東京：有斐閣株式會社。

三浦叶（1983）。明治の漢文。載於神田喜一郎（主編），**明治文學全集62．明治漢詩文集**（頁305-306）。東京：筑摩書房。

有澤晶子（2005）。依田學海の漢文小說，載於日本漢文小說研究會（主編），**日本漢文小說の世界：紹介と研究**（頁179-185）。東京：白帝社。

按語

　　本篇論文的撰寫，來自於我將近年來的兩個研究興趣進行結合考察，其一是日治時代臺灣漢文通俗小說研究，其二是殖民地時期臺、日漢文學關係的探討。

　　1999年，我在完成以清代竹塹地區傳統文學為研究範疇的博士論文之後，開始全力投入日治時期殖民地文學研究，因此比諸從前花費更多精力去瀏覽《臺灣日日新報》等舊報刊，尤其是2003年受託臺北文獻委員會（2016年改為臺北市立文獻館），出版《日治時期臺北地區作家作品目錄》之際，在那一個報紙尚未數位化的年代，逐頁翻看微捲尋找臺北作家創作成果，成了唯一的捷徑。然而，瀏覽速度雖緩，所得收穫卻遠遠超過預期，由於注意到報端每每連載大量的文言小說，且頗不乏偵探、武俠、言情、神魔、歷史小說，因此提醒了我，應該更縝密去留心「通俗性」的書寫表現和存在意義；此外，由於當時有許多日人住在臺北，他們常常投稿漢詩、散文，乃至詩話、小說，遂也顯示「日本在臺漢文學史」，亦是耐人玩味的課題。於是，往後數年，我便戮力於此，若干有趣問題陸續湧現，甚而引領我去思索舊有臺灣文學史、小說史、詩歌史研究成果或詮釋框架的可能侷限。換言之，上述的新課題、新發現所能引發的臺灣文學研究邊界擴大，必須積極正視。

　　幸運地，過去幾年，我一方面挖掘出原本未為人知的本土通俗小說作家李逸濤、魏清德、謝雪漁等人及其作，勾勒日本來臺久保天隨、佐倉孫三或在福建的山吉盛義與臺灣漢文界的互動狀態，闡述日、臺之間的複雜漢詩文位階關係，乃至殖民者、被殖民者之間的同文、認同研究，並成為國內較早有系統的研究與教學實踐者，裨益相關研究風氣的興起；另一方面，則又針對兩個研究領域，展

開更多文學歷史細節的辯證思考，迄今已經發表多篇論文，本文便是其一。

以本文來看，主要係對話於原有的臺灣小說史書寫。因為透過報刊，明確可見在一般熟知的「臺灣新文學之父」賴和小說創作之前，其實已有眾多文言／通俗小說，那麼此等現象要如何與賴和等新文學作家的小說作品併觀或串連；又，若將文言／白話、嚴肅／通俗視為參照系統則結果會如何？再者，臺灣小說史、通俗小說史的起點是否需要因之重新釐定？而如果在本土文言／通俗小說之前，日人漢文小說已經出現在臺灣報刊上，且多少影響臺人小說書寫，則如此該怎樣剖析臺灣小說創作起源呢？在學界早已慣見熟知的中國文學影響論之外，日本漢文小說與臺灣糾葛關係又該怎樣看待？或者，更進一步去審視，究竟日治臺灣小說與世界文學關係如何？

基於許多的疑問和好奇，我藉由2007年至2009年通過的「文本‧文類‧文化的旅行：從西方到東亞的視域──以臺灣漢文通俗小說為觀察場域」科技部三年計畫，試圖加以闡釋與理解，因而寫出了〈臺灣文學新視野：日治時代漢文通俗小說概述〉、〈日治時代臺灣漢文小說中俠／武士／騎士敘事的文化交錯、國族想像與身體政治〉、〈關乎「科學」的想像：鄭坤五〈火星界探險奇聞〉中火星相關敘事的通俗文化／文學意涵〉、〈從「日常生活」到「興亞聖戰」：吳漫沙通俗小說的身體消費、地誌書寫與東亞想像〉、〈從1930年代臺灣漢文通俗小說場域論徐坤泉創作的意義〉等文。大抵，上述呈顯了我的研究旨趣，除了想知道原本在明清時期以「詩歌」為主要撰寫體類的臺人，何以到了日治時期「小說」書寫會成為重要選項？而其他有關作家怎樣認識「小說」與嘗試相關創作，從何處學習、模仿或改寫？諸多因「小說」而起，攸關殖民地

文學批評、創作實踐和文學審美議題，特別是臺灣漢文（包括白話與文言）通俗小說與世界文學的關係性與接軌狀態，小說創作論、淵源論與類型論等問題，以及日治時期臺灣通俗小說自我發展階段的變化和場域面貌等，都是筆者倍感興趣之處。

　　而在這之中，本文〈「文體」與「國體」：日本文學在日治時期臺灣漢語文言小說中的跨界行旅、文化翻譯與書寫錯置〉，關注的就是以漢文通俗小說為對象，去省思臺、日文學的跨界交錯及其影響情形。至於全文內容，就如同結論所述，其實纏繞糾結了多重問題，至少包括：全球化下，臺灣文學與日本文學關係的探索；伴隨日本文學的輸入，所產生的文化翻譯、殖民主義、意識型態的連結思考；乃至日、臺文學跨界接觸後，臺灣文學的抵抗、滲透、交混、轉化、更新的美學面向，與主體建置的心理表癥；以及從「漢文」視角出發，臺、日之間的同文關係性，與日本漢文學域外發展變化的延伸討論等。以上，清楚可見，這正是筆者同時進行兩個研究範疇的衍生結果。

第二章

譯者的角色與知識生產：以臺灣日治時期法院通譯小野西洲為例*

楊承淑

---

* 本文為2011年度日本住友財團「亞洲各國日本關聯研究獎助」研究計畫（2012.4.1-2013.3.31）：「日本統治下の臺湾における法院通訳の知識生産活動—小野西洲を中心に」（日治下臺灣法院通譯的知識生產活動：以小野西洲為例）之研究成果。謹此致謝！此外，本研究進行期間，對於解讀日治時期手寫文書及相關實證考察等，幸蒙筑波大學現代語現代文化學系伊原大策教授鼎力相助，謹致謝忱！2018年藉重刊之際，透過小野作品語料庫的全查基礎，大幅修正小野作品年期分布及數量等。

前言

　　1995年加拿大學者Jean Delisle與Judith Woodsworth在其合著
Translators through History（譯史中的譯者）[1]指出，譯者的主要角
色功能是：創造、傳播、操控。亦即，語言、風格、文學、歷史的
創造；知識、宗教、文化價值、編纂詞典等傳播；權力的操控、譯
者主體性的介入等。

　　本研究試以臺灣日治時期一位著述極豐且主題多元的法院通
譯——小野西洲為考察對象，分析其生平活動中譯者身分的形成，
並透過其系列著述中的書寫視角與主題詮釋，探索其知識生產途
徑及屬性特徵，以對小野的譯者角色提出精細的描述。此外，並
與Jean Delisle & Judith Woodsworth所提出的譯者主要貢獻加以對
應。也就是說，從譯者的語言與文學創造、知識與文化價值的傳
播，乃至譯者權力或主體性的介入等，探究譯者角色及其知識生產
之間的關係。

　　小野真盛（1884-1965，筆名西洲）在日治時期的著述活動可
說觸角廣泛且又歷時長遠，他從1901年16歲來臺擔任臺北地方法
院檢察局雇員，兩年後即正式擔任法院通譯直到日治結束為止。
這四十餘年之間，除了1919年至1932年離開法院擔任日華合資的
華南銀行文書與通譯，[2]生涯中的主要工作是擔任法院通譯。但無論

1　Delisle, Jean & Woodsworth, Judith, *Translators through History.* (Amsterdam &
　Philadelphia: John Benjamins,1995) *(Co-published by UNESCO)*. 該書以10章廣納各國與
　各時代案例，以闡釋譯者的角色及其行動。而大分為三個面向，則是筆者所提出的歸
　納。

2　據小野西洲（1935：85-86）〈自敘漫言〉：「我於大正八年華南銀行創立之際轉職該
　行。華銀為日華合資機構「日支合辦組織」，無論主要董監或股東，多屬華南或南洋
　一帶華人領袖，故往來文書乃至股東會文件等皆須以漢文書寫。加以總理為林熊徵
　氏，從而亦需通譯，而物色書時文者，乃受臺日漢文主筆尾崎先生之薦而入行。」

擔任公職與否，他的著述活動從未間斷，因而產出數量與類別都十分可觀。包括漢詩、漢文、小說創作、散文隨筆、時事評論、文學評論、小說翻譯、臺語教材、期刊編輯[3]、臺語和譯、日語臺譯[4]等文體風格迥異的作品。出版形式與數量計有：譯書4本，[5]日文751篇、漢文441篇、漢譯文104篇，漢詩220首（10首重刊），共1,520筆。

　　而其龐大的著述活動之中，同時也湧現大量的翻譯作品。其中的語言組合與屬性特質涵蓋日本通俗讀物漢譯（《通俗大日本史》、《佳人奇遇》）、臺語和譯（〈楊貴妃の生涯〉、《臺語和譯：修養講話》）、漢詩文和譯、及日語臺譯（《教育敕語御意義》）等。此外，甚至有臺語小說〈戀の羅福星〉等數篇，具有文體與語言上實驗創新意義的雙語並用之作。

　　對應於前述 *Translators through History* 對於譯者活動的分類，可以察知小野西洲在臺語標記、文體風格、文學創作等方面的開展創造，以及透過大量著述傳播新知與文化價值，同時也在翻譯測驗[6]、期刊編纂、乃至各類譯作中，顯現其意志的介入與權力的操控

（筆者自譯）。小野除受《臺灣日日新報》主筆尾崎秀真推薦，且其漢文書寫能力亦受時任臺灣銀行副總裁（頭取）中川小十郎賞識（後於1920年8月升任頭取）。詳《語苑》第28卷12號，1935年12月，頁81-88。

3 《語苑》（1908-1941）由設於高等法院的「臺灣語通信研究會」發行，屬全臺警察與地方法院通譯等訂閱或投稿的內部刊物。小野西洲1934年11月起擔任《語苑》主編至該刊結束（1941.10）為止。

4 「臺語和譯、日語臺譯」的臺語，為當時臺人習用之臺語，但以日文片假名加注語音書寫成文。

5 本文第參節僅提出三本譯作深入探討，另一則為語學教材「虎の卷」收於《語苑》改名後的《警察語學講習資料》，並非單行本。

6 據總督府公文類纂及職員錄記載，小野於1934年底至1944年擔任「警察及刑務所職員語學試驗」甲種語學試驗委員。但據〈新年始筆〉（1935：109），他自稱於該年1月受命為總督府甲種語學試驗委員，可見兩者應屬同一件事。參《語苑》第28卷1號，1935年1月，頁106-109。

等，都與譯者的角色與作用十分吻合。

　　因此，本研究盼能透過對於小野西洲著述的探索，從其日、臺語交錯的跨語文與跨文化知識生產，梳理並描述其譯者角色的屬性特質。此外，亦藉由深入語文著作與敘事觀點的詮釋分析，提出精細且具條理化意義的譯者形象描述。

（一）前人研究評述

　　迄今關於小野西洲的研究，主要集中在日治時期圖書報刊數位典藏系統開放檢索（2008—）[7]之後，再搭配2004年以來[8]總督府公文類纂與職員錄等公文書的線上使用，有關小野日治時期法院通譯與語文著述等研究，終於有了撥雲見日的變化。

　　在數位典藏開放之前，最早的小野研究是李尚霖（2005／2006）的一橋大學博士論文《漢字、臺湾語、そして臺湾話文―植民地臺湾における臺湾話文運動に対する再考察》。[9]該研究在探索日治時期臺灣話的口語與書寫問題之際，大量運用1908年至1941年間臺北高等法院內部發行的語言學習雜誌《語苑》的文本詳加考察之外，並藉此印證小野所提倡的――臺語學習應與漢文並行並重的主張。此外，對小野在臺語小說的創新與書寫風格上，亦有詳細的考察與闡釋。

　　同時，該文亦指小野曾於1929年提出臺語白話的表音標記以

7　詳「日治時期期刊全文影像系統」2008年10月15日公告。網址如下：http://stfj.ntl.edu. tw/cgi-bin/gs32/gsweb.cgi/ccd=qrB0Ch/newsearch?&menuid=gsnews

8　參「日據時期臺灣總督府公文類纂開放閱覽個人申請表申請辦法」第一條，自2004年 6月起開放使用。http://www.th.gov.tw/digital/reader0427.pdf

9　李尚霖，〈漢字、臺湾語、そして臺湾話文―植民地臺湾における臺湾話文運動に対 する再考察〉，《ことばと社会》9号，2005年12月，三元社，頁176-200。該文與博 士論文同題，為其第一章。博論中每章皆涉及小野研究，可說是小野研究的首開先河 之作。一橋大學言語社會科博士論文，2006。

及援用漢字的表意標記（類似日語所用的音讀與訓讀標記方式），並在《語苑》上充分實踐。[10]由此可知，小野西洲對於臺語的口語標記與書寫方式，是有具體想法且貫徹力行的。同時，該文也對小野的臺語學習方法與歷程，透過對《語苑》的梳理，指出小野對臺語學習研究的知行合一理念。而通過該項研究，對於小野西洲的人物屬性及臺語文標記的理念與創新，至此獲得了明確的印證。同時，由於《語苑》的曝光，也大為提升了小野西洲的能見度。

而在小野西洲的法院通譯身分及其語文著作方面，岡本真希子（2008）〈日本統治時代臺湾の法院における『通訳』たち—臺湾総督府公文類纂人事関係書類から見る臺湾人／內地人『通訳』〉，[11]運用總督府公文類纂、總督府職員錄、及《語苑》等，對於小野的生平與語文產出等提出評價。作者將小野定位為「實務型下層官僚」，並認為小野在以臺語教材為主體的《語苑》中，其隨筆與評論文章顯得格外耀眼。雖然小野僅是該文對於六位日臺籍法院通譯探究的一環，但在小野西洲的法院通譯身分及文章評價上，本文具有相當的指引意義。

其後，潘為欣（2009）的〈通譯經驗的轉化：小野西洲土語小說〈羅福星之戀〉創作〉，[12]顯現了臺灣文學研究者對於小野書寫臺語小說創作的關注，尤其值得注意的是研究視角對準小野的通譯身

---

10 小野西洲，〈用字と口語文体の創定に就いて〉，《語苑》22卷3號，1929年3月，頁2-4。

11 岡本真希子，〈日本統治時代臺湾の法院における『通訳』たち—臺湾総督府公文類纂人事関係書類から見る臺湾人／內地人『通訳』〉，《第五屆臺灣總督府檔案學術研討會論文集》，南投：國史館臺灣文獻館，2008年8月，頁153-174。

12 潘為欣，〈通譯經驗的轉化：小野西洲土語小說〈羅福星之戀〉創作〉，《第六屆臺灣文學研究生學術論文研討會論文集》，國立臺北教育大學臺灣文化研究所主編，臺南：國立臺灣文學館，2009年。另參潘為欣《日治時期臺語白話書寫與文字拼音系統關係之研究：以《語苑》、《臺灣府城教會報》為中心》，2011年2月，臺北：國立臺北教育大學臺灣文化研究所碩士論文。

分與創作之間的關係。同時，也指出小野在1914年即以日人身分開創了臺語小說的先河。文中除針對事件與人物等背景進行深入探索，對於小野的漢詩文素養形成及其文體與翻譯觀等，也都有相當篇幅的著墨。該文可說是對小野西洲臺語小說創作與譯者觀點的針對性研究。

　　該文後收入潘為欣碩士論文（2011）《日治時期臺語白話書寫與文字拼音系統關係之研究：以《語苑》、《臺灣府城教會報》為中心》第2章第2節〈日人臺語小說創作的實踐：小野真盛〈戀の羅福星〉〉（頁27-37）。而在第2章第1節中，則透過小野刊於《語苑》的回顧文章，顯現他在警察臺語培訓過程中曾經親身參與，並見證了1928年全臺警察幾乎全體訂閱《語苑》的榮景（頁20）。本研究明確地指出小野在法院通譯之外的警察臺語文培訓的角色及分量，[13]也透過《語苑》梳理了小野在該刊的關鍵地位與歷史位置。

　　2010年，黃馨儀的一橋大學博士論文《臺湾語表記論と殖民地臺湾—教会ローマ字と漢字から見る》，[14]在探究日治時期臺語語音標記的主題之外，對於小野西洲的語文著述與交友等都有相當的著墨。尤其，對於小野的臺語習得過程，透過《語苑》所刊載的小野自述，提出更為深入的經緯與細節說明（頁36-37）。甚至，透過小野的追憶文章，對於同時代其他具影響力的臺語精通者（含法院通譯）的生平與著述活動等，也獲得了有力的佐證（頁36-45）。

　　然而，相對於小野西洲高達千餘篇的知識生產能量而言，以上對於小野的研究可說初啟開端而已。但就前人文獻的時間序列看

---

13 小野西洲從1938年11月受當局託付，在《語苑》上連載〈警察用語大集〉達三年之久。期滿後該刊旋即於1941年11月改名為《警察語學講習資料》，亦由小野主編直到1944年停刊為止。

14 黃馨儀，《臺湾語表記論と植民地臺湾—教会ローマ字と漢字から見る—》，日本一橋大學言語社會科博士論文，2010。

來，似已接近逐年產出的態勢[15]。可見，小野西洲在臺灣語言、文學、歷史等研究面向上，雖然為數不多，但確已開始受到頗有意識的重視與探究。

　　而本文的研究視角則將以小野的譯者角色為重心，探究他的生平經歷及其譯者身分形成的關係，並針對其一生龐大的著述活動與知識生產，分類並梳理其中的主題與問題意識。進而對其譯者言論與角色功能，提出其人物形象的描述。

1. 研究資料來源

　　本節將針對小野西洲來臺後的語文學習與職業經歷及其語文著述等面向，對其多重身分與多元目的角色功能等進行分析。除參考日治時期《臺灣總督府公文類纂》、《臺灣總督府職員錄》、及日本國立公文書館之《公文類聚》等史料之外，另以當時報導或描述通譯活動的文章及語學教材等報章期刊為佐證。如，《語苑》、《臺灣日日新報》等。此外，對於小野的語文著述與編輯活動等，則藉由其生平自述、回憶追悼、人事履歷、通譯考題、前人文獻，乃至同時代人物對小野的側寫、及其著作的後續引述或再行生產等，對其通譯角色身分及其翻譯工作目的等提出確切的考察。詳參下表（表1）：

---

15 另詳岡本真希子，〈日本統治時期臺灣的法院通譯與《語苑》〉，2012 LTTC International Conference，分組論文第13篇（詳大會特刊後附光碟），臺北：國立臺灣大學，2012年4月29日；岡本真希子，〈日本統治前半期臺湾の官僚組織における通訳育成と雑誌『語苑』—1910-1920年代を中心に—〉，《社会科学》第42卷第2・3号（合併），頁103-144，京都：同志社大学人文科学研究，2012年12月；岡本真希子，〈「国語」普及政策下臺湾の官僚組織における通訳育成と雑誌『語苑』—1930-1940年代を中心に—〉，《社会科学》第42卷第4号，頁73-111，京都：同志社大学人文科学研究，2013年2月。

表1：小野西洲研究資料來源及分類

資料類別	資料來源	佐證人物或事證
人物自述	小野西洲〈耶馬溪の懷舊〉1927.08.19《臺灣日日新報》 小野西洲〈臺灣語學界追懷錄〉1931.02《語苑》Vo.24-2 小野西洲〈自敘漫言〉1935.12《語苑》Vo.28-12 小野西洲〈秋窗隨筆〉1938.10《語苑》Vo.31-10	小野西洲生平 1920年9月往上海福州廈門調查排日實情 曾居大稻埕中北街「萬發隆」店家二樓（頁72）
人事履歷	總督府公文類纂、總督府職員錄、國立公文書館公文類纂等	小野西洲
戶膽碑記	小野西洲戶籍膽本（1908-1928），小野西洲墓碑銘文	小野西洲
口述訪談	據2013年2月25日伊原大策教授電話訪談小野家族紀錄	小野西洲
日治史料	臺灣總督府警務局編（1942）《臺灣總督府警察沿革誌》 臺北：臺灣總督府警務局	警察編制法令（第一編） 羅福星事件（第二編）
書籍評介	小野西洲〈漫言漫錄〉1929.02《語苑》Vo.22-2 顏笏山，劉增銓譯〈小野氏著「臺語訓話要範」讀後の談〉1935.10《語苑》 小野西洲〈臺語國語「修養講話」の取材に就いて〉1936.7《語苑》 小野西洲〈教育敕語御意義臺灣語謹譯書に就て〉1940.2《語苑》	工具書推薦 《臺語訓話要範》 《臺語國語修養講話》 《教育敕語御意義》

人物記述	小野西洲〈臺灣語學界追懷錄〉（一）～（三）1927.02.03.06《語苑》Vol.20-2, 3, 6 小野西洲〈臺灣語學界追懷錄〉1929.05, 1931.02《語苑》Vol.22-5, 24-2 小野西洲〈臺灣語學界回顧錄〉1929.06《語苑》Vol.22-6 小野西洲〈語苑を育てて〉1932.08《語苑》Vol.25-8 小野西洲〈嗚呼岩崎敬太郎君〉1934.07《語苑》Vol.27-7 小野西洲〈綠蔭漫言〉1936.05《語苑》Vol.29-5	與同行、前輩等交誼 中間小二郎 次女寧子 小野漢詩文／語學學習背景
翻譯評論	小野西洲〈飜譯の難〉1924.09《語苑》Vo.17-09 小野西洲〈飜譯の研究〉1925.02,05《語苑》Vo.18-2, 5; 28-6 小野西洲〈飜譯の研究〉1935.06《語苑》Vo.28-6	通譯或翻譯實例評論 1935.6.14第8回府評議會 臺日語及日漢文互譯稿
人物側寫	步西洲詞兄遊劍潭瑤韻 蒙小野西洲芸弟餞行酒肆送別長亭賦此言謝	葉清耀1911.04.28 黃家賓1911.09.15
前人文獻	許雪姬（2006）〈日治時期臺灣的通譯〉 李尚霖（2005/2006）、岡本真希子（2008, 2012, 2013）、黃馨儀（2010）、潘為欣（2009/2011）	各級法院通譯編制 小野西洲生平 臺語小說〈恋の羅福星〉

備注：完整書目資料，請詳文後參考文獻及附錄。（資料來源：作者自行整理。）

一、譯者身分的形成

如前人文獻所指，小野西洲在日治時期的臺語文著述與教學傳播上，確是一位有分量且有貢獻的人物。然而作為一位譯者的角色定位，值得注意的是，他曾透過自述文章（1935：83）明確地表達以通譯為志業的決心與熱忱。[16]因此，從譯者角色探索小野的譯者身分形成，可以說是通往小野研究上必須的視角與途徑。

（一）小野西洲生平與經歷

迄今有關小野西洲的生平及來臺後的求學、職歷、臺語文觀點、貢獻與評價等，前述前人文獻皆各有概述。但對於小野生平的整體活動乃至其各類著述等，尚未有完整的分類與梳理。本節將透過（表1）的史料及文獻資料，對於小野的生平、學習方式、工作經歷、職級俸給、語文著述等提出以下（表2）的詳細記載，以初步探究其譯者身分的形成途徑及其特質。

表2：小野西洲（1884-1965）簡歷

西曆	月／日	簡歷	出處
1884	10/2	小野真盛（筆名／號為西洲），原籍：大分県宇佐郡津房村大字六郎丸312	公文類纂
		出生地為距耶馬溪羅漢寺三里外之東谷村	〈耶馬溪の懷舊〉1927.8.18日日新報

16　據小野西洲（1935：83）〈自敘漫言〉，他在當通譯的強烈渴望下，甚至一天僅睡2至3小時，白天緊盯周遭的臺灣人凡事必問必聽，晚間則挑燈複習當日所學漢文並背誦詞語。《語苑》第28卷12號，1935年12月，頁81-88。

		出生於中津町東谷村2825，為豐後岡藩（竹田）家臣之後裔	小野眞盛自筆原稿「墓參の記」
		曾就讀中津高等小學校分教所	同上
		其後遷至津房村大字六郎丸，於私塾學習日本外史與四書	同上
1899	12/22	明治32年隨檢察官長尾立維孝來臺	語苑 1935-12
1899		於稻江義塾師從兼松礒熊及臺灣牧師等，學臺語一年以上	語苑 1927-3/36-5
1900	1/17	受僱於法院檢察局，月俸18円	公文類纂
	4/23	月俸20円	公文類纂
	12/21	戮力從公，獲慰勞金15円	公文類纂
1901	3/31	受僱於臺北地方法院檢察局，月俸22円	公文類纂
	4/5	受僱於臺北地方法院檢察局，月俸22円	公文類纂
	12/21	戮力從公，獲獎金21円	公文類纂
1902	3/22	月俸24円	公文類纂
	12/22	戮力從公，獲獎金23円	公文類纂
1903	9/30	月俸27円	公文類纂
	10/12	任臺灣總督府法院通譯，8級俸，補臺中地方法院檢察局通譯	公文類纂
	10/19	兼補臺北地方法院檢察局通譯，兼補臺中地方法院通譯	公文類纂
	10/21	任臺灣總督府法院通譯	公文類纂
	12/22	戮力從公，獲獎金31円	公文類纂
1904	3/16	補臺北地方法院檢察局通譯，20歲	公文類纂

	3/26	補臺北地方法院檢察局通譯	公文類纂
	11/14	7級俸。戮力從公,獲獎金25円,自請離職(奉召入伍返日)。任職滿一年以上退職,獲月俸半年	公文類纂
		因受徵召入營,進入小倉聯隊。在小倉營隊一年半(「自敘漫言」83頁)	語苑28-12
	12/1	奉召入伍,編入步兵第14聯隊補充大隊,從事戰役相關任務	公文類纂
1905	8/20	上等兵(在官年數及恩給年額計算書)	公文類纂
	8/21	受命為陸軍步兵一等兵(日本舊稱一等卒)受命為陸軍步兵上等兵	公文類纂
	10/16	10/16回復和平,12/8復員令下,解甲歸田,12/10復員完結	公文類纂
1906	4/1	因明治37至38年之戰功,獲獎金50円。依明治37至38年之從軍記章條例,經陸軍大臣奏請,於明治39年3月31日獲勅定從軍記章	公文類纂
	4/5	加入臺灣守備步兵第6大隊,自門司港出航	公文類纂
	4/10	抵達安平港	公文類纂
1907	10/9	交接臺灣守備職,離開任職地	公文類纂
	10/15	自花蓮港出航(參「在官年數及恩給年額計算書」與「履歷書」)	公文類纂
	10/23	交接臺灣守備職,自花蓮港出航(高等法院人事管理記錄)	公文類纂
	10/24	抵達長崎港,編入步兵第14聯隊留守第2中隊	公文類纂
	11/20	獲頒模範證書。獲頒陸軍下士適任(職級)證書。退役	公文類纂

	11/21	任臺灣總督府法院通譯，7級俸，補臺南地方法院檢察局通譯（至1910）	公文類纂，職員錄
	11/26	抵臺擔任臺灣總督府法院通譯，12/1編為預備役	公文類纂
	12/19	臺灣總督府認可法院通譯後備陸軍步兵上等兵小野真盛免召	公文書館
1908	12/21	戮力從公，獲獎金36円	公文類纂
1909	9/30	6級俸，12/21戮力從公，獲獎金48円	公文類纂
1910	3/26	依俸給令修法，自動晉級為43円	公文類纂
	4/1	俸給令修法月俸43円，12/21戮力從公，獲獎金50円	公文類纂
1911	2/20	補覆審法院檢察局通譯（至1919）兼臺北地方法院檢察局通譯（至1918），3/31—6級俸，12/21戮力從公，獲獎金53円	公文類纂
1912	12/21	戮力從公，獲獎金90円	公文類纂
1913	1/10	受命為通譯兼掌者詮衡（選考）委員	公文類纂
	3月	與津房村出身的表妹結婚並入籍（據小野家族口述）	小野家口述
	9/30	5級俸，12/21戮力從公，獲獎金93円	公文類纂
1914	1/29	兼補臺灣總督府臨時法院通譯（履歷書），30歲	公文類纂
	1/31	兼補臺灣總督府臨時法院通譯（高等法院人事管理記錄）	公文類纂
	3/3	因臨時法院廢止，臨時法院通譯廢職（履歷書）	公文類纂
	3/5	因臨時法院廢止，臨時法院通譯廢職（高等法院人事管理紀錄）	公文類纂

	3/31	因本島陰謀事件有功，獎金25円（此即羅福星案） 12/21 戮力從公，獲獎金95円	公文類纂
	4月	與妻協議離婚	小野家口述
1915	11/10	依大正4年勅令第154號，獲頒大禮記念章（116,799号）	公文類纂
	12/21	戮力從公，獲獎金95円	公文類纂
1916	12/21	戮力從公，獲獎金93円	公文類纂
1917	12/21	戮力從公，獲獎金95円	公文類纂
1918	3/31	4級俸，12/21戮力從公，獎金125円	公文類纂
	10月	與大分縣佐伯藩出身的タズ再婚（據小野家族口述）	小野家口述
1919	3月	長女淑子誕生	小野家口述
	5/1	解兼臺北地方法院檢察局通譯	公文類纂
	5/2	3級俸，戮力從公，獎金200円，（因病不勝負荷）自請離職。受華南銀行囑託（約聘）事務，月津貼65円（語苑28-12）。受臺灣銀行囑託，津貼50円	公文類纂，語苑28-12，1935.12
	5/2	受華南銀行囑託祕書及股票翻譯事務	S.21 履歷書[17]
	5/2	受臺灣銀行囑託調查事務	S.21 履歷書
	6/1	受臺灣銀行命出差汕頭、廈門、福州	公文類纂
	7/1	獲恩給證書，年額361円	公文類纂
1920	1/1	月俸金91円（華南銀行）	公文類纂
	7/1	月俸金100円（華南銀行）	公文類纂

---

17 標楷體之「履歷書」乃小野次子道光先生於2015年7月惠贈之小野西洲親筆撰寫內容。

	7/1	獲恩給證書，調整為年額491円（恩給局）	S.21履歷書
	8/9	獲文官恩給證書，調整為年額491円	公文類纂
	9/1	受臺灣銀行命出差上海、福州、廈門	公文類纂
1921	2/9	受命為華南銀行書記，月俸60円。任職華南銀行文書課	公文類纂
1922	1/1	月俸金64円（華南銀行）	公文類纂
	8月	次女寧子誕生（據戶謄）	小野家口述
1923	1/1	月俸金68円（華南銀行）	公文類纂
1924	1/1	月俸金73円（華南銀行），40歲	公文類纂
	10/10	受警察官司獄官練習所囑託（約聘）為講師	公文類纂
		受臺灣銀行囑託為漢文、支那時文[18]及福建語講師	S.21履歷書
1925	1/1	月俸金78円（華南銀行）	公文類纂
	3/31	解除警察官司獄官練習所囑託	公文類纂
	6/30	解除臺灣銀行臺灣語講師囑託	公文類纂
	8/20	受警察官司獄官練習所囑託為講師，一小時津貼1円50錢（至1932）	公文類纂，職員錄
1926	1/1	月俸金84円（華南銀行）	公文類纂
1927	1/1	月俸金91円（華南銀行）	公文類纂
1927	8/30.31	瀨戶內海、大阪	日日新報
1928	7/31	本月起津貼42円（警察官司獄官練習所）	公文類纂

18 所謂「支那時文」即當時通行的接近口語體漢文。

1929	1/1	月俸金100円（華南銀行）	公文類纂
1930	1/1	月俸金107円（華南銀行）	公文類纂
1932	9/13	搭船赴日20天，往熊本、大分、四國、京都、東京旅行， 10月1日返臺	語苑25-9, 25-10
	10/11	得免任職華南銀行書記（語苑25-10）任臺灣總督府法院通譯，四級俸。補高等法院檢察局通譯兼臺北地方法院檢察局通譯（至1934）	公文類纂，語苑25-10, 1932.職員錄
	12/15	戮力從公，獲獎金66円	公文類纂
1933	1月	次男道光誕生	小野家口述
1933	2/6	受臺灣總督府命為第2回長期地方改良講習會講師	公文類纂
	3/31	任第2回長期地方改良講習會講師有功，獲慰勞金210円	公文類纂
	12/15	戮力從公，獲獎金240円	公文類纂
1934	12/10	解除華南銀行及臺灣銀行囑託	S.21履歷書
1934	12/10	任高等法院通譯高等官（內閣）	S.21履歷書
1934	12/28	警察及刑務所職員語學試驗委員，50歲	公文類纂
1935	1/12	臺灣總督府警察及刑務所職員語學試驗甲種委員（至1944）	職員錄
	6/12	各種委員會　臺灣總督府評議會通譯（至1944）	職員錄
1940	7/13	敘勳六等授寶章（賞勳局）	S.21履歷書
1940	8/2	敘正六位（宮內賞）	S.21履歷書
1943	6/30	敘高等官四等（內閣）	S.21履歷書
1945	6/30	三級俸下賜（宮內省）	S.21履歷書

1945	~5月	12年間持續擔任臺灣總督府警察語學試驗甲種委員（至同年五月為止）	S.21履歷書
同上		臺灣憲兵語學試驗委員	S.21履歷書
		37年間持續擔任警察講習資料雜誌主幹	S.21履歷書
		30年間持續受囑託擔任臺灣日日新報、臺南新報、昭和新報、臺灣時報等各新聞之日文及漢文編輯	S.21履歷書
1945	10	法院　高等法院通譯（至1945，62歲）	行政官名簿[19]
1946	3	返日（昭和29年3月7日小野眞盛寄給渋江昇之書信）	『臺湾特高警察物語』161頁
1965	12/12	81歲過世，葬於東京八王子	墓碑銘文

（資料來源：作者自行整理，並於2017年獲小野家惠贈資料後再行修訂。）

　　小野西洲自16歲來臺，日治結束時將屆60歲。1899年追隨故鄉津房村聞人覆審法院檢察官長尾立維孝（1854-?）來臺，[20]即進入檢察局擔任雇員，並以法院高等官通譯鉅鹿赫太郎[21]為榜樣，立志成為通譯。1899年（1936：89），[22]進入從軍記者兼松礒熊（1866-?）

19　1935至1944年小野出任高等法院通譯（同時晉升為高等官）及臺灣總督府評議會通譯，已達日治時期總督府通譯之最高位階。《行政長官名簿》乃戰後日本所出之手寫油印稿，僅錄臺灣總督府高等官之職等與俸級。見於東京新宿「臺灣協會」圖書室。

20　參《臺灣總督府公文類纂》1913冊18號「尾立維孝恩給下賜上申及同證書送付」及2480冊15號府番號官祕805頁次206備注第5卷永久保存。

21　鉅鹿赫太郎（1860-?），1894至1895年任陸軍通譯，1896年任神戶地方裁判所書記，1896年任總督府製藥所通譯事務囑託，1897年任總督府民政局事務囑託，1898年任總督府法院通譯，1904至1910年任總督府翻譯官，其中1906至1910年為總督府法院通譯兼總督府翻譯官。參《臺灣總督府公文類纂》113冊63號，200-22，1772-3等。根據富田哲（2010）的研究，鉅鹿是當時總督府地位與薪給最高的七位翻譯官之一。〈日本統治初期の臺湾総督府翻訳官—その創設およびかれらの経歴と言語能力〉，《淡江日本論叢》21，頁151-174。

22　小野西洲，〈綠蔭漫言〉，《語苑》第29卷5號，1936年5月，頁89。

設立的日臺語學校——稻江義塾，[23]就讀期間約一年多。其後，就以寄居臺灣人家的方式，[24]實戰與自學並進。自稱：「筆記從不離手，有聞必錄，追根究底。」（1935：81-83）。為了學好臺語，他曾在臺灣人家中住了13年之久。[25]換言之，日治期間在臺44年，約有三分之一的時光皆與臺人朝夕相處。

據其自述（1935：82-83），他未滿20歲時就住進大稻埕臺灣人家中「同居同食」，甚至鼠疫爆發之際，其寄居處已有六人死於鼠疫，但為求實地練習依然固守該處，終致身染鼠疫。[26]對此，他以不惜捨身就學形容自己，且經此大難不死，日後凡事皆以必死之心迎戰，毫無所懼。由此可知，他成為通譯的自我選擇十分明確，貫徹的心志更是堅定。

在其職業生涯中，他曾從法院通譯（1903-1919，1932-1944），中途轉為華南銀行文書兼口筆譯（1919-1932），[27]究竟何者為重？對此，他自陳法院通譯是其「原本的志望」（1935：86）。而前往華銀則因其漢文書寫能力受到臺灣銀行總裁中川賞識，勉勵他藉此報效國家，並在日華經濟合作架構下擴大其國際視野與活動力。對此，小野也自認在行13年間，對時文（白話漢文）寫作無一日懈怠，其成效且高於法院時期數倍。

---

23 兼松礒熊（又稱磯熊）為熊本縣士族，曾於1895出版《臺灣語發音學》（稻江義塾藏2版，1995年由東京：不二出版復刻）。而臺北「日臺語學校」則成立於1896年6月，1899年7月7日改名「稻江義塾」，規模全臺第一。參《臺灣總督府公文類纂》328冊29號「私立稻江義塾設立ノ儀兼松礒松ヘ認可セシ旨臺北縣報告」。該校1903年4月之後規模縮減。詳黃馨儀（2010：36-38）一橋大學博士論文。

24 小野寄居過的臺灣人家皆屬名門，如林烈堂（臺中）等。參〈自敘漫言〉，《語苑》第28卷12號，1935年12月，頁82。

25 西洲生，〈偶感漫筆〉，《警察語學講習資料》第35卷6號，1942年6月，頁54。

26 小野西洲，〈自敘漫言〉，《語苑》第28卷12號，1935年12月，頁81-88。

27 因該行總理為林熊徵故需通譯。引自小野西洲（1935：85），〈自敘漫言〉，《語苑》第28卷12號，1935年12月，頁81-88。

　　小野歷經艱苦自學歷程之後，在其職業選擇上，可說從未離開過譯者角色。尤其，在他重返法院之後，能夠長期擔任警察通譯考試委員與總督府評議會通譯，可知通譯水平極高。據其子接受訪談時表示，日治結束後他仍願定居臺灣，但由於政治情勢丕變，只得匆促返日。[28]最後終老於九州宮崎縣（葬於東京），享年81歲。

（二）小野西洲的著述活動

　　小野西洲一生著述產能驚人，不但主題內容多元，且在語種、文體、翻譯等文本屬性上不斷推陳出新。本節將以較具代表性及其大宗者，做一總體概述。個別文本之深入探究，則移至下一節中詳述。以下，就小野披露於當時臺灣第一大報《臺灣日日新報》的日文稿，以及刊登在《語苑》的主題內容，依報紙及期刊書籍等出版性質，分別整理如下（詳表3）：

　　從創作的角度而言，小野的寫作方向似有以下兩個主軸。一是，抒情敘懷的隨筆；大都登載在《語苑》上（另約三成刊於《臺灣日日新報》），一篇文章往往由數段內容未必相關的筆記式隨筆組成。如，「榕窗漫言」、「榕窗隨筆」、「隨筆放言」、「自敘漫言」、「漫言漫錄」、「草庵漫筆」、「綠蔭漫筆」、「客窗漫筆」等專欄文章皆屬之。其內容包含自述、評介、見聞、人物、以及對投稿人的補充說明等。這些小品文章，對於了解當時法院或警察通譯

---

28 筆者2013年1月曾往訪小野西洲位於津房村故居，實地探查其舊居並訪問相關人士。當日即與當地鄉土史家小野正雄、大坪欣一（古惠良菊雄，未見）先生及其親屬後人村上敬子女士、尾立維孝外曾孫安部平吾先生等進行座談及資料考證交流。返臺數日後又蒙小野正雄先生等賜告，尋得小野父親在津房村之墓碑。本次田野調查幸得津房小學校長羽下尚道先生熱心斡旋並舉辦座談會，且邀當地「大分合同新聞」與會並報導，謹致最深之謝意！其後，因該誌之披露，乃於2013年2月25日獲小野家來電連繫，終於獲知小野西洲後半生經歷，並取得其東京墓碑文字及照片。

表3：小野西洲報紙與期刊日文稿類別及年次分布

類別		日日新報	主要刊行年份	語苑	小計
交友	1930	6			6
風俗	1923.27.39	25			25
俳句	1923	1			1
書評	1916	1			1
感懷	1915.18	22			22
遊記	1915.18.23.27.32	32			32
語學	1913.24.28	15			15
		(102)			(102)
臺語小說			1914.15.35	3	3
考題			1914-18.28-30.33.35-36	17	17
政治			1917.35.37-38	14	14
教材（臺日對譯／譯作）			1909-12,14-18,24-40	349	349
				(383)	(383)
人物	1916.29	5	1927.29.31-34	9	14
時事	1923.25	17	1914-15.26.28.35-38	12	29
評論	1921.24.26	13	1914.15.17.22.25.28-31,34-36	33	46
隨筆	1914.15.27-30.34	29	1912.14-18.25.27-30.32-40	138	167
		(64)		(192)	(256)
總計		166		575	741

（資料來源：作者自行整理。）

注：日文文章總數751，此表未列的剩下10篇分類分別是寫景1篇、隨筆—遊記7
　　篇、譯作2篇。

的人物動態及人際網絡等，提供了有力的佐證。

其次，則屬對時事、政治、人物、文學、戲曲、語文、翻譯、書籍等提出看法的評論文章。這類文章的數量高達375篇，[29]可見小野是個觀察敏銳且長於議論的人。而且，抱持讀書人「家事、國事、天下事，事事關心」的態度，且有不吐不快的熱情，才能源源不斷地寫出大量作品。而441篇漢文文章則刊於1908至1930年之間，其中1915至1919年間且又推出104篇漢文譯作。而1919年，正是他轉入華南銀行工作的時期，也是他開始減少漢文生產的時候。

而在1908至1919年之間，他披露了220首漢詩。主題涵蓋前述隨筆與評論的範圍，其中抒情感懷之作約占半數之多。從漢詩的主題對照其各類文章，既可補充背景訊息，且有佐證之功。此外，對於小野的交友，也可在詩作中找到具體的對象，值得循線追索。

至於數量最多的類別，則是高達349篇的日臺語對譯教材，且都是針對警察培訓或通譯考試而編撰的。其次，則是嘉言語錄類的翻譯；有臺語和譯，也有和語臺譯。能夠從事這類跨文化生產的雙向筆譯，甚至包含天皇「教育敕語」的臺譯，可見其功力不凡，且受到高度器重。再其次，則是關於日本歷史、文化等譯著。這類作品似與警察兼掌者通譯考試有關，也反映了他在警察培訓過程中的角色地位。

此外，另有一類是介乎翻譯與創作的作品，即是臺語小說。他以頗富語言實驗的手法，透過日文敘事、臺語口白的方式進行雙語書寫。而臺語口白的格式，則以臺語在上，日文在下的方式，採取雙語並行的書寫體裁。他的臺語小說自1914年的〈恋の羅福星〉

---

29 將表3中的「考題」與「教材」除外後，總計375篇日文稿。

開始初試啼聲，後來又陸續披露了〈金手環〉（1916）、〈至誠!!!醇
化の力〉（1935）等作品。[30]這類作品的數量雖然不多，但其中顯現
的語文觀與實踐意識甚強，反映了他對臺語藝術化的投入與用心。

　　相對於前述以日本讀者為對象的臺語小說創作之外，他還推出
了為臺灣讀者而寫的臺語翻譯小說。例如：將中國小說〈怪女幽
蘭〉（1917）譯為臺語，或將日本暢銷小說《佳人奇遇》（1918）等
譯為漢語或臺語。這類作品的問世年代（1914-1918），正好處於
他個人漢文寫作的高峰時期（1911-1919），且其文體風格與主題
內容頗有才子佳人小說的風情，可說與小野西洲偏好漢詩文的趣味
十分相符。

　　從知識生產的意義而言，他的抒情作品中充滿著臺灣情調，描
寫的也都是以臺灣為舞臺的人與事。而其評論文章則有從臺灣看天
下，以及一介書生的社會關懷。而日臺雙語教材，則反映他身為法
院與警察通譯教官的角色與觀點。至於，臺語小說的創作與譯作，
則顯現了他的臺語文觀點以及優化並推廣臺語的用心。

（三）小野西洲的譯者角色

　　如前節所述，小野西洲之所以成為譯者，是出於十分強烈的自
我選擇。正因如此，他對於如何做一位稱職的通譯，也有比較明確
的論述。首先，從他所設定的通譯標準，探究其譯事觀。1935年
12月他在《語苑》〈自敘漫言〉中指出，[31]日人在臺任通譯者之必要

30　草庵，〈恋の羅福星〉，《語苑》第7卷3號，1914年3月，頁36-56。西洲，〈首物
　　語〉，《語苑》第8卷12號，1915年12月，頁38-58。草庵，〈金手環〉，《語苑》第
　　9卷11號，1916年11月，頁51-62。小野西洲，〈至誠!!!醇化の力〉，《語苑》第28
　　卷7號，1935年7月，頁62-84。
31　小野西洲（1935：87），〈自敘漫言〉，《語苑》第28卷12號，1935年12月，頁81-
　　88。

條件應如下：

1. 對於任何情況，皆能隨心所欲地適切表達。
2. 能將他人所言，完整地傳達無誤。
3. 能精準聽取臺灣各階層男女老幼所言。
4. 能透過各類漢文正確理解對方意之所趨。
5. 須能書寫時文（白話漢文）。
6. 精通臺灣事情（現勢風俗）。

而在漢學閱讀素養方面，他曾在1932年9月號《語苑》刊登的〈隨筆放言〉指出，譯官除口語通譯之外，亦須書面翻譯，故應通讀四書、（唐宋）八大家文、現代支那時文（頁75）。

以他當時身為總督府評議會與高等法院通譯的地位，開出以上六項條件，可以看出他心目中的適任通譯，應具備高水平的聽說讀寫技能（1-4項）之外，還要加上書寫特殊文體的能力（5）以及高度跨文化素養（6）。由於該條件是針對日人而設，故可推想也是出自他的自我要求水平。

除此之外，他在1924年任職華南銀行時曾撰文提到口譯的難為之處如下：[32]

1. 須及時反應，脫口而出。
2. 須萬事皆通，與講者智識一致。
3. 須達直接對話的效果。

---

32 小野西洲〈翻譯の難〉，《語苑》第17卷9號，1924年9月，頁45-48。

　　而筆譯最難之處，他認為莫過於能「讀之如原文讀者所感受」
（頁45）。此一觀點與西方譯論先驅Nida（1969）的看法如出一
轍，且又早出數十年。可見，他對於口筆譯工作的觀察是敏銳而多
面向的。亦即，不僅要求譯者應達一定的語文與知識水平，同時，
也十分重視話語環境中講者的話語與知識內涵是否有效傳達，以及
接收訊息的聽者與讀者的感受，是否等同於接收源語（文）者。

　　其次，談到譯者對於譯事的態度。1932年11月他在《語苑》
的〈隨筆放言〉中有一段非常感性的「告白」。當時，他從銀行回
任法院通譯不久，為了做好每一天的口譯，他每天早晨都向上天
祈禱，好讓他能夠在「技不如人意，雖已盡人事，但猶有不足」之
下，求神明給予加持。此時，正好聽聞其臺北地方法院同事──廣
東話通譯官元未，竟與他不約而同，每朝必祈求上天護持，盼能達成
完善之通譯。小野聞此「不禁竊喜，但又恐世間賢者笑話吾等何其愚
昧。」（頁73）其敬業樂業且充滿赤子之忱的情懷，令人深感動容。

　　1942年6月他在《語苑》改名後的《警察語學講習資料》
上，[33] 提到對於譯前準備的看法與要求時，以下這段話適以反映其
念茲在茲的工作態度（頁54）。

> 　　無論學業與事業，皆須終生貫徹不可懈怠研究之功。最後再
> 進一言，貫徹一生乃為大準備，事前所為即為小準備，準備之
> 前宜審慎檢討，查察前因後果，往良知之所之善盡準備之功。

　　另外，談到翻譯的高下優劣。即使當時他已任職銀行，對於街
頭隨處可見的雙語告示，仍見其不吐不快的譯者本色。例如，1925

33 西洲生，〈偶感漫筆〉，《警察語學講習資料》第35卷6號，1942年6月，頁53-54。

至1928年他在《語苑》上曾提出三篇題為〈翻譯の研究〉的評論文章。其中兩篇文章是針對州警務部的瘧疾預防宣導及臺北自動車營業組合（汽車商業同業公會）行人交通安全等文宣，提出針砭並附上自己的譯文作為範例。[34]而另一篇則主動以自己受州保安課委託的交通安全、居家消防等譯作為例，提出自譯自評。[35]

由此可見，小野對於翻譯可說熱情澎湃，即使是街頭飄舞的翻譯作品，也毫不鬆懈自己的譯者「天職」（1928，頁73）。而對於以上三篇譯評的主要見解，可歸納如下：

1. 翻譯要訣在於不可拘泥原文，亦不得失其本意（1925-5，頁68）。
2. 譯文應講求精鍊字句，聲調切合，文意暢達（1925-5，頁68）。
3. 譯文應配合翻譯目的，若為宣傳，婦女孩童皆朗朗上口者，方能自主踐行（1925-5，頁69-70）。
4. 譯文應符合文體規範，切莫日漢混雜，徒招識者之譏（1925-2，頁69-70）。
5. 譯文宜多用四字句，以求平仄均衡，句調考究，造句工整（1928-2，頁75）。

從以上的譯評準則，即可看出小野受到漢詩的影響極為深刻，凡是他評為佳作者，幾乎都是符合聲韻要求且以四字排列為主的文句。其實，在商業廣告文宣等翻譯上，口語的表達方式並不失其活

---

34 小野西洲，〈飜譯の研究〉，《語苑》第18卷2號，1925年2月，頁67-72。小野西洲，〈飜譯の研究〉，《語苑》第21卷2號，1928年2月，頁73-76。
35 小野西洲，〈翻譯の研究〉，《語苑》第18卷5號，1925年5月，頁68-70。

潑響亮（詳表4內文底線處），但卻不免遭致小野的酷評。例如，下表中第2句就遭他評為：「句調不佳，文意不順，乃時文之拙中之拙。」[36]且引以下「拙文」與小野範文（1924：46-47）加以對照：

表4：小野西洲的譯評：拙文與範文

	拙文	範文
1	投些微之本，穩獲莫大之利，捨此債券外，敢云舉世未有。	購款雖少，獲利甚大，捨此以外，他項不及。
2	此回籤數及金額增加數倍，還母期限亦大短縮。僅投十元之本，得獲三千元利。大利穩妥，人必趨之，額少籤多，得籤容易。	此回得獎及獎金，增多數倍。攤還母款，期限亦比前較短。僅出十元之本，可獲三千圓之利。投資穩妥，機會莫失，本少利多，得獎容易。

（資料來源：作者自行整理。）

顯然，小野眼中的拙劣之文，主要是依文體風格而評斷，翻譯內容反屬其次。對於前句，他認為創意不足，雖已注意文字「排列、字數、巨細、著色等，但語句仍未達精鍊，故改正之」。至於下句，不滿意的語句計有五類，理由如下：

1. 時文不宜之詞，如「增加、籤、額」。
2. 造句不夠工整，如「還母、十元本」。
3. 沿用日文詞句，如「大短縮」。
4. 避免同詞重複，如「僅投」改「僅出」，是為避開下句「投資」之「投」。

---

5. 遣詞用字不當，如「得籤」乃「得獎」，「額少籤多」改「本少利多」；「人必趨之」，失之乏味，故依其前後文關係改為「機會莫失」。

　　從小野西洲來臺後從事寫作的數量看來，他應該是日人中的第一人。對於寫作的習慣與熱忱，從他在1932年9月13至10月1日的短暫回國旅途，無論置身舟車皆不改其樂地書寫不輟，[37]即可知他的翻譯與寫作活動，其實是一體兩面的。因而，對於翻譯的文體規範，乃有近乎詩文水平的苛求。同時，這也讓我們看到他對於書寫的熱愛且又嚴謹的態度。

二、小野西洲的知識生產

　　本節將針對小野西洲的漢詩文、臺語小說創作、翻譯書籍，做一俯覽式的掃瞄，俾從其眾多文章之中梳理其知識生產的內涵、輪廓，並記述其生產順序與路徑。

（一）漢詩（1908-1919）

　　漢詩是小野西洲來臺初期的主要書寫形式，總計披露220首，去除重複刊登則為210首。幾乎全數投稿於《臺灣日日新報》的專欄；如「詞林」、「藝苑」、「南瀛詞壇」等。主要內容可分六類，依數量可排序為：感懷（81）、交友（29）、寫景（32）、記事（42）、謳歌（14）、評論（22）。依其生產之年次序列與類別，詳如表5：

---

37 小野西洲，〈隨筆放言〉，《語苑》第25卷9號，1932年9月，頁74-76。

表5：小野西洲1908-1919年漢詩類別及年次分布

類/年	1908	1909	1910	1911	1912	1913	1914	1915	1916	1917	1918	1919	小計
感懷			4	46	11	9		7		1	2	1	81
交友				4	8	2	5	9			1		29
寫景	1			17	3		3	4		2		2	32
記事		4	4	6	5		1		1	21			42
謳歌	1		4	2	4	1	1				1		14
評論				2	2			6		12			22
小計	2	4	12	77	33	12	10	26	1	24	15	4	220

（資料來源：作者自行整理。）

　　依上表可知，小野的漢詩寫作盛產時期是1911至1912年，最高峰則為1911年，共寫成77首。該年最多的主題是感懷（46）、寫景（17），其次則為記事（6）、交友（4）。而漢詩量次多的則是1912年，較為突出的主題則是感懷（11）與交友（8）。

　　對照小野的自敘（1935：85），[38]他在軍隊除役後的隔天，即在臺南法院檢察局復職擔任通譯。同時追隨全臺第一的詩人趙雲石（南社創社副社長暨第二任社長）朝夕學習漢詩，並勵行每日一詩文。而1911年初正是他從臺南遷居臺北之時，揮別在臺南的詩友，使得他詩興大發，詩作不輟。從他的漢詩以及詩友與他的唱和中，可望循線梳理他與臺灣文人與詩社的往來情況。

（二）漢文創作（1908-1930）與漢文翻譯（1915-1919）

　　漢文是小野西洲來臺接續漢詩之後的主要寫作文體，八成投稿於《臺灣日日新報》，兩成投於《臺灣時報》。總計545篇中，有

---

38 小野西洲（1935：85），〈自敘漫言〉，《語苑》第28卷12號，1935年12月，頁81-88。

八成是漢文創作計441篇，另有104篇是日文譯為漢文的譯作。主要內容有四類，依數量可排序為：評論（298）、時事（59）、隨筆（42）、人物（29）。而依生產年次序列與類別，詳如下表6：

表6：小野西洲1908-1930年漢文類別及年次分布

類/年	08	11	12	13	14	15	16	17	18	19	20/21	22	24	27	30	小計
評論	4	6	22	7	8	13	38	53	68	27	0/1	10	12	25	3	297
隨筆		1		2		10	12	4	12	1						42
時事					3	3	2	51								59
人物								28	1							29
小計						26		136	81	28						427
譯作						50		7	45	2						104
總計	4	7	22	9	11	76	52	143	126	30	1	10	12	25	3	531

（資料來源：作者自行整理。）

　　小野西洲的漢文與漢詩之間的生產消長，似乎呈現互補分布的情況。漢文以1915至1918年的產出最為集中，可見刻意致力於此，四年之間完成了304篇漢文。但隨著1919年轉入華銀之後，漢文的投稿就此不再連續產出且顯著減少了。

　　據小野自述（1935：85），早在二十幾歲時，他就將櫻井忠溫的〈肉彈〉全數漢譯並連載於《臺南新報》。[39] 而東海散士的《佳人之奇遇》漢譯，則多賴其漢文老師邱及梯的扶正。其草稿經二十載依舊善加保存，並期許不負師恩，可見小野對於漢文寫作用心極深。

　　以漢詩文練筆之說若可成立，是因為幾乎就在同一時期，小野

---

39 本次調查尚未尋獲該批文稿，故小野文章總數可能超過1,520筆。

陸續推出了不少從日文譯為漢文的譯作。總數達104篇。此外，從1914至1935年之間，另有臺譯日與日譯臺、漢譯日等譯作，共14篇。而總數達122篇的譯作，則依其語言組合及年次分布等整理如下：

表7：小野西洲1914-1935年譯作類別及年次分布

語言/年次	1914	1915	1917	1918	1919	1929	1934	1935	小計
日譯臺	1	1-傳門	1						3
臺譯日		1-首物語				1-楊貴妃	7	1-猿の說	10
漢譯日	1								1
日譯漢		51+1	1+1+5	4+42	2			1	108
小計	2	54	8	46	2	1	7	2	122
主題	十思疏	小說/論支那將來	政治/基督教叢談			傳記	評論	風俗	
	羅福星	單篇/支那元首論	單/演說 單/世界大戰	佳人奇遇[40]	單篇/政經				
刊物	語苑	語苑/臺灣日日新報	語苑/臺時/日日新報		臺灣時報	語苑	語苑	語苑	

（資料來源：作者自行整理。）

　　從語言組合觀察，小野譯入母語的臺譯日，遠多於日譯臺。然而，在日漢文之間，譯入非母語的日譯漢則完全是一邊倒的態勢。或許，就明治時期日本讀書人的語文素養而言，漢文原就不應視為外語。

　　至於，譯作的主題與分布。1915年4月24日起幾乎每天見報，連載三個月（7月22日止），共計51篇〈論支那將來〉的政局評論，是他初試啼聲的譯作。但顯然不是自行投稿，而是報社規畫

40〈佳人奇遇〉為小野西洲之譯文篇名。日文原書題為《佳人之奇遇》。

的專欄性質。此後，1917至1918年間47篇〈基督教叢談〉，[41]看來也是一個事先規畫的系列文章。從1917年12月至1918年10月期間，約以每週一篇的頻率在《臺灣日日新報》連載，且各篇皆冠以序號。而1934年的7篇臺譯日作品則披露於他所主編的《語苑》，故能在9至11月間連續登場，並在9與11月號各刊載3篇。而1915至1918年的大量漢文作品，則與他日後獲得《臺灣日日新報》漢文主筆尾崎秀真賞識，[42]而將他推薦給1919年新設的華南銀行，或許不無關係。

　　由於在漢詩文上長達十年的投入，前述近600筆詩文所積累的深厚功底，讓他十年終於磨成一劍，造就了他後半生令人驚異的語文生產能量並展現豐富多元的內涵。整體而言，小野西洲的譯作分量較多的是著書出版，故以上散見於報章的譯作，若與他的漢文與臺文書寫對照比較，或許更能印證他在語文上的探索與嘗試歷程。

（三）言情小說：羅福星之戀（1914）

　　關於小野西洲的臺語小說〈恋の羅福星〉，如1.1節所述，已有不少前人文獻論及。而本節之所以提出討論的著眼點，在於小說作者草庵（小野書寫漢詩的筆名）與法院通譯小野真盛之間的角色位置及其衝突。

　　〈恋の羅福星〉登載於1914年3月出刊的《語苑》。然而，就在該文最後，竟由作者加上一段「附記」自陳：「本稿為苗栗臨時

---

41 從臺灣日日新報等現有資料庫看，基督教叢談系列的連載編號由1到40之後，又由1到7再編號一次。由於迄今尚未尋獲第2篇，因而筆者語料庫內僅46筆，但理論上應為47篇。

42 尾崎秀真（字白水、號古村），1901年任《臺灣日日新報》記者兼漢文版主筆。1922年4月自該報退職，轉任臺灣總督府史料編纂委員會編纂委員。尾崎在臺達四十餘年，文化影響力極大。

法院公判庭中羅東亞之全部陳述，筆者聽其臨刑前所感及其情人罔市（本名張氏佑）聞其死訊之情懷，本擬盡付於文以終其章。惟本刊篇幅有限，且續載於次刊亦未獲允，故雖有憾亦不得不就此擱筆，盼讀者諒察之。」（頁56）。這段話代表了結束小說作者身分時，譯者小野的角色在此顯現，並對讀者披露故事的真實性以及自己在該事件中的位置。

而經史料查證，[43] 羅福星（1886-1914）確為真人真事，他是出生於印尼的華僑，1903至1906年曾隨父來臺並就讀苗栗公學校。後回祖籍廣東任小學教師，並加入中國同盟會參及黃花崗之役。1912年返臺參與抗日運動時，因遭檢舉而受刑。

若從現代專業的法庭口譯角度審視小野西洲的自述與小說刊行的時間與內容，定會覺得震驚而又不可思議！該文雖以「草庵」加上「戲作」兩字為化名，但該刊卻是法院內設「臺灣語研究會」刊行的具影響力期刊。其創作動機難解之處如下。

首先，法庭口譯怎可將判刑不過數日的案中主角，透過口譯工作之便而將之故事化，且進而公諸於世？其次，身為法院通譯的公務員身分，何以竟在小說中，將原本與當局敵對的思想犯，寫成才子佳人情節中的英雄人物？第三，小說完成後，何以再加上附記，自曝其該案通譯之身分，且不稍掩其同情之心？這些問題在附記中唯一透露的一線曙光，即是小野事前似與編輯溝通過，能否續刊以竟其功，但事與願違。可見，小野對於完整記錄此事是有相當意識與意願的。而此時的法院通譯小野得以從另一角度書寫甫遭判刑的抗日分子，若無當局應允甚至鼓勵，是難以想像的脫序行徑。[44]

43　參1914年3月20日《臺法月報》第8卷第3號〈臨時法院の判決〉，頁27-31。

44　據小野西洲自敘，當時接受他文章的正是《語苑》首任主編川合真永。詳〈語苑を育てて〉，1932年8月，《語苑》Vo. 25-8，頁4。

而官方默許小野的書寫，也可能是為了緩解抗日分子的不滿而授意的。

此外，該文在標題與前言裡，對於寫作動機約略透露了幾許玄機。雖無法稍解主題動機之謎，但或可視為其寫作動機的相關因素。

1. 本文完整標題應為：「土語小說恋の羅福星」。可見，創作動機可能是為了臺語小說的書寫。
2. 前言中自認該文在角色與行文上或許不如前人，[45] 但略勝前人之處在於文中會話的雙語對譯，是作者煞費苦心的成果。盼有助讀者之實地應用。可見，以臺語寫出生動的對白，確是小野的書寫目的之一。
3. 自十年前「含笑花」問世以來，尚未有臺語小說刊行，故雖非小說家之筆，仍不揣淺陋，願東施效顰，以饗讀者。

然而，這類以臺語書寫的小說或譯作，占小野作品的比重可說微乎其微（小說、譯作各三篇），且大都是早期的作品（1914，1915，1916，1917，1935）。平心而論，小野的小說並不高明，正如他自己坦言，無論故事結構、敘事張力、角色形塑等皆非上乘之作。[46] 但從小野數度嘗試臺語小說的創作與翻譯，且皆試圖以角色對白為主體，又多根據自己所熟悉的故事情節與角色內涵，似可視為他在摸索以漢文書寫臺語的可行性，並考量其日常實用性的某種語文實驗行動。

---

45 其前言稱：據聞十年前（1904）臺灣土語界赫赫文士風山堂渡邊君，曾於語學月刊誌披露土語小說〈含笑花〉，其角色奇拔、敘事流暢、會話高妙、確為凌駕專業之作，頗受讀者喜愛。草庵（1914：36）〈恋の羅福星〉。
46 參潘為欣（2009；2011）。

（四）警官教材：臺語訓話要範（1935）

　　小野的翻譯著述主要刊行於日治後期，與大量教材著作最有
關係且充分反映其「警察官司獄官訓練所」講師（1924-1944）及
「甲種語學試驗」[47]考試委員（1935-）角色的，即是本節所要探討的
《警察官對民眾：臺語訓話要範》。

　　首先，針對該書的章節結構與目次內容，了解本書所顯現的日
治時期警民之間短兵相接的議題為何。其次，從當局治理的角度觀
之，警察所要規範的內容以及規訓的基準，都可在書中獲知其中端
倪。從以下的次目數量與內容多寡等，皆可據以掌握警察規訓的重
點所在（詳表8）。

　　從表8中次目達10項以上者，大都是體現警察的職務定義及
其中心思想。其次則屬業務比重較高者，如，保甲會議、餐飲管理
等。從前者內容看來，當時對警察的道德修養與愛國教育定是十分
嚴格。而警察對民眾的生活介入幾乎可說無微不至、無孔不入。大
自對吸食鴉片者的理解溫情主義，小至對餐飲與理髮業者的叮嚀指
導，甚至對兒童的照顧等；舉凡講解道理乃至具體指導等細節，幾
無一遺漏。

　　這樣一本讓警察可在警務第一線活學活用的日臺雙語對譯教
材，除了對於當時警察發揮訓話或訓誡時的教戰手冊功能之外，對
於如今想要探究日治時期警民互動及警務現場情境與語境者，更是
絕佳的佐證資料。

47　1898年為獎勵日籍文官、警察、巡察、獄官等學習土語而設之通譯檢定考試，及格者
　　得支領兼職通譯津貼。1901年6月，改定初試為乙種，複試為甲種，並擴大受試者涵
　　蓋臺籍人員，但皆須每年受試通過才得繼續支領津貼（參《臺灣總督府警察沿革誌》
　　V第四章，頁915-921）。又據小野西洲（1935：109）〈新年始筆〉，他於該年1月受
　　命為總督府甲種語學試驗委員。《語苑》第28卷1號，1935年1月，頁106-109。

表8：《警察官對民眾：臺語訓話要範》目次與章節結構

各編名稱	次目內容	次目數
第一編　警察職務 （定義，原則）	警察行政，司法／行政警察	10
第二編　餐飲業者 （指導原則）	臨檢賭博，清潔，火燭，私娼	10
第三編　一般交通 （指導原則）	交通警察，交通道德／規則／指揮	5
第四編　一般衛生 （指導原則）	注意事項，防治瘧疾／病媒／傳染病	6
第五編　保甲會議 （指導原則）	失物違警，借宿，兒童，保存現場，防火，修路	15
第六編　壯丁團員 （指導原則）	訓示警察精神，重大任務，注意事項	4
第七編　理髮業者 （定義，原則）	公共衛生，所謂理髮衛生，理髮師之敬稱	3
第八編　思想取締 （指導原則）	思想問題，言論自由，過激思想，鼓吹純美思想	4
第九編　釋放保護 （指導原則）	前科累犯之緣由，以同情之心用之	2
第十編　吸食鴉片 （指導原則）	吸食特許，理解溫情主義	2
第十一編　雜項 （定義，原則）	警察與民眾，辯論，處世，致詞，一視同仁，內地延長主義，自治精神，國體，國民性	13
第十二編　修養講話 （指導原則）	開朗聽勸，真心，流芳，謙遜，寬宏，後半生，志堅，有容乃大，晚年為重，行事如鷹如虎，教子重才德，流芳萬古，勿誇己功，養心真法，邁向正義，讓人三分，先想後果，放下小我，有始有終	20
總　計		84

（資料來源：作者自行整理。）

　　根據《語苑》1935年11月號披露的14位專家意見，[48]其中一位《臺灣新民報》記者吳萬成指出該書第一版約兩千本即將售罄（發行僅一個月），可見頗受好評（頁83）。此外，總督府評議會通譯劉增銓，亦稱該書是模範口語文，文白互換暢達（頁85）。其中多數評語都認為該書語言自然流暢、造句巧妙，且又實用恰當。

　　而小野所譯的臺語，可說用詞言簡意賅，文白均衡恰當。適合耳聽口說，句長適中，非常符合他所主張的活學活用原則。[49]從其編寫警察演講與訓話內容看來，可知該書讀者應為高階警官。而能以警察業務為主題內容編寫雙語教材，說明他在警官語言培訓的經歷，是他職業生涯中極具分量的一部分。他不但在擔任華南銀行文書期間，於1924年即任警察官司獄官練習所講師，甚至1941年《語苑》停刊後改名為《警察語學講習資料》時，更是唯一留任主編的法院通譯。其實，該刊自1938年11月起登載的警察用語教材，即悉由警務當局提供。[50]此外，據1945年9月14日林獻堂日記的記載，[51]他在日本宣布投降後，曾帶領林獻堂等人，進入監獄探視多名政治犯。可見，小野在法院通譯與警務之間的角色關係顯然不同於其他法院通譯。

---

48 〈「臺語訓話要範」に對する識者の批判〉，《語苑》第28卷11號，1935年11月，頁80-90。

49 小野西洲（1935），〈新年始筆〉，他主張學識的價值不在於讀書的分量，而在於運用嫻熟與否。實地運用才是學問的練習場。《語苑》第28卷1號，1935年1月，頁106-109。

50 據小野西洲（1938）〈警察用語に就て〉自1938年11月起連續三年由警務部提供各郡署警察所需各面向之實務用語，逐號刊載於該刊，《語苑》第31卷11號，1938年11月，頁5-6。此外，〈語苑終刊に際して〉也有接受警察當局要求將「經濟、外事、高等、衛生、保安、刑事」分三年譯載完畢等記載，《語苑》第34卷10號，1941年10月，頁1-2。

51 《灌園先生日記》1945年9月14日記載：「三時小野西洲來迎余及許丙到監獄，對吳海水、陳江山外32名將釋放之政治犯略微安慰，勸其勿以怨報怨也。」

（五）臺語和譯修養講話（1936）

　　本書未分章節，共計150則嘉言金句。其成書宗旨是：「為期強化臺語力之島內警察官及意圖增進國語力之本島諸君之講話練習教材，故採宗演師所釋之菜根譚而作。菜根譚乃精通儒佛道之明代鴻儒洪自誠所著，所言句句皆動人心。誠修養書中之王。而原著解說之宗演師乃近代高僧，其解妙趣無窮。兩書令人百讀不厭。」（引作者序，筆者自譯）

　　此外，在語言能力的養成方面，該書序文指：「欲求講話精進，莫如誦讀口語名言。（略）故以通俗平明之國臺語闡述，以資講話練習者誦讀之便。」此外，「本書乃針對特定語學研究者而寫，除指應多加誦讀口語名言之外，也為裨益世道人心而編寫。」此一書寫目的（參見底線處）與前節《警察官對民眾：臺語訓話要範》的修養講話，頗有相互呼應的意涵在內。

　　該書書序由尾崎秀真所撰，而尾崎就是1919年推薦小野給華銀的關鍵人士。時任臺灣總督府史料編纂委員會編纂，並於1935年出版《臺灣文化史說》，是位真正的知臺人士，且具文化影響力。尾崎在序中稱小野：「學識文藻豐富、語言婉轉自在，譯著彷如脫胎換骨，妙趣猶在原文之上。」甚至，將譯者的位階提到了與原著作者洪自誠、日文解說老僧宗演師，三人並駕齊驅的程度，稱他們為「三人行，必有我師」。

　　至於，小野何以會選擇這樣的議題翻譯成日語？他所設定的讀者想必是在臺日本官員等，由於工作需要多加了解臺人心中價值觀的人士。關於這點，若參閱（表8）第十二編「修養講話」，即可知警官在其人格修養上的要求為「開朗，聽勸，真心，流芳，謙遜，寬宏，後半生，志堅……」等。可見，若要相對理解傳統臺人沿襲的人格與修為時，從影響人心深遠的大師嘉言金句之中，必可

獲知日臺之間可以互相借鏡及合作之處。

　　而本書亦鼓勵讀者多加誦讀，以求講話精進。可見，除了讓日本讀者理解臺人之傳統價值判斷與善惡基準之外，更鼓勵日人與臺人就雙方內在修養與精神層面，透過口語交談等方式進一步多加交流。

（六）日語臺譯：教育勅語御意義（1940）

　　本書是唯一未以筆名而以真名小野真盛出版發行的譯著。由於主題是天皇對於國民教育的詮釋與訓勉，故很可能是上級指派的工作，而非譯者主動提出的知識生產。當時中日戰情緊繃，紙張供應不易，但該書發行之前就已接受預約，可見政策性頗強。

　　日治時期開始推展皇民化運動是在1937年中日戰爭爆發後，配合日本國內「國民精神總動員」而展開的。到了1940年更進一步要求臺人更改姓名且使用日語。據小野1939年10月在《語苑》[52]上對於國體教育的詮釋，或有助解讀他翻譯此書的基本思維。

1. 對於學生以外的臺人，在全臺廣設講壇由「國體明徵講師」每晚以臺語演講，力求於最短期間令全島民達成皇民化精神之最高效果。
2. 所謂「東亞新秩序建設」之基調在於「相互敬愛」。故內地人全體皆須潔身自肅，為本島人展現其皇民模範。無論婦孺職工皆須以身作則，以令島民由衷敬愛並心嚮往之。

　　基於前述想法，小野對於將這本原來作為天皇教化國民的最高指示，以誠摯敬謹之心譯為臺語，並對在臺發揚日本國體教育充滿

52〈隨感隨錄〉，《語苑》第32卷10號，1939年10月，頁71-73。

榮譽感，是可以想像的。據該書出版後小野自述（1940），[53]該書日文部分經臺北第二高等女學校國語及歷史科教師周延的校正，以及小野師事的臺灣碩儒謝汝銓給予嚴密的校訂。而他自己則「以此作為最終事業，每朝齋戒，竭誠盡力，謹譯此書」。

　　針對以上小野龐大的知識生產結果看來，可就其年次序列、主題範疇、知識內涵等，描述其知識生產的路徑及主要特徵。

　　以年次序列而言，從220首以表露個人感懷為主的漢詩（1908-1919）擴展到545篇以時事政治評論為主的漢文（1908-1930），104篇政論性質的漢文譯作（1915-1919）在兩者之間顯現其過渡性位置及意義。尤其，從104篇日文漢譯圍繞政治評論的主題，似也說明了他透過漢詩建立的人脈，以及持續產出漢文評論文章所建立的評價，使得他的譯作獲得在官方第一大報連載的良機。

　　1919年進入華南銀行之後，他在報紙與期刊上沉寂將近五年，直到1924年起開始再度活躍，當時的寫作主題主要是評論與教材。正好，此時他開始擔任警察官司獄官練習所講師。因此，若說評論文章是延續漢文書寫的主題，語言教材則是展開警察培訓工作後的新領域。而且，這批文稿從1924年起就持續寫作不輟，直到1943年獨撐大局至《語苑》與《警察語學講習資料》停刊為止。

　　不過，自重返法院的1932年直到日治結束的13年之間，《語苑》由於前輩通譯陸續凋零，最後由相對較為年輕且又資深的小野獨自主持編務。他的編輯風格是為確保讀者得以實用，來稿若有不妥之處無不介入改正。[54]因而，無論語學教材、考題解答、翻譯評

---

53 小野真盛，〈教育勅語御意義臺灣語謹譯書に就て〉，《語苑》第33卷2號，1940年2月，頁1-4。

54 小野西洲（1935：109），〈新年始筆〉，《語苑》第28卷1號，1935年1月，頁106-109。

析等稿量一路有增無已。

　　此外，散文隨筆性質等兩百多篇文章。早期多見於《臺灣日日新報》，後期則披露於《語苑》，包含感懷、人物、遊記等。這些作品中不但充分反映他的思想、為人、社會意識、語文意識，乃至對生命故事的回顧、人生的價值判斷、對友朋的評價等，都有著熱情坦率的直言，可說是記錄日治期間深入日臺民眾生活與文人紀事的珍貴文本。尤其這些文章所述內容，經與他人所記或小野本人所記他事之間，從未出現前後不一的落差，可見其真實性極高。

　　針對以上所述小野西洲著述的主要內容及特徵，以表列方式可梳理如下。為期明確反映其生產序列，下表將產出數量極少致不足以代表該年度產出者剔除後，整理如下（詳表9）：

表9：小野西洲知識生產之路徑、輪廓、及其內涵

年次序列	1908-1919	1915-1919	1911-1927	1924-1940	1925-1940	1935、1936、1940
主題文類	漢詩	漢文譯作	漢文創作	語學教材	散文隨筆	雙語對譯
知識內涵	個人感懷	時政評論	各類評論	警察通譯	感言紀錄	訓話嘉言
報章媒體	日日新報	日日新報	臺灣時報 日日新報	語苑	新報／語苑	專書出版
文稿數量	220	104	420	319	126	4

（資料來源：作者自行整理。）

結語：從知識生產看譯者角色

　　從小野西洲的知識生產觀察其譯者角色時，可知他由創作者跨入譯者領域之際，兩者的關係是互為表裡的。尤其，配合其譯評與同儕議論觀之，可知漢詩文格律之對比、排列、精錬、韻腳等文體

風格，深刻地影響了他的翻譯觀及審美標準。

此外，從其警察語文著述及警察語學教材的大量生產，可知其譯者角色背後的官方贊助人（patron）扮演了重要的推手作用且持續影響其一生。尤其，警察培訓講師、教材編寫、通譯考官，乃至皇民化運動的落實等角色功能，無一不是透過通譯角色才得以達成的。

同時，在口語表達上由於警用教材與通譯考試等注重日常溝通乃至公眾演講致詞等實用且廣泛的語體風格，使得他在詞語選擇與風格創造上，透過報章媒體長期且大量的擴散，再加上考試及格後得以支領年度津貼等誘因，他的口語與書寫風格對於基層員警產生頗具滲透力的影響作用。[55]

然而，在藝術創造層面上，透過臺語小說的創作，他以角色對白為主體，並根據自己所熟悉的故事情節與角色內涵，摸索漢文書寫臺語的可行性，同時亦考量其日常實用性。從他的臺語小說往往與漢詩文結合，即可感受到他對臺語語體風格的美化與藝術化的企圖心。而另一方面，他又極度強調臺語在日常生活上的實用性，故在展現臺語文的美感以外，也不忘臺語緊貼生活的庶民特質。

而對照Jean Delisle與Judith Woodsworth（1995）在 *Translators through History* 中指出的譯者角色功能（創造、傳播、操控），可將小野的譯者角色依其時序及知識生產特徵綜述如下：

---

55 據小野西洲1932至1933年間記述，當時全臺幾乎所有官廳皆以該刊為語學講習教材，發行量達四千本（〈語苑を育てて〉，《語苑》，1932年8月號，頁4）。〈非常時に際會し全島官公吏諸賢の本島語學習を望む〉，《語苑》，1933年2月號，頁3。以1937年全臺警察共七千餘人計〔參《臺灣省五十一年來統計提要》，「警察機關及消防大隊概況」（表516）〕，故約每兩位警察就有一人是該刊讀者，故其影響與滲透力可說遍及全臺。

1. 語言與文學創造：
   - 以漢文書寫臺語並以漢詩的文體風格表現其小說敘事與人物對白。
2. 知識與文化價值的傳播：
   - 傳遞日臺文人的語文傳統與處世修養。
   - 傳遞世界時勢、政體變化等新視野與現代觀。
3. 權力與譯者的主體性：
   - 法院通譯角色與小說人物書寫間的角色衝突猶存。
   - 接受警務系統委任之語學教材並擔任通譯考試委員。
   - 視擔任天皇教育勅語之臺語譯書為其生涯最終任務。

　　本文藉由小野西洲年譜的編製，及其在臺期間知識生產的梳理，大致釐清了小野在臺譯事活動的屬性與規模。而小野西洲的知識生產與譯事活動，對於日治時期法院通譯群體的探究，正如一盞指引的明燈。尤其，透過小野的隨筆、《語苑》編輯紀要等，可望進一步探索其他法院通譯的譯事活動，乃至檢驗特定人物與事件的脈絡。

參考文獻

中文

岡本真希子（2008）。日治時期在臺灣法院的「通譯」：從「臺灣總督府
　　公文類纂」人事關係檔案看臺日籍通譯。**第五屆臺灣總督府檔案學
　　術研討會論文集**（頁153-175）。南投：國史館臺灣文獻館。

岡本真希子（2012）。日本統治時期臺灣的法院通譯與《語苑》。「**2012
　　語言訓練測驗中心國際學術研討會：　者的培養**」研討會。臺北：國
　　立臺灣大學。

許雪姬（2000）。林獻堂著。**灌園先生日記（一）－（二十四）**。臺北：中
　　央研究院臺灣史研究所、近代史研究所。

許雪姬（2006）。日治時期臺灣的通譯。**輔仁歷史學報，18**，1-44。

潘為欣（2009）。通譯經驗的轉化：小野西洲土語小說〈羅福星之戀〉創
　　作。**第六屆臺灣文學研究生學術論文研討會論文集**。臺南：國立臺
　　灣文學館。

潘為欣（2011）。**日治時期臺語白話書寫與文字拼音系統關係之研究：以
　　《語苑》、《臺灣府城教會報》為中心**（未出版之碩士論文）。國立臺
　　北教育大學，臺北。

日文

李尚霖（2005）。漢字、臺湾語、そして臺湾話文—植民地臺湾における
　　臺湾話文運動に対する再考察。**ことばと社会，9**，176-200。東京：
　　三元社。

李尚霖（2006）。**漢字、臺湾語、そして臺湾話文—植民地臺湾における
　　臺湾話文運動に対する再考察**。東京：一橋大學言語社會科博士論
　　文（未出版）。

岡本真希子（2012）。日本統治前半期臺湾の官僚組織における通訳育成

と雑誌『語苑』―1910-1920年代を中心に―。**社会科学，42**（2・3），103-144。

岡本真希子（2013）。「国語」普及政策下臺湾の官僚組織における通訳育成と雑誌『語苑』―1930-1940年代を中心に代。**社会科学，42**（4），73-111。

黃馨儀（2010）。**臺湾語表記論と植民地臺湾―教会ローマ字と漢字から見る―**（未出版之博士論文）。一橋大學，東京。

富田哲（2010）。日本統治初期の臺湾総督府翻訳官―その創設及び彼らの経歴と言語能力。**淡江日本論叢，21**，151-174。

英文

Judith, W & Jean D. (1995). *Translators through History.* Amsterdam & Philadelphia: John Benjamins, (Co-published by UNESCO).

Nida, E. & Taber, C. R. (1969). *The Theory and Practice of Translation.* Leiden: E. J. Brill: The United Bible Society.

附錄1：2010年至2015年小野西洲漢詩例

（依該類別詩作最多的年份，各取其中一例）

編號	年份	刊名	題名	內文	類別
1	1910	藝苑	紀元節	神武開天又一年。萬旗紅裡醉春筵。 新高山上瞳瞳日。光燿皇圖象萬千。	謳歌
2	1911	藝苑	遊艋津櫻園有感	非雲非雪又非霞。濃白淡紅認是花。 也似英雄能本色。風流韻更美人賒。 芳園五畝靚春霞。千樹山櫻萬朵花。 滿地落英閒不管。有人裀坐話桑麻。	寫景
3	1911	藝苑	立秋夜赴網溪楊潤波君納涼會華筵即景 賦此敬呈令兄嘯霞君藉申悃謝	細雨清風催客來。迎涼月下綺筵開。 網溪別墅群仙會。慚愧儂非太白才。 半月連邊啟盛筵。舉杯翹首嘯青天。 天公劇與人間樂。灑雨籫●韻欲仙。 清沁詩脾水一塘。空庭新霽月光涼。 蘭亭會趁諸王後。多謝元方與季方。	記事
4	1911	藝苑	病夜有懷	藥煙輕颺到三更。一枕悠悠萬縷情。 夜永不眠闌倚檻。愁看寒月思卿卿。	感懷
5	1912	詞林	哭日野君	故人騎鶴去。仙島憶同遊。 春醉嵌城月。宵吟淡水舟。 十年如一日。偶別竟千秋。 淚灑新高岳。涔涔逐水流。	交友
6	1915	南瀛詞壇	詠史 （宋敗於泓）	襄公意氣逸天際。畢竟假仁成業難。 矜老恤傷遺笑柄。格非直諫負忠肝。 三●續敗湘雲怨。五月星沉泓水寒。 惟有團團鹿上月。空懸老樹弔玄冠。	評語

附錄２：小野西洲漢文例

1911.7.6雜記一則／女子理想

雜著

◎雜記　一則　小野　西洲

▲女子理想

梅花盛於嚴寒。受霜雪之凌屬。潔白柳霞之花開焉。是花也。占領春光。二十四番中冠草芳之首。其薔薇獨先開放者也。世之為女子者。著想則無他端。其理想亦曰塞中梅而巳。何則。梅之耐雪傲霜。女子之操心潔白似之。梅之氣味栵馥。女子之節烈芬芳又似之。女子乎。誠能守此苦節。以處夫困頓之。吾知其永貞叶吉。箸節松筠。其比擬亦猶是者。雖彼矢心氷雪。為人妻。為人母意耳。若夫慕柳腰之見賞。羨蓉臉之取容。妄想無用。女子善懷。尚其慎之。

附錄3：第3.3－3.6小野西洲譯作例

章節	文章名	第一頁
3.3	羅福星之戀	小說 ○小說 戀の羅福星 一 草庵 戲作 今より十年の昔、臺灣の土語界を賑はせたる文士にして語者の風山奈渡義君あり、當時の月刊語學雜誌に土語小說含笑花を著わしたが、脚色の奇抜と、記事の淺陽と、會話の巧約とは、確かに專問家を凌ぐほどの上出來で、當時の讀者を非常に喜ばせた。氏は其時隨より始めたるこの種の小說が續々出でんことを望んで止まぬと誌して、期観辛の傷を求めたが、惜いかな、今まで土語小說を書いたものがない、余は愛に東施の顰に做ひ、書いてみないもの、小說家ならざる、遂も比べものにならぬが、脚色や行文の巧拙は余の知る所に非す、只會話に於て余が譯語の梯なき、讀み安り多少なりとも官話に應用せられ悟らるる所あれはこの稿の目的は達せられるのである。日は觀音山に春く、盤は大屯山に權はり、捌愫幽かに、江風程かく、譽がる白晝は自沙に亂れて江畔に

| 3.4 | 警察官對民眾臺語訓話要範 | 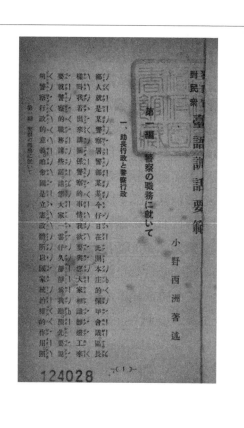 |

3.5	臺語和譯修養講話	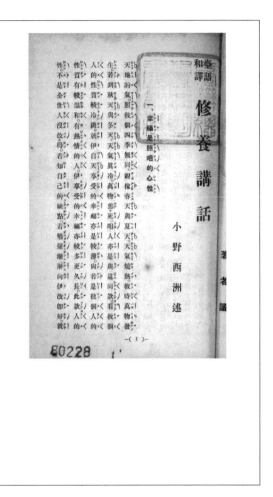

3.6	教育敕語御意義	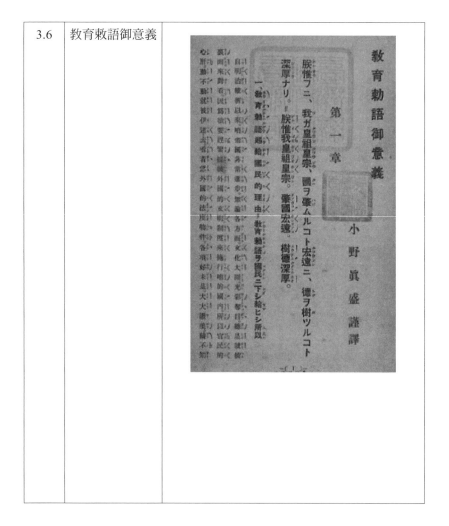

附錄4：小野西洲筆名與寫作主題內容一覽

文體	作者筆名	作品名	出版時期	刊物名稱一覽
漢詩	小野西洲	刑官	1910	臺灣日日新報
漢詩	小野西洲	艋津江畔觀櫻花記	1911	臺灣日日新報
漢詩	小野西洲	次三惜先生送屯山君瑤韻	1915	臺灣日日新報
翻譯	小野西洲	佳人之奇遇（共計4篇）	1918	臺灣時報
時事	小野西洲	短篇談話	1914	語苑
隨筆	小野西洲	漫言漫錄	1927	語苑
評論	小野西洲	己が天職	1928	語苑
教材語學	小野西洲	警察官甲科講習資料	1933	語苑
小說	小野西洲	至誠!!!醇化の力	1935	語苑
隨筆	草庵	草庵漫筆	1914	語苑
教材語學	草庵	質疑應答欄	1914	語苑
小說	草庵	戀の羅福星	1914	語苑
漢詩	草庵	端硯銘（共計20首）	1917	臺灣時報
譯作	草庵	基督教叢談（共計42篇）	1917-1918	臺灣日日新報
隨筆	草庵	草庵漫筆（共計29篇）	1914-1934	臺灣日日新報
教材語學	小野真盛	警察官語學講習資料	1934	語苑
隨筆	小野真盛	歲暮隨筆	1938	語苑
書評	小野真盛	臺灣語の手引書	1935	臺灣日日新報
書評	小野真盛	臺灣語修養講話を發行	1936	臺灣日日新報
時事評論	小野真盛	下ノ關媾和談判真相と三國武力干涉の經緯（一）——（八）	1939-1940	臺法月報

時事評論	小野真盛	姉齒先生の逸話	1942	臺法月報
評論	西洲生	李の態度	1921	臺灣日日新報
評論	西洲生	成功の祕訣（二）機會を捉へよ	1924	臺灣日日新報
遊記	西洲生	『內地遊記』を讀む（一）──（七）	1923	臺灣日日新報
隨筆	西洲生	耶馬溪の懷舊	1927	臺灣日日新報
隨筆	西洲生	漫言漫錄	1928	語苑
教材語學	西洲生	解き難き臺灣語	1931	語苑

按語

2011年，我取得了一年的學術休假。為了讓這一年期間達到改變個人知識框架與開拓學術視野的目標，當年春天決定走訪中研院臺灣史研究所拜訪許雪姬所長，並懇請她惠予指導。在她的慷慨支持之下，當年7月至年底，我竟以翻譯學者的背景，冒險越界地闖入了臺史所，展開為期半年的訪問學者生活。

這半年期間，週一至週五和研究助理日夜匪懈地蒐集整理並研讀資料。週末與週日則單獨回到輔仁大學的研究室裡繼續讀書寫作。我像個進了新天地的小學徒，在中研院積極參與國際研討會、讀書會、學術演講，並向研究室裡來自各方的歷史學者請益。得益於他們的點撥啟發，甚至提供珍貴收藏，介紹口述訪談對象等，我這個百分之百的臺史門外漢，從此開啟了日治時期的譯者研究之路。

同年，香港中文大學翻譯中心主任王宏志教授主持的「翻譯與亞洲殖民管治」國際研究計畫（2011-2014），邀我擔任「翻譯與臺灣殖民管治」子計畫的執行。2012年1月到8月，雖仍在休假期間，我又回輔大研究室日夜消化從中研院搬回來的大批材料。由於在中研院期間認識了幾位日治研究同好，故決定每月選一個週末在輔大舉辦日治研究讀書會，以免自己所學淺薄，不幸誤入歧途而不自知。

於是，2012年3月到2015年6月之間的40個月，我們展開了一段翻譯學、臺灣文學、社會語言學、及歷史學者之間的對話與討論。從這個讀書會裡，出了兩篇碩士論文，另有四位成員則報考了輔大跨文化研究所博士班，並於國際研討會上陸續提出論文並投稿出版。2012年9月27日，與王教授的研究計畫和中研院臺史所合

辦了「日治時期的譯者與譯事活動」工作坊，並提出五篇學術論文。2015年底，七位讀書會成員在臺大出版中心，共同出版了一本日文學術專書。

　　而這篇收入本書的論文，正是其中一篇，但已變身為日文。這是個人投入日治時期譯者研究的十餘篇文章中，最具核心意義的一篇。畢竟，日治時期最重要且語文專業性最強的口譯群體，莫過於法院通譯。然而，這群人物在臺灣日治歷史中迄今卻未曾受到史家的關注。許雪姬教授（2006）的〈日治時期臺灣的通譯〉是唯一的例外，該文共提及95位通譯，其中包含了幾位重要的法院通譯。開始著手研究時，我對日治時期譯者的所有知識，幾乎都得自於這篇論文。

　　當我選定以法院通譯群體為研究標的之後，首先決定從作品最多、最具影響力、且在職期間最久的人物下手。這人就是小野西洲！至於研究方法，則以翻譯學為視角，運用譯史與譯者研究的前人文獻與論述，並透過史料、戶籍資料等公文書，以及口述訪談及當事人信函等私文書，探索日治時期譯者身分的形成、譯事活動的屬性特徵、贊助人與譯者關係等，務求以多元的視角與方法深入探索。

　　誠 如 Jean Delisle & Judith Woodsworth（1995） 在 *Translators through History* 中指出的譯者角色功能（創造、傳播、操控），本文將小野的譯者角色依其時序及知識生產特徵加以綜述，並與前書所提出的譯者主要功能加以對應。亦即，從譯者的語言與文學創造、知識與文化價值的傳播、譯者權力或主體性介入等，探究譯者角色及其知識生產之間的關係。

　　此外，本研究還涉及了小野西洲一生知識生產的作品及交友語

料庫的建置。透過數年來對這兩個語料庫的編碼與標注修訂，如今得以小野西洲的知識生產為研究平臺，進行譯者角色與知識生產關係的探究。本研究清查了小野西洲在臺1520筆著作目錄，並依照文類與主題加以分門別類，據此建置為作品語料庫。此外，藉由作品內容與人物的交叉檢索，掌握同時代文章與人物的關係脈絡，乃至其交友圈形成的文化角色與社會群體位置。

　　但也由於語料庫的建置與修訂一直持續進行之故，收入本書的這篇論文，和當初賴慈芸教授擬定收錄的2014年3月出版的論文，無論在小野知識生產的數量與分布，或是小野的生平履歷及其依據等，都有了相當幅度的修訂（表2-7皆已全面修改）。這是因為大規模的日治期刊文章在數位化過程中，存在許多失誤與疏漏，非經一一詳讀並細查作者姓名，幾乎難以判讀作者為何許人。

　　除了建置語料庫的內功，研究環節中還少不了外力之助。其實，投入日治譯者研究以來，已經屢見驚奇，讓我深信冥冥中自有天意與因緣。2013年1月，也是讀書會成員的筑波大學伊原大策教授，在其策劃與陪同下前往日本九州大分縣，他連繫了津房小學校長羽下尚道先生，透過校長的熱心斡旋舉辦了鄉土人物座談會，且邀當地「大分合同新聞」記者前往採訪報導。其後，由於該報的披露，數週後的2月25日竟獲小野次子道光先生致電連繫伊原教授，終於獲知小野西洲後半生經歷，並取得其東京墓碑文字及照片等關鍵證據。然而，此後他們卻表明不願見面受訪。因此，2014年3月那篇論文是在自認材料已盡的情況下投稿的。

　　不想，因緣仍然未了。2015年7月3日，終於在京都見到了小野道光先生（時年84）及其夫人，更難得的是小野西洲的長女——粕原淑子女士（舊姓小野淑子，時年96。受訪後數月，奉寄日文版專書給她；豈知再數月她竟仙逝）。他們為我解決了以下幾個至

關重要的問題：

1. 小野西洲生平補遺。
2. 小野西洲家族成員介紹。
3. 小野西洲的戰後生活（且惠贈其戰後漢詩106首）。
4. 小野西洲經常提及的在臺人物。
5. 返日後與臺籍人士關係：與李春生孫女李如月女士有書函往返。
6. 解釋小野西洲何以自華南銀行再返法院任職。

　　感謝賴慈芸教授賜予本文重新出版的機緣，讓這篇文章得以在取得新材料與重要證據下修訂翻新，並為日治研究略盡棉薄之力。寄望今後日治時期的譯者群體研究，不僅在臺灣翻譯史上，更能在殖民的譯史研究上，提出得與他國共鳴的學術見解。

第三章

日治臺灣〈小人國記〉、〈大人國記〉譯本來源
辨析：兼論其文學史意義

一、史料與譯本追蹤

　　臺灣日治翻譯文學除了白話字、臺語漢字、世界語的翻譯外，自然以日文、中文翻譯為大宗，而中文譯本除李萬居、張我軍、洪炎秋、劉吶鷗等譯家，其他多數出自中國文人之手，再由臺灣報刊直接轉載或改寫後再刊登。這些中譯作品當中，有的原本就是日本文學作品，如《臺灣日日新報》刊登魏清德翻譯的〈赤穗義士菅谷半之丞〉、李逸濤翻譯的〈志士傳〉，還有轉載湯紅紱翻譯的押川春浪〈旅順勇士〉以及龍水齋貞一〈女露兵〉，《臺灣民報》轉載的周作人翻譯的加藤武雄〈鄉愁〉、張資平翻譯的松田解子〈礦坑姑娘〉，《風月報》、《南方》刊登的林荊南翻譯多田道子〈海洋悲愁曲〉、火野葦平〈血戰孫圩城〉及在臺日人小野西洲翻譯的柴四朗〈佳人奇遇〉（未刊畢）等等。除了直接翻譯日文作品，亦有透過日文譯作以轉譯他國作品者，譯文之中往往可以從一些音譯詞看出蛛絲馬跡，例如：謝雪漁譯〈武勇傳〉（*The Lady of the Lake*, 1810）[1]的原作者是 Walter Scott，今譯為「華特・史考特」或「沃爾特・司各特」，刊出時標示的卻是「奧雨答思各卓」，明顯是由日語譯音「ウォルター・スコット」再轉譯成臺語漢字。臺灣報刊轉載的中國譯家譯作中，亦有不少再自日譯轉譯，如魯迅翻譯的愛羅先珂童話〈魚的悲哀〉、〈狹的籠〉及〈池邊〉，都是先由俄文原作譯成日文，再轉譯為漢文，這與魯迅本身留學日本、通曉日語有關。清末甲午戰爭之後，中國留日學生藉由日文以轉譯大量西洋作品，影響中國翻譯文化既深且遠。日文對於中國人或臺灣人而言，一度都是認識世界文明的重要工具，而透過二度翻譯的西洋文學也

1　見《風月報》第88-89期，昭和14年（1939）6月、7月，頁3-4、3-5。

經常是認識西方現代性的管道。1920、30年代是臺灣翻譯較受重視的階段，除《臺灣民報》時期的譯作轉刊，傳統文人刊物《臺灣文藝叢誌》，也經常介紹許多外國局勢、西方新文明以及國外文人著作的概況，同時轉錄中國文人之譯作。如《臺灣文藝旬報》第十八號河上肇著、楊山木譯〈現代經濟組織之缺陷〉、西巫時用譯〈愛國小說：不憾〉、蜀魂譯〈神怪小說：鬼約〉等。其引介島外思潮，內容多元廣泛，對臺人知識視野的擴大、世界脈動的掌握極有幫助。

　　事實上，探討臺灣譯作，離不開發行時間最早又歷史最久的《臺灣日日新報》。但由於該報刊登作品，十之八九不署作者、譯者之名，也不交代出處來源，以致多被誤認為臺灣文人之作。其轉刊時間較集中在1914、1915年，進入1920年代，《臺灣日日新報》版面幾乎未見文學性譯作，直到1930年才忽然出現〈小人國記〉、〈大人國記〉。這兩篇譯文是眾所皆知的喬納森‧斯威夫特（Jonathan Swift, 1667-1745）*Gulliver's Travels*（《格理弗遊記》）的前兩部，而一向以刊登簡易文言為主的《臺灣日日新報》，卻在此時出現罕見的流暢白話文譯作，且以日日連載方式刊出，其刊登時間先後長達七個多月，[2]不能不說是個異數。到了2000年臺灣學界對 *Gulliver's Travels* 興趣濃厚，展現無比熱情，先是單德興出版的《格理弗遊記》全譯本，並撰述了多篇極有價值的論文，[3]其

---

2 〈小人國記〉、〈大人國記〉刊登時間分別為1930年3月3日至5月17日、7月6日至12月6日。

3 單德興譯注有《格理弗遊記》（*Gulliver's Travels*），論文則有〈翻譯、介入、顛覆：重估林紓的文學翻譯：以《海外軒渠錄》為例〉、〈格理弗中土遊記：淺談《格理弗遊記》最早的三個中譯本〉、〈翻譯‧經典‧文學：以 *Gulliver's Travels* 為例〉等。《格理弗遊記（普及版）》由同一出版社聯經於2013年發行，書前說明又見氏著〈重新整裝，再度出發：《格理弗遊記》普及版的緣起、過程與目標〉（2013，頁11-17）。近一、二十年，兩岸有關《格理弗遊記》研究的論文多達百篇。

後復見林以衡〈《格理弗遊記》在臺灣：日治時期〈小人國記〉、〈大人國記〉的譯寫、諷喻與政治想像〉對此譯本的考證與研究。[4] 2013年單德興考慮「經典文學的大眾化與普及化，拉近學院與社會的距離」，將研究成果與大眾分享，遂將學術譯著《格理弗遊記》重新以普及版面貌出現，書前原序文融入了林以衡的研究成果，在「早期中譯」一節，新納入〈小人島〉／〈小人島志〉、〈小人國記〉／〈大人國記〉一頁多的篇幅補充。然而筆者閱讀林文後，深感《臺灣日日新報》的〈小人國記〉、〈大人國記〉之譯本探究，實有釐清之必要，遂將存放六年遲遲無暇完成的論文勉於暑假期間完成，希望能避免錯誤資訊的一再傳遞。一者，《臺灣日日新報》的譯者（未署名）所依據的譯文，宜是韋叢蕪《格里佛遊記》譯本，其中自行改寫、添寫、臆改之處，透露了該報刊譯者對翻譯的態度及認知，其譯績恐非林文所謂「可見證日治時期的臺灣通俗小說，在翻譯能力方面，已具備與西方文學直接接軌的能力」（2011，頁182）、「日治時期的這兩篇小說，直接由外國原著譯入臺灣的可能性較大，由此可見日治臺灣對於外國著作的翻譯，並非一定要經由中文或是日文的二度翻譯，才能進入臺灣，表現出臺灣翻譯程度的提升，以及對外界知識接收的能力極高」（2011，頁196）。再者，韋叢蕪《格里佛遊記》譯本迄今為學術界忽略，有必要揭櫫此一現象，並探究其緣由。本文將對以下議題展開討論：〈小人島志〉、〈小人國記〉、〈大人國記〉在日治臺灣報刊的刊載情形，其次是對《臺灣日日新報》〈小人國記〉、〈大人國記〉譯

4　該文刊登《成大中文學報》第32期（2011，頁165-198）。又有部分融入其博論〈東、西文化交錯下的小說生成：日治時期臺灣漢文通俗小說對東亞／西洋小說的接受、移植與再造〉中的「由原著到譯本：西洋翻譯小說在臺灣——奇幻想像與冒險犯難：《格理弗遊記》和《魯賓遜漂流記》」（林以衡，2012，頁218-220）。

本的追索及比對，判讀所依據的版本。在比對過程同時亦對韋譯的得失提出檢討，並從其譯本印證《臺灣日日新報》對韋譯的抄錄改寫，最後討論臺譯本在當時的文學意義。

二、〈小人島志〉、〈小人國記〉、〈大人國記〉在日治 臺灣報刊

　　1909年臺灣文人蔡啟華（1864-1918）翻譯了〈小人島志〉，[5]即Jonathan Swift原作《格理弗遊記》（*Gulliver's Travels*）四個章節之一。這個時間點較諸1903年，上海《繡像小說》第五期開始連載《僬僥國》（第八期後改名為《汗漫遊》）晚了六年。較諸林紓、魏易合作翻譯的《海外軒渠錄》晚三年。當時之譯作尚無法深刻掌握寄寓諷刺的主題，多視為笑謔的談助與不經的逸事。蔡啟華的譯本亦近似，其翻譯目的是「述一絕奇絕巧之事……以當奕碁觀劇之趣云爾」，著重閱讀趣味，而非政治諷諭。此譯作乃根據日文本轉譯，由譯文處處流露痕跡可知，如故事中的主角Gulliver譯為「涯里覓」，與今日習見的「格列佛」或「格里佛」相距甚遠，即是日語譯音「ガリヴァー」或「ガリバー」再轉成臺語漢字。[6]文中還有一段描述：「嘗考小人島，名曰リヽブウト，國之縱橫，十有二里，國中最繁盛都會者，曰ミルレンド都」，並未將片假名改

---

5 見《臺灣教育會雜誌》第91-94號，明治42年（1909）10月25日至明治43年（1910）1月25日。蔡啟華，祖籍福建泉郡惠安縣，幼隨父渡臺。其父以舌耕為業，啟華隨侍讀書，於詩文頗有心得。後曾任大稻埕公學校漢文教師，後任總督府學務課員。1907年以臺灣人的身分擔任《臺灣教育會雜誌》漢文報編輯，作品尚有〈生蕃人國法上位地論〉（1906）、〈海內十洲記錄〉（1907）、〈遊圓山記〉（1911）、〈鈴江先生略傳〉（1912）。1914年，協助平澤丁東主編的《臺灣俚諺集覽》的批注，是漢人於日治時期協助民間文學的採集整理之例。

6 「覓」字在臺語有多種讀音，其中之一為〔bā〕，與「ヴァー」相似。

為漢字，明顯可見轉譯痕跡。在蔡譯發表的1909年當時，Jonathan Swift這部著作業已出現多部日譯本，包括片山平三郎譯《鶯瓓皤兒回島記：初編　小人國之部（繪本）》（東京：薔薇樓，1880）、片山平三郎譯《鶯瓓皤兒回島記》（東京：山縣直砥，1887）、大久保常吉纂譯《南洋漂流大人國旅行》（東京：新古堂，1887）、島尾岩太郎譯《小人國發見錄：政治小說》（東京：松下軍治，1888）、大平陽介譯《ガリバー旅行記》（東京：鶴書房，1900）、菅野德助、奈倉次郎譯注《ガリヴァー小人國旅行》（東京：三省堂，1907）、松原至文、小林梧桐譯《ガリヴァー旅行記》（東京：昭倫社，1909）等。日譯本相當多，由於本文討論重點不在比對蔡啟華究根據以上哪一種日譯本翻譯，因此對〈小人島志〉進一步的梳理留待他文。不過，從所刊登的《臺灣教育會雜誌》對教育的重視、改造，以及刊有其他不少兒童文學之作視之，[7]〈小人島志〉之翻譯，或許存有作為兒童文學讀物的想法。其譯文為節譯，也有較多刪減、更改，目的自然不是全面的文學性翻譯，而是以翻譯外國著名童話寓言故事用以教育兒童。這在中國、日本都是同樣情況，清宣統3年（1911）商務印書館為配合中小學堂教科書發行，由孫毓修據英文原著摘譯，將《格理弗遊記》部分內容分編為《小人國》和《大人國》，列為《童話》第二集中的兩冊，幾年之間，達八、九版。

　　而《臺灣日日新報》在〈小人國記〉、〈大人國記〉刊登前三十年，曾短暫出現四篇兒童文學，[8]之後就一直處於沉寂狀態。在

---

7 稍早有譯作安徒生〈某侯好衣〉，刊《臺灣教育會雜誌》第50號，明治39年（1906）5月25日。〈某侯好衣〉即今日熟悉的〈國王的新衣〉。

8〈貧乏人と金持〉（窮人與富人）、〈靴を穿いた牡貓〉（穿長靴的公貓）、〈機織と死神〉、〈雪姬〉（白雪公主），分別刊《臺灣日日新報》1901年11月17、23日及12月8、22日。

〈小人國記〉刊出前三年，《臺南新報》刊登了〈僬僥國人〉，篇名與1903年上海《繡像小說》第五期開始連載的《僬僥國》近似。[9]「僬僥」頗見史書所載，《列子·湯問》載：「從中州以東四十萬里，得僬僥國，人長一尺五寸。東北極有人名曰諍人，長九寸。」《史記·大宛列傳》孔穎達正義所引魏王泰《括地志》故事相通：「小人國在大秦南，人才三尺。其耕稼之時，懼鶴所食，大秦衛助之，即僬僥國，其人穴居也。」雖亦是寫小人國，但非《格理弗遊記》裡的〈小人國記〉，而是宣鼎《夜雨秋燈錄》裡的〈樹孔中小人〉。[10]經過三年多，《臺灣日日新報》刊登的〈大人國記〉的「緒言」認為關於大人國記事尚未之見，僅吏稱共工頭觸不周山，天柱為折，又曰防風之骨，其大專車，而舉小人國記載以見其奇，又進一步以《夜雨秋燈錄》之樹孔中人凸顯斯夫偉特氏之小人國記更具靈性。其云：

> 其關於小人國記載者，莫如夜雨秋燈之樹孔中小人。云某島中枯樹甚多，大可十圍樹多孔，小人長僅七八寸居其中。有老幼男婦妍醜尊卑之別，繫小腰刀弓矢等物，大小與人稱。枯樹最高處有小城郭，高可及膝，皆黑石砌就。王者束髮，紫金冠，雙雉尾，銀鎖甲，騎半大雞雛。罵人曰：「黎二師四伊利」。飼以飯粒亦食，尤嗜松子果品，畏聞雷聲。一晝夜三

---

9 第八期後改名為《汗漫遊》，因「僬僥」指的是傳說中的矮人，只能與第一部的「小人國」對應，自第二部以後即無法涵蓋全書內容。由此亦可見當時可能邊譯邊登。

10 文刊《臺南新報》第8868號，大正15年（1926）10月15日，第6版。內容描述廣東澳門島有某常隨海艦出外洋做貿易。某日遇颶停一古島，見樹孔有小人居，長七八寸。某為向俗人炫耀以賺錢，決攜小人回故鄉。抵廣東後，某請教名士得知是僬僥國矮人，便於市設帳。適有某公極愛小人並出千金購之。某公待小人極寵，處處討小人悅。某公年誼不知小人為何物，大驚狂呼致兩小人死，某公從此深恨年誼。

宿，其人以幼為尊，幼者之中，猶以婦人為重，見道學龍鍾老
輩者，匿不出。愛人著鮮衣闊服，見必舞弄刀棒獻技。若見破
帽殘衫者，必指罵之云云。

《臺灣日日新報》的〈小人國記〉52回刊於大正5年（1930）3月3
日至5月17日，〈大人國記〉72回刊於同年7月6日至12月6日。
易言之，〈小人國記〉刊畢一個半月之後才續登〈大人國記〉。其
譯寫者何人？在這124回刊登時，從頭至尾沒署名也不見任何暗
示。但從連載時間之長及兩篇「緒言」觀之，其文字典麗，多次援
引中國典籍，可見其人頗具漢學涵養，加上添寫的譯文，以流暢的
白話文行文，譯寫者恐是當時任職《臺灣日日新報》的漢文記者。

三、《格里佛遊記》中譯本與《臺灣日日新報》譯本的
關係

由於《申報》初刊〈談瀛小錄〉時用連史紙石印，每期僅發行
三、五千份，以當時知識傳播，可能多數人對這部早已冠蓋滿歐洲
的「遊記」，並沒留下多大印象。進入20世紀初期，新思想繼續從
西方引進，中國沿海廣州、上海和香港等地，開辦了印刷所和編譯
機構。1903年，上海《繡像小說》第五期開始連載《僬僥國》（第
八期後改名為《汗漫遊》）。清光緒32年（1906）4月，林紓、魏
易合作翻譯了綏夫特之作，以《海外軒渠錄》為題，由上海商務印
書館出版，列為《說部叢書》，成為當時的熱門書。[11] 1916年有嚴

11　此譯本在1907年10月再版發行，又罄銷一空。關於此三譯本的詳細介紹，請見單德
　　興專文〈格理弗中土遊記：淺談《格里佛遊記》最早的三個中譯本〉。

枚注釋《格列佛遊記》（北京：中華書局），英語讀本，但書名後加題「附國文釋義」。1920年代末之後，又有多種譯本及節譯本的出現。韋譯本是1928、1929年出版，而臺灣報刊的譯作是1930年刊登的，可說自林紓《海外軒渠錄》之後，臺灣報刊的譯者能參考的便是韋譯本，現既有研究已知臺灣報刊的〈小人國記〉、〈大人國記〉並非出自單德興所提及的最早的三個中譯本，那麼臺灣報刊的翻譯者是根據英文原文翻譯還是參考中文翻譯？本文在此謹提供多方事例，證明〈小人國記〉、〈大人國記〉受韋叢蕪譯本的影響是多方面的（並不受日文譯本的影響）。從二者譯文的比對結果，很遺憾的是韋譯本呈顯中國對西方文學的翻譯和傳播成果，及其對文學翻譯的自主性；而臺灣譯本卻呈顯不同的翻譯態度，當然譯寫成果也難望項背。此譯本原出處之追尋及確認，當是學術界所不能忽略的。

　　以下將討論〈小人國記〉、〈大人國記〉與韋叢蕪譯《格里佛遊記》的關係。由於臺譯本的譯文長達124回，筆者已逐字逐句比對，但撰述為文，勢不可能一一陳述，因此本文先以專有名詞、改寫、添寫等種種現象推論，繼而從研究韋叢蕪的譯作所據版本及在當時所達到的翻譯水準，以歸納韋譯本的特色、行文的手法以及翻譯過程中所犯的錯誤，並將其與《臺灣日日新報》中所刊登之〈小人國記〉和〈大人國記〉的文本進行交叉比對，[12]指出《臺灣日日新報》抄錄（或於轉載時修改）韋叢蕪譯本的可能性極高，並非由當時臺灣的譯者直接將英文小說翻譯為白話文。最後，在這些史料

---

12 為行文方便，《臺灣日日新報》中所刊登之〈小人國記〉和〈大人國記〉有時以「臺譯本」通稱，韋叢蕪譯《格里佛遊記》簡稱「韋譯本」，卷一是小人國內容，簡稱「韋譯本一」，卷二是大人國內容，簡稱「韋譯本二」。林以衡論文〈《格理弗遊記》在臺灣：日治時期〈小人國記〉、〈大人國記〉的譯寫、諷喻與政治想像〉略稱「林文」。

考證的基礎上，重新詮釋《臺灣日日新報》刊行《格里佛遊記》前二卷在臺灣文學史中所呈現的意義，尤其是當時臺灣抄譯改寫者對西洋文學的理解以及臺灣讀者對翻譯文學的接受情形。這部分難以避免其瑣碎，尤其行文中必需不時與林文對話，以此證成筆者看法的可信度。

（一）韋譯本根據什麼版本？如何翻譯？

　　在討論完臺譯本與韋譯本的關聯及意義後，關於韋叢蕪如何翻譯《格里佛遊記》似乎亦應做個交代。在其譯作《格里佛遊記》卷一的開頭附有幾頁的「小引」，在最後幾段裡面他交代了翻譯時所根據的主要文本為何：「我是根據London. G. Bell and Sons, Ltd.出版的Bohn's Popular Library本子（G. R. Dennis編）翻譯的，在我所看見的本子中為最完善的，其他常有刪減。」（韋叢蕪一，1928，頁7）這個版本[13]雖然不是單德興的經典譯注中主要依據的版本，但仍列在他所使用的注釋本清單之中（2004，頁181-182），足見其注釋的參考價值。[14]然而，若以當時英國文學尚未完全學院化、系統性的學術研究還不多的歷史背景而論，韋叢蕪能在當時有限的版本中挑出較為理想的文本實屬不易。而這個留意不同版次之文本差異的嚴謹態度，與《格理弗遊記》過去較為草率的中譯本相較之下，也是中國翻譯史上一個相當重要的里程碑。

　　此外，韋叢蕪在比對不同的版本時，有特別留意到其他版本的

13　以下皆以GRD代稱。Dennis, G. R. (Ed.). (1909). *The Prose Works of Jonathan Swift, D. D.: Vol. 8, Gulliver's Travels*. London: George Bell and Sons.

14　下面進行交叉比對時會個別指出韋叢蕪參考GRD文本與注釋的證據。韋叢蕪《格里佛遊記》譯文出處，亦不另加注，直接在文後標示頁碼，以避免注腳之繁瑣。「韋叢蕪一」代表韋叢蕪《格里佛遊記》卷一，「韋叢蕪二」代表韋叢蕪《格里佛遊記》卷二。

注釋：「本書譯文我曾參照 A. B. Bough [15] 編的牛津版本的注釋斟酌修改些處，我的小引也參考他的引言。」（韋譯本一，1928，頁8）單德興的經典譯注中曾提到他的注釋是以三本注釋本為基礎，這本便是其中一本（2004，頁181），[16] 其重要性不言而喻。韋叢蕪如何重視對文學作品的理解與翻譯之精準與否，由此便可見一斑。更重要的是他在「小引」中清楚地交代了他所參酌的資料來源，在那個著作權的觀念尚未普及、學術引用的慣例，甚至在西方本身都還未受到重視與統一規範的時代中，這種做法極為難能可貴。

不過，我們也不必過度誇大韋叢蕪理解西洋文學作品意涵和英文文章之語意的能力，或是過分高估他作為譯者的語言程度。這兩點都可以透過交叉比較韋叢蕪的「小引」與 ABG 的 Introduction 來顯現。首先，韋叢蕪的「小引」大部分的文字幾乎都是從 ABG 的 Introduction 直譯過來的，並非他個人在閱讀完整部小說與其他相關參考資料之後所整理出來的個人見解（最多只能視為摘要）。例如一開頭的時候：

> 他的偉大與其說是在他的作品的材料與形式中，還不如說是在他的作品裡所顯出來的精神中。他的人格以其烈度與力量高聳在他一切同輩之上。（韋譯本一，1928，頁3）

> The greatness of Swift lies less in the matter or form of his work than in the spirit which is revealed in it. His personality

---

15 Gough 誤植為 Bough，以下皆以 ABG 代稱。Gough, A. B. (Ed.). (1915). *Gulliver's Travels*. London, England: Clarendon Press.

16 下面進行交叉比對時會另外呈現韋叢蕪參考 ABG 注釋的跡象，尤其是 GRD 中所沒有的注釋。

towers above those of all his contemporaries by virtue of its intensity and strength. (ABG, 1915, p. vi)

這是整句話都直接翻譯過來的情況，而將「towers above」這個動詞片語譯為「高聳在」（而非本來就是動詞的「凌駕於」）是一個比較生硬的例子。[17] 又例如：

其情調是一層憂傷勝一層，一層悲觀勝一層。第二卷中的布羅勃丁那格人（Brobdingnagians）雖說是比第一卷的里里浦人（Lilliputians）高尚些，……第四卷中野蠻的和矛盾的憤世嫉俗的氣概更遠超過前三卷了。（韋譯本一，1928，頁3-4）

the progressively sad and misanthropic tone of the work. .... The Brobdingnagians, it is true, are nobler than the Lilliputians .... The savage and morbid cynicism of Part IV far exceeds anything hitherto reached. (ABG, 1915, pp. viii-ix)

這就是整段直接抄譯過來了。[18] 但是也有一句話中抄譯原文不同段

---

17 另一例：「我們讀著他的東西的時候，便覺著一個有強力的人格在我們面前，即使有時我們不同情，卻永遠使我們欽敬。」（韋譯本一，1928，頁3）"In reading him we are conscious of the presence of a mighty personality, which compels our admiration, even when our sympathy is alienated" (ABG, 1915, p. xxi). 此處「alienated」便翻譯得極為自然（而不是譯為「疏離」或是「異化」），雖然「sympathy」譯為「同情」就不若「認同」來得貼近文意。

18 另一例：「格依（Gay）和波孛（Pope）聯名寫信給斯偉夫特說這本書『從出版以後便成為全城談話的材料……從最高的到最低的都讀……此書通過了貴族議員們與眾議員們，無異議的；全城，男，女，小孩都十分為此書所陶醉了』。」（韋譯本一，1928，頁4-5）"Gay and Pope wrote jointly to Swift that the book 'has been the conversation of the whole town ever since [its publication]. ... From the highest to the lowest

落之語句的例子，顯示出韋叢蕪在一定程度上還是有進行摘要與整理的工作：

> 他是一個天生的管治者，卻又是在<u>英國</u>文學史中最悲慘的人物。（韋譯本一，1928，頁3）

> He was above all a born ruler. (ABG, 1915, p. vii)

> the most poignantly tragic figure in our literary history. (ABG, 1915, p. xxi)

當然，這些都還算不上是韋叢蕪個人的見解或觀點，我們也無從得知他在翻譯的過程中究竟對ABG的Introduction理解得有多深入，或是他本身西洋文學的素養好不好。[19]要在這種直接翻譯的作品中看出譯者對原文的理解或是譯者進行翻譯時的意圖與立場，通常就必須尋找譯文與原文不同之處。[20]例如當韋叢蕪在摘錄ABG

---

it is universally read ... It has passed Lords and Commons, *nemine contradicente*; and the whole town, men, women, and children, are quite full of it'" (ABG, 1915, p. xiii). 此段的翻譯同樣是有時生硬（如「the highest」譯為「最高的」而非「上層階級」），有時又神來一筆（如「are quite full of it」譯為「為此書所陶醉」），有時連拉丁文也忠實地直譯過來，因此可以推測這種翻譯通順程度不一的情況，可能源自於韋叢蕪所仰賴的英漢辭典中各條目撰寫的品質不一，或是在一定程度上他對英文文意的理解本身有些缺陷。後者的可能性在後面處理到韋叢蕪譯本中較為明顯的翻譯錯誤時，便能得到更多的證實。

19 例如：「這本書是斯偉夫特文體的最好的例子之一，在英文中也是簡明直截的文體的最好的例子之一。」（韋譯本一，1928，頁7）"The book is one of the best examples of Swift's style ... It is one of the best examples in English of the plain, direct style" (ABG, 1915, p. xx). 此處就看不出來韋叢蕪對這些文句的理解程度，雖然說我們能推測這應該是他直接翻譯過來的成分居多，不太可能是他真的對英國文學有廣泛而深度的涉獵後所下的評論。

20 後面我們將利用同樣的方式來判斷《臺灣日日新報》轉載韋叢蕪的譯作時抄譯改寫者

的Introduction中所提及當時種種對《格理弗遊記》的負面評價之
後，說道：

> 但是這樣的反響是算不了甚麼的，只要我們一看作者在第
> 四卷中敘述亞豪（Yahoos）時對於人類無忌的嘲罵。（韋譯本
> 一，1928，頁5）

> To Sheridan [Swift] writes on September 11, 'Expect no more
> from man than such an animal is capable of, and you will every
> day find my description of Yahoos more resembling'. (ABG,
> 1915, p. xviii)

在這個段落中ABG的Introduction只是引述了綏夫特寫給友人的
信，描述他如何抱怨那些負面的評價、如何取笑那些抨擊《格理弗
遊記》的人其所作所為正好印證了小說中第四卷對「Yahoos」的描
述因而不必對「牠」們期望過高，並未對那部小說本身的優劣進行
判斷；但是韋叢蕪在「小引」中的寫法則是在理解了英文的文意之
後，其實較為贊同綏夫特的看法，因而直接下了價值上的評判，認
為「這樣的反響是算不了甚麼的」。由此可以看出韋叢蕪對英文原
文的理解到什麼樣的程度，[21]也可以觀察到韋叢蕪的「小引」雖然

對其文學內容的理解程度以及轉載的意圖與立場。

21 另一個更明顯的例子：「雖說其中盡有文法上的錯誤（自然有些地方是故意的）但
　還是英文散文大師斯偉夫特的最成功的作品之一。」（韋譯本一，1928，頁7）"It is
　a mistake to attribute entirely to this desire to write in character the frequent grammatical
　lapses and loose constructions, many of which are pointed out in the notes, because similar
　faults are found, though hardly so abundantly, in Swift's other writings. In spite of this
　defect Swift's prose has often been rightly praised as masterly" (ABG, 1915, p. xx). 此句英
　文原文是以否定的方式說明，雖然綏夫特有在小說的注腳中自己指出頻繁出現在小說

大部分都是直譯，但仍然自覺或不自覺地添加了英文原文中其實並沒有主張的立場。[22]

這種譯文與原文有所差異的現象亦見於下面這個段落：

> 斯偉夫特⋯⋯寫信給波字道，『在我的一切勞作中，我向我自己定的主要目的便是與其娛樂世界，不如煩惱世界。⋯⋯我老是恨一切國家，職業，社會，我的所有的愛都是對於個人的。⋯⋯但是主要地我深惡痛絕那叫做人的動物，雖然我真心地愛約翰，彼得，湯姆等等。⋯⋯而且我的心將永遠不能寧靜，直到一切誠實的人們都同我一個意見。』但是事實上這個世界並不為這本遊記所煩惱，而且為牠所娛樂了。（韋叢蕪一，1928，頁6）

> Swift wrote to Pope ... , 'The chief end I propose to myself in all my labours is to vex the world rather than divert it .... I have ever hated all nations, professions, and communities, and all my love is toward individuals .... But principally I hate and detest that animal called man, although I heartily love John, Peter, Thomas, and so forth. .... and I never will have peace of mind till all honest man are of my opinion'. Whether Swift was really disappointed

---

本文中的文法錯誤，但是我們不應認為這些錯誤完全只是他想要呈現某種文學效果的技法，因為類似的錯誤也出現在綏夫特其他的作品中。韋叢蕪用肯定的方式直接言明綏夫特的文章有文法的錯誤，然後才在括弧中以改寫的方式補充說其中有些是刻意為之，這個情況便說明了他對文章的意義有真實的理解，而非僅停留在一對一機械式的直譯。

22 原文的立場至多只有提到綏夫特對世人感到的不耐與排斥或是憤世嫉俗（misan-thropy），見下一段的討論。

that the world refused to be vexed, and insisted on being hugely diverted, must be left to surmise. From the words of Captain Gulliver in his letter (p. 4) we may gather that the reception confirmed him in his misanthropy. (ABG, 1915, pp. xviii-xix)

英文的原文中在最後面說的是我們只能猜想（must be left to surmise）綏夫特是否對外界的回應感到失望（這句話在英文中本身也蘊含了外界的回應確實是「不為這本遊記所煩惱，而且為牠所娛樂了」），但是從格理弗的信中我們應該可以觀察到外界的響應正好說明了綏夫特的憤世嫉俗；而韋叢蕪的譯文直接忽略了綏夫特的感受究竟如何的問題，轉而直接描述外界的回應。然而，此處或許是因為韋叢蕪並未翻譯附在小說正文開始之前的那封格理弗船長的信（韋叢蕪沒有翻譯這部分的原因頗耐人尋味，請參照後面的討論），所以他才選擇簡化英文原文中的最後兩句話，而不是因為他對文意的理解不周，或是他另有不同的見解。

　　要對韋叢蕪《格里佛遊記》之翻譯成就有更審慎的評估，自然要繼續仔細觀察他如何處理小說本文的翻譯，這點我們將在下一小節進行更多交叉比對。

　　但是這本遊記有趣的地方便在於它不僅僅具有史料的意義，而同時具有思想上的蘊含。在上一段引文中，綏夫特提到：「我老是恨一切國家，職業，社會，我的所有的愛都是對於個人的。……但是主要地我深惡痛絕那叫做人的動物，雖然我真心地愛約翰，彼得，湯姆等等。」這是英國傳統的文學批評思想中一條很重要的思路，自 Matthew Arnold、T. S. Eliot 乃至於 F. R. Leavis 可謂一脈相承。要言之，這個觀點主張文學與哲學不同，其核心的價值以及關懷的重點在於對個殊的生活經驗能有入木三分的具體描寫，而非普

遍的理論玄想或抽象的思辨論證。F. R. Leavis的昵稱「反哲學家」
（anti-philosopher）便由此而來，與在他之後的文化研究中受左派
與後現代思潮影響的諸多文學「理論」形成強烈對比。筆者以為，
林以衡（2011）對《臺灣日日新報》刊行的〈小人國記〉和〈大人
國記〉所衍生之種種殖民語境的想像與詮釋，便是落入此類「理
論」之窠臼，其根本之病灶在於未能精準地從個別的文本開始閱
讀、分析，甚至忽略了重要的文本如韋叢蕪的譯本。

（二）從韋譯本所根據版本進一步比對臺譯本

　　在《臺灣日日新報》並未直接署名譯者為誰的情況下，要斷定
其刊行的〈小人國記〉與〈大人國記〉是由韋叢蕪譯本抄錄、修改
而來，便只能透過更為詳盡的文本比對來提供證據。然而要在翻譯
的作品中找出譯者所留下的蛛絲馬跡、觀察譯者在翻譯時所展現出
來的個人特色，並不是一件容易的事情，通常只能借著一些譯文
與原文的措辭有重大出入的少數情況來呈現。因此，我們第一個嘗
試的線索便是韋叢蕪在參考GRD這個版本的注釋時，對原文有所
斟酌修改之處。如果《臺灣日日新報》譯文的內容也同樣在這些地
方呈現出類似的修改方式，那麼其刊行的〈小人國記〉與〈大人國
記〉抄襲韋叢蕪譯本的可能性在邏輯上便隨之提高。

　　以下是一個韋叢蕪應該有參考GRD注釋的例子：

> 　　我接著大說英國議院的組織，一部分是顯貴的團體組織的，
> 叫作貴族院，都是最貴族的人，有最古最大的遺產的人。我敘
> 述那關於他們的學術和軍務的教育所常加的特別注意，好使他
> 們合格去作國王和國家的生來的顧問……議院的別一部分包括
> 一個叫作眾議院的議會，其中都是主要的紳士，歸人民自己自

由挑選出來的，為著他們的大本領與愛國心，代表全國的智
慧。這兩個團體組成<u>歐洲</u>的最尊嚴的議會，全部的立法事情都
付託給他們會同君主辦理。（韋譯本二，1929，頁110-112）

I then spoke at large upon the constitution of an English
Parliament, partly made up of an illustrious body called the House
of Peers, persons of the noblest blood, and of the most ancient
and ample patrimonies. I described that extraordinary care always
taken of their education in arts and arms, to qualify them for
being counsellors born to the king and kingdom .... That the other
part of the Parliament consisted of an assembly called the House
of Commons, who were all principal gentlemen, freely picked
and culled out by the people themselves, for their great abilities
and love of their country, to represent the wisdom of the whole
nation. And these two bodies make up the most august assembly
in Europe, to whom, in conjunction with the prince, the whole
legislature is committed. (GRD, 1909, p. 131)

GRD在該頁的注腳中有提到《格理弗遊記》在1742年之後的版本
都將「born」列印為「both」，而以上下文內容而論應該是「born」
較為正確，因此GRD在原文中便捨棄了使用「both」的版本。此
處韋叢蕪的譯文便依循GRD的原文來翻譯，譯出了「生來的」的
意思，這點說明了韋叢蕪自述主要是依據GRD來翻譯一語應該不
假。[23]但是這個段落在《臺灣日日新報》的譯文中卻被省略了，因

23　另一個例子更明顯：「他奇怪，聽我談這樣靡費的延長的戰爭。」（韋譯本二，
　　1929，　頁116）"He wondered to hear me talk of such chargeable and expensive wars"

而無從判斷該文的撰寫者究竟在這個字詞的使用上如何取捨：

> 我接著說。英國議院的組織。一部是顯貴的團體組的。叫作
> 貴族院。都是最貴族的人。有最古最大的遺產的人。議院的別
> 一部份，包括一個叫作眾議院的議會。其中都是主要的紳士歸
> 人民自己自由挑選出來的。為著他大本領。與愛國心。代表全
> 國的智慧。這兩個團體組。成歐洲的最尊嚴的議會。全部的立
> 法事情。都付託給他的會議同君主辦理。（《臺灣日日新報》，
> 〈大人國記〉，1930，46回）

然而，在這段翻譯中我們看到《臺灣日日新報》在用字遣詞上幾
乎都與韋叢蕪譯本相同，只有少部分字詞的刪減，如「大說」的
「大」和「組織」的「織」都省略了，「他們的」也改為只剩下
「他」。此外，英文的原文中並沒有提到與「會議」相近的字眼，
若《臺灣日日新報》的文字是直接從英文翻譯過來的話，不應該會
出現這種沒來由的字詞；但是若和韋叢蕪的譯文「都付託給他們會
同君主辦理」比較的話，會出現「會議」這個詞恐怕就是從韋叢蕪
所使用的「會同」一詞而來。最後，《臺灣日日新報》嚴重地省略
了「有最古最大的遺產的人」這句話之後英文的原文中對貴族院所
做的更多描述，而此處韋叢蕪承續了他一貫直譯的風格，依然如實
地句句翻譯。我們認為，這個省略的原因主要是在於報刊中的欄位

(GRD, 1909, p. 134). GRD 在該頁的注腳2中提到《格理弗遊記》的第二版與 Faulkner
版都用「extensive」。韋叢蕪顯然注意到了這個注釋，斟酌之後決定依循注釋的見
解、反而不採故事本文中所使用的「expensive」。這大抵是因為後者在語意上與前一
個形容詞「chargeable」有所重複，以韋叢蕪慣於直譯的作風而論，想必是考慮到如
此直譯後在中文裡讀來太不通暢而作罷。可惜此處在《臺灣日日新報》的譯文中同樣
被省略了，因而無從由此點來判斷其與韋叢蕪譯本的關聯。

有其一定的字數限制，為求每一回刊載的內容能剛好符合小說中文意的分段而不會在一段情節還沒結束的半途就被截掉，因此透過這種方式來排版。[24]

　　另一個能夠判斷韋叢蕪翻譯版本的例子，自然是那個有名的「藍紅綠」與「紫黃白」的問題，其典故出自於下面這個段落：

> 皇帝放三根六吋長的精細絲線在棹上。一根是藍的，又一根是紅的，第三根是綠的。（韋譯本一，1928，頁54）

> The Emperor lays on the table three fine silken threads of six inches long. One is blue, the other red, and the third green. (GRD, 1909, p. 39)

GRD在當頁的注腳4中便提到這些顏色原來分別是紫、黃、白，後來是因為出版商擔心這對當時政治的影射太過昭然若揭、為了避免麻煩而改掉的。林以衡便曾以這個典故來判斷「日治臺灣的『藍紅綠』則是《格理弗遊記》最初的寫法」（2011，頁178）。因為《臺

---

24 對臺灣當時的殖民語境有過度想像的學者可能會認為《臺灣日日新報》省略了小說中對貴族院更為詳盡的描繪，而給予眾議院更多的分量，正是反映了譯者（或其實是轉載韋叢蕪譯本的人）想要透過這種方式去讓當時無法擁有民主的臺灣人認識到歐洲的民主制度，因而不願犧牲篇幅去介紹世襲的貴族。然而，如果我們回到《格理弗遊記》最初的文學意涵而論，這個段落中對貴族院的大肆渲染其實反而是在諷刺當時英國貴族所受的教育根本不夠格、一塌糊塗（單德興，2004，頁182，注12）。換言之，如果當時臺灣的抄譯改寫者對西洋文學有真正的理解，那反而應該要完整地呈現出描述貴族院的這一段才能達到其針砭殖民政策的效果。姑且不論《臺灣日日新報》是否確實抄襲韋叢蕪的譯本，林以衡之文一方面要主張當時臺灣的譯者在西學上已能直接與國際接軌，另一方面又要在這樣的譯作上附會殖民脈絡的詮釋，卻沒有發現若回到《臺灣日日新報》的文本中去檢驗的話，這兩個論點其實彼此衝突。後面將對此問題有更深入的討論。

灣日日新報》所翻譯的是：

> 皇上放三根六寸長精細絲線。在桌子上。一根是藍的。一根
> 是紅的。第三根是綠的。（《臺灣日日新報》，〈小人國記〉，
> 1930，19回）

再度比對《臺灣日日新報》與韋譯本幾乎完全雷同的譯文，我們是
否能斷定前者就是先參考了後者之後進行修改而刊出的呢？顯然還
不行，因為此處我們比對的兩份文本本身就已經是譯作，我們至多
只能說這兩份譯文在當初翻譯時所根據的英文版本應該是相同的，
甚至是同一個注釋本；對同一個外文的文本進行翻譯後的產物，
文字上大致都相近也不是什麼稀奇的事情。所以，究竟是誰抄誰的
問題，在這個階段的證據中便未能定奪。不過，另一方面來說，在
中文的譯本還有韋叢蕪的版本需要考慮的情況下，林以衡主張「日
治時期的『大小人國記』並非全由早期的三個中文譯本直接抄寫過
來，而較趨近於譯者經由外國語言直接翻譯而來的作品」（2011，
頁179），同樣是一個太過跳躍的推論。要找出譯本的個人風格，
並從而判定抄襲的事實，我們需要更多譯者在翻譯的過程中背離英
文原文的例子，不論是參酌其他的注釋本而得，或是純粹基於語言
理解上所犯的錯誤而來。

　　我們先前提到韋叢蕪除了主要是根據GRD的本文與注釋來翻
譯之外，還參酌了ABG的注釋。這是第二種能夠嘗試的線索，下
面是一個例證：

> 我們的行程比從倫敦到聖阿爾板（相距二十哩——譯者）還
> 遠一點。我的主人到他常住的一個小旅館前下馬；在和旅館

老闆商議一會，作些必須的預備之後，他雇 grultrud 即叫街
者，向全鎮通告，往<u>綠鷹招牌</u>處去看一個奇怪動物，並不如
Splacknuck（這是那個國度裡的一個動物，形狀很好，約有六
呎長）那麼大，身體各部像人，能說幾個字，並玩百種樂人的
把戲。（韋譯本二，1929，頁 35）

　　Our journey was somewhat further than from London to St.
Albans. My master alighted at an inn which he used to frequent;
and after consulting a while with the inn-keeper, and making
some necessary preparations, he hired the Grultrud, or crier, to
give notice through the town of a strange creature to be seen at
the Sign of the Green Eagle, not so big as a splacknuck (an animal
in that country very finely shaped, about six foot long,) and in
every part of the body resembling an human creature, could speak
several words, and perform an hundred diverting tricks. (GRD,
1909, p. 99)

此處韋叢蕪不改其直譯的特色，將無法翻譯的大人國語詞如
「grultrud」與「Splacknuck」原封不動地保留（除首碼之字母大小
寫有所更動外）。當然，我們無從猜測這樣的做法是源自於韋叢蕪
本身較具有匠氣的翻譯手法，還是他刻意為之以便重現英文原著平
鋪直敘的筆法以及格理弗到大人國時語言不通所形成的一股陌生的
氛圍；雖然我們認為前者的可能性較高。但有趣的是在引文的第一
句話的括弧中，韋叢蕪罕見地以自稱「譯者」的身分發出他自己的
聲音：「相距二十哩」。我們可以看到在英文的原文中並沒有這項
資訊，並且 GRD 在該頁中也沒有注釋特別說明，由此推斷韋叢蕪

應是由ABG (1915, p. 367) 獲得此項注釋之來源。由此對比《臺灣日日新報》的譯文：

> 如是行程。約略經過一點鐘頭。已行過二十哩路。到了一個小
> 旅館前下馬。主人對館老闆商議一番。雇一個打鑼叫待的粗漢。
> 向全鎮報告。請到綠鶯招牌旅館去看一個奇怪人形小動物能解語
> 言樂人的把戲。（《臺灣日日新報》，〈大人國記〉，1930，14回）

首先，我們發現只要碰到所有的大人國專用語詞（小人國亦同），
《臺灣日日新報》幾乎都會自動省略。如果說只從韋叢蕪保留了這
些語詞這件事情上我們無法推斷這是他刻意為之還是無心插柳，那
麼《臺灣日日新報》將其全部刪去就很明顯地是不解綏夫特要特別
新創這些語詞的用意了。[25] 此外，這段譯文直接提到「已行過二十
哩路」，若是譯者直接翻譯英文原文的話，理應沒有這項資訊。要
說從「藍紅綠」的例子中可以推論臺灣的譯者和韋叢蕪所翻譯的原
文小說為同一個版本，甚至是同一個注釋本如GRD，也還算勉強
說得過去；但如果要說臺灣的譯者也和韋叢蕪一樣都參考了ABG
的注釋本，以當時資訊流通還不像現代這麼發達的情況而言，這巧
合的程度就有點高了；如果要再說他們在參考了同一本注釋本之
後，同樣在翻譯的過程中決定要將這個英文的本文中原來沒有的資
訊直接放入譯文的本文內，而不是忽略它或是放在當頁的章節附注
內，[26] 那這個可能性就非常低了。[27]

25　後面有更多的例子會顯示當時臺灣的抄譯改寫者對西洋文學乃至於整個西方的歷史文
　　化與哲學思想的理解其實都不深。

26　這是韋叢蕪大多數情況下的做法，下一段的引文便是一例。

27　由此種種跡象觀之，《臺灣日日新報》將「Green Eagle」誤植為綠「鶯」，便極有可
　　能是在轉載時誤植或是刻意修改了韋叢蕪正確直譯的綠「鷹」。

　　當《臺灣日日新報》這種背離英文原文的情況所發生的地方也是韋叢蕪犯了相同翻譯毛病的段落時，前者抄襲後者的可能性就越來越高了。例如：

> 他這樣說著，我的臉一紅一白好幾次，帶著憤怒地聽著我們的高貴的國家──工藝軍器之女王，<u>法蘭西的皮鞭</u>，<u>歐洲</u>的公正人，德性，憐憫，榮譽和真理之家，世界之驕傲與妬羨，──遭如此侮辱的談論。（韋譯本二，1929，頁59）

> And thus he continued on, while my colour came and went several times, with indignation to hear our noble country, the mistress of arts and arms, the scourge of France, the arbitress of Europe, the seat of virtue, piety, honour and truth, the pride and envy of the world, so contemptuously treated. (GRD, 1909, p.109)

此處「the scourge of France」一語描述的對象是英國。雖然「scourge」在字典中有皮鞭之意，但是在此處字典的另一個意思──造成他人許多損傷與折磨的事物──[28]才是正確而恰當的文意。韋叢蕪譯為「法蘭西的皮鞭」已不只是措辭上的不當，[29]而是一個翻譯上會使中

28　See: "something that causes a lot of harm or suffering" (Longman Dictionary of Contemporary English, 5th ed.)

29　但是在同一個段落中「my colour came and went several times」譯為「我的臉一紅一白好幾次」卻譯得極為傳神，而沒有落入字面上直譯的窠臼。這個吊詭的現象普遍出現於韋叢蕪的譯文中，有時可以歸諸於當時白話文與今日不同的使用習慣，如「我告訴我的妻，說她太節省了，因為我看她把她自己和她的女兒都**餓完了**」（韋叢蕪二，1929，頁160）。其例如林曼黎〈現在我們應當負起甚麼責任〉：「我們民眾將被屠淨了，**餓完了**，而上層的階敵還使用高壓來銷滅我們抗日運動的火焰！」（趙雲韜，1932，<u>頁</u>281）"I told my wife, she had been too thrifty, for I found she had **starved** herself and her daughter **to nothing**" (GRD, 1909, p.154). 但是在「法蘭西的皮鞭」這個例子中

文的讀者無法理解的嚴重錯誤。這點在「the arbitress of Europe」一語的翻譯上也完全相同，與其用語意不明的「歐洲的公正人」，還不如翻成「歐洲的仲裁者」來得更像是對英國這個國家的描述。那麼《臺灣日日新報》是如何翻譯的呢？

> 他這樣說著。我的臉一紅一白好幾次。帶著憤怒的聽。著我的高貴國家之工藝軍器女皇。法蘭西的皮鞭。歐洲的公正人德性、憐憫、榮譽和真理之家。世界之驕傲與妒羨。遭如此侮辱的談論。（《臺灣日日新報》，〈大人國記〉，1930，23回）

「法蘭西的皮鞭」一語完全跟著譯錯，「歐洲的公正人德性」更是錯得一塌糊塗。原本韋叢蕪譯的「歐洲的公正人」本來在語意上便已模棱兩可，純粹從不懂英文或是沒讀過原文小說的中文讀者之角度而論，可以理解為「住在歐洲的品行公正的人民」，或是勉強理解為「決定歐洲事務的公正（證）人」，《臺灣日日新報》顯然比較像是不懂英文或是沒讀過原文小說的人在只有閱讀中文譯本的情況下所產生的誤解，因為原來的這些詞語都是要描述英國這個位於歐洲之外的國家，而不是要描述在歐洲（或是法蘭西）裡面的什麼東西，不論是具體的皮鞭還是抽象的德性。所以，即使要牽強地說《臺灣日日新報》的譯文是出自臺灣譯者之手而非由韋叢蕪的譯本轉錄，那麼我們對當時臺灣譯者的語言程度恐怕也不能太過高估。

循著這個思路去一一核對文本，《臺灣日日新報》抄寫韋叢蕪譯本的關鍵性證據就要首推這一個段落的翻譯了：

顯然與白話文使用的習慣較無關聯，而是與作者對文意的理解程度有關。

　　這樣盡力將一切事物預備了，我便在一七零一年九月二十四日早六時開船；當我向北走了約有十二哩的時候，東南風起了，在晚間六點鐘我遠遠望見一個小島在西北方約有一哩半遠。（韋譯本一，1928，頁141）

Having thus prepared all things as well as I was able, I set sail on the twenty-fourth day of September 1701, at six in the morning; and when I had gone about four leagues to the northward, the wind being at south-east, at six in the evening I descried a small island about half a league to the north-west. (GRD, 1909, p. 80)

此處韋叢蕪忽略了海上的距離單位與陸上的單位換算的複雜情況，而將1個「league」一律換算為整整3哩，[30]所以才會將原文的「4 leagues」與「0.5 league」翻譯為「十二哩」與「一哩半」。可是《臺灣日日新報》是這樣翻譯的：

　　我便在一七〇一年九月二十四日早六時開船。當我向北。走了約有二十哩的時候。東南風起。在晚間六點鐘，我遠遠望見一個小島在西北方。約有一哩半遠。（《臺灣日日新報》，〈小人國記〉，1930，51回）

30　參見字典的條目。A league is "an ancient unit for measuring distance, equal to three miles or about 4,828 metres on land, and three nautical miles or 5,556 metres at sea" (Longman Dictionary of Contemporary English, 5th ed.) 單德興在這段中便直譯為里格而無換算，且在小說的一開頭便已說明單位換算與翻譯的問題（單德興，2004，頁7，注11）。

同樣地，即使是臺灣的譯者獨立由英文翻譯過來的，那麼和韋叢蕪一樣決定將「league」換算為「哩」實在是一個不小的巧合。[31]其中「二十哩」更是完全子虛烏有的一個數字，從英文的原文中無論如何換算都不可能得到這麼奇怪的數目，唯一合理的解釋是將其視為臺譯本在從韋譯本抄錄過來的過程中所發生的誤植。

（三）比對韋譯本、臺譯本的專有名詞及臺譯本的添寫

從作者及書名之五花八門觀之，《臺灣日日新報》的〈小人國記〉所用的人名、地名都雷同韋叢蕪譯本的現象，可推測即使前面數回努力改易另一種口吻行文，但文字脈絡及譯文辭彙時而相同相近的情況，仍不免露出馬腳。當時僅僅是書名的中文譯名就有《海外軒渠錄》、《汗漫遊》、《格利佛遊記》、《格里佛遊記》、《伽利華遊記》、《葛立浮漫遊錄》和《大人國遊記》等差異；作者中文譯名亦有斯威佛特、綏夫特、士維甫特、施惠夫脫、史惠夫特、斯偉夫特、史惠甫脫、斯威夫特、斯惠佛特等不同稱謂，並無一個通用的譯名。因此當《臺灣日日新報》的〈小人國記〉第一回指稱勞亭漢省、劍橋厄滿牛耳學院、詹姆士柏茲、「燕子號」等均雷同時，就不能不令人懷疑其版本乃是韋叢蕪之譯本。就專有名詞而言，《臺灣日日新報》的〈小人國記〉譯文作：

---

31 另一例：「在這次風暴中，接連又是一陣偏西的西南大風，以我計算我們向東被刮了約有一千五百哩。」（韋譯本二，1929，頁7）"During this storm, which was followed by a strong wind west south-west, we were carried by my computation about five hundred leagues to the east" (GRD, 1909, p. 86).「在這次暴風中。接連又是一陣偏西的西南大風。以我計算我向東。被刮了約有一千五百哩。」（臺灣日日新報，大人國記，1930，2回）

　　英國「勞亭漢省」是我格里弗的生產地方。我父親。在這地方。薄有小產業。我同胞兄弟五人。我排行在三。十四歲時。父親把我送到劍橋卮滿牛耳學院。在那學院讀了三年書。功課外。喜歡看的書。我父寄給我的費用雖說是不多。可是論起來。小康之家。也就是不少了。後來我在倫敦。拜了一位著名的外科醫生「詹姆士柏茲」先生為師……不幾天。那位慈善老師。柏茲先生。便將我介紹到海軍少佐「亞伯拉罕播列耳」船長。他管的那「燕子號」船上。充當外科醫生。我在這船上居住三年。（《臺灣日日新報》，〈小人國記〉，1930，1回）

韋叢蕪譯本作：

　　我的父親在勞亭漢省有一份小產業；我是五子中的行三。我十四歲的時候，他便送我到劍橋的卮滿牛耳學院去，在那裡我住了三年，專心讀自己的功課；但是給養我的費用（雖說為數很少）就我的薄薄的家資講已經是太多了，我只得跟倫敦的一個著名的外科醫生，詹姆士柏茲先生學徒，我同他繼續學了四年……不久，我的好老師柏茲先生便介紹我到甲必丹亞伯拉罕潘列爾為船長的燕子號船上作外科醫生。（韋譯本一，1928，頁11-12）

　　譯音都雷同，可見二者高度的關聯性。此外，臺譯本的文字及前後行文脈絡也十分相似韋譯本，大多只是稍加更動而已。且越至後面，改寫越少。如臺灣譯本作：

　　我向前去。在該島避風。那一邊拋錨。此島好像沒有人居

住。我於是吃了些食品。便休息了我睡的熟。以我忖度。至少
有六小時。因我在醒後兩個鐘頭。天便亮了。我在日出以前。
吃的早飯。拔起錨。風是順的。我順著昨天所進行的方向駛
去。關於這點我有我的小指南針指示……因為風小了。我盡力
張帆進駛，在半個小時。那船望見我於是掛出旗幟，放了一槍
在這料不到的希望。再見我所愛的國家。我所留在那裡的親愛
的質物之際，我的快樂的情況。是不易表說的。（《臺灣日日
新報》，〈小人國記〉，1930，51回）

韋叢蕪譯本《格里佛遊記》作：

　　我向前去，在該島避風那一邊拋錨，此島好像無人居住似
的，我於是吃些食品，便休息了。我睡的熟，以我忖度至少有
六個鐘頭，因為我看我在醒後兩個鐘頭天便亮了。這是一個明
淨的夜。我在日出以前吃早飯；拔起錨，風是順的，我順著昨
天所進行的方向駛去，關於這點，我有我的小指南針指示……
因為風小了。我盡力張帆進駛，在半個小時她望見我，於是掛
出旗幟，放了一槍。在這料不到的希望再見我所愛的國家，和
我所留在那裡的親愛的質物之際，我的快樂的情況是不易表說
的。（韋譯本一，1928，頁141-142）

　　二者差異極小，〈小人國記〉對韋譯本可謂亦步亦趨。初時譯
寫者或較有充沛體力及顧忌，譯意改寫稍多。或許是讀者並無異
議，而改寫者亦近強弩之末，接續無力，因此越到後面其改易越
小，幾乎保留韋譯本原文。
　　再者，《格里佛遊記》作為一部長篇小說，有很多生活細節的

經營，包括對飲食、居住、穿著、語言、排泄等。小說不能脫離生活，小說人物之所以讓人感到真實，是靠小說中生活習慣和諸多細節呈現出來的。小說如缺乏生活細節的描述，僅以事件穿插在小說裡，則小說敘述語氣不免切割得支離破碎，甚而小說角色變成為事件而設計的工具。本來卷一的小人國遊記，其重點之一必須讓讀者感受到小人國之小究竟有多小？格里佛來到小人國後，他是如何生活的？食衣住行育樂上是如何在這小人國展開的？因此《臺灣日日新報》的〈小人國記〉譯寫者省略了原韋譯本在飲食、製衣的細膩描寫，正看出臺灣譯者顯然無法理解生活細節對小說藝術的必要性。他們所偏重的是故事的發展、情節的推動，而穿衣吃飯的情節是停滯的，因此不受重視。同時，臺灣譯者似乎對數字感到瑣碎，畢竟中國傳統文學很少以如此精確的數字來描繪對象，數字通常是誇張式、約略式的出現，如「白髮三千丈」、「千山鳥飛絕」，西方傳統卻是相反。而小人國人民在數學幾何學的進步，恰恰是作者有意的強調。在《格里佛遊記》中，小人國中的人們決定給格里佛多少食物、衣服大小的裁剪，都是經過推算，而臺灣譯寫者對這些細節並不感興趣。[32]

　　韋叢蕪的譯作是直譯，與原作的本意較為接近，但有時有些句子讀起來較費力而不太流暢。《臺灣日日新報》的〈小人國記〉的譯寫者可能連英文原文都未見著，而是直接就文句潤飾，因此有些文句是較流暢，但不免要添寫一些文字（如同添譯），或因此而有誤譯情況（後面將更進一步詳述）。臺譯本加油添醋的現象明顯

---

32 原審查意見其一提及「臺灣譯者省略細節或許與報紙連載的出版形式不無關聯，在版面有限的情況下，刪除次要細節是常見的作法。因此或許不能僅以譯者對細節不感興趣或無法理解生活細節對小說藝術的重要性這樣的推論來解釋」確實與版面有關，但筆者認為最終結果既是刪除生活細節，而非其他敘述，基本上就是對文本要保留或刪除的一種文學認知。

可見，如：「我為是憶起在里里浦。所見得那小人皮膚。是在世界
上最美。個個好比布袋戲所演小生花旦」（臺灣日日新報，大人國
記，1930，10回）。或者像「我若是支那國民。此運定要延道士作
法。多燒金紙解運」（《臺灣日日新報》，〈大人國記〉，1930，15
回）、「皇上說我國中僅有鬥雞。但是皇宮內亦不准他鬥……這大
人國的雞。自冠以下。足足有一丈高。但善鬥的是雌的。不是雄
的。雄的冠小膽怯。交尾之際須遇著雌的產卵期。春季發動。伏在
地上。雄的始敢奔赴。騎上雌的身子。不則被雌的一睨。則瑟縮退
去。而且這大人國的雞不論是雌的。是雄的。皆不能作喔喔啼聲。
所以自我流落到這國中來。尚未感覺有所謂雞的動物」（《臺灣日
日新報》，〈大人國記〉，1930，49回）、「我又親身看見皇上及皇
后陛下。飲用大茯苓湯。他說那茯苓。是十分滋補。他賞用茯苓。
好比支那人之愛用人參湯」（《臺灣日日新報》，〈大人國記〉，
1930，51回）、「皇宮各地。喜種桃花。白榆。桃結若米鬥大。若
使支那人看著。一定說是瑤池的蟠桃」（《臺灣日日新報》，〈大人
國記〉，1930，52回），甚至有當時用語「這說是世界共存共榮的
大情理」（《臺灣日日新報》，〈大人國記〉，1930，15回）。以上
種種純粹是譯者胡亂編派的增譯，道士、布袋戲、鬥雞、茯苓湯、
蟠桃等等，絕非原著文字，亦不見韋譯本，應是《臺灣日日新報》
譯寫者考慮閱讀的趣味性及熟悉度添寫的片段。

　　基於以上所羅列之種種交叉比對的文本證據，我們可以合理懷
疑《臺灣日日新報》的〈小人國記〉與〈大人國記〉應是分別由韋
叢蕪《格里佛遊記》的卷一與卷二轉錄、修改而來，而非當時臺灣
文人直接從小說的英文原文翻譯成中文。由此觀之，林文認為「臺
灣到了昭和年間，翻譯程度已進入成熟階段，譯者運用中文白話
文表現在報紙上的小說中也極為熟練……故日治臺灣的『大小人國

記』實是成為承接過去50年的三本中文譯本與當今譯本的一個重要橋樑」（2011，頁178），便值得商榷。此一史料考證上的發現，將大幅改變我們對《臺灣日日新報》所刊翻譯小說之文學價值的評估，也使我們必須重新詮釋〈小人國記〉與〈大人國記〉在臺灣文學史中所呈現的意義。誠然，《臺灣日日新報》對韋叢蕪的譯本進行相當多的修改，有些地方加油添醋，有些地方卻又多所刪減，因而可以說是成為另一個嶄新（或是面目全非）的文本；然而，這些與韋叢蕪譯本的不同之處，也同時成為詮釋《臺灣日日新報》抄譯改寫者意圖的重要線索。

四、《臺灣日日新報》的〈小人國記〉和〈大人國記〉在當時的文學意義

本小節筆者擬從綏夫特的《格理弗遊記》英文原文、韋叢蕪的《格里佛遊記》與《臺灣日日新報》轉載修改過後的譯文三者之間的比較，來釐清當時《臺灣日日新報》的抄譯改寫者對於西洋文學作品原意的理解如何、轉載中修改的用意何在，以及轉載後〈小人國記〉與〈大人國記〉作為臺灣日治時期的翻譯文學作品對當時的讀者可能造成的影響為何。林文認為：

> 《格理弗遊記》中的〈小人國記〉或〈大人國記〉就這樣由西方世界直接進入臺灣，而不是經由中國、日本的二度譯寫後，才為臺灣讀者所閱讀，此可見證日治時期的臺灣通俗小說，在翻譯能力方面，已具備與西方文學直接接軌的能力。（林以衡，2011，頁182）

在證實《臺灣日日新報》與韋叢蕪譯本兩者之間的轉載關係之後，這個論斷的錯誤已非常明確。但是，到目前為止亦僅釐清當時臺灣抄譯改寫者的語言能力，至於其對西洋文學理解的能力（即使是透過韋叢蕪的譯本這個媒介來理解）究竟如何，便是另外一個亟需處理的問題，並且此問題將牽涉吾人如何評估轉載、修改過後的〈小人國記〉與〈大人國記〉在文學上的意義與價值。筆者將透過更多文本的比對來說明當時的抄譯改寫者對西方文化的理解亦相當有限，同時讀者也可以透過交叉檢視這些文本對韋叢蕪翻譯的手法、風格與成就得到更深刻的認識，以及觀察到更多臺譯本抄襲韋譯本的痕跡。以下先看一個段落：

> 現在鄰近開始知道而且談論了，說我的主人在田地裡發見一個奇怪的動物，約有一個 Splacknuck 大，但是在各部分形狀確實像一個人性的動物；並且在所有舉止上模仿人；彷佛用牠自己的一種小語言說話，已經學了他們的幾個字，用兩腳直站著走，馴服而且溫和，叫喚牠的時候牠便去，吩咐牠做甚麼牠便做。（韋譯本二，1929，頁 32）

> It now began to be known and talked of in the neighbourhood, that my master had found a strange animal in the field, about the bigness of a splacknuck, but exactly shaped in every part like a human creature; which it likewise imitated in all its actions; seemed to speak in a little language of its own, had already learned several words of theirs, went erect upon two legs, was tame and gentle,would come when it was called, do whatever it was bid. (GRD, 1909, p. 98)

> 現在鄰近。漸漸知道我主人的家。在田中拾得一頭類人形的
> 奇怪小動物。用一種小語言。舉止動作。溫馴有禮法。喚他
> 去。他便去，喚他來。他便來。（《臺灣日日新報》，〈大人國
> 記〉，1930，12回）

除了先前已經提過的，《臺灣日日新報》遇到大人國裡的專門用語
時便會自動省略，使故事的原文中所呈現出來的氛圍略減幾分之
外，在這個段落中我們可以再次看到韋叢蕪直譯的手法，將「it」
忠實地翻譯為「牠」。同樣地，我們無從判斷韋叢蕪是否有意為
之，但是這樣的翻譯方式對中文的讀者而言恰好捕捉到了英文原著
中所要呈現的諷刺意味，亦即在大人國住民的眼中，格理弗就只
是一個動物，而不是一個堂堂正正的人（單德興，2004，頁139-
140，注7）。可是當《臺灣日日新報》忽略了這個差異而一律使用
「他」的時候，不論是純粹因為當時臺灣使用白話文的習慣與中國
有別，或是其他抄譯改寫者有意無意的原因，這個譯本在傳達諷刺
的意涵上便顯得遜色許多。由此而論，當時臺灣的抄譯改寫者並沒
有注意到這個「牠」與「他」之別其實蘊含了極為深刻的諷喻，這
便顯示出抄譯改寫者對西洋文學原著的理解能力，即使透過韋叢蕪
直譯之譯本的幫助，仍然是相當有限的。

　　《臺灣日日新報》的抄譯改寫者對《格理弗遊記》的歷史背景
了解不多，亦可從下面此一段落明顯看出：

> 經過許多辯論以後，他們一致斷定，我只是Relplum Scal-
> cath，直譯意思是「怪物」；這一個決定十分合於歐洲近代哲
> 學，他們的教授們鄙棄玄妙的原因之舊託辭（亞里斯多德的
> 門人們藉此白白地努力去諱飾他們的無知），便創造了這個關

於一切困難的驚人的解決法，使人類的知識有說不出的進步。
在這個決定的結論之後，我懇求他們聽我說一兩句話。我一心
向國王申說，使皇上相信，我是從另一個國度來的。（韋譯本
二，1929，頁53-54）

After much debate, they concluded unanimously that I was
only relplum scalcath, which is interpreted literally, lusus naturæ;
a determination exactly agreeable to the modern philosophy of
Europe, whose professors, disdaining the old evasion of occult
causes, whereby the followers of Aristotle endeavour in vain to
disguise their ignorance, have invented this wonderful solution
of all difficulties, to the unspeakable advancement of human
knowledge. After this decisive conclusion, I entreated to be heard a
word or two. I applied myself to the King, and assured his Majesty,
that I came from a country which .... (GRD, 1909, pp. 106-107)

議論許久。最後將我決定為天地間一個怪物。我在傍聽得許
久。乃懇求皇上。容我說幾句話。說我是從英國來的。（《臺
灣日日新報》，〈大人國記〉，1930，20回）

此處《臺灣日日新報》轉載的譯文不但省略了大人國的用語
「Relplum Scalcath」，連原文中對拉丁文「lusus naturæ」的解釋也
完全跳過，然而這卻是英文原著中對當時現代科學興起的趨勢以及
科學家的傲慢所做的諷刺[33]。臺灣的抄譯改寫者顯然對這段涉及哲

33 See also: "Swift's perspicacity is astonishing. He not only recognizes the scientists'

學與思想的歷史背景並不熟悉，在只有韋叢蕪生硬的譯文[34]可以參考的情況下，抄譯改寫者會讀不懂是完全可以預期的。只是這也說明了：要主張當時臺灣的翻譯水準能與世界直接接軌，以史料而論，恐怕還非常困難。因此，當林文說「日治時期在《臺灣日日新報》上刊載的這兩篇小說，並未被此時的翻譯者和報紙編輯以兒童文類視之，表現出日治時期譯者、讀者或是報紙編輯，對於文學諷喻性有深刻的理解」（2011，頁170）的時候，很有可能抄譯改寫者對於《格理弗遊記》原著之諷刺意涵的理解，就只停留在韋叢蕪直譯的「小引」中對這本書的概括描述，[35]但是對於小說本文個別段落中具體而微的含沙射影，恐怕連韋叢蕪自己都未必有十分完整的了解與深入的體會，遑論抄錄韋叢蕪譯本的抄譯改寫者了。

　　然而，即使《臺灣日日新報》的抄譯改寫者確實對西學一無所知，因而未能理解《格理弗遊記》的故事情節中所要影射的對象（如當時的英國政治），在對韋叢蕪譯本的進行修改與轉錄的過程中，抄譯改寫者是否另有自己想要對當時日本殖民政府的政策予以諷刺呢？林文認為下面這幾個段落可以說明抄譯改寫者自身的諷喻意圖：

---

professional incapacity to understand politics, but also their eagerness to manipulate it, as well as their sense of special right to do so" (Bloom, 1990, p. 48). 單德興譯注即指出此諷刺意味（2004，頁150，注12）。

34 這也不能怪罪韋叢蕪，因為要翻譯這段話確實不容易。

35 例如：「作者的想像永不高飛，但在虛構驚人和好笑的情形上卻是很豐富的。在此書中從頭至尾保持著情緒的約束，沒有多少地方讓他使他的咒罵的大本事，但這卻更加增了諷刺的效力。」（韋譯本一，1928，頁7）"Swift's imagination never soars, but is fertile in the invention of striking and droll situations. .... The emotional restraint maintained throughout *Gulliver's Travels* allows little scope for his wonderful power of invective, but heightens the effect of the irony which is perhaps his supreme gift." (ABG, 1915, p. xxi).

再走運沒有了，我連一點點都沒有灑出去。我因為來的很近
火焰，忙著把火滅了而得的熱，使酒開始化成小便；我灑了這
麼多，而且這麼合適地灑到相當的地方，在三分鐘內火完全熄
了。（韋譯本一，1928，頁93）

By the luckiest chance in the world, I had not discharged
myself of any part of it. The heat I had contracted by coming very
near the flames, and by labouring to quench them, made the wine
begin to operate by urine; which I voided in such a quantity, and
applied so well to the proper places, that in three minutes the fire
was wholly extinguished. (GRD, 1909, pp. 56-57)

最有趣的是連一點也沒有灑出去。因為接近火焰。滿身一發
熱。這酒完全化成小便。我把他都灑在火焰適中的地方。在三
分鐘內。這場火災。完全潑滅。（《臺灣日日新報》，〈小人國
記〉，1930，36回）

對於《臺灣日日新報》中轉載的這段情節，林氏如此詮釋：「譯者
透過此段格理弗排泄的不潔行為，實是藉由文學的翻譯與改寫後，
利用文字的表達，刻意卻又不露骨地對殖民統治者做出抗議。而格
理弗以排尿的方式，為小人國皇宮救火一事，雖然各中文譯本的差
異不大，卻也是一個對統治者不滿的表達方式。」（2011，頁187）
然而，在這段情節中，《臺灣日日新報》大抵只是抄錄韋叢蕪的譯
本，其修改之處也都是純粹字句上的調整，而且不似前面討論過的
那段關於貴族院的眾議院的描述那樣，[36]在前後文裡刻意省略了一

---

36 見注24。

整段對貴族院的描寫；在這樣缺乏明確證據的情況下，要證成當時臺灣的抄譯改寫者想要透過這段單純轉錄的故事情節以表達對殖民統治者的不滿，恐需再謹慎。

又例如：

> 這是要說明的：這些大使們是用一個翻譯向我說話，兩國的語言不同的程度，正如歐洲任何兩國一樣，每個國家都自驕自己的語言的古老，美和有力，公然地看不起鄰國的語言；現在我們的皇帝，占著把他們的艦隊捕獲來了的優勢，勉強他們用里里浦語呈遞國書和發言。（韋譯本一，1928，頁90）

> It is to be observed, that these ambassadors spoke to me by an interpreter, the languages of both empires differing as much from each other as any two in Europe, and each nation priding itself upon the antiquity, beauty, and energy of their own tongues, with an avowed contempt for that of their neighbour; yet our Emperor, standing upon the advantage he had got by the seizure of their fleet, obliged them to deliver their credentials, and make their speech in the Lilliputian tongue. (GRD, 1909, p. 55)

> 還有一事要說明白。那些大使。是用一個翻譯向我說話。那兩國言語不同的程度就如同歐洲兩國一樣。不論那國都要自誇自己的語言如何典雅。如何適宜。怎麼好聽怎麼占勢力。居然看不起鄰國的語言。現在我皇帝仗著把他艦隊擄獲優勢。強迫他用里里浦的文字。呈遞國書。及一切奏對。（《臺灣日日新報》，〈小人國記〉，1930，34回）

林文對這段情節如此評論：「在昭和年間日語已經在臺灣廣為使用的環境下，譯者仍選擇將其譯為漢文、並刊登在《臺灣日日新報》有限的漢文版面上，此一動機本身就帶有與致力推廣日語的殖民政府相抗衡的用意，且藉由〈小人國記〉中使用語言的看法，達成內外呼應的效用。」（2011，頁190）然而當我們確定《臺灣日日新報》的譯文不是來自直接對英文的翻譯，而是由韋叢蕪譯本抄錄而來的時候，要從文本上所能找到的證據來說明抄譯改寫者有意透過此一情節諷刺當時殖民政府強迫臺灣人民說日語，便顯得極為困難。

到目前為止，我們已經說明了當時臺灣的抄譯改寫者對西方文化並不熟悉，以及《臺灣日日新報》的譯文中能用來支持殖民脈絡下諷刺日本政府之詮釋的證據相當薄弱。然而，更嚴重的問題並不只是林以衡在這兩點上都做出了不可靠的判斷，而更是在於他的兩點主張之間彼此有矛盾。林文一方面(1)想要主張當時臺灣的譯者具有直接與西方文學接軌的能力，另一方面同時(2)想要給臺譯本的譯作一種殖民語境下對統治者所做之諷刺的反抗，卻疏忽了這兩個命題彼此之間的衝突：如果臺譯本在諷刺日本政府時所使用的情節與手法與綏夫特在諷刺英國政治時所使用的情節與手法根本迥然相異，並且在修改韋譯本的時候忽視綏夫特的巧思，使得後者對英國政治的諷喻無法呈現在臺譯本的譯文中，那麼這就代表命題(2)如果成立的話必然會使命題(1)不成立；如果當時臺灣的抄譯改寫者在翻譯中無法呈現英文原著所要傳達的意涵，那麼要說「日治時期的臺灣通俗小說，在翻譯能力方面，已具備與西方文學直接接軌的能力」（2011，頁182），在邏輯上是說不通的。以下再實際檢驗兩段重要的文本以闡述這個較為複雜的觀點：

　　我已經有幾個鐘頭，受自然的必要的極端的壓迫，這並不足怪，我從上次解手以來，差不多已有兩天。在緊急與羞恥之間我大大地困難……但是只有這一次我算犯了這麼不潔的行為的罪；關於那點我不得不希望坦正的讀者，於熟思公判我的情形與我所處的難境以後，給我點原諒。從這以後，常久的辦法，便是剛一起身的時候，就到空場中我的鏈子所能及的地方去幹那回事。（韋譯本一，1928，頁34）

I had been for some hours extremely pressed by the necessities of nature; which was no wonder, it being almost two days since I had last disburthened myself. I was under great difficulties between urgency and shame. .... But this was the only time I was ever guilty of so uncleanly an action; for which I cannot but hope the candid reader will give some allowance, after he hath maturely and impartially considered my case, and the distress I was in. From this time my constant practice was, as soon as I rose, to perform that business in open air, at the full extent of my chain. (GRD, 1909, p. 28)

　　此際我忽然間。感覺肚裡頭。一陣難受。好像是受了什麼極端壓迫。原來在這驚恐之間。兩天沒有解手。但是在這諸多貴人及軍士圍繞時候。又因自己體面上關係。大大的不便……但是我這種舉動。若在普通國家的社會之間。可要犯了大大的不潔行為及違犯員警規章。然而以我現在所處境遇。恐怕人人都要憐憫。還肯據理責備了我麼。從今以後。常久辦法。便是在早起的時候。就到這個地方。去解手兒。（《臺灣日日新

報》，〈小人國記〉，1930，9回）

此段落必須與下面這一段落並列合觀，方能顯出綏夫特原著的意涵：

　　我的害羞使我除了指著門，鞠幾次躬而外，再不容我表示了。這個好婦人經過了許多困難，最後才曉得我要做什麼，於是又把我拿起在她的手中，走進園裡，她把我放下。我走向一邊約有二百嗎遠，招呼她莫要看我或跟著我，我將自己藏在兩匹酸草葉間，在那裡我將自然的必需物泄出去了。（韋譯本二，1929，頁28-29）

[M]y bashfulness would not suffer me to express myself farther than by pointing to the door, and bowing several times. The good woman with much difficulty at last perceived what I would be at, and taking me up again in her hand, walked into the garden, where she set me down. I went on one side about two hundred yards, and beckoning to her not to look or to follow me, I hid myself between two leaves of sorrel, and there discharged the necessities of nature. (GRD, 1909, p. 96)

　　我希望放我在地上。以免跌死危險。然他全不曉得。經過許多曲折。始明白我的真意。將我帶進園裡。徐徐放下地上。我即便蹲下作出欲泄下大便之狀。他了悟放心我便開步。走入一堆小草叢中。放開了褲。行一番金水及金塊解禁。（《臺灣日日新報》，〈大人國記〉，1930，11回）

在評論這類情節時，林文說：「日治臺灣只要譯到小說主角欲排泄的情節時，往往以『我便要小解』、『我尿多』、『兩天沒有解手』等直接語句翻譯而出。」（2011，頁177）比對韋譯本之後，我們當然知道這麼直接的翻譯是從韋叢蕪的翻譯而來。但更重要的是臺譯本的譯文中與韋譯本不同之處，例如：「若在普通國家的社會之間可要犯了大大的不潔行為，及違犯員警規章」、「我即便蹲下作出欲泄下大便之狀」、「行一番金水及金塊解禁」等等，因為這些修改的痕跡是吾人詮釋當時臺灣的抄譯改寫者意圖時重要的線索。林文是如此詮釋的：

> 格理弗欲排泄之時，其前提條件是處在一個絕對緊張、壓迫的情境下。例如，〈小人國記〉中的排泄，是因為被送到統治中心的城裡，且身邊環繞小人國握有政治權力的達官顯貴，因而讓格理弗感到被壓迫，所以才會想以排泄來紓解壓力。同樣地，在〈大人國記〉中，縮小的格理弗遇到比自己大上好幾倍的老鼠，當生命危在旦夕時，心中的緊張和畏懼，構成他排泄的動因。以上不但是符合人類生理、心理的自然反應，經由排泄而釋放壓力的抒緩作用，除了是綏夫特對己身所處政治環境隱晦的心情寫照外，更可成為被殖民者藉由骯髒、污穢的引寓得到喘息空間。（林以衡，2011，頁186-187）

然臺譯本對韋譯本所進行的修改，泰半是娛樂讀者的性質居多，此乃當時報刊發行必須考慮的商業因素使然，希冀透過趣味橫生的措辭以吸引讀者的目光。易言之，此處僅剩其他少部分使用日治時期流行的政治語彙，例如林文提及的「員警規章」、「侵略主義」、「共存共榮」等等（2011，頁187、189-190），能支持所謂的諷刺

殖民政府的詮釋。當然，詮釋的問題很難有截然的對錯，但我們依
然能夠區分讀者對文本的詮釋中哪些觀點較為合理，而哪些較為缺
乏證據。若照林氏之詮釋方法，我們也可以說，韋叢蕪的譯本在述
及同樣的這些段落與情節時，也是在中國被列強侵略瓜分的殖民語
境中所發出的影射與調侃。邏輯上當然沒有辦法必然地否定這樣的
可能性，但是卻很難只透過譯者的譯文來判定其翻譯的意圖，而需
要更多其他的史料來印證譯者的想法。至少，在韋叢蕪的「小引」
中我們沒有這樣的證據，因此基於學術上嚴謹的態度不能如此妄加
推斷。

　　更何況所謂譯者或作者的意圖本來就是難以說定的事情，一個
文學作品的價值與意義、譯者或作者是否成功地表達了他們想表達
的意圖，最終還是要取決於文本自身來決定。由此觀之，與韋叢蕪
的譯本相較，臺譯本所略去而沒有呈現出來的細節才是評估臺譯本
之價值與意義的關鍵。筆者在上文刻意並列格理弗在小人國與大
人國便溺的場景，原因在於綏夫特的英文原著透過這樣的對比來呈
現格理弗在兩個不同的國度中不同的表現，以蘊含大人國的境界要
比格理弗來得偉大，而小人國的觀點與格理弗相較之下顯得微不足
道。[37]綏夫特的巧思在於透過格理弗的羞恥感來呈現這個對比（單
德興，2004，頁136，注42），但是林以衡在上面引述的評論中卻
只看到了兩者的相似之處，而沒有看到不同之處。在小人國裡格
理弗只有一開始會在羞恥與方便之間天人交戰，但是之後便毫無
顧忌地露天排泄，並且在往後的日子中乾脆自然地養成了這個習
慣。此處英文原文寫的是「to perform that business in open air」，

---

37 See also: "I think there can be little doubt that Swift believes the giant's perspective is
ultimately proportionate to the true purpose of things; there is not a simple relativity"
(Bloom, 1990, p. 41).

韋叢蕪一樣直譯為「就到空場中……去幹那回事」，但是《臺灣日日新報》便改為「就到這個地方去解手兒」，完全忽略了此處「露天」有其重要的諷刺意涵。這個蘊意與格理弗在大人國的表現對比之後，就越來越清楚了。[38] 在那裡，格理弗羞於啟齒、不敢對女主人直接言明他想要排泄，於是只好用暗示的方式來表達，並且在排泄時也不願讓其他人看到這個醜陋的過程，而將自己藏身於草葉之間。此處英文原文寫的是「I hid myself between two leaves of sorrel, and there discharged the necessities of nature」，韋叢蕪忠實地翻譯為「我將自己藏在兩匹酸草葉間，在那裡我將自然的必需物泄出去了」，但是《臺灣日日新報》卻改為「我便開步，走入一堆小草叢中，放開了褲，行一番金水及金塊解禁」，除了缺少「藏」字所蘊含的意味之外，還在前面格理弗被女主人放到地上這段情節之後，加了一段英文原文與韋叢蕪譯本都沒有的「我即便蹲下作出欲泄下大便之狀」。這樣的改法雖然合乎譁眾取寵的商業操作，卻完全忽略了此處要與格理弗在小人國的所作所為對比的用意。這個例子便印證了前面所說的，如果我們不論文本證據的多寡、執意要以殖民的語境來詮釋《臺灣日日新報》所轉載的翻譯小說，那麼在這個文本完全忽略了綏夫特原著所蘊含的諷喻之寓意，而完全改以其他方式針對日本殖民政府來諷刺的情況下，我們便無法同時主張當時臺灣文壇對西洋文學的理解已能直接與世界接軌。

　　那麼我們究竟要如何理解《臺灣日日新報》所轉載之〈小人國記〉與〈大人國記〉對當時社會所能產生的意義與價值呢？此處林

---

38 See also: "Parallel to this movement is Gulliver's sense of shame; in Book I he is shameless－he defecates in a temple and urinates on the palace; and in Lilliput, the people care. In Brobdingnag, where they could not care less, he is full of shame, will not allow himself to be seen performing these functions, and hides behind sorrel leaves" (Bloom, 1990, p. 39).

文也不再專注於臺譯者的意圖，而是轉向讀者在閱讀文本之後可能產生的響應，然而這一再忽略文本內部細節的策略，卻導向了充滿更多矛盾與衝突的詮釋。請看下面這個描述英國政治景況的段落：

> 但是，我承認，在我有點太過於談論我自己的親愛的國家，我們的商業，海陸戰爭，宗教派別，政府黨派之後，他所受的教育的偏見那麼占勢力，他不能自禁把我拿起來在他的右手裡，輕輕地用另一手敲我一下，在一陣狂笑之後，問我是一個自由黨還是一個保守黨。於是轉身向他的第一個大臣（他在他後面侍候著，拿著一根白杖，差不多有國王號船[39]（注）的主桅那麼高），他說人類的榮威是何等可恥的一種東西，竟能為像我這樣微小的昆蟲所摹擬。（韋譯本二，1929，頁58-59）

But, I confess, that after I had been a little too copious in talking of my own beloved country, of our trade, and wars by sea and land, of our schisms in religion, and parties in the state; the prejudices of his education prevailed so far, that he could not forbear taking me up in his right hand, and stroking me gently with the other, after an hearty fit of laughing, asked me, whether I were a Whig or a Tory. Then turning to his first minister, who waited behind him with a white staff, near as tall as the mainmast of the Royal Sovereign, he observed how contemptible a thing was human grandeur, which could be mimicked by such

---

39 GRD該頁沒有注釋，但韋叢蕪譯本有在頁尾批注說國王號是當時「英國著名的最大戰船之名」，這是另外一個韋叢蕪有參考ABG (1915, p.370)的證據。

diminutive insects as I. (GRD, 1909, p. 109)

　　但是我自己知有點太過於談論我自己最親愛的國家。我的商業。海陸戰事。宗教派別。政府黨派之後。他所受的教育。偏見那麼占勢力。他不由的把我拿在手裡。輕拍我一下。一陣大笑之後。問我是一個自由黨。還是一個保守黨。於是轉身向一個大臣。「他在他後面侍候拿著一根白手杖差不多有國王處船的主桅那樣高」他說人類榮威。是何可恥的一種東西，竟能為我這樣小小的昆蟲所摹擬。（《臺灣日日新報》，〈大人國記〉，1930，23回）

對於這個段落，林文評道：「當〈大人國記〉的大人國國王再度詢問格理弗『自由黨』與『保守黨』的兩黨政治問題……對於日治時期處於專制統治下的臺灣人來說……將會讓臺灣閱讀者知曉，在這世界上的政治體制，並非只有日本天皇或是日本總督府的存在。」（2011，頁194）但是綏夫特原著的意思卻是透過巨人與侏儒的體型差距[40]來諷刺當時英國的兩黨之爭就有如小人國中高跟黨與低跟黨、大端派與小端派之間的爭論一樣瑣碎與荒謬（單德興，2004，頁153-154，注18），意在強烈批判當時英國的政黨政治。[41]如果

---

[40] See also: "When the imperceptible differences so suddenly become powerful sensual images, however, all becomes clear. Gulliver's attempts to take the physical beauty of the Lilliputians seriously, or the king of Brobdingnag's holding Gulliver in his hand and asking him if he is a Whig or a Tory, resume hundreds of pages of argument in an instant" (Bloom, 1990, p. 40).

[41] See also: "Far better would be a regime not vexed by such disputes and habits of belief, one in which the rulers could be guided by reason and faction could be legitimately suppressed without the suppression having the character of one fanatical half of the nation imposing its convictions on the other equally fanatical half" (Bloom, 1990, p. 43).

《臺灣日日新報》的譯文只是讓讀者增加一點描述性的政治學知識（或甚至是從而嚮往英國的政黨政治），卻未能讓讀者體會綏夫特諷喻的寓意，那麼這將是一篇完全失敗的作品；但是臺譯本的譯文與韋叢蕪的譯本比較起來，整體而言更動不大，所以其實在這個段落中有保留了韋叢蕪直譯的一些優點。

同樣地，林文在談論《臺灣日日新報》刊載的這本翻譯小說中對英國政治制度的描述可能會如何影響讀者時，說道：

> 譯者藉由翻譯的動作，與兩方議會組成成員性質相似的特點，實是作出對臺灣政治制度的反諷，因為英國的議會政治，至少可由「人民自己自由挑選出來」，且「全部的立法事情，都付託給他的會議同君主辦理」。反觀臺灣的議會制度，卻只是臺灣總督府的一個橡皮圖章，其權力還是握在臺灣總督個人手上⋯⋯臺灣閱讀者於是透過這些政治、歷史與文化上的議題，除建構一個對西方國家實質性的認識外，也透過對所處現實政治的對照，開始檢討己身所處政治制度的合理性與合宜性。（林以衡，2011，頁 194）

這裡所關注的段落就是前面提到的《臺灣日日新報》省略了韋叢蕪譯本與英文原著中對貴族院之詳盡描述的那個段落。在注 24 中筆者已經從抄譯改寫者意圖的角度去說明當臺譯本忽略了綏夫特對當時英國貴族的諷刺與批判時，反而沒能達到針砭臺灣日治時期之議會制度的功效，並且同時說明了抄譯改寫者其實對原著的理解有缺陷。當然林文也可如此反駁，指出抄譯改寫者也可以有他自己對韋譯本所產生的誤讀或者是創造性的詮釋。然而，問題恰恰出在即使抄譯改寫者有此意圖（在大部分的譯文都是抄錄轉載的情況下這是

很可疑的推論），一個文學作品的成功與否（即能否傳達給讀者所謂的諷刺日本殖民政府的意味），主要並不在於抄譯改寫者的意圖如何，而是在於作品本身有沒有那個能力使讀者能感受到這層意義與價值。遺憾的是，即使純粹從文本的角度來談，結論也是相同的。當臺譯者的譯文略去了韋譯本與英文原著中對貴族教育所做之鉅細靡遺的刻畫與諷諭時（這個諷諭其實也適用於當時日治臺灣時期某種程度上的菁英政治），反而無法使臺灣的讀者「檢討己身所處政治制度的合理性與合宜性」，並且同時說明了《臺灣日日新報》修改過後的譯文在文學的意義與價值上並不高。

同樣地，更大的問題在於林文對《臺灣日日新報》的譯文對讀者所可能發揮的教育功能之描述也是前後矛盾而衝突的。請再看最後一個段落的比對：

> 我的小朋友格利垂，你對於你的國家發表了一篇最可嘉的頌辭；你明顯地證明了，無知，懶惰，缺德，是使一個立法者合格之適當的成分：法律是被那些興趣與本領就在曲解，混亂，閃避法律的人們，說明，解釋，應用得最好。我在你們之中看出一種制度的大綱，原來或者還好，但是這些一半被抹去了，其餘的完全為腐敗塗汙了。就你所說的一切話看來，並沒有顯出一個人在你們中間要得任何一個職務，如何需要任何一種能力。（韋譯本二，頁118-119）

> My little friend Grildrig, you have made a most admirable panegyric upon your country; you have clearly proved that ignorance, idleness, and vice, are the proper ingredients for qualifying a legislator: that laws are best explained, interpreted,

and applied by those whose interest and abilities lie in perverting, confounding, and eluding them. I observe among you some lines of an institution, which in its original might have been tolerable, but these half erased, and the rest wholly blurred and blotted by corruptions. It does not appear, from all you have said, how any one virtue is required toward the procurement of any one station among you. (GRD, 1909, pp. 135-136)

　　我的小朋友格利垂。爾對於爾的國家。發表了一篇最可嘉的頌辭。爾明顯著證明了。無知懶惰。缺德。是使一個立法者合格之適當的成分。法律是被那些興趣與本領。就在曲解。混亂逃避法律的人們。說明解釋應用得最好。我在你等之中看出一種制度的大綱。原來或者還好。但是這些一半。被抹去了。其餘的完全。為腐化塗汙了。就你所說一切話看來，並沒有顯出一個人。在你等中間。要得任何一個職務。如何需要。任何一種能力。（《臺灣日日新報》，〈大人國記〉，1930，53回）

此處綏夫特對當時英國政治的批判可說是到了最嚴厲的程度，而林文的評論也隨之見風轉舵：

　　同樣身為人類，透過大人國皇帝所作出的批判，臺灣閱讀者自然不能忽略此部分自我檢討的情節……幫助臺灣讀者在面臨一連串現代化革新，以及現代性精神的衝擊後，能夠經由與歐洲想像的相對照，拓展自己對西方在現代化後，可能會有何種優缺問題的省思，這將是對全球共有的人類普世價值進行檢討。（林以衡，2011，頁195-196）

可是就在前一頁，林文尚說《臺灣日日新報》的翻譯小說能幫助
臺灣人對日本殖民政府的制度與政策進行批判與反思，「因為英國
的議會政治，至少可由『人民自己自由挑選出來』，且『全部的立
法事情，都付託給他的會議同君主辦理』」（2011，頁194），怎麼
下一頁就變成了「對西方在現代化後，可能會有何種優缺問題的省
思」呢？如果我們回到綏夫特小說來看，其原意是非常清楚地在嘲
諷當時英國的政治現況；如果臺譯本對韋譯本的修改真如林文所
言，是在嘲諷當時日本在臺灣的所作所為，那麼抄譯改寫者或是這
個《臺灣日日新報》的譯文當初就應該把這段批判英國政治的情節
刪去，這樣才符合其褒英貶日的一貫立場；[42] 而如果《臺灣日日新
報》的這個翻譯的文本在諷刺的立場上就已經自身前後不一致，那
無疑又是一個說明其為失敗作品的例證。

　　筆者意不在針對林氏個人詮釋《臺灣日日新報》之〈小人國
記〉與〈大人國記〉的方式提出批判，但深深期待未來這塊領域中
的學術研究，能夠不受當前外國文學研究中的各式抽象理論之影
響，而能更為重視史料的考證，並回到文本自身所包含的蘊意去尊

---

42 這和注釋24中所討論的情況剛好反過來，在那裡是如果抄譯改寫者或譯文本身要達
到批評日本殖民政府的目的，就應該要將英文原著中對貴族詳盡的諷喻保留下來，
因為那裡是透過小說情節的翻譯來影射日本沒有給臺灣人表達民意、制定法律的自
由，卻讓不察民情的總督掌管，就像當時英國教育失敗的世襲貴族一樣，而與民選的
眾議院成為對比（在林以衡的詮釋脈絡下來思考的話）；在這裡抄譯改寫者或譯文反
而應該要將英文原著中對整體英國政治體制的批判省略掉，因為這個段落在小說中是
連眾議院也一起批判的（單德興，2004，頁185，注20）。林文在此處籠統地將其詮
釋為對「現代性」的批判，卻未細察彼此矛盾之處，才會得出前後不一致之觀點，認
為讀者對《臺灣日日新報》這兩卷翻譯小說的反應既是透過推崇英國政治來檢討日本
殖民下的臺灣政治、又是透過檢討英國政治來檢討日本殖民下的臺灣政治（大抵是基
於一些模糊的假設，如日本殖民下的臺灣也邁向西方國家「現代化」的道路云云）。
但此處的「現代化」與「現代性」所指究竟為何，當然必須回到文本中去探索（單德
興，2004，頁184-185）。這一大段的翻譯與注譯便極為清楚，可惜林文對單氏譯注
的精采處輕輕滑過。

重文本。

五、被遺忘的譯本：韋叢蕪譯《格里佛遊記》

　　韋叢蕪，原名韋崇武，又名韋立人、韋若愚，安徽霍邱縣人，畢業北京燕京大學，曾任教天津河北女子師範學院，與兄韋素園、臺靜農、李霽野、曹靖華俱為魯迅組織領導的未名社成員，韋為《莽原》半月刊撰稿人之一，曾任上海新文藝出版社英文編輯，其主要作品有詩集《君山》、《冰塊》等，譯著有陀思妥也夫斯基（Fyodor Dostoevsky, 1821-1881）的小說《窮人》、《罪與罰》、《長拉瑪卓夫兄弟》、美國傑克‧倫敦（Jack London, 1876-1916）的《熱愛生命》等。1985年安徽文藝出版社出版《韋叢蕪選集》。其翻譯成就不容小覷，但何以《格里佛遊記》譯本卻被眾人遺忘？從目前零星觸及《格里佛遊記》卷一者，及學術界討論此中譯本時，幾乎遺漏韋叢蕪譯本，尤其是卷二，韋譯本似乎已經被遺忘。

　　時間回到1930年代，可知韋譯本相當受重視，柔石在1930年2月8日寄給妹妹文雄書二本，在其一本《格里佛遊記》的扉頁中寫道：「妹妹，這兩本書很有趣味，我希望你仔細的讀。」（陳漱渝，2006，頁78）而賽先艾在《畢生難忘》一文提到受名師的傳授和啟發而走上文學之路，其中趙景深選講了《格里佛遊記》，賽氏特別說明韋叢蕪譯本屬未名叢刊，專收譯作，當時頗受重視，留意版本不刪節及譯筆流暢（2000，頁133）。[43]但曾幾何時，文壇、

---

43 韋叢蕪曾於1927年2月25日馳函廣州請示魯迅先生，魯迅於3月15日復韋叢蕪箋中道：「《格利佛遊記》可以照來信辦，無須看一遍了，我也沒有話要說，否則郵寄往返，怕我沒有功夫，壓起來。」魯迅信任韋叢蕪有足夠能力譯此書，因此說「無須看一遍了」，且編入「未名叢刊」。

學術界對韋譯本的敘述或缺漏或錯誤，其中緣由令人好奇。

　　張澤賢在《中國現代文學翻譯版本聞見錄1905-1933》介紹「未名叢刊」21種書籍廣告，其中第17種是韋叢蕪譯的《格里佛遊記（卷二）》（2008，頁290）。倪墨炎則說「韋叢蕪譯《格里佛遊記》第二卷（英國斯偉夫特著），約於1929年1月未名社出版部出版，筆者未見此書。……26．韋叢蕪譯《格里佛遊記》第三卷，見書目廣告，未能出版；27．韋叢蕪譯《格里佛遊記》第四卷，見書目廣告，未能出版」（1998，頁168）。對各卷出版資訊的說明是正確的，但倪氏說「未見此書」，透露了第二卷《格里佛遊記》可能存世不多也不流傳，以致撰文時未得一見。後來研究者說：

> 胡從經書話集《柘園草》稱《格里佛遊記》二卷均由未名社於1928年初版，顯然有誤，我想胡君應該沒有見過原版《格里佛遊記》卷二本。……吾於數年前先得卷一，道林紙精印，字行疏朗，且書中翻印原版書插圖十餘幅，印製亦殊為美觀，為吾所喜。近偶然在一書店見卷二毛邊本，擺了數年無人問津，馬上買下，始成合璧。並且卷二毛邊，書頁連在一起不曾裁開過，可見此書出版八十餘年，雖歷經人間滄桑卻無人讀過。[44]

直指胡從經顯然有誤，固然是指出版年代，卷二是1929年1月初版，因此說胡從經應未親見卷二本。而作者點出所購得之書是尚未裁過的毛邊本，書靜靜躺了八十餘年未被閱讀。可見卷二譯本確實

---

44 引文提及的胡從經〈世代傳誦的諷刺傑作：《格里佛遊記》〉，收入《柘園草》（1982，頁387-388）。此引文出自何書，由於筆者寫作時間斷斷續續，又停放頗久，已難找到出處，但此引文又極重要，因此暫引之，待他日機緣再補完整出處。

難覓，以致介紹中譯英文學作品的譯介史，對於韋叢蕪譯作不是缺漏就是僅介紹第一卷。此類例子如《五四以來我國英美文學作品譯介史》說《格列佛遊記》曾有15種之多，如韋叢蕪先生的譯本，1928年由北平未名社出版。《二十世紀中國翻譯文學史：三四十年代・英法美卷》：「1920年代末之後，又有多種譯本及節譯本的出現。韋叢蕪譯《格里佛遊記》（卷一）1928年由未名社印行，而此後幾個大書局也都出版了不同譯本。」[45]

　　由於資訊不明，目前學界研究《格里佛遊記》早期譯本，偏重前三種譯本，而韋譯本因未能被關注，以致有些論點似是而非，如1935年中華書局出版的黃廬隱譯注的《格列佛遊記》，論者謂「這個本子也只是節譯了小人國、大人國兩部分。……值得注意的是，在諸種舊譯本中，廬隱翻譯的書名與作者名是最早也是唯一與今天相一致的，此前斯威夫特曾被翻譯為威斯佛特、士維甫特、史惠夫特等，五花八門」。文中謂「廬隱翻譯的書名與作者名是最早也是唯一與今天相一致的」，明顯棄韋譯本於不顧。韋叢蕪在1928年的譯本作「英國斯偉夫特作」《格里佛遊記》，亦只翻譯小人國、大人國兩部分（但非節譯），從各種跡象來看，廬隱的翻譯可能參考了韋譯本。而韋叢蕪此譯本可謂首次以極流利白話文行之，在《格里佛遊記》譯介史上，意義非凡。

　　1925年8月未名社成立於北京。初期成員為魯迅、韋素園（韋叢蕪兄）、韋叢蕪、李霽野、臺靜農、曹靖華六人。因當時魯迅正為北新書局編輯《未名叢刊》，故以此命名。未名社成立後，《未名叢刊》改由該社發行，以翻譯介紹外國文學為主。此後，又兼及文學創作，編輯出版《未名新集》。因積極介紹俄蘇文學，1928年

---

45 楊義主編《二十世紀中國翻譯文學史：三四十年代・英法美卷》（2009，頁25）。

4月被北洋軍閥政府以「共產黨機關」、「宣傳赤化」的罪名一度
查封。1931年春，因資金周轉問題和辦社思想分歧，魯迅聲明退
出。1933年春停辦。因魯迅關係，《未名叢刊》所選譯作及出版，
受到社會相當的重視，臺灣在1920年代末及1930年代初，對於新
文學及譯本也頗關注，這從時人日記留存的閱讀紀錄及各報刊轉登
中國作家作品之多，可以想見。但其中仍引人好奇的是，《格里佛
遊記》二卷自出版後即很少被提及，即使至今日，也因多數人未
得一見而不知二卷曾出版發行過，但日本統治下的臺灣卻有人購
買了此書，且根據此譯本再度改寫、減寫、添寫，尤其是刊登在不
喜白話文、新文學的官資報刊《臺灣日日新報》上，以長達半年的
時間連載，這在1930年臺灣文壇、媒體，都呈現一種難以思議的
現象。這或許與《臺灣民報》刊登魯迅譯愛羅先珂〈魚的悲哀〉、
〈狹的籠〉此具寓意的兒童文學的刺激有關。同時1930年代《臺灣
日日新報》的漢文創作除詩文外，小說一蹶不振，都以中國報刊、
文集充數，如〈小人國記〉刊畢之後，經過一個半月才刊〈大人國
記〉，而這一個半月中刊登了不少中國的作品。其刊登時同〈小人
國記〉、〈大人國記〉並未署名，同時原作多有所改動，尤其是題
名，幾乎都重新命名。

　　然而今日中國學術界何以每論及 *Gulliver's Travels* 譯本，對韋
叢蕪的譯本泰半一無所悉，或僅蜻蜓點水提及有此譯書卷一？愚意
或與時論認為韋叢蕪當時濫支社款導致未名社解體，及其「神馳宦
海」擔任國民黨政府霍邱縣長進行「合作同盟」實驗問題，且身涉
貪賄疑雲有關，其後周遭友朋對他疏離，後半生窮困潦倒。[46]孫郁

---

[46] 1958年9月時，任上海文藝出版社英文編輯的韋叢蕪被公安機關逮捕判刑，強令由上
　　海遷居杭州，失去工作，沒有出路的他，只能靠掃馬路、擺地攤維持家人生計。一
　　直到了1978年12月，浙江省政協方設法安排韋叢蕪到杭州絲綢學院任教，但僅十幾

〈未名社舊影〉說：

> 韋叢蕪的變化首先是經費緊缺引起的。大概是 1929 年吧，
> 他開始不斷向未名社借款。到了 1931 年，社裡已經虧空，欠
> 魯迅三千餘元，曹靖華一千餘元，李霽野八百餘元。李霽野在
> 〈別具風格的未名社售書處〉裡回憶道：「其實，韋叢蕪和我
> 們在思想上已經發生嚴重分歧。他的生活方式為我們所不滿，
> 他的經濟上的需要，未名社無力充分滿足，因此常常發生一些
> 不愉快的事。」（孫郁，2008，頁 121-122）

> 除了經濟上的原因導致了內訌外，韋叢蕪的為人方式也引起
> 了諸人的不快。臺靜農晚年說韋叢蕪在戀愛觀上與人不同，有
> 一些隨便。這是道德上的事，見仁見智。可歎的是後來去做了
> 縣長，迷於仕途，文人氣就漸漸少了。魯迅在 1933 年 6 月 28
> 日寄臺靜農的信說：立人先生（即韋叢蕪──引者注）大作，
> 曾以一冊見惠，讀之既哀其夢夢，又覺其淒淒。昔之詩人，本
> 為夢者，今談世事，遂如狂怪，詩人原宜熱衷，然神馳宦海，
> 則溺矣，立人已無可救，意者素園若在，或不至於此，然亦難
> 言也。（孫郁，2008，頁 122）[47]

天，便溘然辭世。可參考孫郁〈未名社舊影〉一文。

47 另張登林〈改良主義者的窮途與末路：也談未名社作家韋叢蕪及其「合作同盟」實
驗〉，認為韋叢蕪命運多舛，特殊的人生遭際導致後人對他的評價有欠客觀公正。
不過他特別指出未名社的解體，不是因為韋叢蕪「個人的道德品質、改良思想或工
作能力，而是文化市場競爭帶來的必然結果」。「合作同盟」實驗的失敗是「改良話
語對革命話語的讓步，是改良主義者在 20 世紀 30 年代複雜政治環境中的必然歸宿」
（2014，頁 111）。此外，韋叢蕪在回憶文章〈讀魯迅日記和魯迅書簡：未名社始末
記〉自我表述也有所澄清（1987，頁 14-20）。

由於後來的人對他了解不多，從魯迅書信、日記[48]所讀到的韋叢蕪又是已讓人失望的文人了。這種種造成後人並不關注其文學成就與翻譯成績。2000年馬悅然曾寫信給楊克，希望能再版韋叢蕪的愛情長詩《君山》，結果楊克寫了一文說：「老實說，讀罷馬悅然先生的郵件，我簡直是一頭霧水。作為一個中國詩人，我非但不知有一首享譽海外漢學界的愛情長詩《君山》，也從未聽說過詩人韋叢蕪。其實不單是我孤陋寡聞，隨後數月我特地問過不少詩人和批評家，包括大學中文系現當代文學專業的教授，除了搞詩歌版本學的劉福春略知一二，對韋叢蕪其詩可以說幾乎無人關注，對其人知道的也很少。」（楊克，2001，頁62）所幸經過十幾年來文獻的開放及重新反省，已還韋叢蕪一個清白真實的歷史面目，恢復其被歷史塵埃所長期遮蔽的耀眼光芒。

結語

臺灣翻譯文學必然牽涉到東學、西學與新學的譯介。19、20世紀初期，日本、中國、臺灣的知識分子莫不處於東學、西學、新學的潮流中，而透過明治日本吸收西方近代思想，正是東亞近代文明形成的重要一環。這一過程並非僅僅是由西方到明治日本再到中

---

48 1933年韋叢蕪致魯迅信：「舊借百元，至今不能奉還，萬分不安。年內但能周轉過來，定當奉上不誤。外透支版稅，結欠先生之五百餘元，去年曾通知由《罪與罰》板（版）稅付還，該書再版想已出書，因我四月在上海時已印就一部分了。茲另致開明書店一信，祈派人送往開明一詢為禱。去年結帳，我欠靖華約三百餘元，最近由霽野替我先帶寄105元，我後又托人轉借200元，著舍侄送上請轉寄，總共305元，我所欠彼者當無幾矣。」魯迅日記，1933年9月16日所記：「下午得韋叢蕪信附致章臂村，夏丏尊箋。」即指此信。當月18日，魯迅將所附兩信寄出。信中雖說所欠魯迅版稅款，將由已印就的譯書「罪與罰」版稅付還，但因該書並未再版無款可付。（周海嬰，1987，頁117）。

國或臺灣的單向運動。在此過程中，既透過明治以來日本思想界的大量成果吸收西方近代精神，並受明治以來思想界對於西方思想的選擇與接受樣式的制約，又有基於本土文化和個人學識的再選擇與再創造，由此產生思想體系的變異。臺灣作為殖民地在這樣的背景下，透過日譯本轉譯西方文學，更是想當然耳。然而也正由於臺灣的特殊位置及漢文背景，臺灣作為「日支提攜」的平臺，殖民地臺灣的中國性因而貫徹日治五十年；從中文典籍的輸入到報刊對中國文學作品的轉載、改寫，以及日治末期的中文作品的日譯，[49]中國文化與文學在殖民地臺灣一直都扮演相當重要的角色。這看似矛盾衝突，實則不然，只要將其置於東亞論述中來理解便非常清楚。日人西田哲學認為西方（歐洲）的近代文明經驗不是普世性的，必須加入亞洲的經驗才算完整，因此「東亞文化圈」是世界文明浪潮的一個中心。而子安宣邦《東亞儒學：批判與方法》明白指出「東亞」或「東亞文化圈」的出現，[50]便是為了取代「中國文化」或「中華文化」的主導地位，從而使日本能取代中國成為東亞文化的霸者。因此，日本操縱的東亞論述其實服膺於日本帝國主義的擴張。由此觀之，倡言日支提攜是為了東亞的和平這樣的論述充斥於臺灣官資報刊就不足為奇，尤其是《臺灣日日新報》。

　　因此〈小人國記〉在臺灣的翻譯，同時有日譯本轉譯及中譯本

---

49 日治初期、末期均因政策考量，日譯中國文學作品，如由日人初登舞臺（《臺灣新報》）的日譯稿以中國文獻、歷史小說之翻譯改寫為主。赤髮天狗〈桃花扇〉即為讀者消暑，特翻譯明末英俊侯雪苑之傳奇，又如梅陰子的藍鹿州，臺灣中興的為政家〔《臺灣日日新報》第531號，明治33年（1900）2月10日〕即中國文獻之翻譯改寫。末期則有《三國志演義》、《西遊記》、《水滸傳》等通俗小說的日譯本。

50 子安宣邦指出「東亞」的名稱始於1920年代，此說恐怕有誤。「東亞」最早應可追溯到19世紀末葉，如當時日本成立了「東亞同文會」（1899），努力與中國做文化上的交流，1911年以前，「東亞同文會」進行「東亞文化」的交流與建構，1911年之後則發表了兩項聲明：1.保全支那；2.承認中華民國。繼續為東亞論（日華提攜、東洋一體）而努力。

改寫的情況，並無需驚異。值得留意的是這些作品多半未署名，也多改頭換面。其登在1930年的譯作〈小人國記〉、〈大人國記〉即是，不知譯寫者是誰？譯本的根據也不知是哪一版本？因此追尋譯者譯本乃成為梳理目標，而本文經過人名、地名與文字脈絡等線索的比對，韋叢蕪譯本遂以驚人之姿躍上舞臺。之所以謂「驚人」，是此譯本在學術圈裡幾乎被遺忘了，尤其是第二卷迄今所存不多。然而殖民地臺灣卻在譯著出版來年（1930）即加以改寫，並連續刊登報刊七個多月。從最不可能刊登白話文的《臺灣日日新報》觀察，此時改寫〈小人國記〉、〈大人國記〉對推動白話文的學習以了解中國及填補日益欠缺的文學創作版面以求報紙順利出刊或營業上增加銷售量，或許都有其幫助。

　　透過臺譯本改寫的流暢度及「緒文」的文言典雅觀之，此一未知的譯寫者應是新舊文學涵養兼備的文人，但其英文及對翻譯的認知恐有相當的問題。而韋叢蕪的譯本在翻譯的成就上雖然不能說是盡善盡美，但是撇去生硬的翻譯以及對英文原著未必深刻的理解而論，韋叢蕪對原著不同版本之差異的注意，以及參閱不同注釋本以求用字遣詞儘可能地妥適而恰當，在當時翻譯文學的發展上，確實是重要的進步。透過史料考證與各式文本交叉比對所得的結果，我們可以極為合理地判斷《臺灣日日新報》所刊行的〈小人國記〉與〈大人國記〉，便是根據韋叢蕪的譯本抄錄、修改而成，並由此說明了當時臺灣的抄譯改寫者對西方的語言、文學乃至於思想與歷史的文化背景都不甚熟悉，導致綏夫特原著中的諷刺意涵因為抄譯改寫者對韋叢蕪譯本的增刪、修改而面目全非；此亦說明了後人加諸其上之日本殖民語境下臺灣本土的諷刺聯想，不是自我矛盾，就是再次證明了當時的臺譯者其程度不如韋叢蕪，而此臺譯本在臺灣文學的意義與價值都存在相當的疑慮。

　　最後，吾人對譯本的追溯，不能不留意版本出處，應對當時的譯本與後來方興未艾的重譯、復譯、新譯、編譯、縮譯（節譯）之類的各種版本，仔細分析比較其間的變化與不同，對翻譯文學之研究方能有所裨益。[51]

---

51 譯著摹寫未能考辨出處，以致誤釋者，如陳家慧〈魯濱遜漂流臺灣記：從鐵冷《短篇寓言五毒》和魏清德《百年夫婦》看臺灣古典小說中的翻譯與地方文化塑造〉一文，認為此二作是「臺灣傳統文人對於《魯濱遜漂流記》的「翻譯」，將異文化轉化為既是臺灣本土又是『傳統』的書寫；其過程夾雜對日本政府的頡頏與來自傳統文化思想的傳承，展演傳統文人對異文化的再現（representation），同時也含納眾多元素，建構著本土的精神」。並認為「天毒國似有象徵日本統治下的臺灣之意」，進一步就發表年代議論：「此篇小說寫成時間為1911年，正是臺灣知識分子歷經武裝抗日之後的溫和抗日時期，利用文化上的消極抵抗，將心中的忿恨情緒吐露於紙上。而藉由對西方文學的翻譯改寫，利用故事情節做一巧妙轉換。」文刊國立臺灣文學館出版的《第5屆全國臺灣文學研究生學術論文研討會論文集》（2008，頁413-434）。鐵冷〈短篇寓言：五毒〉原登於上海《時報》「滑稽時報」欄，1911年6月6號至9號，此作並非臺灣傳統文人之作，以之解釋「天毒國」似有象徵日本統治下的臺灣之意，便有過度引伸、誇大闡釋的疑慮。

參考文獻

中文

王艾村（2006）。**柔石研究**。北京：中國文史出版社。

王建開（2003）。**五四以來我國英美文學作品譯介史**。上海：上海外語教
　　育出版社。

史揮戈（2000）。韋叢蕪「合作同盟」問題辯析：從新發現的兩件韋叢蕪
　　的史料說起。**山東師範大學學報（人文社會科學版）**，**4**，27-30。

希勒格（Gustave Schlegel）（1928）。**中國史乘中未詳諸國考證**（馮承鈞
　　譯）。上海：上海商務印書館。（原著出版年：1892）

李霽野（1977）。從「煙消雲散」到「雲破月來」：《魯迅先生與未名社》
　　之一節。**安徽師範大學學報（哲學社會科學版）**，**2**，58-61。

李霽野（1987）。為韋叢蕪一文答客問。**魯迅研究動態**，**11**，43-46。

周海嬰（編）（1987）。**魯迅、許廣平所藏書信選**。長沙：湖南文藝出版
　　社。

林以衡（2011）。《格理弗遊記》在臺灣：日治時期〈小人國記〉、〈大人
　　國記〉的譯寫、諷喻與政治想像。**成大中文學報**，**32**，165-198。

陀思妥也夫斯基（Fyodor Dostoevsky）（1926）。**窮人**（韋叢蕪譯）。上海：
　　開明書局。（原著出版年：1846）

陀思妥也夫斯基（Fyodor Dostoevsky）（1946）。**罪與罰**（韋叢蕪譯）。上
　　海：文光書店。（原著出版年：1866）

陀思妥也夫斯基（Fyodor Dostoevsky）（1953）。**卡拉瑪卓夫兄弟**（韋叢
　　蕪譯）。上海：文光書店。（原著出版年：1880）

胡懷琛（1934）。**中國小說概論**。上海：世界書局。

韋順（1998）。苦澀的念憶。**新文學史料**，**3**，80-92。

韋叢蕪（1927）。**君山**。北平：未名社出版部。

韋叢蕪（1929）。**冰塊**。北平：未名社出版部。

韋叢蕪編（1985）。**韋叢蕪選集**。合肥：安徽文藝出版社。

韋叢蕪（1987）。讀《魯迅日記》和《魯迅書簡》：未名社始末記。**魯迅研究動態**，**2**，14-20。

倪墨炎（1998）。**書友叢刊：現代文壇內外**。上海：漢語大詞典出版社。

孫郁（2008）。**在民國**。杭州：浙江人民出版社。

秦豔華（2011）。理想出版的困境：以未名社的成立與經營實踐為例。**新文學史料**，**3**，184-187。

賴和文教基金會（2016年2月10日）。賴和藏書／賴和期刊目錄。**賴和紀念館**。取自 http://cls.hs.yzu.edu.tw/laihe/B1/b22_2.htm。

高璐（1993）。韋叢蕪和霍邱的鄉村建設運動。**安徽史學**，**1**，65-69。

張堂會（2009）。大志未酬含恨死，等身譯著亦千秋！：簡論被遮蔽的皖北現代作家韋叢蕪。**阜陽師範學院學報（社會科學版）**，**5**，6-10。

張婷婷（2013）。**未名社的翻譯活動研究（1925-1930）**（未出版之博士論文）。華中師範大學，武漢。

張登林（2014）。改良主義者的窮途與末路：也談未名社作家韋叢蕪及其「合作同盟」實驗。**社科縱橫**，**2**，111-114。

張澤賢（2008）。**中國現代文學翻譯版本聞見錄（1905-1933）**。上海：上海遠東出版社。

陳漱渝（2005）。未名社及其文學精神。**新文學史料**，**1**，155-160。

喬納森・斯威夫特（Jonathan Swift）（1916）。**格列佛遊記**（嚴枚注釋）。北京：中華書局。（原著出版年：1735）

喬納森・斯威夫特（Jonathan Swift）（1928）。**格里佛遊記（卷一）**（韋叢蕪譯）。北平：未名社。（原著出版年：1735）

喬納森・斯威夫特（Jonathan Swift）（1929）。**格里佛遊記（卷二）**（韋叢蕪譯）。北平：未名社。（原著出版年：1735）

喬納森・斯威夫特（Jonathan Swift）（2004）。**格理弗遊記（單德興譯注）**。臺北：聯經出版事業股份有限公司。（原著出版年：1735）

喬納森・斯威夫特（Jonathan Swift）（2013）。**格理弗遊記（普及版）**（單德興譯注）。臺北：聯經出版事業股份有限公司。（原著出版年：1735）

單德興（2007）。**翻譯與脈絡**。北京：清華大學出版社。

單德興（2013）。重新整裝，再度出發：《格理弗遊記》普及版的緣起、過程與目標。**人文與社會科學簡訊，14(3)**，11-17。

彭鏡禧（主編）（2002）。**解讀西洋經典：小說、思想、人生**。臺北：聯經出版事業股份有限公司。

楊克（2001）。馬悅然推崇的長詩：韋叢蕪的《君山》。**作家，11**，62-65。

趙雲弢（編）（1932）。**太平洋之風雲**。上海：新文藝書店。

劉運峰（編）（2006）。**魯迅全集補遺**。天津：天津人民出版社。

劉滬（主編）（2000）。**北京師大附中**。北京：人民教育出版社。

英文

Bloom, A. (1990). *Giants and Dwarfs: Essays 1960-1990*. New York, NY: Simon and Schuster.

Dennis, G. R. (Ed.). (1909). *The Prose Works of Jonathan Swift, D. D. (Vol. 8): Gulliver's Travels.* London, England: George Bell and Sons.

Gough, A. B. (Ed.). (1915). *Gulliver's Travels*. London, England: Clarendon Press.

LDOCE (2015, September 10). "league" [Longman Dictionary of Contemporary English Online]. Retrieved from http://www. Idoceonline. com/search/?q=league

LDOCE (2015, September 10). "scourge" [Longman Dictionary of Contemporary English Online]. Retrieved from http://www. Idoceonline. com/dictionary/scourge_1

按語

　　一、本文原刊2015年12月《臺灣文學學報》第27期，題作〈日治臺灣〈小人國記〉、〈大人國記〉譯本來源辨析〉，考量原文不僅考辨譯本來源，尤其是在這些史料考證的基礎上，重新詮釋《臺灣日日新報》刊行《格里佛遊記》（二卷）在臺灣文學史中所呈現的意義，當時臺灣抄譯改寫者對西洋文學的理解以及臺灣讀者對翻譯文學的接受情形。因此加上副標題「兼論其文學史意義」。

　　二、由於《臺灣文學學報》徵稿限兩萬字，本文不得不略為刪減，俟刊登後一年，復旦大學《史料與闡釋》主編陳思和教授知悉本文原四萬五千字長文，希望能將原文全貌刊出，遂依該刊物體例改為簡體版。其中增加陳述臺灣報刊對兒童文學的引介，及〈小人島志〉、〈小人國記〉、〈大人國記〉在日治臺灣報刊的刊登情形，以及討論被遺忘的譯本——韋叢蕪譯《格里佛遊記》。由於賴慈芸教授原計畫預估字數以《臺灣文學學報》所見為主，本文自然不宜占太多篇幅，因此刪除臺灣報刊對兒童文學的引（譯）介，這部分材料龐雜，理應日後另以專文敘述。

第四章

〈送報伕〉在中國：《山靈：朝鮮臺灣短篇集》
與楊逵小說的接受 *

柳書琴

* 本文為科技部專題研究計畫「東亞左翼文化走廊與臺灣左翼文學：臺灣、日本、中國、『滿洲國』的連線（1927-1937）」（計畫編號：MOST 102-2410-H-007-062-MY3）之部分成果，謹此誌謝。此外，本文撰寫期間感謝聯合大學臺灣語文與傳播學系黃惠禎教授接受請益並惠借文獻，同時銘謝兩位匿名審查委員給予多項重要指正。

前言

　　楊逵（本名楊貴，1906-1985）的小說〈新聞配達夫〉（中文譯名〈送報伕〉），是日刊《臺灣新民報》刊載的第二篇日文小說、臺灣文學史上首先發表於日本文學雜誌的小說，也是第一篇被以中文和世界語譯介到中國的臺灣小說。它於殖民統治下的臺灣受到禁止，為突破封鎖投稿日本，打開了臺灣作家與日本左翼文壇的交流，繼而被曾留日的胡風介紹到中國，戰後初期這部中譯本又在臺灣與省外作家交流上起過重要作用（朱雙一，2012，頁10-19）。因此，在討論臺、中、日的左翼文學交流史上，〈送報伕〉是極重要也極戲劇性的一篇作品。

　　堪稱臺灣文學經典之一的〈送報伕〉，包括1932年〈新聞配達夫（前篇）〉（臺灣新民報日文版）、1934年〈新聞配達夫〉（文學評論日文版）、1935年〈送報伕〉（胡風《世界知識》中譯版）、1946／1947年楊逵重刊之胡風譯本（中日對照），以及1970年代楊逵以胡風譯本為基礎重新分節、改寫、復原的〈送報伕〉《鵝媽媽出嫁》版、遠景版等多種版本和譯本（參見表1）。

　　〈送報伕〉由於受到臺灣總督府言論檢閱體制壓迫，在臺、日、中三地的文藝接受情況長期存在隔閡。就日文版而言，戰前島內讀者只讀見前半篇，東京刊載的全篇禁止輸入；就中文版而言，臺灣讀者直到光復後才讀到胡風譯本，而它又與1970年代楊逵將日治時期無法寫出的內容添寫而成的「復原版」不同。塚本照和早於1983年便針對1932年到1970年代的版本進行釐清，呼籲注意殖民地小說進入後殖民時期後，在民主化及主體重建的新脈絡下出現的改寫現象及其對小說評價產生的影響（塚本照和，1983）。《楊逵全集》主編彭小妍更透過手稿比對，標示《文學評論》版遭日本

警調刪除部分及胡風版推測部分，對理解戰前版之變動助益極大（彭小妍主編，1998，頁102-104）。

從〈新聞配達夫（前篇）〉到〈送報伕〉胡風譯本，銘刻一部殖民地小說在東亞旅行的過程。本文聚焦戰前，以版本變異與作品接受的考察為方法，關心這部小說在討論較少的中國場域之接受情況。亦即探討目前在華文讀書市場上流通最廣的胡風譯本出現於怎樣的脈絡，與日文版接受脈絡有何不同，這個差異如何有助於我們理解楊逵在東亞左翼文化走廊中的角色及策略。

筆者將以〈新聞配達夫（前篇）〉（初刊版）、〈新聞配達夫〉（全篇版）和〈送報伕〉胡風譯本（胡風版）三種最早版本為分析對象，首先探討這篇小說在臺灣的原初發表背景；其次考察胡風譯本出現於《世界知識》、《弱小民族小說選》、《山靈：朝鮮臺灣短篇集》（簡稱《山靈》）的脈絡；最後說明1930年代盛行的弱小民族文學譯介風潮，如何影響了臺灣左翼小說在中國的接受與詮釋。

一、〈新聞配達夫〉前篇到全篇：一部突破殖民地言論封鎖線的小說

1932年5月19日開始，〈新聞配達夫（前篇）〉經由《臺灣新民報》副刊編輯賴和選錄，分8回刊載，到5月27日刊完，每期附有黑白插圖一幀，以出生臺灣農村的主人公「我」在東京報館打工遭受剝削的經過，以及日籍同事田中君對「我」的扶持為主要情節（楊肇嘉捐贈；李承機主編，2008）。前篇刊完後，楊逵於6月1日完成後篇。〈後篇〉敘述「我」的故鄉遭受糖廠壓迫，農村凋落，家破人亡，母親臨死前遺言交代留在東京奮鬥，但「我」決定返鄉參與第一線抗爭。後篇未通過檢閱，因此未獲刊載。河原功推測其

以普羅文學形式進行總督府糖業政策批判，因此遭「示達」或「警告」方式禁止（河原功，2005，頁134）。[1]

　　臺灣讀者直到殖民統治結束都沒有機會讀到後篇，而《臺灣新民報》2008年才出土，前篇也一直未被戰後讀者注意。事實上，現存後篇日文手稿，並非6月1日完成者，而是1934年楊逵向日本投稿時，整併前、後篇完成的新底本，[2]以下從兩方面說明〈前篇〉的發表背景及意義：

（一）〈新聞配達夫（前篇）〉是首次以「楊逵」筆名發表的作品，也是具有敏感媒體意識的楊貴以文藝運動實踐社會運動的轉捩點

　　〈前篇〉寫於1932年，此時楊貴已失去政治運動舞臺，臺灣左派運動亦已解體。1927年臺灣文化協會發生第一次分裂，右翼另組合法組織臺灣民眾黨，並握有文協機關報《臺灣新民報》，左翼則在取得文協領導權後，另發行《臺灣大眾時報》作為宣揚刊物。該報因無法獲得總督府許可，在東京發行再輸入臺灣，由中間人物王敏川擔任編輯部主任，結合翁澤生等「上海大學派」中共黨員、「東京臺灣社會科學研究會」日共黨員，以及文協左派，組成具有臺、中、日左翼運動經歷的聯合陣線。在代表文協第一次左傾後的聲音的《臺灣大眾時報》中，賴和、楊貴擔任臺灣區特約記者，此

---

1 根據河原功考察，當時對於新聞記事的禁刊有三種處置：第一，違反禁刊內容逕行禁止發行的「示達」；第二，視社會情勢及記事手法決定是否禁止發行的「警告」；第三，不施以發行禁止處分，但訴諸報社自覺、不鼓勵刊載的「懇談」。

2 〈後篇〉日文手稿原件，1998年經《楊逵全集》收錄後公諸於世。該手稿雖名為〈新聞配達夫（後篇）〉，但同時包含前篇內容，經筆者比對，內容與《文學評論》刊出版內容一致。參見楊逵文物數位博物館（來源：http://dig.nmtl.gov.tw/yang/index.php，國立臺灣文學館2009年建置）。

時的楊貴還是一位社會運動者。

1928年，包括拂下地爭議、竹林爭議、小作爭議、蔗農爭議在內不斷湧現的臺灣全島性農民運動和罷工事件，使左傾人士普遍持有臺灣階級鬥爭形勢日趨樂觀的看法。該年5月18日發行的《臺灣大眾時報》創刊號上，賴和發表了隱喻臺灣革命路線分裂、左翼路線凌駕啟蒙路線奮勇前進的散文——〈前進〉，楊貴也以〈當面的國際情勢〉發表一篇評論。1927年應蓬勃的臺灣農民組合號召返臺的楊貴，起初對日本無產階級革命充滿樂觀（楊貴，1928，頁12）。[3]然而，隨著世界經濟大恐慌，革命形勢樂觀論日益抬頭，主張帝國主義即將崩潰的「資本主義第三期理論」盛行，導致1929年新文協再次左傾；[4]新文協領導權被臺共掌握後，持社會主義路線的連溫卿及楊貴遭到驅逐。不久後，代表文協第二次左傾後激進立場的《新臺灣大眾時報》創刊，〈臺灣農民組合當面的任務〉一文中，出現了對連、楊的批判，楊貴開始被邊緣化。

以「臺灣農民組合」機關立場發表的這篇宣告指出，依據1930年2月及6月農組中央委員的研判，日本經濟大恐慌勢必導致政府對農工彈壓強化，激化臺灣農民運動，導致革命加速到來，因此臺灣機會主義者、托洛斯基主義者、楊貴、連溫卿一派，主張臺灣資本主義尚稱安定、暫可放棄鬥爭而鑽研理論等見解，根本為誤

---

3 他認為，不論從日／英帝國主義對中國工人運動的干涉、歐洲無產階級大眾的左傾或世界各殖民地的民族獨立運動，皆顯示資本主義列強和蘇聯之間的緊張關係正在加劇。日本為壓制中國和圍堵蘇聯，勢必與美英合作，但又因在華利益和太平洋問題與英美有深刻矛盾。國際矛盾不斷激化國內矛盾，使日本國內階級鬥爭的客觀條件日益成熟，他預期日本國內的無產階級在國際革命上將擔負重任。

4 共產國際第六次大會中提出的「資本主義第三期理論」，把1928年視為資本主義總危機急劇發展的開端，認為對抗帝國主義的民族解放戰爭和資本主義制度的崩潰現象即將發生。關於「資本主義第三期理論」如何對臺灣民族運動與左翼運動產生影響（趙勳達，2013，頁129-165）。

謬（臺灣農民組合，1931；1995，頁6）。綜合研判，農組因路線差異，早自1928年4月起，激進之簡吉一派即對楊、連展開鬥爭（臺灣農民組合，1931；1995，頁6）。楊貴到1931年間遭農組和新文協左派批判，促使他逐漸將社運實踐轉寓於文學，終於誕生了〈新聞配達夫〉這樣具有社會抗爭意識的作品。

根據黃惠禎的研究，楊貴留學日本期間（1924-1927），就因參加佐佐木孝丸主持的演劇研究會，結識秋田雨雀等普羅文學作家，開始投稿《號外》，並透過《文藝戰線》等雜誌吸收無產階級文藝理論，1928年《戰旗》創刊後，已經回臺的他也熱心閱讀著左翼書刊（黃惠禎，1994，頁76-77）。[5]根據河原功的考察，〈新聞配達夫〉實為楊貴在1927年發表於東京記者聯盟機關誌《号外》上的處女作〈自由労働者の生活断面：どうすれあ餓死しねえんだ？〉（楊貴，1927；1998，頁1-18）之後續作品，受到日本左翼作家伊藤永之介小說〈總督府模範竹林〉和〈平地蕃人〉啟發（河原功，2009，頁19-42）。楊貴將主人公設計為一位送報伕，顯然為回應當時《號外》創刊號〈一個送報伕的疑問〉的短文及第三號〈被魦魷魚的小工〉的卷頭言（河原功，2005，頁138-139）。

綜合上述兩項研究可知，楊貴密集關注日本左翼媒體，借鑑日本進步作家的臺灣題材作品，特別是涉及總督府政策批判的小說，嘗試以文學為媒介嚮應日、臺兩地重大社會爭議。他以普羅文藝擴大農運議題，引入日本勞農階級抗爭資訊，而非以極左立場進行地下抗爭。〈新聞配達夫〉就是他認為革命時機未到、須以文化形式廣泛研究與傳播左翼運動現狀的一次實踐。他非急進的態度，招致極左陣營批判和除名。小說創作是他失去社會運動領導地位後，轉

5　本文寫作過程中，承蒙黃惠禎教授多次惠予疑難討論和文獻參考，謹此致謝。

向文化領域前進的新行動方案，幸運獲得了賴和的支持。誠如陳芳
明所言：「楊逵脫離政治運動後，才開始涉入文學活動；他的啟蒙
老師正是賴和。」（陳芳明，1996，頁5）賴和從1930年3月擔任
週刊《臺灣新民報》文藝欄編輯開始，就積極利用文藝欄傳遞中、
日進步文藝訊息，他本人也利用現代詩〈流離曲〉（1930）、小說
〈豐作〉（1932）批判總督府的土地政策和糖業政策（陳芳明，1998，
頁50-58）。〈前篇〉的刊出使楊逵一舉成名，也使抗議臺灣總督府
政策的作品在編輯者的提掖下成為進步作家之間的一股風尚。

（二）〈新聞配達夫（前篇）〉是《臺灣新民報》發行日刊後，日文文藝欄上第二篇帶有激進色彩的小說，它的被禁顯示該報日文文藝欄激進立場的受挫

1932年1月《臺灣新民報》獲准發行日刊，4月15日問世，以
中文為主體、日文約占三分之一。報社總部設於臺北市，另在東
京、大阪、上海、廈門及臺灣重點城市設立13個分社。日刊發行
最初，編輯局下分設整理、政治、經濟、通信、學藝、調查六部，
學藝部長由整理部長黃周兼任，下設林攀龍、賴和、陳滿盈、謝星
樓四位編輯員，在第七或八版設置中文文藝欄，第六版設置日文文
藝欄。賴和對〈送報伕〉的重視，不只是對作品本身的肯定，還寄
寓了他對終於發行日刊的《臺灣新民報》文藝欄的願景。

截至該刊現存的1932年5月31日為止，文藝欄繼續延續新民
報週刊時期轉介中國新文藝、日本左翼文學動向的傳統，日文欄
也大膽採用了林理基的〈島の子たち〉（〈島之子〉）（1932.4.18-
5.17）和楊逵的〈新聞配達夫〉（〈送報伕〉）（1932.5.19-5.27）等批
判性強烈的小說。雖然兩篇於連載中途遭禁，但編輯群最初的激進
立場清楚可見。總督府透過禁刊彰顯其檢閱尺度之後，《臺灣新民

報》從1932年7月左右改弦更張，開始推動「以大眾小說為形式，臺灣現實為內容」的「臺灣式的新聞小說」（柳書琴，2012，頁133-190）。過去以臺灣喉舌及進步文藝為特色的週刊《臺灣新民報》，在升格日刊後保守化、變成大眾小說的園地，造成不少讀者失望，並招致文化界非議（柳書琴，2013，頁28-46）。換言之，〈前篇〉猶如《臺灣新民報》日文文藝欄刊載尺度的試金石，它被禁象徵了文藝欄進步路線的受挫。[6]

　　根據河原功的考察，〈前篇〉被禁兩年後的1934年春天，楊逵看見《文學評論》雜誌的徵文啟示，才將前後篇合併修改，寄往東京，高中二獎（首獎從缺），成為首位登上日本文壇的臺灣作家。1934年10月，作品全篇發表於《文學評論》1卷8號。不料臺灣總督府再次禁止該期雜誌在臺銷售，連續封鎖激化了楊逵，使他傳播該小說、批判總督府的決心更為熾烈。他化名偽裝，撰寫評論和迴響，化整為零，將小說梗概與訴求介紹給島內讀者，甚至刻意引發論戰使它一再被討論（河原功，2005，頁129-148）。

　　經過筆者比對，《臺灣新民報》初刊版與《文學評論》全篇版前半部變動不大，以文句修飾與細節調整為主（參見表2）。不過，有兩處變動必須注意：第一，〈前篇〉第6回，主人公開始送報時與田中的同事關係，在文評版中被加筆為朋友和扶持者關係。第二，〈前篇〉第6、7回交接處，增加一段送報伕因不堪業績逼迫、保證金被沒收，不惜虛報訂戶，自己承擔「幽靈讀者」報費的職場變態現象。這些改寫凸顯了田中的先行者形象、送報伕們的共同困境，呼應結尾日本送報伕們對主人公的支持，也使無產階級跨國提

6　這樣的結果改變了1920年代以來《臺灣民報》、《臺灣新民報》文藝欄領導文壇的生態，刺激不滿者創立文藝社群，臺灣文壇從此進入了文學雜誌為文壇核心的新時期。

攜的特性清楚呈現。換言之，楊逵最初以臺灣讀者為對象，著重於解析資本主義壓迫和殖民主義剝削的共謀性，亦即透過故事闡明「為何送報伕會上鉤？」、「為何超時工作者還欠老闆債？」等機制。他以畸形化的內地微末產業對一位殖民地移工的壓迫作伏筆，揭示日本財團和總督府聯手在臺灣進行農地占奪和經濟榨取之更大場面。然而，投稿日本時楊逵進一步認識到臺灣文壇附屬於日本文壇、日語體制下的位置，考量內地評審及讀者的期待，因此把重點擴大到資本主義無分帝國與殖民地的剝削本質，以及無產階級跨國、跨民族提攜的迫切性。

〈新聞配達夫〉透過境外刊行、解體回流、跨國翻譯等策略與契機，使被禁作品起死回生並擴大議題效應，其過程刻畫了一部臺灣小說衝撞總督府言論封鎖線的軌跡。不論對正值轉型期的楊逵或當時的臺灣文壇，〈新聞配達夫（前篇）〉都有重要意義。

二、《世界知識》雜誌「弱小民族名家作品」：〈送報伕〉翻譯到中國的背景

〈送報伕〉的旅行不止於日、臺之間，更擴及中國。1935年6月和8月〈送報伕〉及朝鮮作家張赫宙的〈山靈〉譯文，先後刊載於《世界知識》，[7] 1936年4月被收錄於胡風譯《山靈：朝鮮臺灣短篇集》（上海：文化生活出版社），5月再版，直到1948年第3版、1951年第5版、1952年第7版，多次重印，在中國相當普及。[8] 1936年5月〈送報伕〉、〈山靈〉另外被收錄於世界知識社編《弱小民

---

7 參見《世界知識》第2卷第6期（1935年6月），頁42-53。
8 《山靈：朝鮮臺灣短篇集》第1版藏於中國國家圖書館，第3版藏於中國國圖、臺灣大學圖書館；第5版藏於復旦大學；第7版藏於上海市圖。

族小說選》（上海：生活出版社），1937年3月再版。因此，〈新聞配達夫〉不僅是楊逵的成名作，也是臺／日／中左翼文學交流史上的一篇重要作品，而胡風譯本比日文原作或戰後楊逵復原本流通更廣，是目前影響力最大的一個版本。以下，本節將針對〈送報伕〉在中國的翻譯經過及背景加以介紹。

1985年3月12日楊逵在臺過世，同月30日在北京舉行了一個紀念會。未曾謀面的胡風抱病出席紀念會，以「悼楊逵先生」為題致辭提到：「30年代初，我在日本的普羅文學上讀到了楊逵先生的中篇小說《送報伕》。……這篇作品深深的感動了我，我當即譯了出來，發表在當時銷數很大的《世界知識》上。後來，新文字研究會還把它譯成了拉丁化新文字本，介紹給中國的工友們閱讀。」（張禹，1987，頁84-88）[9] 此外，胡風也翻譯了1935年1月第二篇刊載於《文學評論》的臺灣作家呂赫若小說〈牛車〉。

張禹（王思翔）曾言：「楊逵當時只聽說〈送報伕〉被介紹到祖國大陸，却不知道譯者是誰，也不了解其他情況。」、「在胡風先生這一邊，情況也是如此。當時他對於整個臺灣的文學運動，對於楊逵這一位作家，也不可能有較多的了解。他只能從一些日本報刊中接觸到若干臺灣作家的作品，不消說是很有限的。」（張禹，1987，頁84）[10] 他認為胡風的選文過程充滿偶然性，筆者則不認為如此。

首先，下村作次郎曾指出，胡風於1927年赴日，1933年在慶應大學就讀期間，因接觸日本無產階級文學、成立新興文化研究會、組織抗日宣傳被捕，拘禁三個月後遭強制遣返。這一段經歷使

9　筆者曾經調查新文字研究會相關出版物，但尚無所收穫。
10　張禹為浙江人，戰後初期短暫旅臺，曾與楊逵共同在臺中擔任《和平日報》編輯。

回國後受到魯迅等左聯作家倚重的他，在響應左聯作家所推動的世界弱小民族議題之際，特別關注日本左翼文壇的思想資源，而此時正好值遇楊逵在日本文壇登場（下村作次郎著，邱振瑞譯，1997，頁9-10）。其次，許多研究者都已曾指出，《山靈》出版半年後楊逵已掌握消息。1936年8月發行的《臺灣新文學》1卷7號的「消息通」專欄，刊出胡風譯編《山靈》並收有楊逵〈新聞配達夫〉的訊息，[11] 1936年11月發行的《臺灣新文學》1卷9號再度登載《山靈》的廣告，標明為「胡風譯」，到1937年5月之間又刊了三次，次數頻繁遠超越其他書目（黃惠禎，2002，頁161；許俊雅，2003，頁8）。最後，筆者認為，《山靈》卷末附錄的楊華白話文小說〈薄命〉也是一個證據。該小說原刊於1935年3月《臺灣文藝》2卷3號，時值「臺灣文藝聯盟東京支部」剛成立，與「中國左翼作家聯盟東京分盟」開始交流之際。在1935年春到1936年秋之間，旅居東京的臺灣作家以日本左翼文壇與演劇界為中介，與旅居東京的中國作家多所交流，形成了以東京和上海為兩軸的「東亞左翼文化走廊」。[12] 〈薄命〉證明胡風除了直接從《文學評論》雜誌取得〈送報伕〉、〈牛車〉之外，也可能因為與積極推廣臺灣文學的「文聯東京支部」有連繫，而掌握這份在島內發行、被廣泛推

---

11 〈消息通〉，《臺灣新文學》1：7（1936年8月），頁62。原刊登訊息如下：「胡風氏譯編短篇小說集「山靈」，收錄張赫宙氏的「山靈」、李北鳴氏的「初陣」、楊逵氏的「新聞配達夫」、呂赫若氏的「牛車」等，於中國讀書界頗博好評。」

12 1930年代的東京和上海，是東北亞屬一屬二的國際都市，它們同時也是中、日兩國國內外異議分子的薈萃之地。由於兩國政府從1927到1936年間，強勢打壓國內共產主義及左翼運動，引發海外出走潮，因此出現了中國異議分子向上海集結，又向東京出走，東京異議分子向上海出走，或赴中國尋求合作的流動現象。這種借重國際都市文化空間，帶有政治流亡或國際結盟意味，出現於特殊背景下的左翼文學藝術通道，筆者稱之為「左翼文化走廊」。參見拙論，〈臺湾作家吳坤煌：日本語創作の国際的ストラテジ〉，《バイリンガル日本語文學─多言語多文化のあいだ》（東京：三元社，2013年），頁246-274。

薦給日、中左翼人士的雜誌及其作品。中國左聯東京分盟的成員雷石榆、魏晉等人，透過吳坤煌、張文環等活躍者的爭取，曾出席文聯東京支部聚會，對《臺灣文藝》十分熟悉，甚至曾評論臺灣作家的作品。[13]

　　胡風致辭中泛指的「普羅文學」（プロレタリア文學），具體為日本ナウカ社發行的《文學評論》雜誌。胡風為魯迅任教於北大時期的弟子，1929年赴日，1933年因在東京組織左翼抗日文化團體、參加日本反戰同盟，以反日赤化分子罪名被逮捕，7月和十幾位留學生遭到驅逐，返回上海時被當作愛國學生歡迎，之後擔任中國左翼作家聯盟宣傳部長，數月後接替茅盾擔任左聯書記。到1936年春的三年期間，他與魯迅頻繁接觸，根據魯迅日記所載，兩人往來次數達121次之多（周正章，2009，頁151-152），此時期的翻譯工作深受魯迅啟發。

　　1933年創刊的《文學》雖以商業性雜誌宣稱，在左翼文學譯介上卻不遺餘力。魯迅則於1934年9月與茅盾、黎烈文等人創立《譯文》月刊，專門譯介外國文學。受到魯迅影響，這些雜誌相繼在弱小民族文學的翻譯上投下心力。1936年5月18日《山靈》出版次月，胡風也親自造訪魯迅贈書（周正章，2009，頁154）。

　　胡風響應魯迅開始了少數民族文學的翻譯工作，他選擇東亞鄰近地域非母語寫作者的日語文學為譯介對象，這樣的視野在當時卻不多見，臺灣日語文學尤其罕被注意，而他的實踐場域《世界

13　雷石榆曾言：「《臺灣文藝》這本雜誌我翻了，但沒有全部看完。我很敬佩各位的努力。臺灣現在的文藝雜誌跟以往不同，有新的意識，立場也不限於臺灣，需要跟中國合作，事實也在互相合作前進。」參見〈臺灣文聯東京支部第一回茶會〉，《臺灣文藝》第2卷第4期（1935年4月），頁27。魏晉也曾言，「承吳君的盛意，我像在夢中似的，讀到了《臺灣文藝》。」（魏晉，1935，頁193-194）。相關討論，亦可參見柳書琴，2007，頁51-84。

知識》和《譯文》同屬生活書店發行，也是左翼刊物。根據胡風在
《山靈》〈序〉中所言：「這些作品底開始翻譯，說起來只是由於一
個偶然的運會。去年世界知識雜誌分期譯載弱小民族的小說的時
候，我想到了東方的朝鮮臺灣，想到了他們底文學作品現在正應該
介紹給中國讀者，因而把〈送報伕〉譯好投去。想不到它却得到了
讀者底熱烈的感動和友人們底歡喜，於是又譯了一篇〈山靈〉，同
時也就起了收集材料，編譯成書的意思。」（胡風，1936，頁I）

　　翻查《世界知識》可以發現，現存2卷2號到6號每月推出一
篇翻譯小說，依序為印度、捷克、保加利亞、羅馬尼亞的作家，其
中第五位——也是該特輯第一位被譯介的東亞作家——就是楊逵。
然而，由於7月到12月間的卷期遺佚，因此《山靈》收錄的〈山
靈〉、〈上墳去的男子〉、〈初陣〉、〈聲〉、〈送報伕〉、〈牛車〉
等六篇，除了許俊雅指出〈山靈〉載於《世界知識》2卷10號（許
俊雅，2003，頁11）、黃惠禎指出〈牛車〉載於《譯文》，[14]以及筆
者發現〈初陣〉亦刊於《譯文》之外，其他譯文是否在集結前先行
刊載已無可查考。[15]進一步比對1936年5月出版的《弱小民族小說
選》，可以確定其他小說皆未曾於《世界知識》刊載，這些佚作為
來自阿爾及爾（Algiers）、烏克蘭、波蘭、希臘、愛爾蘭、阿拉伯
等作家的小說（見表3）。綜上可知，《世界知識》經由伍實（傅

---

14 楊逵曾於其主編的《臺灣新文學》上介紹〈牛車〉在中國刊載的消息，茲翻譯如下：
　「一九三五年在新年號的《文學評論》上揭載的本島作品呂赫若君的〈牛車〉，已刊
　載於中國的雜誌《譯文》終刊號。」參見，無署名〈消息通〉，《臺灣新文學》第1
　卷第1期（1935年12月），頁64。筆者調查《譯文》，但因1935年9月到12月散佚，
　故不見應刊載於12月的〈牛車〉。

15 根據「大成老舊刊全文數據庫」可知，〈初陣〉中譯本最早發表於《譯文》第1卷第1
　期（1936年1月，上海雜誌公司），但該誌1935年9月到12月散佚，1936年1到4月
　各卷尚存，未見〈聲〉與〈上墳去的男子〉，因此不知兩篇是否曾刊載。使用「中國
　期刊全文數據庫」檢索他刊，同樣未見。

東華）、黎烈文、孫用、徐懋庸、胡風等譯者，推出「弱小民族名家作品」，〈送報伕〉是胡風為響應這個特輯推出的第一篇翻譯作品。它和〈山靈〉先被《山靈：朝鮮臺灣短篇集》收錄，隸屬黃源主編的《譯文叢刊》之四，[16]次月又被《弱小民族小說選》收錄，成為茅盾主編的「世界知識叢書」之二。[17]

　　《世界知識》是一份國際政治經濟動向分析雜誌，弱小民族名家作品特輯為有關海外文學的重要翻譯企畫。〈送報伕〉發表於此、被收錄為「世界知識叢書」，那麼這份雜誌所標榜的「世界知識」為何，又為何與少數民族議題有關呢？

　　《世界知識》，由上海的世界知識雜誌社發行。根據創刊元老及資深編輯張明養的回憶，它由上海「蘇聯之友社」部分成員創立，自創刊起就在共產黨的領導下開展工作。創辦人胡愈之於1933年入黨，以特別黨員身分直接與中央單線連繫，其他一些創辦人和撰稿者不是黨員就是進步文化人士。1933年他們「期望以馬列主義觀點，描述和分析世界政治經濟形勢，用具體事實，說明資本帝國主義的崩潰和必然坍倒，被壓迫民族奮起反抗及其前途，說明社會主義蘇聯的物質文化建設的突飛猛進，遠超過帝國主義，今後條條道路通向社會主義」，經過數月籌備，於1934年9月正式發刊。[18]

---

16 黃源（1906-2003），1928年赴東京留學時結識流亡中的茅盾，開始投入革命文學活動。1929年回上海後從事翻譯與編輯工作。1934年初，魯迅和茅盾、黎烈文發起創辦《譯文》，茅盾推薦黃源參加編輯工作，第四期起魯迅提議把編輯工作全部交給黃源，《譯文》成為左翼文化界的重要據點之一，1936年黃源又代替魯迅主編《譯文叢書》。《譯文叢刊》於抗戰爆發後改由巴金主編，是一套規模宏大的世界文學名著叢書，共收53種。有計畫地向讀者介紹外國文學名著，受到好評，曾不斷再版。參見黃源著；上海魯迅紀念館編，2005，頁1-4。

17 世界知識社編，《弱小民族小說選・輯二》（上海：生活書店，1936）。

18 社員有胡愈之、金仲華、錢亦石、曹亮、張仲實、沈志遠、畢雲程、張明養、王紀元、章乃器等十餘人，張明養，〈《世界知識》創刊初期的戰鬥歷程：祝《世界知識》創刊55周年〉，《世界知識》1989年第18期（1989年5月），頁2。

　　《世界知識》迄今仍在發行,將近80年的發行期可概分為五階段。最初階段從1934年9月創刊到1937年11月上海淪陷為止,在國民黨政府出版檢查嚴厲的上海發行,透過馬列主義觀點分析國際形勢、宣傳抗日主張並介紹國際知識,是發行部數持續上升、影響力不斷擴大的一個時期(張明養,1989,頁5)。由胡愈之起草的創刊詞表明了響往社會主義新世界的這群人,以世界情勢剖析和海外進步知識引介,連結被壓迫民族抵抗帝國主義的宗旨:

> 　中國是「世界的中國」了;資本帝國主義的「文明世界」大廈,行將倒塌;在世界六分之一的土地上已出現另一個與「文明世界」相對峙的新的世界;占全世界人口半數以上的被壓迫民族已成為促進「世界文明」的主要動力。
>
> 　我們的後面是墳墓,我們的前面是整個的世界。怎樣走上這世界的光明大道去,這需要勇氣,需要毅力,但尤其需要知識。(張明養,1989,頁2-4)

為了增加中國人民對陌生的被壓迫民族的認識,該雜誌於1935年2卷1期中宣告:「在這一卷裏,打算專門介紹弱小民族的名家作品,每期一篇,儘可能範圍附加插圖。」[19]〈送報伕〉和〈山靈〉就在這種構想下出現了。

　　胡愈之特別撰文闡述「少數民族」的概念,揭示它與世界大勢之關係:

19〈編輯室〉,《世界知識》第2卷第1期(1935年1月),頁22。

　　少數民族的西文是 Minorities。雖然少數民族早已存在，但是這個名辭卻在從大戰以後，方纔普遍行用的。原來現代的國家，除了美國蘇聯等由許多民族結合的國家以外，大部分是由單一的民族結合成一個國家。每一民族都有獨特的種族，宗教或言語。但在一個國家內，往往有少數的人民，種族，宗教或語言和所屬國家內大多數人民不同。這少數的人民自成一種民族，所以就稱做少數民族。比方捷克斯洛伐克是一個斯拉夫民族國家，可是國內却有許多操德意志語的日爾曼民族。德國是日耳曼族的基督教國家，可是其中百分之一的人口，却是信奉希伯來教的猶太人。因此這些日耳曼人和猶太人便是「少數民族」。（胡愈之，1934，頁70）

　　他還指出，第一次世界大戰後，歐洲新興國家內部都有許多少數民族，為使其順服必須保障種族、宗教、言語方面的權利，因此1919年以波蘭為首，有關弱小民族的國際條約相繼在南斯拉夫、捷克斯洛伐克、羅馬尼亞和希臘簽訂（胡愈之，1934，頁71）。然而，原本簽訂少數民族條約只是帝國主義分割領土方便，並非真要解決民族問題，因此只有新興小國和戰敗國才遵守，對強國無約束力（胡愈之，1934，頁71）。故而，當第一個締約的波蘭在德國策動下解除條約後，少數民族制度便被根本推翻，中歐、東歐重新燃起民族疆界的紛爭，「波蘭竟成了德國的代言者」，少數民族條約的爭辯只不過是「法德一場外交惡鬥」（胡愈之，1934，頁73）。

　　綜上可見，Minorities 一詞盛行於一戰以後，與帝國主義的領土擴張有關，並因列強對新興小國的操縱成為政治敏感議題。1930年代隨著軍國主義的抬頭，少數民族問題被打壓為內政問題，又演變為列強對峙與製造衝突時的籌碼。中國進步人士一方面以文學讀

物提高國人對世界大勢的關心，另一方面也以弱小民族文學批判法西斯主義，並作為政治隱喻，宣傳反蔣抗日，傳達他們對國際政治的判斷和國內政治的主張。[20]不論是《文學》、《譯文》或《世界知識》，弱小民族翻譯工作都在這樣的脈絡下。《世界知識》這次企畫與其他兩誌的長期耕耘和規模無法相比，卻同樣明確地把弱小民族文學翻譯工作的政治意義傳達給了讀者。

三、《山靈》的迴響

如前所述，為了讓〈新聞配達夫〉在日本獲得發表，楊逵把描寫重點從殖民主義對臺灣人的剝削，擴大到資本主義在帝國境內對自民族無產階級的壓迫，並強調日、臺無產階級提攜的重要性。這樣的宏觀視野臺灣讀者無緣看見，只呈現在東京發行的《文學評論》，但它卻透過胡風的翻譯進入了中國讀者眼簾。接下來我們要問，日本和中國的讀者是否讀出了楊逵這一番用心呢？答案是否定的。

在日本方面，《文學評論》雖基於「作為殖民地下層階級最誠實的代言人」的理由給予楊逵獎項，評審們卻不約而同指出該作品結構有缺失、形象化與藝術性不足、開頭結尾生硬、語言欠佳、完成度不夠等問題。換言之，評審們欣賞它「真情洋溢」、「不矯揉造作」、「有強大吸引力」，卻無法跳脫藝術性與日文中心主義的評價標準。這種矛盾在最支持的德永直身上依然清晰可見：「我們

---

20 譬如胡愈之在〈少數民族問題〉中便批評道：「朝鮮人是日本國內的少數民族，但是日本帝國主義天天在虐殺朝鮮人，別國政府不能加以干涉。因為朝鮮人亡國後，加入日本國籍，朝鮮人的待遇問題，是內政問題。按照現在的國際法，內政問題是不許他國干涉的。」

對於殖民地人自己的普羅文學，決不要求和日本普羅文學有同樣程
度的意識型態或技巧。這在現階段有不得已的條件限制。我們想知
道的是，各色各樣的生活、沒有虛偽的吶喊和希望、被因襲和壓迫
所閉塞的生活。當然我們完全沒有因此而輕蔑『藝術性』，與其為
迎合日本紳士的好惡而莫名的加以粉飾、或去勢，不如擁有本來意
義的藝術性。」[21] 德永直越是為楊逵作品的藝術性辯護，就越彰顯
日本作家對「殖民地勞農小說」藝術性的期待。評審們透過〈新聞
配達夫〉對「臺灣普羅文學」寄予期望，他們關心的是作為日本普
羅文學支脈的臺灣普羅文學的可能潛力與典範建立，而不是作家的
創作企圖、政治目的，更不是臺灣無產階級的現實困境。

　　相較於此，日本工人對作品中描繪的臺灣無產階級反而更有共
鳴。根據張季琳的研究，一位叫片桐旦的工人曾投書表達他的感動：

　　　　我是以非常感動的心情閱讀這兩篇小說。我認為與其說是小
　　說，不如說是用「血」敘述的事實。（中略）我結束自己的工
　　作，開始閱讀這兩篇小說，是在早上的七點左右。因為我是從
　　前一天的下午四點左右開始工作，直到第二天的早上七點，所
　　以身心相當疲累。但是，這些小說充分給予我更為強烈的鼓舞
　　力量。（後略）

　　　　如果從這些方面來看這兩篇小說的話，不得不說實在是極不
　　成熟的作品。然而對今日尚處低文化階段的我們勞動階級而
　　言，像這樣樸素的作品反而強烈打動我們的心靈。能夠讓沒有
　　教養的我們發奮圖強的，首先就是單純的生活記錄，沒有謊

---

21 張季琳指出，〈送報伕〉得獎並非所有評審委員一致同意。由於小說中沒有描寫送報
　伕們從決定罷工到實際罷工的具體經過、勞動者性格不具體、結尾過於樂觀，導致評
　審有「主觀的幼稚性」、「結尾粗糙」等批判（張季琳，2005，頁116-139）。

言、沒有欺騙、認真的生活報告。我工作十六個鐘頭後，筋疲
力竭的回家時，一接觸到這些文章，就得到非常強的力量。

（張季琳，2005，頁 128-129）

　　必須注意，授獎給予殖民地文學，只是日本左翼作家欲挽回
普羅文學運動頹勢的策略之一（張季琳，2005，頁138）。與工人
讀者相較，德永直、中條百合子、武田麟太郎、龜井勝一郎、藤森
成吉、窪川稻子等評審，對小說中描寫的臺灣無產者生活幾乎視而
不見。簡單說，他們關切的不是臺灣作家、臺灣普羅階級，而是日
本文學支裔，亦即殖民地的勞農文學，以及對這種文學一廂情願的
要求和想像。

　　即使是片桐旦，他的共鳴也侷限於主人公在日打工、工人相濡
以沫的前篇，而非後篇喧騰一時的臺灣農民運動。[22] 然而，臺灣農
民運動的描寫正是臺灣總督府禁止之因，也是楊逵、賴和認為這
篇小說最有價值之處。楊逵曾提到賴和聞知〈新聞配達夫〉在東
京刊出時，「幾乎比我還要興奮。尤其是他最關切的糖業公司逼害
農民的那一段描述都沒有剟除，他似乎感到有一點意外」（楊逵，
1982）；賴和還曾稱讚，這一篇作品勝過楊逵「過去所有作品的總
和」（楊逵，1986，頁230）。

　　那麼，〈送報伕〉在中國的接受和解讀狀況又是如何呢？這個
問題，必須回到中國知識界對「弱小民族文學」的認識談起。如前
所述，《世界知識》雜誌將弱小民族文學作為一種政治知識引介，

---

22 他寫到：「在受到比牲畜更悲慘的虐待、蒙受非人性對待的人群中，依然有美麗的純
情和感激。為了讓同事吃飽而將自己的飯食減少、為了朋友而犧牲自己……純潔青年
們心靈的堅強團結，豈不正是世界上最美好的事嘛？我想到我們之間也能有那樣的友
情存在，不禁湧上熱淚。」轉引自張季琳，2005，頁138。

那麼左翼文化人士翻譯「弱小民族文學」的目的又是什麼呢？

1935年11月茅盾翻譯的《桃園：弱小民族短篇集（1）》出版時，旋遭「新感覺派聖手」穆時英如下批評：

> 本周出版的單行本計六種：《八月的鄉村》，田軍著，內山書店代售；《死魂靈》，果戈里著，魯迅譯，文化生活社發行；《神、鬼、人》，巴金著，文化生活社發行；《草原故事》，高爾基著，巴金譯，文化生活社發行；《弱小民族小說集》，茅盾譯，文化生活社發行；《短篇集》，靳以著，文化生活社發行。
>
> 這六種單行本裡邊有五種是由文化生活社發行的。（中略）文化生活社並不是一個商業機關，據說資本只有四千元錢，在這幾千萬資本的書店都不肯印文學書的時候，這一個小小的出版社竟出了一大批書，這實在不能不教我們替一般平日以提倡文化自命的書店老闆和編輯先生慚愧了。[23]
>
> （穆時英著；嚴家炎、李今編，2008，頁92-93）

穆時英肯定文化生活出版社的翻譯工作，卻對引介弱小民族文學的茅盾多所諷刺，批評長篇小說《子夜》裝腔作勢，指他為「左傾小兒病患者」：

> 關於這六本書，茅盾的《弱小民族小說集》是用不到去買的，我們知道茅盾是一個野心不小的人，而《弱小民族小說集》，正是他的把自己造成弱小民族文學專家的工作的一部

---

23 穆時英將《桃園：弱小民族短篇集》誤作《弱小民族小說集》。底線為筆者所加。

分。對於這種工作我們似乎不必表示什麼興味吧。（穆時英著；嚴家炎、李今編，2008，頁92-93）[24]

事實上，茅盾在弱小民族文學翻譯工作上的貢獻，在當時和今日都獲得很高的評價。我們必須認識，遭穆時英貶抑的弱小民族文學譯介工作，實際上是民國時期世界文學引介的重要一支，在1933年國民黨打壓普羅文學以後，也是左翼文壇的重要突圍策略。

中國現代文學史上對「被汙辱、被損害民族」文學的提倡，始於五四新文學運動時期。《新青年》雜誌從1918至1921年刊登了挪威、波蘭、丹麥、印度等國家的譯作，包括易卜生、安徒生、泰戈爾等作家，其中「易卜生號」對中國文壇的影響尤大。主張「魯迅先是一位翻譯家，才是一位作家」的研究者吳鈞，曾在其《魯迅的翻譯文學研究》一書，探討魯迅譯介弱小民族文學的目的。她指出：魯迅在翻譯《域外小說集》曾說明介紹弱小民族文學，是因為「有一種茫漠的希望：以為文藝是可以轉移性情，改造社會」。魯迅自言讀了弱小民族文學以後，「才明白了世界上也有這許多和我們的勞苦大眾同一運命的人，而有些作家正在為此而呼號，而戰鬥」（吳鈞，2009頁，191-192）。他為克服語言障礙，「介紹些名家所不屑道的東歐和北歐國的作品」、「尤其是巴爾幹諸小國的作品」，甚至借助世界語譯本進行翻譯，希望讓讀書界知道「世界上並不只幾個受獎的泰戈爾和漂亮的曼殊斐兒（Katherine Mansfield）之類」（吳鈞，2009頁，191-192）。

---

24 在上述引文之後，穆時英還寫道：「《八月的鄉村》的作者，雖然是新人，但文筆卻老練得很。這本小說寫得很樸素，很老實。一點沒有一般以左傾自命的小兒病患者的裝腔作勢的樣子。雖然並不怎樣了不得，但有勇氣讀《子夜》的，卻不妨把浪費在《子夜》上的時間來讀一讀這本《八月的鄉村》——至少比《子夜》寫的高明些。」

　　茅盾抱持同樣關心，希望讀者注意五四時期被譯介的名家之外，更多優秀的弱小民族作家。根據宋炳輝的研究，20年代以後就屬茅盾主持《小說月報》的時期對弱小民族文學譯介的規模最大、影響也最深。茅盾獲得魯迅、周作人等文學研究會主將的支持，在《小說月報》上刊載大量弱小民族文學譯作，並推出「被損害民族的文學號」，介紹波蘭、捷克、芬蘭、烏克蘭、南斯拉夫、保加利亞、希臘、猶太等八個民族的作家作品。30年代以後他持續不輟，1934年在《文學》雜誌上推出「弱小民族文學專號」，提供〈英文的弱小民族文學史之類〉、〈現世界弱小民族及其概況〉等導論文章，並介紹亞美尼亞、波蘭、立陶宛、愛沙尼亞、匈牙利、捷克、南斯拉夫、羅馬尼亞、保加利亞、希臘、土耳其、阿拉伯、祕魯、巴西、阿根廷、印度、猶太等17個國家26位作家的28篇作品（宋炳輝，2002，頁60-61）。陸志國也透過統計發現，茅盾翻譯工作的高峰期出現在1934至1935年，譯作集中刊載於《文學》和《譯文》，並曾獲得葉聖陶的稱讚（陸志國，2014，頁108-113）。

　　根據上述研究可知，遭穆時英批評的《桃園：弱小民族短篇集（1）》（文化生活出版社），是茅盾弱小民族譯介工作高峰期的作品；同一時期他的譯作〈凱爾凱勃〉也和〈送報伕〉、〈山靈〉一起被收錄於《弱小民族小說選》。譯文叢書，由《譯文》雜誌編輯黃源主編、魯迅指導，為30年代最具代表性的外國文學翻譯叢書之一。該叢書推出的第一本小說集為魯迅譯的《死魂靈》，第二、四本即是茅盾譯的《桃園：弱小民族短篇集（1）》和胡風譯的《山靈：朝鮮臺灣短篇集》。《山靈：朝鮮臺灣短篇集》被收錄在這個重要系列裡，與茅盾譯著有如姊妹作，不僅是中國首次對臺灣現代文學的介紹，更提高了臺灣文學、朝鮮文學的地位和見光率（田

一文、李濟生，2003，頁28-29）。[25]

弱小民族文學的翻譯與出版在30年代中期鼎盛一時，它的意義至少有二：

第一，左翼知識界對國民黨政府言論控制和審查政策的抵抗。根據張靜廬、陸志國等人的研究，南京國民政府在1930年11月頒布《出版法》，公告政府對雜誌、期刊等出版品的出版規定、審查和相應的罰則與其他強制措施，又在1931年10月公布實施細則，對文化出版實行更為嚴苛的管制。1933年10月，國民黨行政院下達「查禁普羅文學密令」，要求各省市黨部以更嚴密的手段查禁書刊，特別打壓普羅文藝書刊（張靜廬，1957，頁171-172）。1934年2月，國民黨中央宣傳委員會密令查禁圖書149種，魯迅、茅盾等左翼人士的重要著作大都囊括在內（陸志國，2014，頁109）。[26]為回應嚴酷環境，上海文藝界在1934年、1935年出現了所謂「雜誌年」和「翻譯年」的特殊現象。誠如黃源所言，魯迅「靈活地退一步，翻譯沙俄時代批判現實主義的作品，如高爾基的諷刺小說《俄羅斯的童話》和果戈理的長篇小說《死魂靈》，在『圍剿』的天羅地網中建立了陣地」（黃源，2005，頁162-164）。前述上海生活書店發行的《譯文》和《世界知識》雜誌，文化生活出版社的「譯文叢刊」、生活書店的「世界知識叢書」，都是這種背景下的努力。

第二，作為中國近代主體釋放或召喚被壓迫體驗的象徵符號。宋炳輝曾言：「中國主體在近代以來積累了太多被壓迫的體驗需要

---

25 文化生活社的資深編輯李濟生回顧這一段歷史時，也認為在當時的歷史條件下刊印這樣的作品有相當社會意義。

26 陸志國並指出圖書受到審或查禁的原因，在於傳播馬列主義、描寫階級鬥爭、反映無產階級的意識型態、諷刺國民黨政府等。

表達，太多的壓抑感和屈辱感終歸需要釋放，需要在相應的對象身上寄託這一份情感。這種釋放和寄託除了經過創作加以直接表達之外，譯介也是一個有效途徑。於是，中國人在那些同樣受英、法、德、美等西方強國壓制的弱小民族身上，看到了與自己同樣的命運，在他們的文學中，聽到了同樣的抗議之聲，體會到同樣的尋求民族獨立、人民解放的情感。」（宋炳輝，2002，頁68）從〈送報伕〉在中國初刊時的介紹，我們可以看見「臺灣」成了中國被壓迫經驗的一個隱喻和投射：

> 臺灣自一八九五年割讓以後，千百萬的土人和中國居民，便呻吟在日本帝國主義鐵蹄之下。然而，那呻吟痛苦的奴隸生活究竟苦到什末程度？卻沒有人深刻地描寫過。這一篇是去年日本《文學評論》徵文當選的作品，是臺灣底中國人民被日本帝國主義統治了四十年以後第一次用文藝作品底形式將自己的生活報告於世界的呼聲。
>
> 當然，缺點是有的，例如結構底鬆懈和後半底安逸的感情調子，但那深刻的內容卻使人不能不一氣讀完。據說臺灣底華文報紙曾連載過很長的介紹批評，但因為對於讀者的刺激太大，中途曾被日本當局禁止登載。爰特譯出，以使讀者窺知殖民地臺灣人民生活底悲慘。讀者在讀它時，同時還應記著，現在東北四省的中國人民又遇著臺灣人民的那種同樣的命運了。
>
> （楊逵著；胡風譯，1935，頁320）

引文中胡風雖兩度強調臺灣與中國的關係，卻以「殖民地」接受現況，將臺灣歸類於世界弱小民族之列，以臺灣經驗譬喻東北問題。胡風將臺灣當作一個「弱小民族」符號，放在中國主體的外

部。臺灣問題不是他終極的關心，如何以臺灣、朝鮮的奴隸經驗召喚中國讀者的淪亡恐懼，才是他投入翻譯的目的。[27]

《山靈》最早的書評和胡風想法不謀而合，它出現於1936年8月，為中共黨員、左聯委員周鋼鳴（1909-1981）所作。周首先介紹朝鮮自由主義作家張赫宙、朝鮮普羅藝術同盟作家李北鳴和鄭遇尚，並以「臺灣的青年前進作家」介紹楊逵、呂赫若、楊華，稱許「這些作品的取材都是血底歷史事實」。其次，提到這部收集「兩個弱小民族作品」的選集，呈現了「遠東帝國主義底鐵蹄踐踏下過着奴隸生活」的共通點，以及兩地不同的鄉土色彩、習慣和風俗。接著，他以左翼文藝批評介紹各篇，評價〈山靈〉為「殖民地農村經濟的一幅解剖圖」、〈初陣〉是「一篇描寫工場鬥爭的力作」、〈聲〉刻畫「在間島從事農民運動的青農倔強底性格」、〈上墳去的男子〉描寫「投身於朝鮮民族解放的青年們中一段革命與戀愛的故事」，並特別稱讚〈山靈〉、〈初陣〉、〈聲〉、〈送報伕〉四篇。以下是他對〈送報伕〉的介紹：

> 〈送報伕〉是寫臺灣的一個青年，從農村破產流到東京來當送報伕，受着派報所的剝削，和沒收保證金。同時在他的家鄉臺灣的農村裡，他父親的田地被殖民地統治者強迫收買，和嚴刑的毒打，而屈辱地死掉，母親也被壓迫的上吊，臨死前把房屋賣掉，望他努力和幫助村人解除奴隸的生活。後來他在日本的勞動者的同情和幫助之下，使他覺醒而成為一個沒有國界的

---

27 胡風含蓄地說：「幾年以來，我們這民族一天一天走近了生死存亡的關頭前面，現在且已到了徹底地實行『保障東洋和平』的時期。在這樣的時候我把「外國」底故事讀成了自己們底事情，這原由我想讀者諸君一定體會得到。」胡風，〈序〉，《山靈：朝鮮臺灣短篇集》，頁II。底線為筆者所加。

　　<u>勞動戰鬥員。</u>（周鋼鳴，1936，頁366。底線為筆者所加。）

周鋼鳴將原本以插敘方式進行的情節重組，從「殖民地農村破產→資本主義財團強制購地→臺灣移工在東京遭受剝削→故鄉家破人亡→母親臨終前『掙脫奴隸生活』的期許→日本勞動者的同情支持→無國界勞動戰鬥員的誕生」，凸顯作品中資本壓迫、階級鬥爭與跨國提攜議題。他的結論值得我們注意：

　　　全集子都充滿一種憂鬱和憤怒的情感，這是整個民族淪亡的憂鬱，和<u>殖民地奴隸反抗</u>的憤怒。<u>尤其是在這東北四省淪亡，華北五省在敵人槍刺的屠戮下</u>，讀了這些作品，是給我們看到<u>亡國奴的悲慘命運是怎樣</u>。讀了這個集子，同時使我們知道在遠東帝國主義所進行的大陸政策和南進政策之下，在牠的鐵蹄踐踏過的兩個階梯底下的兩個民族淪亡掙扎的慘史。（周鋼鳴，1936，頁365-367。底線為筆者所加。）

　　透過譯本閱讀楊逵作品的周鋼鳴，沒有被語言或藝術性問題干擾其接受。從殖民地奴隸變成國際主義革命者的概括，暗示了臺灣民眾對殖民地解放的追求，揭開編者胡風不便道明的〈送報伕〉之普羅文學特質，比日本左翼作家準確突出了日臺提攜、殖民地解放和無產階級革命等議題。他的書評明顯有為這些披著「少數民族」外衣的作品解密的意圖。然而，由於「東北四省淪亡，華北五省被屠戮」的急迫現況，以及國民黨政府對左派勢力的圍剿，他的論述最後歸結到反蔣抗日之「奴隸論述」底下。楊逵亟欲對外傳達的臺灣勞農大眾現況，以及藉由文藝運動爭取跨國連結的目的，依然沒有得到回應。

　　畢竟不是所有讀者都能輕易掌握《山靈》這本翻譯集的隱含之意。1937年，《山靈》的另一篇迴響出現於北平。當時還是大學生的作家張秀亞，[28]讀到〈初陣〉、〈送報伕〉、〈牛車〉中的反壓迫思想時寫道：「作者們的心裏，有一種廣泛而憂鬱的思潮，像斯拉夫人種的俚歌，及民謠中所表現的哀怨一樣，是潛伏在民族氣質根底的悲哀。」她給予這本翻譯集很高評價，認為「我們應該認識他，是先我們一步落難的同族兄弟，遠道奔來，告訴他的一堆悲慘，該拿燃燒着熱情的眼注視他，傾聽他帶淚瓣的故事」（張秀亞，1937，頁55-57），她明顯受到以「少數民族文學」包裝此書的胡風所影響，以異域之眼看待臺灣故事，但是卻錯失了胡風以「少數民族文學」、「臺灣文學」作為中國淪亡換喻的反蔣、反法西斯話語真意。

　　綜上所述，日本左翼作家對「殖民地勞農文學」的期待，以及對文體、敘事、結構、日語使用等文學表現上的要求，妨礙他們對作品精神的深入，也無視楊逵為揭發殖民主義經濟壓迫所做的努力。閱讀譯本的中國左翼作家們輕易跨過語言門檻，卻因為戴著「少數民族文學」的面具，使〈送報伕〉的普羅文學精神被掩蓋於「奴隸」和「救亡」話語之中。如果說，臺灣在周鋼鳴眼中是反帝、反法西斯論述的一個換喻，那麼在張秀亞眼中則是民族主義的符號。

---

28 張秀亞，生於河北滄縣，1931年考入河北省立女子師範學院（今河北師範大學），1934年開始於報刊發表作品。1948年後移居臺灣，為重要女作家、「中國婦女寫作協會」會員。

結語

〈新聞配達夫〉的得獎使楊逵從社會運動者轉型為左翼作家，透過境外刊行策略與自我議題化戰術，從臺灣文壇前進日本文壇、又從日本內地回轉臺灣的突圍，不僅使它獲得完整刊出，更提升了楊逵在日本文壇的人際網絡和象徵資本，確立了他在連繫臺、日左翼文壇方面的特殊位置，激發出他從1935年末到中日戰爭爆發前以連結境外文藝場域尋求臺灣文學出路的戰術。

誠如河原功指出，1935年12月他另創《臺灣新文學》時，藉由日本左翼作家抬升雜誌聲望，使《臺灣新文學》扮演日本《文學評論》和《文學案內》臺灣支部角色（河原功，1997，頁225）。1937年《臺灣新文學》雜誌停刊，6月楊逵前往日本，9月回臺。黃惠禎指出，他此行乃為爭取將《臺灣新文學》寄生在《日本學藝新聞》、《星座》、《文藝首都》等雜誌中（黃惠禎，1994，頁20-21）。

筆者則進一步發現，《山靈》的出版還曾使楊逵對中國左翼文藝界寄予期待。參考近藤龍哉有關矢崎彈的研究，得知楊逵與《星座》雜誌的接觸主要透過主編矢崎彈。矢崎彈於7月左右前往上海，透過上海日報社編輯長日高清麿瑳、內山丸造及鹿地亙等人引介，會見胡風等左聯作家，同時結識蕭軍、蕭紅等東北流亡作家。內山完造、鹿地亙在跨國左翼網絡中扮演的重要角色眾所周知；罕為人知的是，在日中左翼人士的聯絡過程中，臺灣左翼人士也扮演一些角色，而且左聯似乎也曾有意促使臺灣作家與東北流亡作家接觸。譬如，在這次日中左翼人士的接觸中，與日高清麿瑳共同協助矢崎彈進行接洽者，即是旅居東京的臺灣人資深記者——賴貴富。賴貴富（1904-?），1926年8月起任職東京朝日新聞社，為「臺灣

文藝聯盟東京支部」成員之一，[29]此次會晤中他扮演的角色和任務不詳，是否和楊逵有關亦不詳。但是，在1937年9月高達百餘人的進步人士大逮捕中，賴氏在東京遭到逮捕，1939年4月以「違反治安維持法」及「意圖遂行共產國際、日共、中共之目的」等罪名提起公訴。隨後，王白淵也在上海被捕，遣送回臺後，判刑8年。矢崎彈則因「反戰言辭」及「赴上海與左翼分子聯絡」，以違反治安維持法嫌疑在東京被逮捕。大取締使楊逵進行中的跨國戰略成為泡影，楊逵從此開始了低調的「首陽農園」生活，但它也透露了遭連續取締的這些人之間存在某種關係的事實。

楊逵所處的島內位置使他的左翼文學活動和策略，有別於旅居東京的臺灣作家，亦即1935年由吳坤煌擔任支部長的「臺灣文藝聯盟東京支部」集團。楊逵無法以地利之便參與文聯東京支部活動，卻透過個人創作表現累積的資本，開創島內與日本文藝場域的連繫，為東亞左翼文化走廊增加一條軌道，並進而引起中國文藝界對臺灣文學的注意，因而彌足珍貴。

---

29 賴貴富早在1925年即曾在楊雲萍主編的《人人》雜誌上，以「賴莫庵」之名發表過隨筆；1935年以後他則以「陳鈍也」之名，在《臺灣文藝》上多次發表文章。

表1：《新聞配達夫》日治時期到戰後初期各版本（1932-1991）

作品標題	語文	出版社／所屬書名	時間／卷期	備註
新聞配達夫（前篇）	日文	臺灣：臺灣新民報社 臺灣新民報	1932年5月19-31日 （之後該報散佚，不可考）	與現存〈新聞配達夫（後篇）〉手稿不同
新聞配達夫	日文	東京：ナウカ社 文學評論	1934年10月 （1卷8期）	與現存〈新聞配達夫（後篇）〉手稿一致
送報伕	中文	上海：世界知識社 世界知識雜誌	1935年6月 （2卷6期）	胡風譯本
送報伕	中文	上海：文化生活社 山靈：朝鮮臺灣短篇集	1936年4月（初版）	胡風譯本
			1936年5月（2版）	
			1948年（3版）	
			1951年（5版）	
			1952年（7版）	
送報伕	中文	上海：生活書房 弱小民族小說選	1936年5月（初版）	胡風譯本
			1937年3月（再版）	
新聞配達夫（送報伕）	中日對照	臺北：臺灣評論社 中日對照・楊逵小說集	1946年7月（初版） 8月（2版）	胡風譯本
送報伕	中日對照	臺北：東華書局 中日對照・送報伕	1947年10月（初版）	
送報伕	中文	臺北：幼獅文藝社 幼獅文藝	1974年10月 （40卷4期／總250期）	胡風譯本刪減本
送報伕	中文	臺南：大行 鵝媽媽出嫁	1975年5月	楊逵重譯並改寫本

送報伕	中文	香港：臺灣作家選集編委會 臺灣作家選集	1976年10月（初版） 1977年7月（再版）	譯本不詳 （待查）
送報伕	中文	臺北：臺灣鄉土作家選集編委會 臺灣鄉土作家選集	1975年？月（初版） 1978年11月（3版）	譯本不詳 （待查）
送報伕	中文	臺北：遠景 送報伕：光復前臺灣文學全集六	1979年7月	楊逵改寫本
送報伕	中文	高雄：民眾日報 鵝媽媽出嫁	1979年10月	楊逵改寫本
送報伕	中文	北京：人民文學 臺灣小說選	1979年12月	胡風譯本？ （待查）
送報伕	中文	北京：中國社會科學 臺灣作家小說選集（一）	1981年11月（初版）	胡風譯本 （和幼獅版同）
送報伕	中文	上海：上海文藝 中國新文學大系1927-1937	1984年5月	胡風譯本
送報夫	中文	北京：中國友誼 臺灣鄉土作家選集	1984年8月（初版）	胡風譯本？ （待查）
送報伕	中文	北京：人民文學出版社 楊逵作品選集	1985年12月（初版）	楊逵重譯並改寫本（和1975年5月出版之大行版同）
送報伕	中文	香港：文藝風出版社 楊逵選集	1986年12月（初版）	楊逵重譯並改寫本（和1975年5月出版之大行版同）
送報伕	中文	臺北：前衛出版社 楊逵集	1991年2月	胡風譯本 但簡化譯者注解

（資料來源：作者自行整理。）

表2：文學評論版〈新聞配達夫〉改寫〈新聞配達夫（前篇）〉之
狀況

《臺灣新民報》（前篇）	《文學評論》版內容	作者修改方式
第6回	那一天恰好是星期天，田中沒有課，吃了早飯，他約我去推銷定戶，我們一起出去了。我們兩個成了好朋友，一面走一面說着種種的事情。<u>我高興得到了田中君這樣的好朋友。</u> 　　我向他打聽了種種學校底情形以後，說：「我也想趕快進個什麼學校。……」 　　他說：「好的！我們兩個互相幫助，拚命地幹下去罷。」 　　這樣地，<u>每天</u>田中君甚至節省他底飯錢，供給我開飯賬，買足袋。[30]	底線標示處加筆
第6回	「呃！完全記好了。」 　　這樣地回答的我，心裏非常爽快，起了<u>一種似乎有點自傲的飄飄然的心情。</u> 　　「那麼，從今天起，你去推銷定戶罷。報可以暫時由田中送。但有什麼事故的時候，你還得去送的，不要忘記了！」老闆這樣地發了命令。<u>不能和田中君一起走，並不是不有些覺得寂寞，但曉得不會能夠隨自己底意思，就用了什麼都幹的決心，爽爽快快地答應了「是！」反正田中君早上晚上還能夠在一起的。就是送報罷，也不能夠總是兩個人一起走</u>，所以無論叫我做什麼都好。有飯吃，能夠多少寄一點錢給媽媽，就行了。而且我想，推銷定戶，晚上是空的，並不是不能夠上學。[31]	底線標示處加筆

---

30 楊逵著，胡風譯，〈送報伕〉，《楊逵全集》，第4卷，頁75。
31 同上注，頁76。

| 第6、7回 | 「十一份？……不夠不夠……還要大大地努力。這不行！」
事實上，我以為這一次一定會被誇獎的，然而卻是這付兇兇的樣子，我膽怯起來了。雖然如此，我沒有說一個「不」字。到底有什麼地方比奴隸好些呢？[32]
「是……是……」我除了屈服沒有別的法子。不用說，我又出去推銷去了。這一天慘的很。我傷心得要哭了。依然是晚上十點左右才回來，但僅僅只推銷了六份。十一份都連說「不行不行」，六份怎樣報告呢？……（後來聽到講，在這種場合同事們常常捏造出烏有讀者來暫時渡過難關，可是，捏造的烏有讀者底報錢，非自己掏荷包不可。甚至有的人把收入底一半替這種烏有讀者付了報錢。當然，老闆是沒有理由反對這種烏有讀者的。）[33] | 底線標示處加筆 |
| 第7回 | 「可是……從這條街穿到那條街，一家都沒有漏地問了五百家，不要的地方不要，定了的地方定了，在指定的區域內，差不多和捉虱一樣地找遍了。……」 | 改寫，原為兩百 |

（資料來源：作者自行整理。）

---

32 同上注，頁77。
33 同上注，頁77。

表3：《世界知識》雜誌「弱小民族名家作品」譯介狀況

	(國籍)作家／譯者	小說名稱	原刊所附之作者介紹	卷號／時間
1	（印度） Miriem khundkar 伍實（譯）	耍蛇人的女兒	未附	2卷2號 1935年2月
2	（捷克）加柏克 黎烈文（譯）	期待之島	未附	2卷3號 1935年3月
3	（保加利亞） 伊里耶夫 孫用（譯）	大赦	伊里耶夫（N. Iliev）於1882年生於塞夫里耶夫。保加利亞的作家，他的大家所知道的筆名是西利烏思（Sirius）。他的作品有寓言《天堂似的沙漠》、《故事集》、《雜感集》，以諷刺的語句為其特徵。還有戰爭的故事《隨著未死者的腳步》、短篇小說《伊里拿》，在此他記述了他旅行意大利的印象。最近的短篇是《變成沙漠了的天堂》，在很短的時間就再版。本篇是從 I. H. Krestanov的《保加利亞文選》的世界語譯本重譯的。（譯者記）	2卷4號 1935年4月
4	（羅馬尼亞） 累爾吉 徐懋庸（譯）	水牛	Fugen Relgis是羅馬尼亞的名作家，1895年生於雅西（Jassy）著有小說《瘋人》、《靜默的旋律》及詩集。大戰後，他編輯 Umanitarea雜誌，並致力於人類和平運動。1924年，他發表一部偉大的作品，題目是Petru Arbore，他是個人類的內心的熱情的發掘者，是愛與自由的自然法則的遵守者和履行者。（譯者）	2卷5號 1935年5月

| 5 | （臺灣）楊逵
胡風（譯） | 送報伕 | 臺灣自1895年割讓以後，千百萬的土人和中國居民，便呻吟在日本帝國主義鐵蹄之下。然而，那呻吟痛苦的奴隸生活究竟苦到什麼程度？卻沒有人深刻地描寫過。這一篇是去年日本文學評論徵文當選的作品，是臺灣底中國人民被日本帝國主義統治了四十年以後第一次用文藝作品底形式將自己的生活報告於世界的呼聲。
當然，缺點是有的，例如結構底鬆懈和後半底安逸的感情調子，但那深刻的內容卻使人不能不一氣讀完。據說臺灣底華文報紙曾連載過很長的介紹批評，但因為對於讀者的刺激太大，中途曾被日本當局禁止登載。爰特譯出，以使讀者窺知殖民地臺灣人民生活底悲慘。讀者在讀它時，同時還應記着，顯在東北四省的中國人民又遇著臺灣人民的那種同樣的命運了。（譯者） | 2卷6號
1935年6月 |
| 6 | 原刊遺佚
（朝鮮）張赫宙
馬荒（譯） | 山靈 | 不詳 | 2卷8號
1935年10月
（根據許俊雅教授說法） |

附錄　《世界知識》2卷7-12號，原刊遺佚。
參酌世界知識社編《弱小民族小說選》（2），可知佚作如下：

	國家	作者	譯者	小說篇名
1	阿爾及耳 （Algiers）	K・呂海司	茅盾	凱爾凱勃
2	烏克蘭	Pettro Pauê	屈軼	耶奴郎斯之死
3	波蘭	薛孟斯茶	許天虹	一撮鹽
4	希臘	理佐布羅斯	徐懋庸	一個希臘兵士的日記
5	愛爾蘭	奧法拉蒂	胡仲持	成年
6	阿拉伯	失名	宗融	盎塔拉的死

（資料來源：作者自行整理。）

參考文獻

中文

（1935）臺灣文聯東京支部第一回茶會。**臺灣文藝**，**2**（4），24-30。

（1935）編輯室。**世界知識**，**2**（1），22。

下村作次郎著，邱振瑞譯（1997）。**從文學讀臺灣**。臺北：前衛出版社。

大成老舊刊全文數據。取自：http://www.dachengdata.com/tuijian/showTuijian
　　List.action?cataid=1。

王曉波編（1986）。**被顛倒的臺灣歷史**。臺北：帕米爾書店。

世界知識社編（1936）。**弱小民族小說選・輯二**。上海：生活書店。

向陽譯、塚本照和著（1983）。楊逵作品「新聞配達夫」、〈送報伕〉的
　　版本之謎〉。**臺灣文學研究會會報**，**3、4期合併號**，23-30。

朱雙一（2012）。光復初期臺灣文壇的胡風影響。**安徽大學學報，2012年
　　第4期**，10-19。

吳鈞（2009）。**魯迅翻譯文學研究**。山東：齊魯書社。

宋炳輝（2002）。弱小民族文學的譯介與中國文學的現代性。**中國比較文
　　學，2002年第2期**，60-61。

李濟生編著（2003）。**巴金與文化生活出版社**。上海：上海文藝出版社。

周正章（2009）。**笑談俱往：魯迅、胡風、周揚及其他**。臺北：秀威資訊
　　科技股份有限公司。

周鋼鳴（1936）。山靈：朝鮮臺灣短篇集。**讀書生活**，**4**（7），365-367。

河原功（2005）。不見天日十二年的〈送報伕〉：力搏臺灣總督府言論統
　　制之楊逵。**臺灣文學學報**，**7**，134。

柳書琴（2007）。臺灣文學的邊緣戰鬥：跨域左翼文學運動中的旅日作
　　家。**臺灣文學研究集刊**，**3**，133-190。

柳書琴（2012）。滿洲內在化與島都書寫：林煇焜《命運難違》的滿洲匿
　　影及其潛話語。**臺灣文學研究**，**2**，133+135-190。

胡風編譯（1936）。**山靈**。上海：文化生活出版社。

胡愈之（1934）。少數民族問題。**世界知識，1**（2），70-73。

張秀亞（1937）。山靈：朝鮮臺灣短篇集。**大眾知識，1**（6），55-57。

張季琳（2005）。楊逵《送報伕》在日本的得獎及其文學意義。賴澤涵、朱德蘭編。**歷史視野中的兩岸關係（1895-1945）**。臺北：海峽學術出版社。頁116-139。

張明養（1989）。《世界知識》創刊初期的戰鬥歷程：祝《世界知識》創刊55周年。**世界知識，1989年第18期**，2-6。

張禹（1987）。楊逵・《送報伕》・胡風：一些資料和說明。**新文學史料，4**，84-88。

張靜廬（1957）。**中國現代出版史料**。北京：中華書局。

許俊雅（2003）。關於胡風翻譯『山靈：朝鮮臺灣短篇集』的幾個問題。**文學臺灣，47**，6-22。

陳芳明（1995）。《臺灣大眾時報》與《新臺灣大眾時報》解題。**臺灣大眾時報**，4-5。

陳芳明（1998）。**左翼臺灣：殖民地文學運動史略**。臺北：麥田出版社。

陸志國（2014）。審查、場域與譯者行為：茅盾30年代的弱小民族文學譯介。**外國語文，30**（4），108-113。

無署名（1935）。消息通。**臺灣新文學，1**（1），64。

黃惠禎（1994）。**楊逵及其作品研究**。臺北：麥田出版社。

黃惠禎（2002）。楊逵與賴和的文學因緣。**臺灣文學學報，3**，143-168。

黃惠禎編（2011）。**臺灣現當代作家研究資料彙編4・楊逵**。臺南：國立臺灣文學館。

黃源著；上海魯迅紀念館編（2005）。**黃源文集**（第1、2卷）。上海：上海文藝出版社。

楊貴（1928）。當面的國際情勢。**臺灣大眾時報，創刊號**，12。

楊貴著；彭小妍主編（1998）。**楊逵全集**（第4卷）。臺南：國立文化資

產保存研究中心籌備處。

楊逵（1982年8月10日）。日本殖民統治下的孩子。**聯合報**，第8版。

楊逵、張赫宙；胡風譯（1935）。送報伕、山靈。**世界知識**，**2**（6），42-53。

楊逵文物數位博物館（2009）。取自：http：//dig.nmtl.gov.tw/yang/index. php，臺南：國立臺灣文學館。

楊逵著；胡風譯（1935）。送報伕。**世界知識**，**2**（6），320-331。

楊肇嘉捐贈；李承機主編（2008）。**日刊臺灣新民報創始初期**（1932.4.15-5.31）。臺南：國立臺灣歷史博物館，數位光碟。

臺灣農民組合（1931；1995）。臺灣農民組合當面的任務。**新臺灣大眾時報**，**2**（1），4-16。

趙勳達（2013）。蔣渭水的左傾之道（1930-1931）：論共產國際「資本主義第三期」理論對蔣渭水的啟發。**臺灣文學研究**，**4**，129-165。

穆時英著；嚴家炎、李今編（2008）。**穆時英全集**（第3卷）。北京：北京十月文藝出版社。

賴澤涵、朱德蘭編（2005）。**歷史視野中的兩岸關係（1895-1945）**。臺北：海峽學術出版社。

魏晉（1935）。最近中國文壇上的大眾語。**臺灣文藝**，**2**（7），193-194。

日文

河原功（1997）。**臺湾新文学の展開**。東京：研文社。

河原功（2009）。**翻弄された臺湾文学**。東京：研文社。

柳書琴（2013）。『臺湾新民報』の右転回：頼慶と新民報日刊初期のモダン化文芸欄〉。**言語社会**，**7**，28-46。

郭南燕編著（2013）。**バイリンガル日本語文學－多言語多文化のあいだ**。東京：三元社。

按語

　　1989年，解嚴後的第二年，我從成功大學歷史系林瑞明老師開設的「中國近現代文學史」，輾轉學到老師「偷渡」到課上的日治時期臺灣新文學。《楊逵畫像》（1978年）、〈賴和與臺灣新文學運動〉（1985年）、《光復前臺灣文學全集》（1979／1982），使我對奮戰於與中國現代化迥異之途的殖民地作家們既尊敬又痛惜。此後，想跟隨老師「發現賴和」、「畫出楊逵」，把臺灣現代文學開創者的文學介紹出來的心情源源不絕，連綴成了我近三十年的步履。1991年後陸續進入碩、博士班，在吳密察老師、陳萬益、藤井省三老師不斷加強的臺灣史料及作家文獻出土、分析、細讀等方法訓練下，我開始摸索「大東亞戰爭與殖民地臺灣文壇」、「臺灣旅日青年與臺灣新文學運動」等課題。任教後承蒙國科會連續六年獎助前往長春等地蒐集「滿洲國」文學文獻，2011年又前往京都市「國際日本文化研究中心」在劉建輝教授指導下進行一年臺滿都市文學比較研究，終於讓我發現並提出了「東亞左翼文化走廊」的主張。

　　〈左翼文化走廊與不轉向敘事：臺灣日語作家吳坤煌的詩歌與戲劇游擊〉（2015年）在日、韓、美各國宣讀就教諸家之後，一幅圖景逐漸在我腦中清晰：臺灣新文學乃是在臺灣傳統文學餘緒與1880年代後東亞各國萌芽的新文學之間多方激盪而形成的。在互涉中生成的東北亞地區的現代文學，以日本為始，韓、中繼起，臺灣為後。儘管臺灣新文學具里程碑意義的〈一桿「稱仔」〉等小說誕生時已屆1925年，然而晚熟的臺灣新文學一開始就與中國、日本等地的文學聲氣相通，並啟示了1930年以後登場的臺灣鄉土文學、普羅文學及現代主義詩歌。在現實主義文學這一脈，從素樸的

農民文學、積極啟蒙大眾的鄉土文學，到帶有世界革命視野、無產階級文藝形式自覺的普羅文學，多種形式與立場交迭對話，滙湧為日治時期臺灣文學的主潮。而賴和、楊逵等人，正是理解臺灣新文學如何從一島運動躍入世界性運動的關鍵作家。

〈送報伕〉是臺灣文學史上首次獲得日本文藝雜誌徵文獎的作品，也是第一篇以中文、世界語被譯介到中國的小說。本次承蒙主編賴慈芸教授收錄的〈〈送報伕〉在中國〉一文，主要是從日、中文壇接受史的角度，考察〈送報伕〉從〈新聞配達夫（前篇）〉到胡風中譯本如何銘刻了一部殖民地小說在東亞的旅行。〈送報伕〉是臺灣抗議文學的代表作，而其文本的旅行和翻譯又是一則抗爭。

本文為科技部專題研究計畫「東亞左翼文化走廊與臺灣左翼文學：臺灣、日本、中國、「滿洲國」的連線（1927-1937）」的部分成果。初稿曾發表於韓國「第十屆殖民主義與文學論壇」（濟州大學，2014）、香港「視覺再現、世界文學與現代中國和東亞的左翼國際主義研討會」（香港：香港中文大學文化及宗教研究系研究中心主辦，2015）。修改後刊登於《臺灣文學學報》第29期（2016），翌年獲劉曉麗、葉祝弟主編的《創傷：東亞殖民主義與文學》一書（上海三聯書店，2017）收錄。全文2萬5千字左右，各版本除了格式以外，內容皆同。它延續我第一本專著《荊棘之道：旅日青年的文學活動與文化抗爭》（2009）的關懷，也將成為籌劃中的新書《東亞左翼文化走廊：無可取代的臺灣文學》中的一章。

《荊棘之道》以臺灣旅日學生中的第二代，亦即昭和世代為研究對象。在滿洲事變到中日事變爆發期間登上文壇的這批青年，在大東京的國際都市文化空間中，透過大學課程、沙龍活動、劇場、同人雜誌、中國左聯東京分盟及其他留學生團體，和中國、朝鮮、

「滿洲國」前來的文藝青年和左翼人士接觸，並與日本進步文藝運動及革命團體結盟。他們圍繞在納普、克普系統的日本作家身邊，到千葉縣拜見郭沫若，到上海接觸魯迅及其周邊的左聯作家，連繫朝鮮作家，耽讀俄法文學，也醉心英法現代主義詩歌，甚至被東北流亡作家蕭軍等人的作品震撼。他們傳遞回來的前衛、進步、反叛的文藝精神與美學視野激勵了不少島內作家，也促進臺灣文藝團體積極推動與東京─上海之間的串連。《荊棘之道》所欲呈現的，就是這樣一頁反殖民、反法西斯的臺灣文學史。

在尋思臺灣進步作家的跨國網絡圖，追蹤吳坤煌、張文環等人如何依附中、日、韓民族反法西斯國際陣線時，楊逵的身影經常驚鴻一瞥，難以捕捉。在反覆拜讀彭小妍、河原功、黃惠禎、張季琳、楊翠等先進著述，參考白春燕優秀的碩士論文《普羅文學理論轉換期的驍將楊逵》（2012／2015），加上搜尋近年解密檔案及各國數位化的戰前報紙期刊之後，才漸漸能把握楊逵在「東亞左翼文化走廊」中的角色與重要性。楊逵在1924至1927年間留學日本，時至30年代，已是致力臺灣場域、扎根島內最深的作家之一。他所處的島內位置使他的文藝目標有別於「臺灣文藝聯盟東京支部」的作家們，他無法以地利之便投入東京青年們熱血澎湃的活動，卻以激進的議題、磅礴的小說敲開島內文壇與日本文壇的接觸管道，進而引起中國文壇對臺灣文學注意，為島內作家深進東亞走廊增加通道。楊逵的努力彌足珍貴，拙文完成後，我的視線仍流連不捨於上海，遂又完成了〈流亡的娜拉：左翼文化走廊上蕭紅的性別話語〉（2018）一篇。在這篇以蕭紅為中心，旁及中日戰爭前最末一波左翼作家交流史與中國文學翻譯熱的論文中，我不僅發現二蕭的突圍使上海成為日本左翼作家和滿洲國作家的新接觸區；更驚喜於在此跨國陣線中再次看見楊逵、賴貴富等人奔走的身影。

　　我為什麼提出「左翼文化走廊」？因為想了解臺灣曾有哪些左翼文藝與思想的歷史資源？這些資源的特點是什麼？對今日臺灣有何價值？我認為討論這些問題必須追溯到1920年代。在那個年代，馬克思主義、共產主義、無政府主義相繼傳入，農民運動累積了血淚經驗，臺灣文化協會的啟蒙運動方興未艾。當時左翼資源傳入途徑為：一、蘇聯→中國→臺灣；二、蘇聯→日本→臺灣。前者曾短暫存續於1949年之前，後者早在中日戰爭前就被幾波左翼大取締斷絕了。換言之，1945年到1970年間繼起的臺灣左翼運動雖在臺灣與海外力戰，但戰前的歷史資源未獲繼承。楊逵，從農民運動到新文學運動無役不與，他的奮鬥提示我們：日治時期臺灣的左翼運動不僅是對國際社會主義各流派的第一波引介，更是將理論應用於本土社會抗爭的第一波演練。他為弱者吐哀鳴、為人權作爭鬥的思想，深深體現於小說之中。〈送報伕〉目前已有日、中、德、英、韓、法文等譯本，但仍值得我們繼續翻譯和推廣，將弱小民族文學的經典與世界讀者共激勵、共警惕。

第五章

大東亞共榮圈下臺灣知識分子之翻譯行為：以楊逵《三國志物語》為主*

橫路啟子

（翻譯：蔡嘉琪）

* 本論文原名〈論日治時期後期的翻譯現象：以楊逵《三國志物語》為主〉，2013年9月14日發表於臺北中央研究院舉行的「『譯史中的譯者』國際學術研討會」。本次的修正與改寫，主要著眼於戰爭與知識分子之間的關係，並詳細探討楊逵將何種思維蘊含於譯文之中。本篇論文原以日文發表，感謝世新大學蔡嘉琪老師協助中譯。

前言

　　自1895至1945年，臺灣的日治時期延續了近半個世紀。在約莫50年期間，臺灣「本島人」（福建系漢民族臺灣人）族群受到對岸明、清時期政治與文化直接或間接影響。然而，由於日本帝國強制帶來的近代化，致使多元文化及龐雜的語言進入臺灣，交錯混雜，最終在統治政府主導下，統合形成文化的單一化。乍看之下會讓人產生誤解，認為統治政府主導下文化逐漸統合是自然趨勢，然而實際上並非如此。

　　因1931年的九一八事變與1937年的蘆溝橋事變，導致原為本島人「原鄉」（或許那不過是虛幻的清帝國幻影）的中國，受到日本帝國侵犯。之後又爆發了太平洋戰爭。在這一連串彰顯日本帝國貪欲的軍國主義潮流當中，1930年代後期，在臺灣展開了激進的皇民化運動。特別是在皇民化運動之際，強力推展文化的一元化。此外，關於皇民化運動的起源，目前在學界的定見是1937年，也就是臺灣總督小林躋造（1877-1962，於1936年9月就任臺灣總督）提倡將臺灣「南進基地化」的那一年。

　　進入1940年代之後，臺灣的文學活動呈現了前所未有的盛況。首先是西川滿主導的《文藝臺灣》（1940-1944），及以張文環為中心出版的《臺灣文學》（1941-1944）。這兩本純文學雜誌之間彼此相互較勁，均以時局為重，也刊載了大量日文的文學作品。此外根據先行研究指出，除了上述兩者，《臺灣藝術》對這個時期的臺灣文學界亦產生重大影響（河原功，2009）。另外當時創刊的還有以短歌為主的文藝雜誌《臺灣》（1940），以及聚焦於臺灣民俗的《民俗臺灣》（1941）等。除文藝雜誌外，一般雜誌也穩定出刊，除了早已創刊的《臺灣公論》與《臺灣時報》，還有在新體制

確立後發行的《新建設》（1942）。戰爭期間，臺灣本島出現前所未見的雜誌發行數量，此一時期異乎尋常的媒體增加速度，也可一窺文學被視為戰爭助力的現象，以及當時臺灣文學在充足的資金後援下蓬勃發展的情況。隨著媒體數量的增加，勢必帶動作家與作品數量的提升，在此一「非常時期」，不只是日本帝國，甚至在殖民地臺灣，都有相當數量的知識分子在有意識／無意識之下，為戰爭直接／間接貢獻「知識」與「智慧」。

戰爭與知識分子的關聯性已有許多相關的先行研究，在近代化的過程中，日本的知識分子採取了哪些行動，可以薩依德所說的「在集體的必要性和知識分子聯盟的問題之間的互動中，沒有一個國家像近代日本那樣問題叢生又混淆不清，以致釀成悲劇」（艾德華‧薩依德，2011）加以印證。明治維新之後，從「天皇制意識」到「大東亞共榮圈構想」、「近代的超克」等將日本軍國主義合理化的口號，正是知識分子主動（或被強制）提出的。

在這段期間，臺灣島內的知識分子經常為掌權者所利用，從事文學創作的人，無論是在臺日本人或是臺灣人，都被要求必須提供文學作品，給那些剛創辦的媒體；或是必須加入協助戰爭而創辦的團體——臺灣文藝作家協會[1]與日本文學報國會臺灣支部等，或是參加這些組織舉辦的活動。此外，他們也被要求書寫「皇民文學」，戰後臺灣政權交替，當時便將這些知識分子視為「戰犯」。

在日本帝國的要求之下，臺灣全島「總動員」，除了單純的文學創作，也興起日譯中國古典文學的風潮。最早提出這一點的是蔡文斌的《中國古典小說在臺的日譯風潮（1939-1944）》（國立清華大學臺灣文學研究所碩士論文，2011），以這個先行研究為基準，

---

1 1940年1月1日，以西川滿為首的組織，以此團體為主導發行雜誌《文藝臺灣》。

加上筆者調查的結果，茲將目前已知在臺灣島內發行的中國文學日
譯作品表列如下：

表1：1940年代在臺灣出版之中國文學的日譯本

譯者	譯名	出版社	發行年
中島孤島	《改訂　西遊記》	清水書店	1943
佐藤春夫	《平妖傳》	清水書店	1943
劉頑椿	《岳飛》	臺灣藝術社	1943
井上紅梅	《今古奇觀》	清水書店	1943
柳洋三郎	《繪畫三國志》	盛興出版部	1943
江尚文	《包公案》	臺灣藝術社	1943
西川滿	《西遊記》	臺灣藝術社	1943
黃得時	《水滸傳》	清水書店	1943[2]
王萬得	《和譯小說　木蘭從軍》	盛興書店	1943
陳薰村	《和譯小說　杭州記》	盛興書店	1943
黃宗葵	《木蘭從軍》	臺灣藝術社	1943
楊達	《三國志物語》	盛興出版部	1943
劉頑椿	《三國志》	臺灣藝術社	1944
江肖梅	《諸葛孔明》	臺灣藝術社	1947[3]

（資料來源：作者自行整理。）

　　上表為出版的專書，其他還有部分中國文學作品散見於文藝雜
誌中。[4]在此之前的臺灣文學界，無論是古典文學或是現代文學，僅

---

2 初出於《臺灣新民報》、《興南新聞》，1939年12月5日至1943年12月26日。
3 發行於戰爭結束的1947年，但是初見於1943年的《臺灣藝術》。
4 例如老舍作張冬芳譯的〈離婚〉（《臺灣文學》1943年7月號）等。

有極少數的中國作品翻譯成日文。由此可知，進入1940年代以後，中國古典文學翻譯為日語的作品數量增加。而且從上表可發現，當中有許多像是《水滸傳》、《三國志》或《木蘭從軍》等，與戰鬥相關的內容。從當時的時代背景來看，此一現象絕非偶然。有趣的是，當時從事中國文學翻譯的人之中，臺灣人占了相當的比例。在這些人之中，例如楊逵或黃得時，原先都是從事文學創作的人。

那麼，為何臺灣在戰時這樣特殊的時期，會形成中國文學的翻譯風潮呢？又，為何臺灣的文人會在這個時期，選擇將中國古典文學翻譯為日文呢？另外，身為殖民地知識分子如此立場複雜的臺灣作家，又是基於何種意識從事翻譯工作的？本論文將以楊逵於1943年開始翻譯，專書出版的《三國志物語》為例，探討上述問題。

本研究的文本——楊逵的《三國志物語》，全書共四卷（未完），由臺北一間名為盛興出版部的出版社發行單行本。關於該出版社目前所知的是，其屬於總督府管理的「臺灣出版會」之「第一種會員」（意即合法並受到總督府監督的出版社），經營者為名為王清焜的臺灣人（河原功，2009）。該出版社最早出版的作品年代為1943年，推測公司可能成立於1940年代初期。楊逵的《三國志物語》四卷，各卷發行日期分別為：第一卷於1943年3月31日、第二卷於同年8月24日、第三卷於1944年10月30日、第四卷於同年11月20日出版。在第四卷結尾刊載了預定發行第五卷的廣告，可知原先應有繼續出版的計畫，但卻未遂行。至於第一至第四卷所翻譯的部分，是《三國志》相關作品中最著名的羅貫中版《三國志演義》第二十三回未完。

先行研究除了上述蔡文斌的著作，另外還有王敬翔的博士論文《戰時中台湾における中国古典小説の翻訳に関する研究（1939-1945）》（王敬翔，2014），這兩部作品對本研究都有相當多的助

益。特別是王敬翔的著作當中，對於楊逵的《三國志物語》，與同時期《三國志》的其他譯文，做了詳細的比較，是本文重要的先行研究。

　　本論文以上述先行研究為基礎，進一步研究殖民地臺灣的知識分子在戰爭中如何被利用、被控制。首先爬梳時代的脈絡，了解日本國內對於戰爭的看法，進而探討楊逵將何種思維置入《三國志物語》當中。筆者認為，以第二次世界大戰期間，臺灣的知識分子翻譯的這個中國文學文本為研究對象，正是以不同的角度探討翻譯的行為。此舉的目的是希望藉此能更加貼近翻譯一詞在本質上的意義。

一、時代背景：大東亞共榮圈中的臺灣與中國

　　以楊逵為首的臺灣知識分子將中國文學翻譯成日文的1940年代，究竟是一個什麼樣的年代？當時的臺灣和中國代表了什麼樣的意義？由於當時的臺灣，幾乎是零時差地受到宗主國日本的箝制，故在此先描述當時日本的狀況。

（一）名為大東亞共榮圈的幻想共同體與中國之間的關係

　　日本作為亞洲唯一的帝國，不斷強化軍國主義，在當時的情勢下提出了大東亞共榮圈的構想。

　　在日本，大東亞共榮圈構想這個名詞出現於1940年。[5]實際上，日本早在1931年滿州事變以後，就已明顯表露出向亞洲擴張的野心，1937年盧溝橋事變以後，更是赤裸裸地呈現出其貪圖中

---

5 首次提出大東亞共榮圈這個詞彙的，是松岡洋右就任第二次近衛內閣（1940年7月至1941年7月）之外務大臣時所說。榮澤幸二，《「大東亜共栄圏」の思想》，東京：講談社現代新書，1995，頁14。

國大陸的野心。這是一個以「大東亞」為中心的經濟構想，意圖將日本、滿州以及中華民國統整為一個經濟共同體，並將東南亞視為提供資源的區域。1938年時這個經濟構想被稱為「新東亞秩序」，1940年以「大東亞共榮圈」之名在日本帝國內廣為流傳。「大東亞」具體來說以「日滿華」為核心，涵蓋「法屬中南半島」（現在的越南、寮國和柬埔寨）、「荷屬東印度」（現在的印尼）以及其他地區（納粹德國委託統治島嶼、泰國、英屬馬來亞、英屬婆羅州、緬甸、菲律賓、澳洲、紐西蘭與印度等）（榮澤幸二，1995）。1941年12月8日太平洋戰爭爆發後，基於美化戰爭行為的目的，大肆宣傳「建設大東亞共榮圈」的口號。

正因如此，在大東亞共榮圈的構想中，中國地區（中華民國和滿州）自然扮演了相當重要的角色。這是由於大東亞共榮圈這個幻想共同體的口號，乃是基於太平洋戰爭中「亞洲對歐美」的框架下，日本應與中國攜手合作，為亞洲帶來和平與繁榮的發想。於是，即便實際上是日本帝國將膨脹的欲望強加給中國，但表面上仍然不得不營造出中國與日本之間維持友好關係的假象。究其原因，僅是因為日本必須建立國際形象，意即日本並未侵略中國這個市場。正因如此，日本將蔣介石視為「賊」，認同建立中國國民黨政權的汪精衛為正統的中國政府，與其交涉。於是日本帝國為了與中國維持友好關係，站在基於了解「夥伴」中國的立場，想方設法，投入資金以文化活動宣傳這個理念。[6]

---

6 文化團體當中，以中日文化協會為例。該團體在汪兆銘政權樹立後，便在日本大使阿部信行的強力後援下，於1940年7月設立。汪兆銘與阿部信行為名譽理事長，理事長由當時的行政院副院長兼外交部長褚民誼出任，至於常務理事則由汪兆銘政權的要人擔任，可說是充滿政治意圖的團體。中日文化協會隨即在汪政權勢力所及的區域（江蘇、浙江、安徽三省的大部分區域、上海市與南京市、湖北、湖南、江西、山東、河南、廣東的一部分等）設立分會與支會，舉辦各式活動。由日本主導成立的這個團

　　而中日雙方的政治動向，則是朝著推動大東亞共榮圈這個幻想共同體的目標前進，其中，隨著這股潮流，文學界也出現了變化。例如1942年5月成立的日本文學報國會，之後舉辦了大東亞文學者會議等活動，該會可說是文學報國活動的核心組織。大東亞文學者會議的目的是「在大東亞戰爭下，肩負文化建設此一共同任務的共榮圈各地文學者齊聚一堂，一同分享彼此的抱負，敞開胸襟互相交流」。在成立之前，久米正雄（之後擔任日本文學報國會祕書長）曾表示：「為了日中親善，將考慮在未來籌組『日中文藝家聯盟』。」除了政治之外，即便是在文學相關的活動，日本也在設法拉近與中國之間的距離。

　　與臺灣的情況不同，事實上，中國在1930年代末被納入日本帝國的框架中，不像臺灣一般推行同化政策與國語教育。再者，大東亞共榮圈強調日本與中國的友好關係，因此從表面上來說，無法強迫中國人學習日文。因此翻開當時中國國內發行的文學雜誌，可以發現有些雜誌是日文、中文版面各占一半，或者是日文雜誌中刊載了中國作家作品的日譯版。這樣的情況，還可以從其他方面觀察到。例如身為日本作家，同時也是文學報國會所主辦大東亞文學者大會的籌備委員之一的林房雄，於1943年訪問上海時的發言，便可一窺端倪：

　　　　作為文化交流的方式之一，務必在上海、南京與北京組織譯者團體，因為在日本本土和帝國大學都有中文科，期望能設法

體，其舉辦的活動除了發行會刊，還包括了開設日語補習學校、舉辦日語演講比賽、日本電影觀賞會、美術展、座談會與交流會等。1940年1月成立的上海分會，特別時興舉辦美術展與書法展。然而觀察實際舉辦的展覽名稱，像是「興亞書畫展」、「東亞聯盟書畫展」等，充滿了濃厚的戰時氛圍。另外，「中日書畫雕刻展」、「中日滿名人書畫展」等，冠上「中日」二字的名稱也不少，則是著眼於文化交流的活動。

從中籌組譯者團體，進一步規劃以現在文學——非現代文學，而是以現在文學交流的計畫。[7]

從這裡我們可以了解為了日本與中國的文化交流，日本展露了翻譯文學作品的企圖心，無論是日翻中，或是中翻日。由於不強迫中國人學習日文，為了促進文化交流，翻譯就成了必要的手段。

（二）從「近代的超克」回歸亞洲

日本雖然提出大東亞共榮圈這個共同體的構想，但實際上它的基礎是太平洋戰爭所建構的「亞洲對英美」這個框架。支撐此一框架的，是以「近代的超克」（譯者注：指超越與戰勝現代化，「超克」源自英文 overcome）一詞為象徵的日本帝國思想。

「近代的超克」一詞狹義而言，是《文學界》這本雜誌於 1942 年 9 月號及 10 月號刊載的特集主題。究其根源，乃是來自同年 7 月舉行的一場研討會。此會議標榜「以知識為輔助力量的會議」，其中要求文人及知識分子協助太平洋戰爭的意圖不言自明。對日本而言，太平洋戰爭是建構在「亞洲（東洋）對英美（西洋）」這個框架之下的戰爭，因此在這個會議標榜的「超克」一詞，便是自明治時期對日本產生重大影響的西洋文化之總結。戰後，將「近代的超克」當作一個思想來看待、加以批評的人正是竹內好。自此之後陸陸續續有許多優秀的論文，針對日本思想史，以及日本知識分子對太平洋戰爭的態度加以批判。[8] 由於「近代的超克」這個思想否定

---

7 〈林房雄を囲む座談会　中国文学の更正（四）〉，《大陸新報》，1943 年 2 月 28 日早報第 4 版。

8 例如竹內好〈近代の超克〉（初載於《近代日本思想史講座》第七卷〈近代化と伝統〉（東京：筑摩書房，1959），本論文參考了竹內好《日本とアジア》（東京：ちくま学芸文庫，1993，頁 159-228），柄谷行人〈近代の超克〉（《〈戦前〉の思想》，東京：

了形同日本現代化基礎的西洋化，甚至否定了西洋文化，在此同時，亦意圖再度復興日本傳統文化，形同日本帝國軍國主義的助力。因此到了戰後，「近代的超克」這個思想遭受到的批判越演越烈。

　　換言之，這個時期的日本，基於對抗美英的意識，以及進一步建立名為亞洲共同體的信念，處於積極重建亞洲性，或者說是自身日本性的時期。為了現代化，日本傳統文化被視為落後的文化，而遭到捨棄，隨著以近代的超克為代表的思想崛起，日本的傳統文化重新被發掘。曾經遭到捨棄並經過重新構築的「傳統」，與以往的傳統不同，這一點是無庸置疑的。這種經由近代化洗禮之下的視點，僅著眼於「日本」，過度意識、推崇這個國家。例如代表萬世一系的天皇制度、日本的國家起源、日本的祭典與民間傳說等，皆是如此。反觀文學方面，古典文學再度受到矚目，谷崎潤一郎或太宰治等人，開始以日本傳統為文學作品的創作主題。另外，為了體現愛國精神，「翼贊運動」[9]舉辦了「愛國百人一首」的系列活動，並大肆宣傳。

　　這股重新構築日本傳統的潮流中，作為亞洲文化之一的中國文化，也隨之受到關注。對日本而言，在大東亞共榮圈的構想萌生，以及太平洋戰爭之下「亞洲對抗美英」的框架明朗化之前，中國不過是「從前文化先進的國家」，並非日本在現代化以後應該仿效的對象。然而，太平洋戰爭帶來了「亞洲對美英」這個思想架構的變化，為了解日本從前的文化，中國文化重新受到重視。此外，為了展現日中雙方的友好關係，因而衍生出必須認識現代中國的契機。

講談社，2001，頁99-128），子安宣邦《「近代の超克」とは何か》（東京：青土社，2008）等著作。
9「翼贊運動」是以政治團體「大政翼贊會」為主推動全日本動員進入戰爭狀態的國民運動。

　　事實上，當時有相當多關於「日本人有多不了解中國人」的看法，舉例來說，時任外務大臣的松岡洋右（1880-1946）在1941年1月27日帝國議會中說：

　　　我們的政府及民間，對於大東亞圈內這麼龐雜的民族，連民族研究都尚未能著手。（中略）甚至是連對於我國國運影響至鉅的鄰國中國人的民族性，真的研究透澈了嗎？日本人當中有多少人是能具體掌握中國及中國人的呢？我認為反而是歐美人士當中認真研究中國的人，比我們了解得更多。其中很重要的一個因素在於，我們與中國是同文的關係，因此我們深信我們能隨心所欲使用漢文，自古以來我們鑽研漢文，對其有深刻的了解，便以為自己對中國人以及中國已有相當的認識。我認為就是這種想法，是我們到現在對中國與中國人還無法真正掌握的主因。[10]

　　這是由日本與中國兩國都使用漢字的「同文」文化，且日本自恃自古便學習漢文的觀點，分析正因如此，才導致日本不了解中國的看法。

　　就歷史面向而言，日本透過翻譯吸收了異國文化，中國的文化是如此，近代的西洋文化亦是如此。日本經常透過翻譯這個中介獲取國外文化帶來的刺激，即使是在天皇制意識達到顛峰的1940年代，這股浪潮仍能持續不輟。然而在太平洋戰爭期間，日本翻譯的對象並非西洋，反而是針對日本自身，以及幻想共同體之一的中

10「第一類第一号予算委員会議録第六回昭和十六年一月二十七日」，『衆議院委員会議録第六回』，頁127。網站『帝国議会会議録検索システム』，http://teikokugikai-i.ndl.go.jp/（檢索：2018年2月28日）。

國。因此，這個時期，對中國抱持強烈興趣的日本知識分子不勝枚舉。[11]

在太平洋戰爭所建構出「亞洲對英美」的架構之下，日本重新建構本國起源的同時，也再次發掘亞洲（以中國為中心）的古典，希望建立嶄新的「亞洲傳統文化」。因此動員了大量的知識分子，連殖民地臺灣的知識分子也不例外。受到這股趨勢的影響，產生了臺灣也必須省思中國文學與中國人想法的意見。例如須藤利一對黃得時的《水滸傳》，提出了以下的觀點：

> 賽珍珠曾說水滸傳當中登場的一百零八位豪傑，是「透過古往今來，代表所有支那人的人物」。但我認為不僅是那些人物，他們的行為、他們付諸行動的社會以及世態，與現代的支那不謀而合。與其閱讀一堆支那研究書，不如看這本書，更能從根本對支那有所了解。這麼看來，水滸傳不僅是從前的故事，更是現代支那的故事。（須藤利一，1941）

由以上引文可知，日本當時透過中國古典文學，希望了解中國與中國人的這個心態。另外像是黃得時自1939年12月5日起，於《臺灣新民報》開始翻譯《水滸傳》時，當時的文宣寫道：「為了了解中國，從中國具代表性的文學作品著手的話，就能夠認識他們的生活、了解他們的思想，是最能夠觸及中國真實面貌的方式。」[12]當時就連臺灣內部，也產生一股協助日本透過中國文學了

---

11 當時武田泰淳居住於上海，與中國的知識分子有著頻繁且深入交流的佐藤春夫，翻譯了中國文學。另外像是井上紅梅、柴田天馬、平井雅尾等文化人，由於十分熟知中國，被稱為「支那通」。
12 《臺灣文學》3-2（1943年4月），無頁碼。

解中國的風氣，帶動了翻譯產業的蓬勃發展。

二、楊逵與《三國志》

（一）為何選擇《三國志》

　　誠如第一章所言，在臺灣至少就有三個人翻譯《三國志》，這個時期選擇翻譯《三國志》的原因，推測應該是書中對於國與國之間的戰爭，以及所使用的戰術等，有著戲劇化的描述。這種看法不僅存在於臺灣，雜喉潤在《三國志與日本人》當中也曾說，1689年的第一個譯本出現之後，《三國志》受到各個時代的日本人喜愛。值得留意的是，1939年村上知行[13]、1940年野村愛正[14]、1941年弓館芳夫[15]都曾翻譯過《三國志》，吉川英治從1939年8月到1943年9月，也曾在《臺灣日日新報》連載翻譯《三國志》。其中就屬吉川英治的譯本受到大眾的喜愛，也對日後日本《三國志》的受容產生重大的影響。根據尾崎秀樹的研究[16]指出，吉川年輕時喜歡閱讀1912年久保天隨的《新藥演義三國志》，足見他十分喜愛《三國志》。然而他開始著手翻譯《三國志》的契機，卻是1937年的蘆溝橋事變。吉川曾經兩度造訪中國，實際接觸中國大陸的風土與悠久的歷史，第一次是1937年8月，當時他以每日新聞特派員的身分到中國，隔年1938年9月他身為筆戰部隊的一員，再度到訪。吉川在開始執筆時曾經敘述：「原始的版本有『通俗三國志』、『三國

---

13 村上知行，《三國志物語》，東京：中央公論社，1939。
14 《三國志物語》，東京：株式會社大日本雄弁會講談社，1940。
15 《三國志》，東京：第一書房，1941。
16 尾崎秀樹，〈三國志之旅（一）〉；吉川英治，《三國志（一）》，東京：講談社，1989，頁500-511。

志演義』等好幾種，我不是翻譯其中之一，而是以我的方式擇優書寫。」[17]換句話說，吉川的作品與其說是翻譯，不如說是介於翻譯與翻案之間的產物。正因如此，吉川版的《三國志》當中，降低原為主角的劉備、關羽、張飛三人的比重，側重於曹操與諸葛孔明的描寫（因此日本的三國志讀者當中有許多曹操迷）。吉川版的《三國志》可以說是戰時日本人的《三國志》。

楊逵在〈致水滸傳〉[18]一文曾談及《三國志》，他在文章中表示，讀了桑原武夫在日本發表的〈致三國志〉[19]一文，對於三國志在日本被廣泛地閱讀一事感到十分驚訝。桑原在文章中寫到，《三國志演義》長年來為日本庶民所熟知，幾乎可視為「日本古典文學」之一。此外，桑原同時也對當時村上知行、弓館芳夫與吉川英治等人的譯本做了一番評論。對此楊逵表示：

> 當然，在臺灣《三國志》也是廣為人知的，但在臺灣情況會略有不同。之所以這麼說，是因為對我們本島人而言，這部小說在內容及形式上，無論風俗、習慣或民族性上都和我們有所關聯。就連關羽也轉化為關公的身分，人們對著祂手持青龍偃月刀的畫像膜拜；如今雖然被禁止，但臺灣原有的戲劇中，《三國志》也經常作為題材出現，講古仙（講談師）更是十年如一日地重覆說著《三國志》的故事。是以對本島人而言，即便不知道《三國志》，但對於關公、曹操、孔明與張飛等人，以及小說的主要人物和情節，可說都是瞭若指掌，這已經成為

---

17 吉川英治，《三國志（一）》，東京：講談社，1989，頁5。
18 楊逵，〈水滸伝のために〉，《臺灣新聞》，1942年8月24日，本論文參考彭小妍，《楊逵全集第十卷詩文卷下冊》（臺南：文化保存籌備處，2001，頁34-41）。
19 桑原武夫，〈《三國志》のために〉，《文芸》（1942年8月）。

群眾的共同財產了。（楊逵，1942）

　　楊逵認為臺灣人之所以喜愛《三國志》，是因為《三國志》與臺灣人有民族的連結。這令人聯想到他曾經提出想藉由《三國志》奪回自己（＝臺灣人＝漢民族）的發言。楊逵由上述民族連結的觀點，進而思考現代文學應有的模式。他認為現代文學中，並沒有如同《三國志》等四大奇書這般膾炙人口的作品。正因如此，他認為「《三國志》至今仍廣受讀者和說書聽眾的歡迎，究其原因，便是在彌補現代小說不夠大眾化這一點上，它發揮了莫大的效果」（楊逵，1942）。由此可知，正是為了思考像《三國志》這樣的大眾文學應有的模式，楊逵才選擇翻譯《三國志》。楊逵在1926年前往日本留學，之後為了推動臺灣農民運動被召回臺灣，就此定居臺灣。在他的作品當中所描寫到被日本帝國壓榨的臺灣大眾，對楊逵而言的「大眾」，明確指的是臺灣島內的「大眾」，也就是臺灣人。為了大眾描寫他們耳熟能詳的故事，這是自己身為殖民地臺灣知識分子的分內之事。

（二）身為譯者的楊逵

　　以下筆者將本論文的研究對象譯者楊逵（1906-1985）做一介紹。

　　在臺灣文學史上的楊逵，以日治時期第一位於日本文壇登場的臺灣人作家身分，廣為人知。1906年楊逵出生於臺灣臺南的貧苦家庭，由於身體虛弱，直到10歲才進入公學校。不知是否由於家庭環境影響，楊逵很早便受到左翼思想的影響。為了增長見識，楊逵於1924年自臺南州立二中休學，隔年，20歲時前往日本留學。不同於當時前往日本留學、多出身自富裕、家庭經濟無虞的臺灣

人，楊逵就讀夜校，半工半讀賺取自己的生活費和學費，也因此見
識到了迥異於其他臺灣留學生眼中的日本。1927年，楊逵被臺灣
農民運動團體召回，積極參與臺灣農民團體的活動，也開始從事文
學活動。日治時期楊逵所發表的作品，幾乎都以日文書寫，可說是
在提到臺灣的日本文學時，不能不提及的作家之一。

　　楊逵主要以文學創作為活動的重心，但他也從事過一些翻譯
活動。日治時期，1931年他以中文夾雜臺語的方式翻譯了《馬克
斯主義經濟學》。[20] 1936年將「臺灣新文學之父」賴和的短篇小說
〈豐作〉譯為日文，這部作品刊載於日本文學雜誌《文學案內》。
戰後自1947至1948年，楊逵又陸續將魯迅《阿Q正傳》、茅盾
《大鼻子的故事》、郁達夫《微雪的早晨》等作品譯為日文。[21]

　　接下來，介紹《三國志物語》出版前後楊逵的狀況（河原功，
1999）。楊逵的母親及父親相繼於1939年及1940年離世，1940年
是楊逵第10次被逮捕。1941年張文環創立《臺灣文學》之後，
他在隔年（1942年）2月號發表短篇小說〈無醫村〉，同年10月
在《臺灣時報》發表〈鵝媽媽出嫁〉，至此為止，楊逵的文學活動
十分頻繁。可是，之後的一段時期創作明顯減少，1944年僅在雜
誌《臺灣文藝》發表數篇短篇作品，這可能是將注意力轉移至翻譯
《三國志物語》的緣故。但是，為何此時他選擇了翻譯而非創作？

---

20 原著為Lapidus, I. A. Ostrovitianov, K. *Precis d'economie politique.* 根據鄧慧恩的意見，
　　楊逵將本書的日文譯本翻譯成中文。若是這個說法為真的話，那麼楊逵翻譯的原本
　　則是萩野茂訳的《マルクス主義経済学：経済学とサヴィエート経済の理論》（希望
　　閣，1930）。關於這一點至今仍無法確認真偽，筆者希望能在未來的研究當中進一步
　　證實。
21 彭小妍，《楊逵全集第三卷・翻譯卷》，臺北：國立文化資產保存研究中心籌備處，
　　1998。

三、關於楊逵《三國志物語》譯文

誠如上述，在大東亞共榮圈這個日本帝國單方面的「想像共同體」當中，亟需了解中國的一切。作為回應，在《三國志物語》「序言」的尾聲，楊逵是這樣說的：

> 當前是為了大東亞解放的血戰最激烈的時刻。
>
> 在東亞共榮圈之中生存的每一個人啊，難道不應該像三傑一般攜手合作嗎？
>
> 我將這部大東亞的古典巨著獻給諸君，作為大家在互相安慰、互相警醒、互相激勵，穿越這條苦難的道路時的心靈食糧。[22]

從1943年這個年代來看，譯者楊逵必須澄清這部作品對大東亞共榮圈的構想助益之大，是可想而知的。這個時期無論是日本或是臺灣，都有嚴格的檢閱機制，加上物資缺乏的緣故，不配合當局政策的作品根本無法出版。但是楊逵不僅僅只是依循日本帝國的政策翻譯而已。從結論來說，楊逵利用了大東亞共榮這個日本帝國的名義，將自己的理想與理念涵蓋於譯文之內。

楊逵雖然對翻譯感興趣，但這是他第一次處理如此長篇的作品，因此明顯有文體不統一的現象。尤其是第一卷當中，日文的文體相當紊亂；有時是宛如向讀者（或者年幼的讀者）說話般溫柔的敬體（ですます），有時又使用較為嚴謹的常體（である），甚至還夾雜著日文的文言文（將漢文直譯）。但是隨著行文，這種文體

---

22 楊逵，《三国志物語》第1卷，無頁碼。

不統一的情況逐漸減少，到第三、四卷時，除了對白幾乎都統一為常體了。在此，有一點必須說明，本研究在比較楊逵譯文時，以羅貫中版[23]為底本。以下所指的「原著」就是指羅貫中版。另外，楊逵譯文的中文版本使用彭小妍《楊逵全集》（臺南：國立臺灣文學館，1998）中的《第六集小說Ⅲ》，以下簡稱《全集》，頁碼以括號標示。

（一）省略及刪除

以《三國志物語》來說，第一、二卷中追加或改寫的部分特別多，也多有省略或刪除的內容。以下，先舉省略及刪除原文的部分為例，加以說明。

首先是劉備晉見漢獻帝時，描述獻帝確認劉備族譜的內容（第二十回）。在原著中詳細描寫了劉備的族譜，以及其血統的正統性。[24]楊逵的譯本中，僅簡單描述「献帝は直ちに宗族系譜をとり寄せさせてお調べになり、間違ひなくその言ふところと符号してゐた」（四：101）[25]〔獻帝就立刻叫人拿族譜來查看。因為和劉備所說的完全符合（497）〕。

另外再舉一個省略的例子，是在第十一回中，大敗曹操的神祕人物糜竺登場的部分。此時羅貫中的原作為了表現糜竺的彬彬有

---

23 羅貫中撰，毛宗崗批評，饒彬校訂，《三國演義》，臺北：三民書局股份有限公司，2007。

24 準確來說是以下部分。羅貫中版：「帝教取宗族世譜檢看，令宗正卿宣讀曰：孝景皇帝生十四子。第七子乃中山靖王劉勝。勝生陸城亭侯劉貞。貞生沛侯劉昂。昂生漳侯劉祿。祿生沂水侯劉戀。戀生欽陽侯劉英。英生安國侯劉建。建生廣陵侯劉哀。哀生膠水侯劉憲。憲生祖邑侯劉舒。舒生祁陽侯劉誼。誼生原澤侯劉必。必生潁川侯劉達。達生丰靈侯劉不疑。不疑生濟川侯劉惠。惠生東郡范令劉雄。雄生劉弘。弘不仕。劉備乃劉弘之子也。」（頁170-171）

25 楊逵的日文譯文引用出處，國字表示第四卷，阿拉伯數字為頁碼。

禮，加入了一段他與「火德星君」相會的情節。在楊逵的譯本中，「火德星君」完全沒有出現，僅描述麋竺「昔は洛陽の豪商だつたが、兵　に次ぐ兵　にて、大勢の人が家を失ひ、離散し、餓に頻してゐるのを見兼ねて、全財　を投げ出して、救　に努めて　望厚き人であつた」（二：185）〔他以前是洛陽的富商，因為不忍心看著在烽火連天之中，許多人喪失家園，親人離散，快要餓死的樣子，所以拿出所有的財產，努力救濟貧困。是一位德高望重的人（《全集》，頁512）〕。

　　以上所舉的是省略的部分，另外還有一些穿插在內的軼事整個被刪除的情況。原作中董卓即將被殺害時，出現了數個預言死亡的現象。有一幕出現了一名道士，原作描述：「次日清晨，董卓擺列儀從入朝，忽見一道人，青袍白巾，手執長竿，上縛布一丈，兩頭各書一『口』字。卓問肅曰：『此道人何意？』肅曰：『乃心忿之人也。』呼將士驅去。」（72）而這一段在楊逵的譯本中，完全被刪除。

　　由省略及刪除的部分來看，均為無損故事情節發展的內容。從時代背景來說，將中國文學翻譯成日文供日本讀者閱讀，最大的目的就是認識大東亞的「夥伴」。楊逵省略及刪除的都是與漢民族的宗教觀、以及漢字文化相關的內容，這些都是欲認識中國更應該翻譯出來的部分。推測可能是為了簡化「三傑（善）對惡」的結構，彰顯故事勸善懲惡的理念，希望直接將故事的趣味性傳達給大眾，才做了這些省略及刪除。由此可知，這也正是楊逵希望將文學閱讀的趣味傳達給大眾的最佳證明。

（二）增譯一：「家族國家」日本的母親與「兄弟」

　　1940年代是日本法西斯主義達到顛峰的時期，丸山真男指出

日本法西斯主義的特徵之一就是「家族國家」這個理念。日本帝國的中心思想「家族主義的傾向」——意即「如同家族的概念，家族國家就是由全體國民的「本宗」皇室，與其「子民」所組成的」（丸山真男，1995）。這不僅用來抽象比喻日本社會，更具體的解釋，就如同民族之間的血緣關係一般。

在「家族國家」的觀念所組成的日本帝國中，「母親」的角色極為重要。戰時，「母親」被掩蓋了「性別」的一面，強調其「神聖」的特質——亦即生下兒子，將他送往戰場，並在槍後守護著他。楊逵的《三國志物語》當中，也描述了「神聖」的女性母親的姿態。那是劉備在與關羽、張飛義結金蘭，取得馬匹與武器後，決定響應募兵公告前往從軍時的場面。楊逵深刻描述劉備對母親的不捨，以及出發前夜母子兩人相擁而泣的情形。尤其出發前劉備和母親的這段互動，完全是楊逵的創作，與在日本受歡迎的吉川英治版完全不同，引人注目。相較於吉川譯本中斥責劉備的嚴母，楊逵版的劉母則是對劉備所帶領的將士人數以及氣派的裝備，感到高興，欣喜之情溢於言表，緊緊抱著劉備。

> ……母が望みをかけてゐる道に、今自分は第一步を踏み出
> したのだ。昨夜暇乞ひに帰つた時、思ひの外の兵員と装備を
> 得たことを告げた時、母は嬉しさのあまり大の男の自分に抱
> きついた。自分があまりに大きく、母があまりに小さかつた
> 為めに抱へ切れず、却つてすがりついてゐるやうな形だつ
> た。それが可愛さうになつて、自分は母を抱き上げた。母の
> 目に涙がたまつてゐた。決心の涙、嬉しい涙、お！貴き涙よ
> （一：31）（母親所期待的路，現在我已經邁出第一步了。昨
> 夜回家告別，告訴母親意外得到兵員和裝備的消息時，母親高

興之餘，抱住已經是大男人的我。可是我太高大，母親個兒太小，抱不住我，反而變成怕我跑掉的樣子。我覺得好憐惜，就抱起母親。母親淚水盈眶，是堅毅的淚水、高興的淚水，啊！多麼尊貴的淚水喲。）（《全集》，頁173）。

大東亞戰爭中，國家抹滅「母親」的女性特質，塑造成能為戰爭盡力而感到歡喜的形象。例如1942年出版的《讚頌母親》[26]一書中，屢屢出現將兒子送往戰場才是良母的說法，這一類探討戰時母子關係的言論不在少數。楊逵敏銳地考量到這是日本帝國在大東亞戰爭中的一種特殊的形象，因此在譯文中加上了母親與兒子的軼事。然而，有趣的是楊逵所描寫的，並非為了兒子與父親等男性不在場的家庭奉獻的母親，而是放手讓兒子的升官發財而感到歡喜的母親，和日本的母親形象有所不同。

與日本國體言論下「家族國家」這個思想相關的，還有楊逵在《三國志物語》中增譯的男性之間如同戀愛關係的描寫。這個部分出現在董卓與呂布相遇的場景，董卓從初次與呂布相遇後，便為呂布著迷，將赤兔馬等送給呂布，一直到呂布為了回禮，將丁原的首級帶去給董卓為止（一：143-160）。原著當中，董卓欣賞呂布是因為其人格特質，並無摻雜戀愛的成分；但在楊逵譯本中，卻是將董卓與呂布的關係增譯為有如戀愛關係一般。

楊逵自行增添的情節，描述董卓初見呂布的當晚，呂布出現在他夢中。夢中呂布緊盯著董卓，而董卓「怖れ戦きながら、しかし、その目を憎むことが出来ず、益々惚れ込んで行くのをどうすることも出来ず」（一：144）〔（嚇得發抖，可是卻無法憎恨他的

---

26 大日本婦人会，《母を讃ふ》，東京：大日本婦人会，1942。

眼睛。對他越來越著迷，難以自拔（六：227）〕。此外還有這樣的描述：董卓因為幕僚的聲音轉醒，一看見發動夜襲的丁原身邊站著呂布，董卓「彼の目は、ぼうと恋人にひきつけられたものゝやうに、呂布にひきつけられている」（一：147）〔<u>就彷彿被情人吸引住了</u>似地，他的眼睛已經被呂布吸引過去了（六：228）〕。呂布收到董卓要部下李儒帶來的赤兔馬和金銀玉帶，他支開丁原，前去見董卓時「<u>恋人が訪ねてゞも来たやに</u>、董卓は浮々して」（一：158）〔<u>好像戀人來訪似地</u>，董卓雀躍三尺（六：234）〕。然而，動了心的人不只董卓，呂布受到董卓熱情相待，「小娘のやうに　を赤らめて嬉しが」（一：159）〔像個小姑娘似地紅著臉，很是開心（六：234）〕。換言之，在楊逵譯本中，董卓和呂布被描寫成宛如一對初戀情侶一般。

其實在1939年吉川英治的《三國志》中，也有描寫男同志情誼的場面。吉川的譯本中，因為曹操為關羽著迷，而下了一個名為「陷入愛河的曹操」的標題。依據吉川的描述，那絕非單純欣賞對方或是友情所致，而是一種想將對方占為己有、自私且扭曲的愛情表現。從這一點來看，楊逵譯本或許是受到吉川譯本的影響。但就呈現的結果而言，相較於吉川的譯本，楊逵譯本中所描寫的情節更接近男女情愛，讓人聯想到日本傳統的男同志情誼。

根據《男色的日本史》一書指出，日本男同志的存在歷史悠久，與日本封建制度並存。日本社會中的男同志、尤其是長期維持性關係的人，主要是以「兄」、「弟」相稱，這種長幼關係也反映了主從情誼（ゲイリー・P・リュープ，2014）。因此在日本積極推動近代化的過程中，接受了西方思想，表面上革新封建制度的同時，男同志也隨之銷聲匿跡。然而，封建制度並未從日本完全消失，這是由於日本所建立的「國家」這個概念，只不過是在原本封

建制度為基礎建構的社會上，套上「家族國家」的概念而已，本質上並未改變。上述先行研究當中指出，這種以「兄－弟」的家族連繫而發展的男同志，在明治時代以後也存續於學校或軍隊當中。這種「兄－弟」之間的同性社交的社會結構，在當時的大眾雜誌當中被大肆宣傳（三成美保，2015）。楊逵將當時在時局之下被允許的男同志之間的性關係，大膽地在譯文中描繪出來，可說是以協助戰爭的方式，成功增添了《三國志》的娛樂性。

（三）增譯二：隱藏的反抗意識

　　楊逵作品預設的讀者——熟知日語的臺灣讀者，為了增加他們閱讀的樂趣所增譯的部分當中，茲舉理想的官員劉備的描寫，以及百姓歡欣的場面如下。原文的第二回劉備被推舉為定州中山府安喜縣的縣尉，數個月後來了一位督察官；這名督察官，私下向劉備索討賄賂，但劉備並未回應。在楊逵筆下，這名督察官與他的部下們，被描繪成極惡之人，劉備則成了理想的官吏。

　　首先，官吏詢問劉備名字時，楊逵刻意以「有如審問犯人般」（一：78）來比喻。另外，聽到百姓的話而怒火中燒的張飛，前往懲罰督郵的場面，羅貫中原作的描述是張飛進入館驛後，「見督郵正坐廳上，將縣吏綁到在地」（一：14）。楊逵譯本中則是「督察官が丁度女を相手に酒を　んでゐたところ」（一：81）（正好看到女子陪著督察官喝酒），強調了官吏的歹毒模樣。

　　強調官吏的歹毒模樣之後，接著便是官吏被張飛鞭打的情景。羅貫中的原作描述張飛進入廳堂怒斥督郵後，「督郵未及開言，早被張飛揪住頭髮，扯出館驛，直到縣前馬樁上縛住；板下柳條，去督郵兩腿上著力鞭打，一連打折柳條十數枝。」（六：14）至於楊逵譯本，則是更詳細地描述這個場景：

　　宿に闖入すると、督察官が丁度女を相手に酒を呑んでゐた
ところだつたので、有無を言はさず、くるくると髪をひつつ
かんで外にひきづり出すなり、縄で縛り上げて路傍の木に吊
り上げた。

　　そして、柳の枝をへし折ると、それで犬ころでも打くやう
に督察官を打ち叩いた。

　　柳の枝が細々に打き折れると、又新しいのをへし折つて来
ては打つ。斯くて、十数本の柳の枝が折れ散つた。督察官は
泣き叫び、救ひを呼んだが、誰一人近づかうとするものはな
かつた。衣はぼろぼろに破れ、肌はさけて鮮血淋漓。

　　──許して呉れ、許して呉れ、何でも仰しやるやうに致し
ますから許して下され……

　　督察官は手を合せてのた打ち廻る。その度にブランコのや
うに揺れた。

　　──お前にも血のあることが不思議だぞ！

　　張飛がその顔にペツと唾をはきかけた。

　　それでも癇癪は納まらなかつた。

　　彼は又柳の枝をへし折ると、続けざまに督察官を打ち始め
るのであつた。（一：81）

　　〔──還沒聽完老人的話，張飛就闖進屋裡。督察官正和女
人飲酒作樂，張飛不容分說地揪住他的頭髮，一把拖到外面
去，再用繩子五花大綁，吊在路邊樹上。

　　然後扯斷柳條，用柳條像打小狗似地鞭打督察官。打到柳條
斷成好幾截，又扯下新的柳條再打。就這樣，先後打斷了十幾
根柳條，散落一地。督察官哭喊著呼救，但是沒有人敢走過
來。衣服弄得破破爛爛的，皮開肉綻，鮮血淋漓。

「饒了我吧，饒了我吧。任何事都照您的吩咐做，請饒了
我……」

督察官雙手合十，痛苦地掙扎著。他一動，繩子就像鞦韆一
樣晃動。

「你也會流血，真不可思議哪！」

張飛在他臉上吐口水，說道。

儘管這樣，他還是怒氣難消。於是又扯上柳條，又開始繼續
鞭打督察官。（《全集》，頁197）〕

與這名督察官形成對比，劉備則以深受百姓愛戴的理想官吏形
象登場。

楊逵將這段情景描繪得如此細膩、活靈活現的原因，自然讓人
聯想到臺灣在殖民地統治之下所受的待遇。楊逵的小說中也描繪
了濫用國家權力、欺壓庶民，使他們生活在水深火熱中的官吏和
警察。此外，楊逵從小便親眼目睹許多殖民統治下的不平等，也曾
因思想問題遭到警察逮捕，由於身為臺灣人而遭到許多不合理的對
待。在譯文當中，如同發洩受統治者長年來累積的怨氣一般，楊逵
增加了張飛狠狠鞭打官吏的描述。相信讀到這段內容的臺灣人，也
都會在心中大呼「快哉」。

另一方面，王敬翔認為《三國志物語》中關於「犬」的描
寫，是楊逵抗日精神的表現，此一觀點著實有趣。劉備原本的職
業是「殺豬的」，楊逵將其改為「殺狗的」，王敬翔提出這一點，
指出此一改寫正是楊逵將「抗日精神」蘊含在譯本的證據（王敬
翔，2014）。當時臺灣的知識分子創作時，將自己的主張隱含在文
學作品中，希望只有他們所預設「熟知日語的臺灣人讀者」能看
懂，關於這一點在拙著《抵抗的隱喻》當中也曾論及（橫路啟子，

2013）。

　　除了上述王敬翔的意見，在第一卷「── 少帝呀，您在哪裡？」（── 帝よいづこ？）還有一處關於「犬」的描述。當中有一段描寫少帝與陳留王為避開宮中亂事，逃至某一處農村草屋中，並在該處歇息。原著寫道：「莊主是夜夢兩紅日墜於莊後，警覺，披衣出戶」（上22），而皇帝非凡的身分也因此曝光。但在楊逵的譯本中，少帝與陳留王卻是在隔天早上被農家主人的狗給發現的。楊逵的譯本中提到「自ら伯夷をきめ込んだ男で、昨夜はおそくまで、宮中の大　をよそに、詩作にふけつてゐた」（一：125）〔草屋的主人是個自以為是伯夷的人。昨夜，他也不管宮中大亂，一直到很晚都沉醉在詩作（《全集》218）〕。倘若如王敬翔所言楊逵以「犬」象徵日本警察或甚至是日本帝國的話，那們豢養他們的主人就如同被稱為「沉睡的獅子」、遭受歐美列強侵略的中國一般。將這個推論放到大東亞共榮圈的架構中思考的話，對於楊逵而言，這個「自以為是伯夷的男人」（自ら伯夷をきめ込んだ男），也就是中國、意即「主人」。換言之，這正是楊逵認為的「大東亞共榮圈」原有的樣貌。楊逵在1944年撰寫了劇本《怒吼吧！支那》（楊逵，1944），當中描寫了中國與英美對抗的情況，從中可見他對中國寄予的深刻同情，以及對中國重新振作的期望。由此可知，相對於日本帝國帶來的戰爭之下形成的「英美對亞洲」框架，從楊逵的譯文中描寫的亞洲霸主並非日本，而是中國。

結語

　　楊逵的《三國志物語》，與當時在日本大受歡迎的吉川英治譯本不同，沿用了羅貫中原著中勸善懲惡的人物形象，將以重振漢室

為目標的劉關張三人視為善人，董卓與曹操則為惡人。此外，故事情節的順序也未做改變。相反的，吉川英治的譯本卻是細膩地刻畫曹操的魅力，就這點來說，楊逵的譯本可說較貼近原著。

此外，透過刪除、省略、改寫與增譯，楊逵完成了這部與其他日本人譯者迥異、只有身為臺灣知識分子的他，才能翻譯的作品。關於楊逵採用的手法，可以舉出刪除、省略或改寫中國文化、天地變異與妖術等非現代、非科學性的部分。楊逵的目的在於完成一部為臺灣島內熟悉日語的讀者帶來樂趣的作品，這一點與一般日譯中國文學的初衷大不相同，這是重視文學大眾化的楊逵才能達到的境界。

另一方面，由以上分析，不難看出楊逵在戰時這個大環境之下，考量殖民地臺灣的處境，做出增譯的決定。在標榜「家族國家」的日本帝國高壓氛圍之下，董卓與呂布間的同志情誼，正是「兄－弟」這種日本描寫同性情誼的方式。而劉備一行人響應募兵公告前往從軍的場景中，針對母親和村民的描寫等等，則與前往戰場的軍隊相互呼應。

劉備成為縣尉後無視督察官的索賄要求的段落中，張飛鞭打督察官的一幕，應該是楊逵的《三國志物語》中，最令臺灣讀者大快人心的情節了。即使在現實生活中，我們無法反抗國家權力，但在楊逵的譯本中，讀者卻能親自對這群暴吏施以懲罰。

如此一來，此一時期文學創作甚少的楊逵，如此熱衷於翻譯三國志的理由，似乎也不難理解了。翻譯與創作不同，有原文作為依據。然而，實際上楊逵運用了種種手法，將原著加以改寫，但是故事主體大體並未悖離原作。在文本這個受限的世界當中，身為譯者的楊逵將自己的思想隱密地融入文本裡，取悅他所預設的讀者群——熟悉日文的臺灣讀者。在此同時，即使面臨統治者的檢閱制

度，他也能全身而退，因為作品是翻譯的，而非楊逵自身的創作。換言之，翻譯對創作者而言，可以說是一種偽裝的創作。在翻譯的行為當中，翻譯者是一種隱形的存在，楊逵逆行其道，利用了這個特質，在譯本中抒發自己的想法。這或許也是這個時期嚴格的檢閱制度下，又被要求書寫符合帝國喜好的內容的特殊環境中，楊逵之所以選擇從事翻譯活動的原因。

參考文獻

中文

艾德華・薩依德（Edward Wadie Said）（2011）。**知識分子論**（單德興譯）。臺北：麥田出版社。（原著出版年：1993）

彭小妍（2001）。**楊逵全集**。臺南：文化保存籌備處。

須藤利一（1941）。書評：黃得時著水滸傳第一卷。**民俗臺灣1-5**（1941年11月）。

羅貫中（2007）。**三國演義**（毛宗崗批評，饒彬校訂）。臺北：三民書局股份有限公司。

日文

ゲイリー・P・リューブ（Gary P. Leupp）（2014）。**男色の日本史－なぜ世界有数の同性愛文化が栄えたのか**（藤田真利子譯）。東京：作品社。

三成美保（2015）。**同性愛をめぐる歴史と法－尊厳としてのセクシュアリティ**。東京：明石書店。

丸山真男（1995）。**丸山真男集**。東京：岩波書店。

大日本婦人会（1942）。**母を讃ふ**。東京：大日本婦人　　。

子安宣邦（2008）。**「近代の超克」とは何か**。東京：青土社。

王敬翔（2014）。　**時中臺湾における中国古典小説の翻訳に関する研究（1939-1945）**（未出版之博士論文）。愛知大學，名古屋。

吉川英治（1989）。**三國国志**。東京：講談社。

竹內好（1993）。**日本とアジア**。東京：筑摩書房。

河原功（1999）。**日本統治期臺湾文学臺湾人作家作品集第一巻〔楊逵〕**。東京：緑蔭書房。

河原功（2009）。**翻弄された臺湾文学－検閲と抵抗の系譜**。東京：研文

出版。

柄谷行人（2001）。〈戦前〉の思想。東京：講談社。

無作者（1941年1月27日）。第一類第一号予算委員会議録第六回昭和十六年一月二十七日。**帝国議会会議録検索システム**。取自http://teikokugikai-i.ndl.go.jp/。

楊逵（1942）。水滸伝のために。臺湾新聞。1942年8月25日。

楊逵（1944）。**吠えろ支那**。臺北：盛興出版部。

榮澤幸二（1995）。「**大東亜共栄圏」の思想**。東京：講談社現代新書。

横路啓子（2013）。**抵抗のメタファー**。奈良：東洋思想研究所。

按語

　　對我而言，臺灣文學史中楊逵是極具魅力的存在。與大多數的臺灣作家相同，他雖然曾留日，也以日語撰寫文學作品，我們卻能在他的作品中觀察到其獨特的人文思維。若聚焦於其譯作上，除了本文所談到的《三國志物語》，他也曾將賴和的〈豐作〉譯為日文刊登於日本《文學案內》雜誌，亦曾日譯《阿Ｑ正傳》。在此同時，他的作品也曾被翻譯，正如本書中柳書琴教授所討論的〈新聞配達夫〉曾譯介至中國大陸一事。即使是光復之後，他仍持續翻譯努力不輟，因此不難想見他充分意識到自己在多元文化之中、或多元文化重疊下的處境。是故，他的文學活動包含翻譯行為，蘊含著超越「臺灣／日本」框架的複雜因素，無法僅以「反帝國主義」或「人道主義」的切入點加以解釋。至於光復之後楊逵的翻譯活動，張明敏教授等學者的研究成果，著實令人期待。

　　言歸正傳，上述「多元文化」等詞句，雖然早已被濫用，了無新意，卻是最能吻合日治時期文化場域的說法。在拙著《抵抗的隱喻：殖民地臺灣戰爭期的文學》（2013）中，探討1940年代以日文書寫的臺灣文學作家及其作品，在此過程中深感當時他們所想像的「世界」與現代我們所想像的共同體迥然不同。特別是臺灣知識分子想像的「世界」具有雙層意義——日本與中國大陸，而臺灣處於這兩個世界的邊緣地位。必須要注意的是，這兩個世界的重疊方式隨著作家活動的年代、社會地位、經濟情況、教育等因素而不同。拙著中主要探討1940年代的張文環與呂赫若，此時正值日本帝國中心的時期，日本帝國的權力與其文化以輻射狀、強而有力地遍及整個亞洲。當時的亞洲出現一種空間上的「橫的關聯」，例如陳火泉的短編小說〈道〉，目前已有許多相關研究與立場不同的觀點，

然而本著在日治時期的臺灣確實被解讀為「正宗的皇民文學」。例如1940年代在上海發行的文學雜誌《上海文學》裡可看到針對〈道〉的正面評價。可以想見帝國的權力與文化圍繞著當時的臺灣文壇，由此也可看出1940年代臺灣的文學創作，放在不同脈絡下便浮現不同的意義。

　　不只文學作品，譯作亦然。日本為了達到「脫亞入歐」的目標，19世紀到20世紀之間大量譯介西方文本，以其特有的方式展開現代化的歷程，此一過程與其他亞洲國家被強迫或半強迫現代化的情形大相逕庭。在此現代化的過程中，在日本進行的翻譯活動太過龐雜，仍有許多尚待釐清之處。唯一可以確定的是，日本帝國侵略或統治某一個地區、國家時，透過翻譯的手法深入了解當地的人民。舉例來說，1940年代正值日本欲了解中國大陸這個他者的時期，此時就出現了大量中國文學日譯的作品。令筆者感興趣的是，雖然翻譯本身已具有政治性，然而在這種歷史脈絡下的翻譯蘊含了更為複雜的政治意義。楊逵翻譯的《三國志物語》之所以有趣，正是因為他深刻意識到翻譯行為所具備的政治性，且他也在作品中善用了這種政治性。

　　本文中曾提及，此一時期除了楊逵之外，呂赫若等其他臺灣作家也曾從事翻譯活動，可惜的是譯稿已經遺失。未來那些譯稿若能重見天日，必能從中發現有趣的翻譯問題。

第六章

兩個源文之下的混種翻譯：居間游移的無家孤兒*

陳宏淑

---

* 本篇論文之英文版原刊於《編譯論叢》第八卷第二期（2015年9月），頁89-120。感謝
國立臺灣師範大學翻譯研究所學生提供中譯初稿。

前言

　　〈無家的孤兒〉是由簡進發（1906-?）於臺灣日治時期所譯，此故事原著為法國作家耶克多・馬洛（Hector Malot, 1830-1907）於1878年出版的 *Sans Famille*。1943年時，〈無家的孤兒〉在臺北的《南方》雜誌刊登，從第184期開始連載至第188期，然而《南方》在第189期後開始只刊載詩作，小說也因此被迫中止連載。簡進發的版本其實並不是這個故事的第一個中譯本，最初的中文版本譯者為包天笑（1876-1973），他將菊池幽芳（1870-1947）的日譯本轉譯成中文（陳宏淑，2012）。本研究進一步發現，簡進發的翻譯參考了兩個不同的源文，分別是菊池幽芳的《家なき兒》，以及包天笑的《苦兒流浪記》。

　　簡進發的轉譯過程包含兩種翻譯，一是用包天笑的文言譯本進行語內翻譯，[1]二是用菊池幽芳的日譯本進行語際翻譯。轉譯加上語內和語際的翻譯，讓這個特殊的譯本相當具有研究價值。透過文本細讀，筆者欲解釋並分析〈無家的孤兒〉翻譯的過程及特點。除此之外，筆者也將探討文本當中日語、白話文、臺語的混用情形。

　　〈無家的孤兒〉參考兩種不同源文，因此這個譯本極其特殊，值得關注。簡進發在翻譯過程中如何取捨？他在兩個文本中各選擇翻譯哪些段落、句子、甚至字詞？還有更根本的問題，他為什麼不從頭到尾用同一個源文就好？由兩個源文轉譯的翻譯現象顯然比單一源文要來得複雜，本研究希望能為上述問題提供解答。簡進發採

1　雅各布森（Jakobson, 1992, p.145）認為解釋語言符號的方式有三種，分別是語內翻譯（intralingual translation）、語際翻譯（interlingual translation）、符際翻譯（intersemiotic translation）。根據他的定義，語內翻譯指的是用同一種語言的其他符號來解釋語言符號。

用兩種源文某種程度上反映出他的居間性（in-betweenness），[2]他身為臺灣作家和譯者，同時處於中國和日本兩個母國之間，而他對兩個文本的取捨程度，也反映了他搖擺不定的身分認同問題。本研究將探討譯者如何使用兩個不同語言的源文進行翻譯，同時從簡進發的背景和翻譯特色著手，呈現他夾在兩個源文與兩個母國間的矛盾和衝突。

一、相關研究

與臺灣五十年殖民歷史相關的研究著作不勝枚舉，[3]但較少論及譯作及其譯者。在殖民背景下的臺灣文學相關文獻當中，大多數都著墨於作家生平、著作及其身分認同。[4]其中有部分研究聚焦於臺灣文學和地方語種，對筆者而言可以作為辨析譯者文字及語言文體的參照。在混成語的特性方面，《想像和界限：臺灣語言文體的混生》一書提出了臺灣「混成語現象」的觀點（陳培豐，2013，頁9-12），此一特殊的語言混合方式──意即日、漢、臺語彙之交融──在簡進發的譯本中儘管並不格外明顯，卻也能略見一二。

日、臺語彙之所以出現在中文文本當中，「當然是中文本身的流變與異種語言之間的受容及影響，也受到當時日本殖民地推

---

2 霍米巴巴（Bhabha, 1994）利用居間性（in-betweenness）、第三空間（the third space）、混種（hybridity）等概念將身分認同、社會能動性、國族隸屬問題理論化。本篇論文提供了一個特殊的案例，在日治時期的臺灣，殖民者與被殖民者所使用的語言有顯著的相似性，這種情形與西方國家的殖民情況很不一樣。

3 例如荊子馨（Ching, 2001）的 *Becoming "Japanese": Colonial Taiwan and the Politics of Identity Formation*，或是廖炳惠、王德威（Liao & Wang, 2006）主編的 *Taiwan under Japanese Colonial Rule, 1895-1945: History, Culture, Memory*。

4 這類的論文包括Scruggs的博士論文（2003）*Collective Consciousness and Individual Identities in Colonial Taiwan Fiction*，以及許俊雅（1995）的《日據時期臺灣小說研究》。

動的語言教育與同化政策有關」（李育霖，2008，頁33）。柳書琴
（2005）指出，日本對臺的殖民政策涵蓋了漢文同文主義[5]與日語同
化主義，兩者並行以達到語言控制的政治目的。在這樣的背景下，
報章雜誌用語就成了兩種語言擺盪的指標。「《風月報》在漢文欄
廢止後逆勢發刊的案例，顯示臺灣總督府因應對華戰事的展開，曾
經嘗試在不放鬆漢文控制的前提下，以極少數柔性刊物啟動漢文利
用之『同文主義』操作的現象。」（柳書琴，2008，頁21）圖1為
下村作次郎與黃英哲製成的圖表（1999，頁250），呈現1895年至
1945年臺灣的語言發展全貌。

　　除了語言的演變，文學場域也是值得關注的面向。通俗小說以
連載故事的形式進入臺灣文學界，帶給臺灣讀者看待西方世界的新
視野。根據黃美娥的研究，從1905年至1911年間，《漢文臺灣日
日新報》刊載了描繪西方形象的故事，成為臺灣與西方交流的媒介
（黃美娥，2009，頁4）。雖然那些故事的作者使用了筆名，且無法
確定作品是原創還是翻譯，但很明顯地，故事的內容確實形塑了臺
灣對於西方的看法。西方文學作品的翻譯主要刊登在報刊上，受限
於地域限制以及不熟悉歐美語言等問題，大部分的通俗小說都轉譯
自中文譯本或日文譯本（黃美娥，2004，頁320），儘管如此，與
西洋相關的小說數量仍遠不及於以中國、日本及臺灣為地理場景的
小說數目（黃美娥，2009，頁5）。數量少又來源不明，無疑使這
些小說在臺灣文學的相關研究中被邊緣化。

　　注意到簡進發翻譯的臺灣研究者極少，許俊雅可能是僅有的一
位。她討論日治時期臺灣報刊小說的改寫現象及其敘述策略，其中

---

5 所謂的「同文主義」，是指「日本帝國將日中民族共通的漢文／儒學之文化基礎，轉
　化於殖民統治及文化統合上的一種殖民主義的思想、論述及實踐」（柳書琴，2005，頁
　65-66）。

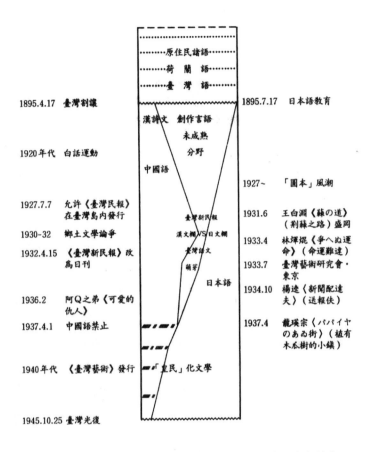

圖1：日治時期臺灣從1895年至1945年書寫用語的興衰。（資料來源：下村作次郎、黃英哲，1999，頁250）

提到簡進發的〈無家的孤兒〉。根據她的研究，簡進發〈無家的孤兒〉並非譯自法文原著，也非譯自日文譯本，而是採用包天笑的文言譯本為源語文本，轉譯為語體文（白話文）（許俊雅，2013，頁162）。許俊雅以譯文第一段作為強而有力的證據，說明簡譯本與包譯文相似度之高。雖然許俊雅也發現，簡進發譯本的行文脈絡與

對話較接近菊池幽芳譯的《家なき兒》，而推斷簡可能參考了至少兩個源文（許俊雅，2013，頁164），但她似乎傾向認為簡進發譯本主要是以包天笑的中譯本為基礎。

　　本研究證明許俊雅的假設可能只有部分正確。許俊雅僅以簡進發譯本與包天笑譯本的一個相似段落舉證，未能提供任何日譯本段落作為比對，因此無法詳細比較或分析簡進發譯本和菊池幽芳譯本段落的相似之處。筆者仔細研究後，發現簡進發採用源文時，其實經過了複雜的混用過程，之後在第三節會詳細說明。在此之前，我們先來認識這位譯者及其轉譯過程。

二、譯者與轉譯過程

　　簡進發在1906年生於桃園。從臺灣商工學校畢業後（興南新聞社，1943，頁103），曾在1925至1927年間任職於臺灣總督府的會計課（臺灣史研究所，2010）。1927年，《臺灣民報》開始在臺灣發行。簡進發隔年便轉職到《臺灣民報》的編輯部工作。《臺灣民報》是份雙語報紙，在1930年改名為《臺灣新民報》，是民間唯一能與官方最大報《臺灣日日新報》分庭抗禮的出版品。簡進發轉職後，接觸到許多記者、作家，可能因此想開始嘗試寫作。他寫了一篇小說〈革兒〉，1933年在《臺灣新民報》連載了34期。

　　根據臺灣總督府職員錄（臺灣史研究所，2010）的紀錄，簡進發在職期間似乎表現可嘉，年年加薪。但他後來從會計課轉戰報社編輯部，顯示他的興趣不在數字，而是文字。這份新工作讓簡進發有機會接觸國內外的文學創作。他的白話文作品《革兒》，可能是他的初試啼聲之作。吳漫沙參加「華文大阪每日」寫作比賽獲得「佳作獎」時（Lin, 2014, pp.188-215），並非唯一來自臺北的參賽

者，中村地平指出，當時還有另一位名為「簡直發」的參賽者也來自臺北。蔡佩均推測，這可能是筆誤，中村地平指的可能就是「簡進發」（蔡佩均，2006，頁193）。若真如此，我們便能推論，簡進發有想成為作家的強烈企圖心。可惜的是，以簡進發之名出版的臺灣文學作品，除了1943年的翻譯作品〈無家的孤兒〉之外，僅有1933年的〈革兒〉和1944年的《愛國花》。不過，他另外曾以「簡安都」和「安都」的筆名，分別發表〈志願兵〉和〈大東亞戰爭歌〉兩部作品。[6]簡進發慣用中文寫作，殖民政府禁止漢文欄可能是他後來無法朝作家發展的重要原因。黃得時在〈輓近臺灣文學運動史〉中提到，許多以白話文創作的作家由於沒有媒體出版，只好停止寫作（黃得時，2009，頁247）。《風月報》（1941年改名為《南方》）是當時簡進發唯一能發表翻譯與寫作的管道，但1944年該雜誌也被迫停刊。

　　如前所述，包天笑的《苦兒流浪記》是譯自菊池幽芳的日譯本；菊池幽芳的日譯本則是譯自法文原著 Sans Famille（陳宏淑，2012）。筆者詳細比對各文本後，發現簡進發的中譯本參考了兩個源文，分別是包天笑的中譯本和菊池幽芳的日譯本。簡進發的譯本中，遣詞用字有許多跟包天笑的譯本如出一轍，特別是專有名詞，像是「可民」、「青鳩村」、「羅鴉爾河」、「司蒂姆」、「達爾權」和「那脫達爾姆」，可見這些人名地名是直接取自包天笑的譯本。儘管有重複的字詞，簡進發的譯本仍有不少包天笑譯本沒有出現的段落，也就是說，這些多出來的段落可能是從其他譯本來的，或由簡進發自行增譯而來。

　　若是如此，1943年之前出版的所有日譯本都有可能是源文文

---

6 簡進發也使用「安都」作為筆名（興南新聞社，1943，頁103）。

本。[7]漢字同樣是很有用的判斷指標。在特定的段落中，簡進發使用的某些漢字與菊池幽芳的一模一樣，像是「祭禮」、「蠟燭」、「恐怖」、「苦惱」和「正直」等，這些字詞在包天笑的中譯本找不到，也沒有出現在任何1943年前出版的日譯本，包括最早1903年五來素川翻譯的《未だ見ぬ親》、1914年野口援太郎的《サンフアミーユ》、1924年武藤直治的《みなしご》、1928年菊池寬的《家なき子》、1921年楠山正雄的《家の無い児》和他1931年重翻的版本《少年ルミと母親》，以及1939年津田穣的《サンファミーユ家なき兒》。筆者交叉比對文本後發現，簡進發的譯本極有可能就是譯自菊池幽芳的譯本，而且是根據1939年改造社《世界大眾文学名作選集》第二卷的版本所譯，筆者將在下一節深入探討。

　　1943年，簡進發的譯本在《南方》上發表，同時參考了菊池幽芳的日譯本以及包天笑的文言本。《南方》這份期刊最早的命名為《風月》，1937年7月時曾改為《風月報》；1941年更名為《南方》；1944年2月時再度更名為《南方詩集》，不過《南方詩集》發行兩期就遭勒令停刊。（Lin, 2014, p. 190）。1937年總督府禁止漢文欄，而《風月報》仍然屹立，是少數日本政府仍允許發行的中文期刊之一，然而從《風月報》到《南方詩集》這反覆改名的過程，可以看出其目標讀者群逐漸擴及南洋地區的華人。對於同樣受到中華文化薰陶的華人而言，《風月報》的中文內容成為日本政府在中國及南洋地區形塑漢文想像共同體的一大利器（陳培豐，2013，頁278、290、298）。當初簡進發會將譯本發表於這份中文期刊並不令人意外，因為這可能是當時中文作家僅剩的發表空間。

---

7 1943年之前所有日文源文，可參考《翻訳作品集成》網站中Hector Henri Malot的作品清單。

三、語言和文本的交混

殖民者帶來的統治語言與被殖民者的母語相互碰撞、角力，這是殖民地普遍存在的現象。臺灣受日本殖民時，中文、日語、臺灣本地語言形成盤根錯節的三角關係，因此語言衝突更加複雜。殖民者使用日文，臺灣人在日治時期以前使用中文，日文與中文之間則有一定的相似程度，因為日文的書寫系統由假名與漢字組成，於是臺灣人和日本人至少能用書面的漢字溝通。事實上，日文與中文早已相互影響好幾世紀。漢字由中國傳入日本，現代中文裡則有許多日語的和製漢語，比如會計、國民、文化等等。然而，其中有許多詞其實是源自文言文，是「回歸的書寫形式外來詞」（return graphic loans）。[8] 中文與日文是日治時期臺灣的主要書寫語言，而臺語是中文體系下的一支方言，1919年白話文運動後開始盛行的白話文，傳到臺灣後也受到許多臺語交談用語的影響。

由此可見，日治時期的臺灣知識分子以中文寫作或翻譯時，他們的中文可能混用了和製漢語、白話文以及臺式中文。簡進發的譯本也無疑揉合這幾種語言。〈無家的孤兒〉中的一些語彙顯然受到日文的影響，比如「點々」、「僅々」、「頻々」、「徐々」、「食卓」、「番號」、「朝餐」、「合意」、「一箇年間」、「運命」。當疊字符號「々」（おどりじ）置於如「點々」的詞中，顯然是受日文影響。現代日文習慣用疊字符號表示漢字的重複。《南方》第184至188期中出現的所有疊字符號都列於表1中。

---

8 所謂「回歸的書寫形式外來詞」指的是一些古典的漢語複合詞，被日語用來翻譯歐洲的現代語詞，又重新引介進入現代漢語，例如、「藝術」、「預算」、「文明」、「階級」（Liu, 1995, pp. 302-309）。

表1：《南方》第184-188期的所有疊字詞

第184期	僅々、頻々、點々、直騰々、處々、潺々、徐々、淙々、吞々吐々、絮々、好々、謝々、輕々
第185期	偷々、瑩々、徐々、灼々、家々、件々、微々、歷々、蠕々、悶々、悄々、微々、媽々、笑嘻々、吱々、爸々、狠々、輕々、哈々、僅々、真々的
第186期	爸々、一々、偷々、好々、熱烘々、一系々、頻々、狠々、明々、媽々
第187期	瑩々、媽々、漸々、乖々、爸々、嗚々咽々、呱々、昏々沉々、深々、好々、灼々、摸々
第188期	慢々、緊々、狠々、個々、坐々、看々、毛茸々、絮々、頻々、老伯々、微々、蠕々、恐々驚々、哈々、媽々、僅々

（資料來源：作者自行整理。）

　　在非正式的中文寫作中，疊字符號「々」有時也會用來表示前一個字的重複，而這樣的情形出現在簡進發的譯本中，顯然並非受到文言文或白話中文的影響，而是受到日文的影響。因為他將包天笑的中文「毛茸茸」寫成「毛茸々」，「蠕蠕而動」寫成「蠕々地微動著」，這種寫法顯示在日治臺灣時期，使用疊字符號可能比直接重複漢字更加普遍。

　　簡進發的譯本主要是用白話文寫的，白話文主要是以北京話為基礎，所以常出現「兒」的名詞後綴，比如「心房兒」、「耳朵兒」、「惡鬼兒」、「肩膀兒」、「腳步兒」、「廚櫃兒」、「一壁兒」和「打價兒」。另外，中國的白話文運動後，常見白話文的「地」字放在形容詞的後面，使形容詞變成副詞，比如「很光輝地」、「一般地」、「很明瞭地」、「慌狂地」、「像感覺着什麼似地」、

「毫無客氣地」、「很失望地」、「來回地」和「輕聲地」。簡進發譯本中的許多「兒」和「地」字，使他筆下的白話文帶有北京風格，呈現五四文人的口吻。

簡進發有時也會使用臺式中文，比如「開費」、「三粒的蘋果」、「積蓄開光」、「笑破人家的嘴」、「沒要緊」、「費一點多鐘」、「手股」、「所在」。像「三粒的蘋果」或「笑破人家的嘴」，和白話中文的「三個蘋果」、「三顆蘋果」或「笑掉人家的大牙」相比，前兩個比較像臺灣的說法，但懂中文的人應該也都能理解無礙。以下是運用這類詞彙所呈現的例子（底線為筆者所加）：

1. 她很知道打官司這椿事情是要很多的<u>開費</u>的……（簡進發，1943，184期，頁28）

2. 我慌忙地打開提箱的蓋兒一看，裡面有一鉢的牛乳和一小皿的牛酪以外還有四五箇的雞卵和<u>三粒的蘋果</u>，件件都是我最喜歡渴望的可口的東西，我這時真的驚喜得欲狂了。（簡進發，1943，185期，頁21）

3. 什麼，親生的兒子，虧你說得出來，可不要<u>笑破人家的嘴</u>……（簡進發，1943，186期，頁18）

4. 司蒂姆對我作了一個手勢，好像是在說「可民！<u>沒要緊</u>，你跟他去吧。」（簡進發，1943，187期，頁27）

5. 可是達爾權好像察覺了我的用意似的，突然轉過身來把我的<u>手股</u>緊緊地握住着，一些也不肯放鬆。（簡進發，1944，188期，頁21）

簡進發的譯文縱然零星夾雜了上述的詞彙，大抵而言仍以流利

的白話中文書寫。儘管中文及日文各自獨立，且殖民時期的知識分子通常也會從兩者之中擇一書寫或闡述己見，但用二分法無法呈現這個時期的中文裡各種特殊的交混情況。李承機將這種臺灣殖民時期的中文定義為混種語言，或可稱作臺灣民報式的中文（2004，頁220）。

　　帶有疊字標記的語彙、由後綴字尾「地」連接的副詞或名詞詞綴「兒」，以及文章中或多或少穿插的日、臺語字詞，共同塑造了通篇的混種寫作風格。語言之間的交互詮釋及影響實屬常態，歷史上幾乎所有的語言都無法說是完全純粹、不受摻雜。然而，白話文夾雜日文和臺語的現象在殖民時期的臺灣確實特殊。以同時期作家來看，賴和使用的語言更是混雜，[9]相較之下，簡進發的文章多半以白話文為主，僅摻雜有限的日語和臺語詞彙。

　　除了日治時期常見的語言混用，在簡進發的譯本中，兩種源文所致的文本交混也顯而易見。〈無家的孤兒〉即將出版之際，曾在報紙第183期登出預告。預告內容顯然是由包天笑的文言文序言翻譯成白話文。以下為文本摘錄：

包天笑譯本：

　　是書英德俄日均有譯本，世界流行，可達百萬部，蓋其為法蘭西男女學校之賞品，而於少年諸子人格修養上良多裨益，愧余不文，未能如林先生以佳妙之筆，曲曲傳神，或且生人睡魔者，是則非原文之過，而譯者之罪也。

---

9 賴和於1935年發表的〈一個同志的批信〉是語言交混使用的典型例子：「郵便！在配達夫的喊聲裡，『卜』的一聲，一張批攎在机上，走去提起來。施灰殿，無錯，是我的，啥人寄來？」（賴和，2000，頁255）

（天笑生，1915/1978，〈序言〉，頁1）

簡進發譯本：

> 這部小說日，德，俄，英，米等各國都有翻譯，大博世界的好評，發行的部數突破百萬以上，亦受過文藝院的褒賞，是法蘭西男女學校推薦的佳作。對於少年人格的修養上頗有所得，是世界文學史上不可多得的傑作。譯者因才疏學淺，不但不能以佳妙流麗的文章曲々傳神，就是對於文字上或是翻譯上自然難免有多少錯誤的地方，但此並不是原文的錯過，實是譯者的學力不足所致的，這點望讀者諸彥原諒。

（〈譯者的話〉，《南方》雜誌，1943，無頁碼）

簡進發顯然試圖以包天笑的文言譯本作為底本，用白話文翻譯後再略加補充闡釋。然而「亦受過文藝院的褒賞」一句則不然，此句不見於包天笑的序言，而是源自菊池幽芳版的前言「文藝院の賞をも得て居るが」。其實正是這句話，讓人得以看出簡進發譯本是採用了哪個日譯本。菊池的日譯本曾分別於1912、1924、1928及1939年出版。前三版的前言如出一轍，皆包含了「而も佛國文藝院の賞を得たもので」一句；唯1939年的版本獨缺「佛國」（亦即法國）一詞。這樣的遺漏也出現在簡進發的譯本中。因此，簡進發極有可能採用了1939年出版的菊池幽芳的譯本。又或者也可看出，簡進發在翻譯之初主要參照的仍是包天笑的文言文，只是偶爾輔以菊池幽芳的日譯本作為額外補充資訊。

然而，後期內容與段落的處理方式則不同。對此，倘若許俊雅的研究能持續比對下去，便不難發現，縱然簡進發譯本的前兩段與

包天笑譯本近乎雷同，但之後的段落卻涵蓋了數個菊池幽芳版中獨有的句子。舉例如下：

包天笑譯本：

> 達爾權福運殊不佳，在巴黎頗負債累，一時且不得脫身，聞債家竟將涉訟也。
>
> 　　　　　　　　　　　　　　　（天笑生，1915/1978，頁7）

菊池幽芳譯本：

> 權も運の無え男よ。巧く行きやアー生の食扶持をものして歸れるのだが、強慾な受負にかゝつちやアかたがねえ。併し、己等ア權に裁判沙汰にするがいゝと勸めて來た。
>
> 　　　　　　　　　　　　　　　（菊池幽芳，1939，頁11）

簡進發譯本：

> 唉！達爾權真的倒運，要不是這樣，怕他一輩子就可以無憂無愁地過日子。包辦的人真是貪圖無厭，可惡至極呀！我教達爾權去訴訟，也許因此可得到多少扶助的金錢……
>
> 　　　　　　　　　　　　　（簡進發，1943，184期，頁27）

這是可民養母及養父同事之間的一段對話。養父的同事從巴黎捎來了壞消息，並表示已經建議可民的養父對承辦人提出訴訟。此段訊息未見於包天笑的譯本，只出現在菊池幽芳的譯本中。事實

上，筆者針對五期簡進發的譯文及兩種源文交互比對後，發覺簡進
發在翻譯初期的確如許俊雅所言，主要參考的是包天笑的譯本，但
後期似乎傾向採納菊池幽芳為源文。以下為另一個有力的證據：

包天笑譯本：

> 我斗念吾家紅犁出售時，販牛人之相視之也，亦與此老人無
> 異，我其為紅犁乎！當日交易既成，販牛者，即牽曳牝牛而去。
>
> （天笑生，1915/1978，頁40）

菊池幽芳譯本：

> 私は一度同じやうな場に立合つた事がある。それは牝牛の
> 赤を賣つた時で、牛買は今老爺が私を試みたやうに、赤を擦
> つたり叩いたりした。そして同じやうに首をかたげて、顔を
> しかめた。それは善い牝牛ではないと云つた。買つても二度
> 賣る事が出來ぬから商賣にならぬと云つた。それでも牛買は
> 買つて曳いて行つた。
>
> （菊池幽芳，1939，頁34-35）

簡進發譯本：

> 我這時忽想起先前牛販來我的家裡要買紅犁時的情景來了，
> 那時的牛販就像現在這老人一樣的摩一摩紅犁的背上又打一打
> 牠的屁股，同樣的把頭斜在一方，緊縐着双眉露着很不滿意的
> 臉色說：「這牛瘦削的很，乳質又劣，是不適於製造牛酪的，

買了後想再找個買手怕是難上之難啊！」牛販雖是這麼說著，可是他終於還是把紅犁買去了。

（簡進發，1944，188期，頁23）

很顯然，包天笑的譯文很簡潔，簡進發的譯文明顯複雜許多，可看出是由菊池幽芳的譯本直譯而來。表2所列的數字，以行數來看，可以看出簡進發忠於菊池幽芳的譯本的程度逐漸增加。在第187期和第188期中，簡進發超過70%的句子都是按照菊池幽芳的譯本所譯。

表2：採用菊池幽芳譯本的行數

期別	採用菊池幽芳譯本的行數	總行數	比例
第184期	24	118	20%
第185期	45	138	33%
第186期	52	138	38%
第187期	106	142	75%
第188期	106	138	77%

（資料來源：作者自行整理。）

筆者觀察類似段落後發現，簡進發也採用菊池幽芳譯本的整體架構。簡進發每期故事都在完整的段落後結束，同樣的結尾在菊池幽芳的版本也是出現在段落最後，但同樣的結束之處，在包天笑的版本中卻是段落的中間部分。表3以第184期的最後一段為例。

由此可以合理推論，簡進發譯本主要是以菊池幽芳的版本為基礎，並借用包天笑譯本的詞彙，可能因為語言的關係，簡進發參考

表3：最後一段對照表

包天笑譯本	菊池幽芳譯本	簡進發譯本
嗟夫，我與吾養母司蒂姆，固常三月不知肉味者，幸賴吾家紅犁，與吾輩一家以滋養之品，使之無缺，吾母子兩人，直視紅犁為家族而已。顧在今日，則直逼處此，蓋欲出達爾權於困厄之地位，<u>除此，別無方法</u>。於是乃招牛販來家，此人軀體癡肥，皤腹睅目，側其首，細相吾牛曰：「此牛瘦瘠，不能出善價，乳劣不能製酪」絮絮不已……（天笑生，1915/1978，頁11）	私等とてもその通り、直と二人肉類などは滅多に食る事もないが、家の赤（牝牛）が居るので牛乳に事缺かず滋養分を取つて行ける。赤は二人の命の綱であるばかりか、同じ仲間とも友達とも家族の一人とも思つて居る。……けれども今はどうしても赤と別れなければ權藏を滿足させる<u>方法</u>が無かつた。 牛買が家へ來た。さも氣に入らぬといふ容子で、長い事首を拈りながら赤を吟味して、こんな瘠牛はどうもならん。買取つても商賣にならぬ、善い乳も出ぬ、悪い牛酪ほか出來ぬ、……（菊池幽芳，1939，頁12-13）	我和我的養母司蒂姆，時常好幾箇月未嘗吃過肉類，幸喜有此紅犁我們就可以得到滋養無缺了。所以我們母子兩人視此紅犁好像自己的家族一般地保重，無論怎麼樣也不肯放手。但是為要救我養母的丈夫達爾權於困難之中，<u>除此以外是沒有較好的辦法的</u>。（簡進發，1943，184期，頁28）（第184期最後一段） （第185期的第一段）牛販來我的家裡了，他斜著頭把紅犁仔細地端相了一刻，故意露着失望的神情向我的養母司蒂姆道：「這牛瘦削的很，乳質又劣，怕不適於製造牛酪……」（簡進發，1943，185期，頁20）

（資料來源：作者自行整理。）

包天笑譯本最省時省力，因為只需進行語內翻譯。簡進發使用的很多詞彙只有在包天笑譯本中出現過，像是：「祝儀」、「木雞」、「寢屋」、「庖室」、「落薄」、「淚痕」、「棄兒」、「破曉」、「寒氣」、「上流」、「歷史」、「寂寞」、「小牌」、「野犬」、「喪家」、「髩髯」、「奇異」、「鬚髮」、「短褂」、「毛茸茸」、「玲瓏」、「短襖」、「蠕蠕」、「矛盾」等。這可證明簡進發參考了包天笑的譯本，但在內容與結構上，仍較貼近菊池幽芳的譯本。

　　參考兩種源文會使翻譯過程變得更加複雜，有時甚至會造成不連貫的現象。故事中有個情節是，年邁的街頭藝人美登里帶著三條狗與一隻猴子旅經法國，提議要收養可民。在菊池幽芳的版本中，一開始美登里跟可民的養父說他有個提議，幾分鐘後才明講，這個提議是要收養可民，這時可民的養父大吃一驚。但在包天笑的版本中，美登里在一開始就直說他要收養可民，因此重提第二次時，可民的養父只是考慮，並沒有感到驚訝。簡進發在此處照樣混用了兩個譯本。在簡進發的版本中，美登里提議了兩次，顯然這部分情節是參照包天笑的譯本，但在美登里第二次提議時，養父感到驚訝，這驚訝的部分顯然參考了菊池幽芳的譯本。這樣的結合造成了邏輯上的不連貫，因為可民的養父沒有在第一次聽到提議時感到驚訝，而是第二次聽到才有反應，這樣很不合邏輯。由此可見，兩個源文的結合可能會造成邏輯混亂。要擷取兩份源文並不容易，因為譯者會一直面對邏輯需連貫的問題。一部文學作品之所以會成功，是因為所有元素之間都有良好連結，保持一致的連貫關係。如果作品的各部分分別由兩個不同源文組成，譯者也沒有校對或仔細地讀過一遍，就可能會產生前後不一致的現象。因此，採用兩種源文，結果可能不只是語言與文本的交混，有時還可能無意間破壞譯文的連貫性。

四、「孤兒」和「無家」

簡進發選擇在《南方》雜誌發表他第一件也是唯一一件翻譯作品，這是個特殊的決定，因為該雜誌刊載的翻譯作品並不多。從1935年第一期的《風月》，到1944年最後一期的《南方詩集》，僅有九部譯作在這本雜誌中刊載過：[10]

〈俠女探險記〉，曉風（譯），85-92期。

〈斯遠的復讎〉，沈日輝（譯），89期。

〈血戰孫圩城〉，荊南（譯），火野葦平（著），103-111期。

〈鬼與人間〉，黃淵清（譯），134期。

〈林太太〉上，〈林太太〉下，黃淑黛（譯），賽珍珠（著），140-142期。

〈復歸〉上，〈復歸〉下，楊鏡秋（譯），賽珍珠（著），144-145期。

〈秋山圖〉上，〈秋山圖〉下，湘蘋（譯），芥川龍之介（著），146-147期。

〈女僕的遭遇〉上，〈女僕的遭遇〉下，岳蓬（譯），林芙美子（著），173-174期。

〈無家的孤兒〉，簡進發（譯），愛克脫麥羅（著），184-188期。

這些譯作大多是婚戀小說，僅刊載一兩期。有別於其他翻譯，簡進發的作品主題特別，若非《南方》停刊，〈無家的孤兒〉的篇

---

10 此處列出的九部作品取自蔡佩均碩士論文的附錄2及附錄3（蔡佩均，2006，頁177-191）。

幅會比現在看到的長得許多。孤兒的故事背後或許蘊藏更深層的含義，簡進發可能是經過審慎考量才選擇長篇故事翻譯，這可以從685頁的菊池幽芳譯本中看出一些蛛絲馬跡。簡進發早期的作品《革兒》透露出無產階級社會主義的思想傾向。然而，簡進發後來的作品《愛國花》卻是典型的皇民化文學（蕭玉貞，2005，頁100-121）。他在《南方》第187、188期發表的〈志願兵〉也與《愛國花》風格類似，內容大力讚揚勇敢投身太平洋戰爭的士兵與護士。簡進發的筆觸一貫帶有強烈的意識型態，因此翻譯〈無家的孤兒〉或許也屬刻意之舉。

　　許多文學作品中，主角常常是孤兒，如狄更斯（Charles Dickens）《遠大前程》（*Great Expectations*）裡的皮普（Pip）、J・K・羅琳（J. K. Rowling）《哈利波特》（*Harry Potter*）裡的哈利（Harry）、蒙哥馬利（Lucy Maud Montgomery）《清秀佳人》（*Anne of Green Gables*）中的安妮（Anne），以及E・B・懷特（E. B. White）《夏綠蒂的網》（*Charlotte's Web*）中的韋伯（Wilbur），這些孤兒都具有某些特質：他們都是被收養，性格獨立自主，人生的旅途上充滿冒險與挑戰。〈無家的孤兒〉中的孤兒可民也有類似的特質。如同皮普與哈利一般，可民被收養，但又被迫離開養父母家，展開自己的人生旅程。這些孤兒缺少家庭關愛而面臨威脅（Nodelman & Reimer, 2003, p.197），往往缺乏安全感，會不斷追求自我認同，急於認識自我，試圖找到自己的定位與人生的目的。

　　蔡建鑫（Tsai, 2013, p.28）認為，吳濁流所著的《亞細亞的孤兒》中，胡太明也是另一個值得注意的孤兒角色。1940年，吳漫沙撰文紀念《風月報》創刊一百期時，也以「被遺棄的孤兒」來形

容雜誌的處境。[11]其實孤兒隱喻影響當時甚巨，這樣的意象一再出現，甚至變成是一種修辭。孤兒意象可說是一種典型，有許多偉大的文學作品都以此意象發想。簡進發在日治時期發表〈無家的孤兒〉時，孤兒可民的故事以及形象都完美詮釋孤兒的隱喻。這個孤兒顯露出居間性、失落感，及不安感，某種程度上反映出臺灣當時的處境。在思忖並解釋臺灣當代歷史時，遭遺棄、缺乏歸屬感的孤兒意象可說是生動的隱喻（Ching, 2001, p.179）。

　　Sans Famille 的故事分別因為不同的契機，引介到晚清的中國還有明治時代的日本。菊池幽芳在1909年受大阪每日新聞社外派到法國，可能因此有機會接觸 *Sans Famille* 的法文原著。回到日本之後，他決定在報紙上發表自己的譯本（菊池幽芳，1911，序言，頁2）。包天笑會翻譯這個故事，則是因為答應了《教育雜誌》要引介教育小說。他常到上海的虹口區，因為在那裡可以找到許多日文書店，包天笑會在這些書店瀏覽選擇要翻譯的書（包天笑，1971/1990，頁460-461），他翻譯的《苦兒流浪記》就屬於教育小說。然而簡進發與包天笑、菊池幽芳兩人不同，他並沒有寫序言、回憶錄、評論來表明翻譯的動機。皇民化時期日本政府禁止報刊的漢文欄，這個時候許多文學作品都是為了提倡皇民化運動而寫，簡進發的創作如〈志願兵〉、《愛國花》皆是如此。矛盾的是，他特別挑選〈無家的孤兒〉翻譯，其內容散發強烈的孤兒意識，這與他和其他文人創作作品內所宣揚的忠誠、愛國情結截然不同。或許在嚴格的審查制度下，要向讀者傳達大眾的「孤兒焦慮」，翻譯作品成為較為間接且安全的管道。以「無家的孤兒」為標題的小說很有

---

11 吳漫沙的原文如下：「這個被遺棄的孤兒——風月報——在悲傷的歲月裏，孤獨無助的，在遍地泥濘、荊棘叢生的荒野，不畏風雨、披荊斬棘、流汗流淚，在陡峭溜滑的梯岩，顛顛躓躓，一級一級的爬，爬上這一百級。」（吳漫沙，1940/2000，頁90）

機會引起讀者的共鳴，畢竟這些讀者大多是1937年後就鮮有機會閱讀中文作品的中文母語者，或是南洋地區擁有相同懷舊情感的華人。

「孤兒」的比喻在簡進發版的書名中特別清楚，「孤兒」並非來自於法文的書名，*Sans Famille* 單指「沒有家庭」；這個比喻也不是來自菊池幽芳版的書名「家なき兒」，裡面的「兒」只有「孩子」的意思。簡進發也沒有採用包天笑譯本的中文書名中的「苦兒」。簡進發的「孤兒」也許是簡進發自己想強調的重點亦或他潛意識的動機。簡進發的譯本中有兩段獨白似乎可以證明這點，這兩段既非出自於菊池幽芳日譯本，也不是來自包天笑中譯本，顯然是他自己加的，以凸顯孤兒對親生父母的怨懟：

> 唉！我真是個薄命的孩子啊！我真實的媽々和爸々是誰呢？現在住在那兒，你們真的太無責任呀！你們既然生我，就應該要負養我的義務的，怎可這樣放我流浪無依呢。
>
> （簡進發，1943，186期，頁18）

> 唉！我的真實的母親你現在住在那兒，你實在太無責任，你是犯著棄兒的重罪，你真的太忍心呀！我一面對司蒂姆表示著十分的感激，一面又難免要使我怨起我真實的母親來了。
>
> （簡進發，1943，187期，頁27）

這兩個添加的獨白是指控孤兒的生母拋棄自己的兒子。憤怒和哀嘆的情緒反應了臺灣的集體心理狀態。實際上，臺灣的歷史確實充滿著背叛和遺棄。

簡進發的標題暗示了另一個重要的議題：無家可歸。「家」是

主角歸屬的地方，是他可以和母親和弟弟共享天倫之樂之所。故事發展軸線採用了一般文學作品常用的模式：在家－離家－返家。起初，主角在家，接著離家，歷經了冒險和挑戰，最後返家或找到新家。在 Sans Famille 中，可民最初的家是寄養家庭，最後他回到真正的家，與親生母親和弟弟重逢。以可民的故事做比喻，中國就像遺棄孩子的母親，拋棄了臺灣；而日本像收養孤兒的養母一樣，接收了臺灣。

對於可民來說，有親生媽媽的地方才是家。在故事的結尾，他不再孤苦無依，因為他找到了自己的親生母親。這段漫長的旅程最終帶他回到了家。這種對回家渴望的暗示，再次呼應了吳濁流的《亞細亞的孤兒》，該小說揭示了對於「重返與回歸最初的中國本質」的強烈渴望（Ching, 2001, p.182）。鍾理和的《原鄉人》是繼《亞細亞的孤兒》後的另一個例子，書中暗示了臺灣的原生母國是中國，而母國坐落在遙遠的海峽對岸。因此，在那個時期，許多作家想像中國是家，是他們歸屬的地方。有些作家會像可民一樣踏上尋根之旅，尋找他們的歸屬感，但到中國才發現，這種想像只是幻想，他們終究被歸為他者。簡進發的翻譯似乎似有若無地傳達了這種模糊又矛盾的渴望，但他的創作卻又明顯遵循日本的帝國思想。這種對於兩個母國的身分認同或雙重忠誠的衝突，一如他在兩個源文之間游移那般錯綜複雜。

結語

簡進發任職的《臺灣新民報》的漢文欄遭禁後，他失去了在報社繼續發表作品的機會。於是，他轉而投向當時少數還能讓作家刊登中文作品的報刊《南方》，也就是《風月報》改名後的刊物。

《風月報》被吳漫沙稱為孤兒，而簡進發就在這份孤兒報裡發表了孤兒故事的譯本。但在個人創作方面，簡進發則免不了因應當時的殖民政策，發表了〈志願兵〉與《愛國花》等著作。畢竟當時除了皇民作家外，其餘許多作者不是完全停筆，就是被迫配合宣傳戰爭的殖民政策創作（Ching, 2001, p.187）。

　　不論出於作者還是譯者身分，簡進發的作品顯然都以中文書寫為主。然而在殖民背景下，儘管故事的譯文大致由中文書寫，卻仍會有零星的日式、臺式語彙摻雜其間，讀者必須在混用的語言中理解文本的意義。譯者面對兩種源文和兩個母國之際，需要做出很多的抉擇，用字遣詞往往只占其一，而這些抉擇都會透露出譯者的意圖、立場及意識型態。在簡進發的譯本中，孤兒的焦慮源自於他四處尋尋覓覓，只為找到一個家的動機，而這樣的動機也反映在書名跟譯文之中。孤兒所代表的不只是主角可民，也是身兼中文作家與譯者的簡進發，又或者，是整個殖民時代下的臺灣。這個孤兒故事的譯文縱然充斥著矛盾與交混，但經過轉譯過程的追溯、語內翻譯和語際翻譯的分析，這件殖民時期的臺灣文學個案，卻帶領我們更進一步認識了存在於文本、國家乃至個體之中的居間性。

參考文獻

中文

下村作次郎、黃英哲（1999）。戰前臺灣大眾文學初探（1927年－1947年）。載於彭小妍（編），**文藝理論與通俗文化（上）**（頁231-254）。臺北：中央研究院中國文哲研究所籌備處。

天笑生（包天笑）（1915/1978）。**苦兒流浪記**。臺北：臺灣商務印書館股份有限公司。

包天笑（1990）。**釧影樓回憶錄**。臺北：龍文出版社股份有限公司。

吳漫沙（2000）。**追昔集**。臺北：臺北縣文化局。

李育霖（2008）。**翻譯閾境：主體、倫理、美學**。臺北：書林出版有限公司。

李承機（2004）。殖民地臺灣媒體使用語言的重層構造：「民族主義」與「近代性」的分裂。載於若林正丈、吳密察（編），**跨界的臺灣史研究：與東亞史的交錯**（頁201-239）。臺北：播種者文化。

南方雜誌（編）（1943年10月）。豫告。**南方，183**，無頁碼。

柳書琴（2005）。從官製到民製：自我同文主義與興亞文學（Taiwan 1937-1945）。載於王德威、黃錦樹（編），**想像的本邦：現代文學十五論**（頁63-90）。臺北：麥田出版社。

柳書琴（2008）。導言：帝國空間重塑、近衛新體制與臺灣「地方文化」。載於石婉舜、柳書琴、許佩賢（編），**帝國裡的「地方文化」：皇民化時期臺灣文化狀況**（頁1-48）。臺北：播種者文化。

許俊雅（1995）。**日據時期臺灣小說研究**。臺北：文史哲出版社有限公司。

許俊雅（2013）。日治時期臺灣報刊小說的改寫現象及其敘述策略。**臺灣文學學報，23**，137-174。

陳宏淑（2012）。身世之謎：《苦兒流浪記》翻譯始末。**編譯論叢，5**

（1），159-182。

陳培豐（2013）。**想像和界限：臺灣語言文體的混生**。臺北：群學出版有限公司。

黃美娥（2004）。**重層現代性鏡像：日治時代臺灣傳統文人的文化視域與文學想像**。臺北：麥田出版社。

黃美娥（2009）。二十世紀初期的「西洋」：《漢文臺灣日日新報》通俗小說中的文化地景、敘事倫理與知識想像。**臺灣文學研究集刊，5，**1-40。

黃得時（2009）。輓近臺灣文學運動史。載於彭瑞金（主編），**葉石濤全集 22・翻譯卷二**（頁237-254）。臺南：國立臺灣文學館。

臺灣史研究所（2010）。**臺灣總督府職員錄**。取自http://who.ith.sinica.edu.tw/mpView.action。

蔡佩均（2006）。**想像大眾讀者：《風月報》、《南方》中的白話小說與大眾文化建構**（已出版之碩士論文）。靜宜大學，臺中。取自http://handle.ncl.edu.tw/11296/ndltd/18724178292303572609。

賴和（1935/2000）。一個同志的批信。載於林瑞明（編），**賴和全集（一）小說卷**（頁255-263）。臺北：前衛出版社。

興南新聞社（編）（1943）。**臺灣人士鑑（昭和十八年版）復刻版**。臺北：興南新聞社。

蕭玉貞（2005）。日治末期小說《愛國花》呈現的皇民文學面貌。**中國文化月刊，291，**100-121。

簡進發（譯）（1943年10月）。無家的孤兒。**南方，184，**26-28。

簡進發（譯）（1943年11月）。無家的孤兒。**南方，185，**20-22。

簡進發（譯）（1943年11月）。無家的孤兒。**南方，186，**16-18。

簡進發（譯）（1943年12月）。無家的孤兒。**南方，187，**25-27。

簡進發（譯）（1944年1月）。無家的孤兒。**南方，188，**21-23。

日文

菊池幽芳（譯）（1911）。**家なき兒**（原作者：H. Malot）。東京：春陽堂。

菊池幽芳（譯）（1939）。**家なき兒**（原作者：H. Malot）。東京：改造社。

翻訳作品集成 (Japanese Translation List) (2014, June 10). エクトル・マルロー (Hector Henri Malot) [Web]. Retrieved from http://ameqlist.com/sfm/malot.htm.

英文

Bhabha, H. K. (1994). *The location of culture*. New York, NY: Routledge.

Ching, L. T. S. (2001). *Becoming "Japanese": Colonial Taiwan and the politics of identity formation*. Berkeley, CA: University of California Press.

Jakobson, R. (1992). On linguistic aspects of translation. In R. Schulte, & J. Biguenet (Eds.), *Theories of translation: An anthology of essays from Dryden to Derrida* (pp. 144-151). Chicago, IL: University of Chicago Press.

Liao, P. H., & Wang, D. W. D. (Eds.). (2006). *Taiwan under Japanese colonial rule, 1895-1945: History, culture, memory*. New York, NY: Columbia University Press.

Lin, P. Y. (2014). Envisioning the reading public: Profit motives of a Chinese-language tabloid in wartime Taiwan. In P. Lin, & W. Tsai (Eds.), *Print, profit, and perception: Ideas, information, and knowledge in Chinese societies, 1895-1949* (pp.188-215). Leiden, Netherlands: Koninklijke Brill NV.

Liu, L. H. (1995). Appendix D: Return graphic loans: "Kanji" terms derived from classical Chinese. *Translingual practice: Literature, national culture, and translated modernity-China, 1900-1937* (pp.302-342). Stanford, CA: Stanford University Press.

Nodelman, P., & Reimer, M. (2003). *The pleasure of children's literature.* Boston, MA: Allyn and Bacon.

Scruggs, B. M. (2003). *Collective consciousness and individual identities in colonial Taiwan fiction* (Unpublished Doctoral dissertation). University of Pennsylvania, Philadelphia, PA.

Tsai, C. (2013). At the crossroads: Orphan of Asia, postloyalism, and Sinophone studies. *Sun Yat-sen Journal of Humanities* 35, 27-46.

按語

　　這篇論文在我的研究生涯中扮演了關鍵的角色，不但讓我的研究範圍從晚清民初的中國延伸到了日治時期的臺灣，也讓我跨進了臺灣文學與臺灣史的領域。在此之前，我一直在研究晚清文人包天笑（1876-1973）的教育小說轉譯史，其中也包括《苦兒流浪記》與其源語文本《家なき兒》的研究。有一次賴慈芸教授跟我提起她偶然發現一篇〈無家的孤兒〉似乎與包天笑的《苦兒流浪記》很相似，於是把文本影印給了我，我一比對便發現與包天笑的中譯本確有許多雷同之處，因此我便有了進一步研究的動機。後來我又受楊承淑教授之邀，加入「臺灣日治時期的譯者與譯事活動」學術研究群計畫，開始廣泛了解日治時期的譯者譯事。我一方面深感日治時期臺灣文學翻譯需要更多的關注，另一方面也覺得自己應該擴大視野，朝向整個東亞地區的文化傳播現象這個方向去發展，於是我開始著手研究簡進發及其譯作〈無家的孤兒〉，希望作為一個新方向的起點。因此這篇論文能寫作完成，要感謝賴慈芸與楊承淑兩位教授的提攜。

　　在亞洲的近代翻譯史中，日本扮演了一個窗口的角色，引進西方文學，之後這些作品再繼續傳入亞洲其他地區，包括中國、韓國、臺灣、香港、越南等地。這樣的歷史趨勢，造成這些地區近代的翻譯發展頗有相似之處，甚至有彼此接棒的情形。我先前的研究成果顯示，包天笑從日譯本轉譯西方文學之後，他的中譯本又成為其他語文譯本的源語文本，例如他的《鐵世界》（1903）成為韓國李朝海《鐵世界》（1908）的底本，他的《兒童修身之感情》（1905）成為韓國李輔相《伊太利少年》（1908）的底本，而本書所收的這篇論文，則證明他的《苦兒流浪記》（1915）成為臺灣簡進

發〈無家的孤兒〉（1943）的底本之一。由此可見，十九世紀末至二十世紀前半葉這段時間，西方作品從歐洲（有些還經過美洲）傳播至亞洲，再從日本傳到中國，之後有些文本會繼續旅行，延續其傳播路徑到亞洲其他地區。這樣跨越洲際與國際的文化傳播過程，相當值得我們去探究，把焦點放在「翻譯」在東亞現代史扮演的角色。希望未來能有更多學者加入行列，藉由考察翻譯者、翻譯作品、翻譯行動背後的意涵，為這種充滿衝突、交混、融合、再生的翻譯過程，建構更清楚的譯史。

第七章

口譯之「罪」：成為戰犯的臺灣人二戰通譯[*]

藍適齊

---

[*]「通譯」（日文為「通訳」tsuyaku），是中文所說的「口譯」；以下行文為尊重原語境，在討論臺籍戰犯的時候會以當時的用詞「通譯」為主。另外，本研究沿用該名稱tsuyaku（通訳）而不是現今較為通用的tsuyakusha（通訳者），因為這些臺灣人通常在相關的日文檔案文件中被寫為通訳（tsuyaku）。本論文部分內容曾經以英文發表為 "Crime" of Interpreting: Taiwanese Interpreters as War Criminals of World War II, 收錄 在Kayoko Takeda and Jesús Baigorri, eds., *New Insights in the History of Interpreting* (Amsterdam, the Netherlands: John Benjamins Publishing Company, March 2016), pp.193-224；感謝國立臺灣師範大學翻譯研究所學生提供中譯初稿。

前言

　　隨著第二次世界大戰在1945年結束，同盟國分別對德國和日本進行了大規模的戰爭犯罪的審理。其中，在紐倫堡審判和東京審判中判刑的甲級[1]戰犯，自判決成立後逾半世紀以來，[2]持續吸引了不少學者研究。相較之下，對乙級和丙級戰犯的研究就少了許多。[3]乙、丙級兩類戰犯的人數，加起來超過4,400人（法務大臣官房司法法制調查部，1973，頁266-269）；然而，學術界對乙、丙級戰犯的關注卻少得不成比例。

　　日籍的乙、丙級戰犯中，來自殖民地的人數相當可觀，也就是戰時在日軍服役或工作的臺灣人和韓國人。這個現象常被忽略，但卻特別值得注意。在戰後各個盟國所進行的戰爭犯罪審判當中，共有173名臺灣人遭判刑；其中有26人被判死刑，21人最終遭處決。[4]相比之下，韓籍戰犯共有148人，其中23人被判死刑。[5]

1　戰爭犯罪有三種類別，分別是甲級（違反和平罪）、乙級（狹義戰爭罪）、丙級（違反人道罪）。

2　如有關紐倫堡審判的研究，詳見Davidson (1997)、Gaiba (1998)、Harris (1999)、Mettraux (2008)，和Baigorri-Jalón (2014/2000)。有關東京審判的研究，詳見Mega (2001)、Totani (2009)和Takeda (2010)。參與東京審判之人的敘述，進一步擴大了我們對該審判的興趣，資料詳見Sprecher (1999)、Ehrenfreund (2007)和Fischel (2009)。

3　有一些例子例外，詳見Piccigallo (1979)和Lyon (2000)的作品。

4　在大多數資料中，判死刑的臺灣戰犯人數是26人，詳見鍾淑敏（2001，頁262）和李展平（2005，頁4-6）。但是，應當注意的是，鍾淑敏引用日本文獻進一步解釋說，26名臺籍戰犯中有5人被記錄為死亡，這5人在入獄服刑期間就因病死亡或自殺。詳見東京裁判手冊編集委員會（1989，頁225）。日本厚生省名簿（日本厚生省引揚援護局，1955）與該紀錄相符，紀錄中有2人在澳洲審判中載為「死於意外」，1人為「因病死亡」，1人為「自殺身亡」，還有1人在中國審判紀錄中記為「因病死亡」（36-38）。因此，本研究確認這26名臺籍戰犯被記錄為死亡，其中有21人實為遭到處決。更值得注意的是，本章節會在後續的部分對澳洲審判做進一步的詳述，1947年，5名原判死刑的臺籍戰犯被減刑為無期徒刑，從而免於死亡。再加上剩餘的21名被處決的臺籍戰犯，本研究確認被判死刑的臺籍戰犯人數為26人。

5　這個人數是依1955年日本厚生省引揚援護局編纂的「韓國臺灣出身戰爭裁判受刑者名

　　在整個二戰期間，日本的殖民或軍事機構招募、動員了超過8萬名臺灣人作為士兵，還有超過12萬6千名臺灣人被派去擔任非戰鬥任務的「軍屬」或「軍伕」（日文原文為軍夫）。在這些人當中，死傷人數超過3萬人（蔡錦堂，2006，頁121）。從現有資料可以保守推斷，截至二戰結束前，有超過20萬名臺灣人以日本人的身分出征，為了大日本帝國和日本天皇而戰。日本在戰時動員臺灣人，顯然部分證實了Takashi Fujitani（藤谷藤隆）（2011）所說的「以拋棄種族主義作為一種政治手段」。但是比起日本人和韓國人，關於臺灣人的軍事動員的歷史研究相對少了許多。[6]容我借用Bayly and Harper的一個詞語，為日本軍隊效力的臺灣人仍然是二戰中「被遺忘的軍隊」（Bayly and Harper，2005）。更值得注意的是，這些臺灣人當中有超過170人在戰爭結束後，遭軍事法庭審判，並且被判定為戰犯。

　　目前，學界對臺籍戰犯的歷史依舊關注不多。[7]據現今可取得的紀錄來看，當時共有五個同盟國起訴這些臺籍戰犯，並移交軍事法庭送審，分別是澳洲、中華民國、荷蘭、英國和美國。這些國家中，澳洲判的臺籍戰犯人數最多（95人），其次是中華民國（41

簿」（日本厚生省引揚援護局，1955，頁4）。這個數據和其他學術研究裡記錄的數目相吻合。詳見內海愛子（1982，頁ii）和東京裁判手冊編集委員會（1989，頁225）

6　大多研究是口述的史料，於1990年代中中文發表，詳見鄭麗玲（1995）、周婉窈（1997）、潘國正（1997）、蔡慧玉（1997）和湯熙勇、陳怡如（2001）。除此之外，一些學術著作也已研究過這個主題，詳見周婉窈（2002）和蔡錦堂（2006）。只有少數著作可供英語讀者閱讀，詳見Chen (2003)和Huang (2001)。研究史學中對此問題的「忽視」及其對戰後臺灣的意義，詳見Lan (2013)。

7　鍾淑敏就這個課題寫了幾篇文章；參見鍾淑敏（2001）和鍾淑敏（2009）。另外，李展平也深入訪問曾在日軍服役的臺灣人，並依據口述歷史出版兩本書，請見李展平（2005）及李展平（2007）。晚近有年輕學者對此課題提出新的研究成果，見朱明希（2017），《1947年臺北戰犯審判之研究》，國立臺灣大學法律系碩士論文；王致凱（2018），《以戰犯審判檔案探討二戰北婆羅洲臺籍戰俘監視員的戰爭歷史》，國立政治大學歷史系碩士論文。

人）、英國（26人）、荷蘭（7人）、美國／菲律賓（4人）；其中有21人被判處死刑、進而遭到處決（厚生省引揚援護局，1955，頁4）。

　　而就臺籍戰犯在戰爭期間被指派的工作來區分，先前的研究多指出大多數的臺籍戰犯都是戰時在東南亞擔任盟軍戰俘營的俘虜看守員（鍾淑敏，2001，頁262；李展平，2005，頁6-7）；相關的資料更進一步指出，這些臺籍俘虜看守員當中，有8人在戰犯審判中被判處死刑。[8]日本厚生省的紀錄也證實，臺籍、韓籍戰犯從軍時，擔任俘虜看守員的人數最多（厚生省引揚援護局，1955，頁2），其次是為憲兵隊擔任通譯，最後則是作為「軍屬」。但是若仔細研究相關的資料，卻發現還有一個相當不尋常的現象。在被判死刑而遭到處決的21名臺籍戰犯當中，就他們戰時的職責和簡歷來看，擔任「通譯」的身分特別關鍵：名單上共有11名臺灣戰犯在戰爭期間是被指派為通譯；而其他被處決的臺籍戰犯，有5人是俘虜看守員，3人是擔任後勤工作的軍伕，2人是警察，還有1人是做生意的。[9]

　　現有的學術研究和口述歷史，的確讓人更了解了那些曾負責監視戰俘的臺灣人，[10]但是鮮少有學術著作研究過二戰時期臺籍通譯在軍隊的經歷。[11]此外，為什麼這些戰時「通譯」被定罪為戰犯的比例這麼高？截至目前為止，尚未有關於二戰期間戰時「通譯」戰

8　鍾淑敏根據日本學者茶園義男整理的三份戰爭罪文件，編纂了一份圖表，上面記載共有8人遭處死，詳見鍾淑敏（2001，頁280-281）。

9　遭處死的戰俘營監視員加起來共有5位（1人是由美國政府定罪處死，另外有8人遭澳洲政府判死刑，其中4人被處決）；詳見厚生省引揚援護局（1955，頁4、36-38）。

10　中文著作詳見鍾淑敏（2001）、李展平（2005）和鍾淑敏（2009）。相比之下，關於韓國人在戰爭中充當戰俘營監視員的主題，有更多日文著作，參見注5。

11　有少數例外，包括許雪姬（2006），她研究了臺灣人在日本殖民時期擔任通譯的一般情況，以及陳宛頻（2013）研究了幾位臺灣戰時通譯身分認同的分歧。

爭罪行的研究，也無從解釋這箇中原因。臺籍俘虜看守員被判死刑的理由，學者通常認為是因為被控虐待或殺害盟軍戰俘；[12] 但是臺籍通譯被判死刑的原因，卻從未曾做過進一步的研究。鍾淑敏（2009，頁5-7）在她近期的研究中指出，許多臺籍通譯在中國、印尼（荷蘭法庭）、馬來亞（英國法庭）的審判中被起訴後處以嚴刑。但是從現存零碎的戰犯法庭紀錄來看，對這些人的起訴內容通常只有寥寥幾字，例如「虐待」或「殺害」當地居民。到底這些通譯在戰爭中做了什麼，讓他們在戰後被視為戰犯、甚至處以極刑？這些臺籍通譯，原本應是負責協助日本軍隊和當地居民溝通；那麼他們的工作究竟是因什麼緣故、又在什麼脈絡之下改變，進而涉嫌虐待、殺害當地人民？本章節將運用多國的檔案資料，進一步探究臺籍戰時通譯和他們在戰爭期間的經歷。

一、臺籍通譯成為戰犯

　　自古以來，臺灣就是不同文化和語言的要衝，歷經一波又一波的移民潮與外國政權湧入。島上的原住民來自南島語族，由十多個大小群體組成，彼此之間的語言互不相同。隨著時間演進，在16至19世紀之間陸續有許多移民從中國南方各地來到臺灣，說著好幾種不同的方言；在這段期間，荷蘭人、西班牙人、中國人、和日本人也曾先後統治過臺灣；1945年後又有第二波的中國移民潮。因此，臺灣的語言構成才會如此複雜多樣。可想而知，臺灣歷史上對口譯的需求從來不曾間斷，也不乏許多相關故事。然而，截至目

---

12 李展平（2005）記載了一些前臺籍戰犯的第一手資料。其他學者根據法庭紀錄和歸檔資料，也得出相同結論；詳見李展平（2005），鍾淑敏（2001，2009）。

前為止，對臺灣口譯者的研究仍然非常有限；而關於臺灣歷史上在戰時曾經出現的軍中通譯，相關的研究更是少之又少。

在歷史上，口譯一直是學者研究的一個題材。而這些受到學界關注的口譯，有許多是為「偉人」服務的，像是拿破崙、喬治・華盛頓和美國總統威爾遜的口譯（Delisle and Woodsworth, 1995: 267, 270）。由於「口譯和外交脣齒相依」（同上注，頁274），有些口譯也同時擔任外交官（同上注，頁269-272），也因此在歷史上留名。其實不只是外交事務，回顧過往歷史，在很多不同場合都需要口譯在場。譬如在戰爭時期，外交人員開始斡旋、弭平衝突之前，口譯就必須率先上場，而且往往到衝突結束時，口譯都還在工作崗位上。當軍隊在異鄉土地、面對異國臉孔，口譯更是不可或缺的。舉例子來說，訊問敵方士兵需要口譯，情報工作也需要口譯。正因為上述的戰時口譯的幾個特點，最近引發了學者研究戰時口譯的學術興趣。在亞洲、歐洲脈絡下，[13]口譯和政治上的語言認同、正義等相關議題，特別受到關注。然而，戰時口譯和那些「無名士兵」都面臨同樣狀況；待戰爭結束，他們常常就被遺忘了，更不會有他們的身分記錄；也因此沒有人知道口譯是誰，遑論相關研究。

在日本軍方或者是臺灣殖民當局的檔案中，對這些臺籍戰時通譯的派遣和實際工作情況沒有留下太多的紀錄。吊詭的是，因為部分臺籍通譯在戰爭結束之後遭到盟國的戰犯審判，各個盟國的軍事法庭在審訊這些臺籍通譯時所留下的紀錄，反而提供了寶貴的資料，讓我們能夠探究臺籍通譯的戰爭經驗。

---

13 參見Salama-Carr (2007)和Footitt和Kelly (2012)最近的研究，特別是第四部分。Alice Kaplan發表了兩篇二戰中關於法國軍事口譯引人入勝的敘述；參見Kaplan (2005)和Guilloux (Kaplan trans, 2003)對於亞洲戰爭期間的戰時通譯的研究，參見Ahn (2002)、Kim and Kim Nelson (2008)、Takeda (2010)。

因為牽涉到軍事和語言兩個議題，本研究將會討論兩組臺籍戰時通譯；二戰結束後，這兩組通譯中都有多人被以戰犯審判。第一組，是在戰爭期間被記錄擔任正式通譯工作的臺籍通譯。在盟國各自舉辦的戰犯審判法庭紀錄，以及日本官方紀錄上（厚生省引揚援護局，1955），這些人的工作清楚載明為通譯，主要是為「憲兵隊」（kempeitai）服務。戰後，有多位擔任這樣正式通譯工作的臺灣人遭到英國、荷蘭和中國主持的軍事法庭起訴；其中有人被判死刑並處決，其他的則被判處有期徒刑，刑期不一。第二組的臺籍通譯，則是在戰爭期間負責非正式或是臨時的通譯工作。這些臺灣人原本不是以正式通譯的身分進入軍隊工作，卻因為其語言能力而在戰場上被指派為臨時通譯。第二組的通譯在戰後主要是遭到澳洲法庭的審判，其中也有多人被判死刑並處決。

二、擔任正式通譯工作的臺籍戰犯：以英國審判為例

如同本研究先前所提到的，21名遭處決的臺籍戰犯中，有11人的工作載明為「通譯」，這些就是第一組的臺籍正式通譯。有三個國家以戰犯罪審判進而處決了11名正式的臺籍通譯，分別是英國（6人），中華民國（3人），荷蘭（2人）（厚生省引揚援護局，1955；厚生省援護局，1968）。在英國審判的26名臺籍戰犯中，有16名是通譯；其中有6人在1946至1948年間被定罪、處死，另外還有10名臺籍通譯分別被判處有期徒刑。[14]中華民國共判處了5

---

14 英國國家檔案館（the National Archives, the United Kingdom）所收藏的戰犯審判紀錄中，確認與臺籍通譯有關的有以下的檔案：WO 235/834、WO 235/891、WO 235/904、WO 235/931、WO 235/934、WO 235/938、WO 235/949、WO 235/956、WO 235/973、WO 235/991、WO 235/1003、WO 235/1017、WO 235/1026、WO 235/1059、WO 235/1094。

名臺籍戰犯死刑，其中3人是通譯。荷蘭則將2名臺籍戰犯定罪、處死，2人均為通譯。以上數據顯示，第一組的正式臺籍通譯，被判處死刑的比率非常高。另外，英國所審判的臺籍通譯不但人數最多，審判的紀錄也是保存的最完整的，[15]有助於我們了解臺籍通譯的具體工作情況。因此本文對第一組的臺籍正式通譯的研究，將以在英國法庭受審的臺籍通譯為主。

　　根據英國軍事法庭的紀錄，遭英國判死刑的6名臺籍通譯中，有3人——Khor Kee Sian（許祺禪）、Kwek Tiong Hin（郭張興）和別名為Ah Bok的Yeow Chew Bok（楊樹木）——曾在檳城的憲兵隊工作；[16]另外，Fujiyama Teruyoshi（藤山照芳、鄭錦樹）在馬來亞彭亨州（Pahang）的瓜拉立卑（Kuala Lipis，英國統治時期曾是彭亨首府）為日本占領軍服務，[17]Toyoshima Nagasuke（豐島長助、劉長流）在吉隆坡為日本占領軍服務，[18]Yasuda Muneharu（安田宗治）在印度洋的小島卡爾尼科巴島（Car Nicobar Island）為日本軍隊工作。[19]至於其他被英國判處有期徒刑的臺籍通譯，則分別隸屬於檳城附近吉打州的双溪大年（Sungei Patani）和亞羅士打（Alor Star）的憲兵隊、[20]BALIK PULAU警察局、[21]吉隆坡憲兵隊總部、[22]雪蘭莪州（Selangor）的加影（Kajang）警察局、[23]彭亨州的勞勿（Raub）憲兵隊、[24]霹靂州怡保北部的和豐（Sungei Siput, or

---

15　這些檔案都收藏在英國國家檔案館，且完全對外開放。
16　WO 235/931, the National Achives, UK（下略檔案地點）。
17　WO235/934。
18　WO235/991。
19　WO235/834。
20　WO235/1094。
21　WO 235/1026。
22　WO235/904。
23　WO235/1003。
24　WO 235/949。

Sungai Siput）警察局[25]和江沙（Kuala Kangsar）警察局、[26]新加坡憲兵隊、[27]英屬婆羅洲的憲兵隊。[28]

　　這樣的情況當中，有一點特別引人注意：多數以正式通譯身分參與戰爭的臺灣人，和憲兵隊的關係非常密切。眾所周知，在二戰期間日本為了維護「社會秩序」，在占領區內廣泛部署憲兵隊，憲兵隊經常採取恐怖手段來對付當地居民。[29]而在英國的戰犯審判當中，臺籍戰犯被指控的罪名主要就是對當地居民虐待和刑求。英國處死的6名臺籍通譯中，隸屬於檳城憲兵隊的許祺禪、郭張興和楊樹木等3人被指控在檳城參與「虐待被他們看管的當地居民，進而導致數百人死亡和更多人身體上的傷害」；[30]更值得注意的是，檢察官在法庭上特別指出這三位臺籍通譯「積極參與了每一次的刑求和暴行」。[31]

　　隸屬於卡爾尼科巴島軍隊的安田宗治，被判處死刑的罪名則是「刑求和虐待當地居民」、進而導致六人死亡。[32]尤其值得注意的是，安田被指派參與對當地居民的訊問，因這些「當地居民」涉嫌在1945年7月和8月從事間諜活動，爾後安田以「虐待當地居民」的戰爭犯罪遭起訴（木村宏一郎，2010，頁136、146）。一名受指控的日本軍曹在新加坡戰後的審判中作證，根據他所作的證詞，安田是唯一在三回合的訊問都在場的通譯，而在這三回合的訊問中都

25　WO 235/1059。

26　WO235/1017。

27　WO235/891。

28　WO235/956。

29　有關日本憲兵隊的研究，參考荻野富士夫，《日本憲兵史：思想憲兵と野戰憲兵》（東京：日本經濟評論社，2018）；Raymond Lamont-Brown, *Kempeitai: Japan's Dreaded Military Police* (Stroud, England: Sutton, 1998).

30　WO 235/931。

31　WO 235/931。

32　WO235/834。

有所謂的「虐待」行為發生（同上注，頁151-152）。[33]另外，在吉隆坡為日本占領軍服務的豐島長助，被判處死刑的罪名也是「虐待當地居民，並導致其死亡」；[34]另外在彭亨州為日本占領軍服務的藤山照芳，同樣是被指控「虐待當地居民，並導致其死亡」，也遭到判處死刑。[35]

　　至於其他被英國法庭判處不等刑期監禁的臺籍通譯，例如：亞羅士打憲兵隊的 Tan Teong Koo（陳長居）、[36]勞勿憲兵隊的 Tan Ten Chuan（陳天泉）、[37]新加坡憲兵隊的 Chan Eng Thiam（曾永添），[38]以及在其他各地警察局服務的 Matsuoka Masanori（松岡正訓，別名 Hiu Nien Huin 邱元訓）、[39]Ee Fook Seong（余福常）、[40]Cheah Kam Sang（謝長錦）等人，也多被指控涉嫌「虐待當地居民」。[41]這些臺籍通譯的工作以及被指控的罪名都和當地居民有關，也是日本軍事占領之下憲兵隊的典型行為。

　　在英國審判中，臺籍通譯的案件清楚顯示，為憲兵隊或者是警察服務所擔任的通譯工作使這些臺灣人在戰爭期間與當地居民密切接觸，而他們被指控的罪名以及判決的結果（在某些情況下是死刑），主要也出於他們與當地居民之間的關係。同樣的情況也出現

33　必須指明的是：一名證人的證詞表示安田用英語訊問當地居民，見木村的著作（同上注，頁147）。如果這是真的，那就說明了臺灣通譯具有一種相當獨特的狀況：儘管他們沒有接受某種特定語言的翻譯訓練（在安田的案例中是英語），但在戰場的緊急情況下，他們仍被委以重任，負責翻譯某一種特定的語言。我們將在本章節後面的段落，進一步討論日本指派給臺灣通譯的這項臨時口譯任務。

34　WO235/991。

35　WO235/934。

36　WO235/1094。

37　WO235/949。

38　WO235/891。

39　WO235/1003。

40　WO235/1026。

41　WO235/1059。

在荷蘭和中華民國的審判中。荷蘭法庭處決了兩名臺籍通譯，一名
在巴達維亞（雅加達的舊名）接受審判，因為他被控在憲兵隊服務
時，使用「非人道手段」、「疲勞訊問平民並造成恐慌」，且「疲
勞訊問及監視平民」（茶園義男，1992，頁93；巢鴨法務委員會，
1981，頁100）；另一名則是被控於憲兵隊工作時「不當對待嫌犯」
並「製造恐慌」（大部分都是在當地居民之間），因此在棉蘭遭到
審判（巢鴨法務委員會，1981，頁118）。另有三名臺籍通譯在中
華民國審判中被處死，其中一人隸屬於廣東海軍憲兵隊，因「非法
逮捕、拘禁、虐待當地居民致死」而被定罪（茶園義男，1984，
頁175）；另一名則隸屬於華南陸軍憲兵隊（茶園義男，1984，頁
179）。由此可見，臺籍通譯之所以成為戰犯，與他們隸屬於憲兵
隊的身分以及隨之被指派負責處理當地居民的工作有密切的關聯。

（一）通譯的培訓和活動

　　這些在戰後被戰犯審判的臺籍通譯當中，安田宗治的案例已經
有了比較完備的研究分析。[42]根據日本學者木村宏一郎的研究，在
1941年的11月安田以「安南語（越南語）通譯」的身分，被招募
至日本軍隊，軍階為軍屬（木村宏一郎，2010，頁39、43）。日軍
一開始將安田分配到馬來亞，後來他又被調到蘇門答臘，並在戰爭
結束之際隨軍駐守在位於印度洋安達曼－尼科巴群島的卡爾尼科巴
島上（同上注，頁15-17、44-45）。日本投降後，安田以戰爭犯罪
受起訴後遭逮捕，並被送往新加坡受審。1946年3月，英國法庭判
決安田宗治有罪，並處以死刑，於同年5月執行死刑（同上注，頁
16-17）。

---

42 除非另有說明，否則關於安田的資料皆引自中文版本的木村著作（陳鵬仁譯，
　2010）。日語原文見木村原著（2001）。

　　有賴日本學者木村宏一郎的早期研究，我們得以透過安田的案例，一窺臺籍軍事通譯被調配前的培訓，以及在戰場上的實際活動與經歷。木村的研究發現，安田在1907年出生於臺北附近的一個村莊，中文姓名為賴恩勤。1941年3月，安田在臺灣南洋協會的越南語初級班學習，7月完成課程後，8月就接著報名參加了越南語中級班和馬來語班，並於11月以「安南語（越南語）通譯」的身分被日本軍隊招募（同上注，頁38-39）。

　　安田的經歷顯示，像賴恩勤（安田）這樣的臺籍通譯在被軍隊調配前，除了通曉臺灣的本土語言（中國方言，如閩南語、福建話或客家話），還要在學校學習日語（臺灣當時處於日本殖民統治時期），並且接受培訓，再受指派去翻譯非母語的語言。日本在通譯培訓中加入外語訓練，如越南語和馬來語，顯然是為了實現「向南亞及東南亞前進（南進政策）」，所以利用臺灣人來滿足他們的語言需求。安田接受訓練的時機點並非偶然，時值日本對法屬印度中南半島軍事行動達到白熱化的階段（1940年9月到1941年7月），也就是珍珠港事件前九個月。顯而易見地，臺籍通譯的培訓，即是為日本在整個亞太地區實施更大規模的軍事行動做準備。

　　英國審判的臺籍戰犯中，另外還有幾位在馬來亞各地工作的臺籍通譯曾經受過比較正式的通譯訓練。謝長錦在被派往Kampar警察局擔任通譯之前，先是在1944年的4至5月之間在Johore（柔佛州，馬來亞的最南部）的通譯訓練學校上課。[43]與他同時在柔佛州通譯訓練學校接受訓練的，還有後來被派往Balik Pulau警察局擔任通譯余福常。[44]

43　WO235/1059。
44　WO235/1026。

但是值得注意的是，根據英國審判紀錄的記載，有許多在馬來亞各地工作的臺籍通譯，未曾受過任何正式的通譯訓練。例如在檳城審判中被判處死刑的許祺禪、郭張興和楊樹木等三人，在擔任通譯之前分別是擔任鑄鐵工廠的工人、農夫、和樂手。[45] 在亞羅士打受審的陳長居，在擔任通譯之前是在馬來亞經商期間，因為當地的憲兵隊急需通譯才被叫去幫忙；[46] 在吉隆坡受審的陳天泉，原來是在勞勿的一間旅館工作，臨時被當地的憲兵隊找去擔任通譯。[47] 這些資料顯示，戰爭下的偶然性（contingency）對臺灣人在二戰期間擔任通譯、進而涉入戰爭犯罪，而後在戰犯審判當中被定罪，都有相當的影響。

如 Delisle 和 Woodsworth（1995，頁 273）在德國通譯多爾曼（Eugen Dollmann，二戰時擔任希特勒和墨索里尼之間的通譯）的案例研究中所指出的，「為了表達自己是在未經徵詢的情況下，就成了納粹親衛隊的一員，多爾曼簡直費盡了口舌。」在他的自述中，多爾曼回憶道，「有一天早上我醒來……就發現自己加入親衛隊了」（同上注）。在許多個案中的通譯，不是未經徵詢，就是被迫陷入他們無力控制的局面。這樣的情況，其實也發生在許多成為戰犯的臺籍通譯身上。本章節所關注的焦點，並不是這些曾經擔任通譯的臺籍戰犯是否得到了公平公正的審判。此研究希望能藉由這些臺籍通譯的案例，揭露出通譯在戰爭的背景下，是如何被迫參與犯罪，無法控制自己的行為，陷入無能為力的困境。雖然，通譯的身分或職責並不足以決定任何臺籍通譯的判決或死刑，卻仍是當中的關鍵因素。導致許多諸如安田的臺籍通譯必須密切接觸日本占

45　WO 235/931。
46　WO235/1094。
47　WO235/949。

領地的東南亞當地居民，隨後（或者最終）使諸多臺籍通譯落入窮途，被指控對當地居民犯下了戰爭罪行。因此，通譯的身分或職責至少與某些臺籍戰犯的判決和死刑脫不了關係。

（二）殖民勢力的回歸和戰爭犯罪的審判

　　像安田這種在東南亞受審的通譯案例，也可以放在更廣的脈絡下來研究：戰後，過去的殖民強權回歸，而反殖民的聲浪高漲。戰爭期間，日本占領了西方列強在東南亞的殖民地。在殖民地人民的眼裡，日本的勝利也象徵著西方殖民國家驟然投降，政權一夕瓦解，這讓許多人都意識到殖民勢力是如此不堪一擊，而當殖民母國和殖民地人民受到威脅時，他們是多麼的束手無策。我們可以合理推論，隨著日本在東南亞的軍事不斷擴張，反殖民情結也逐漸蔓延。因此，西方殖民強權在戰後重新掌管東南亞殖民地時，首要任務就是重建威信，並維護當權者執政的合法性。

　　在這種情況下，既然殖民地的人民是戰爭罪的受害者，對在戰後重新回來統治的殖民者來說，戰犯審判就成為一種相當公開且直接的手段，用以向殖民地的人民再次宣示強化自己的統治正當性。這些回歸的殖民政權，一方面作勢懲罰侵略殖民地的日本軍隊，另一方面，又看似代表殖民地人民伸張正義；但是這些行動，實際上是為了重建並行使對前殖民地的控制權。此舉意義深遠，因為距離英法殖民母國在日本手上慘敗還不到四年，當時反殖民運動又在整個東南亞越演越烈。

　　早在戰爭結束之前，歐洲各殖民帝國就已面臨分崩離析的危機，因此他們急於在戰後立即採取行動以保衛政權。所以對回歸的殖民強權來說，戰後欲重建在東南亞殖民地的執政合法性，最立即見效的方式就是審理針對「當地居民」和「原住民」所犯下的戰爭

罪行。

　　這些審判的地點也是一大關鍵。殖民當局並沒有把被指控的乙、丙級戰犯引渡到倫敦這樣的帝國首都，或是像東京那樣審理甲級戰犯的國際軍事法庭，而是刻意將這些審判安排在殖民地審理，使審判與殖民地人民息息相關。如此一來，在殖民地政府和殖民地人民的眼中，戰爭犯罪的審判就是最能代表西方殖民強權回歸，且重掌合法統治權的方式（或「儀式」）。

　　戰事剛結束時，在東南亞識別戰犯最常見的做法，是透過問卷的方式向當地居民調查戰爭罪行，而後將日籍戰俘們「列隊示眾」，讓戰爭受害者當面指認戰爭罪的嫌疑犯。在這種程序之下，和當地居民接觸最直接也最頻繁的戰時通譯，就成為最容易被指認的眾矢之的。種種情況，都使得被夾在日本軍事當局和當地居民的臺灣通譯，成為最顯目的起訴對象之一。

　　再者，和日本通譯相比，臺灣通譯被當地居民指認的風險較高，特別容易被東南亞華人指認。因為臺灣通譯除了會講當地語言外，他們與當地居民的文化背景也差不多。大多數的東南亞華人，和臺灣人一樣，祖籍都來自中國東南地區的省份。由於這些共同點，能和東南亞華人溝通的臺灣人，在戰爭期間就被指派為通譯。但等到戰後，由當地居民出面指認戰犯時，這些臺灣通譯卻成了箭靶，原因有以下兩點：

　　首先，由於有共同的背景，對東南亞華人來說，臺灣人比日本人識別度更高。其次，在戰爭期間，因為臺灣人幫著日本人在占領區對付華人，他們經常被視為比日本人更糟糕的「漢奸」。[48]

---

48 「漢奸」常指戰時與日本人同謀的漢族，欲參考中國叛徒研究，詳見 Wakeman (2000) 和 Brook (2005)。美國的 John Provoo 審判實屬佳例；詳見 Kusher (2010)。欲參考法國維希（Vichy）政府的審判，詳見 Conan and Rousso (N. Bracher 譯, 1998)。

因此，在查明戰犯嫌疑人的過程中，臺灣人成為當地華人報復的主要對象。值得注意的是，在二戰後的中國、美國和法國，「叛徒」和「叛國罪」審判屢見不鮮，戰後的中國當局也將臺灣人當作「叛徒」（漢奸）來處置（Lo, Jiu-jung, 2001）。但在這些案件中，所謂的「叛徒」是受到自己國家的政府審判。而本篇探討的臺灣人案件，情況則較複雜且特殊，因為他們在有殖民地背景的東南亞，被華人視為「叛徒」，卻又受到第三方——也就是回歸的西方殖民當局——審判。

（三）和當地華人的矛盾關係

說到華人與臺灣人之間的矛盾，在前述英國審判中的臺籍戰犯案格外明顯，例如許祺禪、郭張興和楊樹木等三人被指控在檳城參與「虐待被他們看管的當地居民，進而導致數百人死亡和更多人身體上的傷害」，而這些被害的當地居民——以及在戰後出面在法庭上作證的檢方證人——大部分都是華人。[49]最值得注意的情況就是，在馬來亞各地的英國法庭中遭到定罪的臺籍戰犯，其中有多位在法庭的紀錄中不是使用日本名字，而是使用以中國南方方言——最接近的是福建話——來發音與拼音的中文名字。

在此有必要對臺灣人的名字在日本殖民統治下的意義稍做解釋，尤其是在戰爭的脈絡之下。隨著1930年代日本的軍國主義越演越烈，總動員從日本本土擴展到在臺灣和韓國等殖民地。為了動員殖民地人民為日本作戰，日本政府廣泛實施了被稱為「皇民化」的政策，迫使殖民地人民成為帝國子民。皇民化政策當中的一項關鍵是「改姓名」，要求臺灣與韓國的殖民地人民採用日本姓名。

---

49 WO 235/931。

　　雖然，改用日本姓名的殖民政策遭受大眾一定程度的反彈，並沒有在殖民地徹底執行，但對被動員至日本軍隊工作的人來說，採用日本姓名的情況特別普遍。在臺灣，改姓名需要透過「申請」。[50]最初，日本當局只批准符合特定條件的臺灣人更改姓名。然而，到了戰爭後期，日本政府放寬了那些限制條件，藉以鼓勵臺灣人改用日本姓名；特別是針對那些在日軍服役的臺灣人。從日本政府的角度來看，要求臺灣人改為日本姓名，除了培養對日本帝國忠誠的意識型態目的之外，其實也有助於軍事行動的實際面向。[51]舉例來說，在二戰後期受到軍事動員被派往英屬北婆羅洲擔任軍屬的柯景星先生、派到菲律賓的張相錦先生、派往新不列顛的陳春良先生，都憶及自己是在抵達戰地之後，才被日本軍隊的長官要求改用日本姓名。[52]另外，在澳洲法庭被審判的臺籍臨時通譯，也個個都採用日本姓名（本章節稍後將會進一步探討這些臺籍戰犯）。

　　同樣是在軍事動員的脈絡之下，在英國法庭中以中文名字記錄遭到定罪的臺籍戰犯，就顯得很不尋常，特別值得探究。例如在檳城審判中三名被定罪且處決的臺籍通譯，他們的中文原始姓名分別為郭張興、楊樹木和許祺禪，而英文的紀錄則分別顯示為Kwek Tiong Hin、Yeow Chew Bok、Khor Kee Sian，很明顯就是以中國南方方言——最接近的應該是福建方言——來發音、拼音的中文原始姓名。[53]另外，前述的多位被英國戰犯審判的臺籍通譯，在審判紀錄中的姓名，也都是以中國方言——福建或廣東的方言——

---

50 1940年2月，臺灣開始推行改姓名政策，但到了1943年底，只有12萬6千名臺灣人改為日本姓名，相當於總人口的百分之二。詳見蔡錦堂（2006，頁53-54）。

51 針對這一點，我要特別感謝史想容教授的提點。

52 蔡慧玉編著，《走過兩個時代的人：臺籍日本兵》（臺北：中央研究院臺灣史研究所籌備處，1997），頁254、321、348.

53 WO 235/931。

來發音、拼音的中文原始姓名。例如，在吉隆坡審判中的Tan Ten
Chuan（在審判紀錄中或寫為Tan Hen Chon、Chan Tien Chien），
中文名字為陳天泉；[54] Cheah Kam Sang的中文名字為謝長錦；[55] Ee
Fook Seong的中文名字為余福常；[56]Matsuoka Masanori（松岡正訓）
在審判紀錄中又名Hiu Nien Huin，中文名字為邱元訓。[57]在亞羅士
打審判中的Tan Teong Koo，中文名為陳長居。[58]而在新加坡審判中
的Chan Eng Thiam，中文名字則為曾永添。[59]

　　根據以上的資料來計算，在英國審判中至少有8位在戰爭期間
擔任正式通譯的臺籍戰犯，沒有改日本姓名；占了全數被英國審判
的臺籍通譯（16名）的半數。對照前述關於臺灣人改日本姓名的
意識型態和實際考量，這些在戰爭期間使用原來的臺灣姓名臺籍通
譯，是一個相當特殊的情況。當然，這8位臺籍通譯也許從未申請
過更改姓名、或者未曾被軍隊中的長官要求改姓名，所以在馬來亞
各地的憲兵隊或警察局服務期間仍然持續的使用中文名字。然而，
考慮到他們的工作是處理與「當地居民」有關的事務，而審判紀錄
又清楚地記錄著這些「當地居民」多為華人，那麼臺籍通譯持續地
使用他們原來的中文名字就有另外一層特別的目的和意義了。

　　更重要的是，「當地居民」中的華人與臺籍通譯使用雙方共通
的中國方言。對在戰爭期間被害的「當地居民」，以及戰後出面控
訴或指認戰犯嫌疑人和在法庭上擔任證人的「當地居民」──特別
是華人，使用中國方言拼音的中文名字的臺籍通譯就成為了最會被

54　WO235/949。
55　WO235/1059。
56　WO235/1026。
57　WO235/1003。
58　WO235/1094。
59　WO235/891。

記得（相對於陌生的日本名字）也最容易被指認的戰犯嫌疑人。例如：在前述的吉隆坡審判中被判處5年監禁的Tan Ten Chuan（陳天泉），在他被指控涉嫌的罪行中，受害人是Ti Tiew Poh和Chong Kun Pow；而在法庭上所提供的陳天泉個人資料，更清楚載明了他通曉廣東話和福建話。[60]同樣是在吉隆坡遭到審判、判15年監禁的Cheah Kam Sang（謝長錦），被指控傷害的當地居民分別為Chan Choy、Chin Chan和Ng Lay Chan；另外，在此案中擔任檢方證人的則有Joo Kim Chong；[61]而在被判6個月監禁的Ee Fook Seong（余福常）的案件中，擔任檢方證人的有出生在檳城的福建人（Hokkien）Tan Khoon Suan、出生在檳城的客家人（Kheh）Loh Ah Choon、出生在中國的潮州人Chew Tong Nam，以及同樣出生在中國的潮州人Lee Seng Soon。[62]在亞羅士打審判中被判處死刑、後來減為無期徒刑的Tan Teong Koo（陳長居），在法庭上承認對檢方證人Liu Choon Foo、Leoh Poh Chin、Lim Kim Cheat、Tan Toon Sing、Ooi Leong Chye等人施虐。[63]另外，在審判紀錄中使用日本姓名的臺籍戰犯，例如在吉隆坡受審後被判處死刑的Toyoshima Nagasuke（豐島長助）以及Fujiyama Teruyoshi（藤山照芳），他們被指控涉嫌傷害的當地居民在前案為Tang Teng Chee、Law Joo Chin、Tiang Kong Fah、Samuel Diviarajoo、Lim Heng Kit、Goh Swee Seng等人，[64]在後案則是Ching Kai Ho、Ho Chee Boon、Phee Liam、Lee Soo Chuen、Ong Soo Chuen。[65]很明顯地，以上的這些

---

60 WO235/949。
61 WO235/1059。
62 WO235/1026。
63 WO235/1094。
64 WO235/991。
65 WO235/934。

被害人和證人都是使用中國南方方言的華人。如這些案件所示，「當地居民」的華人既是犯罪的受害者，也成了臺籍戰犯審判的指控者。因此，在日本憲兵隊涉嫌危害「當地居民」審判中，才會有這麼高比例的臺籍通譯遭到審判，進而遭到定罪。因此，若想更全面了解第一組的臺籍通譯戰犯，無論是其戰時行動或是戰後審判，知悉華人的東南亞背景，以及他們與臺灣人之間的矛盾關係，茲事體大。

三、擔任臨時通譯的臺籍戰犯：以澳洲審判為例

　　前述的第一組戰犯為戰時具正式通譯地位的臺籍通譯；而以下所討論的第二組戰犯，則是戰時做過非正式或臨時通譯工作的臺灣士兵。後者當初被徵用前往戰場時，並未指定為通譯，但由於他們的語言能力在軍中少見，因此戰時他們臨危受命擔任通譯。深入研究這21名被處決的臺籍戰犯的資料後可知，在官方的審判紀錄中，幾位沒在通譯列表上的人，在戰時確實執行過通譯的任務；而他們於戰後也因擔任非正式通譯時的工作，而遭到起訴或判刑。

　　第二組戰犯中，有些人原先在戰時擔任軍伕或戰俘營（看管被日軍俘虜的盟軍戰俘）的守衛；其中有多人，戰後在澳洲法庭被判處死刑。審判紀錄中記載，他們在戰時的確做過通譯的工作；但更關鍵的是，他們被指控涉嫌犯下的戰爭罪行，就是在擔任通譯工作時所參與的。[66]其中一個例子是澳洲法庭於1946年在拉包

---

66 值得一提的是，根據可靠紀錄可知，澳洲是審理臺籍戰犯最主要的國家。單從人數來看，澳洲法庭一共將95名戰犯宣判有罪，數量為同盟國之最；其中七人被判死刑並已遭處決（此數量亦為同盟國之最），見厚生省引揚援護局（1955）。而茶園義男（1990，1991）的資料甚至將人數上修至109人。

爾（Rabaul）審理的「1943年殺害中國戰俘」一案。[67]該次審判是
處理中華民國的國軍第三戰區第88師的士兵在成為日軍戰俘後遭
到殺害的事件。這些戰俘於1942年7月在中國被日軍俘虜，[68]並於
1943年1月送至拉包爾。[69]其後，許多戰俘據報分別在同年3月3日
及11日遭日籍士兵及臺籍守衛射殺（報告顯示，第一次的死亡人
數為24人，第二次為6人）。於該次審判中，共兩名日籍士兵及七
名臺籍守衛因殺害事件遭到起訴，而1946年4月16日，被告全數
處以絞刑。[70]

　　該案被審判的七名臺籍戰犯分別為：[71]林發伊（日文名：林
一，AWC 2983）、陳銘志（木代原武雄，AWC 2913）、林水（岡
林永久，AWC 2685）、蘇木（柳川植種，AWC 2914）、林朝銘
（志村勇三，AWC 2911）、胡國寶（古谷榮明，AWC 2912）、林東
雲（武林鶴一，AWC 2684）。經判決定讞，林一、木代原武雄及
兩名日籍士兵於1946年7月17日遭絞刑處死，而岡林永久、柳川
植種、志村勇三、古谷榮明和武林鶴一等人因為仍需為其他戰時案
件作證，故於1947年6月27日改判無期徒刑。[72]

---

67 日本外務省（JMFA）檔案，講和條約發行後：赦免勸告關係，オーストラリアの部
（和平條約生效後，論赦免與請求：澳洲）：D-1-3-0-3-9-2a: 376-438。根據此紀錄，一
名日籍軍曹、一名日籍伍長、兩名臺灣特設勤勞奉公團的成員遭判絞刑，並於1946
年7月17日執行；其餘五名臺灣特設勤勞奉公團成員亦遭判絞刑，但後來於1947年7
月4日得改判無期徒刑。

68 1946年4月10日，劉偉寶上尉、日本陸軍的Matsushima Tozaburo上士等人於軍事法
庭審判程序中的法庭證詞，A471.80915，澳洲國家檔案館。

69 1946年4月11日，李維恂上校的法庭證詞，A471.80915。

70 1947年5月14日，Memorandum for Judge Advocate General，A471.80915。

71 Record of Military Court, Court, Place, Date and Formation: Rabaul、1946年4月10-16
日、8 MD、A471.80915。AWC為澳洲當局編給每個戰犯的識別編號。

72 Record of Military Court, Court, Place, Date and Formation: Rabaul、1946年4月10-16
日、8 MD、A471.80915；the "commuted sentences (were) promulgated to (the) accused
(on) 12 July 1947."。

　　這些審判紀錄記載了這些臺籍戰犯詳細的工作內容，以及他們遭法庭起訴的罪行。國軍的李維恂少校是其中一名辯方證人，他在庭上作證指出：「被告七名臺灣人都有用步槍或手槍朝坑洞射擊。」而那個坑洞便是1943年3月3日，軍方命令生病的中國戰俘前往的地點。此外，他補充說明這些被起訴的臺灣人在同年3月11日也做了相同的事情。[73] 另一位辯方證人是國軍的王又新中尉，他同樣作證表示，從1943年1月中國戰俘抵達拉包爾開始，到3月遭到殺害為止，「正是這些被告全程監控他們（中國戰俘）的」。[74] 從這些證詞中可清楚知道，這些臺籍戰犯受命負責監視中國戰俘，後來也涉嫌殺害部分戰俘。

　　不過，法庭上也有幾名中國軍官作證，說臺灣人身上通常是沒有武器的。審判過程中曾問到：「在第一次戰俘遭到殺害時，有多少臺灣人帶了武器去戰俘營？」[75] 辯方證人劉偉寶上尉答道：「我記得臺灣人進我們的營區時都沒有攜帶武器。」後來問到第二次的殺害事件時，他的說法也是一樣。李維恂少校同樣作證說：「除了其中一人，其他臺灣人只有在射殺戰俘的時候才有拿武器。」[76] 而日方則有位證人叫島崎正臣，是負責看管第26號貨物廠的軍官；他在法庭上表示：「臺灣人並未接受任何軍事訓練，他們從頭到尾都是軍伕，沒有人教過他們如何使用槍枝。」[77]

　　上述證詞顯示，這些臺灣人原本都是徵調擔任軍伕的，他們從未接受任何戰鬥訓練或執行相關任務；更何況，所有和中國戰俘有關的任務，原本都不是交由臺灣人負責的。根據日本政府厚生省的

73　1946年4月11日，李維恂上校的法庭證詞，A471.80916。
74　1946年4月11日，王又新中尉的法庭證詞，A471.80916。
75　1946年4月10日，劉偉寶上尉的法庭證詞，A471.80916。
76　1946年4月11日，李維恂上校的法庭證詞，A471.80916。
77　1946年4月15日，主計少佐島崎正臣的法庭證詞，A471.80915。

戰犯資料，這些臺籍軍伕都是臺灣特設勤勞奉公團的成員[78]，在拉包爾隸屬於第26號貨物場，負責卸貨，運輸和供給軍事用品（日本厚生省引揚援護局，1955；厚生省援護局，1968）。究竟這些臺籍軍伕最後為何會被派去拉包爾、負責「監控」那些中國戰俘呢？答案就在審判紀錄裡：是因為他們的語言能力。

（一）通曉「中文」

在澳洲的審判紀錄中，遭起訴的臺籍戰犯一再提到，語言能力是自己被派去處理中國戰俘事務的關鍵，也因此才會涉及相關的戰爭罪行。被告人列表中的第一位臺灣人是林一，於1946年4月12日上法庭受審。他表示自己隸屬於第26號貨物場，負責每天將中國戰俘營的狀況回報給上級的日本軍官。而當林一被問及中國戰俘的殺害事件時，他說道：「身為臺灣人，任何有關殺戮的場合我一概不得出席。我是因為每天都得拿著名冊一一清點，所以才會知道有中國人被殺害了。」之後他繼續補充：「我幾乎每天都在部隊的辦公室工作，有時也得臨時充當中文通譯。」[79]此外，林一在開庭前所做的偵訊報告裡也說：「1943年1月，我被指派到中國戰俘的營區工作……因為我稍微會講一點中文，所以我在那裡擔任通譯。我的職責便是依照指示，將這些戰俘分配到不同的單位去工作。」[80]值得注意的是，由於林一是七名臺籍被告中，唯一在法庭上被其他兩位臺籍證人指認的「中文通譯」，因此他被認為是日軍在管理中國戰俘時最主要的通譯。[81]

---

78 詳見近藤正己（1995：216-217）。

79 1946年4月12日，被告人林一於法庭的證詞，請見澳洲國家檔案館紀錄，AWC：A471.80915.1946。

80 1946年2月1日，林一的法庭證詞，AWC：A471.80915。

81 1946年4月15日，臺灣人Tanioka Kunihiro與平民Toyoda Toshio的陳述，檔案編號：

　　另一位被起訴的臺灣人岡林永久，在1946年4月13日被傳喚到法庭。他說他在1942年11月抵達拉包爾，隸屬於第26號貨物場，在「中國戰俘營」的職責是「跟著中國戰俘，監督他們工作」。[82]跟林一的情況很像，岡林永久在開庭前的偵訊報告中也說道：「我從1943年1月到9月擔任平民通譯，天天監督中國軍伕，跟著忙進忙出。」[83]

　　上述兩位臺籍戰犯所提供的證詞與陳述，都不約而同清楚指出，語言能力及口譯工作即是他們被指派到拉包爾「監控」中國戰俘的關鍵要素。其他與「中國戰俘殺害事件」有關的文件也提到，這些被告臺籍戰犯的語言能力，正是他們在戰場上受命擔任通譯的決定性因素。1954年，上述五位在「中國戰俘殺害事件」判決中，改判無期徒刑的臺籍戰犯，於日本巢鴨監獄服刑期間申請赦免。而針對他們的申請，厚生省引揚援護局作為日本負責處理戰犯相關事務的機構，編輯了一份文件說明臺灣人在拉包爾處理中國戰俘的工作內容。特別提到數名日本「上等兵」，負責「監視中國戰俘的行為、維持秩序並指派任務」。然而，該文件也強調了以下的部分：

　　　　由於這些（日本）上等兵不通中文，所以日本從軍中找來
　　　　20幾位語言能力較優異、且較擅長書記工作的臺灣人，在部
　　　　隊裡暫時充當助手……叫他們負責指揮、帶領這些中國戰俘工
　　　　作，同時讓某些特別擅長書記工作的臺灣人處理文書。[84]

A471.80915。

82　1946年4月13日，岡林永久的法庭證詞，AWC：A471.80915。

83　1946年2月1日，岡林永久的法庭證詞，AWC：A471.80915。

84　赦免申請文件，日期為1954年2月27日，文件3，〈Summary of the Case in which Chinese laborers were killed at Rabaul〉，第5頁，見日本外務省（JMFA）檔案，外務省檔案，講和條約發行後：赦免勸告關係，オーストラリアの部（和平條約生效

以上的資料都清楚地顯示，這些在拉包爾的臺灣人因為通曉「中文」，因而額外且臨時性地擔任非正式的通譯工作，協助日本軍官與中國戰俘溝通。

然而在口譯的過程中，語言的問題值得我們更仔細審視，因為「中文」的異質性非常高。雖說書面的中文或多或少都遵循著一套統一的系統，但口語的中文卻涵蓋了數百種方言。DeFrancis（1984）指出，世上並沒有統一的口語中文，中文是由許多方言或家鄉話組成的，不少方言彼此是互不相通的。因此，這些在拉包爾的臺籍通譯，究竟是跟中國戰俘講哪一種「中文」呢？

在澳洲的審判紀錄中，雖然只記載了有些臺灣人被派任「中文通譯」，以協助處理中國戰俘事務，但他們用的「中文」其實還有更多複雜性。即便大多數的臺灣人應該都會寫中文，但基本上他們說的還是中文方言，也就是閩南（福建）話或客家話。那麼中國戰俘到底是說哪種語言呢？根據中華民國國防部在2009年發布的一份調查報告，[85] 被送往當地的中國戰俘可分成三種（國防部，2009，頁12-13、29-42）：1.在1937年防守上海四行倉庫一役中存活下來的士兵，於1941年12月被日軍俘虜；2.在保衛浙江衢州機場一役中倖存的士兵，於1942年6月遭俘虜；3.忠義救國軍的成員，該組織是由戴笠指揮的游擊部隊，負責中國政府的情報工作，

後，論赦免與請求：澳洲），D-1-3-0-3-9-2（Ministry of Justice: Confidential Special No.1066，1954年5月29日），377-379。

85 中華民國國防部在2008年設立了專門小組來調查國軍士兵在拉包爾的歷史。經過初步調查後，國防部於2009年2月派了另一團代表到巴布亞紐幾內亞。代表團出了國軍們的墳場，將其修復後在那裡辦了一場葬禮，並於三月返臺時帶回了將士們的牌位，上頭刻著「中華民國國軍於巴紐陣亡將士之靈位」。接著國防部舉辦了正式的儀式，接回將士們的牌位並將忠魂迎入忠烈祠內安靈，見國防部（2009，頁137-149）。值得注意的是，在調查過程和最後的調查報告當中，完全忽略了同樣在此事件當中的臺籍戰犯的歷史。

主要活躍於江蘇和浙江一帶。

　　國防部的報告更進一步證實，有超過1,500名中國戰俘被送往拉包爾擔任勞工：其中超過1,000人來自南京戰俘營，其餘的人則來自上海戰俘營（同上注，頁42-43）。根據這些資料可知，這些戰俘所說的「中文」應該是上海、江蘇或浙江的方言。不過，要特別留心的是，光是在江蘇一省就有好幾種大不相同的方言。例如上海人講的方言，跟鄰近的蘇北地區方言就截然不同。還有一點也值得注意，有受過正式學校教育的戰俘應該會講普通話，也就是國民政府從1910年代開始推行的「國語」。

　　根據上述的資訊可以推論，中國戰俘講的方言，和臺灣人講的閩南或客家話應該是互不相通的，而在拉包爾的中國戰俘，照理說也聽不懂那些臺籍「中文通譯」所講的「中文」，除非這些臺灣人有受過特別的語言訓練，或是湊巧有機會學過上海話、江蘇話、浙江話或普通話。然而，與前述的第一組正式通譯不同的是，這些第二組的臺灣人臨時通譯是臨危受命，不太可能接受過什麼特別的語言訓練。另外，在拉包爾的臺灣人和中國戰俘也有可能是用「筆談」的方式來溝通的[86]，因為中文在書寫上相對比較統一。不過，在戰場上或是戰地工事中這種需要口譯的情況下，基本上不太可能用「筆談」的方式來溝通。

　　所以臺籍「中文通譯」究竟是如何執行口譯工作的呢？他們跟中國戰俘說的「中文」究竟是哪一種語言？澳洲和日本的審判紀錄中並沒有任何文獻能回答這些問題。如今，最有用且唯一的線索，就繫在倖存的中國戰俘身上，只剩下他們的回憶可考了。舉例來說，一位倖存的中國軍官這麼說：

86　更精確地說，「筆談」即是中國知識分子與日本人透過書寫中文字來溝通的方式，見　　Howland (1996).

我們並不是由日軍直接看守，而是由臺灣籍的軍伕來擔任監視員，要與日本人溝通時，我們就得由隊上福建籍會說閩南話的人，先向這些監視員說明，再由他們傳達給日本人，然後再以相同管道傳達回來，可見與日本人溝通實在非常辛苦，後來雙方都學會一些簡單的基本對話，初步溝通才較為順暢。[87]

根據上述的紀錄可以合理推測，雖然臺灣人被指派作「中文通譯」來處理拉包爾中國戰俘的相關事務主要是因為懂中文的緣故，但在口譯工作中真正會派上用場的，其實是臺灣人會講的閩南方言；於是，閩南話就成為讓中方與日方能順利溝通的關鍵語言。這些臺灣人是唯一同時會講日語和閩南話的人，他們受命擔任非正式的通譯，並看守、監督中國戰俘。如同法庭上的證詞所述，他們原本都是徵招來當軍伕的；他們的工作與通譯完全沒有關係，也跟管理戰俘沒有關係。但因為中國戰俘突然被送到了拉包爾，這些臺灣人就因為會說中文而被派任為通譯了。更重要的一點是，這些臺灣人正是因為戰場上的「偶然性」——臨時被要求擔任通譯，才會被牽扯進這些戰爭罪行。

這些臺籍戰犯的語言能力也值得注意；或者說得更精確一點，就是他們和中國戰俘是否能夠語言溝通這件事，在澳洲法庭上也成為了替他們辯護的理由。在該次審判中，只有林一和岡林永久承認自己當過通譯，其他三名臺籍被告（木代原武雄、古谷榮明和柳川植種）都表示自己「忘記怎麼說中文了」，[88]或是說自己「根本不懂中文」。[89]這些證詞都清楚顯示，被告方的策略是想藉著否認語言

---

87 李維恂的訪談紀錄；見國防部（2009，頁189）。

88 1946年4月13日，木代原武雄及古谷榮明的法庭證詞，A471.80915。

89 1946年4月15日，柳川植種的法庭證詞，A471.80915。

溝通的能力，來否認曾經參與中國戰俘的事務及「中國戰俘殺害」事件。在審判中，另一名臺籍通譯志村勇三也表示，在1943年3月中國戰俘遭到殺害時，自己與這些戰俘從未有過任何交集。[90]

（二）臺籍通譯和中國戰俘

如前所述，林一是中國戰俘的主要通譯，也是審判之後被處死的兩名臺籍通譯之一；他的工作情況或許能夠進一步說明，語言能力和口譯職責在戰爭期間，是如何導致或迫使在日本軍隊中服役的臺灣人陷入困境。

在1946年4月審判期間提交的一份署名的文件中，萩原末碩——自稱自1942年11月以來是林一在拉包爾的上司，指出他曾和林一討論過工作的情況；他回顧了自己當時與林一的對話：

> 戰爭期間，中國人似乎不怎麼喜歡林一，在停戰之後，他甚至時常差點遭受攻擊。因此，1945年9月底，我問他是否有任何原因，他的回答如下：我在中國戰俘營區工作期間，我的中文很流利，所以我把上級的命令轉達給中國戰俘，並不時對他們發出警告。然而，中國戰俘在勞動場所盜竊軍糧的事件頻發。有一次，我對他們說：「你們這些人在工作的時候偷罐頭食品吃，就像流浪狗一樣。如果你們再繼續這樣下去，你們就等著受罰吧。」還有一次，這些中國人正在營房說我的壞話，我對他們說：「我知道你們正在說我的壞話，如果我向上級稟報這件事，你們就會被懲處的，但是如果你們現在向我道歉，我就不再追究。」然後他們就道歉了。我想就是因為這種事

90　1946年4月13日與15日，志村勇三的法庭證詞，A471.80915。

情，他們才不喜歡我。我覺得管理者比較容易招人厭惡。[91]

很顯然地，林一的中文能力使他成為一名通譯。後來，通譯工作迫使林一在日本上司和中國戰俘之間，陷入了微妙而艱難的處境。更糟糕的是，他必須成日面對那些被日軍虐待、毆打甚至殺害的中國戰俘，又遭其憎恨。

林一作為一名非正式通譯，他的情況並非個案。另一名在同案中被判死刑、但後來被減刑為無期徒刑的臺籍戰犯武林鶴一，在面對中國戰俘時也陷入了類似的處境。武林鶴一的上司佐藤康，在1946年4月的審判期間提交了一份署名的文件，其中對武林鶴一的性格和工作情況做了以下的陳述：

> 武林鶴一向來性情溫和，從未與其他臺灣人或別人吵過架，但是他很自負，有時打斷我或其他日本人的談話。因此，我覺得對中國人來說，武林鶴一過於自大，而且他當了大約一年的中文通譯，但結果中國人都非常討厭他。差不多在停戰後的去年（1945）10月中旬，被告散步時遭到許多中國人的嚴重毆打，傷勢嚴重，負傷在床休息了10天左右，所以我就去探望他，看到他的臉和眼睛都受傷了。[92]

上述的證據顯示，擔任（非正式）通譯的職務，使這些臺灣人陷入一種意想不到的、不尋常的、不情願的境地，進而導致他們被指控參與了戰爭犯罪。

---

91 1946年4月15日，萩原末碩的陳述，A471.80915。
92 1946年4月15日，平民佐藤康的陳述，A471.80915。

（三）重建事件現場：臨時通譯和戰爭罪行

　　除上述案件，在拉包爾的澳洲法庭還審理了另一場與「殺害中國戰俘」有關的審判；其中，臺灣人潘進添（日文名：米田進）被指控「4月29日左右在塔里利（譯音）謀殺了4名中國戰俘」，於1946年4月送上法庭審判，並在4月23日被判處絞刑，而後在1946年6月11日遭到處決。[93] 根據日本的紀錄，米田的職位是拉包爾供給部隊的「軍屬」（平民軍事人員）（日本厚生省引揚援護局，1955，頁36)。但是，在澳洲法庭的紀錄中，米田被列為「民間人臺灣通譯」。[94] 這些紀錄都表明米田是第二組臨時通譯的另一個案例；他原先受徵召和指派的工作並不是通譯，但卻在戰場臨時受命執行通譯的任務。

　　米田在犯罪現場所扮演的角色，可以從原告方的目擊證人，中華民國國軍中尉Lo Mei Ling（譯音）的證詞中得到進一步的確認。[95] 曾在塔里利當過戰俘的Lo中尉作證表示，每當他與日本的監督官員田島（Tajima）說話時，都是「由米田擔任通譯」。[96] 另一名證人Yang Bing（有待確認）是中華民國國民軍的少尉，他也表示：「米田當時正為田島擔任口譯工作。」[97] 米田自己在法庭上所說的證詞也證實，他被指派負責翻譯田島和Lo的對話內容。[98] 根據這些紀錄，米田在起訴罪行中所扮演的角色，經確認為日本軍隊和中國戰俘之間的一名通譯。

93　Warrant of Execution, in Proceedings of Military Tribunal, Tasaka, Mitsuo and Others, Department of the Army，A471.80978。

94　Précis of Evidence，A471.80978。

95　澳洲的審判紀錄中僅有英文拼音的名字。對照國防部調查報告中的名單，軍階相符又最接近的名字是羅茂林，見國防部（2009，頁234）

96　Lo Mei Ling的法庭證詞，A471.80978。

97　Yang Bing的法庭證詞，A471.80978。

98　米田進的法庭證詞，A471.80978。

　　在這起案件裡，被確認的受害者是四名生病的中國戰俘。[99]仔細分析這起案子時，又浮現一個問題：「為什麼一個臺灣通譯會被指控殺死這些生病的中國戰俘？」Lo 與 Yang 在各自的證詞裡，都描述了當時米田作為非戰鬥人員參與殺害的情景。兩人都證實，在田島的指示下，米田帶了武器（一把步槍）到犯罪現場。[100]從成為受害者的中國戰俘的角度來看，米田顯然只是聽命於田島的助手。

　　米田在法庭的證詞，詳細闡述了他在殺害中國戰俘的過程中所扮演的角色。即使證詞看似冗長又零碎，但細節仍值得引用，以了解一連串導致這起戰爭犯罪的事件：[101]

檢方提問：你什麼時候得知中國戰俘會被殺死？
米田供詞：我跟著田島走到行刑的地方才知道。

問：病俘被移到山上[102]之前，你們是否去過他們的營房？
答：是，我有去。
問：田島當時是否也在營房內？
答：是。
……
問：病俘從營房到山上的路途，你是否同行？
答：是，我跟在他們後面。
問：Awano 軍官當時也跟你們同行嗎？

99　Record of Military Court，A471.80978。
100　Lo Mei Ling 和 Yang Bing 的法庭證詞，A471.80978。
101　米田進的法庭證詞，A471.80978。
102　「山上」是指行刑的地點。

答：對，他也在，可是他在隊伍最前面帶頭。

問：他從你們在病俘營房時就在場了嗎？

答：我在戰俘營區入口才見到他的。

問：是在你們從營房出發之後嗎？

答：是。

問：你什麼時候得知中國戰俘會被帶到山上？

答：Awano 軍官要我們跟著他的時候。

問：你跟病俘出發之前的那個早上，你是否翻譯過任何田島與 Lo 中尉之間的對話？

答：是，我有翻譯過。

問：他們在哪裡對話的？

答：在 Lo 中尉的營房。

問：當時有日本人在附近，你身為平民卻被命令要射殺中國人，你是否認為這個情況不尋常？

答：我沒機會思考，因為他們沒給我機會思考，中國人被射殺時就站在大坑前。

問：Awano 軍官命令你的時候，你為什麼抗議？

答：我只是個臺灣軍伕，所以我認為殺死中國人不是我的義務。

問：你拒絕服從之後發生了什麼事？

答：我拒絕之後，Awano 走到我面前，叫我一定要跟田島做一樣的事，否則就要把我殺了。

問：他這麼說的時候，你覺得他真的會這麼做嗎？

答：是，我覺得他真的會這麼做。

此外，在其他米田署名的法庭文件裡，有一份聲明如下：[103]

> 我當時是個中文通譯，隸屬於第26號貨物場的塔里利分隊。我想事件大約在1943年4月20日發生。那天我做完口譯工作後，帶中國人到槍擊地點，並在Awano的命令之下，槍斃了兩個中國人；上等兵田島射死了另外兩個人。

上述證詞更能說明米田在參與殺害中國戰俘之前的種種，也更能描述其他臺籍臨時通譯例如林一，被定罪為戰犯的困境。根據紀錄，以下是事發經過的摘要：

1.臨時通譯的任務

由於語言隔閡，日本軍隊很難和中國戰俘溝通，有時甚至完全無法溝通。在這種情況下，通譯不可或缺。在拉包爾，會說日文和中國方言的臺灣人，就成了唯一能勝任這個工作的人。於是，除了原本的工作之外（例如臺灣勤勞奉公團的勞務工作），能說多種語言的臺灣人就被指派為臨時「中文通譯」。

2.通譯工作和其他事務

如果需要跟中國戰俘對話或傳遞訊息，無論是軍官還是士兵，日本人都需要臺灣人在現場負責口譯。由於語言能力，臺灣人必須參與任何中國戰俘的相關事務；而為了方便，監視中國戰俘的責任也落在臺灣人身上。

103「米田進陳述」A471.80978。

3.參與殺害中國人的過程

在殺害中國戰俘的過程中，日本軍官也需要臺灣人擔任通譯。起初，臺灣人在現場只需要負責口譯職務，並在營房傳遞日本軍官的訊息給中國戰俘；後來，日本軍官叫那些生病的中國戰俘離開營房，再走到行刑地點時，臺灣通譯又全程在場，負責幫助傳遞訊息給中國戰俘。因為臺灣人在日本軍階中地位最低，必須服從日本軍官或者士兵的命令，對自己的職責也沒有選擇權。就米田的案例來說，日本軍官原本要他在場做口譯，但後來上等兵田島又派給他另一項任務，要他帶上武器後跟著中國戰俘一起去大坑，也就是槍殺的地點。日本軍官命令士兵在大坑前殺死中國病俘，在場的臺灣人也受日本士兵指使，槍斃了中國人。因為臺灣人沒有任何權力，無法拒絕或對抗日本軍官和士兵；他們別無選擇，只能服從命令。因此，臨時臺灣通譯就這麼參與了殺死中國戰俘的過程。

如上述米田與林一的案例顯示，臺灣平民因為語言能力，而受命充當日本軍隊和中國戰俘之間的通譯，這些臨時通譯也因此面臨了許多困境，有的被帶到犯罪現場，有的甚至被迫參與戰爭犯罪。換句話說，從澳洲法庭的審判紀錄可分析出，非正式的通譯工作是數名臺籍戰犯受到定罪與死刑的部分原因，例如林一、岡林永久、武林鶴一，以及因殺害兩名中國戰俘而受審的米田。

結語

在戰時擔任通譯工作的臺灣人之所以會在戰後成為多個盟國戰犯審判的對象，並非只因他們擔任正式或非正式的口譯任務；也沒有任何一位臺籍戰犯單因通譯身分遭定罪。然而，不少臺籍平民被

控涉入戰爭犯罪、進而受到起訴定罪，的確和他們的通譯任務休戚相關。這些臺籍通譯因為工作所涉入的行為，在戰後被指和戰爭罪行有關，進而使得他們面臨審判，因此遭到判刑，甚而賠上性命，付出了慘痛的代價。

有關口譯與權力（和權力所帶來的後果）之關聯性的討論，Delisle 和 Woodsworth 指出（1995，頁274），「在德國軍隊裡，通譯的軍階是軍官，但若是成了戰俘，軍官的身分可不一定是好處。」根據前述分析的臺籍通譯戰犯案例，在戰爭期間，無論是對在日本憲兵隊恐怖統治下的當地居民或是受到日軍監視的中國戰俘來說，臺灣人都由於語言能力和口譯工作，而被賦予了一個特殊的地位，擁有看起來似乎較高的「權力」。處於殖民及戰爭交錯的不尋常脈絡下，臺灣人作為被日本殖民的對象，而受命擔任通譯。這些臺籍通譯的特殊地位在於，他們既會說中文方言，又通曉日語（即殖民者的語言，臺灣人當時必須學習的「國語」），這樣的語言能力重新定義了殖民者和被殖民者的關係。對於「國語」的語言政治學及日本殖民主義，臺籍戰時通譯的歷史顯然增添了新的討論面向。[104]

不幸的是，語言能力在戰後卻成了臺灣戰時通譯的重擔；他們被指認為戰犯嫌疑人，給送上了法庭，最終被定罪並受刑。武田珂代子表示（2016，頁241），戰時通譯「因被視為敵方、叛徒的代理人，以及不法行為的從犯，而成為責難和攻擊的箭靶，以戰犯嫌疑人的身分被起訴」。無論是否心甘情願，這些臺灣人恪盡通譯職務，一肩扛起日軍的罪責，也嚥下了苦果。在戰場上，他們是交戰雙方的信使；但在戰後的戰爭犯罪審判時，信使的身分卻為他們帶來懲戒，甚至是殺身之禍。

---

104 更多的討論請參見 Lee (2010) 或李妍淑的日文原著（1996）。

參考文獻

中文

木村宏一郎（2010）。**被遺忘的戰爭責任**（陳鵬仁譯）。臺北：致良出版社有限公司。

李展平（2005）。**前進婆羅洲：臺籍戰犯監視員**。南投：國史館臺灣文獻館。

李展平（2007）。**戰火紋身的監視員：臺籍戰俘悲歌**。南投：國史館臺灣文獻館。

周婉窈（1997）。**臺籍日本兵座談會記錄并相關資料**。臺北：中央　究院臺灣史　究所籌備處。

周婉窈（2002）。**海行兮的年代：日本殖民統治末期臺灣史論集**。臺北：允晨文化實業股份有限公司。

近藤正己（1995）。對異民族的軍事動員與皇民化政策：以臺灣軍夫為中心。許佩賢譯。**臺灣文獻，46**（2），189-223。

國防部（2009）。**南洋英烈：二戰期間巴布亞紐幾內亞境內國軍將士紀錄**。臺北：國防部史政編譯局。

許雪姬（2006）。日治時期臺灣的通譯。**輔仁歷史學報，18**，1-44。

陳宛頻（2013）。**通譯的國族認同之探討：以皇民化時代戰場通譯為例**（未出版之碩士論文）。輔仁大學，新北。

湯熙勇、陳怡如（2001）。**臺北市臺籍日兵查訪專輯**。臺北：臺北市政府文獻委員會。

潘國正（1997）。**天皇陛下的赤子**。新竹：齊風堂出版社。

蔡慧玉（1997）。**走過兩個時代的人：臺籍日本兵**。臺北：中央研究院臺灣史研究所。

蔡錦堂（2006）。**戰爭體制下的臺灣**。臺北：日創社文化事業有限公司。

鄭麗玲（1995）。**臺籍日本兵的「戰爭」經驗**。新北：臺北縣立文化中

心。

薛化元（2009）。**臺灣開發史**。臺北：三民書局股份有限公司。

鍾淑敏（2001）。俘虜收容所：近代臺灣史的一段悲歌。**曹永和先生八十壽慶論文集**（頁261-288）。臺北：樂學書局有限公司。

鍾淑敏（2009年12月）。戰爭罪犯與戰後處理：以俘虜收容所監視員為中心。發表於「戰後臺灣社會與經濟變遷」國際學術研討會，中央研究院臺灣史研究所。

日文

內海愛子（1982）。**朝鮮人BC級戰犯の記錄**。東京：勁草書房。

內海愛子（2008）。**キムはなぜ裁かれたのか：朝鮮人BC級戰犯の軌跡**。東京：朝日新聞。

木村宏一郎（2001）。**遺忘的戰爭責任：カーニコバル島事件と臺湾人軍属**。東京：青木書店。

李姸淑（1996）。**「国語」という思想**。東京：岩波書店。

東京裁判ハンドブック編集委員會編（1989）。**東京裁判ハンドブック**。東京：青木書店。

法務大臣官房司法法制調查部編刊（1973）。**戰爭犯罪裁判概史要**。東京：法務大臣官房司法法制調查部。

茶園義男（1984）。**BC級戰犯軍事法廷資料：廣東編**。東京：不二出版社。

茶園義男（1988）。**BC級戰犯英軍裁判資料（上）**。東京：不二出版社。

茶園義男（1989）。**BC級戰犯英軍裁判資料（下）**。東京：不二出版社。

茶園義男（1990）。**BC級戰犯豪軍Rabaul裁判資料**。東京：不二出版社。

茶園義男（1991）。**BC級戰犯豪軍Manus等裁判資料**。東京，不二出版社。

茶園義男（1992）。**BC級戰犯和蘭裁判資料：全卷通覽**。東京，不二出版社。

巢鴨法務委員會編（1981）。**戰犯裁判の実相・上卷**。東京都：不二出版社。

英文

Ahn, Hyung-ju. 2002. *Between Two Adversaries: Korean Interpreters at Japanese Alien Enemy Detention Centers during World War II*. Fullerton, California: Oral History Program, California State University.

Baigorri-Jalón, Jesús. 2014/2000. *From Paris to Nuremberg: the Birth of Conference Interpreting*. Translated by Holly Mikkelson, and Barry Slaughter Olsen. Amsterdam and Philadelphia: John Benjamins. doi: 1075/btl.111

Bayly, Christopher, and Tim Harper. 2005. *Forgotten Armies: Britain's Asian Empire and the War with Japan*. London: Penguin.

Brook, Timothy. 2005. *Collaboration: Japanese Agents and Local Elites in Wartime China*. Cambridge, Mass.: Harvard University Press.

Chen, Yingzhen. 2003. "Imperial Army Betrayed." In *Perilous Memories: The Asai-Pacific War(s)*, ed. by T. Fujitani, Geoffrey M. White, and Lisa Yoneyama, 181-198. Durham and London: Duke University Press.

Conan, Eric, and Henry Rousso. 1998. *Vichy: An Ever-present Past*. Translated by Nathan Bracher. Hanover: University Press of New England.

Davidson, Eugene. 1997. *The Trial of the Germans: an Account of the Twenty-two Defendants before the International Military Tribunal at Nuremberg*. Columbia University of Missouri Press.

Daws, Gavan. 1994. *Prisoners of the Japanese: POWs of World War II in the Pacific*. New York: William Morrow.

DeFrancis, John. 1984. *The Chinese Language: Fact and Fantasy*. Honolulu: University of Hawaii Press.

Delisle, Jean, and Judith Woodsworth (eds). 1995. *Translators through History*. Amsterdam and Philadelphia: John Benjamins. doi: 10.1075/btl.13

Ehrenfreund, Norbert. 2007. *The Nuremberg Legacy: How the Nazi War Crimes Trials Changed the Course of History*. New York: Palgrave Macmillan.

Fischel, Elaine B. 2009. *Defending the Enemy: Justice for the WWII Japanese War Criminals*. Minneapolis: Bascom Hills Books.

Footitt, Hilary, and Michael Kelly (eds). 2012. *Languages and the Military: Alliances, Occupation and Peace Building*. Basingstoke: Palgrave Macmillan.

Fujitani, Takashi. 2011. *Race for Empire: Koreans as Japanese and Japanese as Americans during World War II*. Berkeley: University of California Press.

Gaiba, Francesca. 1998. *The Origins of Simultaneous Interpretation: the Nuremberg Trial*. Ottawa: University of Ottawa Press.

Guilloux, Louis. 2003. *Ok, Joe*. Translated by Alice Kaplan. Chicago: University of Chicago Press.

Harris, Whitney R. 1999. *Tyranny on Trial: The Trial of the Major War Criminals at the End of World War II at Nuremberg, Germany, 1945-1946*. Dallas: Southern Methodist University Press.

Howland, Douglas. 1996. Borders of Chinese Civilization: Geography and History at Empire's End. Durham, N.C: Duke University Press. doi: 10.1215/9780822382034

Huang, Chih-huei. 2001. "The *Yamatodamashi* of the Takasago Volunteers of

Taiwan: A Reading of the Postcolonial Situation". In *Globalizing Japan: Ethnography of the Japanese Presence in Asia, Europe, and America*, ed. by Harumi Befu, and Sylvie Guichard-Anguis, 222-250. London and New York: Routledge.

Kaplan, Alice. 2005. *The Interpreter*. Chicago: University of Chicago Press.

Kim, Yong Hyun, and Susanne Kim Nelson (eds). 2008. *Into the Vortex of War: A Korean Interpreter's Close Encounter with the Enemy*. Bloomington, Indiana: Author House.

Kushner Barak. 2010. "Treacherous Allied: The Cold War in East Asia and American Postwar Anxiety." *Journal of Contemporary History* 45(4): 812-843. doi:10.1177/0022009410375256

Lan, Shichi Mike. 2013. "(Re-)Writing History of the Second World War: Forgetting and Remembering the Taiwanese-native Japanese Soldiers in Postwar Taiwan." *positions: Asia Critique* 21(4): 801-852. doi:10.1215/10679847-2346023

Lee, Yeounsuk. 2010. *The Ideology of Kokugo: Nationalizing Language in Modern Japan*. Translated by Maki Hirano Hubbard. Honolulu: University of Hawaii Press.

Lo, Jiu-jung. 2001. "Trials of the Taiwanese as *Hanjian* or War Criminals and the Postwar Search for Taiwanese Identity." In *Imagining National Identity in Modern East Asia*, ed. by Kai-sing Chow, Kevin. M. Doak and Poshek Fu, 279-316. Ann Arbor: University of Michigan Press.

Lyon, Alan B. 2000. *Japanese War Crimes: The Trials of the Naoetsu Camp Guards*. Loftus, Australia: Australian Military History Publications.

Maga, Tim. 2001. *Judgment at Tokyo: The Japanese War Crimes Trials*. Lexington: University of Kentucky Press.

Marrus, Michael R. 1997. *The Nuremberg War Crimes Trial, 1945-46: A*

Documentary History. Boston: Bedford Books.

Mettraux, Guénaë (ed). 2008. *Perspectives on the Nuremberg Trial*. Oxford: Oxford University Press.

Piccigallo, Philip. 1979. *The Japanese on Trial*. Austin, Texas: University of Texas Press.

Salama-Carr, Myriam (ed). 2007. *Translating and Interpreting Conflicts*. Amsterdam & New York: Rodopi.

Sprecher, Drexel A. 1999. *Inside the Nuremberg Trial: A Prosecutor's Comprehensive Account*. Lanham, Md.: University Press of America.

Takeda, Kayoko. 2010. *Interpreting the Tokyo War Crimes Trial*. Ottawa: University of Ottawa Press.

Totani, Yuma. 2009. *The Tokyo War Crimes Trial: The Pursuit of justice in the Wake of World War II*. Cambridge, MA and London: Harvard University Asia Center.

Towle, Philip, Margaret Kosuge, and Yoichi Kibata (eds). 2000. *Japanese Prisoners of War*. London: Hambledon and London.

Tusa, Ann, and John Tusa. 1984. *The Nuremberg Trial*. New York: Atheneum.

Wakeman, Frederic. Jr. 2000. "*Hanjian* (Traitor)! Collaboration and Retribution in Wartime Shanghai." In *Becoming Chinese: Passages to Modernity and Beyond*, ed. by Wen-hsin. Yeh, 298-341. Berkeley and Los Angeles, CA.: University of California Press.

英國國家檔案館資料

WO235/834, Defendant: Itzuki Toshio. (and others)

WO 235/891, Defendant: Sumida Haruzo. (and others)

WO235/904, Defendant: Takamine Kiyoyoshi. Place of Trial: Kuala Lumpar.

WO 235/931, Defendant: Higashigawa Yoshinoru. (and others)

WO235/934, Defendant: Itomitsu Moritada. Defendant: Fujiyama Teruyoshi. Place of Trial: Kuala Lumpur.

WO 235/938, Defendant: Takamine Kiyoyoshi. Place of Trial: Kuala Lumpur.

WO 235/949, Defendant: Takaura Tokushi. Defendant: Ten Ten Chuan. Place of Trial: Kuala Lumpur.

WO 235/956, Defendant: Nakamura Yoichi. Place of Trial: Jesselton.

WO 235/973, Defendant: Hirota Shigenobu. Place of Trial: Kuala Lumpur.

WO 235/991, Defendant: Ogasahara Misao. Defendant: Toyoshima Nagasuke. Place of Trial: Kuala Lumpur.

WO 235/1003, Defendant: Matsuoka Masanori. Place of Trial: Kuala Lumpur.

WO 235/1017, Defendant: Katsurayama Shigeru. Place of Trial: Kuala Lumpur.

WO 235/1026, Defendant: Ee-Fook-Seong. Place of Trial: Kuala Lumpur.

WO 235/1059, Defendant: Tsuchida Kosaburo. Defendant: Cheah Kam-Sang. Place of Trial: Kuala Lumpur.

WO 235/1094, Defendant: Tsuro Yoshihiro. (and others)

Gaimu-shō [Japanese Ministry of Foreign Affairs]. 1954. *Kōwa jōyaku hakkō-go*; *Shamen kankoku kankei, Australia-no bu* [After the Peace Treaty became effective, on the issue of pardon and appeal: Australia]. Japanese Ministry of Foreign Affairs Archive, D-1-3-0-3-9-2.

Kōsei-shō hikiage engo-kyoku [Bureau of Repatriation and Relief, Japanese Ministry of Health and Welfare]. 1955. *Kankoku Taiwan shusshin sensō saiban jukeisha meibo* [Name list of Korean and Taiwanese war criminals]. (December l, 1955).

Kōsei-shō engo-kyoku [Bureau of Relief, Ministry of Health and Welfare]. 1968. *Taiwan shusshin sensō hanzai saiban shibotsusha ichiran* [List of executed and dead Taiwanese war criminals]. (August 26, 1968).

Proceedings of Military Tribunal, Sgt. Matsushima, Tozaburo and others, Department of the Army, A471.80915 [War Crimes – Military Tribunal – MATSUSHIMA Tozaburo (Sergeant) AWC 2910: AYIZAWA Harimoto (Private) AWC 2651: HAYASI Hajimo AWC 2683: KIOHARA Takeo AWC 2913: OKABAYASHI Eikyu AWC 2685: YANAGAWA Vetane AWC 2914: SHIMURA Yuzo AWC 2911: FURUYA Eisuke AWC 2912: TAKABAYASHI Tsuruichi AWC 2684: Date and Place of Tribunal – Rabaul, 10-16 April 1946]. Australian National Archive.

Proceedings of Military Tribunal, Tasaka, Mitsuo and Others, Department of the Army, A471.80978 [War Crimes – Military Tribunal – TASAKA Mitsuo (Lieutenant) AWC 2915, 26th Supply Depot: TAJIMA Moriji (Lance Corporal) AWC 2916, 228th Infantry Regiment: YONEDA Susume AWC 2686: Date and Place of Tribunal – RABAUL, 23 April 1946] – Australian National Archive.

按語

　　作為一個歷史學者，我未曾想過自己能夠有機會踏入「翻譯研究」這個領域；我的研究，也未曾以「翻譯」這個活動，或是「譯者」作為課題。但是，我卻有幸在研究第二次世界大戰的相關歷史時，偶然發現了一群曾經在戰爭期間擔任「通譯」（口譯者）的臺灣人；更特別的是，這是一群在戰爭結束之後受到盟國戰犯審判的臺籍通譯。

　　事實上，我原來的研究主題是二戰的臺籍戰犯；但是在查找史料的過程中，我看到一個又一個的臺籍戰犯在戰爭期間的職務和工作內容被載明是「通譯」。起初，我對這些臺籍戰犯在戰後受審、被處決或入獄服刑、以及得到釋放的遭遇比較有興趣；逐漸才意識到，要討論他們在戰後的遭遇，必須追本溯源的先了解他們在戰爭期間究竟做了什麼事情、又擔任了什麼工作。因此，我才將研究的焦點轉為在戰爭期間擔任「通譯」的臺灣人。

　　我手上有了這麼一個線索，卻苦無研究的切入點。實際上在戰爭期間擔任「通譯」的臺灣人人數不多；又因為發生戰爭罪行和進行戰犯審判的地點都是在國外，相關的資料更是難尋。而更大的挑戰是，在歷史學的領域中關於「通譯」的研究非常少見，[105] 讓我一直無法找到合適的分析脈絡。直到2012年，非常偶然地在兩個不同的場合，分別認識了日本立教大學的武田珂代子和臺灣輔仁大學的楊承淑教授；承蒙這兩位「翻譯研究」學界的前輩非常慷慨又熱心的給我鼓勵和啟發，才讓我開始有機會接觸學習這個領域，進而

---

105 難得的研究成果是許雪姬的〈日治時期臺灣的通譯〉，《輔仁歷史學報》，第18期（2006年12月），頁1-44。

能夠將「成為戰犯的臺灣人二戰通譯」作為一個「翻譯史」的研究課題。

在過去的幾年當中，非常有幸能夠迎上學界對「譯史中的譯者」這個主題的興趣，讓我有機會在臺灣、日本和香港的許多場合向學界的先進們請教，同時也分享自己的研究心得。在這一次又一次的學習過程中，讓我的研究視角持續擴充，也進一步的補充了更多的史料。目前的這一篇論文，最早的雛形是2015年經潮田耕一先生翻譯為日文，以〈言語能力がもたらした「罪名」：第二次世界大戰で戰犯となった臺湾人通訳〉為題，收在楊承淑教授所編的臺灣大學日本研究中心『日本学研究叢書』第19號《日本統治期臺湾における訳者及び「翻訳」活動》（臺北：國立臺灣大學出版中心，2015）當中。之後經過改寫和補充，2016年以 "Crime" of Interpreting: Taiwanese Interpreters as War Criminals of World War II為題，以英文發表在Kayoko Takeda 和Jesús Baigorri共同編輯的 *New Insights in the History of Interpreting* (Benjamins Translation Library 122) (Amsterdam, the Netherlands: John Benjamins Publishing Company, 2016) 一書。而後再將研究的範圍擴大，與武田珂代子教授合著發表了日文論文〈通訳者と戦争：日本軍の臺湾人通訳者を事例として〉，收在武田珂代子編的《翻訳通訳研究の新地平》（京都：晃洋書房，2017）。

有趣的是，我研究臺灣人二戰通譯的這個主題，先後已經有日文、英文、又再一篇日文的論文發表，卻一直未能夠發表一篇中文的論文。今年，也許終於受到了「翻譯之神」的眷顧！在臺灣師範大學賴慈芸教授的邀請和協助之下，將我的英文論文翻譯為中文；我得此寶貴的機會，又根據最近兩年自英國國家檔案館搜集而來的

史料，對自己原來的研究進行了相當的修正和補充。目前的成果，在此就教各位學界先進。

在自己有幸成為一個踏入「翻譯研究」這個領域的歷史學者、進而能夠以「翻譯」活動和「譯者」作為研究的課題之後，我對「歷史」和「翻譯研究」這兩個領域的交會有了另外一番的體會。由於臺灣史的主軸為「移民」和「殖民」，在這樣多元族群和多元文化的歷史發展脈絡下，臺灣一直都有使用許多不同語言的人群在此互動。因此，「口譯者」在臺灣歷史上必然扮演著重要的角色；相對的，臺灣史也能夠為「口譯者」的研究提供非常豐富的材料。然而在臺灣史的相關研究當中，對「（口）譯者」的關注卻仍然有限。歷史研究向以「史料」為基礎，主要是書寫的文本記錄。而「口譯者」的活動性質，特別是相對於「筆譯者」，比較難、也比較少留下文本記錄。因此，對「口譯者」歷史的研究相對來說比較困難。但是一旦認知到「（口）譯者」的重要性，在臺灣史（的史料）中就處處可見譯者的足跡。而「（口）譯者」跨越語言／文化／政治／空間界限的位置，最能夠顯現臺灣的歷史是在各種內外不同的力量交匯之下發展的過程和結果。未來，我希望能夠繼續致力於以「口譯者」作為代表臺灣歷史的研究主體，以「口譯者」的歷史來豐富臺灣史的研究。

第八章

戰後初期（1945-1949）臺灣文學場域中日譯本的出版與知識生產活動

王惠珍

前言

　　1945年8月15日，日本敗戰，一夕之間臺灣人從「日本人」變成「中國人」，[1]被要求重新學習當一位「中國人」。臺灣島內人來人往，旅居中國大陸、日本、南洋各地的臺灣人紛紛乘船返臺，日僑則陸續被遣送返日。剛從殖民體制與戰爭中解放的臺灣島，也成為祖國青年一攫千金或謀職的新天地。戰後臺灣文化界人士雖然面對現實社會的混亂、經濟生活困窘等問題，但在二二八事件之前，他們仍對臺灣的未來充滿樂觀的想像，投入戰後臺灣文化重建工作，此刻出現了前代未聞的蓬勃景象。

　　易代之後，官方積極推動國語運動，民間人士熱衷於學習祖國語言，在此文化情境之下，「日語」對個人的文化意義究竟為何呢？以《吳新榮日記》為例，他在1938年1月1日始以日文撰寫日記，但在1945年8月15日之後，立即改以中文撰寫，但閱讀日文書籍的習慣並未中斷，甚至重讀日譯本威爾士的《世界文化史》。[2]他在1946年10月31日的日記中，記載將著手譯出日治時期未能發表的詩作，並命名為《鳴劍集》。[3]可見，「譯寫」儼然成為吳新榮戰後初期的另一種書寫形式。換言之，日本敗戰後殖民統治勢力雖已「告終」，但日本文化或殖民經驗的影響力仍留存於臺灣社會中，「譯寫」不只是個人延續文化生命的方式，同時也是這個世代轉進下一個新時代重要的文化資本。

　　戰後國際社會秩序重新整編，美蘇對峙、國共內戰烽火四起，

1　傅彩澄，〈勝利者の便宜によりて台湾人日本人になりまた中国人に〉（譯文：依勝利者之便／臺灣人成為日本人又成為中國人），孤蓬萬里編，《臺灣萬葉集（續編）》（集英社，1995），頁229。

2　1947年3月26日，《吳新榮日記8》，頁372。

3　1946年10月31日，同注2，頁324。

臺灣社會又因陳儀政權治理不當而出現了種種亂象。這些國內、外情勢的報導評論紛然雜陳於報紙媒體版面，原以日語作為知識語言的臺灣讀者，卻難以在短時間內閱讀消化這些資訊。為此，報章主編不得不因應讀者之需，在配合國語政策的原則下，設置「日文版」以中、日互譯的方式作為過渡性的編排策略。這是繼1937年「漢文欄」遭廢止後，媒體版面上再次出現雙語並置的現象，只是主客易位，被標上敵性語言的「日語」退居邊緣，其文化優勢雖已不再，但仍保有作為「傳播」的工具性價值。因此，本文將關注在1946年10月定期的報章雜誌「日語版」遭禁前後，「日語」其傳播語言的功能性為何？

　　本文將探討翻譯作為一種文化傳播策略，他們如何將殖民者的「日語」轉化成媒體的「譯語」，藉由「日文版」、「日語譯注」生產怎樣的文化知識，其目的性為何？對官方和民間的臺灣文化人而言，以日語生產的文化知識其內在的政治性動機和意圖又為何呢？

　　戰後代表中華文化道統的國民黨，藉由文宣組織的動員，積極介入臺灣文化場域。殖民地時期備受壓抑的臺灣本土文化菁英，亦企圖主導戰後臺灣文化的發展，再加上左翼勢力來臺傳播，使得臺灣文化場域中的知識生產顯得複雜而多元。臺灣讀者成為官方民族思想傳播、左翼思想傳播、在地文化出版業者競相爭取的閱讀「大眾」。

　　侯伯・埃斯卡皮（Robert Escarpit）曾提到「書籍另外的特點，則是不能只光考慮潛在讀者群眾的人數，還要注意這些讀者的素質、他們的實用需求，尤其他們的心理狀態」。[4]因此，在易代

---

4 Robert Escarpit著，葉淑燕譯，《文學社會學》（臺北：遠流出版事業股份有限公司，1991），頁81。

之際臺灣讀者的閱讀心理與需求，即是在「日文版」廢除後，支持本土出版業者繼續發行日語書刊或中日對照書籍的原動力。因此，本文試圖釐清戰後初期各方勢力透過日文書籍、中日對照的形式，如何爭取臺灣日文讀者大眾進行知識的生產活動。

戰後初期跨語際的翻譯實踐，並非是為了解決東西文化衝突，或社會內部追求現代性的文化發展脈絡下，所展開的文化翻譯活動。而是因外部政治力的介入，藉由政治性的操作，當權者急欲將前殖民主的帝國的語言「日語」剷除，使得日語與中文之間產生對立的緊張關係。戰後「去日本化」是既定的官方文化政策，但在重新整編臺灣文化，收編進入中國政治文化體系的過程中，在面對占臺灣多數的日語人口時，為宣達政令與「再中國化」之需，竟不得不做出有條件的妥協，借助「日語」工具性的傳播功能進行譯介活動，將「翻譯」作為一種宣傳策略，提供雙方溝通的平臺。因此，本文首先將釐清戰後初期官方翻譯的政治性，即「日語」在戰後初期中、日文化知識權力消長之際，官方為宣達政令與闡揚國民黨政權的統治合理性之便，「日語」作為官方傳播語言的機能性及其特徵為何？又，發展出怎樣的新的文化協商空間？

新聞雜誌媒體和書籍是當時譯介文化傳播主要的載體，臺灣知識分子面對「新時代」的到來，躍躍欲試一展抱負。臺灣文化出版業界自總督府情報課的檢閱制度解放而出，報刊雜誌的發刊如雨後春筍般，出現了百家爭鳴的盛況。[5]臺灣社會的文化語境中臺語、日語、中文眾聲喧譁，「中文」因國語運動的推動而握有官方絕對的權力與文化資源，「日語」仍是臺灣民間主要的公共知識語言，「臺語」則在戲劇演出中找到發聲的可能等。臺灣民眾雖曾積極地

---

5 何義麟，〈戰後初期臺灣出版事業發展之傳承與移植（1945-1950）〉，《臺灣史料研究》10期（1997.12），頁3-19。

學習國語，但二二八事件之後卻發展出一套複雜的語言認同感。本文主要乃聚焦於雜誌「日文版」的譯介內容，藉此釐清譯本中隱匿的敘事觀點，說明跨時代臺灣文化人在戰後臺灣文化場域中如何使用「日語」，展現他們的文化能動性。即是，戰前活躍於文化界的臺籍菁英，在戰後初期如何轉而積極運用戰前所累積的文化資本，利用有限的出版資源，進行日文編譯出版工作，參與跨時代的臺灣文化重建工作。

戰後初期雖然曾有大批中國知識青年來臺謀職，尋求發展機會，其中亦有具左翼理想者從事地下共產黨的宣傳傳播工作。他們積極參與臺灣島內的文化工作並與臺灣左翼分子積極從事文化交流活動，但在1949年前後因四六事件等政治事件，[6]他們多數又潛逃返回中國，之後多隱姓埋名，定居臺灣者亦更改筆名，例如：歐坦生長期被誤認為是藍明谷，但其實是丁樹南。[7]由於這些作者群身分複雜確認不易，因此本文主要聚焦於臺灣知識分子的翻譯傳播實踐，暫不將來臺的中國知識分子的譯介活動列入考察範疇，留待他日再行檢討。[8]

本文以國家圖書館的數位資料庫「臺灣記憶」所整理的「館藏光復初期臺灣地區出版圖書目錄」[9]等日文出版品和戰後初期所發行的覆刻雜誌[10]為主要考察資料。有關戰後初期臺灣文學的研究，

---

6 曾健民主編，《那些年，我們在臺灣……》（臺北：人間出版社，2001）。

7 歐坦生著，《鵝仔：歐坦生作品集》（臺北：人間出版社，2000）。

8《臺灣新生報》和《和平日報》等的文藝版面，雖時而可見翻譯西方詩文譯作，但因作者確認不易，筆者能力未及，故暫不處理。

9「館藏光復初期臺灣地區出版圖書目錄」（已數位化者共982筆）（http://memory.ncl.edu.tw/tm_new/subject/ImageTw/action3.htm，檢索日期：2018年1月11日）

10《臺灣舊雜誌覆刻系列》1-4（臺北：傳文文化事業有限公司）：《臺灣文化》、《新新》、《政經報》、《臺灣評論》、《新知識》、《前鋒》、《新臺灣》、《創作》、《文化交流》共九種。

已累積不少的研究成果，並有幾本專著出版。[11]關於當時臺灣圖書出版的情況，如蔡盛琦〈戰後初期的圖書出版：1945年至1949年〉一文中對於出版數量與法規等，陳述完備並歸納出戰後初期圖書出版的特點：官方宣傳品的大量出版、中小學教科書的缺乏、國語學習教材的出版熱潮、反映社會思潮的圖書出版、文學作品中日對譯出版。[12]其中，無論官方出版品或自學國語學習教材、反映社會思潮的圖書出版等皆出現中、日對譯的排版方式，此一方式是戰後初期重要且特殊的文化傳播模式。

以下試就戰後初期「日語」譯介出版活動與知識文化生產的關係，針對政治性的翻譯、翻譯的政治性與社會需求、通俗文學的傳承與流通、左翼文化人的譯介活動等方面進行考察。

一、政治性的翻譯：官方日語書籍的譯介與出版活動

戰後初期臺灣省長官公署對臺灣的接收工作大致可分為文化、政治、經濟三個範圍，即是所謂的「心理建設」、「政治建設」、「經濟建設」，文化政策當屬「心理建設」之一環，其具體內容根據臺灣省長官公署祕書長葛敬恩對臺灣未來建設的報告：

> 第一，心理建設：我們要發揚民族精神，實行民族主義，其
> 中頂要緊的工作是宣傳與教育。教育是走著正常軌道，循序漸

---

11 如徐秀慧，《戰後初期（1945-1949）臺灣的文化場域與文學思潮》（臺北：稻鄉出版社，2007）、陳建忠，《被詛咒的文學：戰後初期臺灣文學論集》（臺北：五南圖書出版股份有限公司，2007）、黃英哲，《「去日本化」「再中國化」戰後臺灣文化重建1945-1949》（臺北：麥田出版社，2007）等。

12 蔡盛琦，〈戰後初期的圖書出版：1945年至1949年〉，《國史館學術集刊》5期（2005.03），頁212-251。

進……而宣傳則對於民族意識、政令法規、見聞常識等的灌輸，期其收效較速，特見重要。[13]

因此，在臺灣省長官公署之下積極地設立了「臺灣省長官公署宣傳委員會」、「臺灣省編譯館」作為執行戰後臺灣文化重建政策的「宣傳」與「教育」之專責機構。

戰後「中國化」（chinization）始終是當局治理臺灣的最高指導原則，唯因應臺灣社會快速變遷，及臺灣在國際政治秩序中所代表的意涵變化，中國化的政策亦隨之有其不同的重點。[14]戰後官方在執行政策之前必須先克服臺灣人的語言問題，因為1942年全臺日語的普及率已達60%，如果以每年5%的普及率增進，戰爭結束前夕，日語的普及率應有75%左右。[15]雖然此數字只是粗估，尚有可質疑之處，有人認為日語常用者應為19.63%。[16]但不可否認，這近20%的日語使用者應是臺灣的知識菁英和日語書籍主要的購讀階級。因此，官方如何對他們宣傳國民黨統治區的官方思想、立場與對臺政策，確立政權的正當性，政治性的翻譯活動，仍有其迫切性。

宣傳委員會在臺灣行政長官公署成立之際，即成為編制組織內的一個機關，負責接收宣傳事業，並透過檢閱制度，掌控臺灣的言論自由。[17]該組織所推動的宣傳業務，可分為政令宣傳、電影戲

---

13 葛敬恩，〈臺灣省施政總報告（1946年5月）〉，陳鳴鐘、陳興堂主編，《臺灣光復和光復後五年省情（上）》（南京：南京出版社，1989），頁228。

14 楊聰榮，〈從民族國家的模式看戰後臺灣的中國化〉，《臺灣文藝》18卷138期（1993.08），頁77-113。

15 許雪姬，〈臺灣光復初期的語文問題：以二二八事件前後為例〉，《史聯雜誌》19期（1991.12），頁89-103。

16 曾健民，〈八、臺灣光復時期的語言復原與轉換〉，《臺灣光復史春秋：去殖民・祖國化和民主化的大合唱》（臺北：海峽學術出版社，2010），頁185-186。

17 黃英哲，〈第三章　傳媒統治：臺灣省行政長官公署宣傳委員會〉，《「去日本化」「再中國化」戰後臺灣文化重建1945-1949》，頁65-79。

劇、圖書出版、新聞廣播四個方面，在圖書出版方面主要著力於闡述三民主義、蔣主席言論、陳長官治臺方針及報告本省各部施政概況，以及生產建設情形為主。宣傳委員會當時已出版中文書籍32種，日文9種，總共計52萬冊，均係分贈或出售。每週出版《臺灣通訊》、每月出版綜合性之《臺灣月刊》及《新臺灣畫報》。[18]同時，在「去日本化」的過程，臺灣省長官公署明文公告「查禁日人遺毒書籍」,[19]委員會同警務處及憲兵團進行檢查，在臺北市查獲違禁圖書836種，7,300餘冊，除一部分留作參考，餘均焚毀，其他各縣市報告違禁圖書者，亦焚毀1萬餘冊。[20]部分日文書籍被視為帝國遺毒，大量被查扣焚毀，「日語」成為敵性語言而遭到賤斥，甚至成為指控臺灣人遭「奴化」的語言符號。

　　另一方面，「再中國化」的過程中，因政治宣傳之需，官方卻利用日語的工具性價值，在陳儀長官的指示下，日譯《三民主義》10萬冊分贈或廉價出售。另外，又將日文的《臺灣指南》改譯成中文，以供來臺外省人士參考。[21]宣傳委員會完全以政治性目的為考量，製作宣傳小冊，將臺灣民眾視為教化宣傳的對象，以「翻

---

18 南榮，〈臺灣省的宣傳工作〉（原載上海《益世報》，1947.03.10），李祖基編，《「二二八」事件報刊資料彙編》（臺北：海峽學術出版社，2007），頁215-218。

19 薛化元等編，《戰後臺灣民主運動史料彙編（七）新聞自由（1945-1960）》（臺北：國史館，2002），頁40-41。「臺灣省行政長官公署公告　查本省淪陷五十一年，在文化思想上，中敵人遺毒甚深，亟應嚴予查禁，凡(1)讚揚「皇軍」戰績者；(2)鼓動人民參加「大東亞」戰爭者；(3)報導占領我國土地情形，以炫耀日本武功者；(4)宣揚「皇民化」奉公隊之運動者；(5)詆毀總理總裁及我國國策者；(6)曲解三民主義者；(7)損害我國權益者；(8)宣傳犯罪方法妨礙治安者等圖書，雜誌，書報一律禁止售購，全省各書店書攤，應即自行檢查，如有此類圖書，雜誌，書報者，速自封存聽候交出，集中焚燬，如敢故違，一經查獲，定予嚴懲不貸，除定期舉行檢查並分令外，特此公告周知。」（《臺灣省行政長官公署公報》35年春字第8期，民國35.03.01），頁133。

20 臺灣省行政長官公署宣傳委員會編著，《臺灣一年來的宣傳》，（臺灣印刷紙業公司第三印刷廠，1946），頁25。

21 同注20，頁21-22。

譯」作為文化生產策略，將官方的中文思想教材轉譯成日文知識，藉以達到普及的效果。同時，也將既有的日文生活知識轉譯成中文，以滿足中國人旅臺之需。但在戰後紙張短缺、紙價高漲的情況下，官方為政治性的宣傳之需，投入國家印刷資本，壟斷臺灣島內的出版資源，出現排擠現象，對民間文化出版事業想必產生相當大的影響。

　　相較於宣傳委員會鮮明的政治性傾向，1946年8月7日成立的臺灣省編譯館因館長許壽裳（1883-1948）「知日派」背景，在從事臺灣文化重建工作時，卻試圖繼承在臺日人所遺留的學術文化資本，[22] 深具知識分子的文化理想性。編譯館組織其下分設四組：學校教材組、社會讀物組、名著編譯組、臺灣研究組，透過行政組織的推動，落實文化理念。學校教材組的工作重心主要在於教科書籍的編纂。社會讀物組主要在於編輯一般民眾的讀物，「光復文庫」的出版品為它主要的成果之一，其旨趣在於期待臺灣省民「能夠充分接受祖國文化的教養而成立」。[23] 書籍文字力求淺顯，字數不求繁多，訂價力求低廉。該文庫的「編輯綱要」第五條：「為適應本省民眾目前之需要起見，擬以一部分書籍出版中日文對照或中英文對照。」[24] 可見，編輯者仍顧及省民尚未熟悉中文閱讀，為普及祖國文化、主義、國策、政令等一切必須的實用的知識，「翻譯」成為不得不的文化策略，雙語對照方式成為跨語必要的出版形式。

　　翻譯名著組由李霽野（1904-1997）擔任該組主任，其主要的任務為編輯翻譯西洋、中國名著，除了提供一般民眾研究與閱讀

---

22 黃英哲，〈第四章　教育、文化內容再編：臺灣省編譯館〉，《「去日本化」「再中國化」戰後臺灣文化重建1945-1949》，頁81-118。

23 許壽裳，〈「光復文庫」編印的旨趣〉，《王充傳》（臺北：臺灣書店，1946）。

24 未見出處，轉引自蔡盛琦〈戰後初期的圖書出版1945年至1949年〉，《國史館學術集刊》9期（2006.09），頁233。

之需與文化視野之外，但另一個動機不外乎是希望以中文譯本取代
日譯本，以便提升臺灣人的中文解讀能力。根據黃英哲的調查，[25]
其中只刊出哈德生著劉文貞譯的《鳥與獸》（臺北：臺灣書店，
1947）和吉辛著李霽野譯的《四季隨筆》（臺北：臺灣書店，1947）
兩冊，尚有數冊待印。《鳥與獸》的譯者劉文貞於〈小引〉中，提
到：「這是我們在抗戰爭期中『搶運的物資』，雖然中途損失了另
外一小部分，能夠集起剩餘下來的印成一本小書，我們覺得已經是
可以欣慰的了。」[26]可見，他們來臺出版的譯作並非是為了臺灣文
化環境之需，所擇譯的內容，反而是當時臺灣的文化出版氛圍，提
供他們一個延續抗戰時期未竟之業的出版環境，這些文化業績成為
戰後臺灣文化的一部分。依筆者管見，在以臺師大師生為主的雜誌
《創作》[27]或《臺灣新生報》的「橋」副刊[28]等的文藝副刊中，時而可
見西詩中譯之作，部分譯者尚無法確認，但仍可推論的是，戰後臺
灣的翻譯文學由這群外省籍知識分子，開展了另一臺灣翻譯文學的
系譜，有待他日再行深究討論。

　　臺灣研究組則由楊雲萍主事，對臺灣歷史文物進行研究，並中
譯日人研究者的學術著作，如國分直一、淺井惠倫等人的著作。[29]
編譯館館長許壽裳曾於說明業務的記者會上提到，「如果把過去數

---

25 黃英哲，〈第四章　教育、文化內容再編：臺灣省編譯館〉，同注12，頁106。

26 劉文貞，〈小引〉，《鳥與獸》（臺北：臺灣書店，1947），頁6。第一版2000冊。

27 許俊雅，〈《創作》：覆刻前的幾點說明〉，《臺灣舊雜誌覆刻系列・3-1創作》，頁5-16。

28 根據許詩萱，〈戰後初期（1945.08-1949.12）臺灣文學的重建：以《臺灣新生報》「橋」副刊為主要探討對象〉（臺中：國立中興大學中國文學系碩士論文，1999）的《臺灣新生報》「文藝」副刊（1947.05.04-1947.07.30）和「橋」副刊（1947.08.01-1949.04.11）的作品目錄可知，「文藝」副刊共十三期只有三期未有翻譯作品。「橋」副刊中時有西方文學的譯作，但其中林曙光、潛生、蕭金堆等人亦積極譯出省籍作家的作品，他們的翻譯的業績對中、臺文化交流的助益頗大。

29 楊雲萍，〈近事雜記（六）〉，《臺灣文化》2卷5期（1947.08），頁12。

十年間日本專門學者從事臺灣研究的成果，加以翻譯和整理，編成
一套臺灣研究叢書，我相信至少有一百大本」。[30]他將日人在臺的
學術遺產視為世界文化的一環，主張將其保留發揚光大，[31]計畫將
這些文化遺產中譯出版。該組的出版品皆歸類為《臺灣研究組編譯
鈔校》叢書，同時編印《臺灣學報》，該組在戰後臺灣研究方面扮
演著承先啟後之角色，同時也開啟了戰後臺灣民俗學研究之可能。

　　誠如上述，戰後初期日中的翻譯活動中，官方文化單位編譯館
扮演著極其重要的角色，但其主要的目的，其一是希望透過出版品
普及提升一般臺灣民眾的中文程度，其二是透過淺顯易懂的中文譯
介祖國文化和國際資訊。其三是因主事者許壽裳的知日背景，肯定
日人的學術遺產，使得這些著作與學風影響了戰後臺灣民俗研究的
學術傳承，即是他們延續戰前民俗調查研究的文化活動，承繼以臺
大學術領導為核心的運作模式。[32]

　　在日文版遭廢前夕，新竹市參議會、高雄市參議會陸續請願，
希望臺灣長官公署廢止新聞紙日文版的執行能夠展期，但紛紛被
拒，[33]以「為執行國策，自未便久任日文與國文併行使用，致礙本國
文字之推行」[34]為由，於1946年10月25日起，將本省境內新聞雜
誌附刊之「日文版」一律撤除。為因應此官方決策，《臺灣新生
報》報社自1946年11月起積極地發行「日文時事解說叢書」，根
據〈刊行の辭〉此叢書的發行目的是，因有鑒於省內青年層的國語

---

30 黃英哲，〈第四章　教育・文化內容再編：臺灣省編譯館〉，《「去日本化」「再中國
　　化」戰後臺灣文化重建1945-1949》，頁95-96。

31 同注30，頁110。

32 王惠珍，〈老兵不死：試論五〇、六〇年代臺灣日語作家的文化活動〉，第二十屆天
　　理臺灣學會年會，（臺北：中國文化大學，2010.09.11）。

33 薛化元等編，《戰後臺灣民主運動史料彙編（七）新聞自由（1945-1960）》（臺北：
　　國史館，2002），頁46-47。

34 同注33，頁8。

文程度尚有不足，因應社會需求的過渡期叢書。時事的客觀解說為其主要任務，換言之，內容主要著重於介紹更勝於批判，解說更勝於立論。編輯為前日文版編輯主任孫萬枝和王耀勳、薛天助、賴義三人。如下說明「本叢書三大目的」：

> 1. 本叢書是在青黃不接之際，為了國語國文尚未熟達的人們，透過日文給予精神糧食為目的。
>
> 2. 本叢書是以解說介紹國際情勢動態、國內情勢、省內時事問題進行為內容。為了防範一般的知識水準低下，也致力於世界新發明新發現的事實之介紹與譯載。
>
> 3. 本叢書以社會服務為優先，標示任何一般人都能購買的最低價。[35]

可見，此叢書版品仍以日文讀者為主，內容誠如叢書的發行「目的」所言，譯介中國國內情勢的《國共談判一年の回顧》（1947年11月）、《國民大會》、《三中全會政治經濟改革方案》，相關政令《中日對照中華民國憲法》、《土地法の解說》，國際情勢的《聯合國大會》、《東南亞細亞的民族解放運動》、《敗戰後の日本はどうなつてゐる？》、《米蘇關係の解剖》、《日本の賠償問題》。有關省內時事的則有二二八事件後詔告省民的《二二八事件の處理方針》，及翻譯新任省主席魏道明及其官僚政策說明的《臺灣省政府の新施政方針》，報社配合官方宣導政策之需，以日文翻譯官方言論以求達到傳播撫民之效。代表官方宣傳敘事模式的此套叢書，於1947年7月之後便不再發行。讀者的反應不得而知，但從廣告欄中

---

35 臺灣新生報社編，〈本叢書三大目的〉，《國民大會及び中米商約‧幣制改革問題》（臺北：臺灣新生報社，1946），廣告頁。

可知，第1-7輯1947年3月前後便早已「售完」，但第8-14輯遲至1947年7月卻仍是「銷售中」，官方出版品或許亦受二二八事件的影響，出現滯銷問題。總之，「日文版」遭禁之後，雖然官方出版上述日譯叢書或中華日報社出版的《中華週報》（1947-1948）附日譯文，以吸引讀者購讀，但其內容逐漸轉而變成宣達政令的工具。[36]

　　戰後初期臺灣的讀書市場國家印刷資本積極挹注，「廉價」是官方出版品的特點，藉由印刷語言的譯介與傳播，日譯或中日對照的對譯方式，以利達到普及官方主流思想之目的，此為不得不然的「順應民眾」之出版模式。藉由書籍物質文化的流通，希望儘速讓臺灣人進入中華民國的民族文化想像與政治思維的脈絡中，企圖凝聚民眾的國族意識形構出官方式的民族認同。至於官方的宣傳效果如何？即使陳儀相當重視宣傳工作設立宣傳委員會，但因長官公署與媒體關係緊張，因此在二二八事件後被要求裁撤，可見其宣傳之功未獲民眾肯定，其宣傳之效顯然是「不彰」的。[37]換言之，臺灣民眾即使對形式「語言」譯介有其閱讀的需求性，但若對「內容」不再信任時，一切政治性的翻譯其傳播效能便很難發揮。

二、翻譯的政治性和社會需求

　　戰後臺灣社會迅速地展開「中國化」的進程，除了官方的政治性宣傳，民間也積極印行出版《三民主義》，如政經報社、楊逵[38]

---

36 何義麟，〈「國語」轉換過程中臺灣人族群特質之政治化〉，《臺灣重層近代化論文集》（若林正丈、吳密察主編，臺北：播種者文化，2000），頁451-479。

37 廖風德，〈臺灣光復與媒體接收〉，《政大歷史學報》12期（1995.05），頁201-239。

38 楊翠，《永不放棄：楊逵的抵抗、勞動與寫作》（臺北：蔚藍文化出版股份有限公司，2016），頁144。提到：他（楊逵）還募款印了三大批三民主義，想要廣為流傳。二二八事件後，「沒人要看『三民主義』，五千本都成廢紙。朋友出了三萬元，都成廢紙」。

等，雖然在二二八事件之後三民主義的熱潮退卻，但顯然地有關中
國政治思想等的相關書籍，仍有其市場性需求。在臺灣讀書市場中
湧現大量簡明的中文報章雜誌，中、日文書刊的出版情況亦如同語
言的消長現象，中文出版書籍的增長為大勢之所趨，日文書籍的出
版充其量只能被視為過渡性的現象。當時日語讀者大眾仍占多數，
為滿足這群讀者的知識權利，日文書籍的出刊似乎有其必要性。當
日本帝國的出版資本退出臺灣讀書市場時，臺灣在地的出版業者便
積極地接手此一日語讀書市場，民眾雖熱衷於中文學習，但仍有日
文閱讀之需，因此出版業者亦有利可圖。有關國語學習運動的相關
出版，如教科書和字典等出版甚為盛行，如戰前本以出售中文書籍
為大宗的蘭記書局圖書部，其出售的教科書和工具書約有272種，
此一書籍販售特色，頗能符合戰後文化潮流。[39] 又如國家圖書館的
網頁說明：「92年完成〈臺灣光復初期（1945-1949）出版品書目〉
（初稿）。舉凡政治、社會、歷史、法律等各科門類，目前總數已
達千餘種，其中又以教科書為最大宗。」[40] 但因本文以日文和日譯
書籍為主要的討論範疇，因此，教科書雖亦有中日、中臺對照的書
籍，但因涉及語學的問題等，留待它文再行討論。本文希望藉由
梳理民間雜誌、書籍出版品，探討他們以翻譯作為出刊策略，究竟
發展出怎樣的出版傾向？另外，將關注中國相關知識的傳播與婦權
運動言說的譯介傳播現象，以期釐清當時臺灣文化人如何藉由「日
語」進行「跨時代」的文化活動，其擇譯內容的文化意義，及其隱
藏的傳播動機為何？

---

39 林以衡，〈文化傳播的舵手：由「蘭記圖書部」發行之「圖書目錄」略論戰前／戰後
　 的出版風貌〉，《文訊》257期（2007.03），頁90-92。
40 「館藏光復初期臺灣地區出版圖書目錄」簡介，http://memory.ncl.edu.tw/tm_new/subject/
　 ImageTw/action3.htm（檢索日期：2018年1月11日）。

（一）中國相關知識的傳播

誠如前述，官方思想宣傳性的日文書刊已印行不少，但為滿足臺灣民眾對於中國政經等相關知識的閱讀需求，民間的出版社亦紛紛出版投入相關書刊的出版發行。例如有關三民主義的書刊，除了官方的大量印行之外，民間出版社也紛紛發行不同的日語譯介本，如《三民主義之理論的體系（上、下卷）》（臺南大同會編，臺南：臺南大同會，1945），而青年出版社也為因應當時之需，出版『光復小叢刊』，旨在：

> 本小叢刊為普遍三民主義提高一般政治水準為目的故所編內容頗為嚴選，而通俗正確□一般省民、尤其是黨團關係幹部人員訓練用、宣傳用、所不可或缺之參攷書、本社不惜餘力、蒐羅新資料、陸續發刊以應時之需。[41]

其中第五輯《倫敦遭難記》（四六版，64頁，2元）、第六輯《中國革命史》（四六版、24頁、1.2元）和第七輯《婦人はなぜ三民主義を理解せねばならないか？》（《婦人為什麼須理解三民主義不可》，四六版、28頁、1.2元）皆為翻印之書刊，內容全為孫中山先生的原著或演講的日譯文。1945年光復初期的雜誌無論楊逵主編的《一陽週報》、龍瑛宗主編的《中華》，甚至《臺灣藝術》改名的《藝華》皆紛紛刊載總理孫文、蔣中正的思想、或三民主義等的思想言論等，或以簡明中文說明，或以日文，或以中日文對照的形式刊出，其目的不外乎讓臺灣人民儘快了解中國近代政治人物的

---

41 孫中山，《婦人はなぜ三民主義を理解せねばならないか？》（臺北：青年出版社，1945），封面內頁。可能因為鉛字的關係，版頁標點仍以「、」號代替「，」號。空格處因汙損，無法判讀，以缺空方式表記。

思想言說和傳記等，以利汲取相關知識。

　　除了名人的政治性言說，臺灣民眾對於中國當代的政治或文化界人士所知不多，因此，臺灣新文化服務社出版了《中國話題の人物》，[42]分別以簡明的日語介紹十六位當代中國名人，其中包括立法院長孫科、美髯公于右任、中共代表團領袖周恩來、丘八詩人馮玉祥、軟禁在貴州的張學良等人，文學家則有郭沫若、茅盾、張恨水、謝冰心等人，藉以概述中國現代名人。

　　至於中國文化方面，由於中日戰爭爆發後，隨著戰局擴大，日人對於「支那」大陸的關心日益高漲，關於中國的各種問題，在各大報紙雜誌中出現「現地報告」的專欄，也有幾個出版社例如改造社、東成社、大東出版社、生活社等陸續譯印中國人的著作。[43]臺灣文化人也藉由日文閱讀吸收了不少「中國知識」。[44]戰爭期在大東亞共榮圈「興亞」口號下，在臺出現了中國古典白話小說的日譯風潮，黃得時譯《水滸傳》、楊逵譯《三國志物語》等。[45]誠如《中國之古典》的〈後記〉[46]中譯者所言，一般臺灣讀者對於宋元之後的文學較為熟悉，如《漢宮秋》、《琵琶記》、《西遊記》、《水滸傳》、《紅樓夢》等膾炙人口的作品皆有耳聞，這些中國知識部分或許是戰前藉由日語閱得，但有一部分也可能是源自民間說書系統的流傳。但戰後編輯者之所以擇譯出版此書的目的，乃

42 新臺灣文化服務社編，《中國話題の人物》（臺北：新臺灣文化服務社，1946）。

43 徐羽冰，〈日本的「中國熱」與中國的「日語熱」〉，《中國文藝》2卷1期（1940.03），頁34-36。

44 王惠珍，〈戰前臺灣知識分子閱讀私史：以臺灣日語作家為中心〉，《戰爭與分界》（柳書琴編，臺北：聯經出版事業股份有限公司，2011），頁129-150。

45 蔡文斌，《中國古典小說的在臺日譯風潮（1939-1944）》（新竹：國立清華大學臺灣文學研究所碩士論文，2011）。

46 何達光著，劉學彬譯，〈後記〉，《中國之古典》（臺北：光華出版公司，1946），頁100。

是「為了喚起青年諸君對於祖國古典的親近感，而非為了古典的學術研究」。[47]且介紹中國思想史為主要的內容。戰後初期日譯活動的動機顯然與戰爭期不同，但譯介中國知識仍是為了符合「應時之需」，只是「日語」從大東亞共榮圈的「帝國語言」變成「前殖民地」語言罷了。

另外，曾任臺灣日日新報記者的林東辰在戰後初期也以日文撰寫《故事今談》，以古諷今，慎選中國故事，對當時各種怪現狀冷嘲熱諷。[48]他們除了當時以日文寫作或譯介廣義的「中國知識」，藉由文化知識的連結，與中國的文化語境接軌，滿足讀者的閱讀期待，提供他們戰後進入中華民族想像的共同體所需的背景知識，也試圖以「翻譯」保有當時臺灣文化場域中言說中國的話語權。

（二）婦權運動言說的傳播

戰後隨著民族解放運動，婦女亦開始尋求解放，婦女解放運動成為民主運動重要的一環，因此在戰後報刊雜誌上出現了不少討論婦權問題的報導與討論。在婦女團體組織方面，國民黨政權透過培植謝娥（1918-1995）於1946年5月16日成立「臺灣省婦女會」，中國婦女領袖蔣宋美齡特派廖溫音來臺，於1946年12月28日成立「臺灣省婦女工作委員會」積極介入主導臺灣婦運團體。戰後初期婦女團體其實際主要的表現，在於婦女參政議題與廢娼運動上。雖然在廢娼運動問題上最終仍告失敗，[49]但婦權因在婦女會等組織的運作，輿情的熱烈討論增溫下受到各界的關注。

---

47 編輯者，〈序〉，同上注，頁1-3。
48 林曙光，〈臺灣光復初期日文寫作的回顧〉，《文學界》10期（1984.05），頁147-150。
49 許芳庭，《戰後臺灣婦女團體與女性論述之研究（1945-1972）》（臺中：東海大學歷史研究所碩士論文，1997），頁10-49。

　　當時關於婦女相關議題的討論，以《新新》雜誌社為例，其中微芳〈女男平等〉[50]一文充滿男性諷刺女權的言說。又，徐瓊二於〈事實の表裏：「婦女會指導理念の貧困」〉[51]中，認為戰後臺灣社會最引起關注的議題之一是婦權抬頭的現象，他強調男女平等的合理性、主張婦女參政權等，同時提出婦女會主張廢娼和取締女給（女招待）應有其配套措施，應顧及她們基本的生存權，並期待臺灣婦女會應有其指導理論等。雜誌中關於婦運的譯介則有，劉清揚著雲中譯的〈中國婦女運動的檢討〉[52]中，介紹在中國婦運的發展脈絡、與外國婦運之比較、今後婦運之路等。又如編輯後記所言，因讀者迴響熱烈又譯出〈女人天國にも悩みあり〉（在女人天國也有煩惱）[53]介紹美國婦女的現況。最後，《新新》雜誌社甚至舉辦「未婚女性座談會」（中文）[54]並邀請作家呂赫若主持，拋出「男女共學」、「現在臺灣女性的好處與壞處」、「有沒有理想的男人」、「對於現在政治有什感想」等女性議題，進行發言討論，其中呂也提及公娼問題，認為應該視為整個社會問題來解決。該雜誌之所以重視女性議題，與郭啟賢承繼戰前《臺灣藝術》的編輯方針，希望吸引女性讀者，因此對於婦權問題等多所關注有關。

　　有關婦權相關言論的日文書籍，以下試就柯森耀編譯的《女性よ、何處へ？女權論爭》[55]和龍瑛宗的《女性を描く》[56]、林曙光的

50　微芳，〈女男平等〉，《新新》2卷1期（1947.01），頁8。

51　徐瓊二，〈事實の表裏：「婦女會指導理念の貧困」〉，《新新》7號（1946.10），頁19。

52　劉清揚著，雲中譯，〈中國婦女運動的檢討〉（上）、（下），《新新》2號、3號（1946.02、03），頁4-6、頁6-7。

53　Thompson著，高木英譯，〈女人天国にも悩みあり〉，《新新》3號（1946.03），頁16-17。

54　作者不詳，〈未婚女性座談會〉，《新新》2卷1期（1947.01），頁10-13。

55　柯森耀編譯，《女性よ、何處へ？女權論爭》（臺北：共益印刷局，1946）。

56　龍瑛宗，《女性を描く》（臺北：大同書局，1947）。

《戀愛小論》[57]為例，說明戰後在臺譯介婦權言說的內容和傳播模式。

　　《女性よ、何處へ？女權論爭》的譯者柯森耀是臺北市立女子中學的年輕教師，其譯寫目的乃在於，希望為國語能力不足的讀者，介紹祖國文化而出版此書。〈序文〉[58]由當時臺灣婦女會重要成員之一陳招治撰寫，文中她強調婦運若無男性的理解與協助，婦女的解放便是無望，因此婦運需獲得男性的支持。[59]

　　該書的內容主要是譯自1942年雜誌《戰國策》中的四篇文章，分別是：沈從文的〈男女平等〉、紺弩〈賢妻良母〉、〈母性と女權〉、葛琴的〈男女平等論〉。當年沈從文因寫了〈談家庭〉和〈男女平等〉而備受爭議。根據〈譯者序〉的摘要，沈教授的〈談家庭〉中有如下的論點：

　　　　一部分女子高喊婦女解放，大概是由於這些女子身體有所殘缺，或是容貌不佳，因而無法擁有家庭。再則，即使擁有「家庭」，由於無法擁有美滿的家庭，才會引起婦女問題。但婦女想要獲得和男子一切同樣的東西，簡直就是幻想。女子真正的位置終究是在家庭。因此，為了解決婦女問題，若能給予這些女子「家庭」即可。男女將從「對立」變成「合作」，非得築起如鳥巢般溫暖的家庭不可。[60]

57　林曙光，《戀愛小論》（高雄：青年出版社，1946）。

58　柯森耀編譯，《女性よ、何處へ？女權論爭》，頁2。

59　陳招治，臺灣人，日本東京音樂學校畢業，原為臺北市知名的黃婦人科醫生之夫人。臺灣光復後走出家庭從事教育工作，當時任臺北市女子初級中學校長。參考許芳庭，《戰後臺灣婦女運動與女性論述之研究（1945-1972）》，臺中：東海大學歷史研究所碩士論文，1997，頁21。

60　柯森耀編譯，《女性よ、何處へ？女權論爭》，頁2。

如此充滿保守且具挑釁的言論，引起當時一連串有關女權問題的激烈爭辯，討論婦女究竟應「安於室」，抑或應走出家庭為國家社會貢獻才學，爭取婦權等的論辯。根據該書正反意見譯寫的比例來看，譯者顯然傾向於後者的論述，即強調女性在社會發展過程中，應積極扮演更為重要的角色。同時，婦權論爭的內容「男女平等」的問題，與當時臺灣社會討論的婦權議題有其類似性，因此擇譯中國婦權論爭之情況，和當時臺灣輿情是有其關聯性的。此書翻譯出版也顯現出，臺灣婦女運動雖有其內在的歷史發展脈絡，但戰後亦逐漸納編中國婦運的言說內容，譯者透過知識的轉譯展示其能動性，其傳播模式則是藉由譯本的流通，讓臺灣讀者更能掌握中國婦運的言說內容。

　　龍瑛宗戰後出版的第一本著作《女性を描く》，[61] 即是有關婦女議題的書寫。他之所以如此慷慨激昂地針對女性議題陳述己見，與其當時擔任日文版編輯有關。他為填補「家庭欄」版面之需，抒發個人對於「女性貞操」、「男女平等」、「新女性」等的想法，之後將這些與婦女議題相關的篇章收入書中。[62] 其中，他認為即使成就

---

61 雖然未知龍瑛宗的《女性を描く》初版共刷幾冊，但2月10日出版，2月20日便又再版發行，可見銷售速度相當快。根據該出版社的三則廣告：「姚鱒麟編譯，日文畫名映小說《未卜先知》明朗，豔情，諷刺，烤（按：搞）笑」、「姚鱒麟著，日文革命祕話霧社事件元首《モーナ·ルダオ》純情，悲壯，霧社事件實相」、「孫遜編著，日文名作小說《大地》美國パールバック女史傑作」。又林熊生（金關丈夫筆名）的《龍山寺的曹姓老人》（1945）初版可能由東寧書局出版，但下村作次郎所收的版本卻是大同書局出版的《謎樣的男人：龍山寺的曹姓老人》（1947）（下村作次郎著，《從文學讀臺灣》，臺北：前衛出版社，1997），頁159。可見，該出版社出版通俗性書刊、抗日敘事的作品和有關中國知識的著作，多少反映出當時大致的出版取向。

62 根據筆者的查閱「家庭欄」與「文藝欄」交錯刊載，其中並與「每週評論」欄一同刊行。「家庭欄」的刊載內容，主要有持家育兒的基本知識，但亦刊出不少女性議題的相關作品，如除了龍瑛宗的十二篇作品之外，尚有其他關於女性議題的文章，請參閱附表2。

了「男女平等」，但新女性永遠是女性，不可以喪失女性的本質，而所謂女性的本質，就是保有母性愛、作為女性的溫柔，和不可忘卻家庭。[63]總之，在他的論述中，理想的女性應具備現代知性的賢妻良母，以家庭為重，行有餘力才再進一步參與公共事務與婦權運動。他同樣強調婦權運動若要成功必須獲得男性的理解與支持。[64]文中所闡述的觀點與當時的主流觀點相去不遠，並未逾越當時婦權輿論的範疇。該書同時收錄了龍瑛宗的文學評論〈文學中的女性〉與充滿世紀末浪漫頹廢的短篇小說〈燃燒的女人〉，及其傷別離的抒情隨筆〈給某位女性的書翰〉等充滿文學感性的作品。

　　另外，當時《中華日報》記者也是重要的翻譯家林曙光，在轉任編輯高雄市政府機關報《國聲報》日文版後，其第一篇評論即是以日文撰寫的〈寄語臺灣婦女運動〉，對當時風起雲湧的婦權運動，進行冷靜的批判。同時他也以日文撰寫《戀愛小論》一書，其內容仍是以討論戀愛問題為主，如〈何謂戀愛？〉、〈戀愛的機緣〉、〈戀愛和環境〉、〈戀愛至上〉、〈關於戀愛與結婚〉等。在〈戀愛與環境〉中，提到：

　　　當前世界中最嚴重的鬥爭問題，即是民族、階級和性別三者。惟一的方針也是以三民主義的解釋來解決這三者的鬥爭。

　　　現在以最為感情性的反動和反理性的形式，在本省所進行的婦女運動只不過是性的鬥爭。（中略）國父的民權主義雖然規

63　龍瑛宗，〈新しき女性〉，《女性を描く》，頁3。
64　王惠珍，〈第七章　青天白日下的希望與絕望：龍瑛宗的臺南時期〉，《戰鼓聲中的殖民地書寫：作家龍瑛宗的文學軌跡》（臺北：國立臺灣大學出版中心，2014），頁359-371。

定男女同權，認定女性從家庭解放出來的社會性地位，即使社
會制度將男女平等法定化，當看營運所要面對殘存的封建思想
時，便覺得那是很難成功的。在此看到婦女協會的活動遲遲未
能有所進展，我們對其存在與否——即使如此要不要存在都感到
很懷疑。[65]

顯然他對臺灣婦運未來的發展，並不樂觀。最後的〈滯洛書簡〉中
以書簡的方式，陳述戰後他在京都時與友人討論戀愛等問題，其中
最後的書信提到戰後不久即見到日本女性與美國大兵並肩而行甚為
驚訝，對於日本如何走出敗戰的難關重新站起相當注意。整部書雖
只有25頁，但對於古今中外的戀愛觀點多所闡述，最後以中國古
典白話小說《西廂記》中的五絕「待月西廂下／迎風戶半開／隔牆
花影動／疑是玉人來」作結，肯定「戀愛」的美好。

　　誠如上述，戰後初期臺灣婦權運動積極展開之際，臺灣婦女們
積極參與公共事務推展婦運，臺灣文化界也積極參與討論，省籍男
性的文學家、評論家等文化人亦紛紛加入其中展開對話。但他們的
言論卻顯露出他們對臺灣婦運的微妙而複雜的心理，即是雖然肯定
男女平權的理想，但是對於現實婦運狀態批評仍多於鼓勵，其中似
乎隱藏著深懼男權受到過度挑戰的不安。

　　但無論他們言論的出發點或對臺灣婦運觀感為何，由於「跨語」
問題讓臺灣婦女更顯現出其文化上的弱勢，[66]因此他們仍以「日
語」作為傳播語言，以女性讀者為主要言說的對象，藉由報刊媒
體的報導和雜誌的刊載和單著的出版發行形成輿情，並積極介紹

---

65 林曙光，《戀愛小論》，頁7。
66 許芳庭，《戰後臺灣婦女運動與女性論述之研究（1945-1972）》，頁52-55。

中國婦運情況及其相關論述，激發關心臺灣婦運問題的讀者一些共鳴。

三、日語通俗文學的出版與譯介

　　光復後臺灣的官方語言中、日文位置轉換，民眾積極學習中文，但是日語仍是他們最為熟悉的閱讀語言，特別是一般的「閱讀大眾」，此一消費讀者群並未因「終戰」而隨即消失，為填補尚有利可圖的日文讀書市場，滿足臺灣的日語讀者的閱讀消費需求，戰前以出版通俗綜合型雜誌《臺灣藝術》的臺灣藝術社等人士再度集結，重振旗鼓發行具大眾通俗性質的書刊，根據郭啟賢的回憶當時因印刷機器設備都算齊全，鉛字的漢字尚可湊合著使用，但唯有紙張取得不易。[67]本節根據筆者掌握的臺灣藝術社出版的書籍及其廣告，作為主要的討論對象，以期說明臺灣藝術社如何跨時代，從戰前大東亞共榮圈的口號裡，以「興亞」為大義名分的出版熱潮中，進入戰後「中國化」的文化脈絡中，但在戰後初期作為民間商業出版社的臺灣藝術社，在臺灣讀書市場裡如何以不變應萬變，凸顯其一貫作為「本島唯一的大眾雜誌」的出版主軸。

　　《臺灣藝術》於1940年3月4日創刊，為大眾取向的綜合型文化雜誌，其屬性既非同人雜誌亦非機關雜誌，為黃宗葵個人經營的商業雜誌。因其個人人脈與在主編江肖梅（1898-1966）的學生群等的協助下，獲得贊助會員、廣告贊助商、購讀者的支援，使得《臺灣藝術》雖數度改名仍跨越戰爭、終戰直至戰後才停刊。[68]

---

67 承蒙郭啟賢先生賜教，謹此誌謝。
68 河原功，〈雜誌《臺灣藝術》と江尚梅／《臺灣藝術》、《新大眾》、《藝華》〉，《成蹊論叢》39號（2002.03），頁88-145。

雜誌名稱自1944年12月改成《新大眾》又於1946年1月改成《藝華》。誠如河原功所言，戰前戰後臺灣文學或臺灣文化以日本敗戰為界線產生「鴻溝」，但《臺灣藝術》卻是唯一橫跨「鴻溝」的細細的「吊橋」。[69]根據河原功編製的總目次可知，雜誌社在日本敗戰後竟仍於1945年10月1日繼續發行，戰前已編印完成的雜誌，有由藍蔭鼎繪製，描繪女工在工廠中操作機器勞動的封面，有許丙的肯定東亞奉公言論，廣告中刊出有關決戰下的相關書籍，令人覺得很不可思議。但，在最後的內頁中，宣稱下一期起會變更成「國語」（中文）。[70]

次期雜誌隨之更名為《藝華》（1946年1月），由日人宮田晴光（1906-1968）繪製封面與插畫，編輯迅速地掌握戰後文化氛圍，標舉「宣揚三民主義、高揚臺灣文化」，政治正確地高舉官方思想口號後，再繼續以所謂「提升臺灣文化」，採以既政治又通俗的編輯方針，介紹三民主義等的文章與短篇小說如葉步月的〈指紋〉、江肖梅的〈奇遇〉與吳濁流〈先生媽〉及張新金的獨幕劇〈金珠的失蹤〉等作品並置其中。

戰前臺灣藝術社的出版品例如：《木蘭從軍》（1943）、《包公案》（1943）等，以大眾化路線為主。[71]《臺灣藝術》臺灣戰前出版量從創刊號的1,500部到戰爭末期提高至4萬多冊，成長之速與其朝向娛樂性與大眾化，積極開拓女性讀者群有其密切關係。[72]雜誌社所培養出來的消費群，戰後仍繼續購讀，成為臺灣藝術社通俗文學出版品的主要讀者群。又，根據該雜誌戰後初期出版目錄和

69　同上注，頁101。
70　同上注，頁99-100。雜誌實物未見。
71　同上注，頁97-98。
72　河原功著，黃安妮〈《臺灣藝術》雜誌與江肖梅〉，《文藝理論與通俗文化（上）》，（彭小妍編，臺北：中央研究院中國文哲研究所籌備處，1999），頁255-278。

廣告中提及的書籍種類，[73]該出版社仍繼續以「大眾化」路線作為
主要出版主軸，以出版日文書籍為主，除了印行通俗性文學刊物
之外，尚發行朝日新聞駐上海記者甲斐靜馬的《終戰前後の上海》
（1947），該書的內容主要描寫終戰前日本軍閥在滬的暴行，終戰
時日軍的狼狽之狀和日本僑民混沌的狀態，及終戰後日僑富有者
儘盡其可能將資產運回日本，但貧困的日僑卻有不少人餓死的慘
況。[74]總之，該書主要在於揭露日本軍閥與財閥的蠻橫、酷行，其
內容與中國抗日論述有其一致性。另外，《和平の道》（1947）主
要就「支那事變」、「三國同盟」、「日本交涉」進行歷史性的說
明。[75]蔡文德的《國語常用語用例》（1947）封面上標示「日語注
解」為經官方許可應民眾自學國語之需而發行的書籍。

　　戰後臺灣藝術社仍是以通俗小說作為重點商品。戰前雜誌主
編江肖梅在認識中國、中日親善的文化號召的時代需求下，曾開
始著手譯寫〈諸葛孔明〉連載於《臺灣藝術》（4卷11期-12期，
1943年11月、12月），雖深受讀者期待，但卻因檢閱官的干涉而
中止。戰後以「希望早日融入中國文化」為由，繼續譯寫集結成
冊《諸葛孔明》（1947年）由臺灣藝術社出版發行。[76]根據推測其
中或許因當時紙價飆漲和譯者過於忙碌等因素，不得不倉促結束
譯寫工作出版。因此譯寫內容出現了「反諸葛」及「虎頭蛇尾」的

---

73 請參閱附表1：戰後初期「臺灣藝術社」出版品。

74 甲斐靜馬，〈序〉，《終戰前後の上海》（臺北：臺灣藝術社，1947），序文頁。（資料出處：國立中央圖書館臺灣分館）

75 當時臺人讀者似乎仍相當關心敗戰後日本的情況，因此尚有民報印書館出版謝南光中日對照《敗戰後的日本真相》（謝南光著，臺北：民報印書館，1946）、日文的《日本を裁く》（東京朝日記者團編著，臺北：臺灣文化協進會，1947）、《日本の敗戰尾を解剖す》（木秋水著，臺北：光華出版公司，1946）等。

76 江肖梅，〈序文〉，《諸葛孔明》（臺北：臺灣藝術社，1947），序文頁。「雖受到一般各位愛讀者的期待，但當時因日人檢察官的命令而不得不中止對中國英雄的介紹。」

狀況。[77]江肖梅在戰前之所擇譯三國的〈諸葛孔明〉，其考量理由不外乎是東亞漢文圈中，諸葛孔明是日、臺讀者所熟知代表智者的中國英雄人物，本身具有其通俗趣味性，戰後當日本檢閱制度退場後，它竟搖身一變成為譯介祖國文化的書刊，以此標舉書籍出版的合理性。

　　葉步月（1907-1968）曾於1940年建議當時擔任「新高新報社」記者黃宗葵發行《臺灣藝術》雜誌[78]，葉亦在行醫之餘從事創作，並將作品寄至《臺灣藝術》發表，在此之前他的作品刊登並不太順遂，但他的創作熱情卻不輟。1944年雖提筆撰寫第一篇長篇小說〈限りなき生命〉（又名，〈不老への道〉）卻未能順利被刊載。在戰後1946年11月才以偵探小說《長生不老》之名，由臺灣藝術社發行。戰後他也積極學習中文，將中文小說〈指紋〉發表於臺灣藝術社的《藝華》之上。在日語版廢除之際，他的兩部偵探推理小說《長生不老》（1946）與《白晝的殺人》（1946）卻陸續由臺灣藝術社出版，且在短短的幾個月內又再版，雖然再版數量不甚清楚，但根據「忽ち再版　日文小說」（馬上再版／日文小說）的廣告詞，可知其雜誌社針對日語讀者的宣傳策略，並展示日文通俗小說的消費力。雜誌社亦出版日文小說《偵探小說：怪奇殺人事件》、《暗鬥小說：三魔爭花》兩冊，文本實體雖未見，但根據其廣告詞「右邊兩冊小說，極為怪奇的社會事件／越讀越有趣，玩味其趣味和巧妙，慰藉終日疲憊的唯一小說」，可推論這兩本小說亦強調娛樂性的通俗小說。

77　蔡文斌，〈第四章　被翻譯的特殊性：讀江肖梅的《諸葛孔明》〉，同注46，頁99-100。

78　葉思婉、周原柒朗編；陳淑容譯，〈葉步月年譜〉，《七色之心》（高雄：春暉出版社，2008），頁516。

　　當時日文通俗小說除了臺灣藝術社之外，從現存的書籍中尚可見，如由顏水龍裝幀插繪，廖嘉瑞編《「スパイ小説」女間諜飛舞》，[79]內容主要是描寫歐洲戰場女間諜獻美人計，獲取情報的通俗小說。銀華出版社也印行出版呂訴上劇本的《現代陳三五娘》（全五幕十九場），[80]其廣告詞為「感傷的舐夢／搖提在陳三五娘的故事裡／看呀／哀豔的戀受（按：愛）經過／是種現代人所最要的／酸蜜慰藉（全編臺灣風土語）」，內容雖為閩南語劇本，但因為補足空白頁面而仍附上「介紹筆者取材中最有趣的大作贈為讀者閱」，即佐藤春夫的日文小說〈星（陳三五娘）〉。另外，大同書局出版的姚鱒麟編的《映畫小說　未卜先知》（1947），其內容是將他看過的西片《未卜先知》改寫成小說，但似乎為了補足頁面，後面又補上與西片情節很不協調，與求神卜卦相關的內容如〈姜太公和諸葛孔明〉、〈未卜先知和隱身花〉、〈黑頭導師嚇死虎〉等民間信仰內容。可見，當時日文通俗讀物的出版內容題材，甚為駁雜，西方影片情節、中國民間文學、臺灣民間信仰等內容竟皆混雜充數。

　　戰前與臺灣藝術社關係密切的編輯者吳漫沙、郭啟賢、龍瑛宗等人，戰後仍繼續從事編輯工作，雖然因個人文學信念與編輯方針而風格互異，但他們皆試圖利用雜誌的刊行展現他們的文化能動性，以龍瑛宗編輯現存的兩期季刊《中華》（創刊號，1946年1月20日；1卷2期，1946年4月20日）為例，雜誌主要採中日對照的

79　廖嘉瑞編著，《「スパイ小説」女間諜飛舞》，（臺南：興臺日報社出版部，1947）。
80　呂訴上，《陳三五娘》（臺北：銀華出版部，1947）。呂訴上於1938年籌組的劇團「銀華新劇團」，為供上演與審查用而撰寫該劇本，並受到任職於壽星戲院的林越峰先生之協助。因本劇本「內容採取本省，所以俗語多，文字也力求淺白，現本省的國語文初學者，正欠淺白初步的娛樂安慰讀物」，因此出版該劇本。由於預定的頁數仍有許多空白之處，竟擅自將該劇本參考的資料之一，佐藤春夫的作品〈星〉當作附錄，希望說明劇本與小說的立旨各不同，且對小說表敬意。

形式出刊，中文在前日文在後，創刊號中除了吳瀛濤的〈抗戰的一角〉與吳濁流譯莫泊桑的〈淒慘〉，皆是龍瑛宗的中、日文對照的作品。第二期對譯情況除了龍瑛宗的連載作品歷史小說〈太平天國〉與通俗小說〈楊貴妃之戀〉之外，杜章譯出鹿地亙的〈魯迅與我〉。龍相當重視文學在戰後臺灣文化重建中所扮演的角色，因此在此刊物中，雖仍可見政治性的言說，但文學的啟蒙理想卻是他的編輯重點，希望藉由翻譯文學以達到社會啟蒙和娛樂讀者之效。

　　戰前曾主編過《臺灣藝術》的郭啟賢戰後擔任《新新》的主編，[81]該誌主要仍依循戰前《臺灣藝術》的經營模式，走向「大眾化」路線，關注一般讀者文學閱讀之需求，並積極爭取女性讀者。日文版遭廢止之前，刊載日、中互譯的文學作品，承繼戰前積累的文化資本，將圓本全集《現代日本文學全集　國木田獨步集》的短篇作品〈巡查〉和〈少年的悲哀〉[82]和林房雄〈百合子的幸福〉中譯，由傅彩澄譯介抗戰時期知名作家老向的代表作之一〈村兒輟學記〉[83]，日本現代文學與中國現代文學，因「翻譯」而匯流具現於戰後初期臺灣的雜誌中，展現了戰後初期臺灣文化的重層性。

　　官方如火如荼地推動國語運動，民間出版界亦積極配合嘗試，努力以中日對照的模式跨語，但語言的學習非一朝一日一蹴可成，在此過渡期裡為滿足臺灣民眾的閱讀需求，報章雜誌常以中日對照

---

81 鄭世璠，〈滄桑話「新新」：談光復後第一本雜誌的誕生與消失〉，《新新（覆刻本）》（臺北：傳文文化事業有限公司）。

82 這兩篇作品應是選自《現代日本文學全集：國木田獨步集15》（東京：改造社，1927），前者譯者未署名，後者由星帆譯出，並叮嚀讀者若是與原文對照閱讀，將更有趣。前者出自國木田獨步的「運命篇」，後者出自「獨步集篇」。

83 〈斯人遠去空留名：作家老向其人其事〉，http://www.chinawriter.com.cn（2007.08.10）。老向風格集京派文學、幽默派文學、通俗派文學於一身，但卻受到該有的重視。當時在臺發行的中文自習書籍《華語自修書（第四卷）》（香阪順一著，臺北：三省堂，1946），除了中國現代文學作家魯迅、冰心、郭沫若等人的作品，亦收有老向的此篇作品。

的方式，藉由擇譯的方式展現譯者的主體性，選擇臺灣人當時需要的中國文化知識。當官方廢除報紙雜誌日文版後，一時之間他們喪失在報章媒體上暢所欲言的話語空間，因此，改以出版日文書籍，使其言說主張有其流布之管道，亦可滿足日語閱讀大眾的需求。如徐瓊二（1912-1950）1946年8月至10月所寫的言論，原刊載於《新新》的「社會時評」，在日文版雖遭廢禁後，他轉而將短文集結成《臺灣の現實を語る》繼續流通，以作為「在日本帝國主義統治之下無作為地渡過半生的自己的精神清算，同時體現作為迎接新時代的心理準備」[84]。在該書中他深刻地分析臺灣戰後一年來的社會發展動向，針貶時事不假辭色。龍瑛宗的日文集《女性を描く》也是報紙專欄文章集結成冊的單著。總之，報刊雜誌日文版雖然被禁，但以出版販售大眾通俗文學的臺灣藝術出版社，或出版評論社會時事相關書籍的出版社，[85]仍繼續採出版日文單著的方式，試圖尋找出文化論述傳播出版的可能管道，以滿足閱讀各群之需求。

四、左翼文化人的譯介活動

戰後臺灣文化界從殖民體制中被解放出來，臺灣知識分子紛紛將戰前的文化理想付諸行動，然而臺灣日語作家中最具實踐力者首推楊逵。他編輯報章雜誌《一陽週報》、《和平日報》「新文學」、《文化交流》、《臺灣力行報》「新文藝」和《中國文藝叢書》、《臺灣文學叢刊》等，透過文化活動落實他的左翼關懷和大眾啟蒙事

---

84 徐瓊二，《臺灣の現實を語る》（臺北：大成企業局出版部，1946），序文頁。
85 民報總社以中日對照的方式印行出版謝南光的《戰敗後日本真相》，中文編置前，日文編置後，從書名實難判斷書籍的使用言語。但，很顯然地日文在中文的掩護之下，仍繼續在讀書市場上流通。

業。另外，戰後來臺的外省籍文化人中，亦有不少中國進步知識分子，在友人輾轉的引薦介紹下，陸續在臺建立屬於「他們」的社群人際網絡，加入戰後臺灣文化重建的工程。具有左翼色彩的文化人士面對仍不諳中文的臺灣群眾，如何利用「日語」的工具性價值和翻譯策略在戰後初期的文化場域裡，傳播他們的左翼思想？以下試圖探討戰後初期楊逵文化活動中的譯介活動，及左翼雜誌裡的譯介策略，以期說明透過在戰後初期左翼知識分子的文化活動中，日語譯介的傳播形式和影響力。

（一）戰後初期楊逵的譯介活動

　　相對於為了滿足閱讀消費大眾的通俗性閱讀，長期以啟蒙普羅大眾為職志的楊逵，依舊秉持此一信念，關注普羅大眾閱讀之需。在戰後初期他除了自己發行《一陽週報》熱心宣揚三民主義和孫文思想，在主編《和平日報》的「新文學」欄（1946年5月10日至8月9日，共14期），中、日文併刊，其內容除了當代文學創作，主要尚有中國文學與文化、世界文藝、臺灣新文學運動之回顧與展望三類，[86]企圖在「中國化」與「世界化」過程中，以左翼的現實主義重建戰後臺灣文化。

　　根據黃惠禎的研究，在日本敗戰後三個月內，楊逵陸續出版了戰前被官方禁刊的日語創作小說《新聞配達夫》、《模範村》、《撲滅天狗熱》，1946年3月由臺北三省堂出版了他的創作合集《鵝媽媽出嫁》。1946年7月和1947年10月分別由臺灣評論社與東華書局發行胡風譯的《送報伕》中日對照本。日治時期的作品共有小說

86　黃惠禎，〈第四章　跨越與再出發：戰後初期楊逵活動概況〉，《左翼批判精神的鍛接：四〇年代楊逵文學與思想的歷史研究》（臺北：秀威資訊科技股份有限公司，2009），頁293。

七篇和劇本兩篇被重刊或譯出，[87]他堪稱是戰前日語作家中，最多作品被譯出的作家。這除了與楊逵積極從事出版編輯活動有關之外，作品本身所表現出的左翼關懷、抗日情節、文學大眾化的特質，應有其文本內在的關聯性。

在日文版遭禁後，楊逵又於1947年受臺北的東華書局之託，策畫中、日文對照版的《中國文藝叢書》，以普及國語學習與提升臺灣文化為目的。另由蘇維熊撰寫〈發刊序〉文，強調此叢書「精選國內名作家巨著，並為適合臺灣今日的需要，加以日文全譯及詳細注解，況兼譯注者各得其人，可謂為本省同胞及文藝愛好青年帶來一份豐美的精神糧食」。[88]可見，出版者希望透過中日對照的「翻譯」形式，滿足讀者閱讀中國現代文學的需求，並將其作為學習中文的教材。編者楊逵則基於個人一貫的「大眾文藝」理念，展現他的現實關懷和強烈的反抗批判精神，選擇了魯迅（1881-1981）的〈阿Q正傳〉；茅盾（1896-1981）的〈雷雨前〉、〈殘冬〉和〈大鼻子的故事〉；郁達夫（1896-1945）的〈出奔〉、〈微雪的早晨〉；沈從文（1902-1988）的〈龍朱〉和〈夫婦〉；鄭振鐸（1898-1958）《黃公俊的最後》（未見出版）等作品，這些作者皆是中國五四時期的重要知名作家，譯者雖未清楚交代擇譯的理由，但根據這

---

87 同上注，頁324-325。

楊逵於1948年7月至1949年1月間被譯出之作品

時　間	譯者	篇　名	發表刊物
1948.07.12	林曙光	〈知哥仔伯〈獨幕劇〉〉	「橋」副刊第138期
1948.10.20	李炳崑	〈無醫村〉	「橋」副刊第176期
1948.12.15	蕭　荻	〈模範村〉	《臺灣文學叢刊》第3輯
1949.01.13	陸晞白	〈萌芽〉	「橋」副刊第200期

88 蘇維熊，〈中日對照　中國文藝叢書發刊序〉，《蘇維熊文集》（蘇明陽、李文卿編，臺北：國立臺灣大學出版中心，2011），頁91-92。

些小說內容，可見楊逵對中國現代文學的認知程度，譯出以社會寫實題材為主的文本，試圖與光復初期臺灣社會情況相扣連，具現反封建、反壓迫、反帝國的抵抗精神。

相較於《中國文藝叢書》，《臺灣文學叢刊》的作品大都轉載自報刊雜誌的文藝副刊中，[89] 如《臺灣新生報》「橋」、《中華日報》「海風」、《臺灣力行報》「新文藝」、《公論報》「日月潭」等，甚至還轉載歐坦生刊登於上海《文藝春秋》的小說〈沉醉〉。另外也轉載了與楊逵關係密切的銀鈴會等新生代作家之作品。其中，由蕭荻譯出張紅夢的〈葬列〉（原載《臺灣新生報》「橋」160期）其中諷刺著來臺的國民黨政權「哦，中華，我的祖國！／你誇耀著／黃帝的子孫／五千年的文化／悠久的歷史／因此把你的虛榮的形式／更牢固地拘泥著」、「哦，中華，我的祖國！／我為你憂慮／人們仍然還遵循著／這個樣式的葬列／有一天，你會／衰老，頹廢而被葬送」。又，譯出楊逵的〈模範村〉並指陳：「魯迅寫了一個孔乙己，他希望孔乙己從中國的封建社會中消滅，楊逵寫了一個陳文治，他要陳文治脫胎換骨，負起改造社會的責任。」[90] 這些作品之所以被擇譯的原因，或許因其作品諷刺政治現實，與魯迅的批判精神有其相應之處，並期待戰後的臺灣社會能被改造。林曙光也在「文藝通訊」欄中，自告奮勇〈翻譯工作我要幫忙〉，「希望你能夠專事創作，我想利用暑假多譯一點過去臺灣所生產的值得紀念的作品，使臺灣文學獲得一個較好的基礎」。[91] 他希望戰前日語作家不要因跨語而中斷創作，以中譯的成果為戰後臺灣文學的發展奠基。

89 根據黃惠禎論文的附錄四〈《臺灣文學叢刊》刊載作品一覽表〉，頁491。
90 蕭荻，〈跋楊逵的模範村〉，《臺灣文學》第三輯（臺中：臺灣文學社，1948.12），頁40。
91 林曙光，〈翻譯工作我要幫忙〉，《臺灣文學》第二輯（臺中：臺灣文學社，1948.09），頁12。

從楊逵主編《中國文藝叢書》和《臺灣文學叢刊》這兩套書籍，足見「戰前兩岸新文學運動在臺灣匯流的歷史系譜，以及省內外作家在臺同時進行文學活動的地理圖景」。[92]雖然這兩套叢書的編輯目的互異，但楊逵仍希望藉由「翻譯」活動連結中、臺知識建置文化溝通的平臺。《中國文藝叢書》的發行出版，雖然是配合國語運動的推展，但同時也展現出楊逵作為臺灣知識分子，在擇譯過程中的文化政治。在〈臺灣新文學停頓的檢討〉他也極力呼籲「作為過渡性的辦法，設立一個強而有力的翻譯機構，扮演負責譯介以各自方便的語言所寫的作品的角色，乃為當務之急」。[93]

　　另外，根據刊載於《臺灣評論》1卷2期的廣告文可知，「中日文對照・革命文學選」刊行了胡風譯楊逵的《新聞配達夫》，其廣告詞「臺灣□年□不奴化，請看這篇抗日血鬥的故事」，尚有「近刊」楊逵譯的《魯迅小說選》和楊發（逵？）譯的《賴和小說選》。可見，出版社將臺灣日語讀者預設為這些革命文學選集的讀者，企圖透過賴和與魯迅小說選的翻譯出版，讓他們從閱讀這些文學文本，認識「革命文學」的意涵。

（二）左翼刊物中的譯介內容

　　臺灣無論戰前的殖民地時代或是戰後的國民黨時代，左翼言論的書刊幾乎皆成為違禁品而被禁絕。現存資料多為斷簡殘篇甚為有限，只能從幾期的雜誌刊物中，想像推論可能的現象。同樣地，

---

92 黃惠禎，〈臺灣文化的主體追求：楊逵主編「中國文藝叢書」的選輯策略〉，《臺灣文學學報》15期（2009.12），頁165-198。

93 楊逵，〈臺灣新文學停頓的檢討〉，《楊逵全集　第十卷・詩文卷》（臺北：國立文化資產保存研究中心，2001），頁220。（原出處：《和平日報・新文學》3期，1946.05.24）

戰後初期由左翼文化人士主導的報刊雜誌中，[94]除去報紙副刊的譯文，多為中文雜誌。如最早的《政經報》和1947年1月刊行的《文化交流》全是中文雜誌，唯有在《新知識》與《臺灣評論》中尚可見部分日譯文，因此以下試就兩份雜誌為例，觀察「日譯文」在其中所扮演的角色為何？

中國來臺謀職的媒體人樓憲（1908-1997）、周夢江（1922-2012）、王思翔（1922-2011）於1946年10月合編《新知識》月刊，中、日文合刊。[95]其中樓憲曾加入中國左翼作家聯盟，執筆群中楊克煌（1908-1978）、謝雪紅（1901-1970）等人皆是臺灣左翼人士。其內容主要是刊登臺灣省內外知識分子的言論和轉載中國大陸各地報刊的評論性文章。因日語版尚未明令廢除，因此在其〈稿約〉中仍徵求「希望研究臺灣問題的著作」，中日文皆歡迎，譯稿則請附原文。[96]從其版面編排可知，除了日文文章，施復亮〈何謂中間派〉、赫生〈馬歇爾在華的工作〉、許新〈論當前的中國經濟危機〉的文章中則以夾注的方式，扼要地以日語翻譯部分重要內容，以期讓尚未熟悉中文的讀者能確切地掌握中國內地政經情況及國際情勢，由此可見刊物主編積極爭取日語讀者的編輯策略。

《臺灣評論》為臺灣半山派李純青出任主編，半山中的左翼刊物。[97]雜誌內容延續《政經報》的風格，以政經相關言論為主，但部分社論採中日對譯的方式刊載，將讀者設定為致力於學習中文的

94 徐秀慧，〈表3-1　戰後初期左翼文化人主導的刊物發行一覽表（1945.10-1947.02）〉，《戰後初期（1945-1949）臺灣的文化場域與文學思潮》（臺北：稻鄉出版社，2007），頁399-400。

95 秦賢次，〈《新知識》導言〉，《臺灣舊雜誌覆刻系列4-1・新知識》（臺北：傳文文化事業，出版年不詳），頁5-7。

96 《新知識》，頁16。

97 何義麟，〈《政經報》與《臺灣評論》解題：從兩份刊物看戰後臺灣左翼勢力之言論活動〉，《臺灣舊雜誌覆刻系列4・臺灣評論》，頁5-18。

省民。[98]根據〈編後〉的記載，如此的編排方式受到相當程度的歡迎，普通市民亦有人購讀，並提到：「中國政治和臺灣，掃蕩官僚資本兩篇非常同感，特別有日譯文，所以完全看得懂。」並在「徵稿啟事」說明來稿可以「用日文繕寫，發表以中文為標準，即可用的日文稿件，由本刊予以登載，或譯成中文」。[99]在當時日語文章的刊載顯然與雜誌的販售有其密切的關係。但綜觀刊載的日譯文內容，李純青的政論性文章全數，附有日譯文和編輯部的創刊詞與社論內容兩篇，可見該雜誌側重於政治性言說的傳播，雜誌發行有其時效性和宣傳效果，中日對照看似配合國語運動，但其中夾雜的「日文」卻發揮對一般省民讀者進行思想啟蒙與左翼觀點的傳播。其中「凝視臺灣現實」專題內容，除了第一位以中文撰文，其他皆以日文撰稿，直抒對臺灣現狀之觀感，「日語」成為宣洩輿情很重要的工具。「日文版」之所以會於一年內即遭禁，雖有官方文化政策的規畫，當局對於日語的煽動性與影響力亦應深有警覺。因為中、日對照形式中仍隱藏著輿論渲染的危機，因此不得不廢除日文版。之後，雜誌出版者便以附「日譯文」或「日文注解」作為權宜之策，以便吸引讀者購讀。如楊逵主編的《文化交流》第一輯（1947年1月）的「本社新書預告」的廣告頁中，印有王思翔編著《怎樣看報》，廣告文中亦特別強調「本書以中日文對照，並附重要通訊社及報紙介紹，與讀報常識等」。

　　總之，左翼文化人在臺的文化宣傳活動，主要仍是在推展國語運動的政策規範之下，進行中、日對照的譯介活動，以利臺灣民眾

---

98 〈創刊詞〉，《臺灣評論》創刊號（1946.07），頁1。「但我們對現代中國文化的動態，詩歌小說及其他藝術國史的研究或讀法，引人入勝的遊行遊記等打算陸續介紹，給學校做一種補充讀物。最困難一點是如何使讀者看懂及看慣國文，為了這點，我們決定選擇幾篇附譯日文對照。」

99 雲，〈編後〉，《臺灣評論》1卷2期（1946.08），頁32。

對中國的現狀有較深刻全面的認識，同時也進一步宣揚左翼的批判觀點，透過社論讓民眾對社會現狀的不滿情緒有其發洩的出口，並產生共鳴形成輿情。

結語

　　戰後初期的文化場域中，中文書報出刊量遠勝於日語書報，但臺灣知識階層的日語讀者量卻遠勝於中文讀者，在讀者數相差懸殊的文化現狀下，「日語」便在官方有條件的妥協下，發揮它戰後的工具性價值。即是，官方在接收臺灣之際，其文化策略雖以禁絕日語為目標，但戰後初期報紙雜誌仍保有一年的「日文版」（欄）空間，日文版遭禁之後，為因應臺灣日語讀者閱讀之便與政令宣傳之需，仍准允不定期的刊物如中、日文對照書籍或日譯本繼續刊行。「日語」雖屬於日本帝國的敵性語言，但在戰後初期官方臺灣文化重建過程中，官方在臺灣宣傳政令與中國民族文化、思想等，卻不得不借助它的傳播效能，以「翻譯」作為策略，出版「光復文庫」等書籍，「日語」成為國民黨接收臺灣的過渡性語言工具。

　　在戰後初期的譯介活動並非只是進行單純的文字轉譯活動，同時，更展現臺灣文化場域，日本文化退場之際，中國文化進場之時，臺灣日語世代對於選擇文化傳播內容的主體性。換言之，日文或中日對照書籍的文化知識背後，顯現出其翻譯工程中所隱匿的民間敘事的自主性和讀書市場消費機制的調整關係。即民間出版界為繼續滿足臺灣讀者的閱讀慾望，繼續以日文或中、日對照形式出版書籍，經營臺灣的日語讀書市場，譯介中國當代政治思想文化、婦權運動言說等。因為日本印刷資本退出臺灣讀書市場，因此臺灣藝術社等本土出版社紛紛投入日語通俗文學的市場，部分文本是作者

戰前的創作或譯作，部分文本是當時因應市場之需的出版，品質出現了良莠不齊的情況。根據廣告內文與快速再版狀況，日語通俗文學在當時應是有利可圖的商品。左翼文化人編纂的雜誌日譯篇幅雖不多，但仍透過「日語」的傳播，仍希望不熟悉中文的臺灣讀者能夠理解他們的左翼關懷與文化理念。

　　若從臺灣翻譯文學史的研究脈絡觀察，戰前臺灣現代化的進程中，大都仰賴中、日譯本引進西方思想文化和中國知識，唯至戰爭末期在大東亞共榮圈的旗幟下，「地方文化」出現了發展的縫隙，為求共榮圈的文化交通之需，臺灣作家才較積極從事翻譯活動。從江肖梅、楊逵的個案可知，雖然他們的譯介的目的各異，但他們的譯介活動顯然卻有其內在的自主連續性。[100]戰後初期因政權的更迭臺灣文化人產生跨語的焦慮，因此「翻譯」便成為他們學習新「國語」的管道之一，中日對照的書籍應時而生，以緩和失語與知識權被剝奪的恐懼，此一中日對照出版形式也成為戰後初期出版書籍的特殊形式。同樣地，官方也試圖以簡明的中譯本取代日譯本在臺的流通。「翻譯」作為一種文化傳播策略，在戰後初期臺灣文化重建的過程中，出版者雖同床異夢各有其目的性，但卻也展演出戰後初期臺灣翻譯文化的自主性與多樣性。

　　另外，就翻譯的文本載體而言，報章雜誌的日文版與日文單著之間有其密切的承繼關係，無論徐瓊二的《臺灣の現實を語る》、龍瑛宗的《女性を描く》其內容幾乎都是源自於報章雜誌的「日文版」的文章。即是，當「日語」喪失作為報章雜誌的媒體語言後，它便改以日文或中日對照單著形式出版，讓日文的知識生產繼續在

100　蔡文斌，《中國古典小說的在臺日譯風潮（1939-1944）》（新竹：清華大學臺灣文學研究所碩士論文，2011）。

臺灣社會傳播發揮其影響力。至 1950 年 6 月 1 日起，省政府才成立「日文書刊日語影片審查」小組管制日文書刊、影片之進口，控管日文資訊才更為嚴密，而此措施不僅是社會控制的問題，其實背後潛藏著族群間資源競爭的關係。[101] 日語書籍的即時性雖不如報章媒體，但因發行時間較長，出版書籍的種類也較多，對於臺灣日語讀書市場的影響時效性亦較長。戰後「日語」在臺灣文化場域中日漸式微進而被消音，日語讀者也成為隱性讀者，甚至成為部分臺人另一種文化認同抵抗殖民的話語，臺灣翻譯文學也進入另一個新的發展階段。

---

101 何義麟，〈「國語」轉換過程中臺灣人族群特質之政治化〉，《臺灣重層近代化論文集》（臺北：傳播者文化公司，2000），頁 450-479。

附表1：戰後初期「臺灣藝術社」出版品（社址：臺北市太平町二段八十五號）

作者	書　名	出版日期	備　注
葉步月	「科學小說」《長生不老》	1946.11.15	定價25元
葉步月	「探偵小說」《白晝の殺人》	1946.12.25	1947.02.10再版
編輯部	《戰敗國首都東京黑白篇》	1946	（館藏：臺南市立圖書館，遺失）
呂訴上 編著	《偵探化妝術》	1947.05.01	訂價40元，由華銀出版再版
江肖梅	《諸葛孔明》	1947.07	
藍守中	《世界は動く》	1947	（館藏：臺南市立圖書館）
編輯部	《和平之道》	1947	
蔡文德	《應用自如國語常用語用例》	1947.03	1947再版
呂訴上	預定出版廣告「臺灣風土小說」《現代陳三五娘》附日文小說〈星〉	1946.07	後改由華銀出版社
	「偵探小說」《怪奇殺人事件》		未見
	「暗鬥小說」《三魔爭花》		未見
	《近衛文麿手記平和への努力》		日文六四版100頁，一部25元，未見

附表2：中華日報日文版「家庭欄」與婦女議題相關的文章

作者	篇　　名	日期
未署名	〈婦人教育を昂めよ　職場進出により新生活を建設〉	1946年3月21日
龍瑛宗	〈女性と讀書〉	同年4月28日
林花霞	〈婦権と教養〉	同年5月26日
龍瑛宗	〈女性は何故化粧するか〉	同年6月9日
蔡玲敏	〈女性の化妝は健康美の現れ〉	同年6月17日
安達	〈化妝の問題から〉	同年6月19日
陳喬琳	〈婦人の幸福〉	同年7月21日
陳素吟	〈正しい女の道〉	同年7月21日
未署名	〈內地よりの婦人に反省を促す〉	同年7月21日
未署名	〈黎明の女性〉	同年7月21日
龍瑛宗	〈婦人と天才〉	同年8月1日
英玲	〈女性の立場から　不安の克服　新しき歷史の創造〉	同年8月11日
R	〈女性と學問：現代の文化は跛行性〉	同年8月11日
R	〈女性美の變遷：近代は健康美〉	同年8月18日
陳喬琳	〈男女間の信義則〉	同年8月18日
R	〈キユリー夫人：婦人の能力について〉	同年8月25日
陳怡全	〈女権女性二重奏　婦人運動の指標を索めつゝ〉	同年8月25日
R	〈女よ何故泣くか〉	同年9月15日
R	〈男女間の愛情〉	同年9月21日
彭素	〈若き女性の道〉	同年9月22日
龍瑛宗	〈婦人と政治〉	同年10月6日
龍瑛宗	〈貞操問答〉	同年10月20日
彭智遠	〈女性と經濟〉	同年10月20日

參考文獻

「臺南市立圖書館館藏日文舊籍」，https://tinyurl.com/yydudgs4。

「館藏光復初期臺灣地區出版圖書目錄」，http://memory.ncl.edu.tw/tm_new/subject/ImageTw/action3.htm。

Robert Escarpit著，葉淑燕譯（1990）。**文學社會學**。臺北：遠流出版事業股份有限公司。

王惠珍（2005）。**龍瑛宗研究：臺灣人日本語作家の軌跡**（未出版之博士論文）。關西大學，大阪。

王惠珍（2010）。老兵不死：試論50、60年代臺灣日語作家的文化活動。**第二十屆天理臺灣學會年會**，臺北：中國文化大學，2010年9月11日。

王惠珍（2011）。戰前臺灣知識分子閱讀私史：以臺灣日語作家為中心。收於柳書琴編，**戰爭與分界：「總力戰」下臺灣・韓國的主體重塑與文化政治**（頁129-150）。臺北：聯經出版事業公司。

何義麟（1997）。戰後初期臺灣出版事業發展之傳承與移植（1945-1950）。**臺灣史料研究，10**，3-24。

呂訴上（1947）。**陳三五娘**。臺北：銀華出版部。

李祖基編（2007）。**「二二八」事件報刊資料彙編**。臺北：海峽學術出版社。

孤蓬萬里編（1995）。**臺灣萬葉集（續編）**。東京：集英社。

林以衡（2007）。文化傳播的舵手：由蘭記圖書部「圖書目錄」略論戰前和戰後初期出版風貌。**文訊，257**，90-92。

河原功（2002）。雜誌《臺灣藝術》と江尚梅／《臺灣藝術》、《新大眾》、《藝華》。**成蹊論叢，39**。

河原功著、黃安妮譯（1999）。《臺灣藝術》雜誌與江肖梅。收於彭小妍編，**文藝理論與通俗文化（上）**。臺北：中央研究院中國文哲研究所

籌備處。

徐秀慧（2007）。**戰後初期（1945-1949）臺灣的文化場域與文學思潮**。臺北：稻鄉出版社。

徐瓊二（1946）。**臺灣の現實を語る**。臺北：大成企業局出版部。

張良澤編（2008）。**吳新榮日記8**。臺南：國立臺灣文學館。

許芳庭（1997）。**戰後臺灣婦女團體與女性論述之研究（1945-1972）**（未出版之碩士論文）。東海大學，臺中。

許詩萱（1999）。**戰後初期（1945.8-1949.12）臺灣文學的重建：以《臺灣新生報》「橋」副刊為主要探討對象**（未出版之碩士論文）。國立中興大學，臺中。

許雪姬（1991）。臺灣光復初期的語言問題：以二二八事件前後為例。**史聯雜誌，19**，89-103。

陳建忠（2007）。**被詛咒的文學：戰後初期臺灣文學論集**。臺北：五南圖書出版股份有限公司。

陳鳴鐘、陳興堂主編（1989）。**臺灣光復和光復後五年省情（上）**。南京：南京出版社。

曾健民（2010）。**臺灣光復史春秋：去殖民・祖國化和民主化的大合唱**。臺北：海峽學術出版社。

曾健民主編（2001）。**那些年，我們在臺灣……**。臺北：人間出版社。

黃英哲（2007）。**「去日本化」「再中國化」：戰後臺灣文化重建（1945-1947）**。臺北：麥田出版社。

黃惠禎（2009）。**左翼批判精神的鍛接：四〇年代楊逵文學與思想的歷史研究**。臺北：秀威資訊科技股份有限公司。

黃惠禎（2009）。臺灣文化的主體追求：楊逵主編「中國文藝叢書」的選輯策略。**臺灣文學學報，15**，135-164。

楊聰榮（1993）。從民族國家的模式看戰後臺灣的中國化。**臺灣文藝，18**（138），7-113。

葉思婉、周原柒朗編；陳淑容譯（2008）。**七色之心**。高雄：春暉出版
　　社。

廖風德（1995）。臺灣光復與媒體接收。**政大歷史學報，12**，201-239。

廖嘉瑞編著（1947）。**「スパイ小説」女間諜飛舞**。臺南：興臺日報社出
　　版部。

歐坦生（2000）。**鵝仔：歐坦生作品集**。臺北：人間出版社。

蔡文斌（2011）。**中國古典小說在臺的日譯風潮（1939-1944）**（未出版之
　　碩士論文）。國立清華大學，新竹。

蔡盛琦（2005）。戰後初期臺灣的圖書出版：1945至1949年。**國史館學
　　術集刊，5**，212-251。

薛化元等編（2002）。**戰後臺灣民主運動史料彙編（七）新聞自由（1945-
　　1960）**。臺北：國史館。

按語

　　本篇論文的問題意識主要源自於「戰後初期龍瑛宗文學研究」，要了解戰後初期臺灣文學的全景圖，筆者廣泛地查閱當時的報刊雜誌。意外發現報刊雜誌因應政權更迭，解決臺灣讀者短時間內無法閱讀中文報章的問題，而出現排版中、日文並置的情況，「日譯文」成為這個時期「反主為客」特殊的存在，「翻譯」成為官民溝通的必要手段。光復後一年官方禁止定期刊物使用日語後，戰前臺灣人藉由「日語」接受近代新知的路徑被阻絕，「臺灣人奴化論」斥責聲此起彼落之際，被視為殖民遺產的「日語」是不是毫無價值？如果有，那它又有什麼剩餘價值呢？因此，筆者撰寫〈戰後初期（1945-1949）臺灣文學場域中日譯本的出版與知識生產活動〉一文，處理這一階段臺灣文學場域的翻譯現象。

　　這個議題也開啟了筆者對臺灣各個年代翻譯議題的關注，透過譯者的個案研究，向上追溯戰前帝國「日語」對臺灣殖民地作家的書寫的意義，發現日語除了是他們的創作語言之外，也是他們另一種譯介臺灣文化進入日語圈內的「譯語」。往下探討戰後臺灣的跨語作家又如何翻轉負的殖民遺產日語，藉由「翻譯」的方式對外進行臺灣文學的外譯，對內展開島內跨世代的文化傳承。譯者又藉由如何翻譯實踐，開展文化的能動性，並在譯作中展現其文化政治。透過這一系列的譯者研究中，重新檢視他們翻譯活動的時代意義。承蒙賴慈芸教授不吝提供篇幅，將這篇嘗試之作收入《臺灣翻譯史：殖民、國族與認同》中，希望拋磚引玉讓我們重新思索戰後初期其他可能的翻譯研究議題。

第九章

他們在島嶼翻譯：戒嚴初期在臺譯者研究 *

張綺容

---

* 本研究論文為科技部計畫成果之一，〈臺灣戒嚴初期（1949-1955）譯者群像：附譯者評傳〉，計畫編號107-2410-H-033-004-MY2，並承蒙林果顯教授於「第21屆口筆譯國際教學研討會」撥冗指點，亦有幸得到《翻譯學研究集刊》兩位匿名審查人不吝賜教，刊於《翻譯研究集刊》第22輯（2018），特此感謝。

前言

　　戰爭是臺灣近代史的重要轉捩點。中法戰爭（1883-1885）促成臺灣成為大清帝國的行省，十年後的甲午戰爭（1894-1895）則使臺灣成為日本殖民地，半世紀後第二次世界大戰（1939-1945）因美軍介入而終結，臺灣由中國的國民政府接收，後因國共內戰失利，國民政府於1949年底播遷來臺。1950年1月5日，美國總統杜魯門（Harry S. Truman）聲明美國無意占領臺灣，也不介入臺灣島上的軍事，同年2月14日，毛澤東與史達林（Joseph Vissarionovich Stalin）簽訂《中蘇友好同盟互助條約》（Sino-Soviet Treaty of Friendship, Alliance and Mutual Assistance），雙方成立軍事同盟。在此局勢下，臺灣顯然陷入孤立無援的絕境。為此，國民政府施行高壓統治，以動員戡亂及戒嚴法制作為統治基礎，由此推展各種政策，為反攻大陸做準備，全臺在體制上處於戰爭狀態（林果顯，2015，頁242-243）。

　　此時國民政府甫經歷內戰失敗，將臺灣定位為反攻復國的復興基地，對內對外皆以正統中國自居，並以反共復國作為基本國策（若林正丈，2014，頁92）。1950年5月16日，蔣中正在〈為撤退舟山、海南國軍告大陸同胞書〉演說中發表其治國大計：「反攻整個大陸來拯救全國同胞」（秦孝儀，1984，頁264），計畫「一年準備，二年反攻，三年掃蕩，五年成功」（頁266）。事實上，此一反攻大計已經一延再延，先是從1949年6月的「一年反攻，三年成功」[1]延長為1950年3月的「一年整訓，二年反攻，掃蕩共匪，三

---

1 詳見蔣中正軍事會議總理紀念周講〈本黨革命的經過與成敗的因果關係〉，秦孝儀，1984，頁11。

年成功」[2]，兩個月後又延長為「五年成功」。往後五年間，島內局勢頻受戰事左右。1950年6月25日，韓戰爆發，美方擔憂蘇聯斬斷西太平洋反共防線，因此推動聯合國大會決議要求會員國出兵援助南韓，同時下令美國第七艦隊巡守臺灣海峽，執行「臺灣海峽中立化政策」（the neutralization of the Straits of Formosa），既阻止中共武力犯臺，亦防範國民政府反攻。1953年7月27日，南北韓簽訂停戰協定，但越戰卻越演越烈，中共將兵力轉移至中南半島和福建沿海，美方為牽制中共兵力，宣布取消臺灣海峽中立化政策，同意國民黨軍隊反攻大陸。1954年9月3日，第一次臺海危機爆發，雙方在浙江沿海展開海空大戰，美方由於「有限戰爭」（Limited War）戰略，不樂見戰事擴大，故與國民政府簽訂《中華民國與美利堅合眾國間共同防禦條約》（Mutual Defense Treaty between the United States of America and the Republic of China），以牽制其軍事行動，此後國民政府若要反攻大陸，必須經過美國同意。隔年大陳撤退（1955年2月8日）和南麂撤退（1955年2月25日），均可見國民政府政策轉攻為守，故視1950年至1955年為戒嚴初期。

　　戒嚴初期由於亞洲冷戰波及臺灣海峽，並進一步與中國內戰結合，臺灣因而在美國的世界戰略中被納入東西冷戰前哨站，對外仰仗美國聲援以確保國民政府在聯合國的中國代表權，對內則仰賴美援穩定民生、培育人才，發展農、工、電力、交通等基礎建設（趙既昌，1985）。趙綺娜（2001）認為，從1951年至1970年，「由於國民黨仰賴美國政府的支持，使得美國幾乎壟斷了海外文化輸入臺灣之管道」（頁122）。在此脈絡下，陳建忠（2012）考察美國新聞處透過美援刊物傳播美式文藝觀念，認為美援文藝體制或隱或顯

2　詳見蔣中正於革命實踐研究院講〈復職的目的與使命〉，秦孝儀，1984，頁136。

支配了臺港文藝思潮走向，尤其是現代主義美學典律在臺灣的建立，這其中或多或少也借助了翻譯。單德興（2009）研究1952年由駐港美新處成立的今日世界出版社，該社負責翻譯與推廣美國文化，以豐厚的稿酬吸引港臺名家加入翻譯行伍，翻譯策略偏向歸化，譯文通順流暢，「讓中文讀者在看似自然的情況下，不設防地接受『具有侵略性的單語』的美國文學和文化，達到其教化與圍堵的目的」（頁136）。王梅香（2015）則指出，在民主與共產壁壘分明的1950年代，海峽兩岸的翻譯活動呈現迴異的風景，海峽左岸從蘇聯輸入左翼思想文化與文學，自由民主思想則取道美國從海峽右岸進出，中國與臺灣儼然是蘇聯和美國文化冷戰的戰場，美國權力藉由「國家—私營網路」和「在地人際網路」運作，具體以文學翻譯（包括改寫）和共同創作介入港臺的文學生產，使美援文藝體制下的臺港文壇朝反共文學和現代主義文學的方向發展，以利於美方意識型態宣傳。

　　上述研究皆從冷戰時代美國的文化外交切入，揭櫫翻譯在此歷史脈絡下蘊含的文化政治意涵，尤其強調美方作為發起者和贊助者的身分。相較於此，本研究更關心在美援文藝體制的外圍時空背景下，作為中介調節者的國民黨文藝體制如何影響臺灣本地的翻譯生態，特別在1950年危急存亡之秋，美新處的譯書計畫甫於香港萌芽，剛抵臺的國民政府對外高舉反共大纛尋求美國支持，對內面對島上六百萬不會說中文的日本遺民，則亟欲去日本化、再中國化，藉以鞏固其正統中國地位。值此風雨飄搖之際，臺灣島上呈現怎麼樣的翻譯圖景？參與其中的譯者是誰？翻譯了哪些作品？如何翻譯？皆是本研究嘗試回答的問題。鑒於此時全臺在體制上處於戰爭狀態，加上伴隨政權轉換而來的語言問題，中文圖書出版難稱蓬勃，而雜誌或因篇幅短、頁數少，出版相對容易，其流通在戒嚴

初期頗為可觀。因此，本研究以1950年在臺創辦的雜誌為研究對象，包括《當代青年》（1950-1955）、《暢流》（1950-1991）、《半月文藝》（1950-1955）、《自由談》（1950-1987）、《拾穗》（1950-1989），據此描述戒嚴初期在臺譯者的翻譯活動。

一、譯史中的譯者研究

本世紀翻譯史研究出現譯者轉向，盧志宏（2011）指出：

> 譯史研究的主要對象不是譯本，不是與譯本相關的語境系統，也不是語言特徵，而應是以人為主體的譯者。因為只有譯者才肩負著與社會成因相關的種種責任。唯有通過分析譯者和他們身處的社會連繫（客戶、贊助人、讀者），我們才能理解何以翻譯會在特定的歷史時空下產生（頁89）。

然而，此前華文翻譯界長期傾向以原著為研究重心，王宏志（1999）便以1996年香港中文大學舉辦的翻譯研討會為例，點出港、中、臺以原著為研究重心的現象；辜正坤（2004）也指出：相較於其他翻譯研究領域，中國翻譯家研究猶待加強；若將目光投向英文翻譯學界，韋努蒂（Lawrence Venuti）透過《譯者的隱身》（*The Translator's Invisibility*）和《翻譯醜聞》（*The Scandals of Translation*）呼籲學界重視譯者的主體性，皮姆（Anthony Pym）在《翻譯史研究方法》（*Method in Translation History*）中凸顯譯者在翻譯史研究中的重要地位，足見譯者研究是當前華英兩大翻譯界亟需闡述的課題。

譯者研究匱乏致使譯者身分不彰，已經對臺灣學界的翻譯研究

及英美文學研究帶來限制，王愛惠（2004）、賴慈芸（2011）、張思婷（2014）皆曾提及。王愛惠研究臺灣戰後第一份純翻譯刊物《拾穗》，描述其所刊載的音樂文章、編譯者背景及其與讀者間的互動，研究困難之一便是「大部分文章的編譯者都採用筆名，故難以確定其真正的身分」（頁12）。賴慈芸編纂戒嚴時期在臺出版之十九世紀英美小說書目，指出臺灣戒嚴時期出版的文學翻譯泰半為大陸1949年以前的舊譯本或香港譯本，「許多出版社不署譯者姓名或托以假名出版，造成翻譯史研究不易」（頁151）。張思婷以譯者傅東華作個案研究，從譯者出身、譯者養成、譯者地位切入，勾勒傅氏翻譯生涯的歷史脈絡，據此為兩次影響傅氏翻譯生涯甚鉅的翻譯批評翻案，從而論證「在缺乏譯者研究的情況下，縱使譯者姓名未遭隱匿，亦會導致研究障礙」（頁76）。

　　鑑於此，當前臺灣學界已可見針對日治時期在臺譯者的全面研究，例如許雪姬（2006）〈日治時期臺灣的通譯〉提及95位通譯生平及其翻譯活動，楊承淑（2012）〈臺灣日治時期的譯者群像〉則透過個案描述，疏理日治時期通譯的培訓方式及譯事活動特徵。至於戒嚴時期則以個別譯者研究為多，許俊雅（2012）〈1946年之後的黎烈文：兼論其翻譯活動〉、高育慈（2012）〈「有顏色的翻譯」：論殷海光的思想譯介工作〉、鄧敏君（2014）〈翻譯作品與創作作品之語體特徵比較研究：以劉慕沙歷年翻譯作品與早期短篇小說為例〉等是，但或囿於研究廣度仍嫌不足，譯者傳記編纂尚付之闕如。相較之下，加拿大學者尚・德利爾（Jean Delisle）和朱迪思・渥茲華（Judith Woodsworth）合編《歷史上的譯者》（*Translators through History*）於1995年出版，全書以譯者為主軸綜述歐亞非拉美的翻譯史，大陸學界則可見《中國翻譯家研究》三冊於2017年出版，針對中國自古至今貢獻卓越的94位翻譯家作個

案描述。

由於當前學界對戒嚴時期在臺譯者研究尚付之闕如，故本研究目的在於記錄戒嚴初期戰時體制下的翻譯活動、描繪參與其中的譯者群像。此時期之特色如林果顯（2015）所言：

> 臺灣在二次大戰結束後，很快地再度進入戰爭狀態。不論是因應動員戡亂的總動員狀態，或是戒嚴下的軍管措施，在體制上臺灣被置放於戰爭狀態，並以此為基礎推展各種政策，為即將到來的決定性戰役而準備。這場戰爭既是執政的國民政府對大陸失敗的檢討與反擊，也與重建政府權威、鞏固在臺統治同時進行，戰爭與內政治理兩者的緊密關係，成為臺灣1950年代的重要特色。（頁242）

引文中的「戰爭狀態」，內指反攻備戰、外指美蘇冷戰。戒嚴初期的國民政府在喪失九成國土與國民後，對內以「反共抗俄」基本國策進行動員運動，對外則高舉「民主自由」大纛以獲美國支持，藉此對抗中共政權與鞏固在臺法統，同時配合政治宣傳以收其效，雜誌便是其宣傳利器之一。早於1947年9月6日，國民政府便於南京四中全會上討論「發展本黨宣傳事業廣為創辦雜誌與定期刊物發揚本黨主義倡導革命精神以鞏固建國基礎案」（簡稱「雜誌建國案」），辦法如下：

> 1. 以文化程度為標準，於通都大邑市鄉城鎮不惜以鉅資創辦各種雜誌與定期刊物，以闡揚本黨理論。
> 2. 雜誌刊物之發行務使其迎合當地人之所好，於不知不覺之中以收潛移默化之實效。

　　3. 雜誌刊物之發行為便於宣傳計，可以某階層之人為對象。

　　4. 以鉅額酬金徵集闡揚本黨主義之稿件，使言論界權威之學者樂於趨從。

　　5. 以最大力量搜求奸黨之劣行與謬論，以為攻擊奸黨之材料。[3]

　　該辦法提出時，適逢第二次國共內戰局勢逆轉，隔年國民政府節節敗退，1949年12月撤退來臺，對於共產黨以言論、文藝滲透民眾記憶猶新，認為大陸失守與文藝工作失敗不無關聯。為此，蔣中正於1950年指派張道藩成立中華文藝獎金委員會，同年國營事業臺灣鐵路管理局創辦《暢流》（1950-1991）、中國石油公司創辦《拾穗》（1950-1989），新聞處呂天行、行政院李季谷[4]合辦《當代青年》（1950-1955），師院附中教員程敬扶[5]創辦《半月文藝》（1950-1955），《臺灣新生報》趙君豪[6]和姚明[7]合創《自由談》（1950-1987），當中亦可見譯作。張毓如（2009）提及《暢流》「不乏新知介紹、經典翻譯的文章」（頁36），張思婷（2015）

3　引用自未出版檔案：「發展本黨宣傳事業創辦襍誌與定期刊物發揚本黨主義倡導革命精神」（1947年9月6日），〈會議記錄〉，中國國民黨文化傳播委員會黨史館，檔號：會6.2/83.32.3。新式標點為研究者所加。

4　呂天行（1919-1995），字健甫，湖南益陽人，國立政治大學畢業，1949年隨政府來臺，任職臺灣省政府新聞處，主持書刊審核工作，利用公餘與在行政院服務的妻子李季谷合辦《當代青年》，後轉任中央黨部發行之《自由青年》社長兼總編。詳見吳伯卿（1996）〈呂天行先生行述〉。

5　程敬扶（1921-），筆名程大城、路尚、劉青、路尚、路上，河南夏邑人，西北大學政治系畢業，來臺於師院附中教授三民主義。

6　趙君豪（1902-1966），江蘇興化人，交通大學畢業後任職於《申報》，遷臺後歷任《經濟時報》總編輯、《新生報社》副社長兼總經理。

7　姚明（1926-），筆名彭歌，河北宛平人，政治大學新聞系碩士，國防研究院第十一期結業，南伊利諾大學新聞研究所碩士，伊利諾大學圖書館學碩士學位，來臺任《臺灣新生報》副社長兼總編輯。

描述《拾穗》為「臺灣戰後第一份純翻譯雜誌」（頁45），張綵忻
（2016）則認為《自由談》譯文不俗，多出自重要文人之手：

> 長篇翻譯連載小說有鍾肇政和張良澤合譯三島由紀夫的〈金
> 閣寺〉、張心漪譯英國諾貝爾文學獎得主約翰·高爾斯華綏
> （John Galsworthy）的〈蘋果樹〉、聶華苓譯法國柯蕾特（Sidonie-
> Gabrielle Colette）的〈貓〉等（頁13）。

上述五種雜誌每月定期出刊一至兩次，因其篇幅較圖書短，頁
數也較少，因此出版相對容易，定價也相對便宜，在戒嚴初期流通
甚廣，於譯介域外新知上的貢獻並不亞於單行本，平鑫濤（2004）
在敘述1954年創辦《皇冠》時寫道：

> 那個時代的臺灣，書店寥寥可數，出售的書本大都從大陸翻
> 版而來，新書少得可憐。報紙只有中央日報、新生報等幾份官
> 辦報紙，新聞管制又嚴，內容乏味。雜誌更少之又少。綜合
> 性雜誌《自由談》，銷數最廣；石油公司出版的以譯文為主的
> 《拾穗》，也銷得不壞⋯⋯估計《自由談》、《拾穗》都有一萬
> 本左右的銷數（頁38-39）。

關於引文中提及戒嚴初期圖書出版蕭條之情景，研究者統計了《中
華民國出版圖書目錄》（1956）中的書目，發現1950年臺灣本地出
版的翻譯圖書計68種，聊勝於無。陳俊斌（2002）則指出，臺灣
本地圖書中譯在1952年至1970年間並不發達，據其統計，《中譯
外文圖書目錄》所記載之1952年出版書目為57種（頁13、16）。
由此觀之，若要了解戒嚴初期在臺譯者活動，雜誌應是重要的研

究對象之一。然而，目前翻譯學界對戒嚴時期的雜誌研究不盛，譯者研究亦屬罕見，大抵以有單行本問世者為主。賴慈芸（2014a）描述1945至1965年間在臺灣有譯作單行本印行紀錄的譯者生態，指出此時期翻譯出版活動以翻印1949年前在中國初版的譯本為主（簡稱舊譯），大抵由商務、啟明、開明、世界、正中等中國遷臺出版社主持之，為因應國民政府的禁書政策，多將身留中國的譯者姓名隱去，期間被冒名或匿名翻印的譯者共計217位，皆已逐一正名。這批隨外省人遷臺而渡海的譯本充溢臺灣譯壇，蔡禎昌（1971）、賴慈芸（1994，2014b）、李惠珍（1995）、周文萍（1995）、呂正惠（1996）、蔡盛琦（2010）皆曾撰文探討。然而，戒嚴時期除了書籍之外，雜誌也是重要的譯作來源，《文星》刊過的106篇文學作品中，共計50篇是翻譯小說，占47%（陳正然，1984，頁15），《現代文學》刊載的1,421篇文章中，翻譯文章計252篇，包括94篇翻譯小說（林積萍，2005，頁55-56），可見戒嚴時期除了翻印中國舊譯，臺灣島上的文學翻譯活動亦相當蓬勃，惟多刊載於雜誌，而目前學界對戒嚴時期譯壇的研究又多以書籍為主。林訓民（1991）指明道：「有關雜誌業的文獻，雜誌業界統計紀錄，甚至傳播業界以至傳播教育學術界有關雜誌業的研究或出版品簡直就如鳳毛麟角。」（頁63）由此觀之，倘若以雜誌為研究對象，應能使戒嚴時期的譯者圖像更加全面。

　　本研究所稱「雜誌」以出版法第一章第二條規定為準，其定義為「指用一定名稱，其刊期在七日以上三月以下之期間，按期發行者而言」，並以此選取1950年在臺創辦的五本雜誌為研究對象，包括2月16日創刊的《暢流》、2月17日問世的《當代青年》、3月16日首刊的《半月文藝》、4月15日創辦的《自由談》、5月5日面世的《拾穗》，其影響皆既深且廣，可藉以管窺戒嚴初

期在臺譯者的翻譯活動。相較於《自由青年》（1950-1991）、《軍中文摘》（1950-1953）、《藝與文》（1950-1951）、《野風》（1950-1965）[8]、《火炬》（1950-1952）等亦於1950年創辦的雜誌，[9] 本論文的研究對象刊登譯文比例較高，以譯作所占篇幅論，《拾穗》[10] 比例最高（100%），《半月文藝》[11] 居次（19%），《當代青年》[12] 又次（17%），《自由談》[13]（15%）第四，《暢流》[14]（9%）居末。以翻譯

---

8 《野風》（1950-1965）雖以刊登創作為主，但創辦人之一黃楊（本名楊蓮，1926-）出身上海震旦女子文理學院外語系，外文造詣佳，為《野風》譯述過幾篇膾炙人口的作品，包括譯自口袋書出版集團（Pocket Books）的《約翰‧克利斯多夫》（*Jean-Christophe*）節譯本，先於《野風》第十三期連載至第二十四期，廣受歡迎，《野風》銷量因此大增，載畢後由大中國圖書公司發行單行本。詳見師範（2010），頁148-149。

9 正文中所提這五本雜誌，平均每期翻譯比重趨近於零。此外，《今日世界》（1952-1980）和《西窗小品》（1951-1954）雖然也刊載大量譯作，但前者主要在香港編輯，前行研究也多，後者則刊期較短，故本文皆未著墨。

10 《拾穗》是臺灣戰後第一份純翻譯的綜合性刊物，1950年5月5日由國營企業中國石油公司高雄煉油廠國民黨生產事業黨部創刊，出版第二年銷量即達到一萬冊，1988年9月第一次宣布停刊，半年後（1989年4月1日）復刊，但篇幅不及原來一半，至此共出版462期。此次復刊後又休刊半年，1989年11月重刊，內容全為創作，不似先前全為翻譯，1998年2月正式停刊，共出版562期。

11 《半月文藝》1950年3月16日創刊於臺北，1955年12月30日停刊，共出版56期，除了詩、小說、散文、戲劇等創作之外，「文學評論」與「歐美作家介紹」是該刊兩大特色，後者以何欣（1922-1998）為主力譯者，每期不僅輯譯「國際文藝簡訊」，還以筆名江森譯介雪萊（Percy Bysshe Shelley）、蕭伯納（George Bernard Shaw）、史坦貝克（John Ernst Steinbeck）等作品。

12 《當代青年》1950年2月17日創刊於臺北，1955年1月1日停刊，共出版48期，銷量平均三千份，刊載內容以勵志雜文為主、文藝詩文為輔，前者如仲則譯〈取得生命價值的祕訣〉、楚極天譯〈怎樣得到人格完美的快樂〉、李遠圖譯〈他從貧困中奮鬥成名〉，後者如葉泥譯〈少女的憂鬱〉（"Mädchenmelancholie"）、張秀亞譯〈美麗而無慈心的女郎〉（"La belle dame sans merci"）、童真譯〈我的九十畝田〉（"My Ninety Acres"）。

13 《自由談》1950年4月15日創刊於臺北，1987年11月1日停刊，共出版463期，銷量超過一萬份，內容以旅遊文學為多，其中不少是翻譯作品，例如麥岱譯〈微笑的土地：西方人所見到的暹邏〉、呂修明譯〈奧地利綺麗風光〉、夏心客譯〈魔窟歷險記〉。

14 《暢流》1950年2月16日創刊於臺北，1991年6月16日停刊，共發行993期，在編制上為鐵路黨部事業，刊載與鐵道建設、機械新知及交通相關文章，此外亦刊登文學翻譯作品，包括麋文開譯〈我的歌〉、張心漪譯〈慈母心〉、麋榴麗譯〈金鐲〉。

篇數來看，《拾穗》1,523篇居首，《自由談》227篇、《暢流》201篇、《當代青年》104篇、《半月文藝》99篇，共計2,154篇。[15]本研究以戒嚴初期有譯作散見於上述雜誌的譯者為焦點，透過訪談及爬梳歷史文獻，[16]整理這批譯者的生平與譯作（詳見附錄一），於第三節勾勒戒嚴初期的譯者圖像。此外，鑑於戒嚴初期雜誌刊載之譯文原文出處多半資訊不全，原著篇名、作者姓名常常不詳或誤植，故研究者以雜誌譯文提供之有限資訊為主要線索，再以回譯（back translation）方式協尋，譬如《拾穗》連載的第一部長篇小說是微之（1950）翻譯的《歸輪風雨》，標題底下則注明「迦特納原著」（頁76），正文前則有一段小引：

> 丕利・麥森，這一位以偵探事業著名的律師，正自海外倦遊歸來，當他乘搭的客輪剛離開那美麗肅穆的火努魯魯時，一位女客在那俯瞰波濤起伏船舷旁，用著神經質的聲調，向他訴述著一段奇極人寰的故事⋯⋯這是丕利麥森探案中最富人情趣味的一篇傑作（頁76）。

研究者將「迦特納」和「丕利麥森」回譯成英文，發現作者應為Erle Stanley Gardner，《歸輪風雨》應為其梅森探案作品（A Mason Perry Mystery），接著依小引中的劇情提要對照紐約公共圖書館的梅森探

---

15 本研究採用的篇數統計法是以刊出次數計算。舉例而言，1951年張心漪翻譯美國女作家Kathryn Forbes的小說《慈母心》（*Mama's Bank Account*），以筆名心漪在《暢流》連載，從第4卷第9期刊至第5卷第12期，中間未曾間斷，總共刊出16次，故本研究中提及張心漪翻譯篇數共60篇，其中16篇便是《慈母心》。

16 包括中研院近代史所檔案館、臺灣省行政長官公署檔案、戰後政治案件及受難者資料庫、臺灣現當代作家研究資料庫、譯者出版單行本之介紹資料、《交大友聲》、《中國石油有限公司職員錄》，或如邱慈堯（2006）、胡紹覺（2006）、張德真（2006）、馮宗道（2000）、師範（2010）發表之成冊或單篇個人回憶錄。

案館藏，確定《歸輪風雨》係譯自 *The Case of the Substitute Face*。本研究提及之原文資訊，皆一律以回譯法確認、查找，並於第四節分析戒嚴初期雜誌的翻譯內容，藉以描述戒嚴初期譯者的翻譯活動。

二、戒嚴初期的譯者

戒嚴初期的譯者慣以筆名行世，本研究蒐集的2,154篇譯文中，可見僅署單名者，包括「韋」、「良」、「雲」、「柘」、「檢」、「弦」、「臻」、「燕」、「路」、「嫻」、「怡」，另有「綠衫」、「紅裙」、「靈鷲」、「碧波」、「休曼」、「李查」、「邁克」、「迷迷」、「垂涎」、「沁綠」、「咪咪」、「菩提」、「桐聲」、「棘棗」、「旅客」、「珍蚌」、「布衣」、「腳夫」、「渡船」、「舟子」、「初一」等署雙名者，連名帶姓者則包括「羅米歐」、「夏心客」、「翁南方」、「何必達」、「陳無忌」、「王春初」、「張一麐」、「王寵羣」、「陳明煊」、「王錫侯」、「梅欣蓀」、「梅欣華」、「汪淡宜」等，其中或許夾雜真名，但迄今仍無法確認其身分，其餘如「S.J.」、「E.P.S.」、「土缽士」、「依洛湧」、「軒轅軔」、「楚極天」、「牧田夫」、「觀千室主」等身分不詳者，翻譯篇數共計1,330篇，目前可確認譯者身分者共108位，翻譯篇數824篇，占整體38%，以下描述其翻譯情況，藉以管窺戒嚴初期在臺譯者圖像。

首先，108位譯者當中，共計50位公職（含國營事業）譯者，比例為46%，其中以中國石油公司的員工為多，包括郁仁長（筆名萇葒）、孫賡年（筆名細雨）、王賜生、董世芬（筆名辛原）、江齊恩（筆名皚、皚雪）、李成璋（筆名承昭、璋）、胡紹覺（筆名凌登）、馮宗道（筆名微之）、王崇樹、段開紀（筆名段續）、段

國璽、程之敦（筆名季良）、程志新、鄧世明（筆名伍牧）、邱慈
堯（筆名邱天岳、天岳、岳兒）、夏耀（筆名山隱）、曹君曼（筆
名荊邁）、楊氣暢（筆名棄唱、羊棄）、張德真（筆名直心）、陳
耀生（筆名遙聲）、王寶森、朱杰（筆名師坎）、趙宗彝（筆名
彝），共計23位，合計翻譯383篇，其中以馮宗道譯作最多，共56
篇，邱慈堯53篇次之，郁仁長52篇又次，第四是夏耀34篇，第五
是鄧世明27篇，皆於《拾穗》發表。事實上，《拾穗》正是由中
國石油公司高雄煉油廠（簡稱高廠）於1950年創辦，當時兩岸甫
分治、局勢不穩，中油人事凍結，加上無油可煉、業務萎縮，高廠
設備利用率低，幾乎處於半停工狀態，根據《拾穗》譯者邱慈堯
（2006）回憶：

> 政府沒有經費，修復重建工作，無法著手，正像巧婦難為無
> 米之炊，廠裡有百餘位大學生，空閒在這樣一個可以讀書做文
> 章的大好環境，領的是政府薪金，高過一般公司行號，豈非可
> 惜。故賓果囑馮宗道兄創設一個定期刊物，一切文章均以翻譯
> 為主，以免有文字獄的問題（頁86、87）。

引文中的賓果（1909-1950）是當時高廠的廠長兼中油協理，馮宗
道則是當時高廠員工勵進會學術組長，兩人鑒於廠內一來有印刷工
場，二來同仁會寫作的也很多，故於1950年2月由賓果轉向中油總
經理金開英請示創辦雜誌（馮宗道，2000），金開英晚年接受中研
院口述歷史訪談時表示：

> 大陸局勢逆轉的時候，時局不穩，謠言眾多，為安定人心，
> 我們就辦了「拾穗」雜誌。由公司出錢到國外買回一大堆書

籍、雜誌，請同事翻譯，用意在使閒人有事做，並消磨年輕人的時間，以免胡思亂想（陸寶千，1991，頁128）。

由於當時政治氣氛肅殺，唯恐同仁創作招禍，因此金開英囑咐只准翻譯、不許創作。1950年3月，馮宗道、胡新南、邱慈堯、江齊恩、陳耀生、夏耀、胡紹覺、姚振彭、朱杰、曹君曼、蔡思齊、董世芬、李熊標、李成璋、鄧世明、楊增榮、趙宗彝組成出版委員會，[17]於高廠宏毅新邨北區單身宿舍召開籌備會（馮宗道，2000），這批委員全是中國來臺的應屆大學畢業生，在創刊前上書「高雄煉油廠勵進分會學術組創辦期刊綱要」給時任中央常務委員的吳稚暉，綱要中清楚寫明創辦費由「勵進分會撥給」，意即由國民黨生產事業黨部贊助（張思婷，2016，頁24），雜誌封面的題字則是吳稚暉的墨寶（馮宗道，1990，頁19），這群無油可煉的中國來臺青年遂領著國營企業中油的薪資，在總經理的授意下提筆翻譯，除了〈水平集水井〉（王崇樹譯）、〈水銀發電〉（段國璽譯）、〈金星漫遊錄〉（張德真譯）、〈如何適應環境〉（程之敦譯）等工程或科學類文章之外，也譯介了不少西方文學作品，包括董世芬翻譯海明威（Ernest Hemingway）《海上漁翁》（*The Old Man and the Sea*），朱杰翻譯吳爾芙（Virginia Woolf）〈遺物〉（"The Legacy"）和史坦貝克（John Ernst Steinbeck）〈買蛇記〉（"The Snake"），趙宗彝翻譯曼殊斐爾（Katherine Mansfield）〈一個雞蛋〉（"Feuille d'album"），段開紀翻譯倫敦（Jack London）〈波波托的才智〉（"The Wit of Porportuk"），夏耀翻譯蕭爾（Irwin Shaw）〈不堪回

---

17 戒嚴初期《拾穗》刊登的譯文中，共計109篇署名編輯部，便是由出版委員會成員輪流編譯。

首話當年〉（"The Eighty-yard Run"），鄧世明翻譯福克納（William Faulkner）〈日薄崦嵫〉（"That Evening Sun"），孫賡年翻譯史尼茲勒（Arthur Schnitzler）《盲者之歌》（*Der Blinde Geronimo und Sein Bruder*），陳耀生翻譯莫泊桑（Guy de Maupassant）〈芳華虛度〉（"Useless Beauty"），郁仁長翻譯雪萊（Percy Bysshe Shelley）詩歌〈殘月〉（"The Waning Moon"），楊氣暢翻譯華滋華斯（William Wordsworth）詩歌〈洛茜格蕾〉（"Lucy Gray"），馮宗道翻譯賈德納《歸輪風雨》，邱慈堯翻譯史諾（Enid Sims Snow）〈黑珠子〉（"The Black Pearl"），江齊恩翻譯芬力特（Gretchen Finletter）〈宴客記〉（"The Dinner Party"），李成璋翻譯坎伯（C.G. Campbell）〈兩個鸞舞者的故事〉（"Story of the Two Dancers"），曹君曼節譯帕帕施維利（George and Helen Papashvily）《喬遷》（*Anything Can Happen*）等，選文經典與通俗兼具，而且譯筆不俗，加上《拾穗》平均銷數在一萬本上下，對當時譯壇應頗具影響力。

或許是地緣因素，高雄煉油廠創辦的《拾穗》除了刊登員工譯作，亦可見於附近軍事單位服務的譯者來稿，包括左營海軍（艾丹、陳萬里、何毓衡）、岡山空軍（古丁、戚啟勳、陳懷生）、鳳山陸軍（龍驤、張在平、郭曾先、那琦、劉垕、戴榮鈴），共計12位軍職譯者，占戒嚴初期軍職譯者（共15位）的八成，其中何毓衡譯作最豐，共計9篇，包括瓜雷斯基（Giovanni Guareschi）《唐卡米羅的小天地》（*The Little World of Don Camillo*），艾丹和陳萬里（筆名萬里）以譯作6篇居次，前者譯有柯林斯（Wilkie Collins）《白衣女郎》（*The Woman in White*），後者則翻譯〈長期抗癌〉、〈花都巴黎〉等雜文。再次者為空軍陳懷生（以舊名陳懷發表），[18] 譯作凡4

---

18 陳懷（1928-1962）出身四川灌縣空軍幼校，1948年進入杭州筧橋空軍官校，後來臺

篇，內容皆與航空相關，包括科學文章〈噴火筒的飛行時代〉和短篇小說〈直上雲霄〉，餘下8位皆僅1篇譯作，龍驥、張在平、劉壼都翻譯短篇小說，分別譯有丹瑟尼（Lord Dunsany）〈兩瓶調味品〉（"The Two Bottles of Relish"）、威爾斯（H. G. Wells）〈盲人國歷險記〉（"The Country of the Blind"）、布魯希（Katharine Brush）〈觀球女〉（"Football Girl"），軍醫那琦和戴榮鈴則翻譯醫學文章，前者翻譯〈美國醫藥界的作風〉，後者翻譯〈危險啊‧不要喫得太胖〉，空軍古丁和戚啟勳則分別迻譯科學文章〈蘇俄科學的窺測〉和〈近三十年來氣象儀器之發展〉，陸軍郭曾先翻譯的則是軍事文章〈我是怎樣領導空襲珍珠港的〉。

　　除了上述軍職和公職譯者，教職譯者也是戒嚴初期翻譯主力，共計16位，占15%，譯作多刊載於《當代青年》和《自由談》，前者如張秀亞翻譯濟慈（John Keats）的詩歌〈美麗而無慈心的女郎〉（"La belle dame sans merci"），後者如徐佳士（筆名麥岱）翻譯旅遊文學〈微笑的土地：西方人所見到的暹邏〉，內容形容泰國曼谷是東方威尼斯，後收入初中國文課本，影響一代青年。此外，在教職譯者中，以張心漪（筆名心漪）譯作最多，共計60篇，冠居戒嚴初期譯者，其中50篇發表於《暢流》、10篇發表於《自由談》，包括福布斯（Kathryn Forbes）《慈母心》（*Mama's Bank Account*）、卡內基（Dale Carnegie）《林肯外傳》（*The Unknown Lincoln*）、戴伊（Clarence Day）《天倫樂》（*Life with Father*）、凱瑟（Willa Cather）《殘百合》（*A Lost Lady*），皆在連載完畢後出版單行本，流傳既廣且久。何欣在教職譯者中譯作居次，共計25篇，以筆名「禾辛」譯

就讀岡山空軍官校，1950年第一名畢業，1953年至1959年多次駕駛偵察機深入中國大陸偵察重要設施，因而蒙蔣中正召見並賜名懷生，1962年殉職。

介文學評論8篇，例如法國評論家莫尼耶（Thierry Maulnier）介紹1952年諾貝爾文學獎得主的〈毛瑞克評介〉，此外以筆名「江森」譯介文學作品16篇，包括雷馬克（Erich Maria Remarque）的長篇小說《生命的火花》（*Spark of Life*），所有譯作皆於《半月文藝》發表，因其譯介西洋文學不遺餘力，1965年獲中國文藝協會翻譯獎。

前文概述戒嚴初期的軍公教譯者，合計共81位，占整體75%，餘下譯者包括郭良蕙等文字工作者12位、林友蘭等新聞從業人員9位、糜榴麗等學生譯者4位，另有2位初次投稿時因政治因素身陷囹圄，權且歸類為政治犯譯者。總體而言，戒嚴初期譯者的職業比例如圖1所示。

以比重而言，文字工作者排在軍公教之後，且多為女性，或許是受丈夫影響而提筆翻譯，譬如譯作居冠的傅勤家為臺鐵工事課長李孟遷之妻，譯作包括伊斯特曼（Max Eastman）〈曠世一逸才〉（"The World's Wittiest Talker"）、阿姆斯壯（Orland Kay Armstrong）

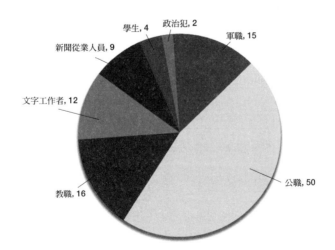

圖1：戒嚴初期譯者職業比例（單位：位）

〈開國一功臣〉（"He Transformed a Rabble Into an Army"）等10篇，皆發表於臺鐵創辦的《暢流》，並與丈夫合譯《滇緬公路修築史》。譯作居次的童真共翻譯7篇，散見於《自由談》（5篇）和《當代青年》（2篇），文類包括傳記（例如〈白衣天使：南丁格爾傳〉）、短篇小說（例如〈貝爾理神父謀殺案〉）、散文（例如〈關於書：書的友情‧論讀書〉），其夫陳森為臺糖員工，業餘亦翻譯小說和文學理論。翻譯產量排名第三的許粵華（筆名雨田）為翻譯家黎烈文之妻、許天虹胞妹，共翻譯6篇，皆為閨怨小說，包括〈婚騙回憶錄〉、〈借婚記〉、〈一個不忠實的丈夫〉、〈誤締鴛盟〉，第一篇刊載於《暢流》，後三篇則在《自由談》發表。

　　在9位新聞從業人員中，林友蘭以譯作16篇居首，或因其身兼《自由談》編輯委員，故譯作全於《自由談》發表，後離臺赴港任《香港時報》副總編輯。《自由談》創辦人趙君豪出身上海《申報》，來臺前曾主編中國旅行社發行的《旅行雜誌》二十年，抵臺不久便召集舊雨新知共同為《自由談》效力（張韡忻，2015，頁5-6、36），因此，包括林友蘭在內，共計6位新聞從業人員的譯稿刊於《自由談》，包括朱鶴賓翻譯傳記〈自幼想做國務卿的杜勒斯〉、紀乘之翻譯愛蓮娜‧羅斯福（Anna Eleanor Roosevelt）的散文〈蔣夫人在白宮〉、黃慶豐翻譯馬庫德（John Phillips Marquand）的短篇小說〈同志來了〉）、裴君箬翻譯嘉治隆一的旅遊文學〈臺灣的蓬勃氣象〉、汪兆炎（筆名汪榴照）翻譯斯科爾斯基（Sidney Skolsky）〈好萊塢閑話〉（"Hollywood Is My Beat: Tintypes"）。此外，或許由於趙君豪人脈廣、拉稿手法高明（張韡忻，2015，頁6-7），《自由談》也吸引了許多公職譯者投稿，內容多為旅遊文學，包括段清濤〈喜馬拉雅山探險〉（"High Adventure in the Himalayas"）、黃時樞（筆名方思）〈巴黎鱗爪〉、程家驊〈東方人

看埃及〉、彭中原〈法國白宮伴食記〉、王瑞（筆名王施惠）〈美國風〉，次則為短篇小說，例如李俊清翻譯賽珍珠（Pearl S. Buck）〈不成長的幼苗〉、羅裕（筆名衣谷）翻譯毛姆（William Somerset Maugham）〈浪子癡情〉、汪翕曹（筆名翕）翻譯〈西敏寺盜寶記〉，末則為傳記，譬如高語和的〈拿破崙與華夫人〉和徐高阮（筆名徐芸書）的〈愛迪生談聾〉，共計10位公職譯者參與其翻譯，人數僅次於《拾穗》。

至於4位學生譯者則皆翻譯西方文學，其中郭吉光以4篇譯作居首，將其臺大畢業論文史蒂文生（Robert Louis Stevenson）偵探短篇小說選《自殺俱樂部》（*The Suicide Club*）投稿至《拾穗》連載，指導教授為梁實秋。此外，施振雄（筆名方人）、唐潤鈿（筆名唐鈿）這兩位學生譯者也是臺大出身，兩位都就讀法律系，前者翻譯莫泊桑短篇小說〈一個婦人的供狀〉（"A Wife's Confession"）於《暢流》刊載，後者節譯賽珍珠散文〈美國孟嘗君〉（"Mr. Clinton stops starvation"）於《自由談》刊登，另有麋文開千金麋榴麗翻譯泰戈爾（Rabindranath Tagore）短詩〈金鐲〉於《暢流》發表。至於臺大化工系的汪穛年，因就學期間參加麥浪歌詠隊而與陳錢潮熟識，後陳錢潮捲入四六事件，汪穛年出錢救濟他返回對岸，故於1952年初入軍法處感訓20個月，在獄中翻譯歐·亨利（O. Henry）短篇小說〈春天的故事〉（"Springtime A La Carte"）由《拾穗》刊載，出獄後復學轉入物理系，1954年畢業後至臺北工專任教。另一位繫獄譯者是姚公偉，1946年初廈門大學銀行系畢業，在校期間師從王夢鷗，[19]並以筆名「姚宇」、「袁三愆」發表

---

19 王夢鷗（1907-2002），福建長樂人，筆名梁宗之，廈門大學中文系、日本早稻田大學文學科研究所畢業，曾任教於廈門大學、重慶中央政治學校、政治大學、日本廣島大學。

翻譯作品，包括法國作家莫泊桑短篇小說〈一個家庭〉，畢業後來臺找恩師王夢鷗，並進入臺灣省銀行公庫部工作，1951年8月因匪諜郭宗亮案入獄，監禁7個月（林淑慧，2008），期間以女兒之名「海星」為筆名，轉譯法國作家魯易（Pierre Louÿs）短篇小說〈埃斯柯里爾夫人的奇遇〉（"L'aventure extraordinaire de Madame Esquollier"）刊登在《拾穗》上，1952年4月出獄，1953年3月在《拾穗》發表法國作家多爾維利（Jules Barbey D'aurevilly）短篇小說〈絳帷情影〉（"Le rideau cramoisi"），後來在王夢鷗的介紹下替正中書局翻譯馬克·吐溫（Mark Twain）《湯姆歷險記》（*The Adventures of Tom Sawyer*）和史蒂文生《杜里世家》（*The Master of Ballantree*），1954年則以王夢鷗為其取的筆名「一葦」在《自由談》發表譯作〈富蘭克林的「十三點」〉（"Thirteen Virtues"）。以上各職業譯者的翻譯篇數統計如下表：

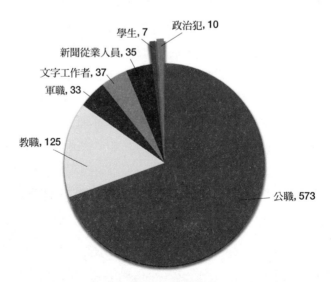

圖2：戒嚴初期各職業譯者翻譯篇數（單位：篇）

　　依上表顯示，以翻譯篇數論，公職人員比例（70%）最高，教職人員（15%）居次，軍職、文字工作者、新聞從業人員又次，皆為4%，學生和政治犯各占1%，譯文則大抵通順曉暢。例如鄧世明（筆名伍牧）翻譯福特（Corey Ford）〈犬子〉（"Beware of the Baby"），[20]譯筆練達，多用四字句，將「walked」譯為「昂首闊步」，將「slam it」譯為「關門大吉」（頁50），此外還會將原文的比喻換成中文常見的比喻，例如「it displayed a row of teeth as jagged as a dinosaur's」，便譯為「兩排尖銳的利齒就像兩把快鋸」（頁50），譯風明快，頗類其外祖父伍光建。又如郭吉光翻譯的《自殺俱樂部》，譯筆歸化雅馴，「of a placid temper in ordinary circumstances」譯為「通常是性情平和，恬淡自守」（頁169），此外，郭氏考慮到中文讀者或許沒吃過「tarts」（塔），因此將故事標題 "Story of the Young Man with the Cream Tarts" 改譯為〈年輕人和乳酪包子的故事〉。再如朱杰（筆名師坎）翻譯考德威爾（Erskine Preston Caldwell）〈星期六下午〉（"Saturday Afternoon"），[21]譯文適時調換語序，文從字順，例如「肉該是剛從冰庫裡取出來的，那才清涼可喜」（頁35）（The meat was nice and cool just after it came from the icehouse.）此外多用「打擺子」（頁35）（have chills and fever）、「故弄玄虛」（頁36）（making a great to-do）等習語，譯文親切流暢。此外，邱慈堯（筆名天岳）譯史諾〈黑珠子〉，[22]可見其跳脫字面，甚至不顧原文斷句，以求譯文符合中文表達，例如：「戰爭時緊時懈，巴黎是改觀了。但在里茲，卻永遠還是這個老樣子。」（頁41）（Wars, hot and cold. Paris changes—but the Ritz is

---

20 引自伍牧（譯）（1950）。犬子。拾穗，6，50-52。
21 引自師坎（譯）（1950）。星期六下午。拾穗，2，35-40。
22 引自天岳（譯）（1950）。黑珠子。拾穗，2，41-44。

always the same.）此外，不論是對話或是敘事，邱譯皆乾淨利落，例如底下這段上珠寶店挑選禮物的段落：

> 「蓋拉德，這太貴了。」她柔聲地道。
>
> 「親愛的，我們可以先看一看貨色，有時候我們做人不能太講實際。」
>
> 「當然可以，先生，」店東鞠著躬，走進裡面拿出了一隻小盒子，他用熟練的手勢，把一塊雪白的絲絨平鋪在手心中，之後打開盒子，將裹在珠子外面的幾層薄紗紙解開，然後小心地把一顆很大的黑珠子安放在白絲絨中央（頁41）。

> "Gerald, that is too much," she said softly.
>
> "Let us have a look, dear. We do not need always to be practical."
>
> "Certainly, monsieur." The manager bowed, disappeared into the rear of the shop and soon returned, carrying a padded square of white velvet and a small box. He smoothed the square of velvet with expert hands, opened the box, unwrapped many layers of tissue paper, and carefully placed a very large black pearl in the center of the velvet.

在對話中，邱譯增譯了「貨色」和「做人」，在敘事段落中，則減譯了「a padded square of whit velvet」，並將原文兩個句子合併為一個句子，譯文行雲流水、一氣呵成。再如郁仁長（筆名莨苰）以離騷體和詩經體翻譯雪萊詩歌，其中一首是〈殘月〉（"The Waning Moon"），[23] 譯者不照原詩的語序和格律，將原詩倒數第二句移置譯

23　引自莨苰（譯）（1953）。殘月。拾穗，44，186。

詩開首，以離騷體完整譯出原文的訊息和情調：

月升自東方兮，	And like a dying lady, lean and pale,
色蒼然兮黯淡，	Who totters forth, wrapp'd in a gauzy
如美人之將萎兮，	veil,
瘦損兮復顜頗，	Out of her chamber, led by the insane
出閨闥而躊躇兮，	And feeble wanderings of her fading
蒙薄絹兮半遮面，	brain,
神思其恍兮惚兮，	The moon arose up in the murky East,
若徬徨兮無依。	A white and shapeless mass.
（頁186）	

另一首〈夏與冬〉（"Summer and Winter"）[24]則譯為詩經體，將原詩的語序打散重新鋪排，並將「the weeds」（野草）和「the corn-fields」（玉米田）歸化為「萍藻蓁蓁」和「阡陌縱橫」，並於第二段開首增譯「曾幾何時」，讓前後兩段文氣更連貫：

六月之杪，明晝炎炎，	It was a bright and cheerful afternoon,
白雲靄靄，朔風所催，	Towards the end of the sunny month of
宛如山岳，移動在天，	June,
海空輝映，一碧無痕，	When the north wind congregates in
邈兮邈兮，顯彼永恆。	crowds
日照煦煦，萬物欣欣，	The floating mountains of the silver clouds
溪流汩汩，萍藻蓁蓁。	From the horizon—and the stainless sky
蘆葦雜錯，阡陌縱橫；	Opens beyond them like eternity.

---

24 引自莨莐（譯）（1953）。夏與冬。拾穗，44，186。

微風徐來，拂彼喬木，	All things rejoiced beneath the sun; the weeds,
柳絲宛轉，叢葉悉索。	The river, and the corn-fields, and the reeds;
曾幾何時，寒冬蒞止，	
林木森森，飛鳥投死；	The willow leaves that glanced in the light breeze,
凌凌冰結，魚僵於淵；	And the firm foliage of the larger trees.
暖流沃土，凍集維嚴，	
寸寸龜裂，如石之堅；	It was a winter such as when birds die
富人向爐，群幼圍繞，	In the deep forests; and the fishes lie
熊熊正熾，猶苦料峭；	Stiffened in the translucent ice, which makes
吁嗟乎！	
矧彼老丐，無家可歸！	Even the mud and slime of the warm lakes
（頁186）	A wrinkled clod as hard as brick; and when,
	Among their children, comfortable men
	Gather about great fires, and yet feel cold:
	Alas, then, for the homeless beggar old!

再如潘壘[25]（1926-）文友張英才（筆名藍婉秋），來臺住在北投大屯山下（潘壘，2004），為日文譯者，曾替潘壘辦的《寶島文藝》翻譯武者小路實篤的《愛與死》（《愛と死》），其刊於《當代青年》的〈婚期〉則選譯自林芙美子《風琴と魚の町》，譯筆清順曉暢：

---

25 潘壘（1926-），越南華僑，出生於越南海防市，1941年謊報年齡，在昆明入伍自志願軍，1946年退伍回越南，卻逢越盟興兵，1949年受長輩之託，護送親友來臺後創辦《寶島文藝》，帶動臺灣文藝雜誌興起（詳見蒙天祥，2014）。

　　突然，棉被上的照片一剎那間映入杉枝的眼簾，杉枝呆呆地
凝視著安並的照片，臉兒漸漸地紅了起來，驀地坐下來用衣角
遮住臉（藍婉秋，1952，頁31）。

　　疊の上に寫眞が放つてあるのが杉枝の眼にとまつた。杉枝
は立つたまま暫く蒲團のそばに放つてある安並の寫眞を見て
ゐた。だんだん顏が眞赤になると、急にそこへぺつたり坐つ
て袂を顏へあてた。

　　從其譯文來看，戒嚴初期譯者在翻譯時多以通順達意為主，
不講求原文和譯文在字面及句式上的對等，《拾穗》主編甚至指明
翻譯「文字盡量通俗以適合中學生的國文程度」（馮宗道，2000，
頁233），這或許與當時的語言背景及目標讀者有關。國民政府在
來臺後，臺灣省教育廳於1950年訂定臺灣省非常時期教育綱領實
施辦法案，指示各級學校及社教機關應加強推行國語運動。國民政
府雖然得前朝之便，全盤接收日人留下的教育設施和傳播媒體用
於國語教育，但實際推廣上依舊困難重重，師資良莠不齊便是其
一。臺籍作家葉石濤（1925-2008）回憶：「當時到處都有辦國語
講習班，不過，教的老師，現在回想起來，那種國語非常惡劣，各
種腔調都不同」。[26] 語言環境不佳則是其二，1948年生於嘉義的呂
正惠（1992）在〈臺灣文學的語言問題〉寫道：「臺灣南部地區，
日常會話差不多都用閩南話，而中、小學的普通話教育又具有重
大缺陷。」（頁116）在這種情況下「對於講閩南話和客家話的人
來說，在學習普通話的過程中，『讀』所起的作用尤其重要」（頁

---

26 引自張守真、臧紫麒（2002），頁89。

113）。閱讀素材匱乏則是國語難以推行的原因之三，當時全臺在體制上處於戰爭狀態，中文圖書出版稀缺，又因國民政府實施反共文藝政策，凡是作者附匪、陷匪的作品，不論內容如何一律查禁，[27]新文學革命後的白話文學作品泰半禁絕，[28]翻印舊書成為中文閱讀素材來源，另外則是創辦雜誌廣開稿源，各級單位、立法委員、國大代表皆紛紛投入創辦雜誌的行列，不善創作者則以翻譯域外書籍雜誌投稿，這或許解釋了為何公職譯者及教職譯者的翻譯篇數遠高於文字工作者，也解釋了《拾穗》的譯稿比重為何遠高於《當代青年》、《暢流》、《半月文藝》和《自由談》——後四者的出版地在文教中心臺北，創作稿源不虞匱乏，常可見謝冰瑩、郭良蕙、羅敦偉、錢歌川、張秀亞、尹雪曼、琦君、彭歌、陳紀瀅、羅家倫、王夢鷗等作家來稿，故而譯稿比重較低。《拾穗》出版地在高雄，南臺灣的定位為軍事中心，空軍、陸軍、海軍三個官校都在此，創辦《拾穗》的中油高雄煉油廠的員工又多為理工背景，要這些身處南臺灣的中國青年各個都拿筆桿創作實屬不易，故眾人決定延續清末民初的譯報傳統，自外國報刊取材編譯，作為中文閱讀素材供民眾學習國語。《拾穗》主編於1952年1月第21期〈代新年頌辭〉寫道：

> 翻譯當然比不上創作，但是在目前中國的一片蕭條氣象中，介紹工作也似乎是亟不容緩的了。創作原是學習和經驗的結晶，在一切根基都顯得貧瘠的中國，想從學習和經驗中獲得創作又是談何容易。中國的文字本來就是最難學的一種……為什

---

27 詳見蔡盛琦（2010）。
28 詳見林慶彰（1996）。

　　麼我們不多做一點繙譯介紹的工作，讓國人能用自己的語文來
　　學習，用自己的語言來表達呢？（頁181）

引文以「蕭條氣象」道破戒嚴初期書肆中文出版品寥寥無幾，目下
能用中文創作的人才又有限，復因本省讀者亟需閱讀中文來學習國
語，因此「介紹工作」自然是「亟不容緩」，好讓本省讀者能透過
閱讀翻譯作品來學習中文。

　　其時島上能流利使用中文者多為隨國民政府來臺的外省籍軍
公教人士，戒嚴初期可確認身分的108位譯者中，104位為外省
籍（96%）、4位為本省籍（4%），比重與賴慈芸（2014）之研究
結果相近。[29]林煥星是目前可知第一位譯稿在雜誌上刊出的本省籍
譯者，1929年至1938年擔任臺北州州立臺北工業學校雇員，1940
年至滿洲國新京工業大學任副教授職（許雪姬，2002，頁221、
223），回臺後任職於臺灣肥料公司，在總經理湯元吉的授意下翻
譯了並木良輔的自傳〈廢寢忘食〉，湯元吉（1950）還寫了一段引
言，內容提及「林君係本省人而譯筆卻非常生動流利，殊屬難得，
特誌數語，一併介紹」（頁28），字裡行間頗有勉勵臺籍青年努力
學習中文之意。陳保郁、[30]施翠峰、葉石濤則是最早跨越語言障礙
的本省文人，早年皆透過翻譯練筆。由於戒嚴初期特殊的語言背
景，以上108位譯者在執筆翻譯時，不知不覺響應了國民政府的語
言政策，透過翻譯供應臺籍青年中文閱讀素材，其譯文通順達意，
以一篇篇道地的中文譯作彌補當時匱乏的中文書市。

---

29 賴慈芸統計戰後二十年（1945-1965）的外省籍譯者與本省籍譯者比例，前者占
　　97%，後者占3%，與本研究差距1%。
30 楊郁君（2011）認為陳保郁是楊喚（1930-1954，本名楊森）之筆名，此說與向明
　　（2006）稱其為「女詩人」（頁285）有所出入，本文從向明說法。

三、戒嚴初期的雜誌譯作

　　戒嚴初期全臺在體制上處於戰爭狀態，官方語言甫隨著政權遞嬗而轉變，本省人士的日文閱讀及書寫能力多在中文之上，故極少人有能力從事外書中譯，而從二戰結束至戒嚴初期，大約有120萬外省人士先後來臺，除軍公教人員及其眷屬之外，尚有許多地主、商人、學生因受國共內戰烽火波及逃難渡海，其教育程度高於同年齡臺籍人口，在政治地位上亦占有絕對優勢，此一因素雖然多少擠壓了本省人士發展空間，但不可諱言外省人遷臺在政經和文教方面亦帶來正面影響（林桶法，2009），其中包括翻譯事業。這些外省移民來到甫脫離日本統治的臺灣島嶼，響應政府的國語運動，藉由創作或翻譯提供中文閱讀素材讓本省人學習國語，其中的作者群大抵留名於後，譯者群則泰半寂寂無名。翻譯也是書寫的一種，惟其宗旨較創作隱晦，而其脈絡則更為複雜。根據曹逢甫（2011）研究，戒嚴初期臺灣島上的閩南人、客家人、原住民除非通過翻譯，否則難以和外省語言社群進行對話。本文描述108位譯者在本業之外投入翻譯行伍，搭起統治者和被統治者之間的橋梁，其行動雖受政治環境影響，然其譯文優美、流暢易讀，在美援文藝體制的譯書計畫之前，便將西方現代文學名家以中文譯介入臺灣，不論是對譯壇還是文壇，其貢獻皆不可抹滅。除了這108位譯者的824篇譯品，尚有1,330篇孤兒譯作，其譯者身分雖然待考，但鑑於戒嚴初期對人員及出版物進出控管嚴格，研究者判斷這1,330篇譯作應是在臺灣翻譯，加上已知譯者的824篇，1950年創辦的雜誌在戒嚴初期總共刊登了2,154篇翻譯文章，以下便綜述其內容，藉以勾勒戒嚴初期在臺譯者的翻譯活動。

　　戒嚴初期《當代青年》、《暢流》、《半月文藝》、《自由談》、

《拾穗》刊登的雜誌譯作，共計818篇屬於文學類[31]，例如筆名「臻」者翻譯海斯（Marijane & Joseph Hayes）獨幕劇《女性的特權》（*A Woman's Privilege: A Light Comedy in One Act*），另有469篇雜文，包括烟客譯〈鐵幕後的幽默選輯〉，此外尚有245篇談論科學，例如海籟譯〈糖在科學上的新貢獻〉，148篇談論醫學，例如子頓譯〈震盪治療術〉，102篇傳記，例如一公譯麥康諾（Jane Tompkins McConnell）〈父子總統的賢妻良母〉，55篇談攝影，例如程朱鑫（筆名程之行）譯羅森塔爾（Joe Rosenthal）〈「豎旗照片」是怎樣攝成的？〉（"The Picture that Will Live Forever"），50篇談音樂，例如楊氣暢（筆名棄唱）譯〈歌劇魔笛〉，43篇地理文章，例如夏耀（筆名山隱）譯〈美國大峽谷風光〉，36篇文學評論，例如李辰冬譯〈巴爾札克的生活與性格〉，30篇談藝術，例如張一麐譯〈從石匠到藝術家〉，30篇影視文章，例如邱慈堯（筆名天岳）譯〈漫談意大利電影及其女星羣〉，27篇談軍事，例如易耳譯〈蘇俄的軍用噴射機〉，19篇談生物，例如筆名「弦」者譯〈生物界的奇蹟〉，18篇體育文章，例如梅辛華譯〈滑雪：美國人的冬令娛樂之一〉，16篇談橋牌，例如學步譯〈橋牌雜話：小心「加倍」〉，14篇歷史文章，例如畢明譯〈日本飛機偷襲珍珠港記〉，13篇財經文章，例如咸思譯〈養珠工業在日本〉，8篇談工程，例如梓泉譯〈冷卻水塔〉，6篇談農牧，例如筆名「燕」者譯〈業餘談養雞〉，2篇談機械，例如筆名「T.S.D.」者譯〈汽油的認識〉，2篇人類學，例如曹君曼（筆名荊邁）譯〈黑番「昆鴉瑪·恩博」〉，2篇政治文章，例如劍麟譯〈漫談北大西洋公約組織現狀〉，1篇談宗教，例如孫君聲譯〈為什麼我相信上帝〉。

---

31 此處分類法是研究者閱讀後判斷，原雜誌並未分類。

　　細看這2,154篇雜誌譯作，其內容不乏對美國為首的西方民主陣營之介紹，例如《暢流》可見筆名「一公」者對美國第一夫人的系列譯介，包括〈開國第一夫人瑪泰・華盛頓〉、〈最具魅力的第一夫人杜麗・麥迪生〉、〈福壽雙全的第一夫人〉等；此外，夏心客在《暢流》的「他山石室譯叢」專欄則取「他山攻錯」之意，譯介多篇美國在鐵路事業的豐功偉業作為臺灣鐵路的榜樣，又如劉鼎新節譯〈一個美國工人的自述〉（"Life of an American Workman"），正文前以譯序勸勉後輩見賢思齊：「克萊斯洛爾是美國的一個鐵路工人，由於自己的努力，後來成為汽車大王之一，富逾千萬。今節譯於後，以供我國鐵路工友之觀摩」（頁8）。至於《自由談》則可見〈美國風〉、〈巴黎行腳〉、〈小城路村記〉、〈掀開鐵幕的一角〉、〈韓國的悲劇：三千里尋夫血淚史〉等褒揚民主自由、貶低共產專制的遊記，此外尚有多篇介紹美國政治人物的譯文，包括〈自幼想做國務卿的杜勒斯〉、〈我和羅斯福在一起工作〉、〈林肯總統之綺夢〉、〈羅斯福的人情味〉，亦有如〈蔣夫人在白宮〉等文章譯介臺美互動。此外，《當代青年》則透過翻譯，讓遠在天邊的美國如臨在臺灣青年面前，例如〈艾倫・杜勒斯：美國中央情報局局長〉、〈美國大學的外國文化室〉、〈美國的國務院：美國中央行政機構〉、〈美國的電視教育〉、〈「大學及其教職員的義務和權利」：一篇美、加兩國知名教育家們所發表的反共聲明〉等，並透過翻譯呈現美國的美好形象，例如朱岑樓（1953）翻譯克拉克（Blake Clark）的〈光榮俱樂部〉，內容描寫美國西部哥羅拉多州首府丹佛市（Denver）一間俱樂部以「誠實」作為入會費，創辦人是氣度恢宏的銀行家阿特・威廉斯（Art Williams），自從俱樂部成立以後，丹佛市的青年男女競相崇尚誠實，蔚成醇美風俗。

　　至於《半月文藝》則選譯了多位美國作家的作品，包括小說家哈蘭（Henry Harland）的〈攸萊麗的房子〉（"The House of Eulalie"）、歐・亨利（O. Henry）的〈悔改〉、凱瑟（Willa Cather）的〈美麗的年代〉（"The Best Years"）、福克納的〈夕陽西下〉（"That Evening Sun Go Down"）、安德森（Sherwood Anderson）的〈冒險〉（"Adventure"）、海明威的〈菲洲大雪山〉（"The Snows of Kilimanjaro"）、薩洛揚（William Saroyan）的〈人間何處無溫情〉、雷馬克的《生命的火花》，以及詩人朗費羅（Henry Wadsworth Longfellow）的〈美少年恩戴米揚〉（"Endymion"）、霍爾（James Norman Hall）的〈回鄉〉（Oh Millersville!）。除了美國之外，《半月文藝》亦譯介其餘自由民主國家陣營的文學作品或評論，例如英國作家莎士比亞（William Shakespeare）的〈慰藉〉（"A Consolation"）、華滋華斯的〈孤女行〉（"Lucy Gray"）、毛姆的〈愛密麗・勃朗特的「咆哮山莊」〉（"Emily Brontë and Wuthering Heights"）、曼殊斐爾的〈北風歌〉（"The Wind Blows"）、斯賓德（Stephen Spender）的〈論艾略特的四個四重奏〉，法國作家則可見莫泊桑〈老兵的悲哀〉（"A Duel"）、莫洛亞（André Maurois）〈命運的馬車〉、布勒（Jean Bruller）〈海的沉默〉（"The Silence of the Sea"）、雨果（Victor Hugo）〈冬寒夜深孤雛淚〉（"Les Misérable"）、莫尼耶〈毛瑞克評介〉，另有流亡法國的俄國作家蒲寧（Ivan Bunin）〈來自舊金山的紳士〉（"The Gentleman from San Francisco"）。

　　除了《暢流》、《自由談》、《當代青年》、《半月文藝》，《拾穗》對於美國文化的譯介也是纖芥不遺，除了詳盡介紹美國的軍事、醫學、科技、機構，亦譯入美國富裕安康的形象，例如1952年10月第30期〈外國人對美國人的看法〉：「在巴黎流行著這樣的一個小故事：『有錢的美國人跟沒有錢的美國人區別何在？』『沒

有錢的美國人自己擦卡地拉克汽車。」(卡地拉克是比較名貴的一種汽車)」(頁173)，言下之意——就連沒有錢的美國人都開得起名車，透過這短短的譯文，三言兩語便將美國民生富裕的景象烘托出來。此外，《拾穗》亦可見美新處提供文稿，例如1952年2月第22期的補白，內容介紹美國海軍K-225直升機，便標注「美國新聞處供給資料」。同年11月第31期，《拾穗》增設「西書評介」專欄介紹美國文學名家名著，例如當期介紹福克納，隔月第32期導讀《海上漁翁》，翌年第33期綜覽1952年的美國新書，第34期介紹《伊甸園之東》(*East of Eden*)兼論史坦貝克，第35期導論詩人艾略特(T. S. Eliot)及其全集。《拾穗》透過每月一篇的專欄介紹，拉近讀者與美國文壇之間的距離。此外，《拾穗》亦可見多篇以美國為借鑑的譯文，並透過副文本(paratext)曉以大義，主旨大抵不離反攻與防共，例如1953年5月第37期〈美國如何救護傷兵〉，譯者於前言寫道：「我們反攻大陸的時候，對受傷的勇士應如何處置，這是一個很好的借鏡」(頁84)；又如1954年1月第45期譯自美國陸軍上將李奇威(Matthew Bunker Ridgway)的〈漫談北大西洋公約組織現況〉，譯者於譯序寫到：「本文⋯⋯詳述北大西洋公約組織現況。讀之使我們東方反共人士，對西方防共工作，不難窺其一斑」(頁44)；1955年3月第59期〈神祕的美國中央情報局〉開卷語則說：

　　在作為熱戰前奏曲的冷戰中，情報工作之重要性已超越一切之上。⋯⋯美國是目前自由世界的盟主，在自由民主和共產集權兩大陣營熱戰的前夕，她的情報工作幹得是否得當，是為全世界所關心的。⋯⋯我國讀者，大概都還不會忘記大陸上戰事失敗的慘痛教訓，看了這篇文章之後，除了對目前世界動盪局

勢中的暗流的來龍去脈可以略窺一二之外，相信更可以使我們隨時提高警覺，不致為敵人所乘（頁1-2）。

戒嚴初期的雜誌譯作不僅隱含親美反共的訊息在其中，若將原文和譯文相對照，則可見譯者刪節對美國正面形象不利的例子，譬如曹君曼（筆名荊邁）翻譯的《喬遷》，乍讀之下是首尾連貫的短篇小說，但實則節譯自帕帕施維利的長篇小說 *Anything Can Happen*，原文總共20章，描寫主角帶著美國夢踏上埃利斯島（Ellis Island），一路跌跌撞撞才發現美國不如世人想像的美好，全書以詼諧的筆調戳破世人的美國夢。譯者曹君曼從全書第七章〈日沒到加州〉（"At the Sundown is California"）的後半開始翻譯，大筆刪去原著中不利美國正面形象的章節，僅於前言以前情提要的方式帶過：

> 　　一個白俄在第一次大戰後闖進美國，找飯碗，訪同鄉，想發財，處處鬧成笑話。這次好端端的一個底特律城，突然變得經濟崩潰，房東太太生計無著，邀他與一家人計議大局，房東太太的父親緬懷故國，要逃荒到沙皇舊制的阿拉斯加去，但她的女兒卻憧憬著好萊塢銀星美夢。一場爭辯，結果由這位房客決定遷往加里福尼亞。這段旅行當然非常有趣。（頁72）

這段前情提要不僅與原著情節差距不小，而且在譯者的剪裁下，這位來自白俄的主角宛如災星，底特律原本「好端端」，主角一來就「突然變得經濟崩潰」。至於譯者為何只譯第七章後半，或許是因為前半著墨於底特律的蕭條景象。原著第七章是這樣開頭的：

It's heart-tearing sight to watch a person sicken and grow thin but oh so worse to see a city die before your eyes. Yet that's what happened to Detroit the winter of 1932. The city, so bright before and full of living, die. (p.58)

看著一個人憔悴消瘦已夠教人心碎，但仍然比不上看到一座城市在你眼前消亡。1932年冬天，底特律衰亡。原本光明燦爛又生氣蓬勃的城市，不在了。（研究者自譯）

這段文字寫出底特律死氣沉沉的一面，譯者則透過刪節讓中譯本的開頭相當振奮人心：「現在開始我們旅行的準備，我跑到我的拆車工場，撿出最優良的機件，拼拼湊湊弄成一輛車子，可稱得上是旅行轎車。」（頁72）至於第七章後半譯者其實也沒有全部譯完，只翻譯到主角和房東準備「喬遷」，故事便在此劃下句點，讓讀者對主角光明美好的未來充滿想像。

　　戒嚴初期譯作對於美國文化與文學的譯介，大抵源自美國刊物，譬如江齊恩翻譯芬力特的〈宴客記〉出自《哈潑雜誌》（*Harper's Magazine*），夏心客翻譯歐貝約翰（Heinrich Oberjohann）〈恐猛：佳德大澤的野象〉（"Komoon!: Capturing the Chad elephant"），原文出自《皇冠》（*Coronet*）雜誌，志高翻譯德萊斯登（Donald William Dresden）〈巴黎行腳：彷彿在歷史裡漫步・巴黎菜色特別可口〉（"Paris, Home Town of the World"），原文刊載於《國家地理雜誌》（*National Geographic*），林友蘭翻譯史托利（Anthony F. Story）〈麥帥座機駕駛員自叙〉（"My Air Adventures with General MacArthur"），原文出自《科里爾週刊》（*Collier's*），羅裕翻譯羅森（Milton W. Rosen）的〈火箭故事〉（"How a Rocket Works"）則

出自《科學文摘》（*Science Digest*），另可見梅欣蓀從《星期六晚郵報》（*Saturday Evening Post*）翻譯克拉克（Neil M. Clark）的〈旅行學校〉（"High School Kids Hit the Road"），劉鼎新從《讀者文摘》（*Reader's Digest*）翻譯克萊斯勒（Walter P. Chrysler）和斯帕克斯（Boyden Sparkes）合著的〈一個美國工人的自述〉，心涵從《品珍雜誌》（*Omnibook Magazine*）翻譯凱絲（Frances Parkinson Keyes）〈安都之宴〉（"Dinner at Antoine's"），方艾從《紐約客》（*The New Yorker*）翻譯灰普爾（Dorothy Whipple）〈禮拜六的下午〉（"Saturday Afternoon"），冬晦翻譯的巴特勒（Ellis Parker Butler）〈塔克先生的鬍鬚〉（"The Tuckle Beard"）出自《故事雜誌》（*Story Magazine*），伍牧翻譯的方亭（Robert Fontaine）〈考驗〉（"The Love Test"）出自《君子雜誌》（*Esquire*），葉慈翻譯的凱弗（Hugh B. Cave）〈復仇〉（"Vengeance Island"）出自《大船》（*Argosy*），禺央翻譯的萊文（Fred Levon）〈千古恨〉（"Help Me—If You Can"）則出自《艾勒里・昆恩推理雜誌》（*Ellery Queen's Mystery Magazine*）。

　　此外，戒嚴初期的譯者亦透過美國出版品轉譯非英語系國家的作品，例如叔惠從1952年9月號《大西洋月刊》（*Atlantic Monthly*）的英譯本 "Father and I" 轉譯了瑞典作家拉格奎斯特（Par Lagerkvist）的短篇小說〈爸爸和我〉（"Far och jag"），筆名「初一」的譯者則透過《大西洋月刊》轉譯希臘語作家維尼吉斯的短篇小說〈海鷗〉（"The Seagulls"），而沙金翻譯德國作家克斯特納（Erich Kästner）的兒童文學《柏林省親記》（*Emil und die Detektive*），[32] 使用的則是1938年美國出版的英譯本 *Emil and the*

32　現今多譯為《小偵探愛彌兒》，譯者沙金在期刊連載結束後，曾以《孤雛淚》之名出版單行本。

Detectives。此外，長篇作品在轉譯時，常可見英譯者加以簡化、中譯者依樣葫蘆，例如凌冰翻譯義大利作家莫拉維亞（Alberto Moravia）的《羅馬一女人》（*La Romana*），便完全透過1950年3月號《品珍雜誌》的英文節譯本"The Woman of Rome"，鄧世明（筆名伍牧）翻譯芬蘭作家米卡・沃爾塔利（Mika Waltari）的歷史小說《埃及人辛奴耶》（*Sinuhe egyptiläinen*）並未譯全，因其轉譯自娜歐蜜・沃爾福（Naomi Walford）的刪減版英譯本《埃及人》（*The Egyptian*），何毓衡翻譯義大利作家瓜雷斯基（Giovanni Guareschi）《唐卡米羅的小天地》（*Mondo Piccolo: Don Camillo*）係轉譯自英譯本，英譯者考慮到美國讀者對義大利政治不熟，因此將原著的政治笑話盡皆刪除（Venuti, 1997, pp.140-143），何毓衡的中譯本亦不見原文對義大利政客的嘲諷及義大利政壇的笑話，只依照英譯者的譯文直譯，編輯在〈致讀者〉中寫道：「本期上有幾篇文章是值得向讀者鄭重推薦的：『唐卡米羅的小天地』……是一篇不落俗套的反共小說，從人類的善良天性裡揭露出共產主義的罪惡。」（無頁碼）

　　以上譯作顯示了戒嚴初期在臺譯者對美國出版品的依賴，其選譯之作品明顯可見親美傾向，並從副文本加強臺灣讀者與西方自由民主陣營並肩作戰的反共意識，映現出戰時體制對譯者活動的影響。林果顯（2009）指出，國民政府於戒嚴初期便以國家總動員法、戒嚴法與動員戡亂時期臨時條款為法制基礎，延伸並強化日治時期遺留下來的戰時體制，在總體戰思考下，「以統制主義為最高原則，以經濟與物資管控為中心，擴及對人力和言論思想的壓制」（頁57），國家機器因而介入文學，形成國民黨文藝體制，這在臺灣文學史上已形成共識，蔡其昌（1996）、封德屏（2008）皆曾撰文討論，但臺灣翻譯史學者則較少正面談論政治對翻譯的

影響。事實上，近代自1970年代文化轉向以來，翻譯研究已逐漸加入政經社會面相，發祥於低地國的翻譯研究以霍姆斯（James S. Holmes）為首，1972年於〈翻譯學的名與實〉（"The Name and Nature of Translation Studies"）一文中點出早期以語言學為主的規範性研究之不足，強調社會、文化等譯入語外部因素對翻譯的影響，進而提出描述性翻譯研究（Descriptive Translation Studies）。1978年，以色列學者埃文－左哈（Itamar Even-Zohar）借鏡俄國形式主義（Russian Formalism）提出多元系統（polysystem）一詞，將翻譯文學納入多元系統的網路中，啟發後世從社會文化層面對翻譯研究的探討。到了1980年代，巴斯內特（Susan Bassnett）、勒菲弗爾（André Lefevere）、赫曼斯（Theo Hermans）點出翻譯過程中「操縱」（manipulation）和「改寫」（rewriting）的因素，成為文化翻譯學派的主要理論砥柱，其中勒菲弗爾明確指出「意識型態」（ideology）、「詩學」（poetics）、「贊助者」（patronage）為操縱的三大要素，翻譯與政治的關係至此已呼之欲出。

　　本文研究之五本雜誌，除卻《自由談》之外，官方色彩皆十分鮮明。首先，《拾穗》是高雄煉油廠國民黨生產事業黨部創辦，由總公司中油出錢購買原文書刊讓同仁翻譯。再則，《暢流》的創刊者是臺灣鐵路管理局，〈發刊辭〉指出創辦目的包括「對戡亂宣傳有涓滴貢獻」（頁2），1952年後由鐵路黨部接手管理。至於《當代青年》的創辦人呂天行是中國文藝協會聯絡小組的成員，[33]該刊

33　該刊第四卷第五期〈文化春秋〉專欄寫道：「中國文藝協會為揭發共匪在大陸上推行所謂『文藝整風運動』之陰謀暴行，支援大陸鐵幕內被迫害之文藝界人士，並展開『文藝到敵後去』工作，特與有關方面舉行座談會，並成立『聯絡小組』，以設計推進工作：『聯絡小組』人選為陳紀瀅、王平陵、何志浩、趙友培、王藍、黃公偉、宋膺、呂天行、周志剛、吳利君、翟君石、屠義方、吳春熙、邱楠、溫惠疇等十五人，公推陳紀瀅為召集人。」（頁45）

的徵稿啟事附季薇[34]詩一首，呼籲「中華民國的當代青年」拿起
「筆尖紙彈」，一起「把復國大業幹起來」、「一齊來參加反共救國
團」（頁53），而《半月文藝》的發刊詞亦載明「願絞盡腦汁以報
祖國⋯⋯擔起新文藝運動的責任，消滅赤色思潮」（無頁碼）。由
此觀之，1950年創辦之刊物，或可視為前述「雜誌建國案」之遺
緒，該案於1947年國共內戰局勢逆轉之時提出，當時適逢冷戰之
始，自由世界與共產世界的對抗正式揭開序幕，杜魯門為代替財
政困難的英國防共，向國會兩院聯席會議要求援助希臘和土耳其4
億美元，是美國以經濟和軍事援助防堵共產主義的開端。1948年7
月，美國與國民政府簽訂「中美經濟援助協定」，協定內容為4億
美元，意在穩住國民黨政權，美方有權隨時停止援助。隨著國民黨
軍隊在國共內戰形勢江河日下，杜魯門發表「中美關係白皮書」，
停止對國民政府的經援和軍援，並多次表示願意與中共發展外交，
以掣肘蘇俄在遠東擴張，但中共選擇與蘇俄結成軍事同盟，支持平
壤於朝鮮半島南侵（黃中憲，2017）。1950年6月韓戰爆發，美國
為防堵共產主義擴張，恢復對國民政府經援和軍援，此後至1965
年6月，美援共為期15年，撥款金額累計達25億美元，平均每年
撥款1億6千7百多萬美元，若以人口平均計算，此金額超過同期
美國對任何國家的援助（唐耐心，1995）。除了確保國民政府在臺
政權，美國更在國際社會支持臺灣為全中國唯一合法的中央政府，
並將臺灣打造成西太平洋軍事防線上的重要堡壘，大量輸入西方文
化，形塑出臺灣為「自由中國」的形象，以對抗「共產中國」的大
陸，國民政府與美方以「反共」為前提展開合作。

---

34 季薇本名胡兆奇（1924-），浙江臨安人，浙江之江大學肄業，1949年來臺，革命實
　踐研究院五期結業。

　　此時臺灣雖然名列自由民主陣營，由美方賦予「自由中國」、「民主櫥窗」的地位（趙綺娜，2001），但是在戒嚴體制下，「自由」和「民主」應是修辭大於史實，期間依動員戡亂時期檢肅條例遭逮捕的思想犯、政治犯不計其數，前提108位譯者中，便有3位是白色恐怖下的政治受難者。[35]此時國民政府為了以中華民國在臺灣的國家形式繼續宣告對中國的統治權，對內一則以嚴苛的語言政策建立有別於日本的溝通體系，二則以高壓文藝政策建構有別於左翼中國的思想體系，具體做法包括查禁新文學革命之後的白話文學作品，以斬斷左翼文學的遺緒，另一方面則以國家力量介入文壇推動右翼文學，以散播自由民主的思想，對外則以「反共」作為維護政權的策略，「抗俄」和「親美」便是在此策略下的另一國家方針，「雜誌建國案」提及「以最大力量搜求奸黨之劣行與謬論，以為攻擊奸黨之材料」，便是政府反共抗俄國策的延伸，藉由翻譯將這些「材料」刊登於雜誌上，「於不知不覺之中以收潛移默化之實效」。這些攻訐題材有些以微言、有些以直諷，大意皆不離反共抗俄的大論述。例如1950年《自由談》刊載志高譯自凱莉格（Sally Carrighar）的〈美蘇邊緣的白令海峽〉，文中透過愛斯基摩人之口講述兩座以白令海峽分隔的島嶼，一座為美國所有、一座為蘇聯所有，冷戰前兩邊島民自由往來，冷戰後蘇聯軍隊嚴格規定島上民眾生產活動，並扣押美國小島的島民以打探敵情，蘇聯這邊的島民遂警告美國那邊的親友切勿過海，但相信不久之後白令海峽又會恢復和平。《自由談》雖然標榜不談政治，但這篇〈美蘇邊緣的白令海

---

35 前文述及的姚公偉和汪穆年，皆是在獄中初次投稿，第三位政治受難者是段清濤，1938年上海交通大學貴州分校畢業，來臺後任公共工程局主任祕書，1951年因「接受匪方教育，思想顯屬不純」，因此「發交感訓2年」，實則感化1年5個月又14天，出獄後翻譯Thomas Weir的旅遊文學〈喜馬拉雅山探險〉，1952年12月刊載於《自由談》。

峽〉以遊記為包裝，讀來卻像是暗喻臺海情勢的政治寓言，此外，
1952年還可見《自由談》編輯「徵求反共抗俄臺語作品」（頁24）。

　　相較於風格委婉的《自由談》，《拾穗》則於1952年1月闢
出「鐵幕後的幽默選輯」專欄，導言提及：「這些幽默的笑話早年
曾經在蘇聯境內流行過，隨後在蘇聯境內已沒有人再敢提及了，
Bertram D. Wolfe為斯拉夫研究專家，這是他精心選輯的一部分，
原文刊載於紐約時報特刊」（頁68），內容強調共產政權導致民不
堪命，例如1952年5月第25期〈鐵幕趣譚〉寫道：「在蘇聯一位
青年申請學習獸醫，當審查資格時，他說『我曾像牛馬一樣地工
作，像豬一樣地住宿，像金絲雀一樣地進食，而被看待得像一隻
狗』。」（頁23）由於《拾穗》反共譯文篇幅過多，1952年6月第
26期可見〈讀者來鴻〉建議編輯：「稍加一點不是八股式反共文藝
報導文字」（無頁碼），但同期依然可見〈鐵幕趣聞〉，包括譯自法
國的《波蘭新聞》（*Wiadomosci Polskie*）：「在波蘭，每逢『蘇聯
友好月』那一個月，各處都要掛上如下的標語：『三十天的波俄友
好精神』，有許多波蘭人偷偷地在下面添上一句：『可不要再多一
天！』。」（頁98）

　　不僅《自由談》和《拾穗》可見或隱或顯的反共譯文，《當代
青年》亦可見反赤譯作，〈恐怖的鐵幕邊沿〉、〈一個韓國人的赤
劫回憶〉、〈赤魔的巢穴：克里姆林宮〉等是，又如1952年7月虞
怡譯自《華盛頓郵報》（*Washington Post*）的詩歌〈閒著的水車〉，
原作者為南韓女詩人陳稚，其以水車閒置隱喻北韓在共產制度下的
苦難：

　　水車　在今天
　　我們這多年與共的患難朋友

閙得不耐煩了
從共匪放第一砲起
就長久長久地
失去了親人似的足趾的踩動
水車的嘴唇
已焦乾得冒烟了呵
像奶媽擠不出奶汁
看著要奶的孩子
水車
連眼淚要哭不出一滴。（頁39）

無獨有偶，1955年4月刊載於《暢流》的〈貫穿鐵幕的火車〉，由筆名為「韋」的譯者譯自《哈潑雜誌》，看似歐洲鐵道遊記，實以曲筆道出匈牙利在鐵幕中民生之凋敝：

這列火車所經過的鐵幕唯一大城市，是匈牙利貝特布斯的首都，據一位曾經潛入市區觀光的搭客報導，此一戰前屬於歐陸的美麗都市，目前業已全面改觀，馬路上燈光暗淡，建築物外形陳舊不堪，商店櫥窗的陳列品，盡是些劣等貨色，人民的穿著皆破爛得很，餐館和娛樂場所空空洞洞了無生趣，幾輛古老的營業汽車行走時發出刺耳的聲音，首都如此，其他城鎮更不堪言矣。（頁23）

這一篇篇翻譯文章雖然罕見1950年代的臺灣文學史論述，但無論是要談當時「橫的移植」，或是以「反共文學」一言以蔽之，都不該忽略這些戒嚴初期的翻譯雜誌中隱藏的反共親美訊息。

結語

　　當前對美國文化冷戰宣傳的研究，大抵以《今日世界》、《文學雜誌》、《現代文學》等美援刊物作為研究對象，較少討論國民黨文藝體制下創辦之雜誌所形塑的美國形象，亦罕見研究論述美國文化譯介與國民政府文藝政策之關聯，而臺文史學者在討論國民黨文藝體制時，亦罕見將翻譯作品納入討論。本文以1950年在臺創辦的雜誌為研究對象，包括《當代青年》、《暢流》、《半月文藝》、《自由談》、《拾穗》，一來確認了各刊的翻譯比例，二來找出了108位譯者身分，三來梳理了2,154篇雜誌譯作的內容、來源、翻譯策略，透過分析譯者與其身處的社會連繫，試圖解釋為何這些翻譯作品會出現在戒嚴初期的臺灣譯壇。

　　當時在美蘇冷戰的背景下，臺灣海峽兩岸呈現兩道截然不同的翻譯風景。在臺灣的國民政府政權飄搖，急於確立其為全中國唯一合法的中央政府，因此對外與美方以反共為前提展開合作，大量輸入西方民主陣營的文化，將臺灣塑造成「自由中國」，與「共產中國」的大陸分庭抗禮，藉以確保國民政府在聯合國的中國代表權，而對內則雷厲風行推動語言政策和文藝政策，亟欲去日本化、再中國化，一則鞏固其正統中國地位，二則促使全島上下一心，為反攻大陸做好準備。在此戰時體制下，雜誌譯作內容大多在介紹西方民主陣營的政治、經濟、醫學、科學、文藝，並可見抨擊共產政權的文章，來源以美國雜誌為大宗，翻譯方向多為英進中，譯文內容以親美抗俄為主要論述，或以副文本（paratext）揭櫫其微言精義，整體譯者結構以外省籍譯者為主、本省籍譯者為輔，翻譯策略偏向歸化，以流暢的譯文利於本省籍讀者學習中文。由此觀之，戒嚴初期的譯者間接參與推動了政府的語言政策，亦協助執行親美反共的

國策，具體而微顯現翻譯與政治之間的關聯。

　　這群譯者曾經與反共文學作家並肩，也曾經在美援刊物創辦之前引進現代主義文學，他們譯筆生花，既參與了戰鬥文藝的浪潮，也是反共文學走向現代文學的關鍵，合該是百世流芳，但卻是乏人問津。本文僅勾勒出其輪廓，著墨其作品的社會性，雖難免有見林不見樹之憾，但只求能拋磚引玉，讓戒嚴初期的譯者圖像更加全面而且清晰，既深入探討譯者的自我風格及其作品的個體性，亦從更多面向細緻琢磨這段非常時期的臺灣翻譯史。他們曾經在這座島嶼上翻譯，我們不該忘記。

參考文獻

中文

「發展本黨宣傳事業創辦襍誌與定期刊物發揚本黨主義倡導革命精神」
（1947年9月6日），〈會議記錄〉，中國國民黨文化傳播委員會黨史
館，檔號：會6.2/83.32.3。

中華文化出版事業委員會編（1956）。**中華民國出版圖書目錄**。臺北：國
立中央圖書館。

天岳譯（1950）。黑珠子（原著者：Enid Sims Snow）。**拾穗，2**，41-44。

方夢之等編（2017）。**中國翻譯家研究**。上海：上海外語教育出版社。

王宏志（1999）。**重釋信達雅：二十世紀中國翻譯研究**。上海：東方出版
中心。

王梅香（2015）。**隱蔽權力：美援文藝體制下的臺港文學（1950-1962）**
（未出版之博士論文）。國立清華大學，新竹。

王愛惠（2004）。**《拾穗》中的音樂（1950-1998）**（未出版之碩士論
文）。臺北市立師範學院，臺北。

半月文藝編輯部（1950）。發刊詞。**半月文藝，1**（1），無頁碼。

平鑫濤（2004）。**逆流而上**。臺北：皇冠文化出版有限公司。

交大友聲編輯部（1965）。標準公務員：胡景枌、段清濤。**交大友聲，
155**，24。

伍牧譯（1950）。犬子（原著者：Corey Ford）。**拾穗，6**，50-52。

向明（2006）。**詩中天地寬**。臺北：臺灣商務印書館股份有限公司。

自由談編輯部（1952）。徵求反共抗俄臺語作品。**自由談，3**（6），24。

何毓衡譯（1955）。唐・卡米羅的小天地（原著者：Giovanni Guare-
schi）。**拾穗，57**，125-135。

佚名（1952）。讀者來鴻。**拾穗，26**，無頁碼。

吳伯卿（1996）。呂天行先生行述。**湖南文獻季刊，24**（3），47。

呂正惠（1992）。臺灣文學的語言問題。載於呂正惠著，**戰後臺灣文學經驗**（頁95-121）。臺北：新地出版社。

呂正惠（1996）。西方文學翻譯在臺灣。載於封德屏主編，**臺灣文學出版：五十年來臺灣文學研討會論集**（頁237-249）。臺北：行政院文化建設委員會。

志高譯（1950）。美蘇邊緣的白令海峽（原著者：Sally Carrighar）。**自由談，1**（1），43-45。

李惠珍（1995）。**美國小說在臺灣的翻譯史：一九四九至一九七九**（未出版之碩士論文）。輔仁大學，新北。

周文萍（1995）。**英語戲劇在臺灣：1949-1994**（未出版之碩士論文）。輔仁大學，新北。

季薇（1952）。當代青年。**當代青年，4**（5/6），53。

林果顯（2009）。**1950年代反攻大陸宣傳體制的形成**（未出版之博士論文）。國立政治大學，臺北。

林果顯（2015）。戰時思惟下的戰後臺灣新聞管制政策（1949-1960）。**輔仁歷史學報，35**，239-283。

林訓民（1991）。臺灣雜誌業四十五年發展回顧。載於**中華民國廣告年鑑（1990-1991），63**。臺北：臺北市廣告代理商業同業公會。

林桶法（2009）。**1949大撤退**。臺北：聯經出版事業股份有限公司。

林淑慧（2008）。**藝術的奧秘：姚一葦文學研究**（未出版之碩士論文）。國立政治大學，臺北。

林慶彰（1996）。當代文學禁書研究。載於**五十年來臺灣文學研討會論文集**（頁193-215）。臺北：行政院文化建設委員會。

林積萍（2005）。**《現代文學》新視野：文學雜誌的向量新探索**。臺北：讀冊文化出版社。

邱慈堯（2006）。才疏學淺誤一生。載於中油人回憶文集編輯委員會編，**中油人回憶文集（第二集）**（頁82-89）。臺北：中華民國石油事業退

休人員協會。

封德屏（2008）。**國民黨文藝政策及其實踐（1928-1981）**（未出版之博士論文）。淡江大學，新北。

拾穗編輯部（1952）。代新年頌辭。**拾穗，21**，181-182。

拾穗編輯部（1952）。外國人對美國人的看法。**拾穗，30**，173。

拾穗編輯部（1952）。鐵幕後的幽默選輯。**拾穗，21**，68。

拾穗編輯部（1952）。鐵幕趣聞。**拾穗，26**，98。

拾穗編輯部（1955）。致讀者。**拾穗，57**，無頁碼。

拾穗編輯部編（1952）。讀者來鴻。**拾穗，26**，無頁碼。

拾穗編輯部譯（1952）。鐵幕趣譚。**拾穗，25**，23。

胡紹覺（2006）。二戰結束六十周年雜憶。載於中油人回憶文集編輯委員會編，**中油人回憶文集（第二集）**（頁126-133）。臺北：中華民國石油事業退休人員協會。

若林正丈（2014）。**戰後臺灣政治史：中華民國臺灣化的歷程**。臺北：國立臺灣大學出版中心。

韋譯（1955）。貫穿鐵幕的火車。**暢流，11**（7），23。

唐耐心（1995）。**不確定的友情：臺灣、香港與美國，一九四五至一九九二**。臺北：新新聞文化事業股份有限公司。

師坎譯（1950）。星期六下午（原著者：Erskine Preston）。**拾穗，2**，35-40。

師範（2010）。**紫檀與象牙：當代文人風範**。臺北：秀威資訊科技股份有限公司。

秦孝儀編（1984）。**先總統蔣公思想言論總集23**。臺北：中央委員會黨史會。

荊邁（1951）。喬遷（原著者：George and Helen Papashvily）。**拾穗，9**，72-81。

高育慈（2012）。論殷海光的思想譯介工作（未出版之碩士論文）。國立

臺灣師範大學，臺北。

張守真、臧紫麒（2002）。**口述歷史：臺灣文學耆碩——葉石濤先生訪問紀錄**。高雄：高雄市文獻委員會。

張思婷（2014）。左右為難：遭人曲解的傅東華研究。**編譯論叢，7**（2），73-105。

張思婷（2015）。**臺灣戒嚴時期的翻譯文學與政治：以《拾穗》為研究對象**（未出版之博士論文）。國立臺灣師範大學，臺北。

張毓如（2009）。**乘著日常生活的列車前進：以戰後二十年間的《暢流》半月刊為考察中心**（未出版之碩士論文）。國立政治大學，臺北。

張德真（2006）。念中油的磨練：八十仍為青壯年。載於中油人回憶文集編輯委員會編，**中油人回憶文集（第二集）**（頁263-277）。臺北：中華民國石油事業退休人員協會。

張轜忻（2015）。**戒嚴臺灣的世界想像：《自由談》研究（1950-1970）**（未出版之碩士論文）。國立政治大學，臺北。

曹逢甫（2011）。語言政策、語言教育的回顧與前瞻。載於漢寶德、呂芳上等（著），**中華民國發展史：教育與文化（上冊）**（頁405-440）。臺北：聯經出版事業股份有限公司。

許俊雅（2012）。1946年之後的黎烈文：兼論其翻譯活動。**成大中文學報，38**，141-176。

許雪姬（2002）。**日治時期在「滿洲」的臺灣人**。臺北：中央研究院近代史研究所。

許雪姬（2006）。日治時期臺灣的通譯。**輔仁歷史學報，18**，1-44。

郭吉光譯（1954）。自殺俱樂部（一）（原著者：Robert Lewis Stevenson）。**拾穗，45**，169-187。

陳正然（1984）。**臺灣五〇年代知識分子的文化運動：以「文星」為例**（未出版之碩士論文）。國立政治大學，臺北。

陳俊斌（2002）。**臺灣戰後中譯圖書出版事業發展歷程**（未出版之碩士論

文）。南華大學，嘉義。

陳建忠（2012）。「美新處」（USIS）與臺灣文學史重寫：以美援文藝體制下的臺、港雜誌出版為考察中心。**國文學報，52**，211-242。

陸寶千（1991）。**金開英先生訪問紀錄**（頁128）。臺北：中央研究院近代史研究所。

單德興（2009）。冷戰時代的美國文學中譯：今日世界出版社之文學翻譯與文化政治。載於**翻譯與脈絡**（頁117-157）。臺北：書林出版有限公司。

湯元吉（1950）。引言。拾穗，5，28。

莧茲（譯）（1953a）。殘月（原著者：Percy Bysshe Shelley）。**拾穗，44**，186。

莧茲（譯）（1953b）。夏與冬（原著者：Percy Bysshe Shelley）。**拾穗，44**，186。

辜正坤（2004）。翻譯主體與歸化異化考辯。載於孫迎春編，**張谷若翻譯藝術研究**（頁v-xiv）。北京：中國對外翻譯出版公司。

馮宗道（1990）。從40年前的文化沙漠走出來：拾穗雜誌的誕生過程與傳播理念。拾穗，**469**，18-21。

馮宗道（2000）。**楓竹山居憶往錄**。著者自印。

黃中憲（2017）。**意外的國度**。臺北：遠足文化事業股份有限公司。

楊承淑（2012）。臺灣日治時期的譯者群像。載於香港中文大學翻譯研究中心編，**翻譯史研究（第2輯）**（頁160-194）。上海：復旦大學出版社。

楊郁君（2011）。**楊喚童詩接受史研究**（未出版之碩士論文）。國立臺東大學，臺東。

當代青年編輯部（1952）。文化春秋。**當代青年，4**（5/6），45。

虞怡譯（1952）。閒著的水車（原著者：陳稚）。**當代青年，4**（5/6），39。

暢流編輯部（1950）。發刊辭。**暢流**，**1**（1），2。

蒙天祥（2014）。在臺開創文藝刊物的越南華僑潘壘。**僑協雜誌**，**146**，52-54。

趙既昌（1985）。**美援的運用**。臺北：聯經出版事業股份有限公司。

趙綺娜（2001）。美國政府在臺灣的教育文化與交流活動（一九五〇至一九七〇）。**歐美研究**，**31**（1），79-127。

劉鼎新（譯）（1952）。一個美國工人的自述（上）（原著者：Walter P. Chrysler, Boydern Sparkes）。**暢流**，**6**（3），8-10。

潘壘（2004）。師範・百花亭・與我。載於師範著，**百花亭**（頁3-10）。臺北：文藝生活書房。

蔡其昌（1996）。**戰後（1945-1959）臺灣文學發展與國家角色**（未出版之碩士論文）。東海大學，臺中。

蔡盛琦（2010）。1950年代圖書查禁之研究。**國史館館刊**，**26**，75-130。

蔡禎昌（1971）。**中國近世翻譯文學之研究**（未出版之碩士論文）。中國文化學院，臺北。

鄧敏君（2014）。翻譯作品與創作作品之語體特徵比較研究：以劉慕沙歷年翻譯作品與早期短篇小說為例。**編譯論叢**，**7**（2），1-34。

戰後政治案件及受難者資料庫，https://sheethub.com/billy3321/戰後政治案件及受難者（檢索日期：2018年3月15日）。

盧志宏（2011）。翻譯：創造、傳播與操控——讀德利爾和沃茲華斯編著《穿越歷史的譯者》。**東方翻譯**，**1**，86-90。

賴慈芸（1994）。**飄洋過海的繆斯——美國詩作在臺灣的翻譯史：一九四五至一九九二**（未出版之碩士論文）。輔仁大學，新北。

賴慈芸（2014a）。幽靈譯者與流亡文人：戰後臺灣譯者生態初探。**翻譯學研究集刊**，**17**，23-55。

賴慈芸（2014b），不在場的譯者：論冷戰期間英美文學翻譯的匿名出版及盜印問題。**英美文學評論**，**25**，29-65。

賴慈芸、張思婷（2011）。追本溯源：一個進行中的翻譯書目研究。**編譯論叢**，**4**（2），151-180。

藍婉秋譯（1952）。婚期（原著者：林芙美子）。**當代青年**，**4**（5/6），31-34。

英文

Bassnett, S.(1980). *Translation Studies*. London: Routledge.

Delisle, J. & Woodsworth, J. (1995). *Translators through History*. Amsterdam: John Benjamins Publishing.

Even-Zohar, I. (2000). The Position of Translated Literature Within the Literary Polysystem. In L. Venuti (Ed), *The Translation Studies Reader* (pp. 192-197). New York: Routledge.

Hermans, T. (1985). *Manipulation of Literature: Studies in Literary Translation*, London: Croom Helm.

Holmes, J. S. (2004) . The Name and Nature of Translation Studies. In L. Venuti (Ed), *The Translation Studies Reader* (pp. 180-192). New York: Routledge.

Lefevere, A.(1992). *Translation, Rewriting and the Manipulation of Literary Fame*. London: Routledge.

Pym, A. (2014). *Method in Translation History*. New York: Routledge.

Venuti, L. (1998). *The Scandals of Translation: Towards an Ethics of Difference*. London: Routledge.

Venuti, L. (2008). *The Translator's Invisibility: A History of Translation*. London: Routledge.

附錄：譯者簡歷（按生年排列，若同年或生年不詳者，則以姓名筆畫排序）

姓名	筆名	籍貫	生卒年	學經歷	活躍年間	譯作舉隅	篇數
蘇雪林	無	安徽太平	1897-1999	北京女子高等師範學校畢業，法國里昂國立藝術學院肄業；1952 年來臺於臺灣師範大學任教	1952	短篇小說〈四塊紅寶石〉	2
劉鼎新	無	天津	1901-1974	交通大學鐵道管理系，美國賓州大學交通管理碩士，來臺任美援運用委員會顧問，交通部設計委員	1952	Walter P. Chrysler and Boyden Sparkes 的傳記〈一個美國工人的自述〉（"Life of an American Workman"）	3
錢歌川	歌川、味橄、秦戈船	湖南湘潭	1903-1990	日本東京高等師範學堂英文科，英國倫敦大學研究；1947 年任臺大外文系教授暨文學院院長，1950 年轉任臺南工學院、高雄醫學院、海軍軍官學校、陸軍軍官學校	1950-1954	Pierre Louÿs 的短篇小說〈驚險的一夜〉（"L'aventure extraordinaire de Madame Esquollier"）	4
龍驤	雨施	廣東萬寧	1903-?	黃埔中國國民黨陸軍軍官學校第二期工兵科，抗日戰爭勝利獲頒忠勤勳章及勝利勳章，1946 年獲頒敘任陸軍工兵上校	1951	Lord Dunsany 的短篇小說〈兩瓶調味品〉（"The Two Bottles of Relish"）	1
鍾期慧	無	不詳	約1903-?	鐵路管理委員會專員、統計處主任	1950	短篇小說〈獵海沉獅記〉	1
李辰冬	無	河南濟源	1907-1983	燕京大學國文系，法國巴黎大學比較文學及文學批評博士；來臺任臺灣省立師範學院國文系教授	1950	文學評論〈巴爾札克的生活與性格〉	1

張在平	無	廣東曲江	1907-?	廣州黃埔中央軍事政治學校第五期步兵科畢業，1946年入中央訓練團將官班受訓結業，後隨孫立人來臺	1954	H. G. Wells 的短篇小說〈盲人國歷險記〉("The Country of the Blind")	1
糜文開	無	江蘇無錫	1908-1983	印度國際大學哲學院研究，香港新亞書院教授；1953年來臺任外交部專員	1955	Rabindranath Tagore 的詩〈我的歌〉("My Song")	1
何定生	更生	廣東揭陽	1911-1970	廣州國立中山大學國文系，來臺任教於臺灣大學中文系	1950	R. Elwyn James 獨幕劇〈地窖的通道〉("The Cellar Door")	1
郭曾先	無	江蘇江浦	1911-?	黃埔軍校第十期，來臺任陸軍	1953	軍事文章〈我是怎樣領導空襲珍珠港〉	1
徐高阮	徐芸書	浙江杭州	1911-1969	西南聯合大學畢業，1949年應傅斯年之邀入中央研究院歷史語言研究所工作	1952	傳記〈愛迪生談聲〉	1
趙宗彝	彝	北平	1911-?	1933年北京大學化學系畢業，1948年來臺進入中國石油高雄煉油廠	1951	Catherine Mansfield 短篇小說〈一個雞蛋〉("Faccille d'Album")	1
段清濤	無	河北高陽	1912-?	上海交通大學畢業，來臺任公共工程局主任祕書	1952	Thomas Weir 旅遊文學〈喜馬拉雅山探險〉("High Adventure in the Himalayas")	1
高語和	無	遼北昌圖	1912-?	畢業於國立中央大學政治系外交組及國防研究院第五期，來臺任立法委員	1953	傳記〈拿破崙與華夫人〉	1
許粵華	雨田	浙江海鹽	1912-2011	早年留日，1946年偕夫黎烈文來臺	1952	短篇小說〈誤締鴛盟〉	6

王師揆	無	不詳	1913-？	北平協和醫學院畢業，1949來臺於基隆港務局醫務所就職	1952-1953	醫學文章〈腦：人體的主宰〉	3
杜蘅之	無	浙江青田	1913-1997	杭州之江大學政治系畢業，1947年獲得美國密西根大學政治學碩士，1949年到臺灣，曾在臺北創辦《明天》雜誌	1955	George Balanchine 傳記〈大舞蹈家巴蘭強自述〉（"Balanchine's Complete Stories of the Great Ballets"）	4
郁仁長	蔑茲、長虹	浙江吳興	1915-？	上海震旦大學法律系畢業，擅長英、法雙語，1948年任中國石油材料委員會委員，1949年來臺進入高雄煉油廠	1950-1955	Duke of Windsor 自傳《溫莎公爵回憶錄》（*A King's Story: The Memoirs of H.R.H. the Duke of Windsor K.G.*）	52
孫如陵	仲父、九一	貴州思南	1915-2009	政治大學新聞系畢業；來臺任國民大會代表	1954	James Playsted Wood 的散文〈南北戰爭與美國雜誌〉（"Emergence of the National Magazine"）	1
艾丹	無	蘇州	1916-？	1938年考進中國海軍，1939年派赴英國受訓接艦，1942年結訓，1943年回中國任職海軍，後隨國民政府來臺	1953-1955	Wilkie Collins 長篇小說《白衣女郎》（*The Woman in White*）	6
林友蘭	無	廣東中山	1916-？	英國倫敦新聞學院研究，《臺灣新生報》編輯	1950-1955	William Somerset Maugham 中篇小說〈菲冷翠之夜〉（"Up at the Villa"）	16

孫廣年	細雨	浙江奉化	1916-?	浙江大學畢業，1948年由上海中國石油派至高雄煉油廠擔任副工程師	1950	Arthur Schnitzler 中篇小說〈盲者之歌〉（"Der Blinde Geronimo und Sein Bruder"）	22
張心漪	心漪	上海	1916-	燕京大學畢業，臺大外文系教授	1951-1955	Clarence Day 的中篇小說《天倫樂》（Life With Father）	60
王賜生	無	湖南衡陽	1917-?	廣西大學化學系畢業，1948年來臺進入中國石油公司服務，後赴美攻讀博士	1952	軍事文章〈史大林的祕密作戰計畫〉	3
朱鶴賓	天山	浙江麗水	1917-?	國立中央政治學校大學部新聞學系第二期，後赴加拿大皇后大學政治研究所、美國賓夕法尼亞大學國際關係研究所任研究員；來臺任《新聞報》特派員	1953	傳記〈自幼想做國務卿的杜勒斯〉	1
華世貞	無	不詳	1917-2011	燕京大學教育系，來臺入臺灣新生報擔任電臺英文及日文翻譯，並於臺北女師教導英文	1951	Enakshi Bhavnani 的報導文學〈「小西藏」之行〉（"A Journey to Little Tibet"）	4
董世芬	辛原	廣東南海	1917-2014	中山大學化學工程系畢業，1946年任中國石油公司工程師，1948年來臺任高廠煉務組長	1953	Ernest Hemingway 中篇小說《海上漁翁》（The Old Man and The Sea）	2
江齊恩	皚、皚雪	湖北荊門	1918-	1948年由上海中國石油派至高雄煉油廠擔任副工程師	1955	Gretchen Finletter 短篇小說〈宴客記〉（"The Dinner Party"）	23

宣誠	無	浙江諸暨	1918-	臺灣大學助理教授	1953	H. Claudius 的短篇小說〈愛情與煩惱〉	3
那琦	無	遼北開源	1919-	1941年日本官立滿洲醫科大學藥學專門部畢業，1948年來臺，初於臺北聯勤總部陸軍第一總醫院擔任三等司藥正	1951	雜文〈美國醫藥界的作風〉	1
張秀亞	心井、陳藍、張亞藍	河北平原	1919-2001	北京輔仁大學西洋語文學系畢業，北京輔仁大學歷史學碩士；來臺後曾任教靜宜英專、輔仁大學研究所	1952	John Keats 的詩〈美麗而無慈心的女郎〉（"La belle dame sans merci"）	1
熊琛	憬盦	江西奉新	1920-2015	政治大學外系；來臺進入孫立人主持的陸軍訓練司令部編譯處任編譯官	1953	傳記〈盲目英雄奮鬥史〉	2
徐佳士	麥岱	江西奉新	1921-2015	政治大學新聞系畢業，美國明尼蘇達大學大眾傳播系、史丹福大學傳播系碩士；來臺任政治大學教授兼文理學院院長	1950	旅遊文學〈微笑的土地：西方人所見到的暹邏〉	1
朱杰	師坎	浙江吳興	1921-	浙江大學化工系畢業，1948年由上海中國石油派至高雄煉油廠擔任甲種實習員	1950-1955	Katherine Mansfield 短篇小說〈一杯茶〉（"A Cup of Tea"）	15
李成璋	承昭、璋	浙江鄞縣	1921-	重慶大學化工系畢業，1948年由上海中國石油派至高雄煉油廠擔任甲種實習員	1951-1955	C. G. Campbell 短篇小說〈兩個鸞舞者的故事〉（"The Story of Two Dancers"）	24

吳俊才	無	湖南沅江	1921-1996	中央政治學校畢業，印度新德里大學歷史研究所碩士，1949年留學英國倫敦大學政治經濟學院；歷任《中央日報》駐印度特派員，1954年入總統府資料組政策研究室擔任兼任研究員	1955	傳記〈前印駐匪大使傳「出使中國記」〉	3
胡紹覺	凌登	浙江杭州	1921-	浙江大學化工系畢業，1948年由上海中國石油派至高雄煉油廠擔任副工程師	1952-1953	旅遊文學〈提琴之都克里蒙那〉	2
彭中原	無	不詳	1921-	中華民國外交官	1953	短篇小說〈愛的抉擇〉	3
馮宗道	微之	浙江紹興	1921-	浙江大學化工系畢業，1943年經資源委員會分發至重慶甘肅油礦局，1946年4月調赴臺灣重建中國石油公司高雄煉油廠	1950-1955	Erle Stanley Gardner 長篇小說《歸輪風雨》（*The Case of the Substitute Face*）	56
王崇樹	無	浙江鎮海	1922-	交通大學工程系畢業，1946年4月赴臺灣重建中國石油公司的高雄煉油廠	1950	工程文章〈水平集水井〉	1
朱岑樓	黎木	湖南湘鄉	1922-1999	國立中央大學社會學系，美國康乃爾大學研究，來臺於國立臺灣大學社會學系任教	1953-1955	科學文章〈怎樣增進記憶力〉	4
何欣	禾辛；江森	河北深澤	1922-1998	西北師範學院英語系畢業；來臺任國立編譯館編審、政治大學西語系教授	1950-1954	Erich Maria Remarque 長篇小說《生命的火花》（*Spark of Life*）	25
姚公偉	姚一葦、葦、海星、衍	江西都陽	1922-1997	廈門大學銀行系畢業；來臺後任職臺灣銀行	1952-1954	Pierre Louÿs 的法文短篇小說〈埃斯柯里爾夫人的奇遇〉（"L'aventure extraordinaire de Madame Esquollier"）	9

段開紀	段續	安徽蕪湖	1922-	1948年為中國石油東北煉油廠甲種實習員，1949年來臺進入高雄煉油廠服務	1952-1954	John D. Weaver短篇小說〈清風的呼嘯〉（"Hear the Wind Blow"）	5
段國璽	無	河北定縣	1922-	1948年為中國石油東北煉油廠甲種實習員，1949年來臺進入高雄煉油廠服務，後進入永光電線廠（為太平洋電線製造廠前身）	1951	工程文章〈水銀發電〉	1
張特生	無	江西信豐	1923-2017	國立政治大學法政系畢業；1944年任美軍翻譯官，1948年赴臺南地方法院擔任書記官	1955	雜文〈同理心〉	1
程之敦	季良	安徽休寧	1923-	1948年任職於中國石油公司高雄煉油廠，1954年出版著作《工業儀器學》	1950	科學文章〈如何適應環境〉	1
程志新	無	江蘇無錫	1923-1995	南京中央大學化工系畢業；1948年由上海中國石油派至高雄煉油廠擔任工程師	1950-1953	新聞〈美國堪薩斯市的洪水和大火〉	13
鄧世明	伍牧	江西高安	1923-2007	北平大學電機工程系；1948年於中國石油甘青分公司任工務員，1949年來臺於中油高雄煉油廠服務	1950-1955	Sophie Kerr短篇小說〈失去的女兒〉（"Lost, One Daughter"）	27
邱慈堯	邱天岳、天岳、岳兒、岳	浙江湖州	1924-	1947年大同大學化工系畢業；1948年由上海中國石油派至高雄煉油廠擔任甲種實習員	1950-1955	Enid Sims Snow的短篇小說〈黑珠子〉（"The Black Pearl"）	53
夏耀	山隱	黑龍江哈爾濱	1924-2015	1948年由上海中國石油派至高雄煉油廠擔任甲種實習員	1952-1955	Irwin Shaw短篇小說〈不堪回首話當年〉（"The Eighty-yard Run"）	34

曹君曼	荊邁	浙江吳興	1924-	上海交大化學系畢業；1948年由上海中國石油派至高雄煉油廠擔任甲種實習員	1950	George and Helen Papashvily 長篇小說《喬遷》(*Anything Can Happen*)	5
楊氣暢	棄唱、羊棄	廣東澄海	1924-	1947年來臺擔任中國石油公司高雄煉油廠甲種實習員	1950-1954	William Wordsworth 的詩〈洛萊格蕾〉("Lucy Gray")	23
張德真	直心	江蘇青浦	1924-2017	浙江大學化工系畢業；來臺於中國石油公司高雄煉油廠擔任工務員	1950-	科學文章〈金星漫遊錄〉	1
張鍾嫻	張裴麗	浙江嘉興	1924-	復旦大學經濟系，1945年後偕夫薛履坦來臺	1955	傳記〈林肯的後母〉	1
陳耀生	遙、遙聲	浙江海鹽	1924-	聖約翰大學畢業；1948年由上海中國石油派至高雄煉油廠擔任甲種實習員	1950-1954	Guy de Maupassant 短篇小說〈芳華虛度〉("Useless Beauty")	18
程朱鑫	程之行	浙江嵊縣	1924-	來臺擔任省立臺南農校史地、英文教員；1954年至1956年就讀政大新聞研究所	1953-1955	Joe Rosenthal〈「豎旗照片」是怎樣攝成的？〉("The Picture that Will Live Forever")	8
戴蘭村	葉泥	河北滄縣	1924-2011	山東濟南師範學校；畢業後任徐州《正義日報》文教記者，來臺後服務於總統府	1952	Rainer Maria Rilke 德文詩作〈少女的憂鬱〉("Mädchenmelancholie")	1
呂俊甫	無	湖南益陽	1925-1998	1949年來臺任教於臺灣師範大學，爾後兩次赴美，1965年獲南伊利州大學博士學位	1950	Lincoln Barnett 科學文章〈愛因斯坦的新學說〉("The Universe and Dr. Einstein")	3

何毓衡	無	湖南長沙	1925-	英國海軍槍砲學校畢業；國共內戰末期任艦務官，來臺任職海軍軍官	1952-1955	Giovanni Guareschi 長篇小說《唐卡米羅的小天地》（The Little World of Don Camillo）	9
施振樞	施翠峰	彰化	1925-2018	臺灣師範大學美術系畢業，美國西太平洋大學碩士	1952	Henrik Johan Ibsen 的詩〈計畫〉	1
陳香梅	無	北京	1925-2018	嶺南大學中文系畢業；1944 年進入中央社，1950 年來臺	1954-1955	W. W. Jacobs 短篇小說〈三不祥〉（"The Monkey's Paw"）	2
傅一勤	無	湖北鄖縣	1925-	湖北師範學院英語系畢業，美國密西根大學語言學博士；來臺任國立臺灣師範大學英語系及研究所教授	1951-1953	John Leimert 短篇小說〈瑞士錶〉（"The Swiss Watch"）	3
黃時樞	方思	湖南長沙	1925-	在上海受大學教育，1948 年來臺於中央圖書館任職	1952	旅遊文學〈巴黎鱗爪〉	3
葉石濤	羅桑榮	臺南	1925-2008	省立臺南師專師科畢；曾任西川滿主持之《文藝臺灣》雜誌社助理編輯、臺南寶公學校教師	1954	文學評論〈戰後法、德文學一瞥〉	1
羅裕	衣谷	湖南長沙	1925-1957	上海交通大學土木工程系；1949 年來任職於臺灣鐵路局工程司	1951-1954	William Somerset Maugham 短篇小說〈明珠麗人〉（"A String of Beads"）	15

汪兆炎	汪榴照、但尼	江蘇武進	1926-1970	國立政治大學專修科畢業；任《臺灣新生報》撰述員及主編	1955	Sidney Skolsky 影視文章〈好萊塢閒話〉（"Hollywood Is My Beat: Tintypes"）	6
何藝文	藍星、藍明	福建閩侯	1926-	南京中央大學文史系畢業；1946年來臺任教於成功大學，並與友人籌組「青藝劇社」，後轉入臺灣省新聞處第一科	1950-1951	Richard Sherman 短篇小說〈沒有靈感的作家〉（"He Will Never Know"）	3
郭良蕙	蕙	河南開封	1926-2013	復旦大學外文系畢業；1949年偕夫孫吉棟赴臺定居嘉義	1951	Guy de Maupassant 短篇小說〈假珠寶〉（"Les Bijoux"）	1
陳萬里	萬里；上官亮	河北東光	1927-2012	1949年隨軍來臺，考取政工幹部學校第三期，進入海軍康樂隊	1951-1953	Roald Dahl 短篇小說〈太太做事的苦惱經〉（"Lamb to the Slaughter"）	6
羅士華	無	浙江瑞安	1927-	臺灣保安警察警士	1953	短篇小說〈一個韓國人的赤劫回憶〉	1
古丁	無	湖南瀏陽	1928-1981	中央防空學校通訊隊畢業；1949年來臺，1974年從空軍退役	1954	科學文章〈蘇俄科學的窺測〉	1
汪穰年	穰年	浙江杭州	1928-	1947年隨父母遷臺，就讀臺大化工系，因參加麥浪歌詠隊，1952年初入軍法處感訓二十個月	1953	O. Henry 短篇小說〈春天的故事〉（"Springtime A La Carte"）	1
陳懷	無	福建閩侯	1928-1962	1941年考入四川灌縣空軍幼校，1948年進入杭州筧橋空軍官校，1950年岡山空軍官校第一名畢業	1951	科學文章〈噴火筒的飛行時代〉	4

程扶錚	楚茹	安徽績溪	1928-	聯勤軍需訓練班學生班畢業，美國經理學校進修；來臺任教官、編譯官，主編《中華文藝》月刊	1954	短篇小說〈愛〉	1
童真	無	浙江慈溪	1928-	上海聖芳濟學院；文藝協會、婦女寫作協會會員	1950-1953	Louis Bromfield 的短篇小說〈我的九十畝田〉（"My Ninety Acres"）	7
朱乃長	南度	上海	1929-	1946年隨家來臺，先後就讀臺灣師範學院英語系及臺灣大學外文系，畢業後任教於臺灣大學外文系	1953	Ben Hecht 短篇小說〈魅影〉（"The Shadow"）	4
唐潤鈿	唐鈿、金田、雨耕	江蘇松江	1929-	1947年冬來臺就讀省立基隆女中，1954年臺灣大學法律系畢業	1951	Pearl S. Buck 散文〈美國孟嘗君〉（"Mr. Clinton stops starvation"）	1
蘇惠眾	無	不詳	1929-	1953年畢業於臺大外文系	1955	旅遊文學〈掀開鐵幕的一角：蘇俄東南部印象記〉	1
傅昌年	無	不詳	1930-	重慶南開融僑中學，來臺後考入左營海軍官校	1953	傳記〈精神世界的領袖：教皇的生活〉	1
郭吉光	無	北京	1931-	1949來臺就讀臺大外文系，1953畢業進入中華航空公司	1953	Robert Louis Stevenson 長篇小說《自殺俱樂部》（The Suicide Club）	4
沈孝申	無	不詳	1933-	1949年省立嘉義中學畢業；自由譯者	1954-1955	Jack London 短篇小說〈冰國亡魂〉（"Love of Life"）	2
施振雄	方人	不詳	1933-	1955年臺大法律系畢業；1956年考入臺糖公司公共關係甲種實習員，常翻譯英日文稿至《臺糖通訊》	1953	Guy de Maupassant 短篇小說〈一個婦人的供狀〉（"A Wife's Confession"）	1

張英才	藍婉秋	天津	1934-	文字工作者，英日文俱佳，臺北第一家烤鴨餐廳北平鹿鳴春鴨子樓為其家業	1952	林芙美子的日文小說〈婚期〉	1
糜榴麗	無	不詳	約1934-	糜文開之女，印度加爾各答大學碩士	1954	Rabindranath Tagore 的詩〈金鐲〉	1
卜惠民	無	不詳	?-1969	中央社記者	1951	報導文章〈印度會被赤化嗎？〉	1
尤光先	觀千	福州林森	?	早年留日；臺灣省立工學院保管組主任	1951	科學文章〈趣味的科學知識〉	1
王士洵	無	不詳	?	1946年於天津化工業公司服務，1949年來臺入臺灣碱業公司	1954	評論文章〈陰謀詐騙的莫洛托夫〉	1
王瑞	王施惠、施惠	不詳	?	上海交通大學鐵道管理系畢業；1946年於京滬鐵路服務，1948年來臺於臺灣鐵路局服務，協助創辦《暢流》和《交大友聲》	1951-1953	Betty Martin 傳記〈玫瑰色的病：一個麻瘋女二十年來的奮鬥史〉（"Miracle at Carville"）	16
王寶森	無	不詳	?	1948年來臺，於中國石油公司服務	1950	〈高物價下的家庭預算〉	1
李俊清	無	不詳	?	西南聯大外文系，來臺任蔣經國英文祕書	1951	Pearl S. Buck 短篇小說〈不成長的幼苗〉	1
汪翕曹	翕	不詳	?	上海交通大學畢業，來臺於交通處服務	1953-1953	Erich Maria Remarque 長篇小說《春閨夢裡人》（A Time to Love and a Time to Die）	9
李廉	無	江蘇徐州	?	出身中央陸軍軍官學校第七分校；1949年來臺，擔任自由中國之聲大陸廣播組組長，並出任正義之聲總編輯	1951-1955	短篇小說〈失巢幼雛〉	6

林煥星	無	臺北板橋	？	臺灣肥料公司職員	1950	並木良輔傳記〈廢寢忘食〉（寢食を忘れて）	2
紀乘之	無	不詳	？	中央日報編譯	1952	Anna Eleanor Roosevelt 的散文〈蔣夫人在白宮〉	1
徐正一	無	不詳	？	1948年來臺，任臺灣省社會處第四科科長	1954	Honoré de Balzac 短篇小說〈沙漠之情〉（"Passion in the Desert"）	1
高莫野	無	不詳	？	外省小說家，來臺後居於陽明山後山，作品散見於《寶島文藝》、《文壇》，其著《中國成語大辭典》於1970年遭禁	1950-1951	短篇小說〈古巴的女人及其他〉	2
陳秋帆	無	上海	？	早年留學日本，來臺於省新聞處服務	1953	弘木丘太的短篇小說〈私房錢之謎〉	1
陳保郁	無	臺灣	？	自由譯者	1952	林亨泰日文詩作〈夢〉	1
戚啟勳	無	不詳	？	中央研究院氣象研究所；抗戰時進入空軍服務，1945年至美國空軍受訓，來臺擔任氣象聯隊組長	1951	科學文章〈近三十年來氣象儀器之發展〉	1
程家驊	無	不詳	？	駐新加坡總領事館領事	1952-1955	旅遊文學〈東方人看埃及〉	5
黃慶豐	無	不詳	？	中央社英文部主任	1950	John Phillips Marquand 短篇小說〈同志來了〉	1
曾榮森	無	不詳	？	1950年任職臺灣工礦公司煤礦分公司工程師	1954	George Ewart Bean 散文〈從海裡撈獲的傑作〉	1

傅勤家	無	不詳	?	其夫李孟暹為鐵路局工事課長,其譯作散見於《暢流》,並與丈夫合譯《滇緬公路修築史》	1950-1955	Max Eastman 的傳記〈曠世一逸才〉("The World's Wittiest Talker")	10
壽俊仁	無	不詳	?	東京大學畢業;鐵路管理委員會工務員	1950	散文〈煙蒂小心〉	1
裴君箸	無	不詳	?	廣告媒體人,1953年於《報學》發表〈告紙廣告的趨勢〉,為臺視創辦元老之一	1952	嘉治隆一旅遊文學〈臺灣的蓬勃氣象〉	1
劉皇	無	不詳	?-2013	南京中央大學經濟系畢業,來臺任孫立人少校祕書;後任職於新聞局綜合計畫處敵情室,再調派為總統府第一局副局長,後升任第一局局長,也曾擔任考試委員、東吳大學教授	1953	Katharine Brush 短篇小說〈觀球女〉("Football Girl")	1
戴榮鈴	無	不詳	?	陸軍少將,軍醫署少將副署長	1952	醫學文章〈危險啊,不要喫得太胖〉	1

按語

學海無涯，這篇論文是我第一次望見陸地。

航行的起點是2011年，當時以美國文學《飄》（*Gone with the Wind*）在臺接受史作為研究課題，研究對象是臺灣出版過的56種《飄》中譯本，研究結果發現除卻13種節譯本不論，剩下43種全譯本共計41種是民初譯者傅東華的譯本，而且大半並未署名。我身為譯者，難免物傷其類，遂動心起念加入賴慈芸教授研究團隊，奮發蹈厲為戒嚴時期遭冒名頂替的譯者一一正名，先與賴教授合著〈追本溯源：一個進行中的翻譯書目計畫〉（《編譯論叢》，2011），勾勒兩岸譯壇在特殊歷史時空下的互動，接著獨自完成〈左右為難：遭人曲解的傅東華研究〉（《編譯論叢》，2014），以個案研究管窺戒嚴時期大陸譯者對臺灣譯壇的影響。

撰寫這兩篇論文的過程中，研究團隊既跨海購入一箱又一箱的舊籍，又透過全國文獻傳遞服務系統從全臺各地圖書館調閱譯本，共計經眼譯著上千部，深切體會到書海浩瀚，透過一本又一本的譯著比對，一方面找出戒嚴時期在臺流傳的佚名譯本源頭，二方面鉤沉這批飄洋過海來臺的譯本身世，三方面透過數據統計找出最具影響力的譯者。然而，儘管這般上窮碧落下黃泉，仍舊不免有遺珠之憾，有幾冊譯本硬是比對不出譯本源頭，或是明明確定譯本源頭卻查不出譯者生平，後者如《海狼》（*The Sea-wolf*）、《海上漁翁》（*The Old Man and the Sea*）、《自殺俱樂部》（*The Suicide Club*），皆由《拾穗》月刊社（1950-1989）出版。

由於研究航程一碰到《拾穗》月刊社就觸礁，加上該月刊選譯作品不俗，譯文清新雋永，因而激發我對這間月刊社的好奇。該月刊社早年譯本皆注明由「高雄煉油廠勵進分會」發行，其中「高雄

煉油廠」是中國石油公司下轄單位,「勵進分會」則是國民黨在國營企業中的生產事業黨部,這兩條線索看似鑿鑿有據,但要藉以釐清該月刊社的來龍去脈仍困難重重,一則《拾穗》創刊前輩皆已壽登耄耋,聯絡中油公司相關單位皆表示無從訪查,二則透過中國國民黨文化傳播委員會黨史館只覓得相關檔案一份——「高雄煉油廠勵進分會學術組創辦期刊綱要」。由於相關背景脈絡闕如,欲訪談相關人士又不得要領,我便先回到譯本分析,將462期《拾穗》蒐集齊全並略讀一遍,並赴美國國會圖書館、紐約公共圖書館找尋原文,期間一邊整理資料、一邊記錄疑點,將初步研究成果於中國翻譯學學科建設高層論壇發表,會中因緣際會得楊承淑教授指點並牽線,先訪談了中油前董事長朱少華先生,請朱先生從贊助人和參與者的角度談論《拾穗》,後續又接二連三訪談了《拾穗》末代總編佘小瑩女士和編輯委員林身振先生,其中林先生是作家林曙光(本名林身長)的胞弟,對臺灣史研究十分熱心,引薦我訪談了《拾穗》的初代譯者張德真先生和胡紹覺先生,從而釐清《拾穗》月刊多位譯者的身分,這些珍貴的史料助我寫出了博士論文《臺灣戒嚴時期的翻譯文學與政治:以《拾穗》為研究對象》。

　　幸而遇上《拾穗》月刊這塊礁石,讓我得以發現臺灣戒嚴時期的雜誌研究實為尚待探勘的領域,譯者研究更是寥寥可數,我將這番發現寫成〈翻譯與政治:論臺灣翻譯文學史〉(《翻譯學研究集刊》,2015),希冀能拋磚引玉,引出更多相關研究。此外,因博士論文口考時受陳芳明教授和單德興教授鼓勵,我繼續從戒嚴時期出版的期刊雜誌中尋訪譯者蹤跡,這篇〈他們在島嶼翻譯:戒嚴初期在臺譯者研究〉便是新近研究成果,研究範圍縮小至戒嚴初期(1950-1955),研究對象則擴大為五種雜誌,共梳理翻譯文章2,154篇、確認108位譯者身分,當中共77位為外省籍譯者,其翻譯實踐

延續了民初譯報傳統，其譯文在記錄了兩岸異時異地的互動之外，
或許還承載了鄉愁吧。

第十章

冷戰時代的美國文學中譯：今日世界出版社之文學翻譯與文化政治*

單德興

* 本文為修訂稿，初稿刊於《中外文學》第36卷第4期（2007.12），承蒙鄭樹森教授接受訪談並提供香港多位學者專家的資訊，盧瑋鑾教授、古蒼梧先生、董橋先生、張同先生、李如桐先生、余光中教授、劉紹銘教授、洪宏齡先生、李歐梵教授、方梓勳教授等人接受訪問，趙綺娜博士交換心得，於2005年7月25日至27日「文本翻譯與文化脈絡：晚明以降的中國、日本與西方」日本愛知國際學術研討會宣讀時，亦蒙與會學者提供意見，後又蒙李有成教授和紀元文博士提供資料與修潤意見，《中外文學》兩位匿名審查人提供寶貴意見，謹此一併致謝，並特別感謝彭小妍教授多方支持與協助。

一、冷戰時代的美國文化外交

　　綜觀英美文學在臺灣的發展可以發現，開始時相對於較有基礎的英國文學，美國文學並未太受注意，甚至沒有專門的學者。直到臺灣被納入美國冷戰時代圍堵政策（Containment Policy）的一環，在美國的大力介入下，積極致力於文化與學術交流，翻譯作品，出版雜誌，培養相關學者，美國文學與文化才逐漸獲得重視。趙綺娜在〈美國政府在臺灣的教育與文化交流活動（一九五一至一九七〇）〉一文中，針對美國冷戰時代的文化外交政策進行研究，指出「美國文化是該時期臺灣社會中最具影響力的外來文化」（趙綺娜，2001，頁127）。根據她的觀察，「美國研究，除了美國文學之外，在臺灣的發展始終不如美國官員所預期那樣蓬勃」（頁123）。換言之，冷戰時代對臺灣最有影響的外來勢力就是美國，而美國除了政治、軍事、經濟的外交政策之外，另一較不為人注意卻影響深遠的就是文化外交（cultural diplomacy），在學術上處心積慮地推展美國研究（American Studies），試圖於不同學科培養相關學者，但除了美國文學之外，其他學科都未達到美國官方預期的成效。

　　在多方的鼓勵／獎勵措施和整體學術與文化氛圍下，美國文學吸引了許多臺灣學者及學子從事相關研究，甚至有很長一段時間，臺灣學子對美國文學和比較文學的興趣超過英國文學，從而必須鼓勵研究生多研習英國文學，以平衡此一重美輕英的傾向。筆者曾專文討論數十年來臺灣的美國文學研究，指出在此特殊的時空條件與文化環境下所產生的若干學術研究現象。[1]然而，在這些研究成果背後是有關美國文學的教學與傳播，包括對莘莘學子及一般讀者甚

1　詳見Shan（2004）。

有幫助的美國文學翻譯。但在討論美國文學於臺灣的發展時，卻一向漠視了翻譯所扮演的重要角色。

　　對成長於冷戰時代的臺灣學子而言，今日世界出版社所翻譯、印行的書籍是許多人的共同記憶，這些書籍不僅介紹了當時一般的新知與思想，在美國文學的譯介上更是範圍廣泛，數量眾多，品質突出，為冷戰時代政治戒嚴、思想封閉、視野狹隘、創作貧乏的臺灣知識界與文學界，引進了重要的源頭活水。[2]對筆者這一代的英／外文系學子而言，這些美國文學譯作既是重要的課外讀物，也是準備課業、甚至考試時的輔助材料。對當時一般的知識青年而言，這些譯作也發揮了重大的啟蒙作用。然而，以更宏觀、歷史的角度來看，這套文學譯叢具有深遠的文化政治意義，值得探究。[3]

　　今日世界社與今日世界出版社的設立和美國冷戰時代的全球布局及外交政策密切相關。眾所周知，二次大戰結束後，美蘇兩大政

2　一個鮮明的例證就是筆者於「文本翻譯與文化脈絡：晚明以降的中國、日本與西方」日本愛知國際學術研討會宣讀本文之後，現場發言異常踴躍，而且發言者幾乎全是來自臺灣的學者。與一般提問大異其趣的是，這些發言與其說是針對本文，不如說是各自表述，見證自己如何受到今日世界出版社譯作之影響，發言者的背景跨越了文學、歷史、思想、科學等學門（如彭小妍、黃英哲、黃克武、王道還等）。而筆者在宣讀論文的開場白中也特別表明，自己撰寫此文與撰寫其他論文不同之處在於多少是以「受益者」（beneficiary）的角色現身、發言，但也希望把討論的對象放回當時更大的歷史脈絡，以更宏觀的角度來探討此議題。

3　筆者在訪問今日世界出版社相關人士之後，讀到李惠珍的碩士論文〈美國小說在臺灣的翻譯史：一九四九至一九七九〉。她在結論的三項研究主題建議中，第二項是有關今日世界出版社：「這個隸屬美新處〔美國新聞處〕的書刊編譯部門對臺灣的美國文學翻譯、甚或文藝思潮引進，都扮演相當重要的角色，非常值得加以研究。不過由於此部門現已不存在，十幾年來人事遷移，資料搜集非常困難。即便是替美新處譯過書的本地譯者，對此機構的組織亦是眾說紛紜。筆者最後也是透過曾擔任此部門主任〔李如桐〕的簡短來信才對這機構有所了解，因此很盼望有人針對今日世界出版社做一完整的研究」（李惠珍，1995，頁103）。李惠珍的論文是從臺灣翻譯史的角度出發，其有關五〇、六〇、七〇年代臺灣的美國小說翻譯概況描述，參閱李惠珍（1995）頁23-25、49-53、79-81，有關今日世界出版社的分論只是一筆帶過，參閱頁38-39。筆者則從更大的歷史脈絡著眼，並由此譯叢源起的香港著手。

治與軍事霸權對抗的冷戰局勢逐漸成形，各自亟思擴大勢力，削弱對方，遂行己方的意識型態，捍衛自身的安全與利益。1947年，美國外交及戰略家肯楠（George F. Kennan）提出圍堵政策，主張作為自由世界領導者的美國應該結合理念相近、利害攸關的國家，在歐亞大陸邊緣構築戰線，圍堵蘇聯共產勢力的擴張。此一主張形成美蘇兩大陣營的對峙，主導了戰後數十年的國際局勢。對臺灣而言，1950年6月韓戰爆發，美國總統杜魯門（Harry Truman）立即下令美國駐遠東地區的軍隊介入，派遣第七艦隊協防臺灣，形成對中共政權的軍事圍堵。

　　然而，美蘇雙方的對抗不僅限於軍事方面，凡有利於敵消我長的策略都在考慮之列，其中重要的一環便是思想與文化的競爭，因此美方特別著力於把自身形塑為知識的前導，民主的先鋒，自由世界的領袖。為了達到這個目標，遂有文化外交之議以及具體的執行措施。[4] 1952年，美國政府於香港設立今日世界社和今日世界出版社，以中文向共產地區之外的華文世界發行刊物和書籍，提倡以美國為代表的民主典範與科學新知，宣揚其典章制度、政治思潮、學術思想，介紹其社會現狀、文學藝術，就成為和共產主義進行鬥爭的更微妙、普遍、與日常生活結合的方式，藉由潛移默化，

---

4 如趙稀方（2006）就引用1953年的美國檔案，指出當時香港的美國新聞處「擔負著宣傳心理戰等重要使命」，執行獨特的「國家計畫」，其主要目的有三：「破壞『中國共產黨在中國大陸的力量和支持的資源』，給『反共產黨分子以希望和鼓勵』；誘使『東南亞華人支持美國和自由世界的政策和措施，在他們之中製造反共情緒和行動』；得到『香港對於美國和自由世界政策和措施的日益增加的理解和支持』」（頁87）。在文化方面，他也引用了1957年7月17日美國國家安全委員會的「美國對香港政策」之NSC5717號檔，指出了在軍事、經濟、政治之外的「文化任務」，其「內容為『利用香港作為對大陸進行宣傳和滲透的據點的戰略設想，美國政府將利用其駐香港總領事館和美國新聞媒介駐港機構展開對中國的宣傳攻勢，以取得軍事封鎖和經濟遏制所難以起到的效果』等」（頁88）。這些就成為趙稀方所謂的「文化冷戰工作」（頁96）。有關冷戰時代的美國政治與文化氛圍，可參閱Whitfield（1991），相關文獻參閱該書末所附的"Bibliographical Essay"（pp. 231-252）。

讓知識較落後地區的讀者接受「先進的」美國所代表的民主、自由、法治、科學的價值系統。因此，這些機構之成立可說是為了達成下述幾項主要目標：（一）作為冷戰布局的一環，宣揚美方之長處，圍堵共產思想的傳播與蔓延；（二）提倡美方的價值觀，形成以美國思想為標準的文化霸權；（三）由於散播的是美國的文化霸權與意識型態，對象是共產黨統治地區以外的廣大華文世界，若挪用阿圖塞（Louis Althusser）有關意識型態的說法，我們可以說此二機構不僅對美國國內而言是「意識型態國家機器」（Ideological State Apparatuses），對美國國外而言更是「意識型態美國機器」（Ideological United States Apparatuses）（Althusser, 1977）；（四）由於散播的對象是在知識、政治、經濟、社會、科學各方面顯著落後美國的華文世界，其所肩負的「教化任務」（civilizing mission）也就不言而喻了。

　　至於美國選擇英國殖民地香港作為執行此一重大任務的基地，可能根據底下幾個原因。首先，就地緣政治而言，香港位於中國大陸邊緣的第一線，明顯占有各方面的地利之便，包括將印刷成品運送到其他華人地區——尤其是臺灣和東南亞。其次，身為英國殖民地的香港，沒有臺灣等美國盟邦／附庸的明顯色彩，表面上更為中立，方便美國進行冷戰戰略中最不具政治色彩的文化外交政策。第三，因為香港既不受制於中華人民共和國的共產黨政權，也不受制於中華民國的國民黨政權，使得許多不滿國、共雙方政權的知識分子和專業人士選擇在此居留，其中不乏中英文俱佳並有翻譯經驗的作家、學者、譯者，[5] 不僅本身成為特有的翻譯人才庫，也方便與另

---

5 董橋便提到，這些人「主要是1949年南來的大陸的知識分子」（董橋，2004）。有關這批右翼南來文人的描述，見鄭樹森（2004b），頁165-166。鄭樹森（2004a，2004b）提供了主要是在冷戰時代左右對壘情況下的香港文學與文化景觀。

一個人才庫（臺灣）連繫。第四，英國殖民政府審時度勢，以往在國共鬥爭期間便於香港扮演著中立者、甚至平衡者的角色，而在1949年共產黨占領中國大陸之後，為避免共產勢力擴張，危及其殖民統治，於是壓制左派勢力，而對美國政府支持的冷戰政策下之文化措施則採取不聞不問、任憑發展的態度（盧瑋鑾，2004）。第五，與當時風雨飄搖、處於戒嚴統治下的臺灣相比，香港顯然享有寬鬆得多的言論自由，較不受僵硬的意識型態箝制，有利於知識和思想的傳播。最後，在物質條件上，香港既有數量相當的中文印刷廠和配套設施，印刷品質也絕非剛走過兵荒馬亂時期的臺灣所能比擬——當時印刷精美的《今日世界》（*World Today*, 1952-1980）半月刊（1973年起改為月刊）就是明證。因此，美國選擇在二次大戰盟友英國統治下的香港設立今日世界社與今日世界出版社，具有相當充分的原因。[6]

　　此二機構均隸屬美國新聞處，各有職掌與人員，由國務院提撥預算，與中央情報局（CIA）在同一棟建築內（李歐梵，2004）。今日世界社負責《今日世界》的出版與發行，目標設定為一般讀者，內容著重於新聞與新知，也不乏文藝創作（張愛玲的反共小說

---

[6] 如鄭樹森在談論五十年來的香港文學時便提到，香港地處中國大陸和臺灣的邊緣，享有「獨特的自由」，而且冷戰時代美蘇兩大超強的全球競爭和國共之間的敵對，使得香港成為「意識型態戰爭中的戰場」（"a battleground in the ideological war," Tay, 2000, p. 37）。時處香港的鄭樹森和盧瑋鑾對英人治港的方式印象深刻，認為其有意在左右之間尋求平衡以方便殖民統治，必要時對左派採取斷然措施（鄭樹森，2004；盧瑋鑾，2004）。趙綺娜在給筆者的電子郵件中則指出，從史料上來看，「美國人視在香港的美國總領事館是美國駐北京大使館被放逐到香港（our embassy in exile from Peking）」，因此在香港的文宣活動「很小心」，唯恐「引起港府的不快，令華府尷尬」，原因在於「英國也要顧忌大陸的反應，以免危及香港安全」（趙綺娜，2005）。此外，「在1950年時香港書肆充斥左派書籍、小冊，美國就以優厚的合約來籠絡出版商、作者，翻轉香港的左傾言論市場，因為香港出版品也會流到東南亞華人手中」（趙綺娜，2005）。此處的「籠絡」、「翻轉」之說與鄭樹森、盧瑋鑾有關左、右派思想鬥爭的說法相符。

《秧歌》就先在此連載，然後出版單行本）和娛樂消遣（包括刊末的象棋棋譜），印刷精美，售價低廉，目的在於以輕鬆活潑的方式吸引華文世界的讀者，寓宣傳於新知和娛樂，為當時知識封閉、管道狹隘的華文讀者提供了認識世界的途徑。刊名「今日世界」固然帶有先進觀、世界觀的意味，卻是以美國作為今日世界的代表，這點可由該刊的改名明顯看出：此刊物於1950年創刊時名為《今日美國》，兩年後才改為《今日世界》。[7]另一方面，今日世界出版社的目標在於翻譯、出版專書，主其事者包括林以亮、李如桐（任職時間最長）、戴天、韓迪厚、余也魯、胡菊人、董橋和岑逸飛等人（李惠珍，1995，引用李如桐之書信），讀者群設定為知識分子和年輕學子，選擇翻譯的叢書是當時吸收外界知識的重要管道，至今依然為人津津樂道。[8]

　　回顧起來，今日世界出版社的美國文學譯叢精選具有代表性的佳作，廣邀名家參與翻譯，成為華文世界的讀者和學子接觸美國文學與思想的重要窗口，其效應持久，遠超過以新聞性、時事性、娛樂性為主，較具宣傳色彩的《今日世界》，卻乏人研究。因此，本文針對今日世界出版社的文學翻譯進行個案研究，探討其中涉及的文化政治。

---

7 補注：可參閱單德興（2017）。

8 林以亮的見識與人脈為此翻譯系列奠定良好的基礎（詳下文）。李如桐自1957到1969年主持，時間最長，他指出此系列差不多出了四、五百本書，而且「那時只有我們注意到這些東西」（李如桐，2004）。他提到《今日世界》的讀者群設定為一般小市民，叢書的對象則是教育界與文化界（李如桐，2004）。此外，張同和李如桐在接受筆者電話訪談時，都特別表明自己當時在美新處所負責的業務：張在今日世界社負責新聞部門，並在1957年於李的邀請下翻譯有關科學方面的書（他有些自豪地表示，「太空」一詞就是他創造出來的）；李負責主編譯叢，包括尋找譯者、校訂和出版書籍（張同，2004；李如桐，2004）。

二、今日世界出版社的贊助與目標

　　由於今日世界出版社是由美國政府出資設立並總攬其事（之前的友聯出版社和亞洲出版社也都由美方資助），在正式討論其文學翻譯之前，有必要針對「贊助」（"patronage"）及相關事宜略加探討。雷飛維（André Lefevere）在討論文學系統（literary system）時指出，文學系統受到兩種控制：一種是專業人士（professionals），如譯者、批評家、書評家、教師，這些人的介入可以決定文本的形式，或確定哪種方式才符合一個文化中「統治的正統」（"reigning orthodoxy," Lefevere, 1992, p. 15）；另一種是贊助，也就是「像是能促進或阻撓文學的閱讀、書寫和改寫的權力（人士、建制）之類的東西」，而這種權力所出現的形式不一，可以是個人（如國家領導人）、宗教團體、政黨、社會階級、出版社或媒體（p. 15），這些不同形式所產生的影響力旨在確保「文學系統不致與構成社會的其他次系統過於失調」（p. 14）。雷飛維進一步指出，贊助者（patron）的控制具有三種要素：對於形式與主題的意識型態限制；對於作家、譯者和其他改寫者（rewriters）提供足以維生的經濟資助；對於這些人賦予地位和肯定（p. 16）。如果三種要素都仰賴同一贊助者，則此贊助是「沒有區分的」（"*undifferentiated*"），而且這類贊助者一般關切的是維持整體社會的穩定，反之則是「有所區別的」（"*differentiated*," p. 17）。贊助的影響深遠，可決定文學系統的發展方式，也可形塑在學校講授的文學典律。[9]雷飛維的見解在今日世界譯叢都明顯可見，因為今日

9　如此說來，則與美國文學教學及易文－左哈（Itamar Even-Zohar）的文學複系統（Literary Polysystem）理論也有關聯，下文將就易文－左哈的觀念加以探討。

世界出版社之成立及這套譯叢之出版是為了配合冷戰時代的美國戰略與意識型態，所提供的稿酬頗為優渥，對已出名的譯者和作者固然有錦上添花的效果，對不甚出名的譯者則具有相當的肯定作用，因此其贊助屬於「沒有區分的」（詳下文）。

其次，今日世界出版社的譯叢也涉及「處於譯者和翻譯使用者之中間位置」的「代理人」（"agent," Sager, 1994, p. 321）。根據賽傑（Juan C. Sager）的說法，任何翻譯過程都涉及許多參與者，如文本生產者、修潤的中介者（如編者、修訂者、譯者[p. 111]）、傳遞者（委託並傳送文本者）、接受者，其中可能一人身兼數種角色。這些參與者獨立於作者和讀者／接受者之外，位於「翻譯的語言行動之起點與終點」（"at the beginning and the end of the speech act of translation"），可以是委託翻譯的出版者，或任何交付翻譯工作給他人者（p. 140）。今日世界出版社由於官方資源充沛，主事者能力突出，以致在這套影響深遠的譯叢中扮演著決定性的代理人角色。

再者，根據維彌爾（Hans J. Vermeer）的翻譯目的論（Skopos Theory），「任何行動都有其目的、目標」，因此在委託翻譯時，委託者宜明定其目標，要求譯者提供相符的專業服務（Vermeer, 2000, p. 221），而「身為專家的譯者，也要負責決定翻譯是否可以實現，以及何時、如何實現」（p. 229）。即使委託者未明定目標，譯者心中也自有偏好或原則（當然，出版社在選擇譯者時，通常已將相關條件納入考量）。依照目的論的主張，在委託翻譯時宜明定目標，並且訂定達成此目標的條件（如截稿日期、稿酬、翻譯策略等），如此譯者有明確的方向可循，不但有利於翻譯工作的進行，也可避免因為事前溝通不足可能導致的不快或糾紛，甚至影響工作的進度和目標的達成。這些雖似俾之無甚高論，卻是翻譯實務中必

然遭遇的事，儘管有些條件（如稿酬和截稿日期）經常明文記載於委託者／受託者雙方的合約中，但也有些是依雙方的口頭約定或默契。

綜合相關的文獻與訪談，以及我們的經驗與觀察，可以發現這套譯叢具有如下的特色。相對於一般民間出版社，今日世界出版社的設立就是美國官方為了執行反共的圍堵政策所進行的文化外交措施之一，目的在於藉由翻譯來傳播新知，增進對於自由、民主、法治、先進的美國之了解，讓人對美國心生嚮往，心甘情願地採取相同的政治、外交及文化等觀點。因此，打一開始其立場和目的便十分明確。[10]

由於文化是多面向的，要向華文世界傳播美國文化勢必採取多面向的措施。再加上此為美國外交政策的一環，為了達到預定目標，所以預算編列充裕，主其事者視野宏闊，實際作業頗上軌道，一般民間出版社實難望其項背。進言之，今日世界出版社所進行的是長時間、大規模、有系統的文化迻譯，多年來精心製作、出版了數百本譯作，質量均佳，為當時華文世界提供了重要的文化資訊，也促進了對於美國文學、文化、政治、社會、歷史、藝術、科學等方面的了解。

在選書上，曾長期主其事的李如桐表示，「書是我們〔華籍員工〕自己選的，但是由美國人指導，參考一些美國的目錄，裡面有介紹內容，我就研究一下，考量市場的需要，是很有系統的」（李如桐，2004）。[11] 書籍選定之後，便要尋找適當的譯者。偶爾學有

---

10 補注：此出版社成立的主要目的在於執行冷戰時代的美國文化外交，落實到個別文本的目標則在於提供華文世界良好的譯本，至於譯者本身未必全然認知到隱含於翻譯系列之後的目的及其在冷戰脈絡下的文化政治意涵。

11 張同也提到譯叢「選書選得很好」，而且選書和美國駐香港的美新處處長麥加錫（Dick [Richard M.] McCarthy）有關（張同，2004）。李如桐還提到另兩位處長 E.

專精的譯者也會主動提供書單，如當時在香港中文大學任教的劉紹銘，就主動推薦並譯介了包括後來得到諾貝爾文學獎的貝婁（Saul Bellow）在內之一些猶太裔美國作家的作品，開華文世界風氣之先——雖然他說當時並未特別留意到自己感興趣及翻譯的多為猶太裔美國作家（劉紹銘，2004）。[12]無論美籍人士、華籍負責人、編輯或譯者都有很高的專業素養，擬定的書單為一時之選，其中固然有美國的典律作家和作品，也有一些具時代性的作品，有時為了普及化，也翻譯一些較通俗或流行的作品。由於是美國官方主持的翻譯計畫，目的在於文化外交，選書時避開描寫美國黑暗面、社會不公、不平等的作品，是再自然不過的事了，因此不但不見弱勢族裔的著作（如黑人作家艾理森[Ralph Ellison]），也不見宣揚社會主義或強調階級議題、鬥爭意識的作品（如德萊塞[Theodore

---

Wilson和F. Clark「對書都很有興趣」（李如桐，2004）。董橋則說，選書是由頂頭上司，也就是美新處的文化參贊和華盛頓方面負責，有些是華盛頓方面指定，有些是香港方面挑選，李如桐再與美方開會決定（董橋，2004）。董橋（2004）的說法與李如桐（2004）略有出入，可能是由於兩人的記憶、角色與職位之不同，基本上可以看出是華盛頓和香港雙方協商的結果。至於負責的美籍人士與華籍人士之間的互動與權力關係，由於文獻不足，無從判斷。但可以確定的是，在執行面則由華籍員工負責。張同便指出，美國人除了提供書單，其他方面沒有什麼意見（張同，2004）。董橋則進一步指出，行政方面由李如桐和美方打交道，編輯們負責改稿，而美方不管日常事務，封面設計也由編輯們自己找人（董橋，2004）。劉紹銘則說，身為譯者的他，自主性很高（劉紹銘，2004）。鄭樹森斷言，劉紹銘加入翻譯行列必定是因為戴天的緣故，因為兩人都曾是就讀臺大外文系的僑生（鄭樹森，2004）。就筆者掌握的資料來看，劉紹銘能主動推薦作品應屬這套譯叢中的特例〔補注：劉在後來的訪談中向筆者透露：「我比較特別的一點就是有美國的博士學位，當時正在香港中文大學教書，透過戴天認識美新處負責美國文學中譯的費德曼（Harvey Feldman，音譯）。……今日世界出版社的美國文學中譯一般都是美新處選好了書交給譯者，而我翻譯的那些書全都是自己挑的」（單德興，2014a，頁275）〕。至於麥加錫後來到臺灣擔任美新處處長（1958-1962），協助出版臺灣作家的英文選集，提升文學與藝術風氣，使該處「幾乎扮演臺北文藝沙龍的角色」（傅月庵，2004，頁150），則是後話，也是難得的佳話。〔補注：有關麥加錫於冷戰時期在臺灣扮演的角色，詳見王梅香（2016）。〕

12 補注：詳見筆者（2014a）中「借來的生命：翻譯猶太裔美國文學」一節（頁273-275）。

Dreiser]）——而這類作品反而是其意識型態對立者中國大陸在為數甚少的美國文學翻譯中所選擇譯介的，以彰顯資本主義的美國之不公不義（鄭樹森、古蒼梧，2004）。

此一美國官方贊助的翻譯計畫預算充足，資源豐富，不但可以仔細挑選、高薪聘請代理人（如主編、編輯），也可以提供優厚的稿酬吸引譯者，因此能夠廣邀海內外名家加入翻譯的行列。[13]譯稿繳交之後，由編輯過目，協助校訂，確保譯文的品質（李如桐，2004；董橋，2004）。[14]此外，當時華文世界的版權觀念甚為薄

13 其中的專職人員（即上文所提的「代理人」）包括了行政主管李如桐、張同，編輯戴天、董橋、溫健騮等人。〔補注：至於以高酬勞邀請好手譯稿一事，宋以朗在《宋淇傳奇》中引用其父宋淇〔林以亮〕之書信，提及「我入美新處譯書部任職，系〔係〕受特殊禮聘……當時和文化部主任Richard M. McCarthy（麥卡錫）合作整頓了無生氣的譯書部（五年一本書沒出）」，包括「大事提高稿費五六倍」，遂能「請到夏濟安、夏志清、徐誠斌主教……湯新楣等名家助陣」，並且「登報公開徵求翻譯〔海明威《老人與海》〕譯者」，吸引張愛玲前來應徵並獲選，參閱宋以朗，2014，頁202-203。〕編輯董橋和譯者劉紹銘、余光中雖因事隔多年，不記得確切數字，但共同的印象就是稿酬優厚。筆名葉珊、楊牧的王靖獻在〈柏克萊：懷念陳世驤先生〉一文中提到，1965年首度在美國過暑假，本想「打工掙下一年的學費生活費」，聶華苓因事忙轉薦他為林以亮翻譯，他估量了一下林信中所提的報酬，「就非常乾脆地接受了下來。……後來譯成論文數篇〔即福克納（William Faulkner）和韋斯特（Nathanael West）兩篇，譯者署名葉珊〕，和張愛玲，於梨華，林以亮三人的成果合為一本書，由香港今日世界出版社印行，叫做『美國現代七大小說家』」（楊牧，1974，頁218-219）。楊牧在近文〈翻譯的事〉開頭就提到與「翻譯先生」（Mr. Translation）林以亮的因緣，並說在為林以亮翻譯這兩篇長文之前，「我可以說從未曾真正嘗試過翻譯」（楊牧，2007，頁1-3）。李如桐在接受筆者訪談時則明確提到，當時翻譯的稿酬為一千字二十至三十港幣（李如桐，2004）（盧瑋鑾回憶，她當時投稿報紙的稿酬是一千字五港幣〔盧瑋鑾，2004〕），而當時香港中、小學教師的待遇是月薪三百港幣。換言之，一千字的翻譯稿酬抵得上中、小學教師兩、三天的薪資。因此，參與此翻譯計畫的名家甚多，詳見下文及本文附錄。其實美國支持的對象不只是譯者，還包括了作家，可參閱趙稀方（2006）。

14 古蒼梧指出，聘用編輯的標準主要是兩方面：自譯一段文字，並修改他人的譯文（鄭樹森、古蒼梧，2004）。李如桐謙稱沒什麼貢獻，就只是校對，但編輯們很注意修改譯稿，而「董橋他們看得很仔細」（李如桐，2004）。董橋則說，「李先生很認真，自己也對著看，三人各據一張桌子，靜靜各看各的，對完之後，交出去排版」，「有時問題比較大的再交換看」（董橋，2004）。他指出，改稿時是「一字一句對照原文看，一本書往往花上兩、三個月的時間，有的改動很大」（董橋，2004）。他並說，

弱，外文書籍盜版、盜譯猖獗，甚至同一部作品有幾個不同的中譯本同時在市面上流通。今日世界出版社因為是由美國官方贊助，在資源與管道方面原本就比民間出版社優勢得多，所以對翻譯版權特別留意，除了年代較久或版權已在公共領域（public domain）的作家之外，其餘都透過相關單位為擬譯的作品取得合法授權（有些當代作家僅收取象徵性的費用，並於出版後取得中譯本作為紀念），明確標示於版權頁（李如桐，2004）。這在當時對盜譯習以為常的華文社會眼中是「多此一舉」，卻是尊重智慧財產權的先驅與表率。[15]

此譯叢長時間、大規模、有系統地介紹美國文化與思潮，由於規畫得當，選書嚴謹，譯者素質佳、聲望高，譯文流暢，編輯審慎，品管嚴格，印刷精美，定價合理，通路順暢，[16]依循原先設定的目標於華文世界廣為流傳，頗受好評，吸引許多讀者——尤其是吸收力強、可塑性高的學子和一般知識青年——為臺灣戒嚴時期思想封閉的社會，提供了認識美國的重要管道，影響既深且遠。相較於其他的政治宣傳，這種文化傳播潛移默化，逐漸深入人心，即使

「讀名家的翻譯很享受，等於是在學習」，他舉的例子是校讀姚克翻譯的米勒名劇《推銷員之死》（Arthur Miller, *Death of a Salesman*）（董橋，2004）。劉紹銘說，他與編輯合作愉快，而編輯對稿子改得並不大（劉紹銘，2004）。由此可知，劉的譯稿符合該出版社設定的目標。

15 〔補注：最明顯的例子就是林以亮為了說明譯詩之難，不是想譯哪首就能譯出，在《美國詩選》的序中提到，邀請余光中翻譯狄瑾蓀（Emily Dickinson）的十三首詩中，有五首更動，以致必須重新申請翻譯版權（林以亮，1961，頁3）。〕臺灣多年來在與美國的貿易談判中，才逐漸（被迫）學會重視智慧財產權，並於關鍵性談判中簽署協議，承諾在1992年6月12日之前出清未獲授權的美國作品翻譯（此即所謂的「六一二大限」），以後的譯作必須取得合法授權。換言之，臺灣的出版業直到九〇年代初才普遍達到今日世界出版社有關版權的作業要求。

16 在筆者詢問為何此譯叢有些在菲律賓印刷時，董橋指出出版在香港排印，再版因為成本考量，許多選擇由美方在菲律賓的印刷廠承印，至於在香港的發行網則是透過商務和三聯（董橋，2004）。

視為「文化政治」，也是迂緩、柔軟的政治和權力（slow and soft politics and power）。[17]若置於當時的時空，可以看出此一文化外交政策的作用至少是雙向的：一方面執行美國全球布局中的圍堵政策，遏阻共黨思想及勢力的擴張；另一方面，由於讀者以臺灣居多（發源地的香港反倒次之），[18]因此最重要的影響之一反而是藉由譯介美國文化，擴大臺灣讀者的視野，改變其觀念，進而改善在戒嚴體制下臺灣的文學、文化、政治氛圍。[19]

三、今日世界出版社的美國文學譯叢

今日世界譯叢的內容頗為廣泛（如1976年出版的《今日世界譯叢目錄》中便列出了三百多本譯作），質量俱佳，包括文學類、科技類、人文與社會科學類等不同性質的書籍，其中以文學作品數量最多，範圍最廣。文學類之下分為「總集」、「小說」、「詩・散

---

17 此處借用薩依德（Edward W. Said）迂緩政治（slow politics〔薩依德，2004，頁178-179〕）和奈依（Joseph S. Nye, Jr.）柔性權力（soft power，或譯為「軟實力」〔Nye, 2004〕）的說法，就是不尋求以強硬的方式介入、脅迫，以達到立竿見影的效果，而是以柔和、迂緩的方式潛移默化，說服並吸引對方逐漸心悅誠服地接受其文化與政治理念。

18 鄭樹森指出，這套譯叢雖然開始於香港，也有一些固定的譯者（如譯作最多的就是湯新楣〔湯象〕──董橋說，湯簡直就是全職的譯者），但後來反而是臺灣的譯者較固定，而「這套書最後在臺灣的銷售量比香港大，影響也比香港大，讀者群也比香港多」（鄭樹森，2004）。

19 因此，傅月庵的說法多少反映了接受此譯叢啟蒙的知識分子的看法：「用今日盛行的後殖民主義論述，許多人或者也可以理直氣壯拿這句話來形容《今日世界》：不管雜誌或叢書，無非透過出版來塑造第三世界知識分子的意識型態，讓他們不知不覺中，成為美國文化殖民奴役。但，真的是這樣嗎？歷史難證，理未必明。在那種政治獨裁、知識荒蕪的年代裡，一點點的光跟熱，或許也會引發千萬的心底騷動吧？！在臺灣，至少很多人是透過托克維爾那本《美國的民主》而開始想像民主與自由的，而這書，正是今日世界出版社最早的出版品之一。」（傅月庵，2004，頁151）王道還也向筆者表達相似的看法。

文」、[20]「戲劇」，[21]其中「總集」包括了文學史和文學評論，其餘則分別為四大文類，以小說分量最多，超過總集與其他文類的總和。根據目前蒐集到的相關資料統計，文學史與文學評論共15本，小說73本，詩與散文20本，戲劇18本，總計126本。至於非文學的譯作則分為六類：藝術類，傳記類，史地類，社會科學類（人與社會，經濟、勞工、企業，法律，宗教，教育，新聞學，政治、外交），科技類，英語教學。由此可見其涵蓋範圍之廣，但還是以文學譯作的數量最多，而且令人印象深刻。

　　文學譯作中以小說居多情有可原，因為與其他文類相比，故事性強的小說最能吸引讀者。綜觀這份目錄，我們發現此譯叢含納的美國小說家古今皆有，包括了文學史上的典律作家，二十世紀的諾貝爾文學獎得主，以及近、當代的一些代表性作家，如Washington Irving、Nathaniel Hawthorne、Herman Melville、Edgar Allan Poe、Mark Twain、Henry James、Stephen Crane、Jack London、Sinclair Lewis、Edith Wharton、Sherwood Anderson、Katherine Anne Porter、John Steinbeck、Willa Cather、William Faulkner、Ernest Hemingway、F. Scott Fitzgerald、O. Henry、Thomas Wolfe、James Thurber、Flannery O'Connor、Eudora Welty、John O'Hara、Robert Penn Warren、Saul Bellow、Bernard Malamud、Truman Capote、

---

20 有關1945至1992年美國詩在臺灣的翻譯簡史，可參閱賴慈芸（1995），頁9-35，然而根據頁31-32的「大事記」，與今日世界出版社有關的只有林以亮編的《美國詩選》，可見該出版社在詩作翻譯上甚少，影響也相對有限。但筆者認為，主要因為一方面詩是小眾讀物，詩集的翻譯與出版數量原本就不多，另一方面臺灣的現代詩風行，有不少人從事詩作翻譯，於詩刊和報章雜誌發表，所以今日世界出版社把資源投注在其他方面。

21 有關1949至1994年英語戲劇在臺灣的翻譯簡史，可參閱周文萍（1995），頁24-41，但有關今日世界出版社所翻譯的劇本，她只提到六部（頁28-29），還不到實際翻譯劇本的一半（詳見本文附錄），由此可見相關資料蒐集不易。

Joyce Carol Oates、Conrad Richter、Carson McCullers、Marjorie K. Rawlings等。數量次多的便是劇作家，其中不少是二十世紀的大家和具有代表性的劇作家，如Eugene O'Neill、Tennessee Williams、Thornton Wilder、Arthur Miller、William Inge、Percy MacKaye、John Patrick、Sidney Kingsley、James A. Horne、Lynn Riggs等。再次就是散文家，如Ralph Waldo Emerson、Henry David Thoreau 等。[22]

　　這份作家名單不但洋洋灑灑，而且頗為耀眼。班雅明在〈譯者的職責〉（Walter Benjamin, "The Task of the Translator"）一文中，曾以「來生」（"afterlife"）來比喻翻譯（Benjamin, 1969, p. 71），亦即透過翻譯使作品在另一語文中獲得新生。我們可以說，此譯叢的原作固然傑出，但若未找到適當的譯者，率爾操觚，不但效果大打折扣，令人有「所託非人」之嘆，還會損及主其事者的形象和所欲達到的各項目標。然而，這套譯叢多年來維持一貫的高水準，普獲好評，[23]在華文世界中獲得璀璨耀眼的新生，充分顯示出規畫之縝密，執行之切實，不但致力於美國文化在華文世界的傳播，並且為當時在文學創作等方面受制於反共抗俄之主流意識型態的臺灣文壇注入了新血。[24]

　　前文提到，由於此譯叢稿酬豐厚，所以吸引許多港、臺名家加入譯者的行列。鄭樹森個人在接受筆者訪談時推斷，可能是由原先從上海赴香港的人士（主要是林以亮）居間穿針引線，找到昔日在

---

22 詳細資料參閱本文附錄。
23 僅有的一次例外就是劉紹銘與顏元叔合譯的《何索》（*Herzog*），相關書評參閱亞青（1974）。鄭樹森提到那是唯一的大紕漏，後來由戴天負責（鄭樹森、古蒼梧，2004）。翻譯該書前半的劉紹銘多年來一直惦記此書未能竟其全功。
24 有關當時臺灣文學的歷史脈絡與情境，參閱陳芳明（2011）第十一至十五章（頁263-413）。

上海便有淵源的人士，如姚克等名家，[25]以後又透過林以亮與臺大外文系夏濟安的關係（編輯之一的戴天是畢業於臺大外文系的僑生），[26]聯絡上臺大和師大英語系的一些學者。[27]換言之，由於找到適當的代理人主其事，透過其人脈找到適當的譯者，其中包括了許多名聞港、臺的作家和學者：作家如張愛玲、徐訏、余光中、於梨華、葉維廉、葉珊等，香港的譯者如湯新楣、喬志高、姚克、劉紹銘、思果、林以亮、金聖華、王敬羲等，臺灣的譯者如梁實秋、夏濟安、朱立民、顏元叔、陳祖文、陳紹鵬、朱炎、田維新、丁貞婉、陳蒼多等。[28]回顧起來，民國以來的文學翻譯中，陣容如此堅強的團隊可謂絕無僅有，稱得上是翻譯界的「夢幻隊伍」。而且可

---

25 補注：余光中在追思夏濟安的文章中提到夏的「同輩至交如宋淇與吳魯芹」（余光中，2005，頁206），稱三人為「上海幫」（頁207），並說《文學雜誌》的「幾位中堅人物如夏濟安、吳魯芹、林以亮（宋淇）又都出身上海學府，乃另有『滬派』風格」（頁208）。

26 順帶一提的是，董橋是畢業於成大外文系的僑生，溫健騮是畢業於政大外交系的僑生。這些都涉及美國當年冷戰布局，為了培養海外華僑青年反共思想，而支持中華民國政府吸引海外僑生到臺灣就讀（鄭樹森，2004）。有趣的是，鄭樹森、古蒼梧、李歐梵等人都特別強調，這些人雖然在美新處工作，但都有個人的政治立場，未必完全接受美國官方的意識型態，其中溫健騮在美國留學期間頗為左傾，而差點進入美新處工作的古蒼梧在留美回來之後也相當左傾。根據董橋的描述，在其中工作的編輯，雖然事先經過美方嚴格的安全調查（費時兩、三個月），而且待遇很高，工作很舒服（所有菲律賓、香港、美國的國定假日都放），但對於自己的處境有相當的認知：「我們自稱是『美帝的狗洞裡鑽出來的小狗』」，並用上「文化侵略」一詞（董橋，2004）。盧瑋鑾也用上「侵略」的字眼，因為「它們占了我們大部分的閱讀空間，我們無從比較起」（盧瑋鑾，2004）。話雖如此，但可看出美方在安全無虞、利益無損的情況下，尊重華籍員工個人的政治立場，華籍員工也能謹守專業立場與職場倫理，認清自己的角色。換言之，雙方各盡所能，各取所需，不以政治凌駕專業。

27 李如桐指出，林以亮的功勞很大，「叢書部是從他開始的，他是編輯。《赤地之戀》、《秧歌》都是林以亮出的」（李如桐，2004）。張同也指出，林以亮扮演了重要角色，而且他和香港的姚克，臺灣的夏濟安等人都熟，透過這層關係介紹他們進來翻譯（張同，2004）。

28 有關張愛玲、湯新楣、余光中、喬志高、劉紹銘的譯者分論，可參閱李惠珍（1995），頁31-32、32-35、37-38、92-93、93-94。另外在美國詩的譯者分論中，有關余光中的討論，可參閱賴慈芸（1995），頁82-89，但不限於余光中為今日世界出版社的譯詩。

以斷言的是，若非今日世界出版社的豐厚資源、綿密人脈及審慎規畫，能否找到這些譯者、成就如此翻譯事業，恐怕令人懷疑。相對於當時其他出版社的譯作，便知此言不虛。

　　本文旨在針對此文學譯叢進行宏觀的觀察，因此無意鑽研個別的譯者、譯作或這些譯作對譯者（尤其是本身為作家的譯者）所具有的意義。[29]底下擬借用相關的翻譯理論，針對本譯叢的整體特色加以闡明。

　　首先，翻譯作為一種跨語言、跨文化的交流活動，從來就不能擺脫環境和脈絡，這項與美國冷戰布局及圍堵政策密切相關的文化外交政策更是如此。就當時彼此競逐的美、蘇兩大陣營而言，此一翻譯計畫企圖達到圍堵共黨陣營的目的，其手法則是透過對華文世界的傳播與教化。換言之，美、蘇雙方除了軍事爭霸之外，都試圖透過翻譯傳揚文化帝國主義，鞏固並擴大各自的文化與政治霸權，與對方競爭。[30]今日世界出版社則致力於透過此一翻譯計畫，讓讀者在閱讀、欣賞文學時更加了解美國文化的傳統與特色，進而在不知不覺中接納其價值觀與意識型態。[31]

---

29 有心者可討論特定作品的翻譯，某位譯者的翻譯觀或其理論與實作的關係，如張愛玲譯作的意義、她與美新處的關係（高全之曾專訪當時的美新處處長麥加錫），或余光中的美國詩或小說的翻譯在其翻譯甚至創作生涯中所扮演的角色等。〔補註：筆者後來撰寫的〈含英吐華：譯者張愛玲──析論張愛玲的美國文學中譯〉（2009b）和〈在冷戰的年代：英華煥發的譯者余光中〉（2016）便循此而來。〕

30 2004年10月29日至31日筆者參加於北京清華大學舉辦的"The FIT Fourth Asian Translators' Forum: Translation, Cognition, and Interdisciplinary Studies"時，一位東歐學者指出，冷戰時代蘇聯也投注了大量資源從事將俄國文學翻譯成其他共產國家語文的計畫，譯本的水準也甚為可觀。可見當時彼此競爭的美、蘇兩個超強有志一同，各自透過翻譯積極進行文化外交。

31 盧瑋鑾便提到，「他們這個策略很厲害，也成功了。」她並說，「我們這一代的人，許多都看『美國新聞處』發出來的東西，去的是美新處的圖書館，看『今日世界社』出版的東西」（盧瑋鑾，2004）。李歐梵也說，「基本上作為一個當時香港的大學生，或者是一般的知識分子，如果希望從中文翻譯來了解一點西方文化，可以讀他們的讀物。而且一般人認為這是最好的一套書，品質控制得好、印刷又精美、紙質也很

　　為了達到這個目標，**翻譯的選材和譯者的策略**就具有關鍵性的地位。如前所言，此譯叢所選擇的作家和作品都具有相當的代表性，彰顯出美國文學與文化的特色。但如何有效地於譯作中傳達，則有賴於譯者。此處譯者的翻譯理念及策略就扮演了重要的角色。在翻譯的實踐與研究中，一向存在著歸化與異化之爭（domestication/naturalization vs. alienation/foreignization），也就是譯作的風格應該儘可能像標的語言（target language）或源始語言（source language）。根據韋努隄（Lawrence Venuti）的說法，支持歸化者希望譯文在風格和遣詞用字上儘可能通順、自然、透明、接近標的語言，以降低閱讀障礙，最好就像標的語言一般流暢，讓讀者感覺不到明顯的異國風味，可以輕易或不設防地就接受，如此一來譯者就隨之隱而不見。反之，支持異化者則希望譯文在風格和遣詞用字上儘可能保持原文的特色，讓讀者在閱讀過程中不時感受到原文的風格甚至障礙，以提醒讀者認知譯文和譯者的存在，並豐富標的語言的表達、甚至思維方式。

　　韋努隄認為，歐陸主張異化的翻譯，而英美則主張歸化的翻譯。他則支持歐陸的翻譯理念和實踐，批評英美譯者一向致力於使其他語文歸化為自然的英文，展現了英文強勢、宰制、「具有侵略性的單語」傾向（"aggressively monological"）、「不接受外來事物」（"unreceptive to the foreign," Venuti, 1995, p. 15）。他認定這是英美強勢文化習慣將自己的價值不露痕跡地加在外來文本之上，「提供讀者在文化異己中認知到自己文化的這種自戀經驗」（p. 15）。這進一步使得譯者隱沒於譯文之後。韋努隄指出，英美這種

好。……你要做一個比較時髦一點的、有品味的、西化的人……，就看這一套。大家根本沒有想到《今日世界》是美國帝國主義統戰的策略」（李歐梵，2004）。

歸化的翻譯觀造成下列傾向：在選材上，選擇較容易以這種方式翻譯的文本；在實作上，採用流利、貌似自然的風格。[32]他倡議反其道而行，挑戰壓抑怪異或異己成分的宰制文化，以「登錄外來文本的語言與文化差異，把讀者送到海外」，「提供讀者域外的閱讀經驗」（"alien reading experience," p. 20）。

　　如果以韋努隄的觀點來看今日世界出版社的譯叢，就會發現其中有些扞格。首先，譯文固然會出現接近標的語言或源始語言的風格之現象，但歸化與異化之間未必就能如此截然劃分，往往只是重點和比例之別，[33]而完全異化的文本無異於死譯，讓人難以卒讀，遑論達到傳播的效果，魯迅的譯作便是前車之鑑。再者，歸化與異化雖然可能涉及較大的（翻譯）文化因素，但也與譯者的翻譯觀、風格以及受委託的目標密切相關，愈為了達到傳播的目的，愈希望譯文流暢，盡量不要造成讀者的閱讀障礙，這與標的語言之文化是否強勢未必有一定的關聯。眼前的例子就是，美國文學譯叢的成品盡可能貼近中文的風格。雖然依照韋努隄的論點，可以把這種現象解釋為中文也是強勢文化，「具有侵略性的單語」傾向，以致譯文讀來順暢、「像中文一般」。但更中肯的評斷應該是，站在有效傳

---

32 有趣的是，有關譯文之自然（naturalness）的重要觀點之一，來自聖經翻譯之研究者，如畢克曼和卡婁（John Beekman and John Callow）認為自然是「容易了解的先決條件」（Beekman & Callow, 1974, p. 39），而奈達和泰柏（Eugene A. Nida and Charles R. Taber）則以對等（equivalence）來說明：「〔翻譯〕首先是在意思上，然後是在風格上，於接受語（receptor language）中複製出最接近於源始語言訊息（the source-language message）之自然的對等物」（Nida & Taber, 1969/1982, p. 203）。如果以此類比，則美國文學有如聖經般的典律作品，必須使其譯文自然、易解，有利弘揚於四海的華文世界，因此即使在譯文中致力於對等，但蘊含其中的則是很不對等的權力關係，旨在教化與「改宗」（conversion）——如畢克曼和卡婁的書名便是《翻譯上帝的話語》（*Translating the Word of God*），而奈達和泰柏則是以研究聖經翻譯起家。

33 補注：余光中與劉紹銘在接受筆者訪談時，不約而同地表示，歸化與異化之分並無實質意義，參閱單德興（2014b），頁220-221，與（2014a），頁290。

播美國文化價值／霸權的角度，此譯叢試圖藉由通順的遣詞用字、自然流暢的風格，降低讀者的閱讀障礙，而能輕易達成傳播、甚或教化的目標。換言之，此處所顯現的歸化現象，其實是另一種英語獨大與宰制的現象，因為它讓中文讀者在看似自然的情況下，不設防地接受「具有侵略性的單語」的美國文學和文化，達到其教化與圍堵的目的。[34]

再就此譯叢而言，譯者的角色非但不是隱而不見，反而甚為凸顯。因為這些譯者中有許多是港、臺的知名作家、譯者和學者，本身已經具有相當的可見度和可信度，邀約這些譯者固然是對他們的肯定（見前文有關「贊助」之說），但更重要的是借重他們的名氣來為這套譯叢背書，壯大聲勢，而在建立起這套譯叢的信譽與「品牌」（畢竟這些是在市場上流通的文化商品）之後，連帶使得其他未必那麼有名的譯者，也因為譯叢的光環而得到加持。換言之，藉由這些譯者自然流暢的譯文，當下的目標是使特定的譯本得到好評，進一步建立文學譯叢的名聲，這些本身已是相當重要的成就，而隱含其內的則是達到原先設立此譯叢的目的。

雖然當時的編輯隱身幕後，不曾明言此譯叢的翻譯理念，但透過若干較具代表性的譯者的觀點——如林以亮、余光中，尤其是後來撰寫《翻譯研究》（1972）與《翻譯新究》（1982）的思果——便可知道其主要觀點。而這些歸化、自然化的翻譯觀，也是當時的編輯，如戴天、董橋等人，所恪守並協助達成的。[35]

---

34 補注：有關韋努堤的翻譯觀之評論，參閱單德興（2015）。

35 董橋提到自己擔任編輯時，主要工作就是對照原文來為譯文順稿，讓譯文看起來像中文（董橋，2004）。若讀到好的譯稿，像姚克翻譯的戲劇，心中頗為佩服，與其說是校訂，不如說是學習（董橋，2004）。古蒼梧指出，當時在香港的三個美國官方和民間的出版社（今日世界出版社、讀者文摘和 Time Life），共同的理念就是「譯文注重流暢、易讀，適合中文讀者，讀起來沒有語法、結構上的障礙」，可惜的是，當時的

　　為了進一步達到溝通與傳播的目的，譯者（有時是編者）有相當大的自主權，只要覺得有必要就可附加緒論、序言、注釋等說明文字，這些外加於原文文本上的文字，便是惹內所稱的「附文本」（"paratext," Genette, 1997, p. 1）。[36]這印證了筆者一向的翻譯觀，亦即文學作品的翻譯可分為四個層次：文字、文本、文學、文化。文字的層次固然是最基本的，但在從事翻譯時宜有更宏觀的視野，因為任何翻譯，尤其富於涵義的文學翻譯，都是文化翻譯。愈是豐富的文學文本，涵義就愈豐富，為了盡可能達到溝通與傳播的效果，若干譯文之外的說明是必要的。[37]阿匹亞（Kwame Anthony Appiah）仿人類學家有關「厚實描述」（"thick description"）之說，將「以注釋和說明（annotations and glosses）尋求將文本置於豐富的文化的和語言的脈絡」之翻譯定義為「厚實翻譯」（"thick translation"），目的在於讓標的語言的讀者更深切了解原文文化的豐饒繁複（Appiah, 1993, p. 817）。[38]雖然阿匹亞討論的是非洲諺語

　　譯者或編輯並未對他們的翻譯觀留下太多資料，如曾擔任魯迅的英文祕書的名譯家姚克，只在演講中提過他對翻譯的看法（鄭樹森、古蒼梧，2004）。因此，前述的余光中、林以亮、喬志高等人談論翻譯的文章，便相當程度代表了那些譯者的翻譯觀。但筆者認為真正整理出系統性看法的，是也曾經翻譯此系列若干作品的思果，他一直到離開《讀者文摘》之後才正式發表有關翻譯的文章，尤其是《翻譯研究》和《翻譯新究》，可視為這些具有豐富翻譯經驗者的翻譯觀。余光中論翻譯的文章，後來結集出版為《余光中選集第四卷·語文及翻譯論集》（合肥：安徽教育出版社，1999）和《余光中談翻譯》（北京：中國對外翻譯出版公司，2002），而《含英吐華：梁實秋翻譯獎評語集》（臺北：九歌出版社有限公司，2002）則可視為他有關英美詩中譯的實際批評（practical criticism）。〔補注：有關余光中的翻譯理念，可參閱單德興（2009a）。〕

36 董橋指出，譯序有時是譯者想寫，有時是針對重要的書，「基本上很自由」（董橋，2004）。鄭樹森則提到，與中文版《讀者文摘》相比，今日世界出版社在翻譯上「比較容納〔譯者〕個人的表現」，而且譯者如果具有文學專業，想寫導言，篇幅也沒有限制（鄭樹森、古蒼梧，2004）。

37 參閱單德興（2009c）。

38 補注：雖然阿匹亞並未明言，但「厚實翻譯」的觀念顯然來自人類學家吉爾茲的「厚實描述」（Clifford Geertz, "thick description"），後者主張在從事人類學研究時，不僅

的翻譯，希望藉由這些翻譯策略讓強勢文化更了解弱勢文化中所蘊藏的豐富意涵，然而他所提到的觀念和做法頗值得借鏡。就今日世界譯叢而言，由於當時港、臺的美國文學研究甚為欠缺，相關資訊嚴重不足，學有專精或實際從事翻譯的譯者／編者將其文學知識與翻譯體驗（包括翻譯心得和傳達過程中遭遇的難題），連同譯文一塊傳達給讀者，確實可以協助讀者將特定的美國作家和作品置於其文學與文化脈絡，多少領會迻譯入中文情境的狀況，加深對作者、原作、譯作、甚至譯者的了解。這些尤見於美國詩作和其他經典文學的翻譯，而如余光中等人對其譯詩的注釋和解說，喬志高等人對其譯作的評論與說明，林以亮對他人譯作的介紹和分析（其書《前言與後語》就是為一些作品所撰寫的序和跋）等，不僅對被翻譯的作家和作品提供了深入淺出的介紹，也因為這些說明和評論使得譯者現形，不再隱身幕後，而讓讀者對作為跨文化的傳達技藝之翻譯有了更深切的體認。進言之，對譯者和論者來說，這些譯作本身和說明文字也在各自的創作和評論生涯中，具有特定的意義。[39]

四、文學翻譯與文化政治

　　置於冷戰時代的世界局勢，今日世界出版社譯叢以其精選的內容、精采的翻譯、精美的印刷和低廉的價格，讓華文世界的讀者樂於接受。雖然我們難以掌握確切的數據，但普遍印象是今日世界譯叢因為質、量俱佳，行銷得當，不但在當時市場上的可見度甚高，

要描述人類行為，而且要描述其行為所發生的脈絡（Geertz, 1973）。有趣的是，吉爾茲這個術語係借自哲學家賴爾（Gilbert Ryle），不僅運用於人類學的研究，並使之流行於其他學科。換言之，無論是「厚實翻譯」或「厚實描述」都已是遭到翻譯、轉化的觀念了。相關討論可參閱張佩瑤（2007）。

39 補注：以余光中的個案而言，可參閱單德興（2016），尤其頁13-18。

而且普獲知識界的好評，在政治高壓、知識閉塞的冷戰時代，成為臺灣和華文地區接觸新知、美國文學與文化最重要、最普及的管道。就此而言，這套譯叢在相當程度上達到了文化外交的目的，讓華文世界的讀者在不知不覺間接受了美國的「文宣」，的確是高明的宣傳藝術。而表面上最不帶宣傳意味的文學作品翻譯，更是發揮了潛移默化的功能，在冷戰結束多年之後依然令人回味、懷念不已。[40]

　　儘管現今的印刷技術與當年不可同日而語，各式美國作品的翻譯充斥市面，看似一片榮景，然而該套譯叢選書之精、翻譯品質之高、製作之佳、發行之廣、影響之深，甚至對版權的重視，於當時都是開風氣之先，具有標竿與示範作用，在樹立美國形象上發揮了良好的效應。而且以高酬禮聘港、臺著名作家、譯者和學者從事翻譯，既顯示其陣容之堅強、人脈之廣泛，也在冷戰時代發揮了相當的籠絡作用。[41] 譯者和編者中有些已經卓然成家，將是進入文學史

---

40 相形之下，英國雖然殖民香港多年，在翻譯、傳播英國文學方面卻瞠乎其後，幾乎交了白卷（鄭樹森、古蒼梧，2004）。鄭樹森在英文論文中更明列了五個原因：中國文學與文化源遠流長，未曾中斷；中國一向為一政治實體；香港未失去民族或文化認同；華人謹守夏夷之辨；由於不可能殖民全中國，英國便以香港為貿易之墊腳石，無需進行語言殖民（Tay, 2000, pp. 31-32）。〔補注：筆者認為另一個重要原因是英國以殖民主自居，認定其統治的子民理應能夠閱讀宗主國的語文，體會其文學之美，無需透過翻譯。〕

41 最明顯的例子就是張愛玲，她於1952至1955年客居香港，重要的經濟來源就是美新處的稿酬（譯作包括較長篇的小說《老人與海》和《鹿苑長春》，散文為主的《愛默森文選》，以及一些中、短篇小說，詩歌和文學評論）。至於她自己創作的《秧歌》——當時被定位為「反共小說」——先在《今日世界》連載，然後再由它出版。盧瑋鑾也指出，張愛玲是為了經濟因素才接下翻譯工作的（盧瑋鑾，2004）。有關張愛玲與香港美新處的關係，參閱高全之與當時美新處處長麥卡錫的訪問紀錄（高全之，2003，頁237-246）。傅月庵（2004，頁152）和筆者都注意到威廉斯的名劇中譯《琉璃集》（Tennessee Williams, *Glass Menagerie*），封面、書名頁和版權頁上的譯者是「秦張鳳愛」，但1976年出版的《今日世界譯叢目錄》則是「張愛玲」（後來出版的另一本圖書目錄則又是「秦張鳳愛」）。〔補注：此事成為張愛玲研究中的一樁懸案。直到2010年，馬吉發現「秦張鳳愛」確有其人，不僅其照片曾刊登於《今日世界》

的重要作家、譯者。這種堅強的陣容和集中的成果不僅在當時是空前，相對於當今翻譯生態惡劣、譯者的酬勞與地位低下、譯作品質良莠不齊、版權分屬不同出版社的時代，也早已成為絕響，更凸顯了該翻譯系列的獨特地位。[42]

　　除了執行冷戰時代的美國文化外交政策，以軟性的方式引介、宣揚美國文學與文化之外，這個系列的另一作用就是對華文文學的影響。以當時華文創作的主要地區而言，海峽兩岸的政權都以高壓統治，文學創作為主流意識型態所宰制，雙方分別以工農兵文學和反共文學掛帥，其他文學創作遭到明顯的排擠與邊陲化。在這種情況下，今日世界譯叢的引進可謂發揮了一石兩鳥的效用（即反共與民主）：一方面以軟性訴求間接促進圍堵政策，以達成美國文化外交的目標；另一方面在臺灣引進了有別於戒嚴之下主流反共文學之另一（翻譯）文學系統。而此一文學系統，由於是其盟邦（在相當程度上稱為「宗主國」亦不為過）的文學與文化菁華，並帶有新知的色彩，較不會引起當局的側目與戒心以及人民的排斥，在歷經長年、大量、有系統地引進之後，於文壇、市場或校園都發揮了難以估計的效應。[43]

　　這點可用易文－左哈的文學複系統之觀念加以說明。一般在討論本土文學和翻譯文學時，經常將本土文學置於首要地位，而將翻譯文學置於次要地位。易文－左哈對這種論點和排序有所質疑。他於〈翻譯文學在文學複系統中的地位〉（"The Position of Translated

---

的封面，並曾赴美求學，取得戲劇碩士，解決此一懸案（馬吉，2017）。〕

42 董橋說，「回過頭來看那一套書，是一輩子中難得的遭遇，幸好我有機會進去，有機會與這些前輩來往」（董橋，2004）。

43 在校園內，又與美國文學及英文教學或學習〔如《學生英文雜誌》（*Student Review*）或新亞出版社出版的各種文學閱讀輔導（Comprehensive Study Guide）〕合流，形成另一方面的影響或「來生」，此為後話，值得探究。

Literature within the Literary Polysystem"）中指出，在三種情況下，翻譯文學有可能居於複系統中的首要或中心位置：（一）文學處於「青嫩」（"young"）期，正在樹立的過程中；（二）文學處於「邊緣」（"peripheral"）、「虛弱」（"weak"）或兩者皆是的情境下；（三）文學處於「危機」、轉捩點或真空狀態（Even-Zohar, 2000, pp. 193-194）。由這種角度來觀察當時臺灣的文學與文化情境便可發現，雖然冷戰時代的中華民國以中華文化道統的繼承人和捍衛者自居，然而由於國際局勢和政治環境等因素，以致文學與文化未能得到健全的發展。退居臺澎金馬的中華民國相對於中華人民共和國，在心理、政治、國際等方面明顯居於邊緣與弱勢。政治與軍事的緊張及對峙，更導致了文學空間的緊縮，形成文化政策的封閉，如三〇年代文學作品被禁，造成了文學史的斷層。在戒嚴時期以及官方大力提倡反共文學的情況下，所謂「純文學」的空間頗為狹隘。對此文學與文化環境的不滿與焦慮，明顯表現於以外文系成員為主所創辦的《文學雜誌》與《現代文學》。

　　身為冷戰時代的盟邦，美國各方面勢力長驅直入，軍事聯防固然給了風雨飄搖中的臺灣一股強大的安定力量，經濟援助也是臺灣經濟起飛的一大助力。[44] 在學術與文化方面，可由學術人員的交流與培訓看到比較具體的活動和成果。較為間接、迂緩的文化方面，雖然未必看到立竿見影的效果——做此要求也不切實際——卻發揮了水滴石穿、潛移默化的功能。在當時美國文化外交的策略下，今日世界出版社的譯叢扮演了相當積極、醒目的角色，其中的文學翻譯更為當時的文壇和知識界輸入了重要的文化資本，有些並轉化為

---

44 補注：最明顯的例子就是任教於臺大外文系的美國文學權威朱立民，參閱朱立民（1996）第六章〈赴美進修〉，頁95-113。

文學與文化表現，在當時的文學複系統中占有獨特的地位，也與其他的譯作一塊打開了讀者的視野，相當程度達到了「教化任務」。

　　以後冷戰時代的眼光來回顧與評斷，由於國際局勢丕變，圍堵政策早已成為昨日黃花，美、中、臺、港之間，往昔的對手轉為邦交國，當初的反共盟邦反倒沒有官方外交關係，過去的殖民地已回歸成為特區，在許多方面呈現了迥異於昔日的態勢，而今日世界出版社也因為政策和經費之故而中止（李如桐，2004）。然而，文學引介與文化迻譯依然是跨國交流的重要媒介。今日世界出版社的譯叢雖然因為版權上的問題而未能繼續大規模面世，[45] 但在冷戰時代的華文世界，確實扮演了獨特且重要的角色，其影響力廣泛而持久，至今依然為人津津樂道，見證了在特定歷史時空下的文化政治，以及文學翻譯的特殊意義與穿越時空的力道。

---

45 曾經長期服務於臺北美新處的洪宏齡表示，當時請人翻譯都是以「採購單」（"purchase order"）的方式向譯者購買的「服務」（"service"），而不是版權，與一般的合約有別，以致在今日世界出版社結束後，即使其他出版社有意印行，皆不得其門而入（臺灣英文雜誌社曾與美新處簽約出版若干譯作，但不久便中斷），加上許多譯者已過世，更難處理出版事宜（洪宏齡，2004）。有關科學新知方面的譯作，由於科技發展日新月異，大都失去介紹新知的作用。文學翻譯雖然較不受限於時代因素，但也只有少數幸運之作得以重見天日（如張愛玲一些譯作以往為人忽略，直到1992年起才收錄於皇冠文化出版有限公司的張氏全集中，後來分為《張愛玲‧譯作選》〔2010〕與《張愛玲‧譯作選二》〔2012〕出版，喬志高的《大亨小傳》在譯者修訂後再出新版），殊為可惜。劉紹銘很盼望看到這些好書重新出版，這其實也是許多人的願望。鄭樹森和筆者很希望促成這些佳譯再度面世，卻依然未果。

參考文獻

中文

今日世界出版社編（1980）。**今日世界出版社圖書目錄，1980-1981**。香
　　港：今日世界出版社。

* 王梅香（2016）。麥加錫與美新處在臺灣的文化冷戰（1958-1962）。載
　　於游勝冠主編，**媒介現代：冷戰中的臺港文藝國際學術研討會論文
　　集**（頁115-126）。臺北：里仁書局。

方梓勳（2004年10月21日）。**當面訪談／單德興訪問**。香港。

* 朱立民（1996）。**朱立民先生訪問紀錄**（單德興、李有成、張力訪問，
　　林世青記錄）。臺北：中央研究院近代史研究所。

余光中（2004年3月14日）。**當面訪談／單德興訪問**。高雄。

* 余光中（2005）。夏濟安的背影。**青銅一夢**（頁205-210）。臺北：九歌
　　出版社有限公司。

* 宋以朗（2014）。**宋淇傳奇：從宋春舫到張愛玲**。香港：牛津大學出版
　　社。

李如桐（2004年10月22日）。**電話訪談／單德興訪問**。香港。

李惠珍（1995）。**美國小說在臺灣的翻譯史：一九四九至一九七九**（未出
　　版之碩士論文）。輔仁大學，新北。

李歐梵（2004年10月24日）。**當面訪談／單德興訪問**。香港。

* 林以亮（宋淇）（1961）。序。載於林以亮選編，張愛玲、林以亮、余光
　　中、邢光祖等譯，**美國詩選**（頁2-6）。香港：今日世界出版社。

亞青（陳大安）（1974）。致何索書。**書評書目，3**（9），64-74。

周文萍（1995）。**英語戲劇在臺灣：一九四九年至一九九四年**（未出版之
　　碩士論文）。輔仁大學，新北。

洪宏齡（2004年11月23日）。**當面訪談／單德興訪問**。臺北。

美國新聞處編（1976）。**今日世界譯叢目錄**（*World Today Books in Print:*

An Annotated Bibliography）。臺北：美國新聞處。

* 馬吉（2017）。秦張鳳愛是張愛玲嗎。**書緣部落**（頁38-40）。香港：練習文化實驗室。

高全之（2003）。張愛玲與香港美新處：訪問麥卡錫先生。**張愛玲學：批評‧考證‧鉤沉**（頁237-246）。臺北：一方出版有限公司。

張同（2004年10月22日至23日）。**電話訪談／單德興訪問**。香港。

張愛玲（2004）。**張愛玲全集17同學少年都不賤**。臺北：皇冠文化出版有限公司。

* 張佩瑤（2007）。譯得豐實厚重？譯得笨鈍臃腫？──翻譯與文化再現的幾點思考。**當代，234**，70-83。

* 陳芳明（2011）。**台灣新文學史**。臺北：聯經出版事業股份有限公司。

傅月庵（林皎宏）（2004）。今日世界出版社。**蠹魚頭的舊書店地圖**（三版一刷，頁148-153）。臺北：遠流出版事業股份有限公司。

* 單德興（2009a）。左右手之外的繆思：析論余光中的譯論與譯評。**翻譯與脈絡**（頁237-267）。臺北：書林出版有限公司。

* 單德興（2009b）。含英吐華：譯者張愛玲──析論張愛玲的美國文學中譯。**翻譯與脈絡**（頁159-203）。臺北：書林出版有限公司。

* 單德興（2009c）。翻譯‧經典‧文學：以*Gulliver's Travels*為例。**翻譯與脈絡**（頁33-66）。臺北：書林出版有限公司。

* 單德興（2014a）。寂寞翻譯事：劉紹銘訪談錄。載於單德興著，**卻顧所來徑：當代名家訪談錄**（頁269-306）。臺北：允晨文化實業股份有限公司。

* 單德興（2014b）。第十位繆思：余光中訪談錄。載於單德興著，**卻顧所來徑：當代名家訪談錄**（頁181-230）。臺北：允晨文化實業股份有限公司。

* 單德興（2015）。朝向一種翻譯文化：評韋努隄的《翻譯改變一切：理論與實踐》。**編譯論叢，8**（1），143-154。

* 單德興（2016）。在冷戰的年代：英華煥發的譯者余光中。**中山人文學報**，**41**，1-34。

* 單德興（2017）。美國即世界？：《今日世界》的緣起緣滅。**攝影之聲**，**20**，18-25。

楊牧（王靖獻）（1974）。柏克萊：懷念陳世驤先生。**傳統的與現代的**（頁218-232）。臺北：志文出版社。

楊牧（王靖獻）（2007）。翻譯的事。**譯事**（頁1-13）。香港：天地圖書有限公司。

董橋（2004年10月22日）。**電話訪談／單德興訪問**。香港。

趙稀方（2006）。五十年代的美元文化與香港小說。二十一世紀，**98**，87-96。

趙綺娜（2001）。美國政府在臺灣的教育與文化交流活動（一九五一至一九七○）。**歐美研究**，**31**（1），79-127。

趙綺娜（2005年12月15日）。**電子郵件**。

劉紹銘（2004年10年22日）。**電話訪談／單德興訪問**。香港。

鄭樹森（2004a）。1997前香港在海峽兩岸間的文化中介。載於馮品佳主編，**通識人文十一講**（頁173-197）。臺北：麥田出版社。

鄭樹森（2004b）。東西冷戰、左右對壘、香港文學。載於馮品佳主編，**通識人文十一講**（頁165-172）。臺北：麥田出版社。

鄭樹森（2004年10月19日）。**當面訪談／單德興訪問**。香港。

鄭樹森、古蒼梧（2004年10月19日）。**當面訪談／單德興訪問**。香港。

盧瑋鑾（2004年10月21日）。**當面訪談／單德興訪問**。香港。

賴慈芸（1995）。**飄洋過海的繆思──美國詩作在臺灣的翻譯史：一九四五至一九九二**。輔仁大學，新北。

薩依德（Said, E. W.）（2004）。論知識分子：薩依德訪談錄。載於單德興譯，**知識分子論**（增訂版，頁161-184）。臺北：麥田出版社。（原著出版年：1994）

英文

* Althusser, Louis. (1977). Ideology and Ideological State Apparatuses. (Ben Brwester, Trans.). In *Lenin and Philosophy and Other Essays* (pp. 121-176). London: New Left Books.

* Appiah, K. A. (1993). Thick Translation. *Callaloo,* 16(4), 808-819.

Beekman, J., & Callow, J. (1974). *Translating the Word of God: With Scripture and Topical Indexes.* Grand Rapids, MI: Zondervan.

* Benjamin, W. (1969). The Task of the Translator (H. Zohn, Trans.). In H. Arendt (Ed.), *Illuminations: Essays and Reflections* (pp. 69-82). New York: Schocken.

Even-Zohar, I. (2000). The Position of Translated Literature within the Literary Polysystem. In L. Venuti (Ed.), *The Translation Studies Reader* (pp. 192-197). London and New York: Routledge.

* Geertz, C. (1973). Thick Description: Toward an Interpretive Theory of Culture. In *The Interpretation of Cultures: Selected Essays* (pp. 3-30). New York: Basic Books.

* Genette, G. (1997). *Paratexts: Thresholds of Interpretation* (J. E. Lewin, Trans.). Cambridge: Cambridge University Press.

Lefevere, A. (1992). *Translation, Rewriting, and the Manipulation of Literary Fame.* London and New York: Routledge.

Nida, E. A., & Taber, C. R. (1969/1982). *The Theory and Practice of Translation.* Leiden, The Netherlands: E. J. Brill.

Nye, J. S., Jr. (2004). *Soft Power: The Means to Success in World Politics.* New York: Public Affairs.

Sager, J. C. (1994). *Language Engineering and Translation: Consequences of Automation.* Amsterdam and Philadelphia: John Benjamins.

Shan, T. H. (單德興). (2004). American Literary Studies in Taiwan. *Journal of American Studies* [Korea], 36(1), 240-254.

Tay, W. (鄭樹森). (2000). Colonialism, the Cold War Era, and Marginal Space: The Existential Condition of Five Decades of Hong Kong Literature (M. Yeh, Trans.). In P. Y. Chi & D. D. Wang (Eds.), *Chinese Literature in the Second Half of a Modern Century: A Critical Survey* (pp. 31-38). Bloomington and Indianapolis: Indiana University Press.

Venuti, L. (1995). *The Translator's Invisibility: A History of Translation*. London and New York: Routledge.

Vermeer, H. J. (2000). Skopos and Commission in Translational Action (A. Chesterman, Trans.). In L. Venuti (Ed.), *The Translation Studies Reader* (pp. 221-232). London: Routledge.

Whitfield, S. J. (1991). *The Culture of the Cold War*. Baltimore, MD: Johns Hopkins University Press.

附錄　今日世界譯叢：文學類

參考資料：

△《今日世界譯叢目錄》（美國新聞處編〔臺北：編者，1976年〕）

●《今日世界出版社圖書目錄，1980-1981》（今日世界出版社編〔香港：編者，1980年〕）

◇　其他圖書館館藏目錄

補述：本表針對文學類，綜合以上二目錄與多所圖書館館藏目錄而成，由於相關出版品涉及港、臺兩地，年代久遠，版本紛歧，為免混淆，特說明如下：（一）《今日世界出版社圖書目錄，1980-1981》根據《今日世界譯叢目錄》增訂，故兩者內容大同小異；（二）由兩目錄的編者及出版地可知臺、港之美國新聞處與今日世界出版社關係密切；（三）新亞出版社有六本書出現於目錄一、兩本書出現於目錄二，學生英文雜誌社有三本書出現於目錄二，可見此二出版社若干出版品也被今日世界出版社「視如己出」；（四）《惠特曼的詩》、《佛洛斯特的詩》、《史蒂文斯的詩》於目錄一列為新亞出版社，目錄二改列今日世界出版社，「美國作家專輯」系列於目錄二有兩本列為今日世界出版社，三本列為學生英文雜誌社，雖箇中內情難以得知，卻反映出彼此關係匪淺。

一、文學史與文學評論 (15)

	中文書名	譯者	英文書名	作者	出版年	頁數	備注
△◇	美國的文學	張芳杰	*The Literature of the United States*	Marcus Cunliffe	1963 再版	317	1957 東方出版社
●	美國的文學（上、下冊）	張芳杰譯，李培同增訂	*The Literature of the United States*	Marcus Cunliffe	1976	722	中英對照
△●	二十世紀美國文學	王敬羲	*American Writing in the 20th Century*	Willard Thorp	1968	310	
△●◇	美國劃時代作品評論集	朱立民等	*Landmarks of American Writing*	Hennig Cohen 編	1971	483	新亞出版社
△●	美國小說評論集	田維新等	*The American Novel*	Kay Seymour House and Others	1975	316	
△●	美國現代七大小說家	林以亮、於梨華、張愛玲、葉珊	*Seven Modern American Novelists: An Introduction*	William Van O'Connor 編	1967	316	
●	美國作家專輯：凱塞琳·安·泡特	董橋	*University of Minnesota Pamphlets on American Writers: Katherine Anne Porter*	Ray Benedict West, Jr.	1976	88	中英對照
●	美國作家專輯：約翰·斯坦培克	董橋	*University of Minnesota Pamphlets on American Writers: John Steinbeck*	James Gray	1977	94	中英對照
●	美國作家專輯：亨利·詹姆士	陳祖文	*University of Minnesota Pamphlets on American Writers: Henry James*	Leon Edel	1977	100	中英對照；學生英文雜誌社
●	美國作家專輯：尤金·歐尼爾	陳祖文	*University of Minnesota Pamphlets on American Writers: Eugene O'Neill*	John Gassner	1978	109	中英對照；學生英文雜誌社
●	美國作家專輯：阿悉·米勒	陳祖文	*University of Minnesota Pamphlets on American Writers: Arthur Miller*	Robert Hogan	1978	101	中英對照；學生英文雜誌社

	中文書名	譯者	英文書名	作者	出版年	頁數	備註
◇	美國作家專輯：梭爾‧貝婁	陳祖文	University of Minnesota Pamphlets on American Writers: Saul Bellow	Earl Rovit	1978	100	中英對照；學生英文雜誌社
◇	美國作家專輯：威廉‧福克納	田維新	University of Minnesota Pamphlets on American Writers: William Faulkner	William Van O'Connor	1984	91	中英對照
◇	美國作家專輯：田納西‧威廉斯	陳祖文	University of Minnesota Pamphlets on American Writers: Tennessee Williams	Gerald Weales	1984	102	中英對照
◇	美國作家專輯：維拉‧凱瑟	陳蒼多	University of Minnesota Pamphlets on American Writers: Willa Cather	Dorothy Van Ghent	1985	100	中英對照

二、小說 (73)

	中文書名	譯者	英文書名	作者	出版年	頁數	備註
△●	美國短篇小說集錦(1)：錄事巴托比	余光中	American Short Story Showcase(1)—Bartleby the Scrivener	Herman Melville	1972	96	中英對照
△●	美國短篇小說集錦(2)	惟為等	American Short Story Showcase(2)	Nathaniel Hawthorne, Frank R. Stockton and Ernest Hemingway	1972	78	中英對照
△●	美國短篇小說新輯	徐訏輯，聶華苓等譯	A Collection of American Short Stories	Erskine Caldwell, Willa S. Cather, Stephen Crane, William Faulkner, Lawrence S. Hall, Ring	1964	220	

				Lardner, Margaret P. Montague, Ruth Suckow and Dorothy Thomas			
△●	短篇小說選讀第一輯	湯新楣、丘佩華、戴天	*The Art of the Short Story 1*	Stephen Vincent Benet, William Saroyan and Ambrose Bierce	1970	90	中英對照
△●	短篇小說選讀第二輯	陸離	*The Art of the Short Story 2*	Hortense Calisher	1971	108	中英對照
△●	短篇小說選讀第三輯	溫健騮、董橋	*The Art of the Short Story 3*	Howard Nemerov and Robert Coates	1971	116	中英對照
△● ◇	短篇小說選讀第四輯	綠騎士、李國威	*The Art of the Short Story 4*	Shirley Jackson and Jack Cady	1972	108	中英對照
△●	歐文小說選	張愛玲、方馨、湯新楣	*The Best of Washington Irving*	Washington Irving	1954	290	「方馨」即鄺文美
△● ◇	霍桑小說選	惟為	*Famous Tales of Nathaniel Hawthorne*	Nathaniel Hawthorne	1954	143	
△● ◇	傑克倫敦短篇小說選	吳玉音	*To Build a Fire / The Heathen*	Jack London	1967	108	中英對照
△●	塞伯短篇小說選	張曼儀	*Four Short Stories by James Thurber*	James Thurber	1967	86	中英對照
△●	奧亨利短篇小說選	張曼儀	*Five Short Stories by O. Henry*	O. Henry	1968	114	中英對照
△●	鵪鶉鎮上的杜鵑花季：奧康納短篇小說選	溫健騮	*Three Short Stories by Flannery O'Connor*	Flannery O'Connor	1975	116	中英對照

◇	美國短篇小說選注	Prepared by Literary Study Guides Association; 李達三、談德義編	*American Short Stories Annotated: Hawthorne's "Young Goodman Brown" and Philip Roth's "The Conversion of the Jews"*	Nathaniel Hawthorne and Philip Roth	1975	106	1975學生英文雜誌社
◇	美國短篇小說選注	Prepared by Literary Study Guides Association; 李達三、談德義編	*American Short Stories Annotated: Hawthorne's "Young Goodman Brown" and Philip Roth's "The Conversion of the Jews"*	Nathaniel Hawthorne and Philip Roth	1975	90	1975新亞
◇	美國短篇小說選注	李達三、談德義編	*American Short Stories Annotated: Three Stories by Bernard Malamud*	Bernard Malamud	1977	83	學生英文雜誌社
△●◇	小城故事	吳明實	*Winesburg, Ohio*	Sherwood Anderson	1965	142	這本根據吳岩（本名孫家晉，1918-2010）翻譯的《溫士堡·俄亥俄》修改，上海晨光出版社1949年出版。後來上海譯文改名《小城畸人》出版，遠流有出繁體字版
△●	何索	顏元叔、劉紹銘	*Herzog*	Saul Bellow	1971	469	
△●◇	總主教之死	王敬義	*Death Comes for the Archbishop*	Willa S. Cather	1965	228	
△●	原野長宵	湯新楣	*My Antonia*	Willa S. Cather	1963	261	
●	野性的呼喚	湯新楣	*The Call of the Wild*	Jack London	1976	131	

△●◇	湯姆歷險記	蔡洛生	*The Adventures of Tom Sawyer*	Mark Twain	1964	284	蔡洛生即思果，這個筆名他只有用過這一次
△●◇	頑童流浪記	黎裕漢	*The Adventures of Huckleberry Finn*	Mark Twain	1963	363	此書實由李如桐、韓迪厚、余也魯三人合譯，共用一個筆名
△●	鐵血雄師	胡彥	*The Red Badge of Courage*	Stephen Crane	1955	261	
△●	大亨小傳	喬志高	*The Great Gatsby*	F. Scott Fitzgerald	1971	195	增訂版，2001 時報出版公司
△	冬日夢／暗礁	王敬羲	*Winter Dreams / The Ledge*	F. Scott Fitzgerald / Lawrence S. Hall	1971 再版	136	中英對照
△●	吾志不移	王敬羲	*Vein of Iron*	Ellen A. G. Glasgow	1970	402	
△●	開墾的人	湯新楣	*O Pioneers!*	Willa S. Cather	1975	151	
△●	獵豹記	湯新楣	*The Track of the Cat*	Walter Van Tilburg Clark	1968	327	
△●	火星紀事	趙銘	*The Martian Chronicles*	Ray Bradbury	1972	279	1976 年版目錄列於科技類
△●	戰地春夢	湯新楣	*A Farewell to Arms*	Ernest Hemingway	1970	428	卷首收錄張愛玲譯的〈論戰地春夢〉（Robert Penn Warren 著）

△●	老人與海	張愛玲	*The Old Man and the Sea*	Ernest Hemingway	1972	98	1952中一出版社署名「范思平」譯；1972年今日世界版卷首收錄李歐梵譯的〈序〉（Carlos Baker著）
△◇	兩兄弟／車緣	湯新楣	*To the Mountains / The Car*	Paul Horgan / Dorothy Thomas	1963	128	中英對照
△●	睡谷故事／李伯大夢	張愛玲／方馨	*The Legend of Sleepy Hollow / Rip Van Winkle*	Washington Irving	1967	156	中英對照
△●	奉使記	趙銘	*The Ambassadors*	Henry James	1969	420	
△●	碧廬冤孽／黛絲·密勒	秦羽／方馨	*The Turn of the Screw / Daisy Miller*	Henry James	1963	291	
△●	黛絲·密勒	方馨	*Daisy Miller*	Henry James	1967	194	中英對照
◇	碧廬冤孽	李達三、談德義等編注	*Comprehensive Study Guide to* The Turn of the Screw	Henry James	1977	245	英文刊印，中文解說；學生英文雜誌社
◇	〔無〕	李達三等編注	*Comprehensive Study Guide to* The Violent Bear It Away	Flannery O'Connor	1979	284	英文刊印，中文解說；學生英文雜誌社
△●	針樅之鄉	陳若桓	*The Country of the Pointed Firs*	Sarah Orne Jewett	1965	188	
△●	小酒館的悲歌	金聖華	*The Ballad of the Sad Café*	Carson McCullers	1975	89	
△●	夥計	劉紹銘	*The Assistant*	Bernard Malamud	1971	298	
△●	魔桶	劉紹銘	*The Magic Barrel*	Bernard Malamud	1970	172	

△●◇	白鯨記	葉晉庸	*Moby Dick*	Herman Melville	1969	442	
△●	人間樂園	劉以鬯	*A Garden of Earthly Delights*	Joyce Carol Oates	1974	446	
△●	草原千里	陳若桓	*The Oregon Trail*	Francis Parkman	1969	300	
△●	盛開的猶大花	於梨華等	*Flowering Judas and Other Stories*	Katherine Anne Porter	1970	177	
△●	鹿苑長春	張愛玲	*The Yearling*	Marjorie K. Rawlings	1962	130	
△●	林海	湯新楣	*The Awakening Land: The Trees*	Conrad Richter	1971	215	
△●	田野	湯新楣	*The Awakening Land: The Fields*	Conrad Richter	1972	206	
△●	小鎮	湯新楣	*The Awakening Land: The Town*	Conrad Richter	1975	403	
△●	小紅馬	伍希雅	*The Red Pony*	John Steinbeck	1969	109	
△●	十七歲	大華烈士	*Seventeen*	Booth Tarkington	1966	244	大華烈士是簡又文（1896-1978）的筆名
△●	國王的人馬	陳紹鵬	*All the King's Men*	Robert Penn Warren	1974	726	全2冊
△●	樂天者的女兒	江玲	*The Optimist's Daughter*	Eudora Welty	1975	157	
△●	四海一家	唐錫明	*The Friendly Persuasion*	Jessamyn West	1975	215	
△●	伊丹·傅羅姆	王鎮國	*Ethan Frome*	Edith Wharton	1965	126	
●	大街	先信	*Main Street*	Sinclair Lewis	1976	651	
●	人鼠之間	湯新楣	*Of Mice and Men*	John Steinbeck	1977	148	
●	失親記	楊耐冬	*A Death in the Family*	James Agee	1979	368	

●	雨王亨德森	卞宇理	*Henderson the Rain King*	Saul Bellow	1979	381	
◇	金甲蟲／舉頭見南山	朱鍾于／董恆	*The Golden Bug / Look to the Mountain*	Edgar Allan Poe / LeGrand Cannon, Jr.	1954	146	
◇	福自天來	蔡濯堂(思果)	*A Penny from Heaven*	Max Winkler	1960	94	中英對照
◇	到處為家	翁舲雨	*The Long, Long Trailer*	Clinton Twiss	1960	44	中英對照
●◇	天使，望故鄉	喬志高	*Look Homeward, Angel: A Story of the Buried Life*	Thomas Wolfe	1985	639	全2冊；1980年版目錄書名為《天使望家鄉》
●◇	夜未央	湯新楣	*Tender Is the Night*	F. Scott Fitzgerald	1980	428	
◇	尼克·亞當斯的故事	湯新楣	*The Nick Adams Stories*	Ernest Hemingway	1984	91	
◇	美國兒童文學名著選集	朱瑾章	*Anthology of American Children's Literature*	趙麗蓮選編	1958	461	
●	美國作家作品選①：卡波特小說集	湯新楣、顏元叔	*Selected Works of American Writers (1): Truman Capote*	Truman Capote	1978	112	中英對照
●	美國作家作品選②：瑪拉末小說集	劉紹銘	*Selected Works of American Writers (2): Bernard Malamud*	Bernard Malamud	1979	136	中英對照
●◇	美國作家作品選③：桃樂賽·派克小說集	湯新楣	*Selected Works of American Writers (3): Dorothy Parker*	Dorothy Parker	1981	178	中英對照

	中文書名	譯者	英文書名	作者	出版年	頁數	備註
●◇	美國作家作品選④：約翰・奧哈拉小說集	王真吾、湯新楣	*Selected Works of American Writers (4): John O'Hara*	John O'Hara	1981	88	中英對照
●◇	美國作家作品選⑤：約翰・厄普戴克小說集	金聖華	*Selected Works of American Writers (5): John Updike*	John Updike	1981	168	中英對照

三、詩與散文 (20)

	中文書名	譯者	英文書名	作者	出版年	頁數	備註
◇	美國散文選（上集）	夏濟安選編，夏濟安、張愛玲譯	*Anthology of American Essays*	Ralph Waldo Emerson 等撰	1958	265	
△●	名家散文選讀（第一卷、第二卷）	夏濟安編譯	*A Collection of American Essays, Vol. 1-2*	Jonathan Edwards 等撰	1972	141 129	中英對照
△●	愛默森文選	張愛玲	*The Portable Emerson*	Mark Van Doren 編	1962	208	
△●	湖濱散記	吳明實	*Walden*	Henry D. Thoreau	1963	302	這本即徐遲翻譯的《華爾騰》，上海晨光出版社1949年出版
△●	美國名家書信選集	張心漪	*Anthology of American Letters*	Francis Fang 編	1968	268	
△●	美國詩選	林以亮編選，張愛玲、林以亮、余光中、邢光祖譯	*Anthology of American Poetry*	Ralph Waldo Emerson 等撰	1961	274	版權頁注明「張愛玲、林以亮、余光中、邢光祖」翻譯，惟書中尚有梁實秋、夏菁的譯作

△●	詩人談詩	陳祖文	*Contemporary American Poetry: VOA Forum Lectures*	Howard Nemerov 編	1975	444	
△●	狄瑾蓀的詩	李達三、談德義等編注	*Comprehensive Study Guide to Twenty Poems by Emily Dickinson*	Emily Dickinson	1972	70	英文刊印，中文解說；1972新亞；1972學生英文雜誌社；1977今日世界
△●	惠特曼的詩	李達三、談德義等編注	*Comprehensive Study Guide to Walt Whitman's " When Lilacs Last in the Dooryard Bloom'd" and' A Noiseless Patient Spider"*	Walt Whitman	1972	64	英文刊印，中文解說；1972新亞；1977今日世界
△●	佛洛斯特的詩	李達三、談德義等編注	*Comprehensive Study Guide to Seven Poems by Robert Frost*	Robert Frost	1973	47	英文刊印，中文解說；1973新亞；1977今日世界
△●	史蒂文斯的詩	李達三、談德義等編注	*Comprehensive Study Guide to Five Poems by Wallace Stevens*	Wallace Stevens	1974	45	英文刊印，中文解說；1974新亞；1974今日世界
◇	康明思的詩	李達三、談德義等編注	*Comprehensive Study Guide to Fourteen Poems by E. E. Cummings*	E. E. Cummings	1974	87	英文刊印，中文解說；1974新亞；1975今日世界；1978學生英文雜誌社二版
◇	艾略特的《荒原》	李達三、談德義等編注	*Comprehensive Study Guide to "The Waste Land" by T. S. Eliot*	T. S. Eliot	1976	73	英文刊印，中文解說；1976新亞；今日世界；1978學生英文雜誌社

	中文書名	譯者	英文書名	作者	出版年	頁數	備註
◇	瑪利安莫爾的詩	李達三、談德義等編注	*Comprehensive Study Guide to Eight Poems by Marianne Moore*	Marianne Moore	1979	85	英文刊印，中文解說；學生英文雜誌社
◇	龐德的詩	李達三、談德義等編注	*Comprehensive Study Guide to Seven Poems by Ezra Pound*	Ezra Pound	1979	120	英文刊印，中文解說；學生英文雜誌社
△●◇	春滿北國（山川風物四記之一）	南木	*The American Seasons: North with the Spring*	Edwin Way Teale	1973	279	二目錄皆列入「史地類」
△●◇	夏遊記趣（山川風物四記之二）	唐錫如	*The American Seasons: Journey into Summer*	Edwin Way Teale	1973	337	二目錄皆列入「史地類」
●◇	秋野拾零（山川風物四記之三）	顏元叔	*The American Seasons: Autumn across America*	Edwin Way Teale	1977	347	1980年版目錄列入「史地類」
●◇	冬日漫遊（山川風物四記之四）	顏元叔	*The American Seasons: Wandering through Winter*	Edwin Way Teale	1976	346	1980年版目錄列入「史地類」
△●◇	美國散記	潘正英	*Notebooks of a Dilettante*	Leopold Tyrmand	1974	236	二目錄皆列入「社會科學類」

四、戲劇(18)

	中文書名	譯者	英文書名	作者	出版年	頁數	備註
△●	夢中日月長	崔文瑜	*Rip Van Winkle*	Dion Boucicault	1974	99	
△●	瑪格麗特・弗萊明	崔文瑜	*Margaret Fleming*	James A. Herne	1974	96	
△●	稻草人	丁貞婉	*The Scarecrow*	Percy MacKaye	1974	127	
△●	推銷員之死	姚克	*Death of a Salesman*	Arthur Miller	1971	184	

△●	長夜漫漫路迢迢	喬志高	*Long Day's Journey Into Night*	Eugene O'Neill	1973	234	
△●	長夜漫漫路迢迢	談德義注釋	*Long Day's Journey Into Night*	Eugene O'Neill	1976	304	注釋本；新亞出版社
△●	素娥怨	王敬義	*Mourning Becomes Electra*	Eugene O'Neill	1968	208	
△●	秋月茶居	田維新	*The Teahouse of the August Moon*	John Patrick	1975	178	
◇	小城風光	劉文漢	*Our Town*	Thornton Wilder	1961	67	
△●	懷爾德戲劇選	湯新楣、劉文漢	*Three Plays by Thornton Wilder*	Thornton Wilder	1965	255	
△●◇	試管春秋	湯新楣	*Yellow Jack*	Sidney Howard and Paul de Kruif	1970	226	中英對照；二目錄皆列於小說類
△●◇	琉璃集	秦張鳳愛	*The Glass Menagerie*	Tennessee Williams	1966	101	1976年版目錄譯者為張愛玲
◇	林肯在伊里諾州	王敬義	*Abe Lincoln in Illinois*	Robert E. Sherwood	1962	125	
●◇	花落葉猶青	張蘊錦	*Green Grow the Lilacs*	Lynn Riggs	1962 再版	101	
●	狂戀	陳礎宏	*Picnic*	William Inge	1977	81	中英對照
●	愛國者	葉維廉	*The Patriots*	Sidney Kingsley	1977	114	中英對照
●	夏日煙雲	吳明實	*Summer and Smoke*	Tennessee Williams	1981	120	
●◇	承受清風	李海倫	*Inherit the Wind*	Jerome Lawrence and Robert E. Lee	1981	256	中英對照

附識：四表之分類及次序依1980年版目錄。

資料蒐集：陳雪美；製表：黃碧儀；校訂：單德興

按語

　　在我所有的論文中，本文可能是最特殊的一篇。我這一代成長於冷戰時代的臺港學者與知識青年，可說都是讀今日世界出版社的翻譯作品長大的。該出版社由香港美國新聞處支持，因此我一直期待占地利之便的香港學者就近進行研究，卻空等多年毫無下文，而該出版社相關耆宿逐漸老邁，為了與時間賽跑，個人便不揣淺薄，渡海赴港，在博學多聞、人脈充沛的鄭樹森教授穿針引線下，當面或電話訪問一些當年負責該社業務或有所來往的前輩，取得寶貴的第一手資料。因此，這個有關異時他方的出版社之研究，實為個人學思鄉愁、地理越界之成果。

　　其次，學術論文大抵皆屬「小題大作」，切忌「大題小作」。然而，若不勾勒出寬廣的脈絡，個案研究便容易陷入「見樹不見林」的窘境，所以，我一反個人撰寫論文的慣例，以冷戰為歷史背景，運用翻譯研究的若干觀念，說明此出版社在特殊時空下所扮演的角色及其意義，並未針對特定文本進行分析。因此在撰寫過程中未免覺得忐忑，幸而在會議宣讀與期刊審查時都獲得相當正面的回饋與鼓勵。在本文提供的歷史框架下，我又陸續寫出了〈含英吐華：析論張愛玲的美國文學中譯〉（《翻譯與脈絡》北京：清華大學出版社，2007）及其英文修訂版 "Eileen Chang as a Chinese Translator of American Literature" (*Modern China and the West: Translation and Cultural Mediation.* Ed. Peng Hsiao-yen and Isabelle Rabut. Leiden and Boston: Brill, 2014)，以及〈在冷戰的年代：英華煥發的譯者余光中〉（《中山人文學報》，2016），針對兩位著名華文作家的今日世界出版社委託譯事個案進行研究，一方面彰顯這兩位文學大家遭人忽略的譯者面向，另一方面試圖以這兩棵「樹」

來管窺該美國文學譯叢之「林」。其間我也應邀寫過下列幾篇較短的文章，力求將研究普及於大眾：〈勾沉與出新：《張愛玲譯作選》導讀〉，《張愛玲譯作選》（臺北：皇冠文化，2010）；〈翻譯與冷戰：今日世界出版社之美國文學譯叢〉，《人文百年・化成天下：中華民國百年人文傳承大展（文集）》，楊儒賓等主編（新竹：國立清華大學，2011）；與〈美國文學譯叢〉，《美國人在臺灣的足跡，1950-1980》，中英對照（臺北：美國在臺協會，2011）；此外，我也針對與該社密切相關的《今日世界》雜誌撰寫論文：〈美國即世界？：《今日世界》的緣起緣滅〉，《攝影之聲》，第20期（2017年3月）；〈青青邊愁，鬱鬱文思：析論余光中的《今日世界》專欄散文〉（《望鄉牧神之歌》，蘇其康、王儀君、張錦忠主編，臺北：九歌出版社有限公司，2018）與〈冷戰・文學・傳播：《今日世界》與美國文學在華文世界的傳播〉（《文化傳承：文學與語言》，王安琪、張上冠主編，臺北：書林出版有限公司，即將出版）。

　　雖然我對本文的價值有一定程度的自知之明——否則當初就不會冒險越界——然而出乎意料的是，它竟成為我所有論文中最常被引用的一篇，除了原文刊登於《中外文學》（2007），附錄刊登於《中國文哲研究通訊》（2005）之外，並先後收錄於個人《翻譯與脈絡》的簡體字版（北京：清華大學出版社，2007〔修訂版2016〕）和繁體字增訂版（臺北：書林出版有限公司，2009），以及彭小妍教授主編的《文化翻譯與文本脈絡：晚明以降的中國、日本與西方》（臺北：中央研究院中國文哲研究所，2013）。筆者寓目的港臺冷戰時代的文學、翻譯與文化研究的相關研究，幾乎都會提到此文，因為其中涉及翻譯研究中的意識型態、權力關係、歷史脈絡、地緣政治、文化轉向，以及冷戰研究中的新興議題，如文化冷戰與

亞洲轉向。

　　由於相關資料不斷出土，而且我也繼續從事相關研究，包括從翻譯的角度訪談余光中教授與劉紹銘教授，因此本文也不斷修改與補充，後出轉精，出現不同版本，此番趁著收錄於賴慈芸教授主編的《臺灣翻譯史：殖民、國族與認同》之機緣，再次細校、修訂與補充，是為最新版本。為顯示與最初期刊論文面貌之差異以明昔今之別（如原先張愛玲譯作之一懸案如今已塵埃落定），新增的資料與重要文字以補注的方式呈現，新增書目之前加星號。附錄則提供現階段資料蒐集與整理所得，方便讀者認知全貌，與正文參照，可收互補之效。希望本文能喚起昔日的集體文化記憶，為臺灣翻譯史研究添磚加瓦，並至盼該文學譯叢能早日「重出江湖」，見證其穿越時空的力道。

第十一章

冷戰時代的臺灣文學外譯：美國新聞處譯書計畫
的運作（1952-1962）

王梅香

前言

　　目前學界討論臺灣文學外譯的歷史，通常以1970年代齊邦媛推動《中國現代文學選集：臺灣1949-1979》[1]（*An Anthology of Contemporary Chinese Literature*）英譯作為討論的起點，例如齊邦媛、[2]彭瑞金、[3]譚光磊[4]等人的文章。1967年，齊邦媛因為傅爾布萊特交換計畫（Fulbright Exchange Program）赴美進修，注意到在英文的文學中，閱讀中國文學時，只有古典的作品，近代作品付之闕如。後來，齊邦媛受國立編譯館館長王天民的邀請，希望她能為國家做一些文學推廣的工作。齊邦媛自述：「臺灣在那個時代是華人地區最自由的，有很好的文學作品，應該好好推廣，要讓外國人知道我們不是在這裡只逃難的。」（單德興，2012，頁255）於是，開啟她和國立編譯館的合作關係。同時，齊邦媛和《中華民國筆會季刊》（*The Chinese PEN*）也保持合作關係，齊邦媛提供譯稿給筆會，後來還曾經在1992年擔任筆會季刊主編，繼續為臺灣文學外譯的工作而努力。然而，本文透過對於美國新聞處（United States Information Service，簡稱USIS，以下行文使用「美新處」）譯書

---

1 《中國現代文學選集》（*An Anthology of Contemporary Chinese Literature*），厚達一千多頁，1975年由美國西雅圖的華盛頓大學出版社（Washington University Press）出版。單德興（2012）。齊邦媛教授訪談：翻譯面面觀。翻譯論叢，5(1)，247-272。

2 齊邦媛（1998）。中書外譯的回顧與檢討。文訊別冊，22-24。齊邦媛（1996）。臺灣文學作品的外譯。精湛，28，38-40。

3 彭瑞金：「過去《笠》、臺灣筆會、《文學臺灣》等民間文學團體，嘗試以民間的力量，推動臺灣文學的外譯和國際交流……」這幾個民間團體的活動最早也是從1970年代開始，和本文所主張的臺灣文學外譯史應該提早到1950年代的美新處譯書計畫不同。彭瑞金（2008）。臺灣文學亟需臺灣觀點的外譯計畫。文訊，274，48-51。

4 譚光磊：「臺灣文學的外譯工作，從1972年殷張蘭熙女士創辦中華民國筆會英文季刊（*The Chinese PEN*）、齊邦媛教授編著《中國現代文學選集：臺灣1949-1979》，到王德威教授主持的歌倫比亞大學一系列中書外譯，三十年來已取得相當豐碩的成果。」譚光磊（2011）。臺灣文學外譯與大眾出版。臺灣文學館通訊，32，37-43。

計畫以及 Heritage Press 叢書的了解，試圖思考「臺灣文學外譯史」新的可能性，亦即我認為應該將「臺灣文學外譯」的時間點提前到1950年代。透過本研究，我最終要討論的是：美新處的譯書計畫在臺灣文學外譯過程中所扮演的角色。

在美新處之前，國民黨在抗戰初期的國際宣傳中，便提到「文學」作為宣傳部門之一。[5] 後來隨著戰火蔓延、軍隊遷徙，宣傳品以雜誌和報紙為主，及至戰後，「為加強對國際宣傳，中央文物供應社、中華文化出版事業委員會等還出版了一批英文書籍對外發行。」除《國事叢書》外，這類書還包括《三民主義》、《建國大綱》、《實業計畫》、《中國之命運》等（辛廣偉，2000，頁38）。根據目前的資料，這些書籍和文學的相關性不高，以政治宣傳為主，但仍有作家關心「在臺灣的中國文學作品外譯」，例如引文中提到的陳紀瀅：

> 翻譯像「紅樓夢」這樣一部偉大的文學作品，當然不是件容易事，也不是普通「英文不錯」的人就敢於嘗試的。記得中英文修養都極高的林語堂博士曾企圖譯「紅樓夢」，可是嘗試之後終於放棄原來計劃，而另寫了一部「瞬息京華」。近年來，陳紀瀅先生頗關心中國文學作品的介紹到外國的事，他也為了這件事同負責「文教」的官方當局談過，大概並沒有具體結果。即令是「譯」，則在選翻譯者時，恐怕也是件頗不易的事呢！（禾辛，1958，第6版）

---

5 曾虛白（1988）。《曾虛白自傳》（上）。臺北：聯經出版事業股份有限公司。頁176-178。

如果國民黨的外譯工作與政治宣傳受到的關注不多，那麼，美新處
在臺灣的譯書計畫受到的關注也同樣地稀少。在單德興的文章〈冷
戰時代的美國文學中譯：今日世界出版社之文學翻譯與文化政治〉
之前，大概只有翻譯學界李惠珍（1995）、賴慈芸（1995）和周文
萍（1995）的學位論文，觸及美新處或是今日世界出版社的譯書，
上述學者對於美新處翻譯美國文學有所提及，然而，他們關注的焦
點均在美新處如何將美國文學翻譯成中文（英翻中），而非臺灣的文
學作品如何翻譯成英文（中翻英）。至於將臺灣文學（或是以當時的
說法是：在臺灣的中國文學）翻譯成英文，在文學界有若干的看法。
例如何凡（本名夏承楹）在〈文藝也該輸出〉（1970）一文中提到：

> 　　說到現代中國作家作品譯成英文出版，只有臺北美新處在
> 麥加第做處長的時候，<u>因為他本人喜歡文藝</u>（底線為筆者所
> 加），並且認為把當代中國作品介紹給美國人，也是增進中美
> 國民了解與友誼之一道，約於一九六二──四年間翻譯了短篇
> 小說、詩與散文十餘冊，用香港的出版社名義出版。當時負責
> 翻譯的有吳魯芹、余光中、殷張蘭熙、聶華苓、黃瓊玖、王德
> 篏諸君。這些書美國人看了，據說反應不錯，在東南亞等通英
> 文國家也有銷售，當地人看了對自由中國作家也有良好印象。
> 可惜這件事在美新處易主之後即告中止，工作不能延續，自然
> 無法見功效了。（何凡，1970，第9版）

何凡對於「現代中國作家作品」翻譯成英文，歸功於當時臺北美新
處處長麥加錫，[6]因為麥加錫喜歡文藝，而希望將當代中國作品介紹

6　在本文中，不同引文將 Richard M. McCarthy 翻譯成不同的中文名，例如麥加第、麥嘉

給美國人。何凡認為這也是一種文化外交，增進中美兩國的互相理解。根據何凡的意見，可以將臺灣文學外譯的時間點提前到1960年代，並且將文學外譯歸因於個人因素，因為個別美新處處長的喜好而促成。及至1998年，《中國時報》記者傅建中也肯定麥加錫處長為「臺灣文藝復興的守護神」：

> 在五〇和六〇年代，臺灣在國際間被譏為文化沙漠時，美國新聞處確實做了不少事，對帶動臺灣文學藝術的發展，有相當的貢獻。特別是麥嘉錫（Richaed M. McCarthy）擔任處長的那幾年。麥氏本人出身於愛荷華大學，和已故詩人保羅‧安格有種介乎師友的關係（安格後娶聶華苓為妻，是愛荷華國際作家工作室創辦人），故對臺灣文藝發展興趣特濃。著名詩人余光中，已故美國文學專家朱立民、畫家席德進、小說家白先勇、陳若曦等，都曾受惠於麥氏，白、陳二人甚至可以說是麥氏發掘的。那時散文大家吳魯芹（已故）是麥的高級顧問，對麥氏成為臺灣「文藝復興」的守護神，扮演了推波助瀾的角色。（傅建中，1998，第13版）

根據上述的看法，臺灣文學的外譯乃是由於麥加錫在其中所扮演的角色，因為他「個人」對於文學的愛好、對於作家的拔擢，讓戰後臺灣的文學作品得以英譯，並登上世界的舞臺。但是，僅歸因於個人的喜好，並不能完全理解整個美新處翻譯臺灣文學作品的淵源。其實，在麥加錫來臺任職美新處處長之前，臺灣的譯書計畫已經於

錫和麥加錫，為了保持原作者的用法，本文不予該改譯名，但其實所指為同一人，特此說明。

1952年展開。[7]

　　國內歷史或傳播學者多從「文化外交」（Cultural Diplomacy）、「公共關係」（Public Relationship）的角度來理解這些外譯的書籍。例如已故的臺大歷史系教授趙綺娜認為：臺灣文學的外譯與美國政府於1950年代以後在臺灣所從事的文化交流活動有關（趙綺娜，2001，頁79-127）。但我認為從這個角度來看待臺灣文學外譯，可能產生以下的侷限：趙綺娜論述的美國文化外交的原委，其實和美國政府、美國新聞總署對外的宣稱和聲明是一致的，她的論述只是「同意」了美方的立場。而「公共外交」一詞產生於1965年，由美國學者Edmund Gullion提出，在本文討論的時間範圍（1952-1962年）之後，而且提出該詞彙的時代背景是冷戰時期，是否有為美國權力粉飾或緩頰之嫌值得商榷，而且，從該角度來談論美國權力，只能看到權力的「表象」，而非「實質」關係。其次，從文化交流、公共關係的角度來討論，書籍的「內容」並不重要，由於出版的週期較長，書籍通常沒有被廣泛地看作公共關係的工具，但它們確然能夠成為公共關係的工具之一。基於目前對於臺灣文學外譯這個課題的討論，不是歸諸於個人因素，就是僅談論公共關係的策略，都沒有全面釐清美新處的譯書計畫和臺灣文學的關係。因此，本文將嘗試憑藉美國官方檔案的紀錄，對此展開討論。

一、臺北美新處的譯書計畫

　　冷戰時代開啟了美國、蘇聯的對立，也開始自由中國與共產中

7　本文討論的時間起訖點為1952年至1962年，1952年為臺灣譯書計畫的開始，1962年為Heritage Press系列的結束，也是麥加錫任職臺北美新處任期的結束，故以這十年作為觀察的對象。

國各方面的競賽。他們競爭的不是土地和資源，而是爭取其他國家對於自身的認同，那麼，認同要如何爭取？要透過什麼方式才能攫取對方的心智？在自由中國內，國民黨使用巡迴宣傳箱、反共抗俄宣傳列車與巡迴文化工作隊進行島內的宣傳，[8]然而冷戰雙方所要競爭的對象不是在一個特定的空間內，而是跨越國界範圍。因此，藉由共同的、可辨識的語言（如中文、英文），透過書寫，可以突破空間的藩籬；透過書寫，可以拓展意識型態的疆界；透過書寫，可以開展人際互動的邊陲，譯書計畫便在這樣的宣傳背景下誕生。

　　1952年，臺北美新處譯書計畫正式展開。這個時間點的重要性在於，在1958年麥加錫來臺之前，其實臺北的譯書計畫已經運作多年，歷任的處長也會進行譯書工作。例如：在麥加錫之前的美新處處長鮑威爾（Ralph Powell），在譯書計畫上也有相當的作為，只是未曾被提及而已。因此，我們不適合僅從「個人」愛好文藝的角度去思考譯書計畫，因為譯書計畫原本就是美新處例行的工作。當美新處譯書計畫進入臺灣，當時戰後臺灣的印刷事業才開始起步。1945年之後，臺灣的翻譯事業呈現鬆弛和落後，極少有創作和譯者出現（許壽裳，2010，頁204）。1949年國府來臺，出版商和作家亦隨之來臺開始發展，一開始的幾年內，出版擴展快速，教科書是此時期的大宗（mainstay），此外，還有中國經典和中國大陸時期的一般作品重印。根據美方的調查報告（1959年），當時在臺灣的31個主要的出版社，在1958年一共有2,463本書出版，一共印了9,248,970本，換句話說，每一本書約略印了3,755本。然而，在這2,463本書中，有1,115本教科書，而且很多都是重印，其次是中國經典（Chinese classics），以翻譯的作品來說，文學類是

---

8 林果顯（2011）。一九五〇年代反攻大陸宣傳體制的形成（未出版之博士論文）。臺北：國立政治大學歷史研究所。頁93。

占最多的。[9]從翻印舊書和只印教科書兩個現象，可以看出當時臺灣出版界缺乏活力，業者抱著保守的心態，只做「穩賺不賠」的生意，而美新處的譯書計畫就是在這樣的時空背景下進入臺灣。

　　誠如上述，在1950年代臺灣文學外譯不是一件容易的事，但是，美國人開啟了這個可能。根據目前掌握的資料，陳紀瀅的《荻村傳》可以說開啟臺灣文學外譯之先聲，但臺灣文學真正「有計畫」的外譯應該在稍後要討論的Heritage Press系列中完成。《荻村傳》這本小說是陳紀瀅應《自由中國》創辦人雷震的邀請而作，於1950年底在《自由中國》上連載完畢。1951年4月，《荻村傳》中文版出版，同年年底，有一位讀者陳來思（日治時期的筆名是藤晴光）將《荻村傳》譯成日文，欲徵求陳紀瀅同意於日本「大日本出版社」出版，後來陳紀瀅因該出版社資歷甚淺，而將日文出版計畫擱置。1953年，臺大英文系主任英千里受美國亞洲基金會駐臺代表饒大衛（David Rowe）委託，翻譯該書。每翻完一章，就交由趙麗蓮女士所辦的《學生英文文摘》發表，但最後並沒有出書。1956年，當時尚未來臺的麥加錫（時任泰國曼谷美新處處長），委託其副處長司馬笑（John Bottorff）來臺協商，希望出版該書（陳紀瀅，1974，第12版）。該書後來透過香港美新處的「中國報告計畫」（China Reporting Program），於1959年9月在香港由虹霓出版社（The Rainbow Press）[10]出版了《荻村傳》（*Fool in the Reeds*）英

---

9 A Report of Book Publishing in Taiwan, May 28, 1959, Taiwan Taipei 1959-1960, Box9, P61, RG306, NARA

10 關於香港的虹霓出版社（The Rainbow Press），是由黎劍虹女士在1954年所創立，專門負責出版香港美新處的書籍，這也是黎劍虹從中國南遷香港之後，為了謀生而踏入出版業的開始。（黎劍虹是國民黨內「文壇三傑」之一梁寒操的妻子，梁寒操在國民黨內擔任中央執行委員、中央宣傳部部長等職，而黎劍虹更是宋美齡的好友兼祕書，易言之，黎劍虹和國民黨的關係相當密切。）梁黎劍虹（1980）。《梁寒操與我》。臺北：黎明文化事業股份有限公司。頁152。

譯本（由張愛玲翻譯）。這是目前所見臺灣文學外譯的開始，而這個開始是透過香港美新處的譯書計畫所促成。也就是說，透過美新處出版的第一本臺灣文學作品並不是在臺北美新處的「譯書計畫」內完成，反而是在香港美新處的「中國報告計畫」（China Reporting Program）下實現。

　　我們透過語言和內容的分類，可以簡要地看出譯書計畫在臺灣的發展狀況。如果根據翻譯時所使用的語言可以分為兩大類：一是英翻中，二是中翻英。然而不管是英翻中或是中翻英，都是源於與共產中國文化宣傳對抗下的結果。其中，美新處譯書計畫從「英翻中」開始，也是1950年代前期的主流。關於英翻中的需求（包括當地作家以中文書寫的作品），[11] 主要來自於爭取自由中國、共產中國之外的「海外中國人」（Overseas Chinese）的認同，希望其透過閱讀中文（華文）的作品，凝聚自由世界的靈魂，成為一個想像的共同體。根據美新處的統計，海外華人的數量高達1,300萬人，比當時臺灣的人口多出300萬，[12] 這是一個不容小覷的群體。因此，爭奪海外華人的心靈和意識（soul and mind），成為兩個中國

---

11 在美新處出版的中文作品中，有些是英翻中，有些是中文書，由當地作家直接以中文書寫然後出版（locally written），因為最後成品均是以中文呈現，而且，均是針對海外華人所出版，因此，不論英翻中或是中文書，在此一併歸入中文書討論。以後者而言，例如：姜貴的《旋風》一書，便是由美新處贊助出版，然後在對此書感興趣的地區（如東南亞）銷售。Operations Memorandum, USIS Taipei to USIS Bangkok, Hongkong, Kuala Lumpur, Manila, Phnom Penh, Rangoon, Saigon, Seoul, Singapore, Vientiane, USIA: IAF, ICS, "Indigenous Authors: Chinese Novel: The Whirlwind", April 30, 1959, Taiwan Taipei 1959-1960, Box9, P61, RG306, NARA. 根據美新處的統計，姜貴的《旋風》一書的銷售情形良好，印了10,000本，5,000本由美新處買走，4,335本銷售出去，庫存665本，該書的銷售狀況與1958-1959年其他書籍相比，僅次於林語堂的 Secret Name 一書。Foreign Service Despatch, USIS Taipei to USIA, "Book Publishing in Taiwan", February 8, 1960, Taiwan Taipei 1959-1960, Box9, P61, RG306, NARA.

12 Foreign Service Despatch, USIS Taipei to USIA, "Book Publishing in Taiwan", May 28, 1959, Taiwan Taipei 1959-1960, Box9, P61, RG306, NARA.

競爭的對象。那要如何爭取這一群人加入己方陣營？其實書籍並非當時被認為最好的方式，甚至在宣傳上被視為「慢速媒介」（Slow Media）。但它仍是宣傳的主要方式之一，而且書籍具有的優點是：它不受傳播工具（例如需要特定器材播放）、傳播人員、傳播時間和空間的限制。此外，當冷戰雙方其中有一方，透過書籍開始對東南亞進行意識型態的宣傳，另一方自然無法置身事外。

　　誠如上述，「英翻中」的書籍主要是在針對東南亞華人的需求；至於「中翻英」，也是源自於雙方的宣傳／反宣傳競爭，主要針對的對象是海外能夠閱讀英文的讀者。1949年共產中國建立之後，進行對於中文書的「外譯」工作，尤其是對中國古典文學的翻譯，無論在歐美或是亞洲，都較中國近現代文學來得令人重視（中華人民共和國對外文化聯絡局編，1992，頁323-324）。大量的中國文學外譯，引起自由中國美新處的焦慮和恐慌。簡要回顧1950年代共產中國的宣傳品，可以觀察北京外文出版社[13]（1951年迄今）的外譯書籍。《阿Q正傳》（魯迅，1953）、《中國小說史略》（魯迅，1959）、《論藝術與文學》（毛澤東，1960）、《唐代傳奇》（白行簡，1962）等。共產中國有計畫地將國內作家的作品譯成外語，提供給東南亞以及其他地區從事文化宣傳。相對於共產中國的積極外譯（中翻英），美方的外譯宣傳是在意識到對方的宣傳威脅時才有後續反應，因為美新處早期的譯書一直以「英翻中」為主。其實，早在美方對中共外譯有意識之前，臺灣作家已經意識到「外譯」的迫切性。比如說1956年，齊邦媛到美國當交換教員，當時外國人最想知道的是：在臺灣（自由中國）的文學和大陸文學（共

---

13 外文出版社，亦稱外文圖書出版社，1951年成立，1963年改稱外文圖書出版社，由外文出版發行事業局（簡稱外文局）領導，原是國務院一個直屬局，負責協調管理中國外文圖書出版發行工作的專門機構。中華人民共和國對外文化聯絡局編（1992）。中國對外文化交流概覽（1949-1991）。北京：光明日報出版社。頁511。

產中國）究竟有何分別？[14]換句話說，對當時的外國人而言，如何區辨「兩個中國」儼然成為問題。

　　直到1958年，在麥加錫正式來臺任職前的代理處長莫澈理（James Moceri）認為，有鑑於共產中國在人文和科學生產著作的英文版目錄（bibliography），自由中國在著作「外譯」的部分也應該扮演領導的角色。[15]所以，同年10月，臺北美新處已經對此開會討論，並擬出1959-1961年的工作時程表。然而，莫澈理的計畫，顯然是針對自由中國從1956-1958年出版狀況做出「英文版」的目錄，他會這麼做的原因是，因為共產中國已經在海外大張旗鼓地從事宣傳，利用中國人文和科學英譯，影響西方學界對於中國人文和科學成就的理解和判斷，換句話說，臺灣圖書目錄的外譯亦是源自於與共產中國的對抗。及至1958年麥加錫來到臺灣之後，進行臺灣報告計畫（Taiwan Reporting Program, TRP），便是為了向世界介紹臺灣，而其中的方式之一，便是透過文學進行宣傳。本文所探討的Heritage Press系列叢書就是在此脈絡下產生。

　　如果根據譯書計畫翻譯的「內容」進行分類，目前所見美新處在臺灣的譯書計畫，可以約略區分為下面三類：「主題計畫」（Subject Program），例如《化學創造新世界》（*Chemistry Creates A New World*）、[16]《美國的農村生活》（*American Farm Life*）、[17]美國

14 齊邦媛教授主講（2006年9月）。我對臺灣文學與臺灣文學研究的看法。臺北：國立臺灣大學出版中心。

15 Foreign Service Despatch, Taipei American Embassy to USIA, "Proposed bibliography of publications of the Republic of China", January 22, 1959, Taiwan Taipei 1959-1960, Box9, P61, RG306, NARA.

16 Operations Memorandum, USIS Taipei to USIA, "ICS: Book Translation Program", April 13, 1959, Taiwan Taipei 1959-1960, Box9, P61, RG306, NARA.

17 Operations Memorandum, USIS Taipei to USIA, "ICS: Book Translation Program", March 12, 1959, Taiwan Taipei 1959-1960, Box9, P61, RG306, NARA.

繪畫簡史（*Pocket History of American Painting*）、[18]《美國宗教指引》（*Guide to Religious of America*）、[19]《美國人的性格與文化》（*Why We Behave Like Americans*）、[20]《甘迺迪傳》（*John Kennedy: A Political Profile*）等美國系列（Americana Series），這是說明美國文化和思想的小冊子。這些書籍或是透過商業販售，或是以贈送的方式送達東南亞各地美新處（但以贈送的方式為多）。第二種是「小書計畫」（Small Book Translation Program），例如《鸚鵡螺北極海底航行記》（*Nautilus 90 North*）、《極地表面》（*Surface at the Pole*）。小書計畫的概念源自於美國當時流行的口袋書、袖珍書。以及第三種「臺灣報告計畫」（TRP），到了1960年，臺北美新處主要出版臺灣本地的作家所書寫的材料（locally written materials），這是為了鞏固海外華人對於國民黨中國的忠誠，如本文所要分析的Heritage Press系列「中翻英」的作品。

　　透過上述，我們分別從語言和內容定位Heritage Press系列在譯書計畫中的位置。就語言方面而言，Heritage Press系列是屬於「中翻英」的著作；就內容定位而言，則是屬於譯書計畫中的臺灣報告計畫，其主要目的是面對共產中國對東南亞的文學傾銷，自由中國的美新處必須做出回應，具體說明自由中國和共產中國的差異。從Heritage Press系列的編輯和麥加錫的口述歷史中，更可以清楚地看到他們所要展現的「自由中國」是什麼？吳魯芹在*New Chinese Writing*（中譯《新中國作品》）的序言中所說的：「這是

---

18 Operations Memorandum, USIS Taipei to USIA, "ICS: Book Translation Program", February 27, 1959, Taiwan Taipei 1959-1960, Box9, P61, RG306, NARA.

19 Operations Memorandum, USIS Taipei to USIA, "ICS: Book Translation Program", January 26, 1959, Taiwan Taipei 1959-1960, Box9, P61, RG306, NARA.

20 Operations Memorandum, USIS Taipei to USIA, "ICS: Book Translation Program", January 13, 1959, Taiwan Taipei 1959-1960, Box9, P61, RG306, NARA.

一本臺港的中國作家在小說、詩和評論(casual pieces)的最新作品集。其目的不僅在於提供海外讀者對於中國文學現今活動不同的意見(crosscurrents)，而且要給除了老作家之外的新世代作家有發表的機會。」（Lucian Wu, 1962）吳魯芹提到的「對中國文學不同的意見」，其針對的對象就是共產中國對於中國文學的宣傳；另一方面，吳魯芹強調「新世代」，相對於共產中國的外譯偏向古典中國文學，吳魯芹想要呈現的是新世代的中國文學，試圖與共產中國的外譯文學做出區別。

　　此外根據1988年12月28日，麥加錫接受美國外交研究和訓練協會的訪談逐字稿，麥加錫回憶在臺北期間的作為，他說：

> 我在臺北期間（1958年8月至1962年7月）最值得注意的是：我們和年輕作家、藝術家所做的事。我們贊助（sponsored）以及和年輕作家一起從事大量的英語翻譯工作。我們出版了在臺灣的中國畫家和臺灣畫家的前衛（avant garde）作品。<u>這樣做的原因之一是為了與北京大量湧出的英文翻譯作品的外文出版以及繪畫藝術競爭，並與之做出區別</u>。這些出版物的出版是為了傳佈到世界各地，其中有一些透過商業管道，有一些透過其他地方的美國新聞處傳播。[21]（筆者翻譯，底線為筆者所加）

據此口述歷史，Heritage Press系列叢書與共產中國外譯工作的對抗性昭然若揭，而不純然以「個人喜好」便能夠解釋臺灣文學的外譯問題。其次，根據NARA的檔案，1959年，臺灣出版商對美新處提供的建議，其中一位出版商如此說道：「文學作品也許沒有

---

21 美國外交研究和訓練協會口述歷史（來源：http://www.library.georgetown.edu/dept/speccoll/cl999.htm，2013.10.17）。

立即的宣傳價值，但是長遠來看，可能較宣傳小冊子更具有影響力，因為學生想要閱讀小說、故事和戲劇。」[22] 此外，根據與美新處簽約的臺北記者Jason Tai的出版商調查報告 "Book Publishing in Taiwan"，其中提到：一些出版商認為，美新處應該支持中國作家的原創作品，即使這些作品對於私人出版商來說是無利可圖的。同時，應該將自由中國國內讀者列為譯書計畫主要的對象。因此，臺灣本地作家的作品相形之下顯得重要。[23] 承上所述，我們很清楚地看到在「需要本地作家作品」以及「需要外譯作品」兩個需求下，臺北美新處開始進行「中譯英」的計畫，Heritage Press系列叢書是在這樣的背景下誕生。

二、譯書計畫中的 Heritage Press 叢書

　　關於Heritage Press系列叢書出版計畫的討論，目前所見最早的檔案日期是1960年3月4日，麥加錫參加完在菲律賓碧瑤（Baguio）舉行的協調會議，討論關於臺灣報告計畫出版、印刷英文書等事宜，徵求美國新聞總署（United States Information Agency，以下簡稱USIA）和香港美新處的同意。[24] 這段敘述提醒我們，在這個時間點，Heritage Press系列叢書還在尋求USIA和香港美新處的同意。同年11月，「臺灣報告計畫」中就出現Heritage Press系列叢書的書目，所以，Heritage Press系列叢書正式開始運作的時間點

---

22 Foreign Service Despatch, USIS Taipei to USIA, "Book Publishing in Taiwan", May 28, 1959, Taiwan Taipei 1959-1960, Box9, P61, RG306, NARA.

23 Foreign Service Despatch, USIS Taipei to USIA, "Book Publishing in Taiwan", May 28, 1959, Taiwan Taipei 1959-1960, Box9, P61, RG306, NARA.

24 Incoming Telegram, USIS Taipei to USIA, March 4, 1960, Taiwan Taipei 1959-1960, Box9, P61, RG306, NARA.

應該就是1960年。「臺灣報告計畫」是麥加錫所負責，這和他擔任香港美新處處長期間，從事「中國報告計畫」[25]工作性質相似，主要是負責提供關於中國／臺灣（自由中國）的最新訊息、新聞報導、重要事件、出版與翻譯書籍給其他美新處使用。TRP的內容包羅萬象，舉凡政治、經濟、農業、科學、習俗、藝術和文學等。而其中的文學部分，就是Heritage Press系列叢書（參見文後附錄1）。如余光中的 *New Chinese Poetry*（《中國新詩集錦》）、王德箴[26]的 *Ladies of the Tang: 22 classical Chinese stories*（《唐代名小說集》）和吳魯芹的 *New Chinese stories: twelve short stories by contemporary Chinese writers*（《新中國故事：當代中國的十二個短篇故事》）等。

　　Heritage Press系列叢書絕非無中生有，而是美國文化宣傳策略下具體的展現。1960年10月，臺北美新處根據美國外交政策，修正1961年的國家計畫（country plan），重點是說服海外華人，自由中國才是中國社會和文化價值的守護者（the custodian of Chinese social and cultural values）、中國人民和政府真正的利益代表者，這一點和原先美方的政策差別不大，只是在字句上的修正（wording）。1961年的年度計畫，則是「聚焦在當地作家所寫作的材料，以鞏固海外華人對於自由中國的忠誠」（Concentration

---

25 香港的「中國報告計畫」（Chinese Reporting Program，簡稱CRP）開始於1955年4月，臺灣作家陳紀瀅的《荻村傳》（Fool in the Reeds）便是在中國報告計畫下，於1959年由香港虹霓出版社（Rainbow Press）出版。Foreign Service Despatch, USIS Hong Kong to USIA, "China Reporting Program: Summary of Activities", July 13, 1959, Box3, P61, RG306, NARA.

26 王德箴（1911-2010），江蘇蕭縣人，畢業於中央大學外文系，後留學美國，主修英國文學。1948年當選為中華民國行憲以來第一屆立法委員，在立法院外交委員會工作四十餘年，為典型的學者外交家。葛陵元（2010）。哭王德箴老人。黃花崗雜誌，31，173-174。

during FY-1961 is on locally written material to bolster adherence of
Overseas Chinese to Nationalist China.）。[27] Heritage Press 系列叢書
的出版，除了前述的反共因素，還有重申對於自由中國的支持。

　　Heritage Press系列是美新處譯書計畫典型的運作模式。首先，
以美方為主持人，再由當地的作家、翻譯家形成一個聯絡網（翻
譯網），交由在地出版社——臺北的Heritage Press[28]出版，最後再
由美新處購買一定的數量。此外，還必須特別留意的是，Heritage
Press系列是「選集」，該叢書所選錄的作品，最初分別在不同的報
章雜誌中發表，例如《文學雜誌》、《現代文學》、《聯合報》等。
理解這一點的重要性在於，作家最初寫作的目的並不是為了叢書的
出版，而是基於各種不同的目的發表，而後這些作品再被編輯者選
入選集。換句話說，編輯者在其中扮演關鍵的角色，而最能體現編
者的意見就是書前的序言。因此，接下來，我將觀察叢書的序言和
實際的作品，可以傳達給海外華人什麼樣的書寫訊息？或是說，透
過他們，海外華人可以認識怎麼樣的「中國」？

　　Heritage Press系列的主編，是後來成為中華民國筆會（The
Chinese Pen）的會長，且有「民間文藝使節」之稱的殷張蘭熙。殷
張蘭熙應是臺灣最早有系統做臺灣文學英譯的人，1961年美國新
聞處資助Heritage Press出版社英譯臺灣的小說和新詩，她即是 *New
Voice*（中譯《新聲》）一書的主編。關於Heritage Press這套譯書

27　Unclassified , USIA to USIS Taipei, "ICS: Book Translation Program", December 27, 1960,
　　Taiwan Taipei 1959-1960, Box9, P61, RG306, NARA.

28　關於Heritage Press的創立，是由香港虹霓出版社的創辦人黎劍虹在臺北所設立，黎劍
　　虹譯為「國粹出版社」，傅建中稱之為「傳統出版社」，在本文中，為了行文方便，
　　維持英文名。該社專門出版中國文化、文學名著的英譯，也發行畫冊（在香港印刷）
　　推銷到美國去。梁黎劍虹（1980）。《梁寒操與我》。臺北：黎明文化事業股份有限
　　公司。頁171。傅建中（1998年10月24日）。USIA與臺灣的文化發展。中國時報，
　　第13版。

的定位，可以透過殷張蘭熙的說法來理解。她說：「一九五○年代末期，我首次注意到，當時的中國文學作品，翻譯成英文幾乎呈真空狀態。已經譯成的，大多屬傳統古典作品，諸如紅樓夢、唐朝的短篇小說和唐詩等等。」（殷張蘭熙，1983，頁1）殷張蘭熙的觀察是準確的，根據中華人民共和國對外文化聯絡局的報告，在歐美的中國文學翻譯，的確以中國古典文學作品占了多數（中華人民共和國對外文化聯絡局編，1992，頁323-324）因此，在 Heritage Press 系列譯書中，我們可以發現，臺北美新處著重在英譯當時臺灣作家的作品，亦即所謂現代文學作品，然而，「當我們宣稱『新』（new）並不意味著我們與傳統斷裂」（Lucian Wu, 1962）。相反地，這套叢書是以銜接正統中國文化自居，不僅是傳承舊文學傳統，而且也要接續新文學傳統。

　　例如余光中 New Chinese Poetry 一書的序言，開頭的第一句話就是：「中國詩歌繼承了超過兩千餘年的傳統。」（Yu Kwang-chung, 1960）他從中國詩歌的起源《詩經》開始談起，然後銜接到臺灣戰後的現代詩，並闡述其與五四運動的關聯。王德箴翻譯唐代十二篇的小說，合成 Ladies of the Tang，原因是唐代短篇小說開啟後來宋代話本和京劇情節的雛形，雖然主要是寫唐代，但王德箴認為，唐代之前的著作已經含有小說的元素，因此她回溯到《詩經》、《春秋》。吳魯芹選譯 New Chinese Writing，說明自由中國作家吸收外國技巧，展開實驗性的創作同時，並沒有忘卻他們自己的文學傳統，就現實的意義上來說，這些實驗性的作家是古代學者和作家的繼承者（heirs），其後吳魯芹就接著概述中國古典小說的歷史。與此相似的，聶華苓[29]選編 Eight Stories by Chinese Women（中

---

29 聶華苓除了編選八位臺灣女作家的故事，還有翻譯當代美國作家，編成《美國短篇小說選》（The Anthology of American Short Stories），該書由 Willa Sibert Cather 撰寫，

譯《中國女作家的八個故事》），在書前的序言中，首先描述在中國文學史上引人注目的女作家：漢朝的班捷妤、班昭、三國時代的蔡文姬、晉朝蘇暉的回文詩、宋代的李清照，然後接著談論冰心、凌叔華、丁玲、（黃）盧隱、陳衡哲、蘇雪林、謝冰瑩等人。從Heritage Press這套譯書編者的序言中，可以清楚地描繪出一個中國古典文學的傳統，論詩從「詩經」談起，講小說從「唐代」入手，但是，最後都一定銜接到1919年胡適提倡白話文運動（Nieh Hua-Ling, 1962），接著才是闡述戰後在臺灣發展的文學。這種文學史論述，將戰後臺灣文學與中國古代文學傳統及五四新文學，緊密連繫在一起。

　　Heritage Press系列叢書在書前的序言部分肯定了國民黨的五四論述，但在實際的文本中卻又似乎偏離了國民黨的五四論述。在國民黨的內部，對於五四的看法有很多分歧，有的肯定五四的科學與民主精神，有的將五四視為洪水猛獸，國民黨來臺之後，開始流傳「五四亡國論」（呂正惠，1995，頁188-190），甚至將白話文與共匪並列，因此，Heritage Press系列叢書此舉，是有可能觸碰到五四亡國論者的敏感神經。但整體而言，我認為Heritage Press系列的五四觀和國民黨在臺灣的五四論述，並不完全悖離。首先，國民黨強調五四的民主、科學、（儒家）道德與民族主義，[30]其中民族主

<hr>

聶華苓翻譯，1960年由明華書局出版。該書的重要性在於：這是第一次嘗試翻譯美國短篇小說作品。This is our first attempt at producing a Chinese-language edition of short stories written by well-known American authors, and translated by a highly qualified Chinese woman novelist. Operations Memorandum, USIS Taipei to USIS Bangkok, Hongkong, Kuala Lumpur, Manila, Phnom Penh, Rangoon, Saigon, Seoul, Singapore, Vientiane, Tokyo, Habana, Canberra, Wellington, Buenos Aires, Lima, Manila(RSC), Amcon Suva, "ICS: Book Translation Program—The Anthology of American Short Stories", May 18, 1960, Taiwan Taipei 1959-1960, Box9, P61, RG306, NARA.

30 關於國民黨的五四論述，可以參考下面的文章。許壽裳（1947年5月4日）。臺灣需要一個新的五四運動。新生報。轉引自黃英哲編（2010），許壽裳臺灣時代文集。臺

義的文學便是要讓臺人熟稔中國的歷史和文學，熟悉中國的文學和歷史是為了強化臺灣人對「祖國」的認同，而Heritage Press系列正好在書前的序言勾勒了中國文學的傳統，呈現其對中國文化的認同，在這個層次上，兩者的差異不大。其次，在Heritage Press系列的序言裡，五四論述僅觸及胡適所提倡的白話文運動，沒有直接談論五四基本精神的爭議。但是，在實際的文本中，我們可以看到作家對於中國傳統、臺灣傳統的反思，這一點又與國民黨擁護中國文化傳統的五四論述不盡相同。換句話說，這套叢書的文本為我們展現一種不同於國民黨官方的五四論述，而可以被視為是以自由主義知識分子為主體的五四觀。

　　除了中國新舊文學的傳統，在Heritage Press系列中，讀者也會發現其所展現出來典型的中國文化、生活、習俗和情感（Nieh Hua-Ling, 1962）。另外，也展現有別於中國文化的臺灣元素，因為美新處的臺灣文學外譯，希望真切地呈現臺灣文學、文化與生活的各個面向（stories about ordinary facets of Taiwanese Life）。根據麥加錫為陳若曦的*Spirit calling : five stories of Taiwan*一書所寫的序言：「作為一位觀察者，我認為陳若曦小說最成功的，是她不具有企圖心卻關於臺灣日常生活各個面向的作品，例如：〈招魂〉和〈招弟的早晨〉。」（筆者翻譯）[31]在Heritage Press系列中，可以看到許多作品深刻地描繪出臺灣的傳統習俗、日常生活等，例如在小說中穿插颱風、米粉、彰化貓鼠麵（Cat and Mouse Noodles）等。而且，這群知識分子大多站在反思的角度去看待臺灣傳統，如果是女

北：國立臺灣大學出版中心。頁237-239。趙友培（1951）。五四的新評論。文藝創作，1，137-147。虞君質（1954）。五四以來中國文藝思潮之批判。文藝創作，37，88-99。陳紀瀅（1955）。泛論五四及新文藝運動。文藝創作，49，1-5。

31　Richard M. McCarthy所寫的序言，收錄在Lucy H. M., Chen(1962). Spirit Calling: Tales About Taiwan.Taipei: The Heritage Press. Lucy H. M., Chen(1962).

性作家的作品，可以看到他們抗拒、反思加在他們身上的傳統，正如五四運動對於封建傳統的反省。

例如陳若曦所寫的幾篇英文小說："A Morning for Chao-ti"（〈招弟的早晨〉），描述臺灣社會存在重男輕女的現象，在此現象下，作為長女的招弟如何不被重視卻又背負家庭的責任，除了幫助家中食堂的經營，還要照顧年幼的弟弟和不良於行的母親。文中可以看到臺灣留有日本統治的生活遺跡，如食堂提供日本生魚片（Sashimi）、擺設磨損的日本漆器。另一篇 "Miner's Wife"（〈礦工之妻〉），描述和反省在傳統中國「同姓不婚」的傳統習俗。這兩篇小說在既有的陳若曦研究中常被忽略，但這是陳若曦早期以英文創作的小說作品，反映她對傳統習俗、性別角色的思考。

此外，陳若曦的作品有些直接從中文譯成英文收入選集，例如 "Spirit Calling"（〈招魂〉），寫臺灣傳統的道士招魂儀式，作家以知識分子的角度看待這種「迷信」的傳統習俗，雖然帶著懷疑和批判，但是，作家透過這個批判的過程，卻又凸顯出一家人為弟弟祈福的複雜心情。"Ah-Chuang of Heaven-Blesses Village"（〈辛莊〉）中置換傳統婚姻關係中男強女弱的性別角色，寫男主角辛莊的妻子雲英的外遇，而他卻軟弱無奈的故事。陳若曦透過角色置換，顛覆傳統對於女性的定見，寫出勇於追求的女性。此外，文中描述當時臺灣婦女流行去看歌仔戲，反映臺灣早期的社會景象。上述兩篇小說，分別是從《現代文學》第三期、第五期中選錄出來，由陳若曦翻譯後，放入 Heritage Press 的 *Spirit calling: five stories of Taiwan* 中。

還有黃娟的 "A Marriage Has Been Arranged"（〈相親〉）一篇，描述1950年代的臺灣婚姻問題，從媒妁之言的老式婚姻如何走向自由戀愛，以及女主角秀宜在傳統相親和戀愛、婚姻自由之間的掙扎（Nieh Hua-Ling, 1962）。凡此種種，顯示新世代的知識分

子對舊有的傳統既不能完全接受，卻也未能完全掙脫，而該系列叢
書就是對於臺灣邁向現代化，新生代知識分子的內心掙扎的紀錄。
正如美新處處長麥加錫為陳若曦所作的序，序文所言：「戰後臺灣
隨著工廠林立、都市興起，現代化的事物進入臺灣農村之際，作家
扮演記錄這段過程的角色，但我認為他們不僅是單純的觀察者，他
們帶有深刻的反省與批判。」[32]

　　在部分篇章也記錄了中國邁向現代化，處於新舊交替之際的
知識分子如何反思。例如林海音的"Candle"（〈燭〉）描寫民國初
期，「正室」無法容忍丈夫娶姨太太的故事，反映在五四新舊交替
之際，女性雖然想要抗拒傳統所造成的宿命，卻對自己的婚姻無法
完全的自主。如果說，這篇作品是知識分子對於身處的中國傳統
和社會環境的反思，那麼，有些作品看到的是在這個過程中小人
物的不得志。例如潘人木的"The Last Race"（〈寧為瓦碎〉），透
過一個八歲小女孩的眼睛，敘說火車這個現代文明的怪獸，如何
改變中國北方鄉村的馬車伕這個行業，有一些小人物注定在現代
化的過程被犧牲。而潘人木描述的是馬車伕鄭大海最後和火車競速
比賽的掙扎，最後馬車伕的生命在現代化的輾壓中結束。在這裡，
我看到知識分子面對新舊交替的另一種姿態，除了前一段所展示
的批判之外，還有對卑微小人物無限的同情和憐憫。因此，透過
Heritage Press 系列，美新處和編者們試圖呈現的是一個「現代中
國」（Modern China），[33] 既傳承中國舊傳統，但不囿於傳統，增加

32　Richard M. McCarthy 所寫的序言，收錄在 Lucy H. M., Chen(1962). Spirit Calling: Tales
　　About Taiwan. Taipei: The Heritage Press.

33　殷張蘭熙在 Green Seaweed and Salted Eggs（中文名《綠藻與鹹蛋》）的譯序中提及，
　　將中國文學的書籍譯成英文，是要讓外國讀者知道「現代中國」（Modern China）的
　　狀況。Hai Yin, Lin. Translated by Nancy Chang Ing(1963). Green seaweed & salted eggs.
　　Taipei: The Heritage Press.

臺灣的文化元素，在傳統中求現代、進步、求新，因此，這套叢書的書名，以「新」（New）作為命名。

　　「新」的第二層意義是「新生代」作家，也就是所謂的戰後第二代。新生代作家在文本題材的選擇上，除了描繪臺灣或過去中國的現實，他們還挑戰了很多新的情感和禁忌，這也是現代主義小說在題材上的勇於創新。例如：王文興在 New Voices（《新聲》）中的 "Wedding of a White-Collar Worker"（〈一個公務人員的結婚〉），挑戰了當時對於男女未婚同居、未婚懷孕的禁忌，並去反省「夫妻」和「同居男女」的差別是什麼？我認為這是作家有意識地思考婚姻制度和所謂道德傳統的意義。歐陽子收在 Eight Stories by Chinese Women 的 "Wall"（〈牆〉）一文，處理妹妹和姊夫之間曖昧的關係。同一書中，侯真生的 "Fireside Chat"（〈爐邊夜語〉）處理婚外情的議題。在王禎和被選錄在 New Voices 中的 "The Ghost and the North Wind"（〈鬼、北風、人〉），這篇短篇小說被視為是他的「出世」之作，不論就內容或是手法都是創新的，在內容上挑戰親姐弟之間的曖昧情愫，在技巧上，王禎和擅長寫景和人物的細節，還運用內心獨白的心理分析，讓男主角貴福在回憶中獨白，藉此說明對某些人來說，人生注定是失敗的，為了生存，人可以變得很自私。鍾肇政 "Feet"（〈腳的故事〉）、潘人木 "The Last Race"、陳若曦 "A Morning for Chao-ti" 等篇章，同樣運用意識流的寫法，打破過往小說書寫的時間順序，透過文中人物的回憶、意識的流動，來回想一生的經歷或是創傷。意識流在 Heritage Press 系列中是最為常見的手法，並且形成一個非常類似的寫作模式 —— 藉由「現在、過去、現在」的鏡框式寫法，透過中間的回憶讓主角的意識奔馳，回到過去的某個場景和經驗。

　　但值得注意的是，即便作家在小說中使用這些實驗性的手

法，他們的重點絕非在此，不是純粹的追求技巧而已。而是如吳魯芹所說的，他們學習20世紀初期歐洲作家的敘事策略（narrative devices）和角色探索（character probings），但是，他們真正的重點是藉由學習西方的過程，敘說自己周遭的過去或是現在的故事（Lucian Wu, 1962）。我認為，吳魯芹真正的用意在於，這些作家身上顯現的是「進步的中國性」，透過新的技巧，其實要說明自由中國作家不斷追求進步和創新。只是後來白先勇、王文興、歐陽子等人，被視為臺灣現代主義文學的代表，其實，他們在書寫的內容上還是現實主義的。

此外，追求進步的中國性，其背後潛藏與共產中國競爭的邏輯。這套叢書是為了給海外的華人或英文世界的讀者看的，因此，還必須強化自由中國的反共立場，形成一種二元對立的敵我意識：亦即自由中國的文壇思想自由、寫作自由，而共產中國則相反。這種反共的立場隱微地出現在叢書的序言中，也展現在若干的文本裡。例如余光中在 New Chinese Poetry 的序言中提到，大部分的老詩人仍在中國大陸，他們已經耗盡了創造力，或者在共產中國的統治下噤若寒蟬（Yu Kwang-chung, 1960）。聶華苓在 Eight Stories by Chinese Women 則提到，進入新文學時期，文學革命喚醒對於大眾以及對於人性尊嚴的關注，女性開始為過往加諸在她們身上的限制發出聲音，女性作家開始寫作小說，並受到熱烈的關注。聶華苓還特別提及丁玲的處境，這和序言通常介紹女作家的作品風格很不同，她描述丁玲1931年加入共產黨，後來被清算（purge），最後在北平的大廈中當清潔工人服勞改（Nieh Hua-Ling, 1962）。這裡頗有政治性的暗示，亦即在共產中國下作家不幸的遭遇。吳魯芹在 New Chinese Stories 序言中寫道：「沒有任何單一思想派別或是文學理論可以主宰中國小說，除了在中國大陸，小說必須召喚過去的

罪孽，或是勞動大眾的榮光。」（Wu Lucian, 1961）透過陳述共產中國在思想和寫作上對於作家的箝制，吳魯芹說明該書內容的光譜廣泛，從想像冒險到家庭喜劇，從諷刺文學到多愁善感的愛情故事都有。換句話說，自由中國不會僅有一家之言，作家們可以盡情地展現個人風格，甚至其中有些篇章是「實驗性」（experimental）的作品，作家以能尋找新方向自豪。吳魯芹的這段話凸顯自由中國的文藝自由，而這樣的自由是與共產中國相對的存在。

反共意識展現在叢書的文本裡，可以彭歌的 "Black Tears"（〈黑色的淚〉）為代表，這篇得到《亞洲畫報》徵文比賽普通組優秀獎的小說。這篇帶有自傳色彩的小說，主角虎子（或稱虎頭、虎少爺，且剛好作者彭歌也屬虎）母親早逝，與親生父親疏離，更加深他的童年、青少年的寂寞，而故事中的煤球工人黑拐李就是他在鄰居、同儕之間尋求的友誼。我認為這部小說的前半部真實而動人，這與作者的童年經驗（例如：失去母親）且在中國北方生活的經歷有關，尤其第四小節針對如何製作煤球取暖的過程，作者描繪得相當仔細。整體來看，我認為這篇小說在描寫人物的心理感受上很深刻。然而，這篇故事在其後半部分筆鋒一轉提到九一八事變，也提到共產黨，作者寫道：「人人多說老八比老日更不成話。」（按：老八即是中共的八路軍，老日即是日本人。）後來黑拐李受到中共的清算、鬥爭而變了個人。寫到最後，點出反共的意識型態。我認為，在提到共產黨之前，彭歌是在寫自己的生命故事，真摯而動人，尤其是在人物的內心書寫部分，這些必須要給予肯定。雖然他最後仍然落於反共窠臼，但這並不完全抵消前文的寫作技巧與文學價值。整體而言，Heritage Press 叢書的「反共」元素相較於上述的「反傳統」顯得相對稀薄，而且潛藏地更為幽微。

總結上述，如果以描述性的概念來概括，我們可以說，Heritage

Press系列展現了一種中國性（而且是現代中國性）、現代性（現代主義文學的題材和技巧）和反共性的集合體。然而，透過麥加錫和編者們的序言，我認為他們最為強調的還有「人性」（Human Nature），編者們期待看到的是平凡生活中的「人」，以及人在其所處的境遇中如何掙扎。這一點強烈地表現在麥加錫、殷張蘭熙等人所寫的序言，其實也明顯地表現在作家的作品中。我們或許無須懷疑作家們寫作時的真誠，然而，我們不能僅將編輯者對於「人性的強調」，視為一種對於文學普遍價值的追求而已，而必須放回1950年代反共文藝體制的背景下考慮。「人性／反人性」就是自由中國與共產中國在論述上的具體差異，對於共產中國而言，「『人性論』是資產階級企圖解除無產階級鬥爭意志的慣用武器，是一切修正主義共同的東西，它是資產階級文藝理論的核心」（易金，1959，第2版）。相對於此，自由中國的文藝論述強調「人性」，因為對他們而言，「五四精神一般的標誌是『民主』與『科學』。但如果更進深一層從本質上去判析，我們也許可以提出『人性』和『理性』這二個範疇來概括它。事實上，人性正是民主的內蘊，理性更屬科學的基礎；民主與科學，即是人性與理性的外現罷了」（《聯合報》社論，1959，第2版）。從這點來看，強調「人性」不僅是「反共」的，而且它來自五四精神的遺緒。易言之，強調個人、人性（論），和國民黨《文藝創作》上的反共文藝論述並不違背，而強調「人性」也正與共產中國的「階級」概念相對立，共產中國的文學強調階級性。或許我們可以說，Heritage Press系列的作家、編輯者的想法，和當時主流的、國家的文學觀點並不扞格，反而是安全地保持了一致。

　　最後，Heritage Press系列譯書除了建構對中國新舊文學傳統的接續，強調反共和現代文學之外，我認為，這套書籍還展現出兩

個特色：首先，這套叢書所選擇的作者，反映當時臺灣文學社群的集結，亦即以美新處的文藝聚會和春臺小集為中心的作家群。麥加錫處長常在其官邸舉行文藝派對，邀請本地文藝工作者和美國官方人員用餐，譬如：鍾肇政、聶華苓、陳若曦、畫家席德進，而且透過麥加錫，《現代文學》的作家們得以認識張愛玲。[34]此外，彭歌在〈春臺那幾位「文藝青年」〉一文中提到，「春臺」是一群年輕的知識分子的小小聚會，大家都很誠懇地熱愛文學、熱愛人生，通常是每月一聚，彭歌（姚朋）、司馬桑敦（楊光逖）、郭嗣汾、周棄子、潘琦君（潘希珍）、李唐基、何凡、林海音、聶華苓、柏楊（郭衣洞）是原始會員，後來夏道平、高陽（許晏駢）、南郭（林適存）加入，不久之後又有吳魯芹、夏濟安、劉守宜、孟瑤（揚宗珍）、公孫嬿（查顯琳）、王敬羲等（彭歌，2009，頁10-15）。其中，彭歌、司馬桑敦、林海音、聶華苓、南郭、吳魯芹、孟瑤等人的作品都選入Heritage Press系列。

　　值得注意的是，這些作品有一個微妙的「巧合」，就是放在小說選集的第一篇作品都是本省籍作家的作品，例如：*New Voices*的第一篇是陳若曦的"Spirit Calling"，*New Chinese Stories*的第一篇是鍾肇政（客籍作家）"Feet"，*Eight Stories by Chinese Women*的第一篇是黃娟（客籍作家）"A Marriage Has Been Arranged"，這是純粹的巧合還是特意的安排？這可能涉及的問題是，「省籍」因素是否作用在戰後第二代的作家身上？

　　根據1961年臺北美新處所做的調查報告（Inspection Report），

---

34 陳若曦（2011）。堅持‧無悔：陳若曦七十自述。臺北：九歌出版社有限公司。頁96-100。在該書中，陳若曦也提到和殷張蘭熙結識的過程，主要是因為殷張蘭熙在臺大對面新生南路上的基督教真理堂，開辦了「英美現代詩欣賞班」，南北社的王文興、洪智惠（歐陽子）等人也參與其中。

提到當時82%的本省人對外省人占據90%的政府職位「深深地仇視」（resent deeply）。[35]當時的美國大使莊萊德（Everett F Drumright）認為有必要和美新處合作解決這個問題，他說：

> 在臺灣真正的問題是，臺灣人和大陸人之間潛在的劃分，如果不以極大的關懷和智慧處理，這種區分極有可能被利用。我認為這是我們的任務之一，不是強調這種潛在的區分，而是試著彌合兩者之間的鴻溝。這需要時間、耐心和微妙的、智慧的方法來解決這個問題。正是本著這種精神，大使館和美新處試圖處理這個問題。[36]

從這段美國大使莊萊德的報告，可看到美方意識到當時臺灣社會真正的問題是省籍的潛在劃分，而他們想要扮演的是彌補本省人和外省人之間鴻溝的角色。或許這可以為 Heritage Press 系列作品的第一篇為何都是本省籍作家提供部分解釋，就是試圖透過新生代作家的書寫，在其中展現本省、外省作家都出現在同一部選集中，說明 Heritage Press 系列沒有忽略臺灣本省作家，甚至想要凸顯本省作家，這或許就是美新處在文化上的一種彌合的作為。

另一個證據來自1960年8月10日，吳魯芹對於本省籍作家所做的調查報告，其英文的標題是 "Native-Born Taiwanese Writers"。

---

35 Inspection Report, USIS Taipei to USIA, October 20, 1961, A-8 Organization & Administration INSPECTION REPORT 1961, Foreign Service Posts of the Department of State, Taiwan: U.S. Embassy, Taipei: United States Information Service (USIS): Classified Alpha-Numeric Subject Files, 1957-1961, RG84, NARA.

36 Inspection Report USIS/ Taiwan, 1961/10/20, Department of State, Foreign Service Posts, Taiwan, U.S. Embassy, Taipei: United States Information Service(USIS), Numeric Subject Files 1957-1961, RG84, NARA.

吳魯芹之所以會寫這份報告背後的原因是為了編纂Heritage Press
系列的短篇小說作品集，而他需要一至二篇本省籍作家的作品，這
正好呼應當時美國大使館、美國新聞處的理念。誠如上述，美國大
使館、美新處這兩個單位試圖填補本省人和外省人之間的鴻溝。針
對吳魯芹的這份報告，麥加錫在回報給USIA的時候提到：

> 附件是關於在臺灣出生的中文小說作家的報告，由美新處本
> 地雇員吳魯芹所擬定。該報告源自許多努力的成果：為了尋找
> 一到兩篇土生土長的作家所寫的短篇小說，並將其收錄在美新
> 處出版與翻譯的中文短篇小說集裡頭（這個工作是臺灣報告計
> 畫的一部分）。[37]

根據麥加錫的報告，吳魯芹在編纂Heritage Press系列時，是很有
意識地要納入臺灣出生的本省籍作家，透過吳魯芹的本省籍作家報
告，他提到林海音為本省籍作家提供發表的園地，在當時的臺灣
文壇極具影響力；鍾理和雖然不是多產作家，但是他在「描繪這個
不可愛的世界的某些面向」（to depict certain aspects of this unlovely
and unlovable world），而且做得很好。其他還有施翠峰、廖清
秀、許炳成（文心）、鍾肇政、陳火泉、林文月等。在這些本省籍
作家的評述中，吳魯芹對鍾理和的描述和介紹篇幅最多，給予的評
價也相當高。不過，吳魯芹最後選擇的卻是鍾肇政的作品"Feet"，
本文認為，這可能與"Feet"這篇小說所採用實驗性的意識流寫法有

---

37 Foreign Service Despatch, USIS Taipei to USIA,"Report on Native-Born Taiwanese
Writers", August 15, 1960, Foreign Service Posts of the Department of State, Taiwan: U.S.
Embassy, Taipei: United States Information Service (USIS): Classified Alpha-Numeric
Subject Files, 1957-1961, Box3, RG84, NARA.

關，是與吳魯芹編纂的選集其他文章是保持一致的風格，就是選擇實驗性、現代主義（意識流）寫法的小說。

Heritage Press系列所展現的第二個特色，便是叢書中的*New Voices*可以說是臺大、師大學生的「作品集」，主要以詩和小說為主；*New Chinese Writings*的內容更為豐富，也是一種實驗性的作品集結，包括文學和繪畫，而以臺港作家（其中仍是以臺大學生為主體）的詩、小說、評論（essays）[38]和席德進的畫作為主。讓「新生代」作家發出「新聲」的合輯作品，這樣的集結形式在美新處的譯書計畫中顯得獨特。因為在譯書計畫中，我們可以看到教師單獨出書，例如殷海光（哲學領域），或是教師自己出版作品集，例如Dr. Thomas J. Ho出版 *The Free and Democratic Economic System*，該書收錄對政治大學學生的四篇演講稿。[39] *New Voices*、*New Chinese Writings*這種實驗性的學生作品集，還是目前譯書計畫中所見的特例。

為什麼美方會願意出版這些學生初試啼聲之作？這其實和美方最終的目的是「反共」而非「文學」有關。甚至部分選集連麥加錫都不甚滿意。比如說余光中 *New Chinese Poetry*。麥加錫向USIA說明余光中 *New Chinese Poetry* 出版的經過時提到：

> 這些詩中沒有一首接近所謂偉大的詩歌。然而，我們希望透
> 過這部作品可以展現給其他國家對文學有興趣的人們；臺灣詩
> 人──不像他們那些在中國大陸上只會模仿的同行們──是憑

---

38 在New Chinese Writings的casual pieces，也就是評論「essays」，比較接近今天的「短評」，作者針對社會的某一現象，提出自身的看法。

39 Operations Memorandum, USIS Taipei to USIA, "ICS: Book Translation Program—Indigenous Author", May 24, 1960, Taiwan Taipei 1959-1960, Box9, P61, RG306, NARA.

藉著他們自主的、具有個性的主題和技巧，自由地創作。[40]

本身主修美國文學的麥加錫，對於余光中 *New Chinese Poetry* 顯然評價不高，然而，對美新處來說，作品的好壞不是問題，亦即美新處出版余光中所編選的詩集並非基於文學鑑賞，重點在於呈現自由中國的詩人們可以「自由書寫」，而這和共產中國是大相逕庭的。整體而言，這也是 Heritage Press 系列在對外宣傳上的目的，凡此種種，可以凸顯 Heritage Press 系列譯書在美新處的譯書計畫的特色。透過 Heritage Press 系列，反共性成了 Heritage Press 的隱蔽文本，而現代性（現代主義）、進步的中國性和人性才是世人所見的公開言行。

結語

　　本文從美新處的譯書計畫來重新審視臺灣文學的外譯史，認為應該將既有論述的時間點提前至1950年代，也說明美新處的 Heritage Press 系列象徵戰後臺灣文學有計畫、有系統地外譯的開始，使戰後新生代作家的作品透過譯書計畫登上國際舞臺。相較於1950年代國民黨的外譯計畫，美新處的譯書計畫顯然多了文學味。在新詩方面，余光中的 *New Chinese Poetry*，是戰後自由中國新詩外譯的開始，在這本書的序言裡，余光中重申三大詩社（schools）的概念，即現代派（Modernists）、藍星（Blue Stars）和

---

40 Foreign Service Despatch, USIS Taipei to USIA, "Locally Written Book in English Translation: New Chinese Poetry", January 18, 1961, Foreign Service Posts of the Department of State, Taiwan: U.S. Embassy, Taipei: United States Information Service (USIS): Classified Alpha-Numeric Subject Files, 1957-1961, Box3, RG84, NARA.

創世紀（Genesis Group）。[41] 在小說方面，多篇小說更是作家的出世之作，例如白先勇的 "The Elder Mrs. King"（〈金大奶奶〉）、[42] 王禎和的 "The Ghost and the North Wind"（〈鬼、北風、人〉）[43] 等；其中有些作家的作品後來為臺灣文壇所淡忘，例如鍾肇政的 "Feet"、陳若曦的 "A Morning for Chao-ti"；更有些學生作家後來為臺灣文壇所遺忘，例如秀陶、林枕客、侯真生。但透過重新整理美新處的譯書計畫，讓這些臺灣作家所寫的英文小說、詩、散文和評論，重新回到臺灣文學史的扉頁。此外，透過該叢書的分析，我們在實際的作品中看到中國性（臺灣性）、反共性、現代性和人性這四個概念，如何在文本中展現，而這四個概念也呼應戰後美國和自由中國的政治目標。

其次，透過美新處譯書計畫的分析，我們重新審視和臺灣文學發展關係最密切的美新處處長麥加錫，修正和調整既有對於麥加錫的看法，並非「個人」而是「個人和體制」共同促成戰後臺灣文學的外譯。在其中，我們看到從美國的外交政策、臺北美新處的國家計畫、譯書計畫，這是美方的文化宣傳政策，如何透過與在地文學社群、在地出版社（Heritage Press）的合作。一方面美方可以落實冷戰文化宣傳的目標，另一方面，也讓本地作家獲得發表的園地、發聲的機會，讓臺灣當地的出版業可以發展。透過美新處譯書計畫

---

41 Kwang-chung, Yu(1960). *New Chinese Poetry*. Taipei: The Heritage Press. 根據蔡明諺的研究，「三大詩社」目前可見最早的記載應是1959年4月，余光中在回答美國詩人佛洛斯特的問題時，首先提出三大詩社的說法。蔡明諺（2008）。一九五〇年代臺灣現代詩的淵源與走向（未出版之博士論文）。新竹：國立清華大學中國文學系。頁322。

42 白先勇的第一篇小說〈金大奶奶〉發表在1958年9月號的《文學雜誌》上，那時他才剛念完大學一年級。出自夏志清〈白先勇早期的短篇小說〉，收錄在白先勇（1976）。《寂寞的十七歲》。臺北：遠景出版事業有限公司。

43 王禎和的第一篇小說〈鬼、北風、人〉發表在1961年3月第七期的《現代文學》上，這篇小說被視為王禎和文學生涯的起點。

的催化，讓美新處與在地出版社、本地作家合作，譜成戰後臺灣文學外譯的樂章。

　　然而，在欣賞這些動人的作品之餘，不能忘記的是，這些看似感人的作品，除了是作家嘔心瀝血的作品，同時也被拿來作為美新處溫柔的冷戰武器。它們的目的不在於殺戮，非但不會讓人刀刀濺血，有時反而令人感覺讀來字字血淚。因為這些作品最終的目的不在於傷害人，而在於擄獲人心。

附錄：Taipei Heritage Press出版品

書名	作者	出版年	類型
New Chinese poetry	Yu, Kwang-chung	1960	文學
New voices: stories and poems	by young Chinese writers; edited & translated by Ing, Nancy Chang.	1961	文學
New Chinese stories: twelve short stories by contemporary Chinese writers	edited & translated by Wu, Lucian	1961	文學
Children of the pear garden	Hung, Josephine Huang	1961	戲劇
A brush to nature: by Kao Yi-hung	Kao, Yi-hung	1961	繪畫
Brush and ink: a collection of paintings by 36 contemporary Chinese artists	Taipei: Heritage Press	1961	繪畫
Ran In-ting's Taiwan	Ran, In-ting	1961	繪畫
The World of Shiy De Jinn	Shiy, De Jinn	1961	繪畫
The art of Cheng Man-ching	Cheng, Man-ching	1961	繪畫
Ladies of the Tang: 22 classical Chinese stories	translated by Wang, Elizabeth Te-chen	1961	文學
New Chinese writing	ed. and selected by Wu, Lucian	1962	文學
Spirit calling: five stories of Taiwan	Chen, Hsiu-mei	1962	文學
Eight stories by Chinese women	selected and translated by Nieh, Hua-ling	1962	文學
Green seaweed & salted eggs	by Lin, Hai Yin, Translated by Ing, Nancy Chang	1963	文學
Ming drama	Hung Josephine Huang	1966	戲劇

（資料來源：作者自行整理。）

參考文獻

中文

中華人民共和國對外文化聯絡局編（1992）。**中國對外文化交流概覽（1949-1991）**。北京：光明日報出版社。

白先勇（1976）。**寂寞的十七歲**。臺北：遠景出版事業有限公司。

禾辛（1958年6月4日）。「紅樓夢」英譯本。**聯合報**，第6版。

何凡（1970年4月7日）。文藝也該輸出（下）。**聯合報**，第9版。

呂正惠（1995）。**戰後臺灣文學經驗**。臺北：新地文學出版社。

李惠珍（1995）。**美國小說在臺灣的翻譯史（1949-1979）**（未出版之碩士論文）。輔仁大學，新北。

辛廣偉（2000）。**臺灣出版史**。石家庄：河北教育出版社。

周文萍（1995）。**美國戲劇在臺灣（1949-1994）**（未出版之碩士論文）。輔仁大學，新北。

易金（1959年2月24日）。人性的修正主義與文學創作。**聯合報**，第2版。

林果顯（2011）。**一九五〇年代反攻大陸宣傳體制的形成**（未出版之博士論文）。國立政治大學，臺北。

社論（1959年5月4日）。讓「人性」和「理性」照亮我們。**聯合報**，第2版。

殷張蘭熙編（1983）。**寒梅**。臺北：爾雅出版社有限公司。

梁黎劍虹（1980）。**梁寒操與我**。臺北：黎明文化事業股份有限公司。

陳紀瀅（1955）。泛論五四及新文藝運動。**文藝創作**，**49**，1-5。

陳紀瀅（1974年11月18日）。「荻村傳」英、日文版出版經過。**聯合報**，第12版。

陳若曦（2011）。**堅持・無悔：陳若曦七十自述**。臺北：九歌出版社有限公司。

傅建中（1998年10月24日）。USIA與臺灣的文化發展。**中國時報**，第13版。

單德興（2012）。齊邦媛教授訪談：翻譯面面觀。**翻譯論叢**，**5**（1），247-272。

彭瑞金（2008）。臺灣文學亟需臺灣觀點的外譯計畫。**文訊**，**274**，48-51。

彭歌（2009）。**憶春臺舊友**。臺北：九歌出版社有限公司。

曾虛白（1988）。**曾虛白自傳（上）**。臺北：聯經出版事業股份有限公司。

黃英哲編（2010）。**許壽裳臺灣時代文集**。臺北：國立臺灣大學出版中心。

葛陵元（2010）。哭王德篤老人。**黃花崗雜誌**，**31**，173-174。

虞君質（1954）。五四以來中國文藝思潮之批判。**文藝創作**，**37**，88-99。

趙友培（1951）。五四的新評論。**文藝創作**，**1**，137-147。

趙綺娜（2001）。美國政府在臺灣的教育與文化交流活動（1951-1970）。**歐美研究**，**31**（1），79-127。

齊邦媛（1996）。臺灣文學作品的外譯。**精湛**，**28**，38-40。

齊邦媛（1998）。中書外譯的回顧與檢討。**文訊別冊**，22-24。

蔡明諺（2008）。**一九五〇年代臺灣現代詩的淵源與走向**（未出版之博士論文）。國立清華大學，新竹。

賴慈芸（1995）。**飄洋過海的謬思：美國詩作在臺灣的翻譯史（1945-1992）**（未出版之碩士論文）。輔仁大學，新北。

譚光磊（2011）。臺灣文學外譯與大眾出版。**臺灣文學館通訊**，**32**，37-43。

《文藝創作》（臺北：文藝創作出版社）第1、37、49期。

美國國家檔案局檔案（簡稱NARA）

美國外交研究和訓練協會口述歷史（來源：http://www.library.georgetown.edu/dept/speccoll/cl999.htm，2013.10.17）

齊邦媛教授主講（2006年9月）。**我對臺灣文學與臺灣文學研究的看法**。臺北：國立臺灣大學出版中心。

英文

Hai Yin, Lin. Translated by Nancy Chang Ing (1963). *Green seaweed & salted eggs*. Taipei: The Heritage Press.

Hua-Ling, Nieh (1962). *Eight Stories by Chinese Women*. Taipei: The Heritage Press.

Kwang-chung, Yu (1960). *New Chinese Poetry*. Taipei: The Heritage Press.

Lucian, Wu (1961). *New Chinese stories: Twelve Short Stories by Contemporary Chinese Writers*. Taipei: The Heritage Press.

Lucian, Wu (1962). *New Chinese Writings*. Taipei: The Heritage Press.

Lucy H. M., Chen (1962). *Spirit Calling: Tales About Taiwan*. Taipei: The Heritage Press.

Nancy, Ing Chang (1961). *New Voices: Stories and Poems by Young Chinese writers*. Taipei: The Heritage Press.

Te Chen,Wamg (1961). *Ladies of the Tang: 22 Classical Chinese stories*. Taipei: The Heritage Press.

按語

本文的發想始於筆者對於臺北美新處出版品的關注。一般而言，臺灣讀者對於美新處的出版品印象較為深刻的是《今日世界》（*World Today*, 1952-1980）和《學生英文雜誌》（*Student Review,* 1953-1970），前者由香港美新處出版，是針對一般大眾而設計的刊物，後者主要由臺北美新處發行，臺灣和東南亞的中學生是美方想像的潛在讀者。此外，當我第一次閱讀 Heritage Press 系列（以下簡稱 HP 系列）的出版品時，內心感到非常振奮，尤其在這一系列的英文小說中看到熟悉的臺灣作家的名字，包括鍾肇政、白先勇、陳若曦和王禎和等人，其中有些是作家初出茅廬的作品，都被翻譯成英文，透過 Heritage Press 的出版和發行，能夠行銷東南亞，甚至是全世界。

藉由臺灣作家作品的翻譯，引起筆者對於臺灣文學外譯歷史的興趣，也發現既有學術研究討論臺灣文學的外譯，大抵以 1970 年代齊邦媛作為討論的起點，於是，透過 HP 系列的作品，讓筆者重新反思「美新處」在臺灣文學外譯中所扮演的角色，此一文學翻譯現象背後所反映的國際局勢和社會脈絡，及更具體的運作機制——美援文藝體制，其中牽涉到「文學翻譯」與「國際權力」的關係更是筆者所關注的焦點，這是全文發展的主要脈絡。

本文首次發表於 2013 年，距今已有五年之久，此次感謝賴慈芸教授主編《臺灣翻譯史：殖民、國族與認同》的機會，得以重新省視自己的文章。在這期間，筆者針對臺港美新處、美援文藝體制和美新處譯書計畫，不管在歷史檔案或是論述發展，都有不同的進展，主要修改的重點為：首先，增加 HP 系列作品的總目錄（參見附錄），讓讀者在閱讀的過程中更能掌握 HP 整個出版的動向，及

其所呈現的出版特色。其次，針對中英文的翻譯再次斟酌、校正。最後，本文是筆者針對美新處譯書計畫的第一篇作品，也是筆者對於東亞文化冷戰研究的開始，是筆者個人研究的起點；而賴慈芸教授主編《臺灣翻譯史：殖民、國族與認同》一書，對於臺灣翻譯研究更是別具意義，尤其是「臺灣翻譯史」這個尚在發展中的領域，期待透過本書，能夠讓「臺灣翻譯史」被大家「發現」和「看見」。

第十二章

三城記：冷戰時期滬港臺的譯本與譯者大遷徙

賴慈芸

中國的大病一字即足以道盡：「假」。

——卞之琳，《阿道爾夫》譯者序（1944）

一、一本茵夢湖，三個源頭

1982年，臺北的輔新書局出版了一本《茵夢湖》（*Immensee*），署名「謝金德」譯。裡面收錄多篇德語作家史篤姆（Theodor Storm, 1817-1888）作品，除了〈茵夢湖〉之外，還有〈三色紫羅蘭〉、〈遲開的薔薇〉、〈鐘聲殘夢〉、〈杏革莉笳〉等短篇小說。書前有〈編譯者序〉：

> 我有欣賞文學的傾向，但是從來沒有設想到，讓自己和這件事發生任何關係。翻譯文學名著更是我所不敢妄為的。缺乏這種修養功夫和缺乏從事練習寫作的時間，當然是主要的原因。（頁1）

但所謂「謝金德」的這段話其實是張丕介說的：

> 我有欣賞文學的傾向，但是從來沒有設想到，讓自己和這件事發生任何關係。翻譯文學名著更是我所不敢妄為的。缺乏這種修養功夫和缺乏從事練習寫作的時間，當然是主要的原因。（張丕介，1955，頁1）

張丕介（1905-1970），山東人，留德的經濟學博士。1949年赴香港，與錢穆、唐君毅創新亞書院，為經濟系主任。後來香港中

文大學成立，他也一直留在中大任教。他的其他著譯作都是《中國之土地問題》、《國民經濟學原理》之類的，因此他謙稱自己不敢妄作翻譯，只是1954年的夏天，天氣十分炎熱，偶然從舊書鋪買來德文的史陶穆全集，因此回憶起二十多年前在德國留學的時光，遂試譯以消暑。張丕介這篇序署於新亞書院，把翻譯過程交代的十分清楚，顯現一個大學者的謙謙風範。但「謝金德」不知是誰，抄了這段序文，只能說是不倫不類。除了序文之外，內文也一字不差：

> 一個衣履整齊的老人，在一個深秋的下午，緩緩的沿街而來。看他那雙過了時的滿佈著灰塵的皮鞋。他好像散罷了步，走回家去。他脅下挾著一條長的金頭手杖；整個的青春還保留在那雙深灰色的眸子上，而和那一頭白髮顯出一種奇異的對照。（謝金德，1982，頁1）

> 一個衣履整齊的老人，在一個深秋的下午，緩緩的沿街而來。看他那雙過了時的滿佈著灰塵的皮鞋，他好像散罷了步，走回家去。他脅下挾著一條長的金頭手杖；整個的青春還保留在那雙深灰色的眸子上，而和那一頭白髮顯出一種奇異的對照。（張丕介，1955，頁1）

因此我們判定「謝金德」是一個假名，抄襲張丕介的《茵夢湖‧三色紫羅蘭》（香港：人生出版社，1955）。問題是，張丕介只譯了〈茵夢湖〉和〈三色紫羅蘭〉兩篇，其他的三篇是哪來的呢？經過比對，原來〈遲開的薔薇〉和〈鐘聲殘夢〉[1]兩篇是巴金

---

1 巴金原譯名為〈馬爾德和她的鐘〉。

（李堯棠，1904-2005）翻譯的，〈杏革莉笳〉是毛秋白（1903-?）翻譯的。以下為這三本源頭的出版資料：

> （一）毛秋白《德意志短篇小說集》（1935年，上海：上海商務印書館）[2]
>
> （二）巴金《遲開的薔薇》（1943年，上海：文化生活出版社）
>
> （三）張丕介《茵夢湖／三色紫羅蘭》（1955年，香港：人生出版社）

而臺灣從1956年開始，至1993年為止，至少有十一種《茵夢湖》的盜印版，源頭除了上述的三種譯作，還有一本李紹繆的華英對照《茵夢湖》（上海：三民書局，1947）。臺灣的各盜印本採取了各種不同的組合（見表1）。

　　而這四本源頭書，至少三本跟香港有關：張丕介是流亡到香港後所譯的，也在香港出版；李紹繆譯本在1952年曾由香港三民書店再版，巴金的譯本也在1966年由香港的南華書店再版，但把書名由《遲開的薔薇》改為《蜂湖》。因此或許臺灣的抄襲本並不是直接抄上海版本，而是抄香港版本。

　　《茵夢湖》因為是中短篇小說合集，來源比較複雜。但這並非孤例，1987年臺北金楓出版社署名「俞辰」翻譯的《野性的呼喚》，收錄美國作家傑克・倫敦（Jack London, 1876-1916）三篇小說，其中〈野性的呼喚〉是根據1935年谷風（張光人，1902-1985）、歐陽山（楊鳳岐，1908-2004）合譯的《野性底呼聲》（上海：上海商務印書館）；而另外兩篇短篇小說〈生火〉和〈異教

2　臺灣商務在1969年曾重印毛秋白此譯本。

表1：臺灣盜版《茵夢湖》來源表

	毛秋白 譯本	巴金 譯本	李紹繆 譯本	張丕介 譯本
1.呂津惠（文光，1956）			✓	
2.亮華（重光，1957）			✓	✓
3.張治文（現代家庭，1959）			✓	✓
4.呂津惠（大眾，1966）[3]			✓	
5.鄒翠文（文馨，1976）				✓
6.（未署名）（文言，1981）			✓	
7.謝金德（輔新，1982）	✓	✓		✓
8.（未署名）（大夏，1987）		✓		✓
9.俞辰（久大，1988）			✓	✓
10.（未署名）（漢風，1990）	✓	✓		✓
11.俞辰（桂冠，1993）			✓	✓

（資料來源：作者自行整理。）

徒），則抄襲1967年吳玉音的《傑克・倫敦短篇小說選》（香港：今日世界出版社），同樣也是結合滬港來源的臺灣盜印本。

　　為什麼臺灣的盜印本這麼多？來自滬港兩地的源頭譯本有多少？真正譯者是誰？香港在這波譯本及譯者大遷徙中扮演什麼樣的角色？本文希望從結構性的角度，全面來描述1949年至1990年四十年間，來自中國和香港的譯本，並描述1949年前後流亡至港臺的譯者。

3　1956年文光版是英漢對照本，1966年大眾版只有中文，因內容過於單薄，還多加印了歌德的〈少年維特的煩惱〉，係抄襲1931年羅牧的譯本（上海：北新書店）。

二、假名的始作俑者：香港美新處

　　臺灣盜印譯本充斥，有語言、政治、商業利益等複雜的因素（賴慈芸，2012，2013a，2013b，2014，2015）。語言方面，臺灣從清末至1945年為日本殖民地，歷經日本明治、大正、昭和三朝，習用日語已久；而且臺灣居民多為閩粵之後，不在北方官話區域之內，不諳中華民國依據北平方言而定的國語，當然也對「我手寫我口」的現代白話相當陌生，因此現代中文書寫勢必依賴大陸出版品與大陸作家、譯者。而政治方面，臺灣戰後四年隨即長期戒嚴，不但大陸出版品不得進口，已在臺灣的大陸出版品也不得出現大陸譯者的名字，[4]出版社只得「依法」塗改譯者姓名或不具名出版，[5]筆者稱這些不在場的譯者為「幽靈譯者」。到戰後二十年（1965）為止，臺灣譯者生態仍以幽靈譯者為大宗，占六成多；流亡譯者大約占三成，臺籍譯者不到5%（賴慈芸，2014）。已知為盜印本的臺灣譯本數量超過1,500種，來源譯本超過600種，被塗改姓名的譯者超過400人。盜印譯本規模之大，在翻譯史上相當罕見。在這波譯本盜印風潮中，也有部分來源譯本是在香港初版的，如張丕介的《茵夢湖／三色紫羅蘭》就是。而臺灣次於幽靈譯者的第二大譯者族群就是流亡譯者，這部分也與香港相似：即流亡譯者也在香港翻譯史上占有重要的地位，張丕介就是1949年流亡到香港的中國學者。

4　依據1951年1月5日通過的「臺灣省保安司令部檢查取締禁書報雜誌影劇歌曲實施辦法」第六條：查禁書刊歌曲目錄由本部會同有關機關核定後頒發，在目錄未頒發前，暫依下列原則辦理。（一）共匪及已附匪作家著作及翻譯一律查禁。（蔡盛綺，2010，頁85）

5　1959年內政部的查禁辦法：「附匪及陷匪份子三十七年以前出版之作品與翻譯，經過審審查內容無問題且有參考價值者，可將作者姓名略去或重行改裝出版。」（林載爵，2011，頁487）

　　最早匿名和更改譯者姓名的，也是香港的出版社。1952年，香港的人人出版社出版了一套「世界文學精華選」，裡面出現了好幾本譯者不明的美國文學作品：

表2：人人出版社匿名譯作來源

人人出版社書名	原譯書名	原譯者	原出版社及出版年
頑童流浪記	頑童流浪記	鐸聲，國振[6]	上海：光明，1942
愛倫坡故事集	愛倫坡故事集	焦菊隱	上海：晨光，1946
安德森選集	溫士堡・俄亥俄	吳岩	上海：晨光，1949
湖濱散記	華爾騰	徐遲	上海：晨光，1949

（資料來源：作者自行整理。）

人人出版社這四本書，每一本在港臺都有多次被盜印的紀錄。

　（一）鐸聲，國振的《頑童流浪記》：
－ 1952，世界文學精華選編輯委員會，《頑童流浪記》。香
　　港：人人出版社。
－ 1957，胡鳴天，《頑童流浪記》。臺北：大中國出版有限公
　　司。
－ 1987，未署名，《頑童流浪記》。臺南：文國書局。
－ 1990，唐玉美，《頑童流浪記》。臺南：文國書局。

　（二）焦菊隱的《愛倫坡故事集》：
－ 1952，世界文學精華選編輯委員會，《愛倫坡故事集》。香

---

6 即章鐸聲和周國振。

港：人人出版社。

－1971，儲海，《愛倫坡故事集》。臺北：正文出版社。

－1971，未署名，《愛倫坡故事集》。臺北：大林出版社。

－1978，朱天華，《愛倫坡故事集》。臺北：天華出版事業股份有限公司。

（三）吳岩的《溫士堡・俄亥俄》：

－1952，世界文學精華選編輯委員會，《安德森選集》。香港：人人出版社。

－1958，方懷瑾，《安德森選集》。臺北：新陸書局股份有限公司。

－1965，吳明實，《小城故事》。香港：今日世界出版社。

－1968，陳文德，《安德森選集》。臺南：北一出版社。

－1975，吳明實，《小城故事》。臺北：台灣英文出版社。

－1982，蔡青陵，《小城故事》。臺南：文言出版社。

（四）徐遲的《華爾騰》：

－1952，世界文學精華選編輯委員會，《湖濱散記》。香港：人人出版社。

－1964，吳明實，《湖濱散記》。香港：今日世界出版社。

－1965，未署名，《華爾騰》。臺北：文星書店。

－1965，黃建平，《湖濱散記》。臺北：正文出版社。

－1970，未署名，《湖濱散記》。臺南：新世紀出版社。

－1971，李蘭芝，《湖濱散記》。臺北：正文出版社。

－1973，楊人康，《湖濱散記》。臺南：綜合出版社。

－1975，聖誠，《湖濱散記》。臺中：普天出版社。

－1978，朱天華，《湖濱散記》。臺北：天華出版事業股份有限公司。

－1985，未署名，《湖濱散記》。嘉鴻出版社（無出版地）。

－1987，吳明實，《湖濱散記》。臺北：台灣英文出版社。

－1990，吳麗玫，《湖濱散記》。臺北：遠志出版社。

－1990，康樂意，《湖濱散記》。臺北：金楓出版社。

這四本書在臺灣的流傳，可說都是由香港人人出版社開始的。率先隱匿姓名的是人人出版社，率先給譯者吳岩和徐遲取假名「吳明實」的，則是今日世界出版社。這兩家出版社都不是一般以盜印謀利的小出版社，而是香港美國新聞處出資成立的（陳建忠，2012，頁219）。為什麼他們要隱匿譯者身分？其實可能是為了保護身陷大陸的譯者。因為這兩本書都是1949年上海晨光出版的「世界文學叢書」，而這套書有美國官方的介入。根據主編趙家璧的〈出版者言〉，這套書是由「中華全國文藝協會上海分會和北平分會與美國國務院及美國新聞處合作」（頁1），並且明確提及美方的協助者：

> 自一九四六年開始到一九四八年底才告完成。期間曾得美國方面費正清（John Fairbank），康納司（Bradley Connors），福斯脫（John Foster）諸先生和耿美麗（Marion R. Gunn）女士很大的協助。（頁2）

誰知1949年3月出書時，局勢丕變，中美交惡。這些書出也不是，不出也不是。書都是美國文學名著，譯者都是一時之選，美新處出人出錢，但出了怕傷害譯者，不出又不甘心，所以就只好先匿名，後用假名「吳明實」（諧音無名氏）。只是匿名也沒能保護譯者。

根據趙家璧的回憶，後來在十年浩劫中，沾過這套書的可說是人人倒楣，都被指控為「美國文化特務」，整套選譯俱佳的好書成了「大毒草」（趙家璧，1980，頁90）。焦菊隱死於文革，徐遲、吳岩（孫家晉）、趙家璧都下放五七幹校養豬。一直到文革結束，才又出了新版。

　　吳岩和徐遲後來都在1980年代出了新版，而且也都提到香港「盜版」的事。1982年，上海譯文重出了吳岩的《溫士堡·俄亥俄》，書名改為《小城畸人》。吳岩在〈譯者後記〉中說：

　　　這部安德森的傑作，原是我三十多年前的舊譯，曾列入「美國文學叢書」，由晨光出版公司在解放前夕的上海出版的。當時我直覺地認為書名如譯作《俄亥俄州溫士堡城》，也許會被認為是一本地理書，於是便硬譯為《溫士堡·俄亥俄》，其實是不合適的；但因為初版後一直沒有重版，也就無法改正了。這書在香港倒是再三印過的，叫做《小城故事》……譯者署名雖不是我，但那十四篇的譯文卻基本上是我年輕時的舊譯；有些錯、漏的地方，也跟著我錯、漏了，這使我感到不安；也有幾處替我改正了錯誤，我在這裡表示感謝。[7]（轉引自遠流版，頁25-26）

上海譯文也在1982年重出了徐遲的《華爾騰》，書名改為《瓦爾登湖》。徐遲在譯序中說：

7　臺灣遠流出版公司在2006年出版上海譯文版，將「譯者後記」改為「譯序」，並在編按中說明：「本文係吳岩先生為上海譯文版所撰之『譯者後記』，經吳先生首肯，收入本書以為譯者參考。」（頁26）

　　這個中譯本的第一版是1949年在上海出版的。那時正好舉
國上下，熱氣騰騰。解放全中國的偉大戰爭取得了輝煌勝利，
因此注意這本書的人很少。但到了五十年代，在香港卻有過一
本稍稍修訂了它的譯文的，署名吳明實（無名氏）的盜印本，
還一再再版，再版達六版之多。[8]

　　這兩件「盜版」案，涉及了複雜的中美臺關係。1949年晨光這套
美國文學叢書，雖然是美國新聞處參與規劃的，但譯者全留在中
國，在戒嚴時期的臺灣都得算禁書。如果沒有人人出版社和今日世
界出版社率先「自盜」，在臺灣不會流傳這麼廣。而香港並無禁書
政策，人人出版社和今日世界之所以匿名，或許是出於保護譯者的
一片苦心。只是兩位譯者為了這套書在文革中吃盡苦頭，三十年後
才發現香港盜印多次（他們還不知道臺灣盜印次數更多），誠然是
譯者之不幸，卻也是港臺讀者之幸。

　　今日世界出版社作為美國宣揚文化的重鎮，除了「自盜」這
兩本書之外，也還有兩本是改中國譯本出版的：1969年署名「葉
晉庸」譯的《白鯨記》[9]和1964年署名「蔡洛生」譯的《湯姆歷險
記》。前者是根據1957年曹庸（胡漢亮，1917-1988）的《白鯨》
（上海：新文藝出版社）縮節的；後者是根據1952年洛生的《頑童
奇遇記》（新加坡：南洋商報）修改；而洛生的版本則是根據1932
年月祺（胡伯懇，1900-1968）的《湯姆沙耶》（上海：開明書店）
修改。因此「洛生」和「蔡洛生」均為編輯而非原譯者。「洛生」

8 瓦爾登湖譯者序，擷取自http://tieba.baidu.com/p/52197550（擷取日期：2015年8月28
　日）。
9 文本比對請參考翻譯偵探事務所，https://www.facebook.com/FanYiZhenTanShiWuSuo/
　posts/874197626003802（擷取日期：2018年4月2日）。

查無線索，「蔡洛生」即思果（蔡濯堂，1918-2004），可能因非他
獨立翻譯，所以特意用「蔡洛生」這個僅用一次的筆名。

三、香港作為中介者

　　冷戰期間，兩岸對立，香港居於其間，又是英國殖民地，左右
派兼容，因此扮演了重要的中介角色。黃開禮在《書街舊事－從府
前街、本町通到重慶南路》一書中，提及一九五〇年代初期，他在
重慶南路當學徒時，每天早上都要去臺北郵局領兩百多包香港來的
郵包，數量驚人：

> 　　臺灣光復後，日本書店收攤，臺灣的書籍全由上海供應……
> 但上海淪陷之後，輪船無法直航，海路阻斷了，大陸的書籍只
> 得先輸往香港，再以郵包寄到臺北。……每件包裹大概裝一、
> 二十本書，所以每天要領取的包裹有兩百多包，……（頁30-1）

而為數眾多的香港僑生，可能也扮演了信使的角色，如曾在臺灣讀
大學的鄭樹森就自承，寰宇出版社「萬年青書廊」的中國譯本，
有些就是他從香港帶到臺灣翻印的，如馮亦代譯的《蝴蝶與坦克》
和卞之琳譯的《紫羅蘭姑娘》等（鄭樹森，2013，頁24）。在譯
本大抄襲浪潮中，香港有中國1949年前譯本，包括匿名或改名出
版的，也有如實署名的；也有1949年後的中國譯本，一樣有些署
名，有些匿名。表3到表5是這幾類譯本的例子。

　　人人出版社那四本署名「世界文學精華編輯委員會」的盜印譯
本也屬於此類。香港雖無禁書政策，但如前所述，人人出版社可能
是為了保護仍在大陸的譯者而不具名，也有其他小出版社可能是為

表3：港臺皆盜印的中國1949前舊譯舉隅

中國譯本	香港（抄襲）譯本	臺灣（抄襲）譯本
徐炳昶、喬曾劬《你往何處去》（上海：商務，1921）	京華《暴君焚城記》（香港：時代，無出版年）[10]	孫天行《暴君焚城記》（臺北：文光，1953）
梁思成等《世界史綱》（上海：商務，1928）	金鑠《世界史綱》（香港：人文，1958）	編輯部《世界史綱》（大林，1972）
曹孚《勵志哲學》（上海：開明，1932）	曹明《勵志哲學》（香港：授古，1953）	林語堂《勵志文集》（臺北：海燕，1961）
許達年《埃及童話集》（上海：中華，1934）	張雲華《新編埃及童話》（香港：匯通，無年代）	未署名《埃及童話》（臺中：義士，1967）
李青崖《莫泊桑短篇小說集》（上海：商務，1935）	未署名《莫泊桑選集》（香港：文學，無日期）	未署名《莫泊桑傑作集》（臺南：光田，1968）
饒述一《查泰萊夫人的情人》（上海：北新，1936）	岡田櫻子《查泰萊夫人的情人》（香港：泛亞堂，1952）	李耳《查理夫人》（臺北：紐司周刊社，1953）
林疑今《戰地春夢》（上海：西風社，1940）	葉天華《戰地春夢》（香港：英語，1969）	楊明《戰地春夢》（臺北：北星，1957）
林華，姚定安《亞森羅賓案全集》（上海：啟明，1942）	未署名《亞森羅賓案全集》（香港：啟明，無日期）	啟明編譯所《亞森羅賓案全集》（臺北：臺灣啟明，1959）
鍾憲民《天才夢》（上海：教育書店，1947）	魏智育《天才夢》（香港：維華，1959）	未署名《天才夢》（臺北：正文，1973）
畢修勺《給妮儂的故事》（上海：世界，1948）	野牧《左拉小說選》（香港：新月，1968）	蘇雪茵《給妮儂的故事》（臺南：東海，1969）
楚圖南（1948）《惠特曼抒情詩選》（上海：光華，1948）	未署名《惠特曼詩選》（香港：上海書局，1960）	周石琦《惠特曼抒情詩選》（臺北：五洲，1968）

（資料來源：作者自行整理。）

---

10 這個譯本與徐炳昶、喬曾劬的譯本書名和人物名字不同，但其他差異甚小。沒有出版年，但譯者序言說這部名著「要趕緊付梓」，推測是因為1951年好萊塢電影「暴君焚城錄」在港上映的關係，所以要趕著出版。臺灣署名「孫天行」的版本與港版一字不差，應該是抄襲香港版本，所以推估香港版是1951到1953年間出版。

了牟利而匿名出版。臺灣因為有戒嚴法，匿名出版的情形比香港普遍，但陳秋帆（1909-1984）翻譯的《無家兒》（上海：上海商務印書館，1936）是比較特殊的例子：香港在1960年出現署假名「吳大俞」的《孤兒奮鬥記》（文化出版社），臺灣商務卻在1972年如實署名出版。陳秋帆戒嚴期間仍在世，按理說臺灣不能出版署名她的譯作，[11]因此是比較罕見的例子。

還有一些譯本是香港保留原譯者署名，但臺灣譯本改名或匿名。這類的書，有些是滬港皆有分局的出版社所出，如啟明就在上海、香港、臺灣皆有，臺北的臺灣啟明重出上海啟明的書，多半只署「啟明編譯所」；香港啟明則較無顧慮，多半具名。臺灣版本未必晚於港版，以夏康農（1903-1970）的《茶花女》為例，由於出版已久，可能不少落腳臺灣的流亡者也有此種子書，因此盜印時間早於港版。啟明書局因為香港和臺北皆有分局，上海啟明的書很可能兩地皆有，即使臺版晚出，也不能確定臺版的來源是港版。（見表4）

1949年以前的中國譯本，有可能由流亡者攜帶到臺灣或香港；臺灣在1945至1949年間，圖書館或私人書局也大量向上海購書，未必非透過香港不可。只是香港也有出版的話，譯本流通的可能性自然會增加。但1949年以後，由於兩岸交通已斷，臺灣進入戒嚴時期，禁止中國書籍進口，因此若要出版1949年以後的新譯本，就非透過香港不可。因此臺版年代均晚於港版。（見表5）

從表5也可發現，1950年代，香港和中國互動相當密切，許多作品在中國出版之後，很快就出現港版。例如納訓的《一千零一

11　這本《無家兒》是從日文轉譯的，也許臺灣商務誤以為這是在臺灣的陳秋帆所譯。臺灣也有一位譯者陳秋帆（1913-?）。兩位陳秋帆都是上海人，都從日文翻譯。大陸的陳秋帆是女性，是鍾敬文的妻子，北京師大的教授。臺灣的陳秋帆是男性，曾在省新聞處工作，為東方出版社出版過許多少年文學叢書。

表 4：香港保留譯者署名，但臺灣譯本改名的版本舉隅

中國譯本	香港譯本	臺灣譯本
夏康農《茶花女》（上海：知行，1929）	夏康農《茶花女》（香港：匯通，1963）	胡鳴天《茶花女》（臺北：大中國，1957）
黃石，胡簪雲《十日談》（上海：開明，1930）	黃石，胡簪雲《十日談》（香港：商務，1960）	綠影《十日談》（臺北：長歌，1975）
王慎之《茶花女》（上海：啟明，1936）	黃慎之[12]《茶花女》（香港：啟明，1966）	啟明編譯所《茶花女》（臺北：啟明，1957）
曾孟浦《俠隱記》（上海：啟明，1936）	曾孟浦《俠隱記》（香港：啟明，1956）	啟明編譯所《俠隱記》（臺北：啟明，1957）
張健《格列佛遊記》（上海：正風，1948）	張健《格列佛遊記》（香港：文淵，無年代）	葉娟雯《格列佛遊記》（臺南：東海，1977）
羅塞《魂歸離恨天》（上海：聯益，1949）	羅塞《魂歸離恨天》（香港：崇文，1960）	江濤《魂歸離恨天》（臺北：新興，1957）
劉重德《愛瑪》（上海：正風，1949）	劉重德《髣髴》（香港：文淵，1953）	楊乃銘《伊瑪》（臺北：北星，1958）

（資料來源：作者自行整理。）

夜》，1957年在北京出版，隔年即有香港建文的版本，1959年臺北世界書局即署假名「成偉志」出版。這個譯本成為臺灣戒嚴時期的主流譯本，盜版不絕（賴慈芸，2013）。王科一的《傲慢與偏見》1956年在上海出版，1958年即有香港版本，後來在臺灣至少有四次盜版紀錄。

　　另一種引進大陸新譯的管道是透過香港編輯的書。1964年，臺北的五洲出版社推出了一整套的「名作家與名作品文庫」，署名

---

12 王慎之與黃慎之都是啟明編輯施瑛的筆名，許慎之、施洛英、何君蓮也都是他的筆名。根據其子女2012年11月6日發表在《德清新聞網》的文章〈懷念父親施瑛〉。擷取自http://dqnews.zjol.com.cn/dqnews/system/2012/11/06/015690840.shtml。

表5：中國1949以後新譯的港臺版本舉隅

中國譯本	港版	臺版
李俍民《敏豪生奇遊記》（上海：小主人，1950）	未署名《敏豪生奇遊記》（香港：藝美，1979）	未署名《敏豪生奇遊記》（屏東：現代教育，1980）
蕭珊《別爾金故事集》（上海：平明，1954）	葉靈鳳編《普希金》（香港：上海，1961）	林欣白《普希金：生平及其代表作》（臺北：五洲，1969）
卞之琳《莎士比亞十四行詩》《譯文》（北京：1954年第四期）	葉靈鳳編《莎士比亞》（香港：上海，1961）	林致平《莎士比亞：生平及其代表作》（臺北：五洲，1964）
查良錚《普希金抒情詩選》（上海：平明，1955）	查良錚《普希金詩選》（香港：上海，1960）	華業政《普希金抒情詩選》（臺北：五洲，1968）
方平《亨利第五》（上海：平明，1955）	方平《亨利第五》（香港：大光，1962）	朱生豪《亨利五世》（臺北：河洛，1981）
馮至《海涅詩選》（北京：人民文學，1956）	馮至《海涅抒情詩選》（香港：萬里，1960）	孫主民《海涅抒情詩選》（臺北：五洲，1968）
王科一《傲慢與偏見》（上海：新文藝，1956）	王科一《傲慢與偏見》（香港：建文，1958）	錢漢民《傲慢與偏見》（臺北：文友，1972）
納訓《一千零一夜》（北京：人民文學，1957）	納訓《一千零一夜》（香港：建文，1958）	成偉志《新譯一千〇一夜》（臺北：世界，1959）
葉君健《夜鶯》（上海：新文藝，1957）	未署名《青春》（香港：上海，1960）	許良《安徒生童話選》（高雄：大眾，1960）
鮑文蔚《雨果夫人見證錄》（上海：新文藝，1958）	葉靈鳳編《雨果》（香港：上海，1961）	林致平《雨果：生平及其代表作》（臺北：五洲，1964）

（資料來源：作者自行整理。）

林致平和林欣白編譯。其實這整套書都是抄襲香港上海書局1960年開始陸續出版的「作家與作品叢書」，五洲的前言也是抄襲該叢書的「編輯緣起」，只是把原來文章中提及的「鄭振鐸」改為「胡適之」，因為鄭振鐸在戒嚴時期的臺灣是犯禁的，而胡適卻是自己人：[13]

> 在二十多年前，鄭振鐸先生曾計畫過有系統地介紹和整理世界文學名著，編輯一套規模宏大的「世界文庫」。……可惜受世局的影響，這套「世界文庫」的第一集計畫還沒有完成，便中輟了。（上海書局〈編輯源起〉）

> 在抗戰勝利後，胡適之先生曾計畫過有系統地介紹和整理世界文學名著，編輯一套規模宏大的「世界文庫」。……可惜受匪禍的影響，這套「世界文庫」的第一集計畫還沒有完成，便中輟了。（五洲出版社〈前言〉）

鄭振鐸的世界文庫是1935年出版的，因此1960年稱其為「二十多年以前」；臺版卻把年代改為「抗戰勝利以後」，而且胡適在臺灣當中研院院長，也從沒提過什麼「世界文庫」計畫。原主編葉靈鳳的〈世界文藝名作的欣賞（代序）〉一文一字未改，只是把「葉靈鳳」和文末「一九六〇年五月，香港」改署為「林致平脫稿於臺北

---

13 這種以安全名單替換原譯者的方法，也可在河洛出版社的《亨利五世》見到。河洛版其實是方平1955年譯的《亨利第五》，但方平當時是在世的中國譯者，依照戒嚴法不得出版，河洛便用了「朱生豪」的名字出版，因為朱生豪在1944年過世，列於安全名單。其實朱生豪沒有譯完《亨利五世》就過世了。其他如江炳坤翻譯的《罪與罰》，遠景（1986）掛「耿濟之」之名出版；陸蠡翻譯的《煙》，臺南東海也署名「耿濟之」譯，也是類似的例子。

寓所」。這套「作家與作品叢書」收錄了不少大陸1950年代的譯作，如蕭珊翻譯的《別爾金故事集》和《初戀》、金福的《鐘樂》和萬新的《婦人學堂》等。不少中國新譯就是透過五洲出版社這整套抄過來的叢書，在1960年代即已進入臺灣。[14]

　　除了這套書之外，五洲在1968年推出一整套抒情詩系列，也全抄襲中國1949年後譯本，有部分是上海書局的版本，也有部分是萬里書局的版本。查良錚（1918-1977）一人就有拜倫、濟慈、雪萊、普希金四本詩集遭到五洲抄襲，譯者改署「孫主民」、「華業正」、「李念慈」三個假名。五洲這套書的封面為一隻羽毛，封面設計也抄自香港上海書局。

四、香港製造的譯本

　　香港雖然人口少於臺灣，但在冷戰期間卻是重要的中文出版中心。尤其是香港美新處，大力資助美國文學的翻譯出版，出版質量都相當可觀。冷戰期間，臺灣和香港同在美國羽翼之下，臺灣又跟美國一樣持反共立場，並沒有查禁香港圖書的理由，今日世界出版品不但有新臺幣標價，也有臺灣的代理商。但除了合法版本之外，今日世界出版社至少有18本譯作[15]在臺灣被盜印，只能以商業利益解釋。也許以美國的利益來看，要推廣美國文學的文化霸權，這些認真抄襲的小出版社也有些貢獻吧，畢竟抄的都是名家手筆。其中有幾本並非由今日世界初版，如張愛玲（1920-1995）的《鹿苑長春》在1953年即以《小鹿》之名由天風出版社出版，因此署名

14　臺北的河洛出版社在1978年也重印了這一套二十本的叢書，改名為「文豪叢書」，沒有署編者，也沒有「編輯的話」或「前言」。

15　包括原來由其他出版社初版，後來由今日世界重出的譯本。

「王珍」的抄襲本究竟是抄天風版或是今日世界版就不得而知。湯新楣（湯象，1923-1999）的《原野長霄》也在1955年即以《我的安東妮亞》之名由天風發行，所以也不知東海出版社抄的是天風版或今日世界版。張愛玲的《老人與海》更是在今日世界1972年版之前就已經被抄過不知多少次了。但收在今日世界系列中，還是在流通上面更占優勢，更容易取得。

　　除了美國文學之外，受電影影響的譯本也不少，如《蝴蝶夢》、《歷盡滄桑一美人》、《春風化雨》、《齊伐哥醫生》等，都是因電影而成為暢銷名著，盜印者眾。以下為已知有臺灣盜印版的香港譯本：

表6：臺灣有盜印本的香港譯本舉隅[16]

香港譯本	臺灣盜印本
東流（1951）《傲慢與偏見》（時代）	東毓（1957）《傲慢與偏見》（新陸）
張愛玲（1953）《小鹿》[17]（天風）	王珍（1969）《小鹿》（華明）
葉天生，林萱（1953）《歷盡滄桑一美人》[18]（新學）	未署名（1968）《歷盡滄桑一美人》（海燕）
湯新楣（1955）《我的安東妮亞》[19]（天風）	蘇雪茵（1968）《我的安東妮亞》（東海）
張愛玲（1955）《愛默森選集》[20]（天風）	楊繼曾(1957)《愛默森選集》（新陸）

---

16 更多例子請見〈不在場的譯者〉一文。

17 1962年今日世界重出時書名改為《鹿苑長春》。

18 此書港版無出版年，係根據葉天生的譯序推估。譯序中說「英文本於去年四月在美出版」，此書原為法文，英文版（*The Affairs of Caroline Cherie*）於1952年出版，因此暫時推估中文版為1953年初版。香港中文大學藏書章為1959年。

19 1964年今日世界重出時書名改為《原野長霄》。

20 1962年今日世界重出時書名改為《愛默森文選》。

張丕介（1955）《茵夢湖・三色紫羅蘭》（人生）	亮華（1957）《三色紫羅蘭》（重光）
鍾期榮（1957）《小東西》（友聯）	簡逸芬（1976）《少年詩人》（正氣）
黃其禮（1957）《二十七年以後》（大公）	邱素惠（1974）《一九八四》（桂冠）
程雪門（1957）《春風化雨》（天一）	未署名（1958）《春風化雨》（新陸）
朱麟（1957）《所羅門王之寶窟》（中華）	陳雙鈞（1972）《所羅門王寶窟》（王家）
湯新楣（1958）《馬克吐溫小傳》（高原）	未署名（1978）《馬克吐溫傳》（偉文）
齊桓、許冠三（1959）《齊伐哥醫生》（自由）	洪兆芳（1965）《齊瓦哥醫生》（五洲）
尹讓轍（1960）《培根論文集》（萬國）	薛百成（1967）《培根論文集》（經緯）
黎裕漢（1963）《頑童流浪記》（今日世界）	周天德（1983）《頑童流浪記》（久大）
蔡洛生（1964）《湯姆歷險記》（今日世界）	世界少年名著編譯委員會（1981）《湯姆歷險記》（書佑）
吳玉音（1967）《傑克・倫敦短篇小說選》（今日世界）	俞辰（1987）《野性的呼喚》（金楓）
湯新楣（1977）《人鼠之間》（今日世界）	諾貝爾文學獎全集編譯委員會（1981）《1962斯坦貝克》（環華）

（資料來源：作者自行整理。）

　　這些譯本以1950年代的最多，1960年代以後清一色都是今日世界所出版，最晚是湯新楣的《人鼠之間》。湯新楣一共有六本譯作被抄襲，是被抄襲最多本的香港譯者。但張愛玲的《小鹿》、《老人與海》和《愛默森選集》都被盜印多次，可說是被抄襲次數

最多的一位香港譯者。東流的《傲慢與偏見》被盜印超過二十次，
也相當驚人。

五、南來的譯者們

　　大批譯作由中國而香港而臺灣，譯者和出版者也有類似的軌
跡。黃開禮在回憶錄中多次提及上海幫的勢力：「上海幫掌控臺
灣文化出版事業」（2017，頁49）、「這條書街一直為上海幫把持」
（頁151）、「重慶南路一段的三十多家書店老闆，清一色是隨政府
撤退來臺的上海人（頁154），[21] 連他一個臺籍學徒，也被迫在兩年
內學會了上海話。除了重慶南路，金山街的新興書局老闆也是上
海人；中山北路的開明書店，老闆索非（周祺安，1899-1988）是
前上海開明的員工；高雄大業書店老闆陳暉則是上海文化生活的
員工。出版如此，媒體也是如此，戒嚴時期聯合報、中國時報、中
央日報三大報的老闆都是外省人。各類文藝雜誌，包括《拾穗》、
《暢流》、《野風》、《文藝》、《皇冠》等總編也都是外省人。大學
和高中的外文和國文教師，流亡的外省人也占了多數，而大學教授
和高中教師是重要的臺灣譯者來源（賴慈芸，2014）。因此可說從
生產（譯者）到發表管道（媒體）和出版（書局、出版社），流亡
外省人的勢力極大。

　　1950年代港臺兩地文人交往頻繁，也有不少臺灣譯者有譯作
在香港出版。從這批港臺譯者的出生地可知他們大部分都是由北地
南下：

---

21 這是黃開禮的印象。其實東方出版社的創辦者游彌堅並不是上海人。

表7：港臺譯者出生地

出生地	香港譯者	有譯作在香港出版的臺灣譯者
山東	張丕介	張芳杰
山西	張蘊錦	
河北		陳祖文、崔文瑜、張秀亞、吳炳鍾[22]
安徽	姚克	
湖北		聶華苓
湖南		顏元叔
江蘇（含上海）	葉靈鳳、高克毅、思果、劉以鬯、方馨、張愛玲、湯新楣、王敬羲、金聖華	邢光祖、夏濟安、尹讓轍、王鎮國、於梨華、吳魯芹
浙江	林以亮、秦羽	蘇雪林、糜文開、陳紹鵬、金溟若
四川	桑簡流	
陝西		田維新
江西	余也魯	
廣東（含廣州、香港）	齊桓、伍希雅（王無邪）、李素、[23]馬朗、[24]葉維廉、劉紹銘、戴天、陸離、溫健騮、張曼儀	王伍惠亞
福建	潘正英、許碧端、鄭樹森	余光中
臺灣		丁貞婉、葉珊（楊牧）
未知	許冠三、李如桐、[25]韓迪厚[26]	

資料來源：作者整理。

22 吳炳鍾祖籍廣東，但他出生、成長於北京。

　　香港譯者之中，長期留港的有張丕介、林以亮（宋淇）、方馨（鄺文美）、湯新楣、思果（蔡濯堂）、齊桓（孫述憲）等人；短期居留香港，最後落腳臺灣的有蘇雪林、夏濟安、糜文開、吳炳鍾等；短暫停留香港隨即赴美的有姚克、張愛玲、高克毅等，赴英國的有桑簡流（水建彤）等，頗為類似短暫停留在臺灣即赴美的吳魯芹、方思等人。美新處仍然扮演了重要的角色：林以亮、方馨、李如桐、余也魯、韓迪厚等皆任職於香港美新處，許多譯者都是他們的朋友，如張愛玲、高克毅；吳魯芹任職於臺北美新處，在1950和1960年代，兩地美新處有公務往來，夏濟安則是吳魯芹的臺大同事。這批流亡譯者多半在大陸完成大學教育，尤其以燕京大學和上海聖約翰大學畢業的最多。

　　1960年代以後，流亡學生也加入譯者行列，許多譯者畢業於香港和臺灣兩地的大學。如王敬羲、張蘊錦、劉紹銘、葉維廉、溫健騮、董橋、鄭樹森等譯者，都曾以僑生身分在臺灣接受大學教育；而臺灣的流亡學生如余光中、顏元叔、崔文瑜、於梨華、田維新等，也都曾為今日世界出版社譯書；伍希雅、潘正英、金聖華等則畢業於香港的大學，但金聖華的中學教育卻是在臺灣完成的。也就是說，1950年代在香港出版的譯者，大多是在大陸接受大學教育後，1949年前後流亡到香港或臺灣的；1960年代，則加入了在港臺接受教育的年輕一輩。他們有些是幼年隨家庭流亡到港臺的，

---

23 李素本名李素英（1910-1986），原籍廣東，但畢業於燕京大學，1950年赴港，譯有《驕傲與偏見》。

24 馬朗（馬博良）原籍廣東，但他是上海聖約翰大學畢業的，1950年才赴港。

25 李如桐是北京大學畢業的，但不知出生地。根據董橋的說法，李如桐是「魁梧寬厚的北方人，國語帶著鄉音」。擷取自網路（董橋，2016年12月31日香港蘋果日報「記得李先生」）https://hk.lifestyle.appledaily.com/lifestyle/columnist/daily/article/20061231/6669977。

26 韓迪厚是燕京大學校友，可能也是北方人。

如金聖華；也有原籍大陸但生在香港的，如劉紹銘和張曼儀。

而許多同樣流亡自中國的譯者，雖然最終落腳臺灣，但也有譯作在港出版。許多譯者也和香港譯者一樣，與美國有相當深厚的關係，如夏濟安、聶華苓、於梨華等，崔文瑜、余光中、田維新等人都與美新處有合作關係，余光中和楊牧也都到愛荷華寫作班進修過。

由於香港出版譯作最多的是今日世界出版社，因此上述譯者最大的贊助人就是美新處；人人、友聯出版社也都與美新處有關。港臺譯者間的人脈關係，單德興（見本書第十章）已多有闡述。但筆者在此要指出的是，1950年代奠立港臺翻譯的譯者，幾乎全都是從大陸流亡出來的；他們或在港臺的學院教書、或任職美新處與臺灣公家單位，掌握了出版資源，許多後來的譯者都是他們的學生輩。這些1950年代的流亡譯者因此扮演了承先啟後的角色：他們在大陸受教育，再流亡到港臺兩地，成為兩地的種子，教育了下一代的譯者；1960、1970年代才有較多成長於港臺的譯者。

這些第一代流亡譯者，語言上也以譯者自己熟悉的語言為標準，往往不是粵語。如姚克就在《推銷員之死》的譯序中說：

> 密勒生長在紐約的布魯克林區，他在劇本中用的就是紐約中層社會的日常口語，俚俗而多美國的土話。翻譯這種臺詞，非得用北京話或另一地方的鄉談才易於傳神，將原文的語氣和生動活潑的口語傳達出來。我用北京話翻譯劇中的對話，就為這個原故。……又如汽車的輪子滑轍，英文稱為skid，中國語彙中還沒有這個字，我想了半天才想起溜冰時在冰上打滑，北京話叫「打冰出溜兒」，這才決定把skid譯成「打出溜兒」。
> （頁3-4）

又如另一位流亡譯者桑簡流，也在《惠特曼詩選》的譯序中提到語言問題：

> 初稿完成，我是用北平音的國語口語譯出來的，原詩用俚語的地方也用俚語，用各種粗魯語氣的地方也盡量模仿說話人的口吻，我很自以為得，自以為實現了我多年以來醉心方言文學的夢想。（頁7）

而喬志高在《長夜漫漫路迢迢》的「譯後語」中，曾說翻譯《大亨小傳》時有意以上海話來翻譯，並寫信給林以亮：

> 上次翻譯美國小說「大亨小傳」*The Great Gatsby*，我原想把一兩個配角的話完全用上海人的聲口翻出來，以求接近文學手法中所謂「逼真」verisimilitude的效果；可是這種想法被編輯人否決了。後來我的譯文中仍帶一些源自吳語的詞句，這其中因素很多（當然本人是上海長大的不無影響）……（頁231）

出身山東的張丕介也在介紹《茵夢湖》作者時說：

> 我們知道，水滸傳當中，有些方言與服裝，根本非外國人所能領略的。那些翻譯文字，也只好避而不談，結果原文精神全非。這種情形是每種地方性文學都有的。史陶穆後期著作正是如此。假使你只懂得德文而不懂北德方言，你對他的了解，大概不會高於一個只懂廣東話而不懂山東話的人去讀水滸傳。（頁10）

從這些說法中，也可看出流亡譯者所用的語言，與香港讀者習用的廣東話並無關聯。這些譯作之所以在香港出版，只是時勢使然。若非政治迫使這些譯者流亡香港，這些譯作很可能還是會在上海或北京出版。就像糜文開的《奈都夫人詩全集》，1948年八月譯完，書稿寄到上海商務準備出版；但1949年上海商務以時局混亂為由拒絕出版；1950年四月印度與新成立的中華人民共和國建交，糜文開身為中華民國駐印度的外交官，不可能續留印度，遂在老師錢穆創辦的香港新亞書院教書，書也就近在香港出版，他則在1953年才到臺灣繼續任職外交官。蘇雪林的《一朵小白花》，也是類似的情形：她1949年從中國逃到香港，因為是天主教徒的關係，就在香港真理學會暫時任職，次年又赴法國，1952年才到臺灣。吳炳鍾也於1949年在香港出了一本天主教書籍《誰的計畫》（新生出版社），也是逃難暫居香港時所出版的譯作。

結語

中國自五四運動後就使用白話文作為教育語言，而臺灣到1945年才開始學習國語，比中國晚了二十多年；臺灣居民母語又非北方官話，在此歷史、政治、語言、市場規模等眾多因素之下，臺灣在戰後初期幾乎無人可做翻譯，因此翻譯依賴中國甚多。只是1949年戒嚴之後，不得具名出版中國譯者作品，因此匿名、改名現象不絕。而在這波大抄襲風潮中，香港扮演了相當重要的角色。兩岸交通斷絕之後，香港成為大陸譯本進入臺灣的主要管道。無論是1949年以前的舊譯，或是1949年以後的新譯，透過香港版本進入臺灣市場的現象都很普遍。比較特別的是香港左右兼容，因此左傾的香港上海書局繼續出版1950年代的譯作，也透過五洲出版社

的盜印版流入臺灣。一直到1980年代，兩岸逐漸恢復往來，也才又出現直接盜印中國文革後新譯本的情況，如志文出版社就抄襲了多種中國文革後譯本（賴慈芸，2012）。

除了作為中國譯本的中介站之外，香港也供應了許多新譯本，多半跟反共、美國、以及電影有關。臺灣在1950年代，能夠出版新譯本的幾乎全為流亡譯者：流亡譯者不但語言能力具有優勢，在人脈、出版資源、社會地位上也都占有優勢。香港也有類似的現象，五〇年代譯者幾乎全是南來文人。而流亡港臺兩地的譯者之間，也有相當緊密的人脈關聯，尤其是透過香港美新處、臺北美新處、臺大外文系、臺師大英語系這幾個機構。臺灣與香港在冷戰時期同處於美國羽翼之下，美新處在兩地都是重要的翻譯贊助人，不但直接資助出版，也投資於作者的養成，協助許多譯者、作家留美。在這樣強力的介入之下，戰後港臺的新譯，美國文學獨大毋寧是非常自然的現象。

1978年臺美斷交，1980年今日世界雜誌停刊，港臺三十年的密切關係開始改變。最晚一本被盜印的香港譯本是1977年湯新楣的《人鼠之間》，此後臺灣書商盜印的對象多半是中國1978年以後新出版的譯作，香港不再是盜印本的來源。今日世界停刊之後，臺灣雖然仍可見到香港譯者的書，如劉紹銘的《一九八四》就由臺灣三民書局出版，金聖華的《海隅逐客》由聯經出版；但對香港譯本的依賴越來越低。臺灣自1960年代後期開始，戰後入學的一代已從大學畢業，無論是外省籍或臺籍，皆接受至少十多年的國語教育，因此譯者數量大增，出版盛行。而香港在流亡第一代譯者凋零、最大贊助者今日世界停刊之後，盛極一時的翻譯事業似乎逐漸沉寂，轉而進口臺灣和中國的翻譯作品。

其實香港的人口規模不大，若非有冷戰時期美國官方的介入，

本不易有今日世界叢書如此蓬勃的翻譯事業；因此在冷戰結束之後，自然恢復外來譯本多於本地譯本的情況。臺灣則因戒嚴近四十年，雖然初期也都是依賴外來譯本和流亡譯者，但國語教育成功，語言習慣在兩岸隔絕的情況下逐漸發展出具有臺灣特色的中文和翻譯規範，市場規模也比香港大，新譯者源源不絕。雖然經典文學、少數語種文學和學術書仍必須依賴中國譯本，但當代文學、流行文學、商業企管等則與中國有分庭抗禮之勢，各有市場。

綜觀1949年以後的中港臺三地，翻譯的發展都與政治有密不可分的關係。若非中國內戰，不會有那麼多的流亡譯者在港臺發展。若非冷戰，香港不會在美國資助下譯出那麼多美國文學翻譯作品。而若非兩岸隔絕，臺灣戒嚴，臺灣不會假譯者充斥，盜印頻仍。港臺發展有類似的地方，如1950年代都是流亡譯者領軍、美國介入明顯、兩地文學翻譯也以美國文學最多、許多流亡譯者在美國終老等等；但在1980年代以後，香港出版譯作漸少，逐漸從出口地轉為進口地，轉由臺灣和中國進口翻譯作品；而臺灣雖也進口中國譯作，但本地市場規模較大，加上語言風格和翻譯喜好和中國仍有差異，暫時還能維持自主局面。戒嚴造成的盜印產業和習慣，尤其是假譯者名字充斥，固然對臺灣的翻譯發展有很大的傷害，但也因為戒嚴的隔離作用，讓同為國語／普通話使用地區的兩岸在數十年間保持適當的距離，否則以臺灣的人口規模，也很難出現如今尚稱興盛的翻譯局面，恐怕會比較像紐西蘭、澳洲等地，由英美主導出版市場。

參考文獻

史篤姆（Theodor Storm）（1982）。**茵夢湖**（謝金德譯）。臺北：輔新。
（原作出版年：1849）

林載爵（2011）。出版與閱讀：圖書出版與文化發展。**中華民國發展史：
教育與文化（下）**（頁479-502）。臺北：政大人文中心。

吳岩（1983）。譯者後記。**小城畸人**（頁10-26）。上海：上海譯文出版
社。引自2006年遠流版。

高克毅（1973）。譯後語。**長夜漫漫路迢迢**（頁209-231）。香港：今日世
界出版社。

徐遲（1983）。譯序。**瓦爾登湖**。上海：上海譯文出版社。擷取自http://
tieba.baidu.com/p/52197550（擷取日期：2015年8月28日）。

桑簡流（1953）。譯者序。**惠特曼詩集**（頁7-24）。香港：人人出版社。

陳建忠（2012）。「美新處」（USIS）與臺灣文學史重寫：以美援文藝體
制下的臺港雜誌出版為考察中心。**國文學報，52**，211-242。

張丕介（1955）。史陶慕的生平與創作。**茵夢湖・三色紫羅蘭**（頁
1-13）。香港：人生出版社。

單德興（2009）。冷戰時代的美國文學中譯：今日世界出版社的文學翻譯
與文化政治。**翻譯與脈絡**（頁117-158）。臺北：書林出版有限公司。

葉靈鳳（1961）。編輯源起。**莫里哀**（頁1-2）。香港：香港上海書局有限
公司。

黃開禮（2017）。**書街舊事：從府前街、本町通到重慶南路**。臺北：時報
文化出版企業股份有限公司。

蔡盛綺（2010）。1950年代查禁圖書之研究。**國史館館刊，26**，75-130。

賴慈芸（2012）。臺灣文學翻譯作品中的偽譯問題初探。**圖書館學與資訊
科學，38**（2），4-23。

賴慈芸（2013）。還我名字！尋找譯者的真名。**譯者養成面面觀**（頁85-

116）。臺北：書林出版有限公司。

賴慈芸（2013）。埋名異鄉五十載：大陸譯作在臺灣。**東方翻譯，1**，49-58。

賴慈芸（2014）。幽靈譯者與流亡文人：戰後臺灣譯者生態初探。**翻譯學研究集刊，17**，23-55。

賴慈芸（2015）。不在場的譯者：論冷戰期間英美文學翻譯的匿名出版及盜印問題。**英美文學研究，25**，29-65。

鄭樹森（2013）。**結緣兩地：臺港文壇瑣憶**。臺北：洪範書店有限公司。

趙家璧（1949）。出版者言。**沒有女人的男人**（頁1-2）。上海：晨光出版公司。

趙家璧（1980）。出版「美國文學叢書」的前前後後：回憶一套標誌中美文化交流的叢書。**讀書，1980年10月號**，87-96。

編輯部（1964）。前言。**莫里哀：生平及其代表作**（頁1-2）。臺北：五洲出版有限公司。

按語

在戒嚴時期，臺灣有不少世界名作譯本其實是翻印中國譯本，這並非無人知道的祕密，但始終沒有研究者能說出大概的總數或比例。我從1995年撰寫碩士論文時，即已開始追查部分盜印作品，但真正有系統地追查是從2010年的國科會計畫開始的。這計畫一共持續了六年，我一邊查一邊發表成果，所以每一篇查到的資料數字都越來越多。從第一篇〈追本溯源：一個進行中的翻譯書目計畫〉（2011）開始，又陸續發表了〈臺灣文學翻譯作品中的偽譯本問題初探：1949-1987〉（2012）、〈還我名字！：尋找譯者的真名〉（2013）、〈埋名異鄉五十載：大陸譯作在臺灣〉（2013）等論文；再由書目的整理逐漸轉向譯者的研究，先後發表了〈幽靈譯者與流亡文人：戰後臺灣譯者生態初探〉（2014）及〈不在場的譯者：論冷戰期間英美文學翻譯的匿名出版及盜印問題〉（2015）等。偽譯書單從一開始發表的四百多筆，累積到今天的一千五百多筆。

在追查書籍和譯者的過程中，我逐漸了解不能迴避香港的角色。冷戰體系下的臺港關係緊密，流亡文人交流頻繁，而且在兩岸不通的時期，香港是中國與臺灣之間書籍流通的主要管道，有些禁書根本就是香港僑生帶進臺灣的。我主要追查臺灣冒名出版的中國譯本，但若香港冒名出版中國譯本，要不要一起計算？若臺灣冒名出版中國譯本，是因為戒嚴的緣故，那麼臺灣冒名出版香港譯本，又該如何解釋？這篇論文試圖從冷戰下的臺港關係，整理中港臺三地譯本和譯者的流動情形。初次發表是在2015年香港嶺南大學主辦的「冷戰時期中港臺文學與文化翻譯」研討會，2019年修訂後曾刊登於《思想》37期（2019年4月號），其中關於美新處的部分內容與〈不在場的譯者：論冷戰期間英美文學翻譯的匿名出版及盜

印問題〉有重疊之處，但〈不在場〉一文專論英美文學，此文則不論語源，主要討論香港扮演的角色。臺灣不能自外於區域政治，因此理解臺灣翻譯史也必須了解中國、香港、美國等影響區域政治的力量。

作者簡介

黃美娥

輔仁大學中文博士，現職國立臺灣大學臺灣文學研究所教授兼所長、臺灣研究學程主任。多年來從事臺灣文學研究與教學，著有《重層現代性鏡像：日治時代臺灣傳統文人的文化視域與文學想像》、《古典臺灣：文學史・詩社・作家論》，及其他論文數十篇；另亦致力於臺灣文獻史料的搜尋、整理與建構，編有《張純甫全集》、《日治時期臺北地區文學作品目錄》、《魏清德全集》、《臺灣原住民族關係文學作品目錄》、《臺灣原住民族關係文學作品選集》等，以及主持《清代臺灣方志彙刊》點校出版。曾獲竹塹文學評論獎首獎、巫永福文學評論獎，另曾任北京師範大學客座教授、廈門大學客座教授。

楊承淑

日本國立東北大學文學研究科碩士，北京外國語大學語言學（翻譯方向）博士。學術專長：口譯研究、譯者研究、國際醫療口筆譯研究。現任輔仁大學跨文化研究所教授兼所長。有關日治研究，中英日文共出版13篇論文。編有《日本統治期臺湾における訳者及び「翻訳」活動：殖民地統治と言語文化の錯綜関係》（臺灣日治時期的譯者與譯事活動：殖民統治與語言文化的錯綜交匯現象）。1988年迄今從事中日會議口譯約達1,000場，五年內論文約

30篇。曾任「臺灣翻譯學學會」創會理事長及第五屆理事長。曾推動日治時期譯者研究讀書會，持續主持40個月，且曾獲國科會人文社會研究中心學術研究群計畫：臺灣日治時期的譯者與譯事活動學術研究群。

許俊雅

國立臺灣師範大學國文學系碩士、博士，現任該校國文學系特聘教授兼系主任。學術專長為臺灣文學、國文教材教法以及兩岸文學等，著有《日據時期臺灣寫實詩作之抗日精神研究》、《日據時期臺灣小說研究》、《臺灣文學論：從現代到當代》、《讀你千遍也不厭倦：坐看臺灣小說》、《島嶼容顏：臺灣文學評論集》、《有音符的樹：臺灣文學面面觀》、《見樹又見林：文學看臺灣》、《瀛海探珠：走向臺灣古典文學》、《低眉集：臺灣文學／翻譯、遊記與書評》、《足音集：文學記憶‧紀行‧電影》、《臺北縣藝文志（文學篇）》、《臺北市文化志：文學篇》等。編有《楊守愚詩集》、《翁鬧作品選集》、《楊守愚日記》、《楊守愚作品選集》、《日據時期臺灣小說選讀》、《無語的春天：二二八小說選》、《臺灣小說‧青春讀本》、《梁啟超‧林獻堂往來書札》、《王昶雄全集》、《黎烈文全集》、《臺灣日治時期翻譯文學作品集》、《全臺賦》（合編）、《全臺詞》（合編）、《巫永福精選集》、《臺灣現當代作家研究資料彙編》（張我軍、呂赫若、巫永福、王昶雄、王禎和、楊守愚、翁鬧）等。

柳書琴

國立清華大學中國文學系博士、京都國際日本文化研究中心訪問學者，曾任國立清華大學臺灣文學研究所所長、臺灣研究教師在

職專班主任、清華大學圖書館副館長，現任國立清華大學臺灣文學研究所教授。研究領域為日據時期臺灣文學、臺灣文學文獻、中國東北現代文學、臺灣文學與東北亞文學比較研究。專著有《荊棘之道》（2009）、《식민지문학의 생태계：이중어체제 하의 타이완 문학》（殖民地文學的生態系）（2012）；編著有《東亞文學場：臺灣、朝鮮、滿洲的殖民主義與文化交涉》（2018）、《戰爭與分界》（2011）；共同編著有《後殖民的東亞在地化思考》（2006）、《臺灣文學與跨文化流動》（2006）、《帝國裡的「地方文化」》（2008）等，另有單篇論文數十篇。曾獲國科會吳大猷先生紀念獎、清華大學新進人員研究獎、巫永福文學評論獎、中山學術著作獎、行政院國家科學委員會「補助大專院校特殊優秀人才獎勵」、行政院新聞局第34屆金鼎獎入圍，以及多次清華大學教師學術卓越獎勵。

橫路啟子（Keiko Yokoji）

　　日本栃木縣人。日本國立大阪外國語大學外國語學部畢業，輔仁大學翻譯學研究所碩士，輔仁大學比較文學研究所博士。曾任講談社特約編輯、《光華雜誌》日文譯者、輔仁大學翻譯學研究所日文組兼任講師等職。現任輔仁大學日本語文學系教授兼系主任。主要研究日治時期臺灣文學、臺日文化研究、翻譯理論等領域。著有《文學的流離與回歸：三〇年代鄉土文學論戰》（2009）、《戰爭期的臺灣文學：以日語文學為主》（2012）、《抵抗的隱喻：殖民地臺灣戰爭期的文學》（2013），《〈異鄉〉としての日本：東アジアの留学生がみた近代》（2017）等書，並發表多篇中日學術論文。研究興趣聚焦於翻譯相關的文化現象、臺日跨文化比較議題。

陳宏淑

國立臺灣師範大學翻譯學研究所博士，現任臺北市立大學英語教學系副教授，專長晚清民初小說轉譯史之研究，2013年及2016年分別榮獲宋淇翻譯研究論文紀念獎與評判提名獎。中文論著包括〈在小說中翻譯「地理」：包天笑的《祕密使者》轉譯史〉（《翻譯史研究》第6輯，2017）、〈翻譯「教師」：日系教育小說中受到雙重文化影響的教師典範〉（《中國文哲研究集刊》第46期，2015）。英文論著包括"A Hybrid Translation from Two Source Texts: The Inbetweenness of a Homeless Orphan" (*Compilation and Translation Review* [編譯論叢] 8.2, 2015) 及 "Chinese Whispers: A Story Translated from Italian to English to Japanese and, Finally, to Chinese" (*Journal of the History of Ideas in East Asia* [東亞觀念史集刊] 8, 2015)。譯為日文及韓文的論著則為〈ヴェルヌから包天笑まで：『鉄世界』の重訳史〉，（《跨境／日本語文學研究》第3号，2016）及〈쥘베른에서 바오티엔샤오（包天笑）까지：『철세계（鐵世界）』의 중역사—〉（《동아시아의 일본어 문학과 문화의 번역，번역의 문화》，2018）。

藍適齊

美國芝加哥大學歷史學博士。曾執教於新加坡南洋理工大學及國立中正大學，現為國立政治大學歷史學系副教授。另曾任日本東京大學特任客座教授、日本立教大學客座研究員。主要研究興趣為臺灣史、近現代東亞史、帝國主義與二戰、歷史記憶。研究成果曾發表於 *positions: Asia Critique*（美國）、*China Journal*（美國）、《軍事史学》（日本）等期刊。近期的代表著作有〈從「我們的」戰爭到「被遺忘的」戰爭：臺灣對「韓戰」的歷史記憶〉，《東亞觀

念史集刊》（2014）；〈「被殖民者」的遭遇，「帝國」（不負）的責任：二戰後在海外被拘留遣返的臺灣人〉，收入呂芳上主編，《戰爭的歷史與記憶》（2015）；"Crime" of Interpreting: Taiwanese Interpreters as War Criminals of World War II, in Kayoko Takeda and Jesús Baigorri, eds., *New Insights in the History of Interpreting* (2016)；〈台湾人戦犯と戦後処理をめぐる越境の課題 1945-1956〉，《中國21》（日本）（2017）。

王惠珍

臺灣臺南人，日本關西大學大學院文學研究科中國文學博士，現任國立清華大學臺灣文學研究所教授，曾任教靜宜大學臺灣文學系。專長：龍瑛宗文學研究、臺灣殖民地文學、東亞殖民地文學比較研究等。著有《戰鼓聲中的殖民地書寫：作家龍瑛宗的文學軌跡》（2014），編有《戰鼓聲中的歌者：龍瑛宗及其同時代東亞作家論文集》（2011）等專書。學術論文有〈殖民地作家的文化素養問題：以龍瑛宗為例〉、〈帝國讀者對殖民地作家書寫的閱讀想像：以同人雜誌《文藝首都》為例〉、〈老兵不死：試論50、60年代臺灣日語作家的文化活動〉等。

張綺容

舊名張思婷，國立臺灣大學外國語文學系學士，國立臺灣師範大學翻譯學研究所博士。現任世新大學助理教授，曾任國立臺灣師範大學英語學系與中原大學應用外國語文學系助理教授。著有《英中筆譯》系列二冊、《翻譯進修講堂》、《英譯中基礎練習》、《中英筆譯：翻譯技巧與文體應用》，譯作包括《傲慢與偏見》、《大亨小傳》、《教你讀懂文學的27堂課》、《怪奇地圖》、《亂入時空

旅行團》等二十餘本書。身兼譯者與研究者，多年來深耕譯者研究，特別關注戒嚴初期在臺譯者活動，從一篇篇未署本名、未注明原文出處的雜誌譯文中尋找蛛絲馬跡，藉由走訪旅臺同鄉會及英美各大圖書館，持續了解臺灣戒嚴初期的譯者生態及翻譯活動。

單德興

　　國立臺灣大學博士，中央研究院歐美研究所特聘研究員，曾任中央研究院歐美研究所所長，國科會外文學門召集人，中華民國英美文學學會理事長，中華民國比較文學學會理事長，國立編譯館《編譯論叢》諮詢委員，美國加州大學、哈佛大學、英國伯明罕大學訪問學人及傅爾布萊特資深訪問學人，臺灣大學外文系、交通大學外文系兼任教授，靜宜大學英文系兼任講座教授，香港嶺南大學翻譯系人文兼任特聘教授，三度獲得國科會外文學門傑出研究獎，第五十四屆教育部學術獎，第六屆梁實秋文學獎譯文組首獎，第三十屆金鼎獎最佳翻譯人獎。著有評論集《銘刻與再現：華裔美國文學與文化論集》、《翻譯與脈絡》、《薩依德在臺灣》、《翻譯與評介》等；訪談集《對話與交流》、《與智者為伍》、《卻顧所來徑》；譯有《近代美國理論：建制‧壓抑‧抗拒》、《美國夢的挑戰：在美國的華人》、《文學心路：英美名家訪談錄》、《知識分子論》、《格理弗遊記》、《權力、政治與文化：薩依德訪談集》等近二十本專書。研究領域包括比較文學、翻譯研究、亞美文學、文化研究等。

王梅香

　　國立清華大學社會學研究所博士，國立中山大學社會學系助理教授、文化研究學會理事。專長為文化社會學、藝術社會學與東亞

文化冷戰研究。教授的課程有《閱讀與寫作》、《藝術社會學》、《文化社會學》、《社會調查與研究方法》和《報導文學與社區發展》等。長期的研究興趣是尋找冷戰時期臺灣的美麗（美國權力）痕跡，從事美國人在臺灣的口述歷史採集。著有《隱蔽權力：美援文藝體制下的臺港文學（1950-1962）》一書，獲國立臺灣圖書館「104年度臺灣學論文研究獎助佳作」及「2015年臺灣社會學會博士論文佳作獎」。另有"Images of a Free World Made in Hong Kong: The Case of the *Four Seas Pictorial* (1951-1956)"（2017）、〈美援文藝體制下的臺、港、馬華文學場域：以譯書計畫《小說報》（*Story Paper*）為例〉（2016）、〈文學、權力與冷戰時期美國在臺港的文學宣傳（1950-1962年）〉（2015）、〈不為人知的張愛玲：美國新聞處譯書計畫下的《秧歌》與《赤地之戀》〉（2015）等文。

賴慈芸

　　國立臺灣大學中國文學系學士，輔仁大學翻譯學研究所碩士，香港理工大學中文及雙語研究系博士。曾任出版社編輯，出版譯作超過五十種，包括《嘯風山莊》（*Wuthering Heights*）、《探索翻譯理論》（*Exploring Translation Theories*）、《愛麗絲鏡中奇遇》（*Through the Looking-Glass*）及童書、繪本多種。著有《譯者的養成：翻譯教學、評量與批評》、《翻譯偵探事務所》、《當古典遇到經典：文言格林童話選》、《譯難忘：遇見美好的老譯本》，其中《翻譯偵探事務所》獲第42屆金鼎獎最佳圖書。長期為臺灣翻譯學學會理事，曾任《翻譯學研究集刊》及《編譯論叢》主編，研究論文見於各學術期刊。〈還我名字！──尋找譯者的真名〉一文曾獲「宋淇翻譯研究紀念論文獎」評判提名獎。現任國立臺灣師範大學翻譯學研究所教授。

建議閱讀書單

中文

（一）期刊論文

王梅香（2016）。美援文藝體制下的台、港、馬華文學場域：以譯書計畫《小說報》為例。**台灣社會研究季刊，102**，1-40。

王梅香（2017）。冷戰影像・香港製造：從《四海》畫報看東南亞的文化冷戰。**攝影之聲，20**，26-33。

王惠珍（2015）。析論八〇年代葉石濤在東亞區域中的翻譯活動。**台灣文學學報，27**，113-152。

江曙（2013）。小說觀念和讀者定位：影響晚清小說翻譯的兩個因素——以《格列佛游記》中"小人國"的翻譯為例。**文藝評論，30**（4），81-84。

何義麟（1997）。戰後初期臺灣出版事業發展之傳承與移植（1945-1950）：雜誌目錄初編後之考察。**臺灣史料研究，10**，3-24。

余暢（2015）。文化改寫與翻譯文學形象：以《格列佛游記》兩中譯本的形象變遷和變形為例。**巢湖學院學報，17**（4），107-112。

吳密察（譯）（1982）。臨時臺灣舊慣調查會的成果（原作者：山根幸夫）。**臺灣風物，32**（1），23-58。

呂淳鈺（2004）。"正典的生成：臺灣文學國際研討會"紀要。**中國文哲研究通訊**，**14**（3），1-19。

林以衡（2011）。《格理弗遊記》在臺灣：日治時期〈小人國記〉、〈大人國記〉的譯寫、諷喻與政治想像。**成大中文學報**，**32**，165-198。

林果顯（2015）。戰時思惟下的戰後臺灣新聞管制政策（1949-1960），**輔仁歷史學報**，**35**，239-283。

林莊生（2007）。談1900年代出生的一群鹿港人。**臺灣風物**，**57**（2），9-35。

林博正（2006）。回憶與祖父獻堂公相處的那段日子。**臺灣文獻**，**57**（1），153-166。

柯裕棻（2006）。去殖民與認同政治：訪談《成為「日本人」》作者荊子馨。**思想**，**2**，255-267。

洪炎秋（1976）。懷益友莊垂勝兄。**傳記文學**，**29**（4），80-87。

張綺容（2015）。翻譯與政治：論臺灣翻譯文學史。**翻譯學研究集刊**，**19**，43-68。

許俊雅（2012）。1946年之後的黎烈文：兼論其翻譯活動。**成大中文學報**，**38**，141-176。

許俊雅（2012）。誰的文學？誰的產權：日治臺灣報刊雜誌刊載中國文學之現象探研。**臺灣文學學報**，**21**，1-36。

許雪姬（1991）。台灣光復初期的語文問題：以二二八事件前後為例。**史聯雜誌**，**19**，89-103。

許雪姬（2002）。反抗與屈從：林獻堂府評議員的任命與辭任。**國立政治大學歷史學報**，**19**，259-296。

許雪姬（2006）。日治時期臺灣的通譯。**輔仁歷史學報**，**18**，1-44。

許雪姬（2007）。是勤王還是叛國：「滿州國」外交部總長謝介石的一生及其認同。**中央研究院近代史研究所集刊**，**57**，57-117。

陳建忠（2012）。「美新處」（USIS）與台灣文學史重寫：以美援文藝體制下的台、港雜誌出版為考察中心。**國文學報**，**52**，211-242。

陳培豐（2011）。鄉土文學、歷史與歌謠：重層殖民統治下臺灣文學詮釋共同體的建構。**臺灣史研究**，**18**（4），109-164。

單德興（2000）。理論之旅行／翻譯：以中文再現Edward W. Said－以Orientalism的四種中譯為例。**中外文學**，**29**（5），39-72。

單德興（2012）。齊邦媛教授訪談：翻譯面面觀。**編譯論叢**，**5**（1），247-272。

單德興（2016）。在冷戰的年代：英華煥發的譯者余光中。**中山人文學報**，**41**，1-34。

單德興（2017）。美國即世界？──《今日世界》的緣起緣滅。**攝影之聲**，**20**，18-25。

黃秀政（1985）。《臺灣青年》與近代臺灣民族運動（1920-1922）。

臺灣師大歷史學報，13，325-365。

黃美娥（2012）。當「舊小說」遇上「官報紙」：以《臺灣日日新報》李逸濤新聞小說〈蠻花記〉為分析場域。**臺灣文學學報，20，**1-46。

趙綺娜（2001）。美國政府在台灣的教育與文化交流活動（1951-1970）。**歐美研究，31**（1），79-127。

齊邦媛（1996）。台灣文學作品的外譯。**精湛，28，**38-40。

劉惠璇（2010）。日治時期之「臺灣總督府警察官及司獄官練習所」（1898～1937）：臺灣警察專科學校校史探源（上篇）。**警專學報，4**（8），63-94。

劉惠璇（2011）。日治時期之「臺灣總督府警察官及司獄官練習所」（1898～1937）：臺灣警察專科學校校史探源（下篇）。**警專學報，5**（1），1-34。

蔡盛琦（2005）。戰後初期臺灣的圖書出版：1945至1949年。**國史館學術集刊，5，**209-251。

盧志宏（2011）。翻譯：創造、傳播與操控——讀德利爾和沃茲華斯編著《穿越歷史的譯者》。**東方翻譯，9，**86-90。

賴慈芸（2012）。臺灣文學翻譯作品中的偽譯本問題初探。**圖書館學與資訊科學，38**（2），4-23。

賴慈芸（2013）。咆哮山莊在臺灣：翻譯、改寫與仿作。**編譯論叢，6**（2），1-39。

賴慈芸（2013）。埋名異鄉五十載：大陸譯作在台灣。**東方翻譯**，**21**，49-58。

賴慈芸（2014）。幽靈譯者與流亡文人：戰後臺灣譯者生態初探。**翻譯學研究集刊**，**17**，59-91。

賴慈芸、張思婷（2011）。追本溯源：一個進行中的翻譯書目計畫。**編譯論叢**，**4**（2），151-180。

羅詩雲（2011）。日治時期普羅文學的跨界互文：論葉山嘉樹〈淫賣婦〉與琅石生〈闇〉及其文本中譯。**廣譯**，**5**，165-198。

譚光磊（2011）。台灣文學外譯與大眾出版。**台灣文學館通訊**，**32**，37-43。

關詩珮（2013）。翻譯政治與漢學知識的生產：威妥瑪與英國外交部的中國學生譯員計畫（1843-1870）。**中央研究院近代史研究所集刊**，**81**，1-52。

（二）專書論文

王梅香（2016）。麥加錫與美新處在臺灣的文化冷戰（1958-1962）。載於游勝冠（主編），**媒介現代：冷戰中的台港文藝國際學術研討會論文集**（頁115-126）。臺北：里仁書局。

王詩琅（1980）。日人治台政策試探。載於曹永和、黃富三（主編），**臺灣史論叢（第一輯）**（頁345-347）。臺北：眾文圖書股份有限公司。

古山（1980）。有禮無體。載於古山（主編），**台灣今古談**（頁

270-272）。臺北：時報文化出版企業股份有限公司。

余玉照（1991）。美國文學在台灣：一項書目研究。載於方萬全、李有成（主編），**第二屆美國文學與思想研討會論文集**（頁173-208）。臺北：中央研究院美國文化研究所。

李尚霖（2010）。試論日治時期日籍基層官僚之雙語併用現象：以警察通譯兼掌制度為中心。載於若林正丈、松永正義、薛化元（主編），**跨域青年學者臺灣史研究第三集**（頁335-350）。臺北：稻鄉出版社。

李尚霖（2012）。語言共同體、跨語際活動、以及「混和」：試論日治初期伊澤修二對東亞語言的思考。載於楊承淑（主編），**日治時期的譯者與譯事活動工作坊論文集**（頁1-12）。臺北：中央研究院臺灣史研究所。

林美容（1995）。臺灣民俗學史料研究。載於國立中央圖書館臺灣分館（主編），**慶祝建館八十週年論文集**（頁626-645）。臺北：國立中央圖書館臺灣分館。

林淇瀁（1996）。日治時期臺灣文化論述之意識型態分析：以《臺灣新民報》系統的「同化主義表意為例。載於張炎憲、陳美蓉、黎中光（主編），**臺灣近百年史論文集**（頁41-62）。臺北：吳三連臺灣史料基金會。

林博正（2000）。林攀龍先生年表。載於林博正（主編），**人生隨筆及其他：林攀龍先生百年誕辰紀念集**（頁301-335）。臺北：傳文文化事業有限公司。

柳書琴（2010）。事變、翻譯、殖民地暢銷小說：《可愛的仇人》日譯及其東亞話語變異。載於山口守（主編），**第八屆東亞現代中文文學國際研討會論文集**（頁293-321）。東京：日本大學文理學部中國語中國文化學科。

許雪姬（1999）。日治時期霧峰林家的產業經營初探。載於黃富三、翁佳音（主編），**臺灣商業傳統論文集**（頁297-355）。臺北：中央研究院臺灣史研究所籌備處。

許雪姬（2007）。他鄉的經驗：日治時期臺灣人的海外活動口述訪談。載於當代上海研究所（主編），**口述歷史的理論與實務：來自海峽兩岸的探討**（頁177-212）。上海：上海人民出版社。

陳恆嘉（1996）。以「國語學校」為場域，看日治時期的語言政策。載於黎中光、陳美蓉、張炎憲（主編），**台灣近百年史論文集**（頁13-29）。臺北：吳三連臺灣史料基金會。

陳偉智（2005）。「可以了解心裡矣！」：日本統治時期臺灣「民俗」知識形成的一個初步的討論。載於財團法人交流協會（主編），**2004年度財団法人交流センター協會歷史研究者交流事業報告書**（頁1-35）。臺北：財團法人交流協會。

單德興（2004）。緒論。載於單德興（譯注），**格理弗遊記**（原作者：Jonathan Swift）（頁13-154）。臺北：聯經出版事業股份有限公司。

單德興（2013）。《格理弗遊記》普及版序。載於單德興（譯注），**格理弗遊記（普及版）**（原作者：Jonathan Swift）（頁7-17）。臺北：聯經出版事業股份有限公司。

黃美娥（2006）。從「詩歌」到「小說」：日治初期台灣文學知識新秩序的生成。載於成大臺文系（編），**跨領域的臺灣文學研究學術研討會論文集**（頁45-79）。臺南：國家臺灣文學館。

黃得時（1981）。光復前之台灣研究。載於陳金田（譯），**臺灣風俗誌**（頁1-14）。臺北：大立出版社。

楊承淑（2012）。臺灣日治時期的譯者群像。載於王宏志（主編），**翻譯史研究第二輯**（頁160-194）。上海：復旦大學出版社。

楊承淑（2012）。譯者與贊助人：以林獻堂為中心的譯者群體。載於廖咸浩、高天恩、林耀福（主編），**譯者養成面面觀**（頁41-83）。臺北：書林出版有限公司。

楊承淑（2013）。譯者的視角與傳播：片岡巖與東方孝義的台灣民俗著述。載於王宏志（主編），**走向翻譯的歷史**（頁105-156）。香港：香港中文大學。

鄭政誠（2000）。日治初期臺灣舊慣調查事業的開展（1896-1907）。載於國立臺灣師範大學歷史學系（主編），**回顧老臺灣展望新故鄉：臺灣社會文化變遷學術研討會論文集**（頁225-263）。臺北：國立臺灣師範大學歷史學系。

鄭樹森（2004）。1997前香港在海峽兩岸間的文化中介。載於馮品佳（主編），**通識人文十一講**（頁173-197）。臺北：麥田出版社。

鄭樹森（2004）。東西冷戰、左右對壘、香港文學。載於馮品佳（主編），**通識人文十一講**（頁165-172）。臺北：麥田出版社。

賴慈芸（2011）。百年翻譯文學史。載於陳芳明、林惺嶽（主編），**中華民國發展史：文學與藝術（上）**（頁199-232）。臺北：聯經出版事業股份有限公司。

賴慈芸（2012）。還我名字！——尋找譯者的真名。載於廖咸浩、高天恩、林耀福（主編），**譯者養成面面觀**（頁85-116）。臺北：書林出版有限公司。

藍適齊（2014）。可悲傷性，「戰爭之框」，與台籍戰犯。載於汪宏倫（主編），**戰爭與社會：理論、歷史、主體經驗**（頁393-434）。臺北：聯經出版事業股份有限公司。

顏娟英（1998）。徘徊在現代藝術與民族意識之間：台灣近代美術史先驅黃土水。載於顏娟英（主編），**台灣近代美術大事年表1895-1945**（頁VII-XXVII）。臺北：雄獅圖書股份有限公司。

關詩珮（2011）。殖民主義與晚清中國國族觀念的建立。載於王宏志（主編），**翻譯史研究第一輯**（頁138-169）。上海：復旦大學出版社。

關詩珮（2012）。大英帝國、漢學及翻譯：理雅各與香港譯官學生計畫（1860-1900）。載於王宏志（主編），**翻譯史研究第二輯**（頁59-101）。上海：復旦大學出版社。

（三）書籍

山根勇藏（1989）。**臺灣民俗風物雜記**。臺北：武陵出版社。

王建開（2003）。**五四以來我國英美文學作品譯介史**。上海：上海外語教育出版社。

王惠珍（2014）。**戰鼓聲中的殖民地書寫：作家龍瑛宗的文學軌跡**。臺北：國立臺灣大學出版中心。

王詩琅（著），張良澤（主編）（2003）。**臺灣人物誌**。臺北：海峽學術出版社。

王詩琅（譯注）（1988）。**臺灣社會運動史：文化運動**。臺北：稻香出版社。

王興安、鳳氣至純平（譯）（2006）。**「同化」的同床異夢：日治時期臺灣的語言政策、近代化與認同**。臺北：麥田出版社。

白春燕（2015）。**普羅文學理論轉換期的驍將楊逵：1930 年代台日普羅文學思潮之越境交流**。臺北：秀威經典。

朱惠足（2009）。**「現代」的移植與翻譯：日治時期台灣小說的後殖民思考**。臺北：麥田出版社。

何義麟、陳怡宏、李承機、顏杏如、陳文松、……富田哲（譯）（2007）。**臺灣抗日運動史研究**（原作者：若林正丈）。臺北：播種者文化。

吳文星（2008）。**日治時期臺灣的社會領導階層**。臺北：五南圖書出版股份有限公司。

吳文星（主編）（2001）。**臺灣總督田健治郎日記**。臺北：中央研究院臺灣史研究所。

吳福助、林登昱（主編）（2008）。**日治時期臺灣小說彙編**。臺中：文听閣圖書有限公司。

宋以朗（2015）。**宋淇傳奇：從宋春舫到張愛玲**。香港：牛津大學

出版社。

李明峻、賴郁君（譯）（2006）。**日本統治下的台灣**（原作者：許世楷）。臺北：玉山社出版事業股份有限公司。

李啟彰等人（譯）（2012）。**美國在亞洲的文化冷戰**（原編者：貴志俊彥、土屋由香、林鴻亦）。臺北：稻鄉出版社。

李奭學（主編）（2012）。**異地繁花：海外臺灣文論選譯（上）**。臺北：國立臺灣大學出版中心。

李奭學（主編）（2012）。**異地繁花：海外臺灣文論選譯（下）**。臺北：臺國立臺灣大學出版中心。

周英雄、劉紀蕙（主編）（2000）。**書寫台灣：文學史、後殖民與後現代**。臺北：麥田出版社。

周婉窈（1989）。**日據時代的臺灣議會設置請願運動**。臺北：自立晚報社文化出版部。

林明德（譯）（2004）。**日本帝國主義下之臺灣**（原作者：矢內原忠雄）。臺北：吳三連臺灣史料基金會。

林柏維（1993）。**台灣文化協會滄桑**。臺北：臺原出版社。

林美容（2007）。**白話圖說臺風雜記：臺日風俗一百年**。臺北：台灣書房出版有限公司。

林莊生（1992）。**懷樹又懷人：我的父親莊垂勝、他的朋友及那個時代**。臺北：自立晚報社文化出版部。

林詩庭（譯）（2014）。**總力戰與臺灣：日本殖民地的崩潰**（原作

者：近藤正己）。臺北：國立臺灣大學出版中心。

林積萍（2005）。《現代文學》新視野：文學雜誌的向量新探索。
　　臺北：讀冊文化出版社。

柳書琴（2009）。荊棘之道：旅日青年的文學活動與文化抗爭。臺
　　北：聯經出版事業股份有限公司。

柳書琴（主編）（2018）。東亞文學場：台灣、朝鮮、滿洲的殖民
　　主義與文化交涉。臺北：聯經出版事業股份有限公司。

洪炎秋、葉榮鐘、蘇薌雨（1979）。三友集。臺中：中央書局股份
　　有限公司。

若林正丈、吳密察（主編）（2000）。臺灣重層近代化論文集。臺
　　北：播種者文化。

若林正丈、吳密察（主編）（2004）。跨界的臺灣史研究：與東亞
　　史交錯。臺北：播種者文化。

唐耐心（1995）。不確定的友情：臺灣、香港與美國，一九四五至
　　一九九二。臺北：新新聞文化事業股份有限公司。

徐秀慧（2007）。戰後初期（1945-1949）台灣的文化場域與文學
　　思潮。臺北：稻鄉出版社。

張子文、郭啟傳、林偉洲（主編）（2003）。臺灣歷史人物小傳：
　　明清暨日據時期。臺北：國家圖書館。

張文薰、林蔚儒、鄒易儒（譯）（2017）。被擺布的台灣文學：審
　　查與抵抗的系譜（原作者：河原功）。臺北：聯經出版事業股
　　份有限公司。

張正昌（1981）。**林獻堂與臺灣民族運動**。臺北：益群書店股份有限公司。

許佩賢（2005）。**殖民地臺灣的近代學校**。臺北：遠流出版事業股份有限公司。

許俊雅（2012）。**低眉集：臺灣文學／翻譯、遊記與書評**。臺北：新銳文創出版社。

許俊雅（主編）（2014）。**臺灣日治時期翻譯文學作品集**。臺北：萬卷樓圖書股份有限公司。

許雪姬（1998）。**霧峰林家相關人物訪談紀錄**。臺中：臺中縣立文化中心。

許雪姬（主編）（2000）。**灌園先生日記（一）～（二十七）**。臺北：中央研究院臺灣史研究所、近史研究所。

許雪姬（主編）（2008）。**日記與臺灣史研究：林獻堂先生逝世50週年紀念論文集（上）（下）**。臺北：中央研究院臺灣史研究所。

許毓良（2018）。**台灣在民國：1945～1949年中國大陸期刊與雜誌的台灣報導**。臺北：前衛出版社。

陳芳明（1998）。**左翼台灣：殖民地文學運動史論**。臺北：麥田出版社。

陳芳明（2004）。**殖民地摩登：現代性與台灣史觀**。臺北：麥田出版社。

陳建忠（2004）。**日據時期台灣作家論：現代性、本土性、殖民**

性。臺北：五南圖書出版股份有限公司。

陳建忠（2007）。**被詛咒的文學：戰後初期（1945~1949）台灣文學論集**。臺北：五南圖書出版股份有限公司。

陳培豐（2004）。**日治時期的語言‧文學‧「同化」**。臺南：成功大學。

陳翠蓮（2008）。**臺灣人的抵抗與認同**。臺北：遠流出版事業股份有限公司。

陳鵬仁（譯）（2010）。**被遺忘的戰爭責任：臺灣人軍屬在印度洋離島的歷史紀錄**（原作者：木村宏一郎）。臺北：致良出版社有限公司。

陳逸雄（主編）（1985）。**陳虛谷選集**。臺北：鴻蒙文學出版社。

傅榮恩（譯）（1995）。**亞細亞的孤兒**（原作者：吳濁流）。臺北：草根出版事業有限公司。

單德興（2009）。**翻譯與脈絡**。臺北：書林出版有限公司。

單德興（2016）。**翻譯與評介**。臺北：書林出版有限公司。

彭小妍（主編）（1998）。**楊逵全集**。臺北：國立文化資產保存研究中心籌備處。

彭小妍（主編）（2016）。**跨文化流動的弔詭：晚清到民國**。臺北：中央研究院中國文哲研究所。

曾健民（主編）（2001）。**那些年，我們在台灣……**。臺北：人間出版社。

游勝冠（1996）。**臺灣文學本土論的興起與發展**。臺北：前衛出版社。

黃美娥（2004）。**重層現代性鏡像：日治時代臺灣傳統文人的文化視域與文學想像**。臺北：麥田出版社。

黃英哲（2007）。**「去日本化」「再中國化」戰後台灣文化重建（1945-1949）**。臺北：麥田出版社。

黃英哲（譯）（1994）。**臺灣總督府**（原作者：黃昭堂）。臺北：前衛出版社。

黃富三（2004）。**林獻堂傳**。南投：國史館臺灣文獻館。

黃惠禎（2009）。**左翼批判精神的鍛接：四〇年代楊逵文學與思想的歷史研究**。臺北：秀威資訊科技股份有限公司。

黃惠禎（2016）。**戰後初期楊逵與中國的對話**。臺北：聯經出版事業股份有限公司。

楊南郡（譯注）（2000）。**生蕃行腳：森丑之助的台灣探險**（原作者：森丑之助）。臺北：遠流出版事業股份有限公司。

楊翠（2016）。**永不放棄：楊逵的抵抗、勞動與寫作**。臺北：蔚藍文化出版股份有限公司。

葉榮鐘（2000）。**日據下臺灣大事年表**。臺中：晨星出版有限公司。

葉榮鐘（2000）。**日據下臺灣政治社會運動史（上、下）**。臺中：晨星出版有限公司。

葉榮鐘（2000）。**臺灣人物群像**。臺中：晨星出版有限公司。

葉榮鐘（2002）。**葉榮鐘年表**。臺中：晨星出版有限公司。

廖炳惠（2003）。**關鍵詞200：文學與批評研究的通用詞彙編**。臺北：麥田出版社。

鄧慧恩（2009）。**日治時期外來思潮的譯介研究：以賴和、楊逵、張我軍為中心**。臺南：臺南市立圖書館。

賴慈芸（2017）。**翻譯偵探事務所**。臺北：蔚藍文化出版股份有限公司。

賴慈芸（譯）（2016）。**探索翻譯理論**（第二版）（原作者：Anthony Pym）。臺北：書林出版有限公司。

戴國煇（2011）。**戴國煇全集**。臺北：文訊雜誌社／遠流出版事業股份有限公司。

薛建蓉（2015）。**重寫的「詭」跡：日治時期台灣報章雜誌的漢文歷史小說**。臺北：秀威資訊科技股份有限公司。

謝天振（1999）。**譯介學**。上海：上海外語教育。

謝天振（2007）。**譯介學導論**。北京：北京大學。

魏廷朝（譯）（1989）。**臺灣總體相：人間・歷史・心性**（原作者：戴國煇）。臺北：遠流出版事業股份有限公司。

關詩珮（2017）。**譯者與學者：香港與大英帝國中文知識建構**。香港：牛津大學出版社。

（四）會議論文

李台元（2004年12月）。台灣原住民族的語言活力：透過聖經翻譯的分析。**語言人權與語言復振學術研討會**，國立臺東大學。

施懿琳（2001年12月）。世代變遷與典律更迭：從莊太岳、莊遂性昆仲漢詩作品之比較談起。**中臺灣古典文學學術研討會**，私立明台中學。

黃馨儀（2012年9月）。日治時期之通譯兼掌筆試與臺語表記法之關係。許佩賢（主持人），**日治時期的譯者與譯事活動工作坊**，中央研究院臺灣史研究所。

（五）學位論文

方慈安（2016）。**戰後語言轉換時期的翻譯：以《臺灣新生報》副刊《橋》為例**（未出版之碩士論文）。國立臺灣師範大學，臺北。

王昭文（2009）。**日治時期台灣基督徒知識分子與社會運動（1920-1930年代）**（未出版之博士論文）。國立成功大學，臺南。

王梅香（2015）。**隱蔽權力：美援文藝體制下的臺港文學（1950-1962）**（未出版之博士論文）。國立清華大學，新竹。

李幸真（2009）。**日治初期臺灣警政的創建與警察的召訓（1898-1906）**（未出版之碩士論文）。國立臺灣大學，臺北。

李惠珍（1995）。**美國小說在臺灣的翻譯史：一九四九至一九七九**（未出版之碩士論文）。輔仁大學，新北。

周文萍（1995）。**英語戲劇在台灣：一九四九年至一九九四年**（未出版之碩士論文）。輔仁大學，新北。

林以衡（2012）。**東、西文化交錯下的小說生成：日治時期臺灣漢文通俗小說對東洋／西洋小說的接受、移植與再造**。國立政治大學，臺北。

林果顯（2009）。**1950年代反攻大陸宣傳體制的形成**（未出版之博士論文）。國立政治大學，臺北。

封德屏（2008）。**國民黨文藝政策及其實踐（1928~1981）**（未出版之博士論文）。淡江大學，新北。

高幸玉（2004）。**日本小說在台灣的翻譯史：一九四九至二〇〇二**（未出版之碩士論文）。輔仁大學，新北。

張思婷（2016）。**臺灣戒嚴時期的翻譯文學與政治：以《拾穗》為研究對象**（未出版之博士論文）。國立臺灣師範大學，臺北。

張婷婷（2013）。**未名社的翻譯活動研究（1925-1930）**（未出版之碩士論文）。華中師範大學，武漢。

張琰（1996）。**說了又說的故事：十九世紀英國小說中譯在台灣（一九四九至一九九四）**（未出版之碩士論文）。輔仁大學，新北。

張毓如（2009）。**乘著日常生活的列車前進：以戰後二十年間的《暢流》半月刊為考察中心**（未出版之碩士論文）。國立政治大學，臺北。

張轟忻（2015）。**戒嚴臺灣的世界想像：《自由談》研究（1950-**

1970）（未出版之碩士論文）。國立政治大學，臺北。

郭誌光（2016）。**為人生？為藝術？——本格期台灣新文學運動的文化轉向**（未出版之博士論文）。國立成功大學，臺南。

陳世芳（2001）。**德語文學在台灣的中譯本**（未出版之碩士論文）。輔仁大學，新北。

陳俊安（2012）。**日治時期臺灣總督府新竹地區的客家社會統治：以《警友》雜誌為例**（未出版之碩士論文）。國立中央大學，桃園。

游勝冠（2000）。**殖民進步主義與日據時代臺灣文學的文化抗爭**（未出版之博士論文）。國立清華大學，新竹。

劉承欣（2011）。**《文壇》文藝雜誌初探**（未出版之碩士論文）。國立政治大學，臺北。

潘為欣（2011）。**日治時期臺語白話書寫與文字拼音系統關係之研究：以《語苑》、《臺灣府城教會報》為中心**。國立臺北教育大學，臺北。

蔡文斌（2011）。**中國古典小說在臺的日譯風潮（1939-1944）**（未出版之碩士論文）。國立清華大學，新竹。

蔡佳恩（2012）。**21世紀以來台灣兒童文學的翻譯現象探討：以青少年小說為例（2000年至2008年）**（未出版之碩士論文）。國立臺東大學，臺東。

蔡明志（2008）。**殖民地警察之眼：臺灣日治時期的地方警察、社會控制與空間改正之論述**（未出版之博士論文）。國立成功大

學，臺南。

賴慈芸（1995）。**飄洋過海的繆思──美國詩作在台灣的翻譯史：一九四五－一九九二**（未出版之碩士論文）。輔仁大學，新北。

日文
（一）期刊論文

加藤元右衛門（1933）。台湾教育の思ひ出(3)：国語伝習所時代（其一）。**台湾教育，369**，73-76。

在泉朝次郎（1900）。警察官土語試験問題。**臺灣土語叢誌，2**，92-100。

朱衛紅（2002）。佐藤春夫『女誡扇綺譚』論：「私」と世外民の対話構造が意味するもの。**日本語と日本文学，35**，67-78。

朱衛紅（2003）。佐藤春夫における文明批評の方法 ──「魔鳥」論──。**日本語と日本文学，36**，19-28。

西岡英夫、長坂金雄（1928）。臺灣の風俗。**日本風俗史講座，19**，1-64。

志保田鉎吉（1930）。台湾における国語教授の変遷（一）。**言語と文学，3**，52-57。

志保田鉎吉（1930）。芝山巖精神について。**臺灣教育，318**，68-74。

李尚霖（2005）。漢字、台湾語、そして台湾話文──植民地台湾における台湾話文運動に対する再考察。**ことばと社会，9**，176-200。

村上嘉英（1966）。日本人の台湾における閩南語研究。**日本文化**，**45**，62-108。

村上嘉英（1985）。旧植民地台湾における言語政策の一考察。**天理大学学報**，**144**，21-35。

林美容（2006）。宗主国の人間による植民地の風俗記──佐倉孫三著『臺風雑記』の検討。**アジア・アフリカ言語文化研究**，**71**，169-197。

近藤正巳（1980）。西川滿札記（上）。**臺灣風物**，**30**（3），15-16。

富田哲（2009）。「大人（タイジン）」が学ぶ言語、「大人」が向き合う台湾。**異文化研究**，**3**，55-72。

富田哲（2009）。日本統治開始直後の『台湾土語』をめぐる知的空間の形成。**多言語社会研究会 年報**，**5**，56-77。

富田哲（2010）。日本統治初期の台湾総督府翻訳官──その創設及び彼らの経歴と言語能力。**淡江日本論叢**，**21**，151-174。

富田哲（2012）。日本統治初期をとりまく情勢の変化と台湾総督府翻訳官。**日本台湾学会報**，**14**，145-168。

森理恵（2004）。台湾植民地戦争における憲兵の生活環境：明治28～36年（1895-1903）高柳彌平『陣中日誌』より。**京都府立大学学術報告　人間環境学──農学**，**56**，51-65。

植野弘子（2004）。植民地台湾における民俗文化の記述。**人文学科論集**，**41**，39-57。

黄美娥（2013）。一九三〇年代台湾漢文通俗小説の「場」における徐坤泉の創作の意義。**言語社会**，**7**，7-27。

黄美慧（1992）。佐藤春夫と台湾・中国──「星」と「陳三五娘」の比較研究。**臺灣文學研究會會報**，**17-19 合併號**，237-257。

戴國煇（1969）。台湾。**アジア経済，10**（6-7），53-82。

藤井省三（1993）。植民地台湾へのまなざし──佐藤春夫「女誡
　　扇綺譚」をめぐって。**日本文学，42**（1），19-31。

（二）專書論文

池田敏雄（1942）。鹿港遊記，載於**台灣地方行政**（頁92-104）。
　　臺北：台灣總督府內台灣地方自治協會。

池田敏雄（1977）。亡友記：吳新榮兄追憶錄。載於張良澤（主
　　編），**震瀛追思錄**（頁119-139）。臺南：琅山房。

岡本真希子（2008）。日本統治時代台湾の法院における『通訳』
　　たち──『台湾総督府公文類纂』人事関係書類から見る台湾
　　人／內地人『通訳』。載於國史館臺灣文獻館（主編），**第五
　　屆臺灣總督府檔案學術研討會論文集**（頁153-174）。南投：
　　國史館臺灣文獻館。

河原功（1998）。佐藤春夫「殖民地の旅」の真相。載於河原功
　　（主編），**台湾新文学運動の展開：日本文学との接点**（頁
　　3-23）。東京：研文出版。

島田謹二（1956）。佐藤春夫の『女誡扇綺譚』。載於島田謹二
　　（主編），**近代比較文学：日本における西洋文学定着の具体
　　的研究**。東京：光文社。

陳豔紅（2005）。日本文化人の目に映った鹿港の半世紀（1920-
　　1976）。載於天理台湾学会（主編），**天理台湾学会第15回研究
　　大会研究発表論文集**（B6-3場）。臺北：天理台湾学会。

磯村美保子（2006）。佐藤春夫「魔鳥」と台湾原住民──再周
　　辺化されるものたち。**金城学院大学論集・人文科学編，3**

（1），55-66。

（三）書籍

小森恵（1997）。**台湾総督府覆審・高等法院編纂：覆審・高等法院判例補遺（下巻）**，東京：文生書院。

小熊英二（1995）。**単一民族神話の起源──「日本人」の自画像の系譜**。東京：新曜社。

小熊英二（1998）。**「日本人」の境界──沖縄・アイヌ・台湾・朝鮮植民地支配から復帰運動まで**。東京：新曜社。

山辺健太郎（主編）（1971）。**現代史資料21：台湾（一）**。東京：みすず書房。

山辺健太郎（主編）（1971）。**現代史資料22：台湾（二）**。東京：みすず書房。

山根勇藏（1995）。**台湾民族性百談**。臺北：南天書局。

山路勝彦（2004）。**台湾の植民地統治──"無主の野蛮人"という言説の展開──**。東京：日本図書センター。

中島利郎（主編）（2000）。**『台湾民報・台湾新民報』総合目録**。東京：緑蔭書房。

中島利郎、吉原丈司（主編）（2000），**鷲巣敦哉著作集**。東京：緑蔭書房。

中島利郎、吉原丈司（主編）（2002），**鷲巣敦哉著作集別巻**。東京：緑蔭書房。

中島利郎、宋子絋（主編）（2001）。**臺灣教育：總目錄・著者索引**。臺北：南天書局。

中島利郎、林原文子（主編）（1998）。**『台湾警察協会雑誌』『台**

湾警察時報』総目録。東京：緑蔭書房。

五十嵐栄吉（1987）。**大正人名辞典III（上巻）**。東京：日本図書センター。

末次保、金関丈夫（主編）（1998）。**民俗臺灣**。臺北：南天書局。

矢内原忠雄（1988）。**帝国主義下の台湾**。東京：岩波書店。

百瀬孝（1990）。**事典 昭和戦前期の日本——制度と実態**。東京：吉川弘文館。

竹中信子（1996）。**植民地台湾の日本女性生活史〈2〉大正篇**。東京：田畑書店。

住屋図南（1999）。**台灣人士之評判記**。臺北：成文出版社有限公司。

村上春樹、柴田元幸（2000）。**翻訳夜話**。東京：文藝春秋。

岡本真希子（2008）。**植民地官僚の政治史—朝鮮・台湾総督府と帝国日本**。東京：三元社。

岩川隆（1995）。**孤島の土となるとも—BC級戦犯裁判**。東京：講談社。

林博史（2014）。**裁かれた戦争犯罪—イギリスの対日戦犯裁判**。東京：岩波書店。

武田珂代子（2008）。**東京裁判における通訳**。東京：みすず書房。

武田珂代子（主編）（2017）。**翻訳通訳研究の新地平—映画、ゲーム、テクノロジー、戦争、教育と翻訳通訳—**。東京：晃洋書房。

武田珂代子（譯）（2010）。**翻訳理論の探求**（原作者：Anthony Pym）。東京：みすず書房。

河原功（2009）。**翻弄された台湾文学—検閲と抵抗の系譜**。東

京：研文出版。

河原功、中島利郎、下村作次郎（主編）（2014）。**台湾近現代文学史**。東京：研文出版。

芝原仙雄（主編）（1926）。**臺北師範學校創立三十周年記念誌**。臺北：臺北師範學校。

邱若山（2002）。**佐藤春夫台湾旅行関係作品研究**。臺北：致良出版社有限公司。

若林正丈（2001）。**台湾抗日運動史研究（増補版）**。東京：研文出版。

陳培豐（2001）。**「同化」の同床異夢：日本統治下台湾の国語教育史再考**。東京：三元社。

陳艶紅（2006）。**『民俗台湾』と日本人**。臺北：致良出版社有限公司。

鳥飼玖美子（2007）。**通訳者と戦後日米外交**。東京：みすず書房。

鳥飼玖美子（監譯）（2008）。**通訳学入門**（原作者：Franz Pöchhacker）。東京：みすず書房。

鳥飼玖美子（監譯）（2009）。**翻訳学入門**（原作者：Jeremy Munday）。東京：みすず書房。

黒沢良（1994）。**清瀬一郎―ある法曹政治家の生涯**。東京：駿河台出版社。

富田哲（2013）。**植民地統治下での通訳・翻訳―世紀転換期台湾と東アジア**。臺北：致良出版社有限公司。

森丑之助（著），新宮市立佐藤春夫紀念館（主編）。**佐藤春夫宛森丑之助書簡**。新宮市：佐藤春夫紀念館。

貴志俊彦、土屋由香（主編）（2009）。**文化冷戦の時代――アメ**

リカとアジア。東京：国際書院。

楊承淑（主編）（2015）。**日本統治期台湾における訳者及び「翻訳」活動―植民地統治と言語文化の錯綜関係―**。臺北：國立臺灣大學出版中心。

蔡錦堂（1995）。**日本帝国主義下台湾の宗教政策**。東京：同成社。

横路啟子（2013）。**抵抗のメタファー―植民地台湾戦争期の文学**。奈良：東洋思想研究所。

横路啟子（2015）。**日台間における翻訳の諸相―文学／文化／社会から**。臺北：致良出版社有限公司。

藤井省三、黃英哲、垂水千惠（主編）（2002）。**台湾の「大東亜戦争」文学・メディア・文化**。東京：東京大学出版会。

（四）學位論文

張季琳（2001）。**台湾プロレタリア文学の誕生――楊逵と「大日本帝国」**（未出版之博士論文）。東京大學，東京。

李尚霖（2006）。**漢字、台湾語、そして台湾話文―植民地台湾における台湾話文運動に対する再考察**（未出版之博士論文）。一橋大學，東京。

富田哲（2000）。**統治者の言語学：日本統治時代初期台湾での言語研究と言語教育**（未出版之博士論文）。名古屋大學，名古屋。

黃馨儀（2010）。**台湾語表記論と植民地台湾：教会ローマ字と漢字から見る**（未出版之博士論文）。一橋大學，東京。

英文

（一）期刊論文

Chen, H.-S. (2015). A hybrid translation from two source texts: the in-betweenness of a homeless orphan. *Compilation and Translation Review*, *8*(2), 89-120.

（二）專書論文

Lan, S.-C. M. (2016). "Crime" of interpreting Taiwanese interpreters as war criminals of World War II. In K. Takeda & J. Baigorri-Jalón (Eds.), *New insights in the history of interpreting* (pp. 193-224). Amsterdam/Philadelphia: John Benjamins Publishing.

（三）書籍

Aszkielowicz, D. (2017). *The Australian pursuit of Japanese war criminals, 1943–1957: from foe to friend*. Hong Kong: Hong Kong University Press.

Bassnett, S., & Lefevre, A. (1990). *Translation, history, and culture*. London: Pinter.

Bassnett-McGuire, S. (1980). *Translation Studies*. London: Methuen.

Bhabha, H. K. (1994). *The location of culture*. London: Routledge.

Delisle, J., & Woodsworth, J. (1995). *Translators through history*. Amsterdam & Philadelphia: John Benjamins.

Jacobs, J. B., Hagger, J., & Sedgley A. (1984). *Taiwan: a comprehensive bibliography of English-language publications*. Bundoora, Vic.: The Borchardt Library, La Trobe University and New York: East Asian Institute, Columbia University

Kushner, B. (2015). *Men to devils, devils to men: Japanese war crimes and Chinese justice*. Cambridge, MA: Harvard University Press.

Lee W. C. (1990). *Taiwan (world bibliographical series)*. Oxford and Santa Barbara: Clio Press.

Lefevere, A. (1992). *Translation/history/culture: a source book*. London/New York: Routledge.

Lefevere, A. (1992). *Translation, rewriting, and the manipulation of literary fame*. London/New York: Routledge.

Maine, H. J. S. (1861). *Ancient law*. London: John Murray.

Munday, J. (2001). *Introducing translation studies: theories and applications*. London and New York: Routledge.

Nida, E. A., & Taber, C. R. (1969). *The theory and practice of translation*. Leiden: E. J. Brill.

Pöchhacker, F. (2004). *Introducing interpreting studies*. London and New York: Routledge.

Pym, A. (1998). *Method in translation history*. Manchester: St. Jerome.

Pym, A. (2009). *Exploring translation theories*. London and New York: Routledge.

Saunders, F. S. (1999). *Who paid the piper?: the CIA and the cultural cold war.* London: Granta Books.

Saunders, F. S. (2000). *The cultural cold war: the CIA and the world of arts and letters.* New York: New Press.

Scott, J. C. (1985). *Weapons of the weak: everyday forms of peasant resistance.* New Haven: Yale University Press.

Shlesinger, M., & Pöchhacker, F. (Eds.) (2010). *Doing justice to court interpreting.* Amsterdam: John Benjamins.

Soja, E. W. (1996). *Thirdspace: journeys to Los Angeles and other real-and-imagined places.* Cambridge: Blackwell.

Takeda, K. (2010). *Interpreting the Tokyo war crimes tribunal: a sociopolitical analysis.* Ottawa: University of Ottawa Press.

Takeda, K., & Baigorri-Jalón, J. (Eds.) (2016). *New insights in the history of interpreting.* Amsterdam, the Netherlands: John Benjamins Publishing Company.

Torikai, K. (2009). *Voices of the invisible presence: diplomatic inter-preters in post-World War II Japan.* Amsterdam: John Benjamins.

Totani, Y. (2015). *Justice in Asia and the Pacific region, 1945-1952: allied war crimes prosecutions.* New York: Cambridge University Press.

Tymoczko, M., & Gentzler, E. (Eds.) (2002). *Translation and power.* Amherst/Boston: University of Massachusetts Press.

Wilson, S., Cribb, R., Trefalt, B., & Aszkielowicz, D. (2017). *Japanese war criminals: the politics of justice after the Second World War*. New York: Columbia University Press.

（四）資料庫

Digital National Security Archive 美國國家安全檔案解密檔線上資料庫

ProQuest Historical Newspapers-South China Morning Post（南華早報）

中央研究院近代史數位資料庫

中央研究院漢籍電子文獻資料庫

中央研究院臺灣史研究所檔案館

中國近代報刊資料庫《申報》典藏版

中國時報五十年全報影像資料庫

日治時期期刊全文影像系統

日治時期圖書全文影像系統

台灣原住民學習知識庫

全文報紙資料庫

全國報刊索引資料庫

全國報紙資訊系統

傳記文學數位全文資料庫

漢珍知識網：臺灣日日新報＆漢文臺灣日日新報

臺灣文獻整合查詢系統

臺灣日治時期統計資料庫

臺灣日誌資料庫

臺灣民報資料庫

臺灣時報

臺灣總督府府（官）報資料庫

聯經評論

臺灣翻譯史：殖民、國族與認同

2019年9月初版　　　　　　　　　　　　　　定價：新臺幣750元
2023年1月初版第二刷
有著作權・翻印必究
Printed in Taiwan.

著者： 黃美娥、楊承淑、許俊雅、柳書琴、橫路啟子、陳宏淑 藍適齊、王惠珍、張綺容、單德興、王梅香、賴慈芸	編　　者　賴　慈　芸 叢書編輯　張　彤　華 特約編輯　凌　　　午 內文排版　極翔排版公司 封面設計　吳　　箴　言
出　版　者　聯經出版事業股份有限公司 地　　　址　新北市汐止區大同路一段369號1樓 叢書編輯電話　(02)86925588轉5305 台北聯經書房　台北市新生南路三段94號 電　　　話　(02)23620308 郵政劃撥帳戶第0100559-3號 郵撥電話　(02)23620308 印　刷　者　世和印製企業有限公司 總　經　銷　聯合發行股份有限公司 發　行　所　新北市新店區寶橋路235巷6弄6號2樓 電　　　話　(02)29178022	副總編輯　陳　逸　華 總　編　輯　涂　豐　恩 總　經　理　陳　芝　宇 社　　長　羅　國　俊 發　行　人　林　載　爵

行政院新聞局出版事業登記證局版臺業字第0130號

本書如有缺頁，破損，倒裝請寄回台北聯經書房更換。　　ISBN 978-957-08-5367-4 (平裝)
聯經網址：www.linkingbooks.com.tw
電子信箱：linking@udngroup.com

國家圖書館出版品預行編目資料

臺灣翻譯史：殖民、國族與認同/賴慈芸編．黃美娥等著．
初版．新北市．聯經．2019年9月（民108年）．624面．14.8×21公分
（聯經評論）
ISBN 978-957-08-5367-4（平裝）
[2023年1月初版第二刷]

1.翻譯　2.歷史　3.臺灣

811.70933　　　　　　　　　　　　　　　　108012605